Secreto oscuro

books4pocket

Christine Feehan

Secreto oscuro

Traducción de Claudia Viñas Donoso

EDICIONES URANO

Argentina - Chile - Colombia - España
Estados Unidos - México - Perú - Uruguay - Venezuela

Título original: *Dark Secret*
Traducción: Claudia Viñas Donoso

© Copyright 2005 *by* Christine Feehan
All Rights Reserved
This edition published by arrangement with Berkley,
a member of Penguin Group (USA) Inc
© de la traducción: 2009 *by* Claudia Viñas Donoso
© 2009 *by* Ediciones Urano, S.A.
   Aribau, 142, pral. - 08036 Barcelona
   www.titania.org
   atencion@titania.org

1ª edición en books4pocket octubre 2014

Impreso por Novoprint, S.A.
Energía 53
Sant Andreu de la Barca (Barcelona)

Fotocomposición: **books4pocket**

ISBN: 978-84-15870-37-1
Depósito legal: B-18685-2014

Código Bic: FRD
Código Bisac: FIC027030

Impreso en España – *Printed in Spain*

Dedicada a mi hermana, Bobbie King,
y a Cassandra y Donna Kennedy-Hutton.
Porque ningún vampiro ha conocido jamás
a una vaquera al cien por cien.

Agradecimientos

Gracias especiales a Cheryl Wilson y Manda Clarke,
como siempre; jamás lo habría conseguido sin vosotras.
Y a Maria Atkinson, por su ayuda
con el idioma portugués.

A mis lectores

No olvides entrar en www.christinefeehan.com
para apuntarte a mi lista de anuncios de libros
y recibir gratis un salvapantallas animado exclusivo.
Siéntete libre, por favor, para escribirme a
christine@christinefeehan.com.
Me encantaría saber de ti.

Prólogo

El sheriff Ben Lassiter se sentía como un idiota corriendo a un lado del tractor.

—Vamos, Colby —gritó—, tienes que entrar en razón. Bájate de ese maldito aparato y escúchame por una vez en tu vida. ¡No seas tan cabezota!

El viejo tractor siguió avanzando a saltos en la creciente oscuridad, arrojando nubes de polvo sobre el inmaculado uniforme de Ben. Colby esperó hasta ver que él estaba absolutamente sin aliento y en total desventaja para detener el tractor, y continuó sentada mirando malhumorada el campo. Con la mayor lentitud se quitó los guantes de piel que usaba para trabajar.

—Me estoy cansando de estas visitas, Ben. ¿Y de qué lado estás tú, por cierto? Me conoces. Conociste a mi padre. Los hermanos Chevez no son de aquí, y no tienen ningún derecho a exigirme que les entregue a mis hermanos.

Ben se sacudió el polvo que lo cubría, con los dientes apretados por la frustración. Tuvo que hacer varias respiraciones para poder contestarle.

—No he dicho que esté bien, Colby, pero la familia Chevez tiene a los hermanos De la Cruz de su parte, lo cual significa muchísimo dinero y poder. No puedes desentenderte de ellos. No se van a marchar. Tienes que hablar con ellos, si no, te llevarán a los tribunales. Las personas como los hermanos De la Cruz no pierden pleitos en los tribunales. —La cogió por la cintura antes que ella saltara del tractor. Resistiendo el impulso de arrearle una buena sacudida para hacerle entrar algo de sensatez, la bajó hasta el suelo y la retuvo así un momento—. Tienes que hacerlo, Colby. Lo digo en serio, cariño. No puedo protegerte de estas personas. No sigas obstinada, dándole largas a esto.

Colby se apartó de él haciendo un leve gesto de impaciencia, y agitó la cabeza para que el desordenado pelo que le caía por debajo del sombrero le ocultara el repentino brillo de lágrimas en los ojos. Ben se apresuró a mirar hacia otro lado, simulando que no lo notaba. Un hombre tendría que matar por ella si lloraba, y era muy probable que cualquiera que viera sus lágrimas tuviera que afrontar lo peor de su ira.

—Muy bien —dijo ella entonces, echando a caminar por el campo a paso rápido—. ¿Supongo que los tienes a todos acampados en mi porche?

—Sabía que Ginny y Paul no estarían esta noche —dijo Ben.

Él había organizado las cosas para que su cuñada invitara a los hermanos de Colby a su casa a tomar helado de crema casero.

—Como si hubiera sido difícil adivinarlo —dijo ella sarcástica, mirándolo por encima del hombro.

Conocía a Ben desde el parvulario, y estaba segura de que él seguía considerándola una niñita desmandada, indómita y no muy inteligente, aun cuando era muy capaz de trabajar y hacer funcionar un rancho ella sola, y ya llevaba unos cuantos años haciéndolo. Deseó golpearle la dura mollera.

Ben le dio alcance y continuó a su paso.

—Colby, no llegues ahí como un polvorín. Estas personas no son del tipo a las que se les pueda presionar o mandonear.

Ella se detuvo tan bruscamente que él tuvo que enterrar los talones para no chocar con ella y tirarla al suelo.

—¿Presionar? Ellos son los que quieren presionarme a mí. ¿Cómo se atreven a venir aquí y actuar con tanta arrogancia que hasta me incitan a ordenarle al perro que los ataque? ¡Hombres! —Lo miró furiosa—. Y otra cosa, Ben. En lugar de lamerles el culo al señor Monedero y a su séquito, podrías considerar lo que está ocurriendo aquí. Cada día me desaparecen cosas y unos duendes meten mano en la maquinaria. Ese es tu trabajo, ¿no?, no acompañar aquí y allá a los ricos e infames.

Diciendo eso reanudó la marcha, con todo su esbelto cuerpo femenino irradiando furia.

—Colby, tú y yo sabemos que hay un grupo de chicos que se dedica a hacer diabluras y gastar bromas —dijo él, con el fin de tranquilizarla—. Amigos de Paul, probablemente.

—¿Bromas? No creo que robar sea una broma. ¿Y qué hay de mi denuncia sobre la desaparición de una persona? ¿Has intentado encontrar a Pete?

Ben se pasó la mano por el pelo, desesperado.

—Lo más probable es que Pete Jessup esté durmiendo la borrachera. Por todo lo que sabes, ese viejo te ha robado cosas para pagarse la bebida.

Colby volvió a detenerse; esta vez él chocó con ella, y tuvo que cogerle los brazos cerca de los hombros para impedir que cayera al suelo.

Ella le apartó las manos golpeándoselas, ofendida.

—Pete Jessup dejó de beber cuando murió mi padre, renegado. Ha sido valiosísimo para mí aquí.

—Colby —dijo él, en tono persuasivo y amable—, la verdad es que acogiste a ese viejo bobo por la pura bondad de tu corazón. Dudo que hiciera algo más que comerse tu comida cada día. Es un vaquero agotado, un vago. Simplemente se ha ido a alguna parte. Ya volverá.

—Eso es lo que tú dirías —dijo ella, sorbiendo por la nariz, verdaderamente fastidiada con él—. Qué típico de ti dejar de lado la desaparición de un viejo y el asunto de unos ladrones furtivos para poder alternar con unos idiotas ricos que han venido aquí con la intención de «robarme» a mis hermanos.

—Vamos, Colby, han demostrado que son agradables y aseguran que se toman a pecho el bien y los intereses de los niños. Lo menos que puedes hacer es escucharlos.

—Y seguro que tú estás de acuerdo con ellos, ¿verdad? Paul y Ginny no estarán mejor con esa gente. Tú no sabes nada del asunto ni de ellos. Paul acabaría siendo igual que ellos, tan arrogante que nadie podría soportarlo, y la pobre Ginny crecería pensando que es una ciudadana de segunda clase porque es mujer. ¡Pueden irse derechos al infierno, por lo que a mí me importa!

Aunque sólo estaba comenzando a anochecer y todavía había luz, de pronto unos nubarrones negros oscurecieron el cielo, como salidos de ninguna parte. En las alas de los oscuros nubarrones llegó un viento frío que le agitó fuertemente la ropa a Colby. Sintió bajar un escalofrío de aprensión por la columna. Notó que algo le tocaba la mente; lo sintió, sintió su fuerza, intentando entrar.

—¿Qué pasa?

Colby notó claramente la inquietud de Ben al verlo girarse lentamente a escudriñar el entorno. Tenía la mano apoyada en la pistola, sin saber qué los acosaba ni de dónde venía la amenaza, pero era evidente que también la sentía.

Se quedó muy quieta, sin mover ni un solo músculo, como un cervatillo a la vista de un cazador. Inmediatamente percibió que estaba en un peligro mortal. La malignidad iba dirigida a ella, no era hostil hacia Ben. Fuera lo que fuera, le golpeaba la mente, tratando de entrar. Hizo una inspiración profunda y espiró lentamente, obligándose a poner en blanco la mente, pensando en un muro, un muro alto, inexpugnable, una fortaleza en la que nadie pudiera entrar. Se concentró totalmente en el muro, en hacerlo fuerte, impenetrable.

La cosa pareció retirarse, tal vez perpleja por la fuerza de ella, pero pasado un momento volvió al ataque, con un golpe duro, como de lanza, que pareció perforarle el cráneo y dirigirse derecho a su cerebro. Sin poder evitar un suave grito de dolor, hincó una rodilla en el suelo y se cogió la cabeza entre las dos manos, al tiempo que se obligaba a respirar parejo y calmado. Su mente era fuerte, invencible, protegida por un muro tan alto y grueso que nadie lo rompería jamás. Fuera lo que fuera ese algo maligno que la acosaba, ella no le permitiría romper sus defensas.

Pasados unos minutos tomó conciencia de la enorme mano de Ben sobre su hombro. Estaba inclinado sobre ella mirándola solícito.

—Colby, ¿qué te pasa?

Ella levantó la cabeza, cautelosa. La presencia había desaparecido.

—La cabeza, Ben. Tengo un dolor de cabeza terrible.

Y era cierto, no era mentira. Nunca había experimentado nada semejante a ese ataque. En realidad, tenía revuelto el estómago, y no sabía si podría caminar. Fuera lo que fuera esa cosa, era fuerte y aterradora.

Ben le cogió el codo y la ayudó a incorporarse. Estaba temblando; él sentía sus temblores en la mano, así que la rodeó con el brazo. Ella no se apartó, como habría hecho normalmente, y eso lo preocupó.

—¿Quieres que llame a una ambulancia?

Los ojos verde esmeralda se rieron de él, aun cuando reflejaban dolor.

—¿Estás loco? Tengo un dolor de cabeza, Ben. La sola idea de contactar con la familia Chevez me produce fuertes dolores de cabeza.

—Tu hermano y tu hermana son miembros de la familia Chevez, Colby. Tú lo serías también si se hubieran finalizado los trámites de adopción.

Colby bajó la cabeza, pues sus palabras le golpearon el centro mismo del corazón. Armando Chevez nunca la adoptó. En su lecho de muerte le confesó sus motivos, con la cabeza gacha por la vergüenza y los ojos bañados en lágrimas, mientras ella le sostenía la mano. Él había deseado que su abuelo de Brasil se apiadara y lo aceptara de vuelta en la familia. Debido a las circunstancias del nacimiento de ella, él sabía que si la adoptaba, su abuelo no le permitiría volver a la familia. Y después ya fue demasiado tarde para llevar a su fin el papeleo. Armando Chevez se avergonzaba de haber traicionado el amor incondicional de ella por una familia que nunca contestó su carta cuando estaba moribundo. Ella continuó leal y amorosa, cuidándolo, leyéndole y consolándolo hasta el día en que murió. Y continuaba siendo leal a él. No le importaba que él hubiera muerto antes que quedara consumada la adopción; Armando Chevez no era su padre biológico, pero era su padre de todas maneras; lo era en su corazón, que era donde importaba.

A ella nunca le importó ni la preocupó el odio que le tenía la familia Chevez, y quiso y seguía queriendo a Armando con todas las fibras de su ser; lo quería con la misma intensidad con que quería a sus hermanos. En su opinión, la familia Chevez no se merecía ni a Armando ni a sus hijos. Y los dos hermanos De la Cruz, matones y guardianes de la familia Chevez, podían irse derechos al infierno que los engendró, fuera el que fuera. Ellos eran los responsables directos del implacable odio del abuelo por ella. De no haber sido considerada digna de ser un miembro de la familia Chevez; tampoco lo fue su amadísima madre. El abuelo de Armando declaró que jamás las aceptaría en su ilustre familia, y dejó muy claros sus motivos: su madre no se había casado con su padre; en su certificado de nacimiento no aparecía ningún apellido, y el abuelo no aceptaría jamás a una ramera anglosajona en la pureza sanguínea de su familia.

Mientras daban la vuelta por la orilla de la huerta en dirección a la casa del rancho, aminoró el paso y dirigió la mente hacia su interior, concentrándola en su fuerza de voluntad y autodominio. Era importante que se mantuviera tranquila y relajada, y respirara naturalmente. Pasado un momento, alzó el mentón y continuó con la cabeza bien erguida hacia el encuentro con los todopoderosos hermanos De la Cruz y los miembros de la familia Chevez, que habían venido a robarle a sus hermanos y su rancho.

Los visitantes estaban reunidos en el pequeño porche. Juan y Julio Chevez se parecían tanto a Armando que Colby tuvo que pestañear para contener unas inesperadas y ardientes lágrimas. Tuvo que obligarse a recordar que esa era la familia que rechazó con tanta crueldad a su madre por haberla dado a luz sin estar casada. Esa era la cruel familia que no hizo el menor caso de las súplicas de su amadísimo padrastro y lo dejó morir sin haber recibido ni siquiera una palabra de ellos. Y lo peor de todo, habían venido con la intención de llevarse a Paul y Ginny y confiscar el rancho, el último legado de él a sus dos hijos legítimos.

Ben la vio alzar el mentón y exhaló un largo suspiro. Conocía a Colby desde que era muy pequeña; tenía una vena tozuda de un kilómetro de ancho. Si esos hombres la infravaloraban porque era joven y hermosa, porque se veía pequeña y frágil, los esperaba una enorme sorpresa. Colby era capaz de mover montañas si se lo proponía. Nunca había conocido a ninguna otra persona tan resuelta ni con tanta fuerza de voluntad. ¿Quién si no ella podría haber cuidado de un hombre moribundo y llevado ese inmenso rancho con la sola ayuda de un vaquero viejo y agotado y dos niños?

Colby caminó directa hasta los dos hombres, con sus esbeltos hombros bien derechos y su pequeño cuerpo lo más erguido posible.

—¿Qué se les ofrece, señores? —dijo, en tono educado, frío, indicándoles con un gesto los dos sillones del porche en lugar de invitarlos a entrar en la casa—. Leí atentamente los papeles que me enviaron y creo que ya les di mi respuesta. Ginny y Paul son ciudadanos de Estados Unidos. El rancho es su herencia y se me ha confiado la tarea de conservarlo para ellos. Eso es un documento legal. Si desean impugnarlo, pueden llevarme a los tribunales. No tengo la menor intención de entregar a mis hermanos a personas totalmente desconocidas.

En ese momento salió un hombre de las sombras. Al instante ella pasó la mirada a su cara, y se le aceleró el corazón. Era curioso que no lo hubiera visto inmediatamente. Se veía borroso, como si formara parte de la creciente oscuridad. Cuando él se puso bajo la luz del porche vio que era alto y musculoso, muy imponente; su cara revelaba una especie de sensualidad dura; tenía los ojos negros y fríos; llevaba el pelo largo, recogido en la nuca, sujeto ahí por algo.

Todos sus instintos le chillaron, como campanillas de alarma.

Él levantó una mano, silenciando a Juan Chevez antes que pudiera hablar. Ese gesto imperioso con que hizo callar al orgulloso y muy rico brasilero, le aceleró más aún el corazón. Tuvo la impresión de que él le oía los retumbantes latidos del corazón. Los hermanos se apartaron y él avanzó en silencio. La separación de las aguas del Mar Rojo, pensó ella, algo histérica. ¿Sería miedo lo que vio pasar por los ojos de los hermanos Chevez?

Se mantuvo erguida y firme, temblando, sintiendo las piernas como goma, temiendo que se le doblaran y no la sostuvieran. Ese hombre la asustaba. En su boca se insinuaba un leve *rictus* de crueldad, y jamás había visto unos ojos tan fríos, como si no tuviera alma. Se obligó a mantenerse firme, sin mirar a Ben para tranquilizarse. Era evidente que ese hombre era capaz de matar sin pensarlo dos veces. Eso reforzaba su resolución de mantener con ella a sus hermanos. Si los Chevez lo usaban a modo de protección, ¿qué decía eso de ellos? Lo miró desafiante. Él se le acercó otro poco, fijando sus ojos negros en los verdes de ella; al instante sintió un tirón magnético; reconoció el contacto, el ataque; era el mismo que intentó entrar en su mente cuando estaba con Ben en el campo.

Alarmada, retrocedió un paso y desvió la vista hacia las desgastadas botas de Ben. ¡Ese hombre tenía poderes psíquicos igual que ella!

—Soy Nicolas de la Cruz —dijo él, con voz muy suave, una voz tan magnética como sus ojos—. Deseo que escuche a estos hombres. Han hecho un largo viaje para verla. Los niños son de su sangre.

La forma como dijo «sangre» le hizo bajar un escalofrío por todo el cuerpo. No había levantado la voz. Hablaba de modo tranquilo y reposado. Su voz era un arma potente, hipnótica, y ella la reconocía como tal. Si él la empleara en un tribunal de justicia para hablarle al juez, ¿podría rebatirlo? Sinceramente, no lo sabía. Incluso ella era susceptible a esa voz. Le dolía terriblemente la cabeza; se colocó una mano en la frente y se presionó las sienes. Él la estaba presionando sutilmente para que hiciera lo que le pedía.

No tardó en comprender que no sería capaz de resistirse mucho rato a esa implacable fuerza. Sentía la cabeza como si le fuera a estallar. El orgullo era una cosa, la estupidez otra muy diferente.

—Voy a tener que pedirles, señores, que se marchen. Por desgracia, este es un mal momento para mí. Creo que estoy enferma. —Presionándose la frente con una mano, se giró hacia Ben—. ¿Me harías el favor de acompañarlos, y yo procuraré programar otra reunión cuando me sienta mejor? Lo siento.

Acto seguido, abrió la puerta de la casa, entró y corrió hasta la seguridad de su dormitorio. Nicolas de la Cruz sería un enemigo poderoso. El dolor de cabeza que le había producido luchar contra su ataque mental la había enfermado físicamente. Hundiendo la cara en el cubrecama hizo respiraciones profundas, y continuó así hasta que sintió remitir lentamente la presión. Se quedó ahí un largo rato, aterrada por sus hermanos, y aterrada por sí misma.

Capítulo 1

El enorme castaño bufaba y resoplaba, moviendo los ojos como enloquecido, dando pasos hacia los lados, nervioso, agitando la cabeza y tensando las patas.

—Sujétalo firme, Paul —se apresuró a decir Colby a su hermano.

Justo en ese instante, dominado por una oleada de violencia, el animal se giró bruscamente, soltándose de la precaria sujeción del chico por las bridas.

—No puedo, hermanita —gritó él, haciéndose a un lado para protegerse, mirando angustiado la esbelta figura de su hermana.

Totalmente encabritado, el castaño corcoveaba, girando y dando coces contra la reja del corral al aire libre, con resonantes golpes que hacían temblar los postes y hasta el mismo suelo. Paul hizo un gesto de pena, con la piel trigueña pálida bajo el oscuro bronceado. Colby salió volando y se golpeó dos veces contra los travesaños de la reja antes de caer al suelo y pasar rodando por debajo del travesaño para resguardarse.

—¿Cómo estás, Colby? —le preguntó Paul, nervioso, corriendo a arrodillarse a su lado en el polvoriento suelo.

Ella gimió y rodó hasta quedar de espaldas para mirar hacia el oscurecido cielo, y sus labios llenos se curvaron en una sonrisa sin humor.

—Qué manera más estúpida de ganarse la vida —dijo, distraída. Se sentó y con el dorso de la mano se apartó de la frente los mechones de pelo color oro rojo mojados que se le habían escapado, dejándose una mancha de tierra—. ¿Cuántas veces me ha arrojado al suelo ese inútil animal?

—¿Hoy o en total? —bromeó él, y al instante se le borró la sonrisa cuando ella posó en él todo el poder de su mirada—. Seis —contestó solemnemente.

Con sumo cuidado ella se puso de pie y se quitó el polvo de sus desgastados y desteñidos tejanos Levis. Pesarosa se miró la blusa, ahora rota.

—¿Quién es el dueño de este animal, por cierto? Vale más que sea alguien que me caiga bien.

Paul pasó lentamente la mano por su sombrero, quitándole el polvo, evitando mirarla. A menos que se tratara de un caballo al que había que entrenar para un rodeo, Colby le permitía encargarse de todos los detalles. Suerte peor, imposible.

—De la Cruz —musitó, cohibido.

A sus dieciséis años, era más alto que su hermana. Delgado y bronceado, ya tenía los músculos de un jinete y era insólitamente fuerte para su edad. Su cara tenía la estampa de un chico mucho mayor. Pero sostenía su desgastado sombrero de ala plana casi como una ofrenda de expiación ante su hermana.

Se hizo un silencio y hasta el viento pareció retener el aliento; incluso el castaño dejó de resoplar y piafar mientras Colby lo miraba horrorizada.

—¿Nos referimos al mismo De la Cruz que ordenó que hiciéramos nuestras maletas y nos marcháramos del rancho de nuestro padre porque yo soy una mujer y tú un niño? ¿Ese De la Cruz? ¿El De la Cruz que me «ordenó» que os entregara a ti y a Ginny a la familia Chevez, y me produjo un terrible dolor de cabeza con su insultante y asqueroso comportamiento machista? —Su voz ronca y suave era casi aterciopelada y no se movía ni un sólo rasgo de su cara de delicada perfección; sólo sus enormes ojos revelaban su malhumor—. Dime que no estamos hablando de «ese» De la Cruz, Paulo. Miénteme, para que yo no cometa un asesinato.

Sus brillantes ojos prácticamente echaban chispas.

—Bueno —dijo él, algo a la defensiva—, fue Juan Chevez el que trajo los caballos, dieciséis caballos. Teníamos que aceptarlos, Colby. Paga muy bien, y necesitamos el dinero. Tú misma has dicho que Clinton Daniels nos presiona por el último pago del préstamo, que es la suma mayor.

—No su dinero —dijo Colby, impaciente—. Jamás su dinero. Es dinero de mala conciencia, por sus pecados. Encontraremos otras maneras de pagar ese préstamo.

Agitó la cabeza para despejársela de la ira que se la había inundado como salida de la nada, se golpeó con el sombrero el muslo ceñido por la gruesa tela de los Levis, y masculló en voz baja unas cuantas palabrotas muy impropias para una dama.

—Juan no tenía ningún derecho a ofrecerte los caballos a mis espaldas. —Miró la cara demudada de su hermano y se le evaporó la rabia, como si no la hubiera sentido en ningún momento—. No es culpa tuya. Yo debería haber supuesto que ocurriría algo así, para advertírtelo. Desde que apareció por aquí esa familia, ese hombre De la Cruz no ha sido otra cosa que un problema. Ya hace casi tres años que escribí la carta a la familia Chevez en nombre de nuestro padre. ¿No es un maldito milagro que finalmente hayan decidido darse por enterados? —Se giró hacia el castaño y lo miró atentamente, recelosa—. Probablemente este caballo es su manera de librarse de mí para poder teneros a vosotros. Sin mí para estorbarlos podrían tener la posibilidad de llevaros con ellos a su infierno sudamericano. Y de paso robaros vuestra herencia.

Colby era baja, de cuerpo esbelto con suaves pero bien marcadas curvas, grandes y profundos ojos verdes sombreados por largas pestañas oscuras y abundante y sedoso pelo largo. Sus delicados y bien torneados brazos ocultaban músculos fuertes. Unas cicatrices blancas le estropeaban la piel bronceada de los brazos y de las pequeñas manos, como muestra de sus años de duro trabajo. Paul sintió una oleada de orgullo al ver aparecer el hoyuelo de su mejilla junto a la comisura de sus labios. Sabía cuánto destestaba ella sus cicatrices y sus manos, y sin embargo eran una parte muy importante de ella. No había nadie como Colby, tan libre, tan indómita, tan poco convencional.

—Viven en un rancho de miles de millones de dólares —comentó—. Mucho lujo. Seguro que tienen una piscina y nada de trabajo. Mujeres bonitas. A mí se me antoja que es una buena vida. Tal vez hay una conspiración y yo estoy metido en ella.

—¿Quieres decir que te dejarías sobornar?

Él se encogió de hombros y sonrió haciéndole un guiño travieso.

—Si el precio es interesante, nunca se sabe. —Intentó agitar las cejas y no lo consiguió. Entonces añadió—: No tienes por qué preocuparte, Colby. No creo que De la Cruz sepa que Juan nos trajo los caballos. En todo caso —encogió los hombros, en gesto pragmático—, el dinero es dinero.

—Así es, chico —suspiró Colby.

A los diecisiete años Colby se había echado al hombro la responsabilidad del rancho y el cuidado del hermano de once años y la hermana de seis, después que el horrible accidente de un avión pequeño matara a su madre y dejara a Armando paralítico. Eso lo hizo sin emitir ni siquiera un murmullo de protesta. Dos años después del accidente, su padrastro insistió en que le escribiera a su familia de Brasil pidiéndoles que vinieran inmediatamente; sabiendo que se iba a morir, había dejado de lado el orgullo para pedir ayuda para sus hijos. Nadie contestó la carta, y su amadísimo padre murió rodeado por sus hijos, pero sin sus hermanos ni hermanas. A sus dieciséis años, Paul ya era capaz de valorar lo que le habían costado a Colby esos cinco años; hacía todo lo posible por llevar parte de la carga, comprendiendo, por primera vez en su vida, lo que era preocuparse verdaderamente por otra persona. Cada vez que un caballo la arrojaba al suelo sentía latir más de prisa el corazón.

Colby nunca se quejaba, pero él veía día tras día más señales de cansancio en ella, por el exceso de trabajo y esfuerzo. Sin duda estaba magullada de la cabeza a los pies. Sus ojos de águila observaron que se tenía cogido el brazo izquierdo, como para protegérselo.

—¿Quieres tomarte un descanso? El sol ya se ha puesto —sugirió, esperanzado.

Colby negó con la cabeza, pesarosa, agitando su pelo rojo.

—Lo siento, cariño. No puedo permitir que este animal se haga la idea de que es el jefe. Volvamos al trabajo.

Sin un asomo de miedo, entró en el corral y cogió las riendas del inmenso animal.

Paul la observó, como había hecho mil veces antes; qué frágil se veía su pequeña y delgada figura junto al caballo medio salvaje, y sin embargo rezumaba confianza y seguridad. Colby se había creado toda una fama como domadora, y muchos de los principales jinetes de rodeo le traían sus caballos recién adquiridos, de todas partes de Estados Unidos. Normalmente ella dedicaba semanas y meses a domarlos y amansarlos, con suma paciecia. Tenía una afinidad especial con los animales, con los caballos en particular. Por lo general, sus métodos eran más duros para ella que para los caballos. Eran los casos en que tenía que domarlos rápido, como en esa ocasión, los que más lo preocupaban a él.

El rancho era pequeño, y dedicado sobre todo a los caballos; las pocas reses vacunas y el terreno para pasto que tenían, eran para el uso de la familia. Era una vida dura, pero buena. Su padre, Armando Chevez, había llegado al país en un viaje que hizo para comprar caballos para su adinerada familia de Brasil; buscaba purasangres de otras razas para los enormes ranchos, o haciendas, que tenían en Sudamérica. Entonces fue cuando conoció a Virginia Jansen, la madre de Colby, y se casó con ella. Este matrimonio no fue del agrado de su familia y quedó prácticamente desheredado.

Colby nunca le dijo a su padre que había encontrado la carta del patriarca de los Chevez en que le decía que debía dejar a la «americana promiscua, ávida de dinero y a su hija bastarda» y volver a casa inmediatamente si no quería que toda la familia considerara que para ellos había muerto... Ella no tenía idea de quién era su padre biológico y no podía importarle menos. Quería a Armando Chevez y lo consideraba su verdadero padre; él la había querido, protegido y cuidado como si hubiera sido de su sangre. Paulo y Ginny eran sus hermanos, formaban su familia, y los protegía con fiereza. Estaba resuelta a que ellos entraran en posesión del rancho cuando fueran mayores de edad, tal como había planeado Armando Chevez. Era lo menos que ella podía hacer por él.

Aquella tarde había sido larga, y el anochecer le pareció que sería más largo aún. Paul apretaba los dientes y soltaba unas cuantas maldiciones en voz baja cuando, una y otra vez, el enorme castaño se soltaba de su sujeción y la lanzaba volando por los aires y ella caía al suelo o chocaba contra los travesaños de la verja con tal fuerza como para romperse los huesos.

Llegó Ginny, colocó en el suelo una cesta con termos de limonada y trozos de pollo frito, y se sentó fuera del corral, con un puño metido en la boca y sus grandes ojos castaños, redondos de ansiedad, fijos en su hermana.

Colby sujetó con más fuerza las riendas, con sus delicados rasgos marcados por la resolución. Bajó la cabeza para limpiarse en la manga el hilillo de sangre que le salía por la comisura de la boca. Bajo el cuerpo sintió cómo los potentes músculos del caballo comenzaban a tensarse e hincharse. Paul avanzó un paso, sujetando las bridas con tanta fuerza que tenía los nudillos blancos. El enorme animal intentó bajar la cabeza; Colby se lo impidió con pericia. Mientras tenía lugar ese combate, a Paul lo maravilló el dominio de ella. Entonces el caballo se liberó nuevamente de su sujeción y se movió de un lado a otro del corral, corcoveando, girando y caracoleando.

Ginny se puso de pie de un salto y se cogió de la reja, observando impresionada la pericia con que Colby se anticipaba a cada movimiento del castaño. Dos veces Paul tuvo la seguridad de que el animal lo iba a arrojar volando hacia atrás. Pero Colby estaba resuelta a continuar dominándolo, con todo su ser concentrado en el caballo.

Rafael de la Cruz aparcó la camioneta cerca de un reborde rocoso de la montaña desde el que se dominaba todo el valle. Detrás de él la montaña se elevaba abrupta, toda cubierta por un denso bosque de pinos y abetos. La mujer que iba sentada a su lado lo tocó con una uña pintada de rojo, muy evocadora de una garra ensangrentada. Se la miró un momento y luego se inclinó hacia ella, bruscamente, indiferente, y le apartó un mechón de pelo de la arteria del pulso que le latía fuertemente en el cuello. Intentó recordar su nombre; era una mujer que se consideraba importante en el pequeño mundo que él habitaba en esos momentos, pero que a él no le despertaba ningún interés. Lo único que le importaba eran los latidos de su corazón, que sonaban parejos, llamándolo.

Era una presa, como todas las demás. Sana, fuerte. Una mujer que deseaba acostarse con un hombre rico y poderoso. Eran muchísimas las mujeres que se sentían atraídas por los hermanos De la Cruz, como las polillas a las llamas. Ella giró la cabeza hacia él, y al instante él captó su mirada, hipnotizándola. No valía la pena.

Le enterró un colmillo en el cuello y se alimentó. Bebió hasta quedar satisfecho, al tiempo que combatía a la bestia que amenazaba con surgir, exigiéndole que la matara, susurrándole acerca del poder último, definitivo, acerca de la emoción, acerca de «sentir». Valdría la pena, aunque sólo fuera para «sentir» una sola vez, aunque fuera una milésima de segundo. La mujer no era nada para él, le era inútil, a no ser como presa; fácil de dominar, fácil de matar.

Ella se desplomó sobre él, y el movimiento lo sacó del trance de la bestia. Le cerró el diminuto agujerito dejado por el pinchazo, curándoselo con una lamida. La contempló un momento y luego la apartó de un empujón, despectivo, dejándola desplomada en el asiento. Era como todas; dispuesta a venderse al mejor postor, a acostarse con un hombre que era prácticamente un desconocido, debido a su riqueza y poder. Llevaban vestidos escotados, reveladores, para atraer a los hombres. Eran muchísimas, como rebaños o ganados. Esta le había puesto el señuelo a un predador, creyéndose la seductora, pensando que lo atraía a su red sexual.

Bajó de la camioneta, a inspirar el aire nocturno, y comenzó a pasearse cerca del borde del despeñadero, con sus sensuales rasgos marcados por una seguridad dura, cruel. Estaba acostumbrado a la obediencia instantánea; estaba acostumbrado a manipular la mente de sus presas humanas.

Tanto él como Nicolas deseaban volver a su terruño en Sudamérica, en la selva del Amazonas. Ansiaban estar de vuelta en su mundo, en su hacienda, donde imperaban y su palabra era ley; ansiaban volver a la selva vecina, donde podían cambiar de forma siempre que querían sin temor a ser vistos; volver al lugar donde la vida transcurría sin complicaciones. Pero para poder volver tenían que llevar a cabo un pequeño trabajo: convencer a una hembra humana de que hiciera lo que deseaba la familia Chevez.

En cumplimiento de la petición que su príncipe les hiciera hacía cientos de años, Nicolas y él cazaban vampiros en Sudamérica. Era lo mínimo que podían hacer por su raza en peligro de extinción. Deseaban volver al país que había sido su terruño y su forma de vida esos cientos de años. Les era dificilísimo permanecer mucho tiempo en ese país desconocido. Pero la familia Chevez, que había servido lealmente a la familia De la Cruz durante cientos de años, necesitaba su ayuda, y ellos estaban obligados por el honor a dársela. El problema era una pequeña hembra humana.

Nicolas ya había ido a visitarla para someterla, intentando entrar por la fuerza en su mente y dándole una firme orden, pero, ante su sorpresa y disgusto, no le había funcionado. Ella se volvió aún más tozuda y se negaba a hablar con cualquier miembro de su familia. En todos los siglos de su existencia, jamás había ocurrido una cosa así. Era posible dominar y manipular a todos los humanos. Ahora le tocaba a él hacer su parte del trabajo, aunque eso significara tomar de su sangre para obligarla a obedecer. Cuando los hermanos deseaban algo, lo que fuera, lo obtenían. Ella no les sería un estorbo. Se le movió un músculo en la mandíbula sombreada por la barba de unas horas. De una u otra manera, tendrían lo que deseaban.

Suspirando, levantó la vista hacia las estrellas. No había nada para aliviar las despiadadas e implacables noches. Se alimentaba; existía; combatía a los vampiros; hacía todos los movimientos de la vida diaria, pero no sentía nada aparte de hambre; un hambre insaciable; la susurrada llamada del poder para matar. Ser capaz de sentir. ¿Cómo sería enterrar los dientes hasta el fondo en carne humana y agotarle la sangre a la presa, para sentir algo, cualquier cosa, aunque fuera unos momentos? Miró hacia atrás, a la mujer que estaba en la camioneta, sintiendo el insidioso susurro de la tentación.

«¡Rafael! —dijo la voz de Nicolas, en tono de dura reprimenda—. ¿Quieres que vaya a ti?»

Rafael negó con la cabeza, rechazando esa omnipresente tentación.

«No cederé esta noche.»

Recorrió el oscuro cielo con la mirada, observando a los murciélagos lanzarse en picado realizando su ballet nocturno. La brisa le traía información secreta. Se sentía inquieto, sus sentidos le decían que podría haber un vampiro cerca, pero él era incapaz de hacer salir al no muerto de su guarida, si es que había alguno en la zona. Probablemente se había ocultado bajo tierra en el instante en que aparecieron Nicolas y él, y estaba esperando a que se marcharan para salir.

Oyó sonidos de voces distantes, traídos por la brisa. Voces alarmadas. Suaves. Era una bella cadencia que le tocaba una cuerda en lo profundo de su interior. Oía la voz, una voz melodiosa, pero no entendía las palabras. Caminó hasta llegar al borde de la abrupta pendiente. Por el rabillo del ojo vio algo que le captó la atención. Miró la escena que se desarrollaba abajo y su ardiente mirada se quedó clavada en el caballo y su jinete. Contemplando a la pequeña mujer montada en el inmenso caballo se sintió embargado por una especie de alucinante conmoción. Hacía casi mil setecientos años que no veía los colores ni sentía una emoción. Y en ese momento, en un abrir y cerrar de ojos, observando la escena que se desarrollaba en el pequeño corral al aire libre, el caballo y la jinete enzarzados en una batalla, todo cambió.

Veía sus brillantes cabellos del color del fuego; veía el azul desvaído de sus tejanos y el rosa claro de su blusa. Veía al caballo, de bruñido color cobrizo, agitando la cabeza, encabritado, girando y corcoveando. El tiempo pareció aminorar la marcha para que se le grabaran todos los detalles en la mente: el centelleo de las hojas de los árboles con su brillo plateado, los colores de la tierra, la hierba y el heno; los matices plateados del agua resplandeciendo como un espejo en un lago lejano. Le salió bruscamente todo el aire de los pulmones y se quedó muy quieto, como una parte de la montaña en que estaba, absolutamente inmóvil por primera vez en toda su existencia.

A su espalda sintió un movimiento de la mujer que estaba en la camioneta, pero ella no le importaba; estaba despertando, adormilada, segura de que habían hecho el amor y había sido arrollada por las atenciones de él. El chico adolescente y la niña que estaban cerca del corral abajo no le importaban; tampoco le importaban sus hermanos que estaban esperando en su hacienda de Brasil, ni Nicolas, que estaba esperando ahí en ese tan populoso país, ni la familia Chevez. Sólo le importaba esa jinete.

Colby Jansen. Por instinto supo que la jinete era Colby Jansen; la desafiante. Toda fuego y hielo como las montañas entre las que vivía, las montañas que amaba, a las que se aferraba con tanta fiereza. La observó atentamente, con sus ojos negros y hambrientos. Continuó así inmóvil un buen rato, con la mente hecha un caos, sintiendo pasar las emociones, chocando entre ellas, rápidas y enardecidas; las emociones guardadas en alguna parte durante cientos de años pasaban por él como lava ardiente, obligándolo a clasificarlas a una velocidad horrorosa.

Tenía cuatro hermanos, todos capaces de comunicarse por telepatía; podían contactar a voluntad. Contactó con ellos, por la ruta común que usaban ellos, para contarles lo de los colores, lo de esa desconocida y violenta agitación de su cuerpo, la marejada de hambre. Él no tenía experiencia en esas cosas.

«Sólo puede ser tu pareja de vida» —contestaron.

«Es humana, no carpatiana.»

«Dicen que hay algunas a las que se puede convertir. La pareja de vida de Riordan no era carpatiana.»

La emoción y el deseo sexual elevándose juntos eran abrumadores, una bola de fuego recorriéndole las entrañas a la velocidad del rayo, haciéndole hervir la sangre, agudizándole los apetitos. Se desperezó, estirándose como un felino grande de la selva. Bajo la delgada seda de la camisa se le contrajeron los cordones de músculos. Colby Jansen le pertenecía a él, a ningún otro. No deseaba a ningún otro cerca de ella, ni a los hermanos Chevez ni a Nicolas, que la habían visto primero. Sintió hincharse a la bestia que llevaba dentro, rápida y feroz, ante la idea de ella con otro macho, fuera mortal o inmortal. Se quedó muy quieto, obligándose a dominarse. Peligroso en cualquier momento, reconocía que lo sería aún más en el estado en que se encontraba.

«Es muy desagradable, Nicolas. No me creo capaz de soportar que otros machos se le acerquen. Nunca había sentido estas emociones. Nunca había sentido tantos celos ni tanto miedo.»

Eso era un aviso y los dos hermanos lo reconocieron como tal. Pasado un corto silencio, Nicolas contestó:

«Me iré de aquí, Rafael, a las altas montañas del este. No hay nadie en la hacienda, y esperaré ahí a que soluciones esto».

Como siempre, Nicolas estaba tranquilo y sereno, con una reposada y confiada cordura que incitaba a los demás a tomar la dirección que él deseaba que tomaran. No expresaba su opinión con frecuencia, pero cuando lo hacía sus hermanos le hacían caso. Era un luchador oscuro y peligroso, probado muchísimas veces a lo largo de los años. Los hermanos estaban conectados y se habían mantenido unidos a lo largo de los siglos, contando los unos con los otros para mantener vivos los recuerdos que conservaban intacto su código de honor, contando los unos con los otros para mantener a raya los insidiosos susurros del poder de matar.

«*Obrigado.*»*

Cerró fuertemente los puños, hasta que se le pusieron blancos los nudillos, observando el drama que se desarro-

---

* *Obrigado:* Gracias, en portugués. Las palabras o expresiones en cursiva están en portugués o castellano en el original. *(N. de la T.)*

llaba abajo. Esa mujer, pequeña y frágil, humana, se empeñaba en hacer un trabajo peligroso, como para romperse los huesos. Descubrió que el aguante de un hombre tiene sus límites cuando siente emociones; descubrió que no soportaba verla sobre el lomo de ese animal encabritado.

Ella cayó al suelo, con un fuerte golpe, su cuerpo pequeño y frágil, y el inmenso castaño daba coces con sus potentes y peligrosos cascos a escasos centímetros de ella. Rafael dejó de respirar; se le paró el corazón. Colby rodó hacia un lado, liberándose del peligro, y le dijo algo a su hermano, que cogió las bridas. Y un instante después, ella estaba nuevamente montada en la silla.

Rafael se hartó, no pudo soportarlo más.

Ginny fue la primera que vio a los intrusos, al oír el rugido de la nueva y reluciente camioneta pick-up 4x4 avanzando por el camino de tierra. El conductor la aparcó en el montículo cubierto de hierba a unos cuantos metros de la serie de corrales exteriores. Los dos ocupantes miraron por las ventanillas el combate entre caballo y jinete.

Al oír el gritito de alarma de Ginny, Paul se giró a mirar. Toda la sangre le abandonó la cara, dejándolo pálido y tenso. Impulsivamente se subió al travesaño de la reja del corral, ocultando con su cuerpo a su hermana pequeña y cogiéndole la muñeca protectoramente.

El conductor bajó del coche y atravesó el camino, avanzando con movimientos ágiles, fluidos, potentes y coordinados. Una ondulante musculatura felina le daba al desconocido la apariencia de un predador; parecía ser un hombre duro, frío, peligroso. Era alto, de hombros anchos, con cordones de músculos que se notaban bajo la delgada camisa de seda. Llevaba recogido en la nuca su abundante y largo pelo negro ondulado; su semblante de rasgos duros e implacables denotaba fuerza y sensualidad. Se veía elegante y masculino al mismo tiempo. Ese tenía que ser Rafael de la Cruz. Ya habían conocido a Nicolas, que era bastante amedrentador, pero este parecía rezumar amenaza por todos los poros.

Rafael saltó la reja con la agilidad de un felino de la selva, pasando varios centímetros por encima del travesaño de arriba. Cogió al caballo encabritado, bajándole la cabeza, y le ordenó que obedeciera, con una autoridad que hasta el animal pareció reconocer.

Horrizado, Paul sólo podía mirar. Sólo Dios sabía qué haría Colby; tuvo la deprimente sensación de que podría darle un puñetazo al desconocido, y él no lograba imaginarse vencedor en una pelea a puñetazos si se veía obligado a defender a su hermana.

El castaño ya actuaba como un corderito, y cuando Rafael retrocedió para darle espacio, Colby procedió con suma pericia a ejercitar al caballo haciéndolo dar unas cuantas vueltas por el corral.

Con su semblante moreno toda una máscara de indiferencia, Rafael se le acercó, le rodeó la cintura con un brazo y la levantó sacándola de la silla. Su fuerza era enorme, y prácticamente la tiró al suelo.

Ginny se aferró a Paul, haciendo una brusca y audible inspiración. ¿Cómo había podido ese hombre atreverse a hacer eso? Consternada, miró hacia la mujer que estaba mirando desde la camioneta con aire de molestia y fingido aburrimiento. ¡Humillar a Colby de esa manera!

En el momento en que él le pasó el brazo por la cintura, Colby sintió una inesperada conexión. De él salió un calor que le entró por los poros de la piel y se extendió por todo su torrente sanguíneo. Sintió subir el rubor a la cara cuando se liberó de la sujeción de él. Alzó el mentón y lo miró con un brillo peligroso en sus ojos color esmeralda.

—Gracias, ¿señor…?

Su voz sonó aterciopelada, exagerando el tono de paciencia. Sabía muy bien que ese tenía que ser el otro odioso De la Cruz. ¿Quién, si no? Eso era lo que le faltaba esa noche. Más aflicción y problemas.

Él se inclinó levemente, desde la cintura, en un gesto curiosamente cortesano.

—De la Cruz. Rafael de la Cruz, para servirla. Creo que conoció a mi hermano Nicolas y, claro, a Juan y Julio Chevez. Usted, sin duda, es Colby Jansen.

Ella cogió el sombrero que le pasaba Paul y lo golpeó en la pierna para quitarle el polvo. Sus ojos recorrieron la imponente figura de Rafael, se detuvieron en sus anchos hombros y luego pareció descartarlo.

—¿A qué debemos este honor? —preguntó, en un tono tan sarcásticamente meloso que incluso Paul hizo un mal gesto—. Pensé que con su hermano habíamos hablado de todo lo necesario en nuestro último encuentro «amistoso».

Él le escrutó detenidamente la cara y sus glaciales ojos negros se detuvieron en su exuberante boca, en el delgado hilillo de sangre que le salía por la comisura de los labios. Se le encogieron las entrañas de calentura y el deseo se reflejó momentáneamente en sus ojos.

—¿Y creyó que íbamos a renunciar con tanta facilidad?

Su voz le rozó la piel, suave, dulce, magnética. Colby sintió físicamente su caricia, sintió el deslizamiento de las yemas de sus dedos por ella, haciéndole discurrir llamitas por todo el cuerpo, aun cuando él tenía las manos a los costados.

Se sacudió el efecto de su voz y de sus ojos concentrando la atención en la mujer que estaba en la cabina de la camioneta.

—¿Su amiga está enferma?

Al oírla, la mujer levantó la cabeza y la miró fijamente. Abrió la puerta y se giró con mucha lentitud en el asiento, enseñando unas piernas largas con zapatos de tacón de aguja. Era una rubia alta y cimbreña, de piel blanquísima, y maquillada a la perfección. Con su fresco vestido color lavanda parecía una modelo. No se tomó la molestia de disimular su desprecio mientras se acercaba, mirando a Colby de arriba abajo, fijándose intencionadamente en sus tejanos desteñidos y polvorientos, en la blusa rota, la cara surcada por polvo y los desordenados mechones que se le escapaban de la trenza.

Muy consciente del contraste entre su apariencia y la de esa mujer, de las cicatrices en las manos y brazos, de los mordiscos y golpes de cascos, levantó la mano para arreglarse un poco el desordenado pelo, pero antes que lograra tocárselo, Rafael le cogió la muñeca y le bajó el brazo, con expresión dura. Una especie de corriente eléctrica pasó entre ellos, saltando de la piel de él a la de ella y de la de ella a la de él. Colby volvió a sentir ese excitante calor abrasador, que le espesaba la sangre. Se miraron a los ojos un momento, en reñido enfrentamiento, y por entre ellos pasó una terrible avidez sexual, devorándolos.

Colby alzó el mentón de esa manera desafiante que Paul y Ginny conocían tan bien. Retiró la mano de la de él, disgustada por la forma como su cuerpo parecía adquirir voluntad propia en presencia de aquel hombre.

—Louise Everett —se presentó la mujer, poniendo una mano en el antebrazo de Rafael en gesto posesivo—. Conoce a mi hermano Sean y a su mujer, Joclyn. Los De la Cruz, sus sirvientes y yo estamos alojados en el rancho de Sean —explicó, como si quisiera dar a entender que ella había llegado con la familia De la Cruz—. Cuando se enteraron de que Rafael iba a venir conmigo a verla, me pidieron que le diera un mensaje. —Hizo una pausa para mirar desdeñosa los surcos de polvo que le ensuciaban la frente a Colby—. Joclyn desea que su hija reciba clases de equitación. —Se examinó sus largas uñas, por si detectaba alguna imperfección—. Aunque a mí me parece que ese caballo la ha arrojado al suelo más de una vez. Mi deseo es que mi sobrinita, tan terriblemente lisiada, aprenda de una persona cualificada, una persona competente.

Paul hizo una brusca inspiración, muy audible. Colby era una profesional; la mejor; su fama como domadora y entrenadora de caballos se extendía por todo el país. Deseó que esos esnobs se marcharan antes que él perdiera los estribos e hiciera alguna estupidez. Avanzó un paso en actitud agresiva, con las manos cerradas en puños; no le importaba si De la Cruz era un hombre peligroso y capaz de convertirlo en una sanguinolenta papilla; nadie iba a poner a Colby en esa posición y salir impune, estando él presente. Y esa alusión a los sirvientes de los De la Cruz; la mujer se refería a los hermanos Chevez. Él era un Chevez, igual que Ginny. ¿Significaba eso que si la familia conseguía llevárselos a Brasil ellos serían criados y no los propietarios del rancho? Por el rabillo del ojo vio a Ginny; estaba mirando tan furiosa como él.

—Ha habido un error —dijo Colby, en un tono, si acaso, más suave que el habitual. Diciendo eso fue hasta la cesta a coger un termo con limonada, más para evitar darle un puñetazo a De la Cruz que por otra cosa; de eso Paul estaba seguro. Tenía en los ojos esa expresión que él conocía muy bien—. No doy clases de equitación, señorita Everett. No tengo tiempo para nada de ese estilo. —Sus ojos verdes pasaron a los rasgos duros de Rafael—. Es evidente que el señor De la Cruz tiene tantos «sirvientes» para llevarle el rancho que se ha olvidado de lo que realmente entraña el trabajo arduo.

«Sobrinita lisiada»; esas palabras le resonaban tanto en la cabeza que deseó taparse los oídos para apagar el sonido y borrar la imagen de la pobre niña no amada por su tía.

Los glaciales ojos negros de Rafael parecían arder, pero sus marcados rasgos continuaban impasibles. Entonces se movió, pareció «deslizarse» o «flotar» por el suelo, apenas una ondulación de músculos y tendones. Ella pestañeó y él ya estaba a su lado, muy cerca, y se inclinó a quitarle el hilillo de sangre de la comisura de la boca con la yema del pulgar. Le dio un vuelco el corazón ante su contacto; su cuerpo lo deseaba, ansiaba el de él. La sensación era condenadamente enloquecedora, y deseó ponerle fin. Comprendió que él sería sexualmente dominante; eso era algo innato, lo llevaba en la sangre y los huesos; a su mujer le exigiría que le diera todo, la poseería, hasta que no hubiera vuelta atrás, jamás. Y ella, que se enorgullecía de su independencia, detestaba ser tan vulnerable a su tenebrosa sensualidad.

—Louise entendió mal el mensaje —dijo él, en tono tranquilo, suave, con sus ojos negros fijos en su cara, sin pestañear, ardientes, ávidos, devoradores.

Parecía estar mirándole el alma. Ella tuvo la desagradable impresión de que le leía los pensamientos. Lo observó llevarse la mano a la boca y pasar la lengua por la yema del pulgar, casi como si la estuviera saboreando a ella.

Se le tensó todo el cuerpo y se encontró mirándolo casi impotente. La sola idea debería repelerla, pero era pecaminosamente sexy, y estaba embobada por él, por su forma de moverse, por la forma de recorrerle la cara con los ojos ávidos. Tenía la capacidad de hacer sentir a una mujer que era la única mujer sobre la Tierra; la única que él veía. También la hacía sentirse como si la fuera a coger, echársela al hombro y alejarse con ella si lo desafiaba. Eso era algo muy inquietante y, Dios la amparara, terriblemente estimulante.

Ginny le cogió la mano, repentinamente temerosa por ella. El desconocido miraba a su hermana como si ella le perteneciera, como si fuera un malvado brujo empeñado en hechizarla.

—Colby —musitó.

Colby se desprendió de la red sexual que le estaba tejiendo Rafael, maldiciendo en silencio. Ese hombre era peligroso, francamente peligroso; se adueñaría de una mujer, la convertiría en su esclava sexual sólo interesado en que lo complaciera. Ese hombre era una tentación erótica a la que ninguna mujer podía permitirse sucumbir jamás. Habían enviado al primer hermano a ordenarle que entregara el rancho y los niños a la familia Chevez, y en vista de que eso no les resultó, ahora enviaban, obviamente, al principal a tratar con ella.

Alzó el mentón, desafiante.

—¿Cuál era el mensaje que debían darme?

—Joclyn le agradecería que se encontrara con ella esta noche en el bar de la ciudad. Creo que quería hacerle la cortesía de hablar con usted personalmente.

Su voz era tan bella, tan melodiosa, que ella ansió continuar oyéndola. Se obligó a mantener las manos a los costados para no ponérselas en los oídos.

Sin pensarlo, le apretó la mano a Ginny, en busca de alivio y apoyo. Rafael de la Cruz era capaz de hechizar, era un brujo misterioso que urdía magia negra, y ella era muy vulnerable a él. Deseó que se marchara antes que ella cayera y se ahogara en las profundidades de sus ojos negros. Estaba tan cerca de ella que olía su aroma masculino; un olor a aire libre, sexual, decididamente masculino.

—Me parece que esto es muy importante para ella —añadió él.

—Estoy muy ocupada en esta época del año —dijo Colby, algo desesperada.

No podía apartar los ojos de él, ni por un instante. Sus ojos reflejaban un hambre terrible, una intensa necesidad, exigentes. Además, maldito fuera, su cuerpo ansiaba el de él.

«Sobrinita lisiada»; no lograba borrar esa imagen.

—Entonces tendré que quedarme para convencerla —dijo él, con su acento brasileño muy marcado.

Todo en ese hombre, todas sus células, su corazón y su alma, su cerebro, incluso el demonio que había enterrado en él, le rugían que la encadenara. Podía hacerlo, simplemente apoderarse de ella. No había nadie capaz de impedírselo. Estaba acostumbrado a que nada ni nadie se opusiera a su voluntad. Y mucho menos podría esa diminuta mujer, una mujer humana.

—A las ocho, entonces —dijo ella, impaciente, tratando de no parecer tan asustada como se sentía—. Si me disculpa, tengo que volver a mi trabajo.

Nunca nadie la había hecho sentirse tan confundida y nerviosa como la hacía sentirse él. Había un algo posesivo en sus ojos, algo que parecía reclamarla para sí. Jamás en su vida había sentido verdadero miedo de nadie. Él era el enemigo. Estaba estrechamente relacionado con una familia que no la aceptó ni a ella ni a su madre; era un hombre que consideraría sirvientes a sus hermanos en un país del que no sabían nada. Tenía que tener presente eso. Tenía que recordar lo mucho que tuvo que luchar su padre para dejarles una herencia a sus hijos. Rafael de la Cruz tenía el encanto latino del que tanto había oído hablar pero no había experimentado nunca; era un hombre letal.

Miró a Louise, adrede. Era evidente que ésta estaba amodorrada, y ronroneaba como una gata. Tenía todo el aspecto de que acabara de hacer el amor con él. Le estaba acariciando el brazo y mirándolo con una expresión tan embobada que sólo verla le revolvió el estómago.

Rafael hizo un imperioso gesto hacia la camioneta; Louise le sonrió, con la cara iluminada por su atención, y echó a andar obedientemente hacia el vehículo. El gesto le produjo dentera a Colby. «¿Por qué no se había limitado a chasquear los dedos?» Los hermanos De la Cruz tenían una manera de actuar como si las mujeres fueran inferiores a ellos, y eso la hacía hervir de irritación. Aunque eso no era del todo cierto; en realidad era más como si consideraran inferiores a todos los seres humanos, hombres y mujeres por igual.

Rafael giró la cabeza y la miró como si le hubiera leído el pensamiento. Ella se quedó paralizada un momento, casi con miedo de moverse. Jamás había visto unos ojos tan duros y fríos. Si de verdad los ojos fueran un espejo del alma, los de ese hombre dirían que era realmente un monstruo.

Él no hizo ni ademán de seguir a Louise; lo que sí hizo fue mirarla a ella de arriba abajo, con su despiadado semblante desprovisto de expresión.

—¿Por qué insiste en esta tontería? Este es trabajo para un hombre, no para una mujer como usted. Es evidente que se ha pasado la mayor parte de la tarde en el suelo.

—Eso no es asunto suyo, De la Cruz —replicó ella, echando al viento toda simulación de buenos modales.

No sabía por qué se sentía tan amenazada, pero tenía la impresión de que estaba atrapada en la cruz de mira de un potente telescopio.

—Creo que es uno de mis caballos el que está domando —dijo él, en tono tranquilo, como si fuera incapaz de tomarse la molestia de perturbarse por el desacuerdo entre ellos—. ¿Cómo lo consiguió?

—Como un ladrón nocturno, entré furtivamente en sus establos y me traje a un buen número —repuso ella, sarcástica—. Si puede, procure ser menos pelma. Juan Chevez nos envió dieciséis caballos. Tal vez lo hizo por mala conciencia.

—La familia Chevez ha sufrido muchísimo por este malentendido —contestó él, pacientemente—. No hay nada que deseen más que hacer las paces con sus familiares. Puesto que yo considero su familia una parte de la mía, y están bajo mi protección, esto es de igual importancia para mí.

Sus ojos negros no pestañearon ni una sola vez, perforándole los verdes de ella. Se sintió «cazada». Más de una vez había tenido que seguirles el rastro a los pumas que intentaban dar caza a sus caballos y que la miraban con esa misma mirada enfocada.

—Vuelva a Brasil, señor De la Cruz, y llévese a su familia con usted. Eso favorecerá muchísimo lo de hacer las paces.

Él le enseñó los dientes, muy blancos, en una sonrisa lobuna. Sin ningún motivo, eso le produjo a ella un escalofrío. Se apartó de él, para liberarse, darse espacio, en una delicada retirada femenina, pero él avanzó con ella, como un felino de la selva acosando a su presa. Le ahuecó la mano en la nuca, sin presionar, con un contacto muy suave, sin embargo ella sintió su inmensa fuerza, comprendió que no podría zafarse de su mano, que él podría romperle el cuello en un instante si quería. Se quedó muy quieta, y lo miró a la cara. De repente sus ojos negros se veían hambrientos, con un hambre tan intensa que la dejó sin aliento, mirándole fascinado el pulso del cuello.

¿Cómo se le ocurrió pensar que sus ojos eran duros, muertos y fríos como hielo? En ese momento ardían de fuerte emoción, estaban vivos de deseo y necesidad y la miraban con una intensidad que parecía quemarla hasta el alma.

«No vas a escapar de mí, *pequeña*. Por muy lejos que huyas, por mucho que me combatas, no te servirá de nada.»

Las palabras pasaron vibrando por su cabeza, vibraron entre ellos, pero Colby no sabía si habían sido reales o no. Él no había hablado; sólo la estaba mirando con sus ardientes ojos negros.

Palideció y de repente sintió mucho, mucho miedo. De ella. De él. De la oscura promesa de pasión que veía en sus elocuentes ojos.

—No es bienvenido aquí, De la Cruz —exclamó Paul, con la cara roja bajo el bronceado—. Suelte a mi hermana inmediatamente.

Avanzó un paso hacia el hombre con los puños apretados, pero Ginny le cogió el brazo y lo refrenó como a un perro bravo.

Rafael desvió de mala gana la mirada de la cara de Colby para poder mirarlo. Al instante Paul observó que sus ojos no pestañeaban jamás, ni una sola vez. Estuvo un momento sin poder siquiera pensar ni moverse; se quedó inmóvil donde estaba. Entonces Rafael le sonrió, sin humor, sólo un relámpago de dientes blancos, y acto seguido echó a caminar hacia su camioneta.

Los tres se quedaron observándolo alejarse, como hipnotizados por sus fluidos movimientos y agilidad. Ninguno dijo nada, hasta que la camioneta se perdió de vista en medio de una polvareda. Entonces Paul se tumbó sobre la hierba.

—¡Debo de haber estado loco! ¿Por qué no me amordazaste? Podría haberme matado con su dedo meñique.

Ginny se rió, nerviosa.

—Por suerte yo te salvé la vida, refrenándote.

—Lo que te agradezco desde el fondo de mi corazón —suspiró Paul, contemplando el cielo ya oscurecido.

Colby se tumbó junto a él, arrastrando a Ginny con ella y poniéndola a su lado. Así juntos los tres se rieron de su audacia, algo histéricos de alivio.

Colby fue la primera en ponerse seria.

—El orgullo nos va a costar una buena suma esta vez. Con la exigencia de Daniels de que le paguemos todo el resto del préstamo, creo que esto es un grave contratiempo. Sólo tengo dos meses para reunir el dinero para pagarle y me ha dicho muy claramente que no me va a dar prórroga.

—No dijo que tenemos que devolverle los caballos —señaló Ginny, con su sentido práctico—. Sigue con ellos y cóbrale el trabajo.

—Le meteremos un pleito si no paga —exclamó Paul, indignado—. Has trabajado mucho con esos caballos y se han estado comiendo nuestras provisiones. De la Cruz no lograría encontrar a nadie mejor que tú aquí, ni en Brasil, si es por eso. No puede esperar que le hagas el servicio gratis.

—Tal vez así es como se han hecho ricos —dijo Colby, despectiva, y al instante se avergonzó de sí misma. Agradeció un trozo de pollo frito que le ofreció la práctica Ginny—. ¡Maldito sea ese hombre por venir aquí! Aunque, para ser totalmente sincera, no habría aceptado esos caballos si hubiera sabido que eran de él.

—Por eso no te lo expliqué —dijo Paul, sonriendo impenitente.

Colby volvió hacia él todo el poder de sus ojos esmeralda.

—Eso no es algo que debes reconocer ante mí. Rafael de la Cruz es peor que su hermano, y nunca me imaginé que eso fuera posible.

Se tocó la nuca, donde seguía sintiendo el calor de su mano.

—Ojalá se marcharan todos —dijo Ginny, muy claramente, y miró a Colby con los ojos asustados—. ¿Es cierto que me pueden apartar de ti y llevarme a otro país? —preguntó, con voz de niñita afligida—. Yo no quiero irme con ellos.

Al instante Colby le rodeó los hombros con el brazo.

—¿Por qué preguntas eso, Ginny? —Miró a Paul con un ligero ceño—. ¿Lo has oído en alguna parte?

—No fui yo —dijo Paul, a la defensiva—. Fue Clinton Daniels. Nos encontramos con él en el colmado y le dijo a Ginny que la familia Chevez nos iba a llevar a los dos a Brasil, y que tú no podrías impedirlo. Dijo que tú nunca ganarías en un pleito por nuestra custodia, y que la familia De la Cruz tiene influencia política y muchísimo dinero para pelear. Que puesto que la familia Chevez cuenta con el respaldo de la familia De la Cruz, tú no tienes ni la menor posibilidad.

Colby contó en silencio hasta diez, escuchando latir su corazón a un ritmo raro, irregular. Estuvo un momento casi sin poder respirar, y apenas pensar. Si perdía a sus hermanos no tendría nada. A nadie.

«¿*Pequeña*?»

Oyó la palabra en la mente, como una dulce pregunta; como una suave caricia tranquilizadora. La oyó claramente, como si Rafael de la Cruz estuviera a su lado, con la boca en su oído. Peor aún, sintió las yemas de sus dedos deslizándose por su cara, «acariciándole» la piel, acariciándole el interior, y sintió reaccionar su cuerpo de una manera puramente sensual.

La horrorizó y asustó que su voz le pareciera conocida y bien. Íntima. La asustó la reacción de su cuerpo, tensándose y excitándose. Se las arregló para tranquilizar a Ginny sonriéndole, al tiempo que intentaba erigir el muro en su mente para impedirle la entrada a Rafael.

—Parece que Clinton Daniels siempre encuentra el tiempo para cotillear acerca de todo el mundo, ¿no? Creo que ese hombre necesita un trabajo a jornada completa que lo mantenga del todo ocupado. —Abrazó a Ginny, acercándola más a ella—. Eres una legítima ciudadana de este país, cariño. Los tribunales no te van a entregar a alguien que ni siquiera conoces. Jamás llegarán a eso las cosas. Daniels simplemente quería tomarte el pelo. Esta gente se marchará a Brasil, y todo volverá a la normalidad.

Tenían que volver a Brasil, y Rafael tenía que volver con ellos. Pronto. Inmediatamente.

—Sí —añadió Paul, enterrándole el codo en las costillas—, la normalidad, el trabajo duro, más trabajo duro, trabajar desde primera hora de la mañana hasta avanzada la noche. Levantarse a medianoche para trabajar más.

—¿No querríamos todos que hicieras eso? —bromeó Colby—. Os lo digo en serio, a los dos: olvida el problema con los hermanos De la Cruz. No les caigo mejor de lo que ellos me caen a mí. Me los imagino como guardianes de mazmorras del siglo catorce, tiempo en que las mujeres eran propiedad de sus padres y maridos.

—¿Sí? —dijo Ginny, y estuvo casi un minuto con una expresión soñadora—. Yo me los imagino en un castillo, como si fueran reyes, grandes señores o algo así. Son muy guapos.

Colby arrugó la nariz.

—¿A ti te lo parecen? No me había fijado.

Consiguió mantener seria la cara unos tres segundos y luego se derrumbó en un ataque de risa, junto con su hermana, mientras Paul las miraba con absoluta exasperación y disgusto.

Capítulo 2

Después de oír cerrarse la ducha, Ginny esperó unos minutos para golpear la puerta del dormitorio de Colby. Esta había empleado tanto tiempo trabajando con el ganado, en la huerta y en el campo de heno, que temía que se hubiera olvidado de la cita con Joclyn Everett.

Colby se estaba secando el largo pelo con una toalla y le sonrió al verla asomada a la puerta.

—¿Tienes todo preparado para la carrera con barriles?*

Ilusionada, Ginny se apresuró a entrar en el pequeño dormitorio y fue a sentarse en la cama.

—¿Te acordaste de enviar mi cuota de inscripción para el Rodeo Redbluff? —preguntó, esperanzada.

—Te dije que cuando tuvieras doce años podrías viajar un poco. Mientras tanto basta con el rodeo de aquí.

—Ya hay una chica de once años que participa en carreras con barriles —protestó Ginny—. Gana bastante dinero y lo ahorra para su educación universitaria.

---

* Carrera de barriles *(barrel racing)*: Prueba competitiva en un rodeo en que el jinete intenta hacer en el menor tiempo posible un circuito establecido sorteando tres barriles o tambores metálicos colocados en triángulo o forma de trébol. Aunque a veces se organizan para personas de los dos sexos, jóvenes y profesionales, es principalmente un rodeo para mujeres, y participan niñas y chicas jóvenes. *(N. de la T.)*

Astutamente sacó una revista y leyó partes de un artículo, resuelta a probar lo que decía.

—Guárdala, pajarito. Estoy cansada y tengo prisa. Ya voy muy retrasada para la cita con la señora Everett. ¿Qué te parece? ¿Debo aceptar a la hija?

—No me importaría si es simpática. Sería guay tener una amiga. Yo podría ir a su casa a veces. Paul me dijo que el señor Everett sólo es un socio de negocios de la familia De la Cruz, que no son amigos ni nada de eso. Tal vez si yo fuera amiga de la hija del señor Everett, el señor De la Cruz comenzaría a ser más simpático contigo si quiere hacer negocios con él.

Colby no tenía el menor deseo de que Rafael de la Cruz fuera simpático con ella; no lo deseaba en su cercanía.

—No cuentes con eso, cariño —dijo, sonriendo traviesa—. Tengo la fuerte impresión de que los hermanos De la Cruz preferirían renunciar a hacer negocios con Everett, antes que ser simpáticos conmigo. No les gustan las mujeres independientes.

Era curioso que considerara tan frío a Nicolas, el hombre más frío que había conocido, y sin embargo encontrara que Rafael era todo lo contrario, un caldero hirviendo de emociones peligrosas, intensas y tenebrosamente eróticas. Rafael de la Cruz era un hombre verdaderamente sensual, y la asustaba de muerte. Si no volvía a verlo nunca más, tanto mejor.

Ginny frunció el ceño, con expresión sombría.

—Nunca hablas en serio, Colby —la regañó.

—Yo no diría eso —dijo, poniéndose una blusa de algodón de manga larga, para que le ocultara las cicatrices blancas que le estropeaban el bronceado.

—¿Te fijaste en lo guapo que es Rafael? Es un cachas —afirmó Ginny solemnemente—. Su hermano también es un cachas. Y están podridos de dinero, Colby. Te pierdes una fabulosa oportunidad.

Bufando de modo nada elegante, Colby metió el pie en la desgastada bota y pisó fuerte.

—¿Te has fijado en el tipo de mujeres que rondan a esos hombres? —Adelantando las caderas y echando atrás los hombros, agitó las pestañas—. Querridou —ronroneó, imitando a la perfección la voz de Louise—, ¡qué ffuerrte eres! Mi corazoncito revolotea siempre que poso mis ojos en ti.

Con las dos manos presionándose teatralmente el corazón, se lanzó de espaldas en la cama.

Muerta de la risa, Ginny se rindió y renunció a sus intenciones casamenteras.

—Vale, vale. Pero no estaría nada mal tener una sobrinita o un sobrinito para jugar. Seré una señora mayor cuando Paul se case.

Colby arrugó la nariz.

—Así que yo tengo que ir al sacrificio. No, gracias, señorita. Soy muy feliz siendo una vieja solterona. Salgamos de aquí, si no, no llegaré a tiempo. —Miró su reloj—. Ya voy tarde.

Ginny le cogió la mano y la miró muy seria.

—De verdad me gustaría tener una amiga, Colby. Me siento muy sola en verano. Estamos tan lejos de todo el mundo…

No continuó. Detestaba quejarse; su hermana trabajaba tanto.

Colby le dio un rápido abrazo.

—Lo sé, cariño. Paul y yo siempre estamos tan ocupados que nos olvidamos de que tú estás aquí haciendo todo el trabajo de la cocina y la limpieza. Veré qué puedo hacer.

—Gracias —dijo Ginny, abrazándola con fuerza—. Estás estupenda esta noche. ¿Joe va a estar ahí?

Colby detectó una nota esperanzada en su voz.

—¿Joe? ¿Joe Vargas? Ginny, ni se te ocurra intentar que ese pobre hombre cargue conmigo. Estaría perdido.

Riendo cogió su bolso y salió a toda prisa en dirección a la camioneta pick-up.

Paul ya estaba ahí para abrirle la oxidada y mellada puerta.

—Conduce con cuidado, Colby. Los neumáticos están lisos; ya no les queda ningún dibujo. Están totalmente desgastados.

—Todo lo está —comentó ella, girando una y otra vez la llave para poner en marcha el motor. Cuando por fin lo encendió, los dos vitorearon—. Nuestra vieja y buena camioneta. Todavía funciona.

Dio unas palmaditas de gratitud sobre el salpicadero y, agitando la mano hacia Paul y Ginny, partió en medio de una nube de polvo. Rebotando con cada bache y surco, oyendo los quejidos de las ballestas, conectó la radio y fue cantando feliz todo el camino hasta la ciudad.

Encontró un lugar en el aparcamiento lateral y bajó de la maltrecha cabina. Ya eran cerca de las nueve. Era muy posible que Joclyn Everett hubiera creído que la había dejado plantada, pero estaba tan cansada que no podía preocuparse por eso. Exhalando un suspiro y elevando una rápida oración, rogando que De la Cruz no estuviera en el bar con su multitud de chicas, abrió la puerta. A pesar de toda la gente que había, no le fue difícil localizar a Joclyn; su sencillo vestido blanco hablaba de dinero a gritos, y su maquillaje y peinado eran la perfección absoluta; en medio de un grupo de vaqueros destacaba como un faro, y se veía a las claras que se sentía muy incómoda. No le costaba imaginarse lo mal que lo había pasado, las tomaduras de pelo, las insinuaciones, los comentarios maliciosos y sarcásticos que sólo las mujeres saben hacerse mutuamente. Decidió arreglar las cosas de la única manera que sabía.

—¡Joclyn! —gritó, desde el otro lado del bar—. Tenía la esperanza de que me esperaras. Joe, apártate de mi camino, haz el favor —añadió, cuando un hombre alto de pelo moreno le interceptó el paso para darle un abrazo de oso.

—Ay, Colby, ¿cuándo te vas a casar conmigo? —se quejó él, dándole un sonoro beso y levantándola, dejándola con los pies colgando a varios centímetros del suelo.

Ella lo golpeó amistosamente.

—Uno de estos días voy a traer a rastras a un cura y vas a echar a correr hacia los montes. —Cuando él la bajó al suelo, se limpió la boca con el dorso de la mano—. Y deja de besarme en público.

—¿Quieres que vayamos a un lugar más privado? —propuso él, agitando las cejas.

Todos los presentes celebraron riendo las travesuras de Joe y la saludaron cuando ella pasó junto al vaquero y comenzó a abrirse paso por en medio del gentío.

—Lamento el retraso —dijo, sentándose.

—Temí que no vinieras cuando Louise reconoció que había sido grosera contigo —dijo Joclyn, con el aspecto de sentirse más incómoda que nunca.

—¡Colby! —exclamó otro hombre, quitándose el sombrero y sentándose en la silla que había al lado de la suya—. Eres una mujer difícil de rastrear.

—Hola, Lance. Te presento a Joclyn Everett, la esposa de Sean. Joclyn, Lance Ryker. Lance, estamos en medio de una conversación de negocios, o mejor dicho —enmendó, sonriendo pesarosa—, al comienzo.

—Compré a *Diablo*; por fin he cerrado el trato. Me prometiste que me ayudarías a entrenarlo —continuó él a borbotones—. Hice la compra confiando en esa promesa.

—¿Cuándo lo traerán? —preguntó Colby, sonriéndole a Joclyn a modo de disculpa.

—Dentro de un mes o algo así. Necesitaré que lo lleves a tu rancho.

—Por supuesto, llámame por teléfono. Paul se encarga de los compromisos, así que si yo no estoy deja el mensaje con él o con Ginny.

—Gracias, Colby.

Diciendo eso, Lance se inclinó a besarla en la mejilla, hizo una venia a Joclyn y se alejó.

—Conoces a todo el mundo —comentó Joclyn.

—Esta es una ciudad pequeña y todos los de este grupo trabajan en ranchos —explicó Colby, agradeciendo con una sonrisa a la camarera que acababa de ponerle un vaso alto delante.

Joclyn se rió en voz baja.

—Yo he pedido una cerveza, porque estaba segura que tú bebías cerveza, pero veo que he cometido otro error.

—Seven-Up. A veces hago acopio de valentía y les pido que le añadan zumo de naranja. —Se rió—. Todos me hacen bromas por eso.

De pronto los oscuros ojos de Joclyn se pusieron serios.

—Sé que te pareció un insulto que Rafael te pidiera que le enseñaras a cabalgar a mi hija. Y luego me enteré que no fue Rafael quien te lo pidió, sino Louise, con su habitual encanto. No, no pidas disculpas, por favor, lo entiendo. Trabajas muchísimo y te enorgulleces de lo que haces. Rafael no quería que te lo pidiéramos. Dijo que tú estarías muy ocupada.

—Lo más probable es que haya hecho unos cuantos comentarios burlones acerca de mi intento de hacer el trabajo de un hombre. Es un machista.

Joclyn no se molestó en negar eso. Encontraba que había algo muy frío en los hermanos De la Cruz que la incomodaba, pero claro, no estaría bien hacer comentarios sobre los socios de su marido.

—Tenía que pedírtelo de todas maneras —dijo—. Desde que me trasladé aquí con mi marido, lo único que he oído decir es: «Colby es la mejor rastreadora, la mejor domadora, la mejor guía, la mejor en todo lo que tiene que ver con caballos». Dicen que tienes un don.

La sonrisa de Colby fue francamente traviesa.

—Espero que todo eso se haya dicho en presencia de los hermanos De la Cruz, en especial de Rafael.

—Siempre —dijo Joclyn riendo.

Colby deseó ser absolutamente justa y darle al diablo lo suyo.

—Yo he oído que Rafael y su hermano Nicolas son excelentes con los caballos.

Joclyn asintió, lentamente, pensativa.

—Eso es cierto. Los he visto. Aunque siguen unos horarios raros para ser rancheros. Son aves nocturnas. Creo que viven muy bien en Brasil. Pero vi a Rafael acercarse a un caballo gravemente herido y calmarlo con una caricia de sus manos. Fue increíble. —Agitó la cabeza como para expulsar el recuerdo—. Pero no son tan buenos con las personas, al menos con los niños. Creo que ninguno de los dos ni siquiera ha mirado a mi hija. Tal vez su discapacidad física los desconcierta. Algunas personas son así. A Tanya la atropelló un coche hace dos años y tiene que usar aparatos ortopédicos en las piernas para caminar. Los chicos de la escuela a la que iba eran muy crueles y se ha vuelto reservada y callada con nosotros. —Bajó la mirada a su vaso y pasó los dedos por él, para evitar la desconcertante mirada fija de Colby—. Sé que te ocuparía muchísimo del tiempo que dedicas a domar caballos. Estamos dispuestos a pagarte lo que sea que cobras normalmente por domar y entrenar un caballo —continuó, muy rápido, temerosa de la reacción de Colby—; de esa manera no saldrías perdiendo. Es muy importante para ella. Es lo primero en que ha manifestado un interés…

—Espera un momento, para —interrumpió Colby, dándole una tranquilizadora palmadita en la mano, ya despertada su compasión por la niñita—. No es tanto cuestión de dinero como de tiempo. Ella va a necesitar trabajar a su ritmo, sin sentirse presionada por mis horarios. Tal vez Ginny podría ayudarnos. Monta a caballo desde que tenía dos años. Yo podría comenzar la clase y luego dejar que la continúe Ginny y la supervise un poco. ¿Y tú? ¿Cabalgas?

Joclyn bajó la cabeza, ruborizándose.

—Me aterran los caballos. Soy una chica de ciudad, totalmente. Cuando Sean sugirió que nos trasladáramos aquí y compráramos un rancho, casi me morí de miedo. Pero no quería que Tanya fuera a parar a un internado, y dado que viajábamos tanto no teníamos otra alternativa. Venirnos aquí al menos era una oportunidad para tenerla con nosotros.

—Yo nunca he conocido otra manera de vivir —musitó Colby—. Mis primeros recuerdos son de mi padre sentándome delante de él en su caballo y cabalgando por todo el rancho. Es asombroso cómo todos estos años he dado todo esto por descontado. Me sentiría perdida en una ciudad.

—Y yo me siento perdida aquí —dijo Joclyn, emitiendo una risita que no engañó a ninguna de las dos.

Colby tomó la decisión intentando no pensar en lo que diría Paul.

—No te preocupes. No te haría montar en el lomo de cualquier caballo. Tengo un par de animales maravillosos, muy tranquilos. Te convendría tomar clases junto con Tanya; es decir, si Tanya sigue deseando cabalgar una vez que me conozca.

—No habla de otra cosa, de aprender a cabalgar, quiero decir.

El alivio era tan evidente en la cara de Joclyn, que Colby tuvo que desviar la vista. Al hacerlo, se encontró con unos ojos negros como el carbón y una ceja arqueada en un gesto aparentemente de burlona diversión masculina.

El corazón le dio un vuelco, golpeándole el pecho y se le resecó la boca. Sentía los fuertes latidos alarmados de su corazón. No podía desviar la mirada de esos ojos fijos en ella sin pestañear. Había visto a muchos animales predadores, tanto a osos como a pumas. Rafael de la Cruz tenía esa misma extraña mirada. Su sistema de alarma interior no le había avisado que él la estaba mirando, pero en ese momento estaba superactivado, haciéndole chillar de turbación los nervios.

—¿Por qué no me dijiste que estaba aquí?

—¿Rafael? Lo siento, Colby, sé que tiene que ser difícil para ti, dado que crees que la familia Chevez quiere arrebatarte a tus hermanos y llevárselos lejos, pero Sean tiene que atenderlos de alguna manera; son sus socios en los negocios. Rafael insistió en venir, y Sean no tenía ningún buen motivo para negarse a satisfacer su petición.

Recurriendo a toda su fuerza de voluntad, Colby desvió la mirada de los hipnóticos ojos de Rafael. Él sería capaz de hipnotizar a todos los presentes en el bar con sus brillantes ojos negros, concluyó, levantándose e intentando sin conseguirlo echarse atrás los mechones de pelo que le habían caído sobre la cara.

—¿El miércoles a las tres te parece bien?

Notó que hasta la voz le temblaba. Sabía retirarse a tiempo. No sería capaz de manejar a Rafael de la Cruz.

—Gracias, Colby —dijo Joclyn, con toda sinceridad.

Su intuición le dijo que no debía retenerla más rato. Estaba claro que lo que fuera que había entre ese par, le ponía a Colby con los nervios de punta.

Ella ya había logrado abrirse paso casi hasta la puerta cuando la mano de Rafael se cerró sobre su brazo, como unas tenazas. La había seguido con el silencio y sigilo de un cazador, derribando a su presa rápida e infaliblemente.

—Un baile o una escena, tú eliges —susurró.

Su voz le acarició la piel como un guante de terciopelo, tentadora, burlona, un pecaminoso señuelo masculino, estando sus palabras tan reñidas con su seductora voz. A él no le importaba si ella se resistía, si todos los hombres presentes se lanzaban a defenderla; no la soltaría. Eso lo supo instintivamente. Podrían resultar heridas algunas personas, incluso sus amigos, si intentaban intervenir.

Esa noche notaba una intensidad especial en Rafael, un claro aviso en su manera de sujetarla. Su cuerpo estaba duro como una piedra, y su piel caliente. En la profundidad de sus ojos brillaba una especie de cruda posesividad, como también en la enorme fuerza de sus brazos. Ella estaba acostumbrada a los rancheros, hombres fuertes que no tenían la menor dificultad para mover de aquí allá balas de heno. La apariencia física de Rafael de la Cruz era engañosa; alto y delgado, aunque por su sangre y huesos discurría acero.

En el instante en que su mejilla le rozó el pecho y sintió su calor a través de la delgada seda de su camisa, comprendió que bailar con él era un grave error. El corazón le dio un loco vuelco y se puso rígida, intentando mantenerse apartada de él.

Rafael simplemente la acercó más, tanto que sintió el calor de su aliento en la sien. Sintió el duro bulto de su miembro excitado, que él apretaba a su cuerpo, así, franca y despreocupadamente, como si no importara en lo más mínimo que ella supiera la urgencia con que su cuerpo exigía el suyo. Él curvó la mano alrededor de su cintura y le apoyó sobre su corazón la mano que le tenía cogida.

—Chsss —la advirtió—. No querrías que estos hombres corrieran a rescatarte.

Lo dijo con su acento brasileño muy marcado, su voz tan ronca que a ella le tembló todo el cuerpo de deseo y necesidad.

—Y lo harían —dijo, obligándose a hacer salir las palabras de su boca.

Por un terrible instante pensó que se le habían paralizado las cuerdas vocales. Él era demasiado potente, así tan cerca. Jamás había conocido a un hombre tan sensual. Pero había en él algo más; no se limitaba a su buena apariencia ni a su crudo atractivo sexual; llevaba adherida un aura peligrosa, indómita. Ella se la olía, la sentía, al estar tan cerca. Como un animal, un merodeador salvaje. Era un hombre muy peligroso. Ese conocimiento salía de lo más profundo de su ser, elemental, cierto. No sabía de dónde procedía, pero se fiaba de sus instintos.

Él inclinó la cabeza hacia la de ella, mientras la música vibraba a todo lo largo de sus cuerpos y corría por sus torrentes sanguíneos.

—¿Y si te dijera que puedo verte la mente? —susurró él, con los labios apoyados en el pulso de su cuello, que le latía frenético.

Unas llamitas comenzaron a lamerle el cuello y el hombro.

Cerró los ojos. La música los rodeaba, los encerraba como sábanas de satén, y ella ardía de deseo. Ardían juntos, ella lo sentía en el cuerpo de él. Bailar con él era una especie de tormento sexual. Sentía zumbar la sangre en los oídos y sentía el cuerpo derretido por fuego líquido.

—Le llamaría mentiroso, señor De la Cruz. Si hay una cosa que sé de cierto, es que no me puede ver la mente.

Y eso lo agradecería eternamente; porque lo deseaba con todas las células de su cuerpo. Deseaba sentir esa boca maravillosamente cincelada aplastándole la suya, sus manos moviéndose sobre ella, necesitándola, poseyéndola.

Rafael la mantenía apretada a él, con el cuerpo dolorido por sus nuevas exigencias. Esa mujer era la que le pertenecía. La tendría. Jamás se había negado ni una sola cosa en sus siglos de vida. Nada ni nadie le había despertado el interés en más de mil años, más aún. Ahora ocupaba todos sus momentos de vigilia en pensar en ella. Un tormento. Ella era un tormento, pura y simplemente. Colby Jansen era de él y nadie se la arrebataría. Ni ahora ni nunca.

Lo que le había dicho era cierto, y sorprendente. Entraba fácilmente en las mentes, sin embargo la suya estaba parcialmente cerrada a él. Y ella lo sabía. Eso lo enfurecía, le hacía pasar la rabia por la sangre, mezclándose con la necesidad sexual y aumentándole terriblemente el deseo. La tendría. La tendría toda entera, le costara lo que le costara. La haría suya, le haría el amor cuando quisiera. Satisfaría su hambre, la poseería. Sería su dueño. Ella le obedecería, y una vez que le abriera la mente y le viera sus secretos, ella no volvería a cerrársela jamás.

Acercó aún más la cara a la tentación de su satinada piel. Al aspirar su aroma, olió a primavera y bosques, a montañas elevadas. Colby era distinta, muy distinta a cualquier otro ser humano que hubiera conocido. Era un fascinante rompecabezas que gozaría descifrando. Se tomaría su tiempo, se abriría paso tanteando en esa situación desconocida. Si se veía obligado, simplemente la cogería y se la llevaría a su tierra. Su familia gobernaba ahí; nadie intentaría entrometerse. Fuera como fuera, no se le escaparía.

Colby cometió el error de levantar la cabeza y mirar sus hermosos y sensuales rasgos. Su forma de cerrar las mandíbulas insinuaba inflexibilidad y su boca tenía un sesgo despiadado. En ese momento sus ojos estaban duros, fríos, muertos. Se estremeció, y al instante él la estrechó con más fuerza, aplastando su blando cuerpo a la dureza del suyo.

—No puedo respirar —dijo.

Su intención fue decirlo con sarcasmo, pero su voz la traicionó, y le salió apenas un murmullo, ronco, asustado.

Con suma pericia, Rafael la guió por entre los vaqueros borrachos que atestaban la pista de baile, hacia la parte más oscura. Inclinó más su morena cabeza hasta apoyar los labios en su tentador pulso. Sus cuerpos se mecían, unidos, al rimo de la música; era un melancólico y erótico tango el que estaban bailando. Haciendo una inspiración profunda se llevó su aroma hasta los pulmones, para saber siempre dónde estaba, para encontrarla en cualquier parte. En lo más profundo de él levantó la cabeza el demonio y rugió exigiendo la supremacía: ella podría saciar su hambre omnipresente; ella pondría fin a su vacío, a la frialdad del mundo gris; ella apagaría la tormenta de fuego que ardía descontrolada en su sangre. La tendría a toda costa. Ella era de él, le pertenecía.

—Puedes respirar, *querida* —dijo, con voz suave y dulce, aun cuando sus brazos la ceñían como fajas de acero—.

Tienes miedo de aceptarme dentro de tu cuerpo, temerosa de mi posesión, pero llegarás a aceptarlo.

Lo dijo con su marcado acento brasileño, la voz sexy, una tentación, y nunca nadie la había tentado antes. Desconcertada por esa elección de palabras, hizo una rápida inspiración y entreabrió los labios, pero él le rozó suavemente el labio superior con la yema del pulgar, acallando su protesta.

Rafael hacía trabajar la mente buscando los secretos de la de ella. ¿Qué la protegía de su invasión? Algo que no la protegería eternamente. Si bebía de su sangre, la tendría; no se le escaparía, jamás.

—No lo harás, ¿sabes?, jamás —le dijo en voz alta, como si ella pudiera leerle el pensamiento, probándola, al tiempo que bajaba la cabeza acercando los labios a su cuello.

Colby sintió el movimiento de sus dientes en el pulso, raspándoselo de un lado a otro, mordisqueándoselo, acariciándoselo. Su cuerpo reaccionó tensándose; sintió un revoloteo de deseo, de ansias, en el vientre; se le hincharon los pechos y se le endurecieron los pezones, quedando como unos duros botones. Ahogando una exclamación de sorpresa por su reacción, echó atrás la cabeza para mirarlo. Su cara estaba ensombrecida por la excitación, sus ojos se veían humosos, oscurecidos, reflejando un intenso y crudo deseo, avidez. Tenía la mirada de un predador innato. Ni siquiera intentaba disimularlo o suavizarlo; simplemente miraba fijamente sus horrorizados ojos. Tuvo la extraña sensación de que caía, se apretaba más a él, abrazándolo y «pidiéndole» que entrara en su mente y en su alma.

—¡Suélteme! —siseó, con los dientes apretados, repentinamente aterrada.

Aterrada en una sala llena de gente, en una sala llena de duros vaqueros, todos los cuales lucharían por protegerla. En el fondo, donde importaba, sabía que ellos no le ganarían a él. Nadie lo derrotaría. Ni solos ni unidos. Nadie sería capaz de salvarla de él si decidía poseerla por la fuerza. Rafael de la Cruz era, bajo ese muy delgado barniz de civilización, un hombre verdaderamente peligroso. El conocimiento de eso estaba en su mente, fuerte, firme.

Rafael la retuvo otro largo momento, saboreando la sensación de su cuerpo apretado tan íntimamente contra el suyo; sus bellos ojos relampagueaban de furia, aunque principalmente de miedo.

—Piensas en escapar de mí, *pequeña*, pero no tienes ni la menor posibilidad. Bien podrías aceptarlo, tal como aceptas el aire que respiras para llenar tus pulmones. Y no me gusta que me digas no. Nadie me dice no, y mucho menos tú.

No fueron sus palabras las que la perturbaron, sino su manera de decirlas, el sonido de su voz, sexy, ronca, con su muy marcado acento melodioso. Fue la intensidad de sus ojos negros al escrutarle la cara de ese modo tan posesivo.

—Entonces será mejor que se acostumbre a mi negativa —dijo, en tono insultante, sus palabras apagadas por la delgada seda de la camisa de él—. Vuelva a su casa, señor De la Cruz. No puede tener a mis hermanos, y lógicamente no los tendrá intentando seducirme.

Él la soltó, riendo suavemente, y su risa sonó burlona, como la de un hombre que se está divirtiendo, y le llegó a los oídos como una especie de amenaza, de promesa. Alzando el mentón, lo miró desafiante, giró sobre los desgastados tacones de sus botas y echó a andar pisando fuerte por la pista, abriéndose paso por en medio del gentío.

Cuando estaba a medio camino de la puerta, Joe la cogió con su abrazo de oso. Joe, el eterno payaso; lo conocía de toda la vida. El bueno e indolente Joe; Joe no hacía temblar la tierra ni derrumbaba montañas con una sola caricia. Se echó en el seguro refugio de sus brazos, concediéndole ese baile, muy consciente de un par de ojos negros siguiéndolos por la pista. No conversó con él, pues no se sentía capaz de decir ni una sola palabra; seguía muy afectada por su encuentro con Rafael. Sólo necesitaba sentirse arropada en los brazos de una persona conocida, de confianza.

Esos ojos negros no se desviaban de su cara. Nuevamente ocultaban toda emoción; fríos como el hielo, duros, muertos. Los ojos de un cazador, enfocados, fijos en su presa. Vio pasar algo muy peligroso por esos ojos cuando se posaron en la cara de Joe. Se estremeció, temerosa por ese gigantesco hombre que siempre había sido su amigo. Movida por el miedo, se desprendió de sus brazos. Intentando parecer lo más normal posible, despreocupada, se puso de puntillas para darle un beso en la mejilla y acto seguido se dirigió a la puerta y salió al aire libre.

Atravesó el aparcamiento en dirección al refugio de su maltrecha camioneta soltando maldiciones en voz baja, un montón de palabrotas muy impropias de una dama, que había aprendido de los vaqueros a edad temprana.

Aunque era imposible, pues al salir había visto a Rafael al otro lado del bar, pero ahí estaba, apoyado en el capó de su camioneta. Se veía tranquilo, indolente y satisfecho, no hecho un atado de nervios como ella; estaba medio sentado, con las piernas estiradas y cruzadas a la altura de los tobillos; sus tejanos y camisa de seda negros impecables, y con los brazos cruzados sobre su potente pecho.

Nadie debería verse tan guapo. Nadie. No era justo. Y ella no era de las que perdían la cabeza por un hombre bien parecido; era una mujer ocupada, y no tenía tiempo para caer desmayada a sus pies. Además, según Paul, era el tipo de mujer mandona e independiente, y todos los hombres a cien kilómetros a la redonda temían su lengua afilada.

—¿Sabe qué es el acoso? No sé en su país, pero en el mío va contra la ley.

—¿Y tienes mucha fe en estas leyes? —le preguntó él, en tono apacible, manso, casi dulce, aunque ella detectó el humor en su voz.

—Supongo que usted está por encima de la ley —ladró, abriendo de un tirón la puerta de la camioneta.

El motor no se pondría en marcha; lo sabía. Jamás se ponía en marcha a la primera.

Entonces él se movió, apenas una ondulación de músculos, pero ya estaba a su lado, muy cerca, avasallándola con su elevada altura y encendiéndole llamas en la sangre con el calor que emanaba de su piel. Pareció deslizarse por el suelo, silencioso como un felino, con toda su atención concentrada en ella, mirándola con la intensidad de un animal de la selva acosando a su presa nocturna.

—En mi familia vivimos de acuerdo a un código de honor. Esa es la ley que me obliga. —Pasó las yemas de los dedos por su pelo y contempló una sedosa guedeja que le quedó sobre la palma de la mano, como si estuviera embobado—. ¿Te has palpado el pelo alguna vez, para sentirlo? ¿Sentirlo de verdad? Es muy suave y hermoso.

Ella se quedó inmóvil, temerosa de moverse y de hablar, sintiendo agitado el cuerpo por exigencias desconocidas. Con toda la fuerza que pudo se cogió de la puerta de la camioneta; necesitaba algo sólido para afirmarse.

—Tengo que volver a casa, con mis hermanos —dijo.

No supo discernir si al decir eso le pedía permiso. Así de imponente era él, así de poderoso.

Él sonrió, enseñando sus dientes blancos y parejos. Ahí en la oscuridad parecía un señor de la noche, en sus dominios, invencible.

—¿Señorita?

La voz sonó suave, pero sacó a Colby de su embobamiento. Se giró a mirar y vio a una joven que estaba cerca de ellos en actitud algo vacilante.

—¿Necesita ayuda?

Era la nueva camarera. Colby sólo la reconoció porque era una desconocida en esa ciudad pequeña llena de personas a las que conocía muy bien. La chica no miró hacia Rafael, ni siquiera cuando pareció pasar una especie de corriente de poder y Colby comprendió que él intentaba influir en la mujer para que se alejara.

Rafael alargó la mano y la cerró en el brazo de Colby.

«No querrás que nadie salga lastimado.»

Entonces la mujer giró la cabeza y enfocó la mirada en él.

—Podría intentar hacerme daño —dijo, como si él hubiera hablado en voz alta—, pero le resultará peor de lo que espera. Si intenta hacerle daño a ella, encontraré la manera de hacérselo pagar.

Colby le miró la cara. Era joven, pero sus ojos eran los de una persona mayor. Unos ojos de un llamativo color verde, casi verde mar, profundos e insondables.

—Gracias —dijo, sinceramente—. Sé arreglármelas con él. Es de Brasil, donde las mujeres caen derretidas a sus pies. Lo sorprende que yo no caiga. Por cierto, soy Colby Jansen.

Rafael aumentó la presión de la mano en su brazo, pero estaba mirando a la mujer, con una expresión sombría, perturbadora. De pronto ella sintió miedo por la mujer.

—Tal vez volvamos a vernos, Colby —dijo la mujer.

Diciendo eso giró sobre sus talones y se alejó lentamente, sin decir su nombre.

—Le ha oído —dijo Colby—. Cuando me ha hablado telepáticamente, le ha oído. En toda mi vida, usted y su hermano son las únicas personas que había conocido que son como yo. Y ahora esta mujer. ¿No es una extraña coincidencia?

—No creo en las coincidencias —dijo él.

Le soltó el brazo y continuó mirando hacia la mujer.

Colby sintió una fuerte punzada de celos. Era algo irracional, estúpido, tal vez rayano en la locura, y se enfureció consigo misma. Más que cualquier otra cosa, deseó alejarse de Rafael. Subió a la cabina y se apoyó en el volante, para afirmarse. El motor echaría a andar inmediatamente. Inmediatamente. Hizo una honda inspiración y giró la llave de contacto. El motor hizo su conocido y largo runrún de protesta. Miró fijamente la llave, resuelta a hacerlo arrancar. Al girarla, el motor se puso en marcha, ella pisó varias veces el acelerador, con sumo cuidado, y por su cara pasó una sonrisa triunfal. Poniendo la marcha atrás, no pudo evitar mirarlo, con expresión presumida, luego retrocedió y procedió a salir del aparcamiento para emprender el camino a casa.

Rafael se quedó mirando pensativo hasta que la vieja y desvencijada camioneta desapareció en la esquina. Había sido imposible no notar la repentina oleada de poder que vibró en el aire cuando ella puso en marcha el motor. ¿Sabría lo que hacía? Colby Jansen era única entre los seres humanos. Poseía ciertas cualidades, talentos que él no se había esperado. Corrían rumores de que su familia no estaba totalmente aislada. Habían oído decir, aunque ninguno de ellos lo creyó hasta que Riordan encontró a su pareja de vida, que había hembras humanas que poseían ciertos dones excepcionales que las hacían dignas parejas de vida para los machos de su raza. Colby no sólo poseía el don de la telepatía, sino que también era capaz de hacer bastantes cosas más. ¿Y quién sería la misteriosa mujer que se había atrevido a desafiar su autoridad sobre Colby? ¿Sería amiga o enemiga?

Él y sus cuatro hermanos eran inmortales. Desde su hogar en los Cárpatos habían ido de buena voluntad a Sudamérica cuando esta era una tierra salvaje, sin ley, y estaba plagada de vampiros, muy, muy lejos de su tierra y de la de sus parientes. Finalmente, eligieron a los antepasados de la actual familia Chevez para que les llevaran sus vastas propiedades durante el día. A cambio, ellos, los hermanos De la Cruz, les daban protección y riquezas a aquellos miembros de la familia Chevez que continuaban leales a ellos. A lo largo de los años él había cazado a incontables vampiros, machos de su propia raza que habían elegido a posta la oscuridad, volviéndose absolutamente malvados.

Paseando la mirada por el aparcamiento hizo borrosa su imagen para que no lo vieran los transeúntes que podrían pasar por ahí, y, con la facilidad que le daban sus muchos años de práctica, se elevó en el aire. Cambiando a una forma alada, planeó una vez por encima del aparcamiento y se alejó volando por el cielo nocturno. Colby Jansen era diferente a todo lo que hubiera experimentado. Que recordara, era la primera vez en su larga vida en que no sabía cómo proceder. Las emociones eran nuevas y fuertes, los colores vivos y deslumbrantes, y sentía su cuerpo vivo e hirviendo de una implacable avidez sexual. Era pasmoso estar en compañía de ella, tenerla en su mundo. Deseaba pasar todos los momentos con ella, y, sin embargo, no podía controlarla como controlaba a todos y todo en el dominio de su existencia. «Pero lo conseguiré», pensó, enviando ese pensamiento a la noche, volando delante de él. Una promesa. Una necesidad. Un juramento.

Colby se aferraba implacable al volante, con la mente en un absoluto caos. Algo iba muy, pero que muy mal con Rafael de la Cruz. Él era sin duda la personificación del seductor latino, capaz de enamorar a una mujer a cincuenta pasos. En voz baja masculló unos cuantos improperios impropios de una dama. Ella era una mujer práctica, no una que se dejara llevar por la atracción física. Ese hombre estaba desplegando su encanto para salirse con la suya; deseaba a Paul y a Ginny, y con ellos su rancho. Era lo bastante despiadado para emplear todos los métodos posibles para obtener lo que deseaba.

Emitió un gemido audible. Y le había demostrado que era totalmente vulnerable a su atractivo sexual. Había actuado como cualquier otra mujer en un radio de cien kilómetros, arrojándose a él. Se miró en el retrovisor para ver si tenía la cara roja de vergüenza. Durante una fracción de segundo vio unos ojos mirándola por el espejo. Unos ojos negrísimos, glaciales, fijos, sin pestañear. Los ojos de un despiadado cazador. En las profundidades de esos ojos vio moverse unas perversas llamas rojas, que parecían aumentar de tamaño. La mirada estaba fija en ella; ella era la presa, débil e impotente ante esa fuerza tan implacable.

Le dio un vuelco el corazón, fuerte y sonoro. Estuvo a punto de virar el volante y sacar la camioneta de la carretera al girarse a mirar atrás, para ver la parte trasera. No había nada ahí. Ya había visto antes esas llamas rojas, y sentido el estremecimiento del miedo y la aprensión. De la montaña soplaba un viento que entraba por la ventanilla abierta, golpeándole la cara, como un ominoso presagio de cosas por venir.

Resuelta, apretó el acelerador y así continuó la marcha, saltando y haciendo crujir los muelles del asiento al compás de la música de la radio que llevaba encendida a toda pastilla. Por mucho que lo intentara, no podía dejar de mirar continuamente el retrovisor, por si veía esos despiadados ojos. Ya tenía bastante de qué preocuparse como para empezar a tener visiones. Habían ido muchas cosas mal en el rancho últimamente, aunque no fueran importantes; y luego estaban la desaparición de Pete, cuando necesitaba tan angustiosamente una mano extra, el pago total del préstamo a su vencimiento, y el grupo de sudamericanos que apareció como salido de la nada exigiendo a los niños.

Se pasó la mano por el pelo, quitándoselo de la cara; sopló otra ráfaga de viento y le devolvió los sedosos mechones a la cara.

Algo andaba muy, pero que muy mal en el rancho; era algo terrible. Lo sabía, lo sentía, pero ¿cómo podría hacerle entender a Ben que ella simplemente sabía que pasaría algo? Como cuando ocurrió el accidente de avión. Lo supo en el momento en que el aparato comenzó a tener problemas. Tuvo conocimiento de la muerte de su madre en el momento en que ocurrió. Ella fue la que encontró el avión siniestrado, sabiendo que su amadísimo padrastro estaba aferrado a la vida y la esperaba. ¿Podía explicar cómo sabía esas cosas? ¿Cómo podría explicarle a alguien las cosas que era capaz de hacer?

Como venida de ninguna parte la invadió una violenta emoción, cegándole la visión periférica, algo muy inesperado pues siempre tenía mucho cuidado en mantenerse controlada. Sintió el escozor de lágrimas en los ojos, la garganta oprimida, el pecho como una piedra. La soledad la golpeó fuerte; estaba muy sola, muy, muy sola. No había nadie a quien explicarle quién ni qué era ella. Hizo un denodado esfuerzo por deshacer la sofocante opresión que sentía en el pecho. No se atrevía a descontrolarse, y no se descontrolaría. Eso podía ser peligroso, muy peligroso.

Llegó al camino de tierra que llevaba a su rancho; la puerta de rejas estaba cerrada y con el candado puesto.

Miró alrededor una vez para asegurarse de que estaba totalmente sola. Frenó, sacó la cabeza por la ventanilla y miró fijamente el candado y la gruesa cadena . El candado tembló una vez, se abrió y se soltó de la cadena. La puerta se abrió hacia dentro dejándole despejado el camino. Al pasar junto a la oxidada puerta le dio unos golpecitos con la uña roma, a un cierto ritmo. Después volvió a sacar la cabeza por la ventanilla y se concentró en cerrar la puerta con la cadena y el candado, agradecida por tener ciertos talentos útiles. Le venían muy bien cuando estaba lloviendo o esas noches en que estaba demasiado cansada para simular que era normal.

Nuevamente la golpeó el viento y sintió unos ojos sobre ella. Percibió el olor de un cazador. En la oscuridad había algo o alguien que había vuelto su atención hacia ella. Tal vez vez fue el remolino de poder que se produjo en el aire cuando empleó sus extraños talentos lo que le atrajo esa atención indeseada. Sólo sabía que algo estaba muy mal y que el mal perseguía a su familia. Ella era la única protección que tenían Paul y Ginny. Los amaba y los protegería bravamente. De cualquiera, de cualquier cosa.

Exhalando un suspiro, reanudó la marcha y condujo la distancia que faltaba hasta la casa del rancho. Vio a *King*, el border collie de Ginny, corriendo hacia la camioneta a saludarla ladrando. Apoyó la cabeza en el volante y estuvo así un momento, intentando absorber las vibraciones del cielo nocturno. ¿Qué había ahí, cerca, observando su rancho y a su familia? ¿Por qué no lograba discernir de qué dirección venía? Sabía que algo la estaba observando, pero no lograba concretar el problema. Ella percibía, sabía cosas. Sabía que la vaca del granero iba a parir pronto y que el parto no sería fácil. Sabía cuándo iba a llover y de cuánto tiempo disponía para sacar las balas de heno de los campos.

Dándole una palmadita al perro, echó a andar hacia el porche. Paul la estaba esperando, tumbado en el asiento del columpio; su larguirucho cuerpo estirado, el sombrero bajado sobre los ojos, los brazos cruzados sobre el pecho. Se detuvo ahí a mirarlo, sintiendo bullir su cariño por él. Se veía muy niño y vulnerable cuando estaba dormido. Le tocó suavemente el hombro.

Paul se despertó sobresaltado.

—Sólo estaba descansando los ojos —dijo, con la cara iluminada por una sonrisa, echándose atrás el sombrero con el pulgar.

Había visto ese gesto en un western y desde entonces lo imitaba. Por entonces tenía unos siete años, y ella nunca había tenido el valor de recordarle el origen del gesto. En todo caso, lo encontraba encantador.

—Joclyn Everett es muy simpática, Paul. Me he encontrado con su marido muchas veces, por supuesto, pero nunca había estado con ella. ¿Qué te parecen, Paul?

El suspiro de él fue audible en el silencio de la noche.

—Lo que me parece es que le dijiste a esa mujer que le darías clases de equitación a su cría aun cuando estás totalmente agobiada de trabajo. Eso es lo que me parece, Colby.

Colby se pasó la mano por la frente, evitando mirarlo a los ojos.

—Bueno, la chica es de la edad de Ginny, y Ginny se siente muy sola.

—Colby, no puedes. Ya estás hecha polvo. ¿Crees que no sé que te quedas despierta la mitad de la noche para trabajar? No puedes aceptar nada más.

—Ofrecen buen dinero, Paulo, y Ginny necesita una amiga. He pensado que yo podría pasar un rato corto con la niña en cada clase y que luego la continue Ginny. En realidad no me ocuparía mucho tiempo.

Paul gimió, sonoramente.

—Estás loca, Colby, de verdad, pero nunca sirve de nada discutir contigo. —Abrió la puerta—. Lo revisé todo e hice las rondas, para que tú puedas irte directamente a la cama.

Ella lo obsequió con una sonrisa.

—Gracias, Paul. Estoy cansada esta noche. —Se inclinó a besarlo en la mejilla—. Te lo agradezco, de verdad.

—Te largaría un sermón, pero me cae bien Sean Everett. Puesto que es un vecino, bien podríamos hacernos amigos de él.

Colby se echó a reír, con una risa suave muy contagiosa, y Paul se sorprendió con una ancha sonrisa en la cara.

—Sólo dices eso porque quieres amarrar a otra víctima para que nos arregle la maquinaria estropeada.

—¿Me acusas de tener un motivo ulterior? —dijo él, intentando poner su mejor cara de inocente.

Colby le hizo un gesto a *King* en dirección al granero. Normalmente el collie dormía echado en el suelo del dormitorio de Ginny, pero últimamente ella estaba tan preocupada que había tomado la costumbre de usarlo como guardián nocturno. Paul observó el gesto que le hizo al perro y frunció el ceño.

—Sí que estás preocupada, ¿eh, Colby?

Ella se encogió de hombros, aparentando despreocupación.

—Sólo creo que es mejor prevenir que curar, Paulo. Ben dice que cree que hay un grupo de chicos dedicados a gastar bromas pesadas.

Paul lo negó con un bufido.

—Ben siempre le echa la culpa a los adolescentes. ¿Qué pretende con eso?

Colby volvió a reírse, llenando la casa con el sonido de su afecto.

—Deberías haberlo visto cuando era adolescente. Era el chico malo del colegio. Simplemente cree que todos son como era él.

Negando con la cabeza, Paul abrió la puerta de su dormitorio.

—No logro imaginármelo como adolescente. Ni siquiera sabe sonreír. Buenas noches, Colby. De verdad necesitas irte a la cama.

Ella arqueó una ceja, aunque disimulando su diversión por ese tono autoritario.

—Buenas noches, Paul.

Capítulo 3

Suspirando, Colby echó atrás las mantas. Dejó un momento la mano sobre el precioso cubrecama hecho a mano. Su madre lo había encargado a París; estaba hecho por un diseñador muy famoso aunque elusivo. Recordaba con toda claridad la necesidad que sintió de tenerlo cuando lo vio anunciado en una revista. Al instante supo que era algo especial, casi como si tuviera un poder mágico. Su madre y su padrastro se lo regalaron el día que cumplió diez años, y lo valoraba más que todas las cosas que poseía. Además de su excepcional belleza y la especial sensación de consuelo y protección que le daba, ese cubrecama era un símbolo del cariño de sus padres por ella.

Desperezándose lánguidamente, recorrió el trecho de suelo de madera dura para asomarse a la ventana abierta. La brisa movía hacia dentro los delgados visillos de encaje. Llevaba los pantalones de un pijama atados a la cintura y una ceñida camiseta corta con finísimos tirantes de cordón. Lentamente se soltó la larga trenza, contemplando la noche. Le encantaba mirar las montañas por la noche, siempre místicas y misteriosas. Un velo de fina niebla cubría las elevadas cimas. Estaba rodeada por gigantes, pues su rancho se hallaba situado en un hondo valle. Alargó los brazos hacia la elevada cadena de montañas, levantando la cara hacia la brillante media luna creciente.

Estaba preocupada por tantas cosas que no podía dormir. Se sentía agotadísima, pero decidida a levantarse a las cuatro y media. Apoyándose en el alféizar, contempló las estrellas. No se lo había dicho a Paul, pero después de ponerles el alimento a los animales pensaba coger su caballo e internarse en la montaña en busca de Pete. Esos tres últimos días había hecho largos recorridos por el rancho, levantándose súper temprano y dedicando todo el tiempo que podía a explorar por si veía señales de él. A pesar de lo que le dijera Ben, no creía que Pete simplemente se hubiera marchado ni que estuviera inconsciente por una borrachera.

Pete ya estaba cercano a los ochenta y tenía los huesos artríticos, debido a los tiempos en que había participado en rodeos. Y allí, con ella, tenía un hogar, una cama, techo, buena comida, y el trabajo en el rancho para sentirse útil. Era un hombre que conocía el significado de la palabra «lealtad». Estaba segura de que él nunca se marcharía del rancho, y mucho menos sabiendo que ella podía perder la casa. Jamás la abandonaría; él sencillamente no haría eso, nunca. Lo que temía era que estuviera enfermo o herido en alguna parte de la propiedad.

Un pájaro batió las alas en el inmenso roble que estaba al otro lado del patio al que daba su ventana, llamándole la atención. El pájaro tenía una cara redonda, como un disco, y una cresta muy pronunciada. No era un búho, pero era grande. Muy grande; bien podría pesar unos nueve kilos. Lo miró y el pájaro le sostuvo la mirada; le veía los ojos, redondos y negros, brillantes. Conocía a los pájaros de su rancho y jamás había visto uno como ese. Si no supiera que no podía ser, diría que era un águila harpía. Apoyó el cuerpo sobre todo el ancho del alféizar, con la atención centrada en el ave.

La observó atentamente, sintonizando la mente con la ruta del ave de presa. El pico tenía aspecto peligroso, curvo y afilado, y las garras se veían enormes cogidas a la gruesa rama del roble. En sus ojos brillaba una aguda inteligencia. Se le quedó atrapado el aire en la garganta, y se le aceleró el corazón con una repentina excitación. Las águilas harpía vivían en la selva del Amazonas, y volaban airosas y ágiles por entre los árboles. Eran sin duda los pájaros más formidables del mundo, capaces de atrapar monos, serpientes e incluso perezosos como presas. No podía ser, pero cuanto más lo miraba, más segura estaba. ¿Qué hacía en las Montañas de las Cascadas un águila que estaba en peligro de extinción en Sudamérica?

Continuó mirando al pájaro, manteniendo el contacto visual y susurrándole suavemente, más con el pensamiento que con la voz. Susurrando solía llamar a todo tipo de animales para que se le acercaran, a caballos, a reses ovinas y vacunas, atrayendo hacia ella a la fauna cuando estaba sola. Llamó al pájaro, impresionada por su tamaño. Le preocupaba que pudiera estar herido o lesionado por haber viajado tan lejos desde su hábitat natural.

Dentro del cuerpo del pájaro, Rafael de la Cruz sonrió. Colby había picado el anzuelo; estaba llamándole, usando una ruta mental desconocida para él, aunque la estela de poder lo llevaba directamente a su mente, dándole la entrada que necesitaba; la llave para abrir su memoria, sus recuerdos, para tomar el mando. Ella no lo invitaría jamás a entrar en su casa, sin embargo invitaba al pájaro. Una vez que lo invitara a entrar, tendría más dominio sobre ella. Dentro del cuerpo del enorme pájaro, abrió las alas y se desprendió de la rama del árbol. Vio su cara sorprendida por el repentino movimiento, embelesada por la belleza del águila harpía en pleno vuelo. Se elevó alto, describiendo un amplio círculo, luego bajó en espiral, muy lento, y fue a posarse en el alféizar de la ventana, afirmando bien las garras en la madera. Lenta y majestuosamente, cerró las alas.

Colby estaba muy hermosa a la luz de la luna. Bajo la tenue luz plateada parecía una joven diosa pagana ofreciendo un sacrificio, un homenaje a las elevadas cumbres de las montañas. Su piel se veía suave, resplandeciente, mirándolo como si lo invitara a tocarla. Se le tensaron de calentura las entrañas. Su deseo era como una fiebre en su sangre; tenebroso y descontrolado cuando más necesitaba dominarse. Su inocencia lo afectaba, pero lo atraía. Ella era de él, estaba hecha para él, exclusivamente para él. Solamente Colby Jansen podía librarlo de las oscuras sombras de su alma.

Colby miraba al pájaro embobada. La asustaba un poco tener tan cerca a un ave de presa. No se sentía nada segura de estar a salvo. Lentamente, con sumo cuidado, retrocedió dos pasos, sintiendo retumbar los latidos de su corazón en los oídos. El pájaro era pasmoso, enorme, y muy amedrentador. Obligándose a calmar la mente, lo observó atentamente; no parecía tener ningún tipo de lesión o herida. No daba la impresión de estar hambriento ni sufriendo. Simplemente la miraba con la misma intensidad con que ella lo miraba a él.

Rafael la observó mojarse el carnoso labio superior con la lengua; ese gesto le tensó aún más el cuerpo y le calentó la sangre como una lava hirviente. Era incapaz de controlar su reacción a ella. Sabía muy bien que eso lo hacía más peligroso que nunca. Debía controlarse siempre. No quería correr el riesgo de hacerle daño. Ella era la tentación personificada, descalza, tan joven y bella, y algo asustada. Le dio un vuelco el corazón, y sintió surgir todos sus instintos protectores. Ni siquiera sabía que tenía instintos protectores. Ella le producía cambios con tanta rapidez que él no lograba adaptarse.

Estaba resuelto a tenerla bajo su mando. La deseaba para él, lejos de los demás, donde pudiera descubrir, lenta y concienzudamente, qué deseaba hacer con ella. La tendría; la aprisionaría, decidió; esa era la única manera de proceder para que ella fuera de él, estuviera a su cuidado, bajo su dominio. Sentía una necesidad feroz, una avidez, que iban aumentando momento a momento, de encadenarla a él, para tenerla siempre a su lado.

Colby sentía retumbar el corazón, pero esto se debía más a entusiasmo que a miedo. Debería tener miedo, pues el pájaro era un verdadero predador, pero era magnífico. Se esforzó más en encontrar la ruta hacia su cerebro, y le envió señales tranquilizadoras para mantenerlo calmado. Entonces el pájaro saltó del alfeizar al suelo, con los ojos fijos en su cara.

¡Tenía los ojos negros! Unos ojos negros, brillantes, muy inteligentes. Lo miró fijamente dos minutos enteros. Eso no era normal, estaba segura. Retrocediendo muy, muy lentamente, para no sobresaltarlo, atravesó la habitación hasta su librería. Sin dejar de mirar al pájaro, pasó las yemas de los dedos por los lomos de los libros hasta encontrar el que quería. El libro salió del estante y se posó en su mano tendida, ya abierto por las páginas que ella había buscado con la mente. Curiosamente, el pájaro la observaba con la misma intensidad, y brilló una especie de inteligente comprensión en su mirada al ver abrirse solo el libro. Ella se puso el libro delante y miró la fotografía del águila harpía. Tenía los ojos redondos y brillantes, pero no negros; los ojos del águila de la foto eran de color ámbar, con la pupila negra. Expulsó lentamente el aliento. Ese pájaro no era normal.

«Pero no eres ciego, ¿verdad?», dijo mentalmente, enviándole las palabras.

La estaba mirando con mucha atención; no podía ser ciego.

Entonces el águila se movió, sobresaltándola; le dio un vuelco el corazón. De pronto se sintió amenazada, de una manera indefinible. Creyó captar una fugaz expresión en los ojos del águila, y entonces esta saltó al alfeizar y se elevó hacia el cielo. La sorprendió que un pájaro tan grande fuera tan silencioso.

El pájaro planeó un momento en círculo y luego fue elevándose, elevándose hasta que sólo fue un punto.

Colby continuó observándolo hasta que desapareció.

Cuando volvió a su cama, se sintió inexplicablemente sola. Pasó los dedos por el cubrecama, en busca de consuelo. El libro estaba sobre la cama, a su lado. Tamborileó los dedos sobre la cubierta y luego lo envió de vuelta al estante. La telequinesis es un talento muy útil, pensó. Lo había descubierto a edad muy temprana. De niña, muchas veces, cuando estaba sola, hacía bailar los juguetes por su habitación. Una vez, orgullosa de su capacidad, le hizo una demostración a su madre, y aunque esta se mostró encantada, ella le vio la preocupación en la mente. Era pequeña cuando comprendió que era «diferente» y que la gente no tolera muy bien las diferencias. Miró tristemente hacia la ventana abierta.

«Me siento muy sola.»

Envió volando ese sincero lamento hacia la noche.

Sabía hacer otras cosas también. No eran agradables, y por eso su madre le aconsejó cautela muchas veces. Ya era mayor, y sabía que era necesario controlarse. Nunca en su vida había bebido ni una gota de algo que contuviera alcohol, y no lo haría jamás. No podía permitirse que surgieran sus insólitos dones sin ser llamados.

Suspirando, hundió la cara en la almohada. Sería maravilloso tener a alguien con quien hablar, una persona con la pudiera ser ella misma. Sólo una vez. Sólo una vez ser ella, tal como era, en lugar de vivir tan temerosa de traicionarse. Echaba de menos a su madre. Empezaron a brotarle lágrimas, como salidas de ninguna parte, algo que ella detestaba.

«*Querida*, ¿por qué estás tan triste esta noche?»

La voz era melodiosa, con un marcado acento, un susurro de incitación. Oyó muy claramente las palabras, como si hubieran sido dichas en voz alta.

Se tensó y sintió revoloteos en el estómago. Abrió los ojos y escrutó las sombras de la habitación. Le pareció que no había nada, pero de pronto sintió una mano sobre la cara, como una caricia, y luego las yemas de unos dedos deslizándose por su piel y apartándole sedosas guedejas de pelo de la frente. Se sentó y empujó el oscuro cuerpo inclinado sobre ella. El ancho pecho era real, y muy sólido. ¿Cómo pudo no darse cuenta de su presencia?

—¿Qué diablos hace en mi dormitorio? —siseó, en voz muy baja, no fuera que la oyera Paul y entrara con un arma.

Rafael contestó adrede con el método de comunicación telepática, más íntimo, resuelto a reforzar su vínculo con ella.

«Tú me llamaste. Oí tu llamada. Sentí tus lágrimas. ¿Por qué estás tan triste esta noche?»

Él era muy real y sólido en su pequeña habitación. Su aroma masculino impregnaba los rincones, y su voz le acariciaba la piel y su interior como terciopelo negro. No eran sólo sus palabras, era el sonido de su voz. Una seducción, una intimidad furtiva por la noche. La bañaba por fuera, la inundaba por dentro, de tal manera que no sabía qué hacer. Nunca nadie la había hecho sentirse tan consciente de su cuerpo, tan femenina, tan descaradamente sexual.

Entrecerró los ojos para enfocarlo bien. Parecía sólido al tacto, sin embargo su oscuro cuerpo se veía borroso, como si formara parte de la oscuridad de la noche; no real. Tuvo la sensatez de sentir miedo. Era tan parecido a un sueño que se enterró las uñas en la palma para asegurarse de que estaba despierta.

—¿Cómo ha entrado aquí?

En el instante en que le salieron las palabras, deseó no haber hablado. Su voz sonó ronca, sexy, no del todo suya. Sonó como una invitación. Se le aceleró el corazón, retumbante. El calor del cuerpo de él, tan cerca del suyo, le calentaba la piel, a pesar del frescor del aire. Debería sentirse furiosa, ir a buscar su arma; pero estaba embobada por él, por su avasalladora sexualidad.

Él ahuecó la mano en su nuca, posesivamente, como si tuviera alúnderecho sobre ella. Y su cuerpo reaccionó ablandándose, complaciente. Jamás en su vida había reaccionado tan sexualmente a nadie. Lo deseó, más y más, hasta que se sintió incapaz de controlar esas ansias. Continuó sentada ahí, impotente, atrapada en las profundidades de sus ojos negros. Estaba cayendo hacia él, su cautiva, su prisionera para siempre. En ese momento estaba dispuesta a ser su prisionera.

Él bajó muy lentamente su morena cabeza acercando la cara a la de ella, inexorable. Ella vio claramente sus pestañas increíblemente largas, sus labios pecaminosamente sexys, la sombra azulada de barba sobre su mandíbula.

Sentía el cuerpo pesado, deseoso, exigiéndole cosas de las que sabía muy poco. Él pertenecía a otra clase, a una sociedad muy distinta de la suya. Un hombre como Rafael la consumiría, la agotaría, la haría tan completamente suya que nunca podría haber otro. Debería gritar para que acudiera Paul con su pistola.

Pero en lugar de gritar, dejó que la boca de él se apoderara de la suya. La cama se hundió y se meció, como si se hubiera movido el suelo. Se sintió arrastrada por una marejada de emociones, sensaciones, a un mundo sensual que escapaba a su comprensión. Su cuerpo ya no le pertenecía a ella sino a él. Se sintió girar y bailar, y la habitación giraba. Y estaba viva. No era simplemente que su cuerpo ardiera por el de él, sino que también su mente ansiaba tocar la de él, y su alma clamaba por la de él. Sintió un curioso cambio en lo más profundo de su interior, una fusión, dos mitades imperfectas fusionándose a la perfección. Sintió sus brazos ciñéndola como tenazas de acero, con creciente desenfreno. Comprendió que él no sólo estaba tomando posesión de ella, sino adquiriendo dominio también. Se estaba desintegrando, fundiéndose con él, deseando fusionarse con su cuerpo, deseando ser lo que fuera que él necesitara, hacer lo que fuera que él deseara.

Rafael se sumergió en su dulzura. Ella era calor y miel, derretida en él, enrollándose alrededor de su corazón, y llegó a comprender que nunca estaría completo sin ella. Deslizó la boca hasta la comisura de la suya, y la bajó por su mentón hasta su vulnerable cuello. Ella estaba ardiendo por él, tanto como él ardía por ella. Su pulso lo llamaba. Ella lo creía un sueño erótico, y él reforzó esa confusión, le reforzó la ilusión de que era un sueño, aun cuando le vibraba el cuerpo de necesidad y excitación. Dejó que le aumentara el deseo tumbándola de espaldas en la cama, aplastándola con su cuerpo. Ella se resistió un momento, tal vez fue más una idea de resistencia. Implacable, le quitó la idea de la mente, besándola hasta que ella dejó de resistirse. Le devoró la boca, sin piedad, exigiéndole besos, apoderándose de su respuesta en lugar de pedírsela. Le levantó los brazos y se los puso estirados hacia atrás sobre la almohada, y le cogió las dos muñecas, dejándola inmovilizada, para tenerla cautiva debajo de su cuerpo.

Colby Jansen poseía una mente con una protección muy compleja, que él debía cruzar para reclamarla como suya. Había logrado que ella lo invitara voluntariamente a su casa. Había logrado encontrar la ruta hacia su mente. Ahora tenía que coger lo que necesitaba para abrir la puerta que la separaba de él. Nada ni nadie se lo impediría. Ni el niño que estaba durmiendo inquieto en la habitación contigua, ni la propia Colby, que estaba medio debilitada por sus necesidades y deseos desconocidos, nuevos para ella.

Ahora estaba tan estrechamente envuelta en el cuerpo de Rafael que ya no sabía dónde terminaba ella ni dónde comenzaba él. Él deslizó la boca por su mentón hasta su cuello dejándole una estela de fuego. Sintió el mordisco de sus fuertes dientes y la caricia de su lengua, moviéndola en círculos. Una ráfaga de calor líquido lo llamaba, y ella estaba impotente, no podía impedirlo. Giró la cabeza, deseando su boca, deseando que la volviera a besar, pero él le detuvo el movimiento, paseando sus ojos negros por su cara, posesivamente. Las oscuras necesidades que vio en esos ojos la estremecieron. Sus ojos profundos, de párpados medio entornados, reflejaban una intensa hambre sexual, una despiadada pasión. Con el corazón desbocado, se le ocurrió resistirse, pero antes que pudiera moverse él volvió a bajar la cara hacia su delgado cuello, con intencionada lentitud. Al instante sintió un fuerte dolor, y una llamarada líquida discurrió por sus venas, con tanta fuerza que gimió, Al tiempo que su cuerpo vibró y onduló de placer, con una necesidad tan intensa que deseó llorar.

Rafael la sujetó más firme, apretándola contra sí, mientras bebía su esencia vital, para tenerla siempre, para hacerla suya. La deseaba, deseaba poseer su cuerpo, poseerla totalmente. No era simple deseo, era «necesidad». Era una exigencia urgente, tan elemental como la tierra y el cielo. La necesitaba. Metió la mano por debajo de la delgada tela de su camiseta y ahuecó la palma en uno de sus pechos, palpándolo, sintiendo su peso. Su sangre fluía hacia él como un néctar, y se abandonó al placer de sentir su exquisita belleza, su sabor y su aroma; la sensación de su piel en contacto con la suya.

Una necesidad salvaje, desconocida, le endureció el miembro. Aumentó su apetito sexual, y por su mente pasaron deseos eróticos, que se introdujeron en sus células, inundándolo de imágenes de él poseyéndola de todas las maneras posibles, de tenerla siempre y dondequiera que la deseara. Jamás en su vida había pensado en las cosas que necesitaría o desearía de una mujer, pero ella le despertaba oscuras pasiones y un hambre insaciable.

Nunca había necesitado nada ni a nadie en su vida. Había consagrado su vida a proteger a los mortales de los vampiros endemoniados. Tenía los recuerdos de su cariño por sus hermanos. Tenía vagos recuerdos de su tierra natal. Tenía su honor. Se alimentaba. Existía. Sus hermanos eran como él. Pero al abrir la mente de Colby, esta lo asombró. Lo impresionó. Ella era todo amor y compasión. Sus pensamientos estaban dirigidos principalmente a los demás, a su necesidad de servirlos y ayudarlos. Mientras él deseaba hacer su voluntad en todo, mientras él creía que los demás eran seres inferiores, ella era toda luz y bondad. Lo hacía avergonzarse de su naturaleza predadora.

Colby, por su parte, ya no estaba segura de que eso fuera un sueño. Nunca habría podido conjurar una fantasía tan erótica como Rafael de la Cruz. La tenía sometida, era un ser sexual dominante, rudo y tierno a la vez. Le exigía respuesta, cogía su respuesta en lugar de pedírsela. Y ella se veía impotente para parar la marejada de pasión que le desencadenaba él.

Comenzó a debatirse, temerosa de perderse a sí misma. Le parecía que él estaba entrando en su mente, sumergiéndose en su interior, tan al fondo que temió no volver a ser libre nunca más. Era tremendamente fuerte, y cuanto más se movía ella debatiéndose, con más fuerza la sujetaba él. No le hacía daño, pero no le permitía apartarse. Intentó salir del sueño, asustada por la reacción de su cuerpo al de Rafael, aun cuando éste se mostraba rudamente dominante, pero no conseguía despertarse para salvarse. Y una parte de ella sabía que se salvaría si despertaba.

Rafael levantó lentamente la cabeza, con sus ojos negros ardiendo de fiera posesividad. Volvió a bajarla para coger las gotas idénticas de sangre que le corrían hacia la elevación de su pecho. Hizo girar la lengua sobre la marca en el cuello que le había dejado adrede. Una marca. Su marca de propiedad. El agente curativo de su saliva cerró los diminutos agujeros. Sus brazos la sujetaban sin el menor esfuerzo, su fuerza era enorme. Ella era muy pequeña y sorprendentemente fuerte, para su tamaño, por eso sus intentos de liberarse no significaban nada para él; pura tontería, escasamente los registraba.

Le cogió firmemente el mentón y obligó a sus ojos verdes a mirar los suyos. Al mismo tiempo sintonizó su mente con la ruta de la de Colby, y embistiendo se introdujo hasta el fondo, tomando el mando.

«Beberás lo que te ofrezco.»

Dándole la orden, usó una uña alargada para abrirse el pecho, y le presionó la boca sobre el oscuro líquido que los uniría. Implacable, la obligó a tragar. Cerró los ojos al sentir moverse su boca apretada a él; su cuerpo era tan semejante a satén caliente que apenas logró contenerse. Se le escapó un gemido, y deslizó las manos por su piel, explorando sus suaves y blancas curvas.

Estaba tan absorto en sus necesidades y deseos que casi no percibió los movimientos de la niña que estaba en la habitación opuesta, separada por el corredor. Tenía una pesadilla y estaba gimiendo, agitándose en la cama, y le corrían lágrimas por las mejillas. Él tenía el cuerpo tan duro y tenso por la desesperada necesidad que casi no sintió la intrusión.

Sorprendentemente, Colby se despertó, saliendo de la oscura niebla de su extraño y aterrador sueño. Comenzó a combatir con la niebla, percibiendo el sueño inquieto de Ginny. Maldiciendo elocuentemente en voz baja, Rafael cerró la herida de su pecho con su saliva, y suavemente, casi con ternura, volvió a poner la cabeza de Colby en la almohada. Estaba muy pálida, y su pelo color fuego le rodeaba la cara como un fiero nimbo. Él le había dado bastante de su antiquísima y poderosa sangre, a modo de intercambio, pero no lo suficiente para reemplazar la cantidad que le había extraído. Sin poder evitarlo, bajó la morena cabeza acercando la boca al redondo montículo de su blanco pecho. Sintió en su ávida boca los fuertes latidos de su corazón cuando ardiendo de deseo le succionó la piel ahí, dejándole otra marca. Jamás en toda su existencia había ansiado tanto, necesitado tanto.

Exhalando un suspiro de pesar, se fundió con las sombras, y agitó la mano para acallar la pesadilla de la niña e inducir en Colby un sueño más profundo. Se inclinó a darle un suave beso en la frente mientras con la yema de un dedo le acariciaba su marca en el cuello y la otra en la elevación de su pecho, con inmensa satisfacción. Sin hacer otro sonido, se disolvió convirtiéndose en niebla, un fino vapor inmaterial, y salió por la ventana al aire nocturno. Mientras se deslizaba hacia los árboles conectó las gotitas para dar forma a la enorme águila harpía. Se posó en la rama del roble y miró hacia la casa, pensativo.

Colby intentó despertar para ir a ver a su hermana, pero Ginny ya se había tranquilizado, por orden de él, así que se calmó y se rindió a su necesidad de dormir.

—Colby, Colby, despierta.

La asustada voz de Ginny penetró el inquieto sueño en que estaba atrapada. Sentía el cuerpo pesado y la boca reseca. Curiosamente, tenía los pechos sensibles, doloridos. Intentó despabilarse, aunque lo que de verdad deseaba era dormir. Ginny le estaba remeciendo el hombro.

—Estoy despierta —musitó, con la voz ahogada, saliendo del sueño y entreabriendo los ojos—. ¿Qué te pasa, cariño? ¿Te sientes mal?

Miró más allá de Ginny y vio a Paul apoyado en la pared, mirándola.

—Tu despertador ha sonado y sonado, mucho rato —explicó Ginny, con voz llorosa—. Me levanté a ver qué pasaba, y no podía despertarte. Te remecí, una y otra vez.

—Ella me despertó —dijo Paul, en tono acusador, aunque se detectaba miedo en su voz.

Ordenándole a su cuerpo que se moviera, Colby se sentó, echándose atrás la abundante mata de pelo que le cubría la cara.

—Lo siento. Supongo que estoy más cansada de lo que creía. Puse el despertador a las cuatro y media para poder hacer unas cuantas cosas extras.

—¡Ya sabía yo que te levantabas tan temprano! —exclamó Ginny, agarrándose a eso—. No puedes seguir así, Colby. Necesitas dormir, como todo el mundo.

—Yo necesito dormir —enmendó Paul—. Y hablando de eso, me volveré a la cama. Colby, si Ginny ha tardado todo este tiempo en despertarte, ¿no crees que eso significa que no deberías levantarte?

Su tono era de gran superioridad.

—Es posible —reconoció Colby, deseando volverse a meter bajo las mantas; su cuerpo no colaboraba, lo sentía pesado, molesto, y los ojos se le cerraban solos; sentía un tenue sabor a cobre en la lengua. Sin darse cuenta se colocó la palma sobre el pulso que le vibraba en el cuello—. Estoy empezando a creer que soy la chiflada totalmente desequilibrada que la familia Chevez y los hermanos De la Cruz creen que soy.

—Bueno, pues, lo eres —declaró Paul, manifestando su opinión de hermano.

—Por decir eso tendrás que ponerle el heno y el agua a los caballos mientras yo ejercito a *Domino*. Se vuelve difícil de manejar si no lo saco a cabalgar todos los días. —Bostezó, sin taparse la boca, sin la menor elegancia—. Necesito tiempo para ir a ver en qué estado están los cercados, y si tú te ocupas de darles la comida, yo me podré tomar ese tiempo extra.

Paul la miró ceñudo.

—Deberías librarte de ese caballo. Es muy peligroso. Todos lo dicen; incluso Joe Vargas.

Ginny le cogió la mano.

—¿Es cierto eso, Colby? ¿Es peligroso *Domino*? ¿Ha matado a un hombre, como dicen?

Colby levantó la cabeza, desaparecido ya de su cara el adormilamiento, y fijó sus ojos verdes brillantes en su hermano.

—¿Tú le dijiste eso?

Paul tuvo la elegancia de parecer avergonzado.

—Joe me dijo que *Domino* mató a un hombre, y Ginny oyó la conversación. Ya conoces a Joe, siente algo por ti. Estaba preocupado.

—A *Domino* lo maltrataban, Ginny —explicó Colby tranquilamente—. Se le ven las cicatrices. Puede ponerse difícil en ciertas situaciones, pero yo sé manejarlo. De verdad. No infravalores mis capacidades.

—Lo siento, Colby —se apresuró a disculparse Paul—. No debería haber permitido que Ginny oyera esa conversación.

—No soy un bebé —protestó Ginny, agitando su pelo negro azulado, y alzando el mentón, como una imagen de Colby en pequeño—. No tenéis por qué ocultarme cosas. Y no soy estúpida tampoco, Paul Chevez. Trabajar con cualquier caballo puede ser peligroso si uno no sabe lo que hace. Colby sabe —añadió, lealmente—. Nadie lo hace mejor.

—Ha hablado la voz de la objetividad —dijo Colby riendo y revolviéndole tiernamente el pelo a Ginny—. Cariño, hoy, más tarde, si tienes tiempo, podrás comenzar a arreglar el prado norte para la carrera con barriles. Janna Wilson traerá a *Roman* el jueves. El animal está pasando por un bajón, y ella no puede permitirse eso, después de que Regina esté intentando adelantarla siempre para ser la ganadora. Janna desea ser la campeona mundial este año.

—Seguro —dijo Ginny entusiasmada.

Janna Wilson era una jinete de Oklahoma, e iba a la cabeza entre las chicas que ganaban dinero con las carreras a mitad de la temporada. Era su heroína. Ella estaba resuelta a participar en carreras con barriles como profesional en un futuro no muy lejano.

—Volved a la cama, los dos —les aconsejó Colby—, el sol no tardará mucho en salir.

—No hace falta que me lo repitas —dijo Paul, agradeciéndoselo—. Colby, de verdad estás loca si te levantas ahora. Vamos, Ginny, ya es bastante vergonzoso tener una hermana loca; no quiero descubrir que tengo dos.

Colby ya iba riendo cuando entró medio dormida en la ducha y se echó encima el chorro de agua caliente, con la esperanza de que eso le limpiara de telarañas la cabeza. Se sentía débil y apática. Eso no era para sorprenderse, después de esos extraños sueños. Rafael de la Cruz entrando a hurtadillas en su dormitorio, besándola, su manos acariciándole los pechos, todo el cuerpo. Al instante le pasó una calentura por toda ella, y le dolieron de deseo los pechos. Gimiendo, cerró los ojos, como si así pudiera hacer desaparecer la humillación que sentía por haber tenido ese sueño tan erótico y seguir sintiendo sus consecuencias. Echó atrás la cabeza para recibir el chorro en la cara, deseando que el agua le arrancara el aroma de su cuerpo, le quitara su sabor de la boca y la sensación de su dura fuerza apretada contra su piel.

«Probablemente eres el diablo disfrazado.»

Después de secarse pasó la mano por el espejo para desempañarlo, y al verse deseó no haberlo limpiado. Estaba tan pálida que sus ojos se veían enormes, verdes, muy verdes. Cuando se echó atrás el abundante pelo rojo para hacerse la trenza, vio la extraña marca en un lado del cuello. Parecía una fresa pequeña, o una espinilla de adolescente. Se puso de puntillas para mirársela más de cerca y entonces le pareció ver que en el centro había dos diminutos agujeritos. Le ardía, no de dolor, pero era una especie de sensación interior, así que se la cubrió con la palma, como para mantenerla como algo muy íntimo. No sabía qué era, pero la inquietaba, a causa de ese extraño sueño. Al mirarse otra vez en el espejo, vio la otra marca. Se le quedó atrapado el aire en la garganta y se le aceleró el corazón. La marca estaba en la elevación de uno de sus pechos, roja, vivamente destacada por el contraste con su piel blanca. Peor aún, cuando se miró la mano que tenía fuertemente apoyada en el cuello, vio unas tenues manchitas en la muñeca, que parecían huellas digitales. Bajó bruscamente la mano, con el aliento retenido. No era posible que él hubiera estado en su habitación.

¿De verdad había dejado entrar a Rafael en su dormitorio? ¿Le había permitido besarla? ¿Acariciarla? Se obligó a mirar nuevamente las marcas; eran muy reales. Marcas en su piel. ¿Serían marcas dejadas por él, marcas de posesión? Emitió un gemido muy audible, y le subió un vivo rubor a la cara. Prefería creer que todo había sido un sueño erótico. Negó con la cabeza y se apresuró a vestirse; no quería pensar demasiado en lo que parecía un sueño nebuloso.

Domino era un caballo grande, y siempre se movía inquieto cuando lo ensillaba. Lo ensilló rápidamente, con movimientos diestros y tranquilizadores, al tiempo que le arrullaba palabras de cariño. Después lo llevó por el estrecho sendero que subía a la montaña. Era un caballo difícil de manejar; nunca podía sentarse con la espalda derecha, relajarse y disfrutar de la cabalgada. Sabía más trucos que la mayoría de los potros cerriles para rodeo. Pero el estrecho sendero le hacía casi imposible echar a correr como un loco, lo cual eliminaba eficazmente uno de sus malos hábitos favoritos.

Ella había arrancado el rifle de las manos del anterior dueño de *Domino*, salvándole la vida. Medio loco de dolor y de miedo, por las horribles palizas que había recibido, el caballo daba coces a todo el que se le acercara. No lograba recordar qué le dijo ni qué hizo para convencer al dueño de que se lo vendiera, ni cómo se las arregló para cargarlo en un medio de transporte en ese terrible estado.

Le había llevado tres años de amorosa paciencia y cientos de horas sentada sobre la verja de un corral, hablándole, diciéndole tonterías tranquilizadoras. Y ahora él la buscaba entusiasmado, y cuando la veía adelantaba la cabeza hacia ella, emitiendo un fuerte relincho de bienvenida. Pero cabalgarlo... Movió la cabeza, sonriendo para sus adentros. Cabalgarlo no era fácil, aunque eso fuera justamente lo que necesitaba. Le desviaría la mente de Rafael de la Cruz.

Cuando llevaba tres cuartos de hora adentrándose en la montaña, desmontó. Consideró preferible llevar a *Domino* tirándolo de las riendas, para disfrutar de la tranquilidad del entorno, al tiempo que exploraba el terreno en busca de señales de Pete.

La cadena montañosa de Las Cascadas tiene más de mil kilómetros de longitud; comienza en California, pasa por Oregón y Washington y continúa hasta Canadá. La cordillera se generó por la acción del fuego y luego fue esculpida por el hielo. Además de una cadena de volcanes, la cordillera contiene densos bosques, una multitud de cascadas y cataratas y kilómetros de plataformas nevadas. El río Columbia la corta por la mitad. Protegida por tres gigantescos volcanes, el agua blanca fluye por la honda garganta rocosa a una velocidad vertiginosa. Con sus despeñaderos de lava, lagos, ríos y exuberantes bosques de árboles de hoja perenne, las montañas de Las Cascadas son incomparables en belleza y potencial ferocidad.

Se detuvo en el borde del despeñadero, no para mirar hacia abajo sino hacia arriba, a la pared montañosa que se elevaba inmensa sobre ella. Naturalmente, esas imponentes montañas habían dado pie a muchas leyendas. En ellas había cientos y cientos de kilómetros de tierra virgen; muy rara vez el hombre penetraba los densos y formidables bosques, los traicioneros cañones, las abruptas laderas que se elevaban a lo largo de esos kilómetros. Alrededor de fogatas se contaban una y otra vez historias de terror, la de los aullidos que salían del interior de la tierra, reverberando, las del legendario Pie Grande que se llevaba a los intrusos, a los que no se volvía a ver nunca más.

Exhalando un suave suspiro, se agachó a coger una flor silvestre que valientemente intentaba sobrevivir entre los cantos rodados. Le encantaba la quietud de esas montañas; podía estar sentada horas ahí, simplemente absorbiendo la sensación. Claro que eso no significaba que se descuidara ni un solo momento. Ni siquiera ella, que estaba familiarizada con más kilómetros de montaña que la mayoría de la gente de la región, se sentía del todo segura. Teniendo un rancho situado en el valle justo en el límite de la elevada montaña, sabía muy bien que ocurrían cosas misteriosas e inexplicables: un olor que parecía salir de ninguna parte, fétido, nocivo; los extraños silencios que incluso los pájaros respetaban. Muchas veces la persona se sentía observada, por algo misterioso que producía repelús, que te ponía la carne de gallina.

La mayoría de los ranchos estaban situados muy por debajo de las montañas, a varios cientos de metros del rancho de ella y sus hermanos Chevez. El rancho de Clinton Daniels lindaba con el suyo por el sur, y por el otro lado sólo se extendían las ocho mil hectáreas de la propiedad de Sean Everett, detrás de la cual estaba el terreno estatal. Como ella, él prefería las montañas, y llevaba una existencia bastante autosuficiente. Su flota de vehículos, por no decir su pequeño avión Piper y su helicóptero, la ponían verde de envidia.

Los trabajadores de Everett, que vivían en las cómodas cabañas del rancho con sus familias, eran bastante reservados, aunque ella los conocía a todos por sus nombres y podía considerar amigos a unos cuantos. Al parecer, eran buenos trabajadores; el rancho de Everett había prosperado, decididamente, y sus reses vacunas continuaban gordas incluso en los inviernos más crudos. Incluso, algunos de esos hombres, de los cuales muchos no habían trabajado jamás en un rancho antes que Sean les diera un hogar, comenzaban a interesarse en competiciones de rodeo.

Sonriendo para sus adentros volvió a coger las riendas de *Domino*. Se pasaba gran parte de su tiempo negociando con hombres, adquiriendo fama como una ranchera fiable y sagaz, con un excepcional don para tratar a los caballos. Eso le daba una callada seguridad en sí misma, una alegría de vivir. Era una de esas personas afortunadas que aceptan su estilo de vida y simplemente la viven al máximo, lo mejor que pueden.

Montó de un salto en la silla, disfrutando del conocido crujido del cuero, que le encantaba, y, bajándose el ala del sombrero hasta un ángulo que le protegiera los ojos de los rayos del sol naciente, hizo virar al caballo para continuar el camino hasta el rincón más alejado de su propiedad. Los alambres de espino estaban flojos y caídos desde hacía un tiempo y, a diferencia de ella, a las reses les gustaba vagar por esa parte remota y escabrosa. Tal vez Pete había venido hasta aquí a reparar la alambrada.

Se frotó varias veces los ojos. Aunque el sol aún no estaba alto, los sentía irritados, demasiado sensibles a la luz.

Mientras *Domino* seguía el sendero, muy atento para sortear las piedras sueltas, en el absoluto silencio sólo se oía el ruido de sus cascos. Colby miraba nerviosa el suelo en busca de huellas, y de tanto en tanto elevaba la vista a la impresionante pared rocosa de la enorme montaña. Esa abrupta pendiente albergaba una serie de tenebrosas cuevas que formaban serpentinos túneles en el interior de la roca. Le tenía una intensa aversión a esa parte, y la evitaba inventándose todos los pretextos posibles. Percibía ahí una especie de maldad, algo siniestro y terrible, como si la tierra estuviera viva, esperando paciente e inexorablemente para apoderarse de ella. Nunca había logrado llegar a ese lugar sin que se le acelerara al doble el ritmo cardiaco, se le formaran nudos en el estómago y la invadiera una terrible sensación de mal augurio, sin duda restos de sus pesadillas de cuando era niña. Tampoco olvidaría nunca aquella vez, cuando, a los nueve años, se quedó atrapada en el pozo de la vieja mina abandonada. Era una construcción muy primitiva, de cientos de años, con todos los maderos podridos. De repente la mina se derrumbó sobre ella, apagando sus gritos y casi ahogándola. Y así estuvo once horas y veintidós minutos, enterrada viva, aplastada por la tierra podrida y húmeda. Le pareció una eternidad. Ni siquiera con sus dones especiales tuvo fuerza suficiente para mover los montones de tierra y piedras ella sola. Asustada y abandonada en esa terrible oscuridad tuvo que esperar que llegara su padrastro a rescatarla.

Aquella vez vio algo que se movía en las entrañas de la cueva, algo no humano. Vio unas llamitas rojas en unos ojos brillantes, y olió a carne muerta. Esa cosa la acosaba, tenía una voz áspera, cascajosa, y la piel muy tirante sobre el cráneo. Tenía los dientes mellados y manchados de sangre, y sus uñas eran garras afiladas como una navaja. Una y otra vez, cuando despertaba gritando por la noche, sus padres le juraban que todo eran imaginaciones suyas. Seguía costándole creer que ella pudiera haberse imaginado a esa horrible criatura.

Armando Chevez clausuró esa mina haciendo tapiar las entradas, y ella nunca había vuelto allí a explorar, pensando que ese lugar era una gigantesca telaraña que estaba esperando a que ella volviera. Después que Armando quedara paralítico tras el accidente de avión, ella volvió a ir, para reivindicar el peligro de las minas, y les prohibió terminantemente a Paul y a Ginny que se acercaran al lugar. No permitía que Paul fuera a hacer la ronda por ese sector ni que reparara esa parte de la alambrada; eso lo hacía ella o dejaba a Pete el trabajo.

La alambrada estaba en el suelo y varios trozos de alambre de espino enrollados en el poste caído. Vio un guante de cuero cogido en una de las púas. Se apresuró a desmontar y corrió a mirar el guante. En ese punto se juntaban los tres ranchos. La propiedad de Everett continuaba hacia arriba detrás de la suya, adentrándose en el denso bosque lleno de malezas. La propiedad de Daniels, por el sur, bajaba por la gradual pendiente hasta las suaves colinas cubiertas de hierba; en esa parte Daniels tenía repartidos una serie de cobertizos pequeños y diversas piezas de maquinaria vieja. Su basurero, pensó, sarcástica; bonitos adornos, para dar un ambiente aún más espeluznante al lugar.

Con el mayor cuidado liberó el guante de las púas y lo levantó para examinarlo. El ruido de una piedra al caer la hizo girarse bruscamente, justo en el momento en que *Domino* levantó la cabeza y las orejas, resoplando. Fue hasta el caballo y sacó el rifle de su vaina. Entonces se giró, con el corazón en la garganta. A varios metros de distancia estaba un hombre, detenido, sujetando a su caballo, tan sorprendido como ella.

Se relajó al reconocer al capataz del rancho de Clinton Daniels.

—Apareces en los lugares más extraños, Tony —lo saludó—. Y gracias por el susto, que me ha quitado diez años de vida.

Él reanudó la marcha, en dirección a ella. Sus oscuros ojos se posaron en el guante que ella tenía en la mano, y luego, brevemente, en su rifle.

—Yo tampoco esperaba encontrarte aquí. La alambrada tiene que estar en el suelo para que te dignes repararla.

Ella montó ágilmente sobre *Domino*; no le gustaba verse tan pequeña cerca de Tony. Se echó atrás el sombrero y se encogió de hombros, fingiendo indiferencia ante la acusación. Nunca le había caído bien Tony Harris. Lo conocía desde hacía muchos años, de mucho antes que Daniels lo contratara. Tenía una vena cruel; su fama de pendenciero era legendaria, casi tanto como su reputación con las mujeres. Ella nunca había entendido dónde tenía su encanto fatal; le consternaba ver la cantidad de mujeres que sufrían física, emocional y mentalmente y luego volvían en busca de más, como polillas atraídas por una llama. Ese hombre le ponía la carne de gallina.

Se metió el guante bajo el cinturón y lo miró con una ceja arqueada.

—¿Me vas a decir qué haces en mi propiedad?

Se obligó a sonreír, aun cuando la forma como él le recorría el cuerpo con los ojos le hizo tomar conciencia de lo solos que estaban ahí.

Él sonrió groseramente.

—Tal vez te buscaba a ti, la princesa de hielo. La virgencita que se sacrifica por los críos. Todos deseamos saber quién te va a derretir el corazón.

Lanzó una carcajada, que sonó grosera en la quietud de la silenciosa montaña.

—Tú no, Tony —contestó ella, tranquilamente—. Eres demasiado rudo para mi gusto.

—Quieres decir que soy demasiado hombre —replicó él, contoneándose un poco y acercándose más al caballo de ella.

Colby arqueó una ceja.

—Me han dicho que en el bar *Wayside* buscan cómicos. Podrías probar suerte.

—Igual lo hago —dijo él.

Ya estaba delante de ella, lo bastante cerca para leerle los pensamientos que pasaban por detrás de su guapa cara.

—Siempre he deseado tenerte para mí un par de horas —continuó él, en voz baja, como si estuviera pensando en voz alta—. Siempre sentada sobre ese pedestal; sería muy agradable tenerte arrastrándote a mis pies.

Colby se rió francamente de él.

—Tienes una viva imaginación, Tony. Eso es una fantasía maravillosa, pero tendré que pasar de ella. Tengo mucho trabajo por hacer. Ah, y eso me recuerda, ¿qué haces en mi propiedad? No andarás buscando reses extraviadas, ¿verdad?

—¿Me acusas de algo? —ladró él, repentinamente furioso, avanzando otro paso hacia ella, amenazador.

Domino se movió inquieto; estaba claro que no le gustaba la proximidad de ese hombre. Tranquilamente ella lo hizo girar hacia un lado y apoyó el rifle delante suyo, con el cañón bajo, pero inequívocamente apuntado al centro de su corpulento cuerpo.

—Eh, Tony, ¿ya has llevado de vuelta esos novillos? —gritó una voz, desde unas rocas cercanas.

Colby no desvió la mirada de Harris, y vio que ahora este mostraba una expresión triunfal, más maligna que nunca.

—Claro que sí —dijo él—, pero la señorita Jansen no está tan agradecida como debiera. Tal vez necesite una o dos lecciones sobre cómo tratar correctamente a un hombre.

El otro avanzó por las rocas y entró en la línea de visión de ella. Era un hombre totalmente desconocido para ella, moreno, con barba de un día y unos astutos ojos evaluadores, ribeteados de rojo, que le lagrimeaban. Él se puso unas gafas oscuras, pero antes ella alcanzó a ver su expresión. Mientras Tony la fastidiaba, ese hombre le inspiraba miedo; Harris era un matón, pero el otro, la maldad personificada. Desde luego Daniels tenía un equipo de trabajadores maravilloso; probablemente hasta le robaban.

—Así que viniste a devolverme animales —dijo amablemente.

—Exactamente, Colby —dijo él, dando otro paso hacia ella, mirándola con los ojos ardientes—; esos novillos tuyos simplemente se niegan a mantenerse en su lugar.

—¿Qué diablos os ha tomado tanto tiempo? —preguntó Daniels, caminando hacia la alambrada caída y mirando enfadado a su capataz—. Vuelve al trabajo, Harris. No deberíais haber tardado tanto tiempo en devolver un par de novillos. Y podríais haber reparado la valla. —Con un gesto de la mano despidió a los dos hombres, desentendiéndose del malhumorado gruñido de Harris y de la burlona insolencia del otro trabajador—. Lo siento, Colby, no se me ocurrió que no arreglarían la valla. —Sólo entonces se fijó en el rifle—. No te habrán dado ningún problema, ¿verdad?

Colby lo miró. Estaba ahí de pie, al otro lado de la alambrada caída, todo zalamero, encantador. Un tiburón. Clinton Daniels había aprovechado en su beneficio el terrible accidente de su padrastro. Se les estaban acumulando las facturas del hospital y ella aceptó el préstamo que l ofreció poniendo el rancho de la familia como garantía, y con unas condiciones que eran casi imposibles de cumplir.

Justo en ese momento, por el rabillo del ojo vio un movimiento que le captó la atención. Arriba, en la cresta de una estribación estaba uno de los sombríos y silenciosos trabajadores de Everett, al lado de Juan Chevez. El hombre levantó la mano, saludándola, y continuó observando, desde su estratégica posición.

Ella se echó a reír.

—Tenemos toda una asamblea aquí. Yo creía que estaba totalmente sola, pero de hecho hay personas suficientes para celebrar una fiesta.

Daniels estaba mirando ceñudo a los dos silenciosos hombres.

—Yo no lo encuentro tan divertido, Colby. Hay algo raro en los hombres de Everett. Hasta el último de ellos es un ex convicto. Me pone nervioso saber que se instalan ahí a observar todo lo que hacemos.

—Sólo quieren que los dejen en paz.

—Es peligroso que cabalgues por aquí sola. —Echó otra feroz mirada a los dos hombres—. Y esos dos extranjeros son muy raros también. Yo creo que traman algo.

Colby cogió las riendas, ya que *Domino* estaba dando pasos hacia los lados, nervioso.

—Gracias por devolverme los novillos, Clinton. Lamento lo de la valla. Traeré alambre nuevo tan pronto como me sea posible y no volveremos a tener problemas.

—Podrías esperar un par de meses, para ahorrarte el tiempo y el gasto —dijo él, afablemente.

Colby alzó el mentón.

—No tienes por qué preocuparte, te tendré el dinero.

Él la miró moviendo la cabeza y chasqueando la lengua.

—Colby, sé que fuiste al banco y te negaron el préstamo. ¿Cómo esperas…?

—Me lo negaron debido a ti, Daniels. No creas que no lo sé. Y el cómo reúno el dinero no es asunto tuyo. Lo tendrás.

Él cogió las riendas, impidiéndole apartar al caballo.

—No seas tan tozuda, Colby. Deja que los Chevez se lleven a los críos y cásate conmigo. Seguirás teniendo tu rancho y todo se solucionará. No deberías hacerte polvo trabajando tanto. Mírate, estás pálida y cansada. Tienes unas profundas ojeras. Y te has adelgazado. Deja que yo cuide de ti.

Ella hizo retroceder a *Domino*, apartándolo.

—Nadie se va a llevar a mis hermanos a ninguna parte. Ahora, si me disculpas, tengo trabajo que hacer.

Diciendo eso hizo girar al caballo y lo instó a volver por entre las piedras y rocas, al tiempo que metía el rifle en la vaina. Al instante fijó la mirada en el suelo, escrutando las huellas, observando de paso que el caballo de Tony Harris necesitaba una nueva herradura en la pezuña izquierda de atrás. Tardó unos cuantos minutos en caer en la cuenta de que no había visto ninguna huella fresca de novillos acompañando las del caballo de Tony.

Miró una última vez hacia las elevadas y escabrosas cimas y sintió el conocido nudo de nervios en la boca del estómago. Ya iba retrasada en sus quehaceres.

Cuando acababa de tomar el sendero en dirección a la casa del rancho, vio a un buitre planeando lentamente en círculos en el cielo. Observó su ruta e hizo virar a *Domino*, para encontrar un paso por entre los cantos rodados más grandes del abrupto despeñadero. Y cuando dio la vuelta por una saliente rocosa particularmente abrupta, vio más de esos grandes pájaros. Estaban reunidos cerca del pie de uno de los barrancos.

Al instante sintió un miedo terrible y se le tensó todo el cuerpo; *Domino* comenzó a brincar hacia los lados, nervioso; ella le había pasado los nervios al animal con su lenguaje corporal. Mordiéndose el labio inferior, miró lentamente hacia todos lados, escrutando la zona para asegurarse de que esta vez estaba sola.

Prefirió acercarse a pie; no se fiaba de la reacción de *Domino* a los buitres y a la hediondez. Llevaba el rifle, pero usó la pistola para disparar al aire, con el fin de ahuyentarlos y avisar a los jinetes de Everett que necesitaba su ayuda.

Dio una vuelta en círculo rodeando el lugar, cuidando de no mover nada, buscando huellas que le dijeran lo que había ocurrido. Antes de llegar al cadáver supo que era

Pete. Llevaba días muerto. Daba la impresión de que había estado en el reborde de arriba y que desde ahí había caído resbalándose. Debió golpearse la nuca en el pequeño canto rodado que estaba cerca. Había sangre en la piedra y muchísima le manchaba la camisa alrededor de los dos hombros.

Vio esparcidos los trozos de una botella de whisky quebrada. Cerró los ojos; de pronto se sentía muy cansada, y se le oprimió la garganta por lágrimas que pugnaban por salir. Apoyó la mano en el brazo de Pete, pero al instante la retiró y miró alrededor, muy, muy asustada.

En el mismo instante en que lo tocó lo supo; supo que no había sido un accidente, supo que a Pete lo habían asesinado. No sabía cómo ni por qué, sino sólo que alguien lo mató. La violencia y sus efectos seguían presentes en el suelo, en las piedras y rocas, y especialmente en el cadáver. Examinó todo el lugar concienzudamente, deseando leer los mensajes que podría darle la tierra, pero no tocó ni movió nada, para no alterar el escenario del crimen.

Dando la espalda al cadáver, volvió al lugar donde había dejado a *Domino* y hundió la cara en su cuello. Por una vez el caballo se quedó quieto, tranquilo, como si supiera que la consolaba con su presencia.

«¿Colby?»

Sintió sonar su nombre en la mente. Un calorcillo penetró la frialdad de su cuerpo.

«*Pequeña*, siento tu sufrimiento. No puedo ir a ti. Compártelo conmigo. Permíteme ayudarte.»

Las palabras fueron reales, suaves como terciopelo. Las oyó. Reconoció la voz de Rafael; sintió su presencia. También sintió el enorme esfuerzo que hacía él para llegar a ella desde una distancia que debía ser inmensa. Eso debería horrorizarla, pero lo aceptaba. Ella era diferente. Él era diferente. Por primera vez en muchos años deseaba arrojarse en los brazos de alguien para llorar a mares. Ni siquiera le importaba que la llamara con una palabra que significaba «niña pequeña».

Capítulo 4

Esto no tiene buen cariz, Colby —dijo Ben, caminando hacia ella, que estaba sentada encima de una enorme roca redonda—. Lo siento, cariño, sé que querías a ese viejo. —Le puso una mano en el hombro en un torpe intento de consolarla—. Debería haberte hecho caso.

—No es culpa tuya, Ben. Ya debía de estar muerto cuando denuncié su desaparición. —Lo miró, frotándose las doloridas sienes—. No fue un accidente, ¿verdad?

Ben exhaló un largo suspiro. Colby siempre había sido transparente como un cristal. Él veía su aflicción, su abatimiento, como si llevara sobre los hombros todo el peso del mundo.

—Mientras no sepamos algo más, lo vamos a considerar un caso de homicidio. He tomado fotos del escenario; ya hemos terminado con eso, por fin. Sé que esta ha sido una mañana larga para ti, pero teníamos que hacer esto antes de mover el cuerpo.

—Sé interpretar las huellas, Ben. Pete no se cayó por ese barranco. Lo golpearon por atrás. Las salpicaduras de sangre no concuerdan con una caída. Y no tiene tan magullado el cuerpo. Sus rodillas tocaron el suelo primero, como si se le hubieran doblado las piernas.

Se le escapó un sollozo, y desvió la cara, cubriéndose con una mano la temblorosa boca.

Ben soltó una maldición en voz baja.

—Esto huele mal. Debéis tener cuidado, tú y los niños, Colby. No sé qué pasa, pero no me gusta.

Sin cogerse de la mano que él le tendía, ella bajó de un salto de la roca y se alejó de él, dándole la espalda, limpiándose las lágrimas que le bajaban por las mejillas.

—¿Quién pudo hacerle esto, Ben? Tenía cerca de ochenta años. No era capaz de hacerle daño ni a una mosca. No tenía dinero. ¿Por qué haría esto alguien?

—Vete a casa, cariño. Deja que yo me ocupe de esto. Tienes que estar con los niños.

Ben estaba reprimiendo su rabia. Eso le golpeaba demasiado cerca. Alguien había asesinado a Pete, era innegable. Él había examinado el barranco centímetro a centímetro y comprobado cómo, desde arriba, se había simulado un pequeño deslizamiento de piedras para hacer parecer que Pete se había caído desde allí; pero lo mataron en el mismo lugar donde quedó su cuerpo. Apostaría su reputación a que fue así. Colby era buena rastreadora y tenía razón en lo de que Pete cayó de rodillas antes de que el cuerpo se le fuera hacia atrás.

También le había examinado las uñas; en ellas no había ni una pizca de tierra que indicara que se agarró a la pared montañosa, y lo habría hecho si se hubiera resbalado. Y la forma como estaban distribuidas las salpicaduras de sangre no era la que habría quedado si Pete se hubiera caído por el barranco y golpeado la cabeza. Los buitres ya habían arrancado trozos del cadáver, lo que no contribuía a aclarar el escenario del crimen, pero él había encontrado otras inquietantes laceraciones de las que no le había dicho nada a Colby. En el cadáver de Pete había marcas de dientes, marcas de mordiscos humanos, como si alguien hubiera intentado comerse su carne cuando ya estaba muerto. Estaba seguro de que los mordiscos se los hicieron después de asesinarlo. Eso era muy extraño y aterrador, y más en esa zona en que rara vez ocurría un crimen importante. Colby tenía que haber visto esos inquietantes mordiscos, pero él no la iba a obligar a reconocerlo. Volvió a maldecir y miró hacia la pequeña figura.

—Vete a casa, cariño. Te llamaré cuando sepa algo.

Colby asintió, y de pronto se estremeció. ¿Qué andaban haciendo Tony Harris y el otro trabajador de Daniels en su propiedad? ¿Qué hacían el jinete de Everett y uno de los hermanos Chevez tan lejos de la granja? ¿Sería uno de sus vecinos el asesino de Pete? ¿Quién se beneficiaba de esa brutalidad? Se pasó la mano por el pelo, pensando cómo se lo diría a Paul y a Ginny, y temiéndolo.

—Colby, ya no puedes hacer nada más por él, vete a casa —dijo Ben, enérgicamente—. Tardarán unos días en entregar el cadáver. Te prometo que te llamaré y te ayudaré en todas las diligencias que haya que hacer. Mientras tanto, mantente cerca de la casa, nada de volver a cabalgar sola por estos lugares desiertos.

Colby asintió y se giró lentamente, con los hombros hundidos, sintiéndose derrotada. Ben tenía razón, ella no podía devolverle la vida a Pete y no tenía ningún sentido dejar para después lo de decírselo a los niños. Tal vez Paul ya lo supiera; tenía un radar. Seguro que había visto llegar al rancho al sheriff con sus ayudantes.

Saltó a la silla y resueltamente emprendió la vuelta a casa.

Muy hondo bajo el suelo, rodeado por la fértil tierra, yacía Rafael, impotente, sin poder salir para consolarla. El lazo de sangre que los unía le permitía tocar su mente y conocer sus pensamientos a voluntad. Ella lo necesitaba, necesitaba que la abrazara, la sostuviera, la consolara. Intentaba ser muy valiente, por sus hermanos. Estaba llorando; en el fondo de su corazón, en el fondo de su alma, estaba llorando. Su aflicción era tan fuerte que había penetrado su sueño rejuvenecedor, despertándolo para que compartiera su sufrimiento. Le dolía el pecho, el peso de la angustia de ella le oprimía el corazón como una pesada piedra. Sufría por ella, ansiaba abrazarla, consolarla.

Para él era una experiencia nueva, extraña, sentir algo por otro ser, sentir «verdadera emoción». Había olvidado la sensación. Lo hacía sentirse humilde pensar en ella y en su solitaria lucha por cumplir la promesa hecha a su padrastro. Estaba sola y asustada; estaba luchando contra un enemigo invisible. No sabía qué deseaba ese enemigo ni por qué la atacaba, pero estaba valientemente dispuesta a defender su rancho y a sus amados hermano y hermana. Se concentró en mantener abierta la conexión entre ellos. Colby tenía una mente compleja, con defensas naturales, barreras que él seguía intentando derribar. Pero ella era su pareja de vida. Su sangre llamaba a la suya, su alma clamaba por la de él.

Rafael compartía el corazón y el alma de ella. Su deber era cuidar de su salud y felicidad por encima de todo lo demás; por encima de su propia felicidad. Estaba comenzando a comprender lo que significaba eso. Atrapado por el elevado precio de su inmortalidad, yacía ahí esperando, impotente, cuando necesitaba estar con ella, para consolarla. En esos momentos era más importante consolarla que poseerla. Necesitaba tenerla segura y a salvo en sus brazos.

Mientras yacía ahí bajo tierra fue aprendiendo muchas lecciones difíciles. Y todas las fue aprendiendo de su pareja de vida, sin que lo supiera ella.

Colby habló con sus hermanos, con mucha suavidad y cariño, con la voz muy segura y confiada, aun cuando él oía en el fondo de su mente sus angustiados gritos de miedo. Se tomó todo el tiempo necesario con cada uno, contestando sus preguntas y tranquilizándolos, con una paciencia infinita, sabiendo que, al margen de la tragedia, tenía una larga lista de tareas por realizar antes que cayera la noche. Y durante todo ese tiempo no paraba de preguntarse a sí misma en silencio si podría haber encontrado antes a Pete, si podría haberle salvado la vida de alguna manera.

Después trabajó muchísimo, haciendo una tarea tras otra, poniendo toda su atención y diligencia en cada una, fuera difícil o fácil, le gustara o la detestara. Era rápida y eficiente, y siempre pensaba por adelantado, revisando mentalmente la lista. Para él ese fue el periodo de tiempo más largo y más difícil de su vida; yacía ahí atrapado en la tierra, con el cuerpo débil, su enorme fuerza agotada, mientras arriba, Colby, agotadísima por la falta de sueño y la pérdida de la sangre bebida por él, trabajaba sin parar toda la tarde.

Tuvo que hacer uso de sus talentos únicos para poner en marcha el viejo tractor y mantenerlo funcionando mientras trabajaba en un campo. Era agotador usar los poderes psíquicos para mantener funcionando una máquina. Tenía un sordo dolor de cabeza cuando terminó la labor en el campo y fue a los corrales exteriores a trabajar con los ariscos caballos. Su hermano menor se reunió allí con ella para sujetar a los caballos e impedirles encabritarse.

Él pasaba una y otra vez de la absoluta admiración por ella a una rabia que lo consumía lentamente. Era una mujer; era joven, vulnerable. ¿Por qué estaba sola y desprotegida? ¿Por qué hacía un trabajo que le exigía tanto, física y mentalmente? Sentía los golpes que se daba cada vez que caía al suelo. Sentía cada desgarrador choque con los travesaños de la verja. Ese era un trabajo peligroso, muy peligroso. Pero se iba a acabar. No le permitiría continuar con eso, cuando podía facilitarle mucho más la vida.

Y así esperó a que llegara la hora propicia, cuando se pusiera el sol.

Colby estaba agotadísima cuando a la luz del crepúsculo fue al granero para echarles una triste mirada a los aperos. Muchos necesitaban una buena limpieza o un remiendo o reparación. Ese era el trabajo de Paul. Probablemente en algún momento, a saber cuándo, la tarea pasó a Ginny, y después dejó de hacerse. Alguien tenía que limpiarlos o repararlos, sinó, irían cuesta abajo como todo lo demás en el rancho.

—Cuesta abajo —musitó en voz alta, apoyando una cadera en el marco de la puerta—. Rápida caída en picado.

Todo el rancho iba cuesta abajo y rápido, y ella no lograba hacer todo el trabajo a su tiempo. Era una sola persona y la cantidad de tiempo era la que era, limitada. No había sentido hambre en todo el día, por lo que se saltó las comidas y aprovechó ese tiempo para compensar las horas dedicadas al viejo Pete. Todo el día había tenido una sed terrible, pero no tenía nada de hambre y la sola idea de comer le daba asco.

Estuvo un momento escuchando unas risas de niños procedentes del porche. Se sintió tentada de llamarlos para que la ayudaran, pero el sonido de sus risas era tan inocente que no tuvo el valor, después de ese día tan terrible. Sus hermanos estaban afligidos por la muerte de Pete, y si lograban encontrar un momento para reírse, ella no les podía quitar eso. Llevaba en la mente la muerte de Pete, destrozándola, desgarrándola, y tuvo que aplastar el repentino e intenso deseo de ir a reunirse con ellos, para sentirse joven, libre y despreocupada otra vez, un momento, aunque fuera breve.

Suspirando, atravesó el enorme granero hasta la pequeña puerta del otro extremo. El interior del cuarto de aperos estaba muy oscuro, ya que no tenía ninguna ventana que dejara entrar los últimos rayos de luz. Se sentía como si llevara todo el peso del mundo sobre los hombros, y cayó en la cuenta de que caminaba encorvada. Fastidiada por ceder a la autocompasión, enderezó resueltamente los hombros y dio un paso hacia el interruptor de la luz.

Una mano pasó junto a su cabeza y lo movió, iluminando el pequeño cuarto. Haciendo una brusca inspiración, se giró a mirar al intruso, aunque su cuerpo ya sabía quien era. Rafael. Ya había cerrado la puerta, y estaba segura de que no había nadie ahí cuando entró.

—¿Qué hace aquí, fisgoneando en mi granero? —preguntó, rogando que él no oyera los fuertes latidos de su corazón.

Curiosamente, la marca que tenía en un lado del cuello comenzó a vibrarle y arderle. A la defensiva, se la cubrió con la mano y lo miró.

Era un hombre increíblemente amedrentador. Corpulento y musculoso; sus anchos hombros parecían llenar el cuarto, tanto que de pronto todo fue únicamente él, Rafael. Y aun más que eso, rezumaba un atractivo sexual del que ella no lograba liberarse. Sus ojos rebosaban de misteriosas promesas, rebosaban de necesidad y avidez. Esa ardiente mirada se posó un momento en la mano con que se cubría su marca en el cuello. Entonces una indolente sonrisa le suavizó el sesgo de crueldad de su boca, y sus ojos negros se posaron en la arteria del pulso que le latía violentamente en la vulnerable curva de la garganta.

—Estoy afinando mis habilidades —dijo, en voz muy baja, dulce, casi bromeando, como para no asustarla—. Pareces un animalito salvaje a punto de emprender la huida.

Ella alzó el mentón, gesto que él se sorprendió observando inconscientemente.

—¿Qué habilidades? —preguntó, desconfiada.

Temblaba tanto que ocultó las manos a la espalda para que él no se las viera, puesto que parecía fijarse hasta en los más mínimos detalles de ella. Entrelazó firmemente los dedos para aquietar las manos. Le producía un enorme fastidio actuar como una rústica boba siempre que él estaba cerca.

Rafael avanzó un paso, deslizándose sin esfuerzo por el suelo cubierto de paja. Colby tuvo la impresión de ser acosada por un gigantesco felino de la selva, silencioso al avanzar sobre cualquier superficie. Sus ojos negros relampaguearon posesivamente recorriendo su pequeño y delgado cuerpo. Ella prácticamente se encogió, retrocediendo hacia la pared, mirándolo casi impotente. Sólo verlo la hacía desear echarse a llorar. No podría combatir su férrea autoridad. No podría en ese momento, esa noche. Él era avasallador, y en el estado emocional en que se encontraba, no podría hacerle frente.

—Señor De la Cruz —dijo, haciendo un esfuerzo para sacar la voz—. Hoy he tenido un día particularmente difícil. No deseo batallar con usted, de verdad.

Intentó hablar con voz firme; eso lo leyó él en su mente. Pero su voz sonó tan infinitamente cansada que a él le dio un vuelco el corazón. Deseó cogerla en sus brazos y tenerla protegida junto a su corazón.

—Ya lo sé —contestó, con su voz más tranquilizadora—. Y no he venido con la intención de pelearme contigo, *querida*.

Sus ojos ya no estaban glaciales ni duros, sino ardientes, y la miraban con tanta intensidad que ella se sintió como si la estuviera acariciando. Su voz, y esa forma de hablar, con ese acento melodioso, le llegaba a todos los sentidos, penetrándola tan profundamente que le parecía que lo introducía en sus pulmones al respirar. Era aterradora la forma como reaccionaba su cuerpo a él. A su apariencia, al sonido de su voz.

—¿Qué habilidades? —repitió, pensando que eran necesarias las palabras para anular la perturbadora electricidad que se estaba acumulando en ese pequeño espacio.

La electricidad parecía crujir formando arcos entre ellos, saltando de la piel de él a la de ella.

Y de verdad parecía que él la estuviera acariciando, deslizando sus fuertes dedos por su piel. Pero él tenía las manos colgando a los costados, sin intención de hacer nada. La sensación fue tan intensa que se ruborizó.

—¿Su habilidad para hacer visitas furtivas a mujeres? —preguntó, intentando fruncir el ceño con expresión severa.

Su traicionera boca ya estaba reseca. Se frotó las palmas en los costados de sus desteñidos tejanos y con la punta de la bota tocó un trozo de paja, con el fin de evitar mirarlo. Ese sería un momento fabuloso para que hubiera un terremoto, se abriera la tierra y se la tragara.

Él se rió, con una risa suave, tentadora. Avanzó otro paso, obligándola adrede a dar un rápido paso atrás.

—Por el momento eres la única mujer a la que he tenido que buscar furtivamente.

Colby retrocedió hasta que casi chocó con la pared. Él alargó la mano tranquilamente y la apartó para que no se golpeara con los ganchos metálicos.

Lo miró ceñuda, esforzándose en parecer amedrentadora. No le costaba nada creer que nunca hubiera tenido que buscar a una mujer. A ninguna mujer. Lo más probable era que ellas lo buscaran y se arrojaran a él.

—¿Necesitaba algo en particular o ha venido aquí solamente a irritarme?

Él ensanchó la sonrisa, enseñando unos dientes pasmosamente blancos.

—¿Es eso lo que crees que hago, *pequeña*, irritarte? —Se acercó otro poco y apoyó una mano en la pared, junto a su cabeza, dejándola aprisionada—. Yo no describiría así tu reacción hacia mí.

Colby retuvo el aliento cuando el musculoso cuerpo de él le rozó seductoramente el suyo más pequeño. Se le debilitaron las piernas, le dolieron los pechos y todas sus terminaciones nerviosas cobraron vida, hormigueando. Era asombroso el calor que emanaba de su cuerpo; le pareció que la temperatura del cuarto había subido en muchísimos grados.

Entonces él descolgó unos cuantos aperos de sus ganchos. Ella habría jurado que se rió muy suave cuando se giró para sentarse en una bala de heno, pero cuando levantó la cabeza y la miró, su cara no revelaba ninguna emoción: parecía una máscara sin expresión.

—¿Vas a continuar ahí de pie o me vas a ayudar? —dijo, dando unas palmaditas a su lado en la bala.

Ella lo miró como si le hubiera brotado otra cabeza. Él ya tenía ocupadas las manos trabajando en el cuero, con dedos seguros y diestros. Lo observó, contando los latidos de su corazón. Finalmente, de mala gana, avanzó los dos pasos y se puso a su lado.

—¿Me va a ayudar con los aperos, De la Cruz?

—Creo que este sería un buen momento para que comenzaras a tutearme y llamarme Rafael.

Después de titubear un momento, ella se sentó, cuidando de no tocar su cuerpo. De todos modos siguió sintiendo el calor que emanaba de él, irradiando hacia ella. Calor corporal.

—Rafael, entonces —suspiró, y cogió la rienda que él le colocó en la falda; debía hacer algo para desviar la atención de él—, ¿cuál es el precio?

—¿Esa es tu filosofía de la vida? —dijo él, mansamente—. ¿Siempre tiene que haber un precio? Muy interesante manera de vivir. ¿Es una tradición norteamericana?

Ella lo reprendió con una mirada por debajo de sus largas pestañas.

—Sabe muy bien que no es así. A lo largo de los años, más de una vez he pensado que todo lleva una etiqueta con el precio.

Él arqueó una negra ceja.

—¿Incluso una simple amistad?

Sin mirarlo, ella continuó reparando la rienda, con dedos ágiles y seguros.

—No creo que usted sepa lo que significa la palabra «simple». ¿Qué desea de mí, De la Cruz?

—¿Tan difícil es decir mi nombre y tutearme? —preguntó él, dulcemente, bañándola toda entera con el sonido de su voz, rozándole el interior y produciéndole una sensación de derretimiento en el vientre.

—No estoy a favor de fraternizar con el enemigo. —Lo miró a la cara, esos rasgos esculpidos a la perfección, y se apresuró a desviar la mirada—. Tú eres el enemigo, Rafael —continuó, tuteándolo adrede, para demostrarle que no le tenía miedo; fue un error, pues eso generó más intimidad entre ellos, en ese pequeño espacio—. Deseas llevarte a mis hermanos. Deseas el rancho. —Lo miró a los ojos—. Lo que más deseas es volver a tu país, y yo te estorbo.

Diciendo eso lo miró fijamente, como si buscara algo más de lo que él le decía.

Rafael percibió la oleada de poder que recorrió el cuarto; la sintió; era un poder intenso y enfocado. Al instante comprendió que ella quería explorarle la mente, en busca de la información, de la explicación de su repentino cambio. Lo invadió una intensa alegría, pero se guardó el triunfo muy en el fondo. Alargó la mano para coger otro apero, rozándole a posta el brazo.

—Eso era así hace un par de días. Pero ya no lo es.

—¿Qué ha cambiado? —preguntó ella, en un tono que revelaba mucho escepticismo.

—Te he conocido —dijo, dulcemente, muy en serio.

Todo había cambiado. Volvería a su tierra, pero la llevaría con él. No le importaba ninguna otra cosa; la tendría, le costara lo que le costara. Debía llevársela, así de sencillo; tenía poder para raptarla y llevarla a su tierra, pero sus sentimientos por ella le impedían hacer eso. Se veía triste, cansada. Deseó cogerla en sus brazos, estrecharla, apretarla a su cuerpo y consolarla. Él era un cazador de vampiros, un hombre de decisiones rápidas, un hombre de acción. Pero después de más de mil años de vida, se encontraba en territorio nuevo, desconocido.

—Lamento mucho lo de tu amigo —dijo—. Sean me ha dicho que tú eras muy buena con él. Lo siento, no sé cómo se llamaba.

—Pete —contestó ella—. Pete Jessup. —Se le oprimió la garganta, pero se tragó la emoción y continuó—: Para mí era muy buen amigo. No sé si seré capaz de llevar el rancho sin él. No siempre podía hacer el trabajo, pero me daba consejos muy útiles y valiosos. Todos creían que yo lo tenía aquí por caridad, pero él sabía muchísimo sobre el trabajo y la administración de un rancho; toda su vida había trabajado en ranchos, y estaba dispuesto a enseñarme.

Y le hacía compañía, además de darle buenos consejos. Colgó las riendas que había reparado y cogió otras, para evitar mirarlo. Se sentía incómoda, y algo avergonzada por haberle dado esa información tan íntima. Rafael de la Cruz era peligroso para ella. Estando tan cerca de él percibía su necesidad de consolarla, de protegerla, y eso era peligroso para su paz mental.

—Eres mujer, Colby, y no deberías tener que llevar un rancho tú sola —dijo él.

Lo dijo en voz tan baja, tan suave, que ella apenas oyó sus palabras. Se quedó muy quieta, sin decir nada, hasta que su cerebro registró bien las palabras.

Rafael volvió a sentir la repentina oleada de poder, que invadió el cuarto de tal manera que las paredes casi se combaron hacia fuera para poder contenerlo.

Colby hizo un esfuerzo para dominar el mal genio; se pasó la mano por sus abundantes cabellos e hizo unas cuantas respiraciones profundas, batallando consigo misma.

—Creo que sería mejor que te marcharas, Rafael —sugirió finalmente—. Agradezco tu intento de hacerte amigo mío, pero nunca vamos a ser amigos.

Los ojos negros de él la miraron brillantes, insondables, a rebosar de mil secretos.

—Creo que aprenderemos a ser buenos amigos —dijo, sonriendo, con una sonrisa francamente sexy, enseñando sus dientes muy blancos—. Pero primero será necesario que te desprendas del resentimiento.

A pesar de todo, de ese día terrible, de su preocupación por el rancho e incluso por lo que era él, Colby sintió un sorprendente deseo de sonreír ante su elección de esa palabra. Tanto su madre como Ben Lassiter la acusaban de eso mismo con frecuencia.

—No tengo ningún resentimiento —dijo, y al ver que él continuaba mirándola fijamente, encogió un hombro y añadió—: De acuerdo, tengo un poco, en lo que se refiere a ti. No me caes bien.

Él se le acercó, tanto que le rozó el muslo con el suyo.

—¿Halagas a todos los hombres o yo soy el único que se ha merecido ese privilegio?

—Lo siento, he sido un poco grosera. Normalmente no lo soy. —Se frotó la frente—. Al menos creo que no lo soy. De acuerdo, tal vez lo soy, a veces. ¿Qué haces aquí?

—Te estoy cortejando —repuso él, de una manera muy, muy anticuada.

—¿Cortejándome? —exclamó ella, mirándolo con sus ojos verdes agrandados—. ¿Para qué?

Él dirigió el poder de sus ojos negros a su cara; unos ojos hipnóticos, unos ojos más sexys que el pecado.

—¿Para qué cortejan los hombres a las mujeres, Colby? Creo que la respuesta a eso la puedes encontrar tú sola.

Su voz sonó aterciopelada, ligeramente ronca, y su marcado acento brasileño, tan melodioso, le daba una inmensa ventaja. Colby sintió arder la piel, como si unas diminutas llamitas le lamieran todas las terminaciones nerviosas. Lo reprendió con una breve mirada por debajo de sus largas pestañas.

—Creo que estás tan acostumbrado a que las mujeres se te arrojen encima que no soportas que una no lo haga. Soy una persona práctica, Rafael. Los hombres como tú no cortejan a mujeres como yo.

Sus negros ojos la recorrieron de la cabeza a los pies, su mirada como una caricia de terciopelo, encendiéndole la piel, haciendo subir el rubor a su cara.

—¿Lo ves? Eso, eso es justamente lo que quiero decir. Te has pasado la vida seduciendo a mujeres, mientras que yo considero a los hombres amigos, colegas. No sabrías relacionarte como un amigo con una mujer. Y yo no sabría qué hacer con uno que desee seducirme.

Él sonrió con una cierta insinuación de burla, enseñando unos dientes más blancos aún.

—Creo que no entiendes la situación en que te encuentras, *pequeña*. Te estoy «cortejando» como corteja un hombre a su novia, no buscando una amante para que pase unas cuantas noches en mi cama. No tienes por qué saber qué hacer con la seducción. Yo tengo suficiente conocimiento por los dos.

A ella le salió bruscamente el aire de los pulmones y lo miró en silencio, boquiabierta, consternada. Estuvo así un momento, sin poder hacer otra cosa que mirarlo.

—¿Te oyes siquiera cuando sueltas esas tonterías? —Se levantó de un salto, para poner unos cuantos palmos entre ellos y no caer en la tentación de estrangularlo con la rienda—. ¿Debo interpretar como un cumplido que me elijas para ser tu esposa y no tu amante? ¿Cuántas amantes has tenido? ¿Hay algún número establecido de amantes después del cual debes casarte, o simplemente eliges al tuntún?

Estaba tan hermosa que él se quedó sin aliento. Por su pequeño y blando cuerpo corría un hilo de acero, un fiero orgullo, arduamente conseguido. La miró y en sus ojos se vio tal como lo consideraba ella. ¿Qué había hecho él con su vida? Ella no sabía nada de él, aparte de la imagen de playboy rico y poderoso que él y sus hermanos habían cultivado con tanto esmero.

¿A quién amaba él? A los miembros de la familia Chevez, con los que habían convivido durante siglos, generación tras generación, llevando sus asuntos en las horas diurnas; a sus hermanos, a los que había amado solamente gracias a tenues recuerdos; aunque esa intensa emoción protectora sólo la sentía ahora. Pero Colby lo había visto frío e indiferente. Había visto que él sentía poco interés por los demás. A las personas las consideraba más o menos igual que a su ganado, su propiedad. Era necesario protegerlas, pero eso era su deber, una cuestión de honor, nada más. Las mujeres estaban para seducirlas, como forraje, presas fáciles para un hombre tan atractivo y seductor como él. Colby Jansen lo miraba como si fuera un hombre de salón, un inútil. Lo encontraba guapo, sexy, pero frío y cruel. Inútil. Veía pasar un leve bucle de desprecio por su mente cuando lograba traspasar sus barreras protectoras. Un amante latino; creía que su vida era una interminable serie de fiestas y mujeres. Apretó con fuerza sus largos dedos sobre el viejo apero de cuero.

A diferencia de él, Colby sabía cómo era amar fieramente, apasionada y protectoramente. Trabajaba arduo sin quejarse, sin pensar en otra cosa que en el bien de sus seres queridos. Descubrió que deseaba angustiosamente ser uno de esos a los que consideraba suyos. Llevarla a su tierra y hacerla suya no le ganaría su verdadero amor. Ella era su pareja de vida, y su cuerpo tenía todas las respuestas para él como pareja de vida; pero en su corazón y en su mente lo consideraba una persona bastante inútil. Descubrió que no le gustaba nada la evaluación que ella hacía de él y, más importante aún, que le importaba su opinión.

A él y a sus hermanos los habían enviado lejos de los Cárpatos en una época de turbulentas guerras y masacres. Eso ocurrió mucho después que hubieran perdido la capacidad de ver en colores, de sentir emociones, pero habían servido a su príncipe lo mejor posible, ateniéndose firmemente a su rígido código de honor. Eso era lo único que les había quedado en el mundo gris y estéril de su existencia eterna. Pero a lo largo de los siglos y siglos, los recuerdos se habían ido apagando y la oscuridad apoderando cada vez más de ellos.

De repente Colby lo miró con los ojos relampagueantes.

—¿Y has olvidado mis desgraciados antecedentes familiares? Según recuerdo, yo fui el motivo de que la familia Chevez no encontrara en sus supuestos corazones la voluntad para aceptar a Armando de vuelta en su seno. Creo que soy ilegítima. Un De la Cruz no debería relacionarse con una persona como yo, y mucho menos cortejarme. Podría manchar tu buen nombre.

Los ojos negros de él pasaron tan rápido de su ardiente intensidad a un frío glacial que ella se estremeció.

—¿De dónde has sacado esa idea? —preguntó, muy dulcemente, pero en un tono que insinuaba amenaza.

No se movió, pero de pronto lo sintió muy, muy cerca de ella, gigantesco.

Colby se mantuvo firme, pero le pareció que el suelo se movía.

—Leí la carta, la carta del patriarca de la familia ordenándole a Armando que se librara de mi madre y de mí, no fuera que yo llevara deshonor al apellido De la Cruz. Estaba en un cajón de la cómoda de mi madre. La encontré después que murió.

Él la contempló un buen rato, oyendo el sufrimiento que ella se empeñaba en ocultar; «sintiendo» su sufrimiento.

—Ah, comprendo. Eso explica bastantes cosas. He de decir, sólo para que conste, que mis hermanos y yo tenemos fama de raros; no nos importa mucho lo que piensen o digan los demás de nosotros o de cualquier otra persona.

Diciendo eso movió la mano en un elegante gesto despectivo, y Colby no tuvo más remedio que creerle. Era tan despreocupado, tan arrogante, tan seguro de sí mismo, que era lógico que no le importara lo que alguien pudiera decir o chismorrear.

—El viejo Chevez era un hombre muy orgulloso de su posición en la comunidad —continuó él—. Creía que si nos atraía el deshonor nosotros nos vengaríamos de la familia de alguna manera. Pero eso no era así. —Suspiró, pesaroso—. No intervenimos cuando debíamos.

Sufría en el interior de ella, sufría por esa chica que encontró una carta escrita por un viejo orgulloso que no entendía los usos y estilos del nuevo mundo.

Ella habría jurado que vio pasar ternura por su expresión cuando la miró.

—No sé por qué, pero no creo que ese viejo te hubiera hecho caso —dijo, algo avergonzada de sí misma—. Tal vez a tu padre, pero de ninguna manera a ti.

Él se había olvidado de la prudencia que debía tener cuando hablaba de tiempos pasados. Siempre les recomendaba insistentemente a sus hermanos que evitaran hablar de las cosas ocurridas en el pasado como si todos hubieran estado presentes y las hubieran vivido. Eligiendo las palabras, continuó, con voz muy suave.

—Lamento el sufrimiento de tu *família* a causa de la pomposa actitud de un hombre inflexible. Cuando murió, y los hermanos de Armando encontraron la carta, decidieron que no descansarían mientras no hubieran venido personalmente a corregir ese terrible daño. Dicho sea en su honor, ellos no sabían que Armando se había casado y tenido hijos. No sabían que su mujer murió en un accidente de avión, ni que él quedó gravemente lesionado y enfermo. Si lo hubieran sabido, o si mis hermanos o yo lo hubiéramos sabido, habríamos venido inmediatamente.

Eso era cierto. Los De la Cruz consideraban a Armando de la familia. Si los hubieran informado de su necesidad, habrían venido enseguida. Pero deberían haberlo sabido, pensó. Deberían haberse preocupado lo bastante para saber cómo estaba, a través de la distancia. Y ahora él tendría que vivir con ese peso.

—Eso me hace sentir mucho mejor —dijo ella—, pero de todos modos no voy a permitir que unos desconocidos se lleven a mis hermanos.

Incluso ella detectó el desafío en su voz.

—No leíste entera la carta que te envió el abogado, ¿verdad? —dijo él amablemente, sin apartar sus negros ojos de su cara.

Ella se encogió de hombros y alzó el mentón.

—Leí lo que necesitaba leer y me salté el resto. El rancho está a mi nombre, pues pertenecía a mi madre. ¿Sabía eso la familia Chevez? El rancho llevaba cien años en la familia de mi madre. Y no se lo voy a ceder a ellos. Armando recuperó todas las hectáreas perdidas a lo largo de los años y consiguió convertir una propiedad arruinada en un próspero rancho. Esta propiedad es su legado para sus hijos, y yo tengo la intención de sostenerla y protegerla para ellos. Yo lo quise mucho, y se merecía más de lo que recibió.

Rafael asintió lentamente, sin desviar los ojos de su cara.

—Tú también, *querida*. La intención de los hermanos Chevez es que tú acompañes a Ginny y Paul. Son parientes, Colby, y no son los responsables de la terrible tragedia que precipitó su *avô* en la *família*. Hacen todo lo posible por arreglar las cosas y hacer las paces. —Sonó un leve reproche en su voz—. No necesitan este rancho, pues son muy ricos. Cada uno tiene su propiedad, y administran nuestras tierras también.

Colby se pasó la mano por el pelo.

—Estoy cansada y este ha sido un día horroroso. Reconozco que me has ayudado muchísimo y has hecho que dejara de pensar en la muerte de Pete, pero de verdad creo que deberías irte, Rafael.

Había llegado al punto en que no tenía conciencia de nada que no fuera su cuerpo, masculino y musculoso. Sentía correr y vibrar la sangre de excitación, como fuego. Sentía todo el cuerpo alborotado, excitado, desconocido. No le convenía conocer ese lado de él, ese lado amable y dulce. Le era mucho más fácil resistirse cuando tenía un corazón de hielo.

Había venido a ella a la hora de la oscuridad, cuando se sentía sola, cansada y vulnerable. Le había ofrecido ayuda con su melodiosa voz. Con solo su voz era capaz de aliviar el corazón más oprimido. No quería que ni él ni la familia Chevez le cayeran bien. Eso significaría que tendría que ser justa y racional.

Rafael percibía su cansancio; tenía el cuerpo dolorido, agotado, le dolían los músculos. Se había levantado antes del alba para salir a buscar a su amigo desaparecido, y luego trabajado sin parar todo el día. Apenas se sostenía en pie, y sólo deseaba desmoronarse en un lugar seguro donde nadie la viera. Levantándose calmadamente, colgó cada apero en el gancho correspondiente en la pared.

Cuando él se giró a mirarla, Colby dejó de respirar. Sus ojos se veían negros y hambrientos, vivos, brillantes de una cruda necesidad. Lo miró, sintiéndose impotente, clavada en el lugar donde estaba, como un conejo hipnotizado. Era incapaz de moverse. Nunca había visto unos ojos tan vivos, tan ardientes y ávidos, mirándola con una intensidad que la asustaba y a la vez la atraía como un imán. ¿Cómo pudo creerlo frío?

Rafael alargó lentamente la mano, la cerró alrededor de su muñeca y la atrajo hacia sí, implacable.

Al instante surgió la electricidad, chispeante, crujiente, caliente. Ella le llegaba apenas al pecho, y al estar tan cerca tuvo que echar atrás la cabeza para mirarlo. Él simplemente bajó la suya y sin dejar de mirar su cara pálida y pequeña, acercó más y más la cara a la de ella. Colby vio muy cerca sus largas y tupidas pestañas, su seductora boca. El corazón comenzó a retumbarle a un ritmo casi frenético, al mismo ritmo que el de él. Rafael subió la mano por su espalda, en una lenta caricia. Ella vio su boca acercándose a la suya.

—No puedo hacer esto —musitó en voz baja, al tiempo que se acercaba más a su calor, que la invitaba.

Él era fuego y ella era hielo, como las elevadas montañas que los rodeaban; dos mitades de un mismo todo.

—No puedo hacer esto —repitió, más para convencerse a sí misma que a él, como un último intento de autoconservación.

El cuerpo se le estaba derritiendo apretado al de él, blando y complaciente como si fuera seda caliente, cuando lo que necesitaba era mantenerse remota, continuar siendo la princesa de hielo, como la apodaban algunos vaqueros.

«Yo necesito hacer esto. Tú necesitas hacer esto.»

Esas palabras sonaron en su mente, vibraron entre ellos, en el corazón y el alma de él, y en los de ella. Él necesitaba eso más que el aire que estaban respirando, más que a la sangre que le daba vida.

Rafael dobló la palma sobre su nuca. Ella sintió su mano cálida, fuerte y firme, acercándola los últimos centímetros que faltaban, inexorable, implacable.

«Necesito esto.»

Era la verdad, cruda y desnuda. Ella no se fiaba de él, del libertino, del playboy. Peor aún, lo veía como al hombre que intentaba seducirla para quitarle a sus hermanos y el rancho. Le dolía la imagen de él que ella tenía en su mente, le dolía más de lo que quería reconocer, aunque en ese momento eso no les importaba a ninguno de los dos.

Hay una diferencia entre desear algo y necesitarlo con desesperación. Él necesitaba desesperadamente sentir su sedosa boca y su cuerpo blando y complaciente. Posó la suya en la de ella, en una fusión de terciopelo caliente y seda aún más caliente. Lo que fuera que había entre ellos parecía ser mucho más fuerte que cualquiera de ellos. Un calor como de lava hirviente les espesó la sangre y les aceleró los corazones hasta un ritmo frenético. El suelo pareció moverse, y la estrechó con más fuerza, apretándola a él protectora y posesivamente.

La sentía pequeña y frágil, pero era una llama viva. Todas sus buenas intenciones salieron volando, elevándose en una llama tan ardiente que pareció arrojar a un lado su cordura. Movió la boca sobre la de ella, dominándola, explorándola, arrastrándolos a los dos a un mundo de cruda sexualidad. Bebió de su dulzura, deseando devorarla, toda entera, e introducirla en su cuerpo y encerrarla dentro de su alma para siempre. Con su naturaleza apasionada ella también estaba entregada totalmente al erótico placer.

Deslizó las manos por su cuerpo, posesivamente, ansioso por sentir toda su piel, centímetro a centímetro. Le abrió la parte superior de la blusa y deslizó la boca por el cuello, dejándole una estela de fuego; detuvo el movimiento para hacer girar la lengua sobre su tentador pulso. Metiendo la mano por debajo de la delgada tela, la subió por su estrecha caja torácica hasta ahuecarla sobre un pecho cubierto por la prenda de encaje, mientras su boca encontraba la madura ofrenda en el otro.

Colby sintió su boca ardiente y mojada a través de la blonda del sujetador, su lengua acariciándole ahí, endureciéndole la punta, rascándole la tela con los dientes, atormentándola de una manera tan erótica que la enloquecía, tanto que le vibraba el cuerpo de un terrible deseo y necesidad. Le rodeó la cabeza con los brazos, sintiendo asomar las lágrimas mientras discurrían por toda ella oleadas de sensaciones. Un puro placer, un deseo ardiente, una reacción que la empapaba como algo líquido y era incapaz de evitar. Para ella, sentir eso era algo totalmente inesperado, que la sorprendía; algo inaceptable. Se le escapó un sonido parecido al de un animal asustado; la horrorizaba comprobar que en sus brazos ya no era una persona pensante. Él era capaz de despojarla de todas sus creencias; ni siquiera sabía si le gustaba.

—Rafael —dijo, y la voz le salió cargada de deseo, en un sexy resuello, no como era su intención—. Para.

Logró decir la palabra, una sola palabra. Su cuerpo no deseaba que él parara, deseaba que continuara acariciándola así eternamente, deseaba desentenderse de los avisos de su cerebro y dejar que él la consumiera en llamas. Jamás en la vida había experimentado un placer tan total; no tenía idea de que algo o alguien pudiera hacerla sentir como la hacía sentir él.

—No deseas que pare —susurró él, con los labios sobre su pecho, como una pecaminosa tentación, incitándola con su cálida boca.

Dios la amparara, no deseaba que él parara, nunca, nunca. Hizo acopio de sus fuerzas y lo empujó.

—Necesito que pares. No puedo hacer esto. —Se cogió la blusa y la bajó, cubriéndose sus ansiosos pechos; le brillaron las lágrimas, acentuando el vivo color verde de sus ojos, como trasformándolos en esmeraldas—. Lo siento, no sé que se ha apoderado de mí. Tienes que irte.

No podría volver a mirarlo a la cara. Nunca.

—Colby —musitó él, en voz muy baja.

Su voz pareció encenderle un fuego en la boca del estómago, y las llamas se propagaron rápidamente. Eso la aterró. La aterró absolutamente.

Retrocediendo se apartó de él, giró sobre sus talones y echó a correr, huyendo como si él fuera el diablo en persona. Corrió por el patio hasta llegar a la protección de su porche.

Rafael salió del granero y se quedó en las sombras, observándola. La oyó hablar con sus hermanos; después los vio entrar en la casa. Continuó ahí, solo en la oscuridad. Solo, como siempre. El interior de esa casa era color y vida, emociones, pasiones. En el interior de esa casa estaba su vida, su mundo. Él se encontraba en la oscuridad, donde debían estar los demonios, sin saber si sería capaz de vencer a la oscuridad que se iba acumulando dentro de él, propagándose rápido. Ella estaba sufriendo en su interior, con una dolorosa herida en carne viva, insegura de sí misma.

Comprendió que no podía marcharse y dejarla así.

Capítulo 5

Rafael esperó hasta que la casa quedó en silencio. No podía separarse de Colby. Aunque el hambre lo golpeaba rabioso, exigiendo satisfacción, se resistió a su llamada. Después se alimentaría. No podía dejarla. Descubrió que cuando estaba con ella era cada vez menor su autodominio. La deseaba, su cuerpo rabiaba por aliviarse, la necesitaba angustiosamente, necesitaba consumar el rito para hacerla totalmente suya. Esa era la única manera de encadenar a la bestia que llevaba dentro. La bestia se estaba haciendo más fuerte, rugiendo continuamente por aliviarse. Se sentía casi al borde de la locura, y comprendía que ya estaba casi cayendo por ese precipicio. Eso lo sentía en todos sus momentos de vigilia. Y su hermano lo sentía también. Nicolas lo observaba muy atentamente, y le enviaba fuerzas cuando la bestia lo agarraba fuerte.

Una a una se fueron apagando las luces que se veían por las ventanas. Oyó los murmullos cuando se desearon las buenas noches y se sintió más solo e inquieto que nunca. Cuando estuvo seguro de que todos los habitantes de la casa estaban durmiendo, se deslizó por el patio y entró en la casa por la ventana abierta de Colby.

Casi inmaterial, flotó por el suelo de madera dura, silencioso, como una sombra en la noche. Ella estaba profundamente dormida, con su largo pelo desparramado sobre la almohada, como llamaradas de seda color oro rojo. Tenía una mano cerrada en un puño y la otra alargada como si quisiera coger algo. Se inclinó sobre ella y su ardiente mirada se posó en la marca que le hiciera él en el cuello. Sentándose en la cama, metió las manos por debajo de las mantas y buscó su cuerpo, al tiempo que le inducía un sueño erótico, para excitarla, para prepararle el cuerpo, pues era una inocente.

«Despierta *meu lindo amor*, necesito estar contigo esta noche.»

Al instante Colby se movió y agitó las pestañas, adormilada, no del todo despierta. Se veía sexy, toda una seductora.

—¿Estás aquí otra vez? Tengo que dejar de soñar contigo.

«No puedes evitarlo, puesto que sabes que eres sólo mía.»

Esas palabras se las envió a la mente, para no inquietarla más con el sonido de su voz.

Ella movió la cabeza y sonrió levemente, saludándolo. Estaba tan hermosa que se inclinó a besarla; tenía la piel tan increíblemente suave que no pudo resistir la tentación de acariciarla. Se tendió a su lado, con movimientos lentos y perezosos, sin prisas; tenía toda la noche para estar con ella. Entonces sintió el poder oculto del cubrecama. Pasó la mano por él, encontró los símbolos y siguió sus formas con los dedos. Eran defensas, protecciones carpatianas entretejidas en los dibujos del cubrecama. ¿Dónde podía haber adquirido ella una cosa así? Era una obra de arte, tan excepcional y preciosa como la mujer a la que protegía.

Se colocó de costado, para observarla. Necesitaba pasar todos los momentos en su compañía, mientras pudiera. Ella era un rayo de luz en su oscuro mundo, luz de sol y risa. Hacía mucho tiempo que había olvidado hasta los recuerdos de esas cosas, y sin embargo ahora se aferraba a la luz de ella. No sabía si alguna vez habría sentido benevolencia o ternura por alguien, pero cada vez que la miraba sentía algo que tenía que ser muy parecido a esos sentimientos.

Ella musitó su nombre en voz baja, y él sintió su cálido aliento en el cuello. Se le tensó el cuerpo y se le endureció aún más el miembro, tanto que emitió un suave gemido, en protesta contra la urgente exigencia que no lograba controlar del todo. La atrajo a sus brazos y apoyó la cabeza en la almohada, al lado de la de ella. Sólo la delgada tela del pijama lo separaba de su suave piel y del refugio de su cuerpo

«Te deseo, *querida*, te deseo casi tanto como te necesito.»

Ardía por ella, y sentía en la cabeza las palabras rituales que los unirían para siempre, las sentía en su lengua, saboreándolas con cada respiración que hacía.

A ella se le curvaron sus carnosos labios en una sonrisa, una invitación. Se le movió el cuerpo, inquieto, apretándolo contra el suyo. La necesitaba. No había nada más en su vida. La necesitaba. Soltando una maldición, aumentó la presión de sus brazos y con la boca le apartó la delgada tela que le cubría el cuerpo, para dejar sus pechos al descubierto, expuestos al fresco aire nocturno, expuestos a su ardiente mirada. Era muy hermosa, e igualmente vulnerable.

«Necesito acariciarte, *meu lindo amor*. Déjame acariciarte, aunque sólo sea unos minutos.»

Su voz llevaba el dolor de su necesidad, el dolor de su hambre. Una seducción suave como terciopelo.

Ella abrió los ojos, verdes esmeralda, adormilados, sensuales, y correspondieron a su oscura mirada con su oscura pasión. Sin decir palabra, se giró hacia él, lo rodeó con los brazos, con el cuerpo ablandado, complaciente, rindiéndose.

Colby no sabía si estaba despierta o dormida, si estaba en medio de un sueño erótico o una fantasía erótica, pero no pudo darle la espalda a la desesperación que veía arder en esos ojos. En sus sueños podía tener a cualquiera que deseara, hacer lo que fuera que deseara, no estaba atada por sus responsabilidades. Lo deseaba; deseaba la sensación de su piel tocando la suya; deseaba su boca en la suya y sus manos sobre su cuerpo. Lo deseaba casi desde el momento en que lo vio por primera vez, y en sus sueños no tenía por qué tener miedo de que él la dominara.

A Rafael se le quedó atrapado el aire en la garganta al verla así junto a él, con la camiseta subida dejando expuestos sus bien formados pechos. Apoyó la palma sobre su diafragma desnudo, con los dedos bien abiertos, y vio lo oscuro que se veía el dorso en contraste con su piel tan blanca. Ella se veía delicada y frágil, comparada con él, con sus huesos y músculos mucho más grandes. Pero a su manera, Colby era tremendamente fuerte.

En la cabeza le ardían las palabras rituales de unión que llevaba grabadas en él desde mucho antes de nacer, y sentía el cuerpo en llamas, doloroso e incómodo. Sintió que en la habitación del otro lado del corredor se había despertado la niña; cerrando posesivamente la mano sobre el pecho de

Colby, buscó con la mente la de Ginny. Esta abrió sigilosamente la ventana, asomó la cabeza y llamó al perro con un suave silbido; estaba angustiada por la pesadilla que acababa de tener, con la muerte de sus padres y con algo que le ocurrió a Colby. Oyó entrar al perro en la habitación y al instante le envió la orden de que se echara en la cama de la niña y se quedara ahí, ofreciéndole compañía y consuelo, y que no detectara su presencia en la casa. Nada debía impedir eso, nada. Su mente y su cuerpo clamaban por Colby, y sabía que no podría parar. Protegió a Paul y a Ginny de despertarse, induciéndoles un profundo sueño.

Entonces bajó la cabeza y posó la boca en la cálida piel de Colby, describiendo círculos con la lengua sobre su pecho, satisfaciendo su intensa hambre de ella. Sintió su reacción, sintió cómo se le tensó y contrajo el cuerpo, cómo se le calentó y aceleró la sangre. Deslizó lentamente las manos por su cuerpo, palpándola y acariciándola centímetro a centímetro, apartando la ropa para tener acceso a su cuerpo. Deseaba conocerla toda entera, acariciarla, saborearla, inhalarla. Con la boca ardiente por el ansia volvió a apoderarse de su pecho. Se lo succionó, bajando la mano por sus costillas, continuando por su plano vientre y deteniéndola un momento más abajo, para seguir con las yemas de los dedos la figura de una marca de nacimiento. Esta era tan fascinante que le justificó una rápida exploración con la lengua; después volvió a deslizar la boca hasta su pecho, mientras bajaba la mano para encontrar el rizado vello cerca de la entrepierna. Al apoyar la palma en su lugar íntimo comprobó que lo tenía mojado y caliente. Al instante ella reaccionó arqueando las caderas, apretándose a él.

Colby estaba soñando con su moreno amante, que la estaba excitando explorándole todo el cuerpo con su boca ardiente y ansiosa, succionándole los pechos, acariciándola y palpándola; de pronto se sintió tan excitada que deseó rogarle que le diera alivio. Sentía su boca por todas partes, besándola y acariciándola, conociendo su cuerpo mejor de lo que lo conocía ella. Estaba ardiendo por él, lo deseaba, lo necesitaba, necesitaba sentir su miembro enterrado en lo más profundo de su cuerpo. Volvió a abrir los ojos para mirarlo. Era real, sólido. Estaba desnudo, su cuerpo fuerte, sus músculos ondulando de poder. Su largo pelo negro le cubría los ansiosos y sensibles pechos mientras hacía girar la lengua por su ombligo. Le cogió la cabeza con las dos manos.

—¿Qué haces? —preguntó, en un susurro, sintiendo el cuerpo en llamas—. ¿Y por qué te lo permito?

El miedo le golpeó el corazón y la mente. Jamás se había sentido tan necesitada, tan dolorosamente excitada. Debería gritar, pero no lograba sacudirse del todo el velo que le cubría la mente.

Él sonrió con la boca sobre su vientre plano.

—Te estoy cortejando —dijo, mordisqueándole la curva de la cadera, buscando la marca de nacimiento y raspándola suavemente con los dientes—. Persuadiéndote.

Con la lengua le alivió la irritación en la marca. Introdujo las manos entre sus muslos, separándoselos más, acariciándoselos y friccionándoselos. Con el dedo encontró su estrecha cavidad íntima, mojada con fuego líquido, y lo fue introduciendo poco a poco, lentamente.

—Deseo enterrar mi cuerpo en el tuyo. ¿Es eso lo que deseas, *querida*? ¿Me deseas de la misma manera como yo te deseo a ti? —Sintió apretarse sus delicados músculos sobre el dedo; calientes, con fuerza, mojados por la excitación. Mirándole la cara, retiró el dedo y con sumo cuidado introdujo dos, ensanchándole más la cavidad, poco a poco—. Dime que me deseas, Colby. Necesito oírtelo decir.

Necesitaba oírla decírselo, porque tenía que estar unido con ella, poseer su cuerpo, poseerla toda entera, piel, sangre y huesos.

Colby negó con la cabeza, atormentada, incapaz de razonar. Sí, lo deseaba, todas las células de su cuerpo lo necesitaban. Tenía el cuerpo tan tenso que parecía enroscado, y la urgencia era tan insoportable que pensó que no sobreviviría sin él. Pero él le exigía todo, no una parte de ella, sino todo.

«Y me lo darás todo.»

Las palabras sonaron en su mente, como un gruñido, como una orden.

—No —dijo.

Lo dijo mientras él le introducía los dedos más adentro, y aunque el cuerpo se le tensó y creyó que se le iba a romper en un millón de pedazos, siguió esforzándose en mantener intacto lo que ella era.

Rafael sintió la reacción de su cuerpo. Ella lo deseaba. Se movía inquieta, ladeando la cabeza a uno y otro lado de la almohada, y se le escapaban sonidos de la garganta. Ella intentó protestar otra vez; él sintió subir su protesta por ella, combatiendo su creciente deseo y necesidad. Retiró los dedos y los reemplazó por la boca, introduciendo la lengua y explorando hasta lo más hondo posible.

Ella emitió un gritito, soprendida, sintiendo vibrar de vida el cuerpo, como si se fuera a fragmentar, y la asustó la intensidad del placer que la estremecía. Intentó apartarse, pensando que ese placer la iba a destrozar, pero él puso el brazo sobre sus caderas, manteniéndola quieta, y continuó introduciendo la lengua. Se resistió a parar; necesitaba que la necesidad de ella aumentara en proporción directa a su hambre voraz.

Colby continuó combatiendo una a una las placenteras sensaciones que le atormentaban el cuerpo arrastrándola con ellas, cuando lo que necesitaba era mantenerse firme. Se debatió debajo de él, sin poder apagar el fuego que corría por su cuerpo para poder respirar. No lograba recuperar el aliento, no lograba pensar con claridad. La atenazó el miedo. Cogida fuertemente de la sábana con los puños, intentó apartarse del asalto que él le hacía con la boca, moviendo la lengua y atormentándola, tanto que sus nervios gritaron suplicando alivio.

—Tienes que parar —resolló.

Estaba totalmente sumergida en las llamaradas de placer que discurrían por toda ella. Él se estaba apoderando de su ser; era incapaz de apartarse de su boca y lengua. Su cuerpo continuaba tensándose y calentándose más y más, hasta que pensó que iba a explotar. Peor aún, el deseo iba en aumento, agudo, letal; era una necesidad tan intensa que la aterraba.

No era capaz de mantener ni un solo pensamiento en la cabeza, ni siquiera para salvarse. El placer ya rayaba en dolor, e iba aumentando la tensión. No quería que él parara, nunca; deseaba romperse en un millón de pedazos. Deseaba ser lo que fuera que él necesitaba, ir dondequiera que la llevara. Se le escapó un gritito de terror cuando él inició un ritmo con la lengua, que le hacía vibrar hasta más adentro del cuerpo. Estaba ávido, llevándola al borde, implacable, mientras ella retorcía y arqueaba el cuerpo debajo de él. Y Rafael continuó, no una vez, sino dos y tres veces, hasta que a un orgasmo siguió otro y otro, y se le disolvió la mente y se le desmoronó el cuerpo.

Él subió el cuerpo por encima del de ella, separándole más los muslos para posicionarse, abriéndola totalmente a él. Tenía el miembro grueso, duro y pesado, amedrentador, y sus ojos brillaron como pedernales al presionar la punta en la mojada y resbaladiza entrada. Ella lo sintió, ensanchándole la cavidad, esperando para entrar, mientras ella tenía todo el cuerpo tenso, frustrado, vibrando de necesidad. Sintió el loco deseo de arquearse para que él enterrara el miembro en ella, pero él le sujetó las caderas con sus fuertes manos. Su expresión era de una avidez cruda, su boca una despiadada raya.

—¿Me vas a decir que no otra vez, Colby? ¿Me vas a negar lo que es verdaderamente mío?

Su voz sonó áspera, dura, envolviéndolos a los dos.

Ella emitió un gritito desesperado. ¿Es que le daba una última oportunidad para salvarse? ¿Cómo podría negarse cuando lo necesitaba, en ese momento, cuando todo en ella deseaba tenerlo enterrado hasta el fondo de su cuerpo?

—¿Me lo vas a negar? —repitió él.

Ella negó con la cabeza. No podía hablar, no podía respirar, tenía el cuerpo en llamas, y el miedo fluyó por sus venas como lava al pensar en lo que vendría. Él la iba a destrozar y reconstruir, por lo que ella siempre lo desearía, siempre lo necesitaría. Una parte de ella comprendió eso, pero no logró apagar el hambre que le provocaba.

«Nunca más.»

Las palabras sonaron en su mente como un decreto, como si él las hubiera dicho con los dientes apretados.

Rafael embistió fuerte y la penetró hasta el fondo, sabiendo que no debía hacerlo así siendo ella inocente, pero no pudo evitarlo. Llevaba en él siglos de hambre, un hambre canina, tenebrosa, que se derramó y explotó en un frenesí de febriles embestidas. Ella estaba muy excitada y su estrecha vagina le apretaba el miembro con una fuerza y pasión que casi lo volvía loco.

—Esto es demasiado, demasiado —gimió ella, desesperada, intentando empujarlo para apartarlo.

Él la iba a matar llevándola a esas alturas de placer, produciéndole unas sensaciones tan eléctricas que la anulaban totalmente.

El le cogió las muñecas y se las clavó en la cama a los lados de la cabeza, y se apoderó de su boca, introduciendo la lengua y moviendo las caderas, penetrándola una y otra vez, más fuerte, más profundo, deseando más y tomando más.

Sintió la llamada, salvaje y primitiva, una necesidad tan antigua como el tiempo, se sellar la unión entre ellos para toda la eternidad. Su pareja de vida, su otra mitad. Las palabras lo golpearon, saliendo de su alma, mientras enterraba hasta el fondo el miembro en la ardiente vaina, sintiendo el mundo ardiendo en llamas y girando descontrolado. Ella emitía suaves jadeos y él sentía contraerse y apretarse sus músculos interiores a un ritmo frenético que le aumentaba aún más el hambre voraz.

La necesidad de saborearla se fue haciendo más y más fuerte, más exigente, hasta que retiró la boca de la de ella y la bajó hasta su cálido cuello. Trazando un erótico sendero fue bajándola para rasparle con los dientes el lugar donde le latía el corazón en el pecho. Se le tensó el cuerpo, mojado de sudor, y le retumbó el corazón, golpeándole el pecho. El demonio rugió su deseo de alivio, instándolo a continuar. Estaba temblando de necesidad, una necesidad tan intensa que pensó que le podría arder el cuerpo, por combustión espontánea. Emitiendo un gemido, cedió, y enterró los dientes.

Colby gimió al sentir pasar serpenteando por su cuerpo unos latigazos de rayos. Él la calmó, con la mente ya firmemente instalada en la de ella. Posesivamente, la mantuvo quieta mientras satisfacía su apetito y la penetraba hasta el fondo, a un ritmo desmadrado. Ella sabía a condimento picante y a miel. No deseaba parar; por primera vez en su vida, el hambre terrible que lo había acosado durante siglos lo saciaba ella.

El demonio rugió pidiendo más, pidiéndolo todo, insistiendo en que afirmara su derecho sobre ella. En el espacio de tiempo de un latido, surgieron las palabras rituales, desesperadas por salir. Un instinto, algo que llevaba muy en el fondo de él lo instaba a continuar, ordenándole que realizara el rito. Al instante saltaron chispitas y lo rodearon, chispitas de vivos colores azul y plata, que subían como estrellitas del cubrecama y saltaban a su alrededor en un brillante reproche. Las palabras lo asaltaron, ansiosas por ser dichas, exigiéndole que tomara posesión de ella, pero él vaciló, con los ojos deslumbrados por las estrellitas. Durante la luz del día él estaría bajo la tierra y ella trabajando en el rancho, sin poder tocarlo, cuando su corazón, su alma y su mente la urgieran a hacerlo. Ella estaría en el infierno, llevada al punto de la locura, mientras él dormía en lo profundo de la tierra bajo el suelo.

Inmediatamente pasó la lengua por los agujeritos dejados por él sobre su pecho, levantó la cabeza y se incorporó un poco, jadeante, con los dientes apretados, tratando de dominarse. Entonces le dio suavemente la orden para que continuara en trance. Bajó otra vez el cuerpo hasta que la boca de ella quedó muy cerca de su pecho; era necesario que ella bebiera bastante de su sangre, para que fuera un verdadero intercambio. Con una uña se hizo una herida en el pecho y le acercó la boca para que repusiera la sangre que él había bebido de ella, sujetándole la cabeza para que no se le escapara y manteniéndole inmóvil el cuerpo con el suyo encima. En el instante en que ella comenzó a mover los labios sobre su piel, se estremeció y se le tensó el cuerpo, y tanto ella como él quedaron atrapados en una interminable espiral. Unos diminutos taladros parecían hundirse en su cabeza. Un fuego le hizo arder la sangre; reanudó las embestidas, penetrándola con más fuerza y más rápido, con el cuerpo pegajoso de sudor, el sudor del placer.

Soltando una leve maldición en voz baja, apretó los dientes para impedir que le salieran las palabras cuando ella dejó de alimentarse. Se cerró la herida del pecho, y se inclinó a apoderarse de su boca, sacándola del trance para que la suya pudiera dominar la de ella, y quitarle todo rastro de su sabor de su sedoso interior. Continuó las embestidas, moviéndose como un pistón, reclamando su cuerpo ya que no podía poseerla como exigía su especie.

Colby comenzó a combatirlo, en una batalla instintiva, casi inconsciente, contra ese placer tan intenso al que creía que tal vez no sobreviría. No entendía cómo podía descontrolársele el cuerpo de esa manera, arqueando las caderas para recibir sus embestidas, resollando, casi sollozando, suplicándole. ¿Suplicándole qué? ¿Más? Siempre más. Él la estaba destrozando de placer. Sentía como se le tensaba el cuerpo alrededor de su miembro, contrayendo los músculos, apretándoselo. De pronto sintió subir un gemido, un grito de placer a la garganta, y llegó la explosión del orgasmo, interminable, violento, arrastrándola, con tanta intensidad que ya no podía existir sin Rafael. Él sintió más hinchado y grueso su miembro, y de pronto le cogió con fuerza las caderas y continuó embistiendo, enterrando una y otra vez el miembro en la estrecha y mojada cavidad y arrastrándola a otro orgasmo al eyacular dentro de ella.

Rafael se desmoronó sobre su cuerpo, con las venas zumbando de excitación, de exultación. Podía estar saciado por el momento, pero deseaba más. Viviría y respiraría para volver a tenerla, una y otra vez, para sentir abrirse su cuerpo alrededor del suyo. Hundió la cara en el calor de su cuello, sintiendo los estremecimientos de ella, sintiendo las contracciones posteriores al orgasmo apretándole el miembro. Colby estaba jadeante, con el corazón acelerado. Él, afirmándose en los brazos, separó con todo cuidado el cuerpo del de ella. Pero la forma en que su caliente líquido le bañó el miembro al retirarlo, volvió a acelerarle la sangre.

Ella se pasó la lengua por los labios hinchados. Le dolían los pechos, sentía irritada la entrepierna. No podía mirarlo; no podía desviar los ojos de él. No se había ni imaginado que el acto sexual pudiera ser así, un placer tan intenso que rayaba en el dolor; una avidez tan fuerte que rayaba en la locura.

Él le deslizó las yemas de los dedos por la cara, por el cuello y las fue bajando hasta sus pechos. Se le endurecieron los pezones y sintió la vibrante reacción instantánea en la entrepierna. Desvió la cara hacia un lado.

—¿Qué has hecho? —dijo, en un susurro, agradeciendo la oscuridad—. ¿Qué me has hecho?

Sintió arder las lágrimas bajo los párpados. Jamás se liberaría de la red sexual de Rafael. Ella, que siempre había sido libre, siempre al mando, sería eternamente adicta a las cosas que le hacía ese hombre a su cuerpo. Y eso la aterraba.

Él le pasó la rasposa lengua por debajo de un pecho y luego la hundió en su ombligo, y volvió a seguir con ella la figura de su marca de nacimiento, en una lenta exploración. Seguía con el cuerpo firmemente sobre el suyo; ella estaba agotada y dolorida, pero sería capaz de intentar cualquier cosa. Él sentía su miedo, vivo en la habitación, respirando con él.

—Ya te dije que eres mía.

—No entiendo nada de esto —dijo ella, y él detectó lágrimas en su voz—. ¿Cómo entraste aquí? ¿Cómo permití que ocurriera esto?

Él levantó la cabeza, desaparecida su máscara de indolencia.

—No llores. —*Deus*, si lloraba, lo destrozaría. Suavizó la voz—: Dime por qué me tienes tanto miedo.

—¿Cómo puedes preguntarme eso? Estoy desnuda en mi dormitorio contigo, y acabas de meterte en mi cuerpo como si te perteneciera. Me dominas en cierta manera. No puedo alejarme de ti. —No estaba batallando con él; yacía debajo suyo como un sacrificio, como una ofrenda. Ni siquiera lograba reunir la energía para batallar, porque sabía que no le serviría de nada; jamás ganaría; él era demasiado poderoso y poseía su cuerpo y, tal vez, incluso su alma—. No tienes ni idea de lo que me has hecho, ¿verdad?

La desesperación que oyó en su voz lo arañó, le desgarró las entrañas. Le tocó la mente. Colby tenía la idea de esperar a que se presentara el hombre correcto. Deseaba que su primera vez fuera con un hombre al que amara; tenía visiones de una unión tierna, romántica.

Le enmarcó la cara entre las manos.

—Sé que he sido brusco, *pequeña*, pero soy el hombre correcto para ti. He sentido tu placer. Estabas ahogada en él.

Y era cierto. ¿Estaba decepcionada porque él era tan brusco sexualmente? Condenación, procuró darle placer, y estaba seguro de que se lo había dado. ¿Por qué soñaba entonces con un hombre manso que no la satisfaría jamás como podía satisfacerla él? Si bajaba la cabeza y le cogía un pecho con la boca, se estremecería de deseo y necesidad. Se le encendería el hambre al instante. Lo sabía. ¿Por qué no lo sabía ella? ¿Y quién era ese otro hombre al que deseaba? Sintió los colmillos ansiosos por alargarse, pero resistió el impulso, tratando de comprender. Su aflicción lo golpeaba. ¿Tan imposible le era amarlo? Amaba a Paul y a Ginny; había amado a su padrastro; incluso amaba a Ben. Estaba comenzando a detestar a Ben.

—Estaba ahogada —dijo ella, en voz baja—. Me has tomado sin mi consentimiento, Rafael. No tengo orgullo, ninguna salida. Me has dejado sin nada.

Él se había preparado para su ira, su rabia, pero no para esa callada desesperanza. Colby era una luchadora. Él sabía convertir la rabia en necesidad sexual, pero no sabía qué hacer con ella tendida ahí mirando el cielo raso, con el corazón tan oprimido y sufriente.

Cuando era un joven carpatiano muchas veces había pensado cómo sería su pareja de vida. Después había soñado con tener una mujer propia. Con el paso de los interminables siglos ya había perdido la esperanza de tener una. Colby era un regalo inesperado y precioso, y sin embargo no sentía lo que sentía él. Debía amarlo, debía desearlo. Una parte de él hervía de ira; esa era su parte animal que exigía una pareja. Su parte hombre quería solucionar lo que estaba mal. Ella le pertenecía. Habían compartido una relación sexual increíble, alucinante; sus cuerpos eran tan compatibles que no lograba imaginarse nada mejor. Ya estaba deseoso de más, pero ella estaba muy lejos de él en su mente. Él creía que podía poseer su cuerpo, pero estaba resuelta a que no le tocara el corazón. Él no tenía manera de combatir eso.

¿Qué estaba haciendo mal?

—No entiendo lo que quieres decir. Nos fusionamos. Lo he sentido, y sé que tú también lo has sentido. ¿Cómo puede significar eso que te he dejado sin nada?

Colby deseaba alejarse de él, darle la espalda. Deseaba que la dejara sola para poder pensar qué debía hacer. Huir era imposible. Tampoco había manera de simular que eso no había ocurrido ni que no volvería a ocurrir.

—No tengo opción. Me has dejado sin opción.

Su aflicción lo abatió. Habría preferido su rabia. Sólo pudo asentir, manifestando su acuerdo. Claro que no le había dejado opción. No había otra opción para ninguno de los dos. Ella estaba hecha para él, había nacido para él.

—No te molesta mi contacto.

—Por supuesto que me molesta.

Empezaba a encendérsele la rabia en la boca del estómago. Eso le oscureció los ojos e hizo saltar chispitas por encima del cubre-cama.

Al instante a él también se le encendió la rabia, y apretó las mandíbulas.

—Mientes. Te mientes a ti misma y me mientes a mí. —Deslizó posesivamente la mano por su pecho, tironeándole el pezón. Bajó la cabeza, mirándole la cara, observando el deseo en su mirada. Le introdujo una mano por entre los muslos y encontró la parte mojada. Levantó la cabeza para mirarla—. Tu cuerpo no miente.

Ella le dio una palmada en la cara con toda la fuerza que pudo; no tenía un buen ángulo ni espacio suficiente para moverse, pero la palmada sonó fuerte en la habitación.

—Lo que me has hecho es igual que una violación. Puedes mentirte a ti mismo todo lo que quieras, pero lo fue. Y puedes volver a hacerlo, una y otra vez, pero a menos que tengas mi consentimiento, que no lo tienes, cuando me tocas me estás violando. Te detesto. Detesto lo que puedes hacerme. No lo deseo. Ni siquiera me gustas, y mucho menos me gusta que toques mi cuerpo.

Que ella se atreviera a desafiarlo, que se hubiera atrevido a golpearlo, y peor aún, a llamarlo violador, le hizo hervir de rabia las entrañas, una rabia intensa y fea, que se elevó como el chorro de una fuente. Después de «vampiro», ese era el peor insulto, la peor condenación que se le podía ocurrir. Violentamente le cogió las muñecas y se las aplastó contra la sábana, elevándose sobre ella y bajando la boca sobre la suya, con fuerza. Su intención era castigarla, pero en el instante en que la tocó, en el instante en que le introdujo la lengua dentro de la boca, también entró en su mente.

Vio un sufrimiento terrible en ella. Estaba desolada. No le caía bien, no se fiaba de él. No tenía los tiernos sentimientos de pareja de vida que él tenía por ella. Apartándose de ella, se sentó, pasándose la mano por la cabeza, introduciendo los dedos por entre su pelo. Hablaba en serio; no le mentía. Su cuerpo reaccionaba a él, pero solamente su cuerpo. Él la había excitado, sabiendo que no tenía ninguna experiencia, pensando que ella no sentiría desagrado cuando se unieran. No quería que esa primera vez fuera dolorosa para ella, pero Colby no había deseado esa unión en absoluto. No lo deseaba a él. Se presionó las sienes con las yemas de los dedos.

¿Qué había hecho? Las parejas de vida estaban destinadas a estar unidas por toda la eternidad. Las reacciones de ella no tenían ningún sentido para él, que pensaba en ella en todos los momentos de su existencia, mientras que ella deseaba que él saliera de su vida.

«Rafael, estás llorando.»

La voz de Nicolas pasó por él haciéndolo tomar conciencia del ardor que sentía en el pecho. Se tocó la mejilla y encontró una lágrima de color rojo sangre. Él no lloraba; era un hombre, un carpatiano, un cazador de vampiros.

«No entiendo nada de esto. Es su sufrimiento el que siento. Le he quitado algo precioso.»

«Su virginidad te pertenecía —contestó Nicolas, pragmático—. No tiene otra opción que aceptarte. Conviértela, tráela a casa y finalmente cederá.»

Rafael hizo un mal gesto. No era que le hubiera quitado la virginidad sino, el derecho a elegir. Se pasó las dos manos por el pelo. ¿Tan cerca estaba de transformarse en un monstruo que ya se portaba como uno de ellos?

«¿Es eso, Nicolas? ¿Estamos tan cerca de transformarnos que somos incapaces de comportarnos con honor? Si es así, ya no somos de esta tierra.»

Colby rodó hacia el otro lado, dándole la espalda. Le vibraba y ardía el cuerpo, y se sentía enferma de deseo por él. ¿Cómo lograría pasar el resto de la noche? ¿El resto de su vida? Sentía su sabor en la boca, lo sentía en su piel. Ardía por tenerlo entre los muslos. Tal vez no lo deseaba, pero lo necesitaba, de la manera que un adicto necesita una droga. Sin él no se le marcharía jamás esa terrible presión que sentía en el cuerpo. Fuera cual fuera el hombre con el que se relacionara íntimamente, la posesión que él ejercía sobre ella estaría siempre presente en la relación. Ardía por él; no había otra palabra para describirlo. Estaba llorando, las lágrimas le corrían por la cara, detestándolo, detestándose, pero lo deseaba enterrado en lo profundo de su cuerpo, su miembro duro y excitado, llevándola más allá de cualquier lugar al que pudiera ir sola. La había convertido en su puta, pura y simplemente.

—No eres mi puta —dijo él, horrorizado de que le hubiera pasado esa idea por la cabeza—. ¿De dónde te ha salido esa idea? —Le colocó suavemente la mano en la espalda, en la cintura, abriendo los dedos—. Lo siento, Colby. No entendí lo que me decías; no logré pensar más allá de mi necesidad de ti.

Lamentaba el sufrimiento que le había causado, tomándola sin su permiso, pero por mucho que lo intentara, no podía lamentar haberla poseído. Sufría en su interior. Deseaba encontrar una manera de reparar su error, pero no tenía forma de hacerlo sin saber por qué ella no respondía a él de otras maneras aparte de la física. Deseaba algo más que su amor físico. Ella era su pareja de vida, y debía amarlo con todo su ser, totalmente.

La palma que él había colocado ahí para consolarla, le abrió un agujero en la espalda con su calor, haciéndole pasar chisporroteando la electricidad por el torrente sanguíneo. Su cuerpo deseaba el de él. Hundió la cara en la fresca almohada, emitiendo un desesperado gemido de protesta.

—Colby, mírame —la instó, dulcemente.

—No puedo —contestó ella, con la voz ahogada por la almohada—. No puedo dejar de llorar. Vete.

—Sabes que me es imposible marcharme y dejarte así. Me necesitas. Permíteme que te ayude.

Le apartó el pelo de la nuca y le depositó un suave beso ahí. No podía marcharse, mientras ella seguía llorando y su cuerpo clamando por el de él. Todos sus instintos le exigían que atendiera sus necesidades. Deslizó la boca por su columna, dejándole una estela de besos, hasta la cintura.

—Déjame que cuide de ti.

—No puedo volver a mirarte. Después de esta noche no quiero volverte a ver. —Se giró, con los ojos bañados en lágrimas—. Lo digo en serio. No seré capaz de mirarte a la cara si tengo que permitirte hacer esto.

Lo necesitaba. La aterraba permitirle que la acariciara. En el instante en que él la tocara, estaría perdida. Lo sabía. Estaba segura.

Rafael no esperó a que ella tomara una decisión. Ya estaba condenado. Si la dejaba frustrada sexualmente, lo odiaría, y si la satisfacía, lo odiaría. Su cuerpo ya estaba excitado, y su miembro, duro, ya estaba manifestando sus propias exigencias.

—Colby, no soy un hombre dócil.

Esa era la única manera de advertirla. No lograba encontrar ese sentimiento de docilidad, aun cuando lo deseaba; tratándose de sexo, no lo encontraba. Él era dominante y apasionado, y exigía que ella se sometiera. Deslizó la mano desde sus labios hasta los pechos, haciéndola estremecerse de deseo.

—Vaya noticia —susurró ella, y cerró los ojos cuando él le cogió un duro pezón con la boca.

Al instante levantó la cabeza y la clavó con su mirada.

—No desvíes la mirada de mí. Tienes que saber que no es que yo te tome a ti, *querida*. No lo hago sin tu consentimiento.

Su aflicción lo mataba. Estaba sufriendo por dentro; eso era un sentimiento terrible, como unas garras que le desgarraban el corazón y los pulmones, de dentro hacia fuera. Le cogió una lágrima de las pestañas y se la llevó a la boca.

Incluso eso era sensual, pensó ella. Todo en él era sensual, sus ojos, su boca, su ardiente expresión. No necesitaba tocarla para hacerle cobrar vida a su cuerpo.

—Me vas a quitar todo mi orgullo, Rafael —dijo.

Él detestó la tristeza que oyó en su voz. También oyó su propio grito, en el fondo de su mente, un gemido de dolor y pena, cuando su desesperación se fusionó con la de ella.

—Me has acusado de algo infame, horrible, *meu amor*. Eres para mí la única mujer que voy a tener en mi vida. Pensé que ese era un sentimiento mutuo entre nosotros.

La conmoción seguía estremeciéndolo.

Mientras hablaba deslizaba posesivamente las manos sobre ella. Unas manos grandes y fuertes, que ahuecaba sobre sus pechos, atormentándole los pezones, que describían pequeños círculos sobre su abdomen y se deslizaban por entre sus muslos. Cedió porque no tenía otra opción. Estaba desesperada por sentir su cuerpo en el suyo. Si no aliviaba ese deseo, esa hambre terrible que se iba acumulando en su interior, no sabía que haría.

—¿Cómo puedes hacerme sentir así, Rafael? Tengo un miedo terrible, pero sin ti es peor.

Él le besó el cuello, deslizando el pelo por su sensible piel, haciéndola estremecerse de placer.

—No tienes por qué estar sin mí, nunca, Colby. La unión con la pareja de vida es para siempre. Esta noche entra en mi mundo con mis leyes. No puedo hacer otra cosa que ocuparme de tu felicidad en todo. Tu salud, tus necesidades y deseos serán los míos para siempre. —Bajó los labios besándole el valle entre los pechos—. Mi mundo era uno de oscuridad hasta que tú me devolviste a la vida. Sé con absoluta certeza que tú lo eres todo para mí. Siempre serás todo para mí. Puede que yo te domine en la cama

—movió la lengua por su ombligo—, pero tú me dominas en todas las demás cosas. —Su voz era toda una dulce seducción—. Puedo llevarte a lugares donde ningún otro hombre podría hacerlo jamás y siempre te tendré segura y a salvo. Ningún hombre podría desearte más que yo. Soy tan prisionero como tú crees que lo eres. Mi necesidad de estar contigo es tan elemental como tu necesidad de estar conmigo. Encuentra una manera de amarme un poco, Colby.

Continuó acariciándola con la lengua, haciéndola girar y deslizándola por su piel, raspándosela con los dientes y añadiendo un suave mordisco aquí y allá, produciéndole un dolor que sólo aumentaba su placer. Sus manos seguían las formas de su cuerpo, amoldándolas, mientras con las yemas de los dedos encontraba todas sus partes sensibles haciéndola saltar y retorcerse debajo de él, encendiéndola, vivificándola. Sentía correr la sangre con una especie de fuego líquido. No lograba encontrar la fuerza para hacer otra cosa que yacer ahí mientras él le examinaba y saboreaba todo el cuerpo, centímetro a centímetro, adquiriendo un conocimiento de su cuerpo muy íntimo y concienzudo. El dolor que detectaba en su voz le hacía arder de lágrimas los ojos. Había sinceridad en su tono, incluso pureza; decía en serio las cosas que decía. Sus palabras, su absoluta seguridad, la asustaban, pero la atraían hacia él, la acercaban más al fuego. Intentaba pensar, para comprender, pero él la estaba destrozando con sus manos y su boca, por lo que le era imposible retener un solo pensamiento.

Sintió pasar la abrasadora excitación por todo el cuerpo, como llamas danzando por su piel, lamiéndola toda entera, hasta que gimió, una y otra vez, su nombre, llamándolo, deseándolo, necesitándolo. Le cogió mechones de su sedoso pelo con los puños, sintiendo la presión de los sensuales rasgos de su cara sobre ella. Él estaba en todas partes, rodeándola, cubriéndola y, Dios la amparara, lo deseaba dentro de ella. Le cogió las caderas cuando él presionó con su duro miembro, y sintió su invasión. La penetración fue lenta esta vez, ensanchándole ahí con un ardor increíble. Le miró la cara, observándolo mientras ella lo acogía en su cuerpo, sintiendo pasar su miembro por sus estrechos pliegues y cavidad, entrando más y más. La embobaba la expresión de su cara, esa áspera sensualidad, esa cruda pasión. Él continuó penetrándola hasta llegar al fondo, el miembro tan duro y grueso que se sintió llena, totalmente ensanchada.

No pudo evitar que se le contrajeran los músculos apretándole el pene; esto le aumentó el placer, pero él ahogó una exclamación y le cogió las caderas.

—Eres muy estrecha, Colby. Siente lo que yo siento cuando te poseo así.

Fusionó la mente con la suya y ella sintió su violento fuego; sintió su necesidad de verla someterse a él, la necesidad de sentir su suave piel deslizándose por su duro miembro. Los grititos que le hizo emitir se sumaron a lo que sólo se podía llamar éxtasis.

Él se retiró y volvió a embestir, con fuerza. Ella oyó sonar su nombre en la mente. Gritó, no fuerte, sino con un sonido más ronco, profundo.

—Más, dame más —ordenó él, y comenzó a moverse con ritmo.

Ella no tuvo otra alternativa que obedecer. Su cuerpo tenía voluntad propia, le arqueaba las caderas, le contraía los músculos de la vagina, haciéndolos vibrar alrededor de su miembro. Él le pasó el brazo por las caderas para sujetarla al tiempo que la penetraba una y otra vez, con fuerza, violencia, produciéndole oleadas de placer y deseo por todo el cuerpo. Creció y se propagó la tensión, aumentando más y más la excitación, sin remitir ni un instante. Él continuó sin piedad, aun cuando ella le suplicaba que le diera el alivio. Cada frenética penetración le tensaba más y más el cuerpo, hasta que sintió esa extraña confusión en la mente. No sobreviría a ese tempestuoso placer.

—Rafael —resolló.

Él era su único refugio en esa tempestad de deseo y avidez. No podría contenerlo, no podría sobrevivir. Las sensaciones se apoderaron de todo su cuerpo, haciéndolo arder en llamas. Llegó el orgasmo, produciéndole violentas contracciones en la vagina alrededor del miembro de él, pasando por toda ella, por encima de ella, subiendo por su cuerpo, hasta que no pudo evitar gritar por la liberación. Duró una eternidad, aprisionándola en su trance, rompiendo sobre ella como olas, y lo sintió vaciarse, llenándola con su ardiente liberación.

Sintió ardientes lágrimas bajo los párpados. Se metió el puño en la boca para no ponerse a gritar. Ya estaba mal que él le oyera el grito en la mente.

—Otra vez, Colby, di mi nombre —susurró él, con la boca sobre la elevación de su pecho—. Sabes quién soy. Sabes de quien es el cuerpo que está enterrado dentro de tu cuerpo.

—Sé quién eres.

—Y sabes que no soy un infame violador. Estoy donde me corresponde estar, dentro de ti, justo aquí, en tu corazón y en tu mente, en tu cuerpo. No voy a renunciar a ti jamás; jamás te voy a abandonar. Mírame, *meu amor*; sabes que te digo la verdad. Jamás renunciaré a ti. Tienes que hacer las paces con la realidad de que nos pertenecemos mutuamente, de que debemos estar juntos.

Sus ojos brillaban fieros, un oscuro recordatorio de que había aceptado un predador en su casa, en su cuerpo, en su vida. Suspiró, con el cuerpo todavía sacudido por las sensaciones posteriores al orgasmo, como tenues réplicas de un terremoto, sacudidas que ella no podía controlar. Las cosas que él decía no tenían sentido para ella, sin embargo sentía que eran correctas. Él entró en su habitación creyendo que ella sentía lo mismo que él. Su impulso por poseerla le venía de alguna ley de su gente de la que ella no tenía verdadero conocimiento.

—Rafael —musitó, con el cuerpo tan agotado que apenas podía pensar—. No entiendo nada de esto. No sé por qué tú te crees esas cosas ni por qué mi cuerpo las siente correctas. Pero lo intentaré. Eso es lo único que te prometo. Intentaré comprender. Pero no esta noche. Estoy muy cansada.

Adormilada, ladeó la cabeza, desviándola de la suya y cambió de posición cuando él comenzó lentamente a separar sus cuerpos. Sintió su boca en el pecho y sus manos ahuecadas en las nalgas. Cada succión que él le hacía ahí le producía más oleadas de placer desplegándose por su cuerpo, pero ya estaba tan agotada que no podía hacer otra cosa que mantenerse quieta, rindiéndose al sueño, mientras él subía la boca por su cuerpo, besándola, hasta que terminó de separar sus cuerpos. Curiosamente, podría haber protestado si hubiera tenido la energía para hacerlo, pero en lugar de eso, se acurrucó apretándose al cuerpo de él, buscando su protección, y se durmió.

Rafael continuó tendido a su lado hasta que por la ventana del dormitorio entró la luz gris anterior a la aurora y comprendió que ya no podía esperar más tiempo para cazar una presa. De mala gana se bajó de la cama, le movió el cuerpo poniéndoselo en una posición mucho más cómoda, y la cubrió bien con el cubrecama protector, remetiéndoselo por los lados. Se inclinó nuevamente hacia su cuello, con el fin de renovarle su marca, dejársela como recién hecha, para que el resto del mundo la viera; para que ella la viera. Su antiquísima sangre circularía caliente por sus venas, llamándolo; llevaría su olor adherido a ella; la fusión entre sus mentes sería más fuerte que nunca. Sabría dónde estaba en todo momento. Ella no podría ir a ningún lugar donde él no pudiera encontrarla.

Para no deshonrarse sellando la unión entre ellos antes de haber resuelto el asunto de la seguridad de Paul y Ginny, se marchó a cazar a una presa. Debía alimentarse pronto si quería mantener el autodominio. Buscaría un lugar bajo tierra tan pronto como le fuera posible, para impedirse volver ahí a tomar posesión de ella por la fuerza.

En el instante en que salió e inspiró el aire nocturno, percibió el disturbio. Era muy sutil; una tenue corriente de poder en el aire. Una búsqueda. Era tan leve que no logró precisar la dirección, pero sentía el olor de la malignidad. Al instante se comunicó con su hermano.

«Hay un vampiro, Nicolas. Uno poderoso, antiguo. Ya falta poco para la aurora y aún no se ha metido bajo tierra, y sabe que estamos cerca de él. Su poder es sutil, tan tenue que no logro precisar su dirección para cazarlo.»

«Tu mujer lo atrae. Debes convertirla y llevarla a nuestra tierra.»

La voz de Nicolas sonaba cansada, como si su lucha con la oscuridad le resultara excesiva, como si hubiera durado demasiado tiempo y estuviera comenzando a sucumbir lentamente.

«Has usado tu fueza para impedirme caer en la oscuridad.»

«Estás muy cerca. Ella no te ayuda porque se opone a ti. Coge a la mujer y marchémonos de este lugar, volvamos a nuestro hogar. Yo cazaré al vampiro mientras tú te aseguras a la mujer.»

Rafael le dio vueltas al ofrecimiento en la cabeza. Con cada vampiro que mataban la oscuridad les iba manchando las almas, hasta llegar a un punto en que no les dejaba nada de lo que eran ni de lo que defendían. Nicolas ya estaba muy vacío, llevaba demasiado tiempo sin consuelo. Él, en cambio, tenía un apoyo; si tomaba posesión de Colby, y la ataba a él para toda la eternidad, podría cazar al vampiro sin riesgo y librar esa zona del peligro. Tanto Nicolas como él estarían a salvo de abrazar la vida de los no muertos.

«Yo cazaré a este, Nicolas. Es fuerte y está escondido, pero tengo su olor y no escapará a la justicia de los nuestros. No actúa de manera normal. No ha habido asesinatos ni muertes no explicadas. Al hombre asesinado lo mató un humano, no un vampiro. Y yo conocí a una mujer que tiene poderes psíquicos, una telepatía muy fuerte. Sabía qué soy yo. Aquí está ocurriendo algo que no entiendo.»

«Iré si me necesitas».

Rafael deseaba que Nicolas se mantuviera lejos del peligro de una cacería.

«Te llamaré si necesito ayuda.»

Interrumpió la conexión con su hermano y se alejó rápidamente del rancho, intentando encontrar el rastro del vampiro, buscando un espacio vacío que delatara la guarida del no muerto. Sentía la maldad en las fosas nasales, sentía la fetidez y la suciedad, pero no lograba encontrar la pista de lo que impregnaba el aire. No lograba precisar ninguna dirección; nada que definiera un rastro. Sólo tenía la certeza absoluta de que en la zona había un poderoso vampiro. Todo el mundo estaba en peligro.

Encontró sustento en la pequeña ciudad, y bebió lo que debía para reponer sus fuerzas. Necesitaría muchísima en los próximos días. Y necesitaría de todo su valor para enfrentarse a Colby después de haberle cambiado la vida para siempre.

Capítulo 6

Colby se agitó inquieta, despertada por un sonido que se repetía en su sueño como una insistente alarma. Le llevó un momento despabilarse; le dolía la cabeza y sentía un tenue sabor a cobre en la boca. Su cuerpo le resultaba desconocido, pesado, dolorido e irritado, muy utilizado. Pero al instante supo qué la había sacado del sueño inducido por la satisfacción sexual. Le gritaron todos los instintos y se despabiló totalmente: fue un chillido agudo, largo, lejano, seguido por un inquietante y sonoro golpe. Se sentó bruscamente, echó atrás las mantas y se puso el pijama.

Salió corriendo del dormitorio golpeando suavemente el suelo de madera dura con los pies descalzos y llamando:

—¡Paul! ¡Ginny!

Su extraordinaria audición y su olfato parecían estar amplificados diez veces. Atenazada por el terror, se sintió mareada, temblorosa, y se le resecó la boca. Abriendo de un tirón la puerta principal, se detuvo en el porche, miró horrorizada las furiosas llamas que estaban consumiendo el establo, y echó a correr.

—¡Paul, los caballos!

Su angustiado grito pareció prestar alas a su hermano, que casi la arrojó de bruces sobre el accidentado suelo.

El humo ya era espeso en el patio, las llamas elevándose hacia el cielo y las chispas volando en todas direcciones. Sollozando de miedo, impulsada por los aterrados chillidos de los caballos, levantó la tranca metálica que cerraba la puerta del establo con las manos desprotegidas. Sintió su propio grito de dolor, oyó la voz de Rafael en la mente, pero su dolor no importaba, los caballos sí.

Las llamas lamían los marcos de la puerta, bailaban por el techo y subían por las paredes. El sistema de rociadores automáticos parecía incapaz para combatir ese incendio. ¿Y qué le había ocurrido a la alarma contra incendios?

Su hermana pequeña llegó corriendo a su lado.

—Ginny, vuelve a casa, no te acerques a esto —le ordenó enérgicamente.

—¡Colby, no! —gritó Paul, cogiéndole el brazo para impedirle entrar en el infierno de humo y llamas.

El calor era casi insoportable.

Se giró, intentando mantener la calma. No había manera de hacer una respiración para calmarse sin inspirar el espeso humo y hacerlo entrar en los pulmones.

—Ginny llama al nueve uno uno y luego a Sean Everett.

—El de Everett era el más cercano de los ranchos vecinos—. Paul, no pares de arrojar agua a esta puerta, pero mantente alejado. Lo digo en serio. El establo se derrumbará en cualquier momento. No entres, ocurra lo que ocurra. Es una orden.

Diciendo eso se giró y entró corriendo en el establo.

—¡No! —gritó Paul.

Pero Colby ya había desaparecido en el interior, rodeada por el humo que giraba a su alrededor como una enorme capa negra, tragándosela.

Centrando la atención en las puertas de los corrales, intentó abrirlas con el poder de su mente. Pero las puertas se resistieron a su presión. No supo si fue su desesperación o los chillidos de los animales lo que le impidió concentrarse bien, pero no le quedó más remedio que recorrer todo el camino.

Diecinueve. Tenía diecinueve caballos en el establo. Obligó a su aturdida mente a concentrarse. El humo le hacía arder los ojos, y el fuego rugía en sus oídos. En medio de aquel sofocante humo negro, espeso y peligroso, era imposible ver algo. El calor era intenso y el ruido ensordecedor, amedrentador. Los caballos estaban desquiciados. Ahora eran peligrosos, estaban desesperados.

A tientas avanzó por la larga hilera de corrales. Fue abriendo las puertas, una a una, intentando retener el aliento, con los ojos lagrimeando. Le ardían los pulmones y le vino un horrible acceso de tos. Se sintió desorientada. De pronto vio a *Domino* casi encima de ella, moviendo los ojos y poniéndolos en blanco. Estaba tan sofocada que no pudo tranquilizarlo; el caballo se encabritó levantando los cascos, que pasaron a unos pocos centímetros de su cara. Ella retrocedió, tropezó y cayó al suelo. *Domino* pasó como un rayo junto a ella, por un pelo no la pisoteó, y el casco de su pata trasera izquierda le rozó el muslo haciéndole un corte.

Cerca del suelo el aire estaba algo mejor, así que lo inspiró para llevar un poco a sus doloridos pulmones. Consiguió afirmar sus temblorosas piernas en el suelo, se levantó y se dio un impulso para continuar. Agitando los brazos y gritando con la voz ronca, incitó a correr a los aterrados animales; girando, todos se precipitaron hacia la puerta abierta. Los marcos de ésta también estaban ardiendo, pero no con la misma intensidad que las paredes. Corrió detrás de ellos, tropezó y volvió a caerse al suelo, tosiendo y casi vomitando.

Unas manos duras la cogieron por la cintura, la levantaron y la sacaron por la puerta. Por fin se encontró segura en unos fuertes brazos.

Rafael fue el que la sacó del humo y el fuego y la alejó. Olió la sangre de la dolorosa herida en el muslo y en el fondo de él algo feo y diabólico levantó la cabeza y rugió su deseo de venganza.

Se hundió una parte del techo y en algún lugar del interior del establo en llamas chilló un caballo, un chillido de tanto sufrimiento que se hizo un absoluto silencio en el patio. Colby fue la primera en reaccionar; se desprendió de sus brazos y echó a correr hacia la puerta en llamas del establo.

—¡Paul, el rifle!

Sin previo aviso, Rafael la cogió en brazos y la llevó hacia la casa, a la vez que gritaba una orden a los hombres reunidos en el patio. La dejó en el porche y la miró a sus aterrados ojos.

—Quédate aquí. No te muevas, ¿me oyes?

Acto seguido cogió el rifle que le lanzaba Juan Chevez y con él se dirigió al establo y desapareció en medio de las llamas.

Paul se arrodilló a un lado de Colby; le pareció aturdida, conmocionada. No pudo dejar de admirar la eficiencia de Rafael: helicópteros para el transporte, y los hombres atendiendo a los animales asustados y heridos. Era evidente que era él quien dirigía esa bien coordinada operación. Había cogido el rifle al vuelo con una mano y luego entrado calmadamente en un establo que se estaba desintegrando.

Sonó un disparo y cesaron bruscamente los lastimeros gritos. Cayendo en la cuenta de que tenía el aliento retenido, Paul espiró lentamente y se inclinó solícito sobre Colby, que estaba sentada con la espalda apoyada en uno de los postes del porche. Tenía surcada la cara por humo negro y lágrimas, y tenía una magulladura en lo alto de la frente, y varias en las costillas, a juzgar por el estado de su camiseta, tal vez causadas por los golpes que le habían dado los caballos en su huida desesperada. El pantalón de su pijama estaba roto y chamuscado, y una pernera manchada de sangre en la parte del muslo. Y las dos palmas de las manos se veían llenas de feas ampollas. Estaba intentando respirar, pues tenía los pulmones llenos de humo. Intentó consolarla, rodeándole torpemente los delgados hombros con un brazo.

Y entonces ya estaba Rafael ahí. Inclinándose sobre ellos, levantó a Colby en sus brazos con sumo cuidado.

—Ve a ocuparte de tu hermana pequeña —le ordenó a Paul amablemente—. Está muy asustada. Yo cuidaré de ella.

Le hizo un gesto al capataz de Sean Everett indicándole que llevara a los hombres al granero para salvarlo de las llamas. Colby estaba en sus brazos, aturdida, sin poder asimilar la enormidad de lo que estaba ocurriendo. La llevó a una distancia prudente del humo y la actividad y la depositó sobre la hierba para examinarle las lesiones. Protegiéndola con su cuerpo de miradas curiosas, le levantó la cara toda cubierta de manchas negras para observarle la magulladura.

—Lo siento, *pequeña*, no podía salvar al caballo y dejar que siguiera sufriendo.

Mientras hablaba le puso la mano sobre la laceración del muslo. Curiosamente, al instante la herida dejó de dolerle y arderle. Le pasó la mano por el cuello, suave como una pluma, y luego le tocó las doloridas sienes. De ahí subió la mano a su cabeza.

—Vine en el instante en que te oí despertar.

—No puedo creer que esté ocurriendo esto —susurró Colby, con la voz áspera.

No quería llorar; temía que si lo hacía no podría parar jamás.

Rafael le echó suavemente el pelo hacia atrás con los dedos. Tenía unas pocas quemaduras sin importancia, el chichón y la herida en el muslo, pero eran las palmas de sus manos, con las que cogió la tranca metálica, las que lo preocupaban. Susurrándole dulcemente le levantó las manos y se las llevó a la boca; hizo girar sensualmente la lengua por sus palmas de modo que el agente curativo de su saliva le bañara todas las ampollas y marcas de quemaduras.

En los lugares en que debería haber sentido dolor, Colby sintió un agradable hormigueo y alivio. Deseó meterse dentro de él y quedarse ahí escondida y a salvo.

—Tengo que ayudar —dijo, intentando retirar las manos de las de él.

Apenas lograba respirar, y sentía el humo atrapado en los pulmones; le ardía el pecho y estaba desesperada por inspirar aire limpio.

Rafael le hizo una señal a Juan Chevez indicándole que fuera a ocuparse de las chispas que saltaban en dirección a la casa. Sabía que los hermanos Chevez estaban preocupados por él, pues debería haberse ido a reposar bajo tierra con las primeras luces del alba. Podía tomarse las horas de la mañana si era necesario, pero su fuerza estaba disminuyendo poco a poco y finalmente sucumbiría a las limitaciones de su especie. El sol ya le estaba quemando la piel, cubriéndosela de ampollas, y los ojos le lagrimeaban a la luz. Mantuvo las nubes sobre la cabeza para que lo protegieran, pero el sol ya se estaba cobrando su precio. Los hermanos Chevez sabían que quedaba muy poco tiempo para que su cuerpo se convirtiera en plomo y fuera totalmente vulnerable.

Se inclinó hacia Colby.

—Mírame, *querida*, esta vez debes mirarme, de verdad.

Sus ojos negros eran como un imán, imposible resistirse a ellos, por lo que Colby lo miró, impotente, sabiendo que estaba cayendo en sus negras profundidades, sin poder reunir la fuerza suficiente para evitarlo.

Entonces Rafael se apoderó de su boca, le insufló aire y luego lo aspiró, con el fin de expulsarle el humo negro alquitranado que la ahogaba y le impedía respirar aire limpio; al mismo tiempo deslizó las manos por su cuerpo, tocándole las magulladuras de las costillas, y envoviéndolos a los dos en un velo para ocultarlos de cualquier mirada curiosa.

De mala gana levantó la cabeza, aunque siguió reteniéndola cautiva con sus penentrantes ojos negros. Enfocando la atención en los usos de su pueblo, se concentró hasta separar su espíritu de su cuerpo, convirtiéndose en energía pura, y entró en el cuerpo de ella para terminar de expulsar el humo y sanar la herida y las quemaduras. La mantuvo en ese trance hipnótico hasta que estuvo seguro de que había tratado todas las lesiones y no había ningún peligro de infección, ningún peligro para sus pulmones. Lentamente, a regañadientes, la sacó del trance. Con la mente ya estaba dirigiendo a los jefes de los diversos grupos y a los que iban llegando, respondiendo a la petición de más ayuda.

—Tenemos controlado esto, Colby —musitó dulcemente—. No quiero darme media vuelta y descubrir que te has puesto en peligro otra vez. Entrar en el establo fue un acto valiente, pero muy tonto. No vuelvas a hacer algo así nunca más. No puedo tolerar que te expongas a un peligro como ese.

Ella se aferró a él un momento, agradeciendo su dura fuerza y su actitud de seguridad total. No tenía que conocer sus sentimientos por él para admirar su eficiencia y total autoridad. Decididamente, ese hombre sabía hacer las cosas.

Las dos horas siguientes fueron una pesadilla. Colby y Paul se dedicaron a tratar las quemaduras de los aterrados caballos mientras los hombres trabajaban en impedir que el fuego se propagara a la casa y a las otras dependencias. A veces ella levantaba la vista y sorprendía a Rafael mirándola con sus intensos ojos negros. Él parecía estar en todas partes, como una máquina incansable durante esas largas horas de la mañana.

Finalmente, cuando el fuego quedó reducido a brillantes brasas y volutas de humo, y hubieron atendido a todos los animales, Paul y Ginny se le acercaron en busca de consuelo, y de respuestas.

Aun vestida con su maltrecho y chamuscado pijama y con la cara negra por el humo, Colby paseó la mirada por aquella destrucción.

—¿Cómo ha podido ocurrir esto? —gimió, angustiada—. Había sido imposible salvar el establo. El fuego estaba en todas partes, totalmente descontrolado. No sonaron las alarmas, no funcionaron los rociadores automáticos.

Movió la cabeza, sin poder creerlo.

Se sentía totalmente aniquilada. Catorce de los caballos alojados en el establo, incluido el que mató Rafael, no le pertenecían. Los hospedaba para domarlos y entrenarlos; eran valiosísimos para sus dueños, criados para fines concretos. Y ahora todos estaban traumatizados, quemados, y cubiertos de heridas y magulladuras, sufriendo por el humo que habían inspirado. Además la responsabilizarían a ella de sus lesiones.

Paul la rodeó con un brazo, en un torpe gesto de apoyo, aun cuando sus ojos se dirigieron automáticamente al único hombre que parecía estar controlado y al mando en esa caótica situación. Rafael y los hermanos Chevez habían trabajado arduamente esas largas horas junto con los trabajadores del rancho de Sean Everett y los del departamento forestal para impedir que ardiera todo el rancho. Él no deseaba que sus tíos se lo llevaran a otro país, lejos de la casa que amaba, y le tenía muchísimo miedo a Rafael de la Cruz, pero no podía negar que sin ellos lo habrían perdido todo.

Rafael vio la desesperada súplica en la juvenil cara de Paul e inmediatamente dijo algo al pequeño grupo de hombres con los que estaba hablando, disculpándose para alejarse. Llegó hasta ellos, cogió del brazo a Colby y la llevó con mucha suavidad por el patio, y por la escalinata que llevaba al porche de la casa. Una vez ahí, con un gesto suave pero firme, la obligó a sentarse en el columpio, y le sirvió un vaso del agua de la jarra que la ocurrente Ginny había ido llenando para que bebieran los hombres que estaban combatiendo el incendio.

Colby parecía aturdida.

Lo miró, confundida y asustada.

—¿Cómo es posible que no hayan sonado las alarmas contra incendios? —musitó—. Hay varias. ¿Es que todas estaban estropeadas? Y los rociadores automáticos. Acaba-ba de hacerlos revisar. ¿Cómo ha podido incendiarse tan rá-pido el establo? No lo entiendo.

—Lo descubriremos, *meu amor* —dijo él, cogiendo amablemente la taza de té dulce y caliente que le pasaba Ginny y poniéndoselo entre las manos—. Estás conmocio-nada, *pequeña*, quiero que bebas esto. Te sentará bien. —Se pasó una mano por el pelo—. Parece que el incendio se ini-ció con queroseno. ¿Tienes queroseno aquí?

—¿En el establo? —preguntó Colby, incrédula. Ner-viosa, se levantó de un salto y, pasando junto al corpulento cuerpo de Rafael, entró en la cocina—. Jamás tendría que-roseno en el establo. Debes de creer que soy una idiota.

Se veía muy frágil, a punto de echarse a llorar. Rafael ya estaba en su mente, viendo el caos de emociones, el horror por lo ocurrido, el miedo de enfrentar el futuro y su deses-perado intento de armar las piezas para descubrir qué pudo haber ocurrido. Pacientemente la siguió, silencioso como un felino de la selva.

—No es eso lo que te he preguntado, *querida*. Quiero decir que creo que este incendio ha sido provocado. Me parece que el capitán de los bomberos también lo cree. ¿Tienes seguro?

Colby se quedó muy quieta, medio girada para mirarlo.

—¿Eso es lo que crees? ¿Que yo quemaría mi establo, con los caballos dentro, para cobrar el seguro? ¿Eso es lo que sugieres? —Movió el brazo hacia el patio, lleno de hombres, todos vecinos—. ¿Es eso lo que piensan todos? ¿Que yo sería capaz de hacerle daño a los animales para beneficiarme monetariamente? —Le brillaron peligrosamente sus ojos verdes—. O tal vez eso es lo que tú y los hermanos Chevez queréis que crean todos. Que yo sería capaz de una atrocidad como esa. Sería útil para vuestra causa, ¿verdad?, que a mí me metieran en la cárcel. Nadie os estorbaría para llevaros a los niños.

—Basta —dijo él, en voz muy baja, con los dientes apretados. Sus ojos negros volvían a ser glaciales y su boca una raya despiadada. Parecía muy cruel, tanto que ella retrocedió, con el corazón retumbante por el miedo—. Estás muy alterada y no sabes lo que dices. Es mejor callar que arrojar acusaciones sin fundamento. Has asustado a tu hermana, Colby.

Avergonzada por su descontrol, Colby movió la cabeza y miró hacia fuera, por la ventana, para evitar su penetrante mirada.

Ella no tenía manera de saber que él ya había encontrado la llave para entrar en su mente y sabía muy bien que ella era incapaz de un acto tan traicionero como provocar un incendio en su propio establo lleno de animales vivos.

Rafael se acercó a Ginny y se agachó a decirle en tono muy dulce:

—Todo irá bien, *meninha*. Nadie creería una cosa así de Colby. No tengas tanto miedo.

—¿Vamos a perder el rancho? —le preguntó entonces Ginny, angustiada; las lágrimas ya le iban dejando huellas por su carita ennegrecida por el humo—. ¿Nos va a separar de Colby y le entregará el rancho a ese hombre horrible?

Rafael la miró y le dio un vuelco el corazón; era una experiencia muy singular ver a un ser humano con los ojos del amor. Conectado como estaba con la mente de Colby, la niñita y sus miedos le causaban una inmensa emoción.

—No, cariño —dijo Colby, con una voz extraordinariamente dulce—. No te preocupes, Ginny, hemos pasado por tiempos peores y salido adelante. Tú y Paul estáis vivos e ilesos, y eso es lo que importa.

Incluso estando afligida, era tranquilizadora.

—¿A que hombre horrible te refieres, Ginny? —preguntó Rafael, buscando y encontrando la mente de la niña e induciéndole un fuerte impulso a contestar.

—Todo está bien —terció Colby, y hasta ella se notó el cansancio en la voz.

Diciendo eso alargó la mano para apartar a Ginny de la mirada fija de Rafael.

Sin siquiera aparentar moverse, Rafael se deslizó por el suelo y puso su cuerpo entre las dos. La niña lo miró confiada.

—Desea quitarnos el rancho. Siempre viene aquí a pedirle dinero a Colby. Le oí decir que no perderíamos el rancho si ella cooperaba con él.

—¡Ginny! —exclamó Colby, en tono más agudo del que hubiera querido.

Volvía a sentirse absolutamente humillada. Rafael de la Cruz era la última persona que debía enterarse de sus asuntos. Se cubrió la cara con las dos manos. Se había acostado con él. Acostado con él. Pero esas palabras no describían lo que habían hecho. Había permitido que la acariciara, que la «devorara», un hombre que era prácticamente un desconocido. Lo había aceptado dentro de su cuerpo. Sintiéndose desnuda y vulnerable, bajó las manos para mirar sus negros ojos. Él la había poseído, marcado, y ella había estado deseosa de su cuerpo, de sus caricias. Habría hecho cualquier cosa por él. Buen Dios, si hasta le había suplicado. Gritaba su nombre una y otra vez en su mente. ¿Qué le pasaba?

Rafael liberó a la niña de su hipnótica mirada y posó los ojos en la cara de Colby. La miró atentamente; ella tenía los ojos relampagueantes de orgullo, pero él era una sombra en su mente, así que vio su humillación y miedo. Le cogió la muñeca en su fuerte mano, aunque teniendo buen cuidado de no desatar toda su enorme fuerza.

—¿Quién es ese hombre y qué poder ejerce sobre ti para amenazarte de esa manera?

Habló con voz suave, enseñando sus dientes muy blancos, casi lobunos. Sabía muy bien que se le estaba acabando el tiempo. Se había obligado a resistir mucho más de lo normal con el fin de estar con ella.

—No es asunto tuyo —dijo Colby, intentando soltarse la muñeca, y se sintió tonta al ver que él ni siquiera lo notaba—. Estoy muy alterada en este momento para contestar un interrogatorio —masculló, sublevada, conteniendo las lágrimas.

No le mejoraba nada su estado mental notar que sus diversas lesiones desde que Rafael se las tratara esa mañana, ya no le dolían.

—Me vas a contestar, Colby —dijo él, soltando el aliento en un suave siseo.

Eso era una orden, en voz tan baja, tan envuelta en terciopelo que más que oírla ella la sintió. Aun así, era una amenaza. Sus brillantes ojos negros no pestañearon ni una sola vez.

—De acuerdo, entonces —dijo, sintiéndose tan aguijoneada que se le hizo trizas su autodominio normal—. Cuando mi padre estaba enfermo cometí un error garrafal. Necesitábamos dinero. Todos sabían que estaba enfermo, y el banco se negó a concedernos un préstamo. Yo no podía atender a todo el trabajo del rancho porque él me necesitaba a su lado. Las facturas se iban acumulando, eran muchísimas. Los niños necesitaban ropa para ir al colegio. —Alzó el mentón, belicosa—. Yo sólo tenía diecinueve años, nadie se iba a arriesgar a prestarme el dinero, y el banco no aceptó otra hipoteca sobre el rancho debido a las facturas del hospital y a la parálisis de mi padre. Eso era de dominio público. —Volvió a tironear para soltarse la muñeca—. Detesto esto, detesto decirte esto.

A él no le hacía ninguna falta que ella le dijera algo más, porque le «veía» los recuerdos en la mente. Había amado a Armando Chevez con la misma lealtad y fiera pasión con que amaba a los niños. Para ella Armando Chevez era su padre, aun cuando no lo fuera biológico. Agobiada por la aflicción cuando murió su madre, se echó encima la pesada tarea de cuidar del padre paralítico, de los dos niños y del enorme rancho. Por entonces, se sintió muy asustada, sin tener a nadie a quien recurrir y a todos dependiendo de ella.

Sufrió por ella, y una emoción desconocida hizo que le escocieran los ojos. Le tironeó la muñeca hasta vencer su resistencia y la atrajo más cerca del refugio protector de su cuerpo. Colby se soltó la muñeca de un tirón y fue a abrir la puerta. Él avanzó con ella como una pareja de baile, ágil, pura y fluida energía, sin hacer ningún sonido en el suelo embaldosado.

Colby lo miró, sintiéndose atrapada y muy vulnerable.

—Le pedí prestado el dinero a un vecino. Sabía cómo era él, pero necesitaba el dinero. Antes envié la carta a la familia Chevez; ellos eran nuestra última esperanza, pero no hubo respuesta. Entonces fui a ver a Clinton Daniels y le pedí prestado el dinero que necesitábamos para seguir adelante. —Al ver que él seguía mirándola, se encogió de hombros y continuó—: Yo no era estúpida. Sabía que él deseaba el rancho, y sabía que él era el responsable de que el banco me negara el préstamo. También sabía que nos daría tiempo si creía que podía tener una posibilidad conmigo. —En sus ojos verdes penetró la vergüenza, y desvió la mirada un momento—. Cogí el préstamo y desde entonces me las he arreglado para reunir el dinero para los pagos, pero debemos el último, que es la suma más grande. A menos que logre vender pronto una parte de nuestro terreno, perderemos el rancho. Por desgracia eso no es fácil, pues el rancho es parte de un fideicomiso.

Paul, que había entrado en la cocina con el pretexto de servirse una taza de café, lo oyó todo. Colby tenía que estar destrozada por lo ocurrido esa mañana para revelarle detalles tan personales a un hombre al que ni siquiera conocía, pensó. Se encontraba en estado de choque, seguro. Se giró bruscamente hacia ellos para aclarar las cosas.

—Lo dice como si ella se hubiera vendido. Lo que hizo fue mantenernos vivos cuando nuestra «familia» no se molestó en contactar con nosotros después que murió papá. Ha trabajado muchísimo para librarnos de la deuda; ha hecho más de lo que podrían haber hecho dos hombres. No tiene nada de qué avergonzarse.

—Sé que tu hermana es terca como una mula —le dijo Rafael severamente—, pero tenía mejor opinión de ti, chico. Deberías habernos dicho esto inmediatamente, a mí o a tus tíos, en lugar de permitir que tu hermana se matara trabajando.

Lo dijo con voz tranquila y suave, pero en ella se detectó un latigazo.

—¡No te atrevas a hablarle así! —exclamó Colby, recuperada su energía, con los ojos brillantes de furia.

Toda ella irradiaba furia y tenía las manos apretadas en sendos puños a los costados. Incluso avanzó un paso hacia Rafael.

Él sintió vibrar en el aire la oleada de poder. El poder era tan fuerte que se movieron varias ollas colgadas de los ganchos, y tintinearon al chocar. Colby las miró alarmada y palideció bajo las manchas de hollín, y al instante hizo una respiración profunda para calmarse.

La diversión suavizó los ojos de Rafael.

—Piénsalo dos veces, *pequeña*, antes de lanzarte a atacarme. ¿Cómo voy a firmar el talón si me haces daño?

—¿Nos va a prestar el dinero? —exclamó Paul, en un resuello.

—De ninguna manera, Paul, ni hablar —dijo Colby, al parecer ofendida por la idea—. No le voy a vender mi alma al diablo, ni siquiera para conservar el rancho. ¡No, bajo ningún concepto!

Se sentiría como una prostituta y, ¿cómo podría explicarles eso a Paul y Ginny?

—No tienes ni una pizca de modales —dijo Rafael, con una voz de acero envuelto en terciopelo, y se le movió un músculo de la mandíbula—. La verdad es que ya hiciste un pacto con el diablo y, te guste o no, necesitas ayuda.

Ella alzó el mentón y lo miró con los ojos relampagueantes de orgullo.

—No de ti ni de la familia Chevez. Ya tuvisteis la oportunidad de ayudarnos y dejasteis morir solo a nuestro padre.

En la cabeza de Paul sonaron campanillas de alarma. Colby era muy capaz de echar de ahí a De la Cruz cogiéndolo de la oreja. No podían permitirse hacer de Rafael un enemigo.

—Espera, Colby, quiero oírlo. ¿Qué tipo de condiciones ofrece?

Colby lo miró indignada.

—Sean cuales sean las condiciones, Paul, no podemos aceptarlas. ¿Es que no has aprendido nada de mis errores?

—Quiero oírlas —insistió Paul, obstinado, demostrando que sabía ser igual que su hermana mayor cuando lo requería la situación—. ¿Crees que no sé que sólo duermes unas cuatro horas cada noche? Mírate, Colby, te estás quedando en los huesos.

—Muchísimas gracias —ladró ella, sintiéndose nuevamente humillada—. Si me disculpáis, tengo que ir a ducharme.

Diciendo eso pasó por un lado de Rafael, con todo el cuerpo rígido por la desaprobación. No pudo mirarlo cuando dijo «ducharme», cuando la atención de él pasó repentinamente a su cuerpo.

Sintió el peso de su mirada sobre ella, recordó las sensaciones producidas por su boca. Sus manos la habían explorado toda entera, y por dentro; y su boca, su lengua, su cuerpo. Ella había gritado su nombre, le había suplicado, pidiéndole más. Una y otra vez. Había ardido por él toda la noche. Y seguía ardiendo por él.

El agua caliente le produjo escozor en las manos y en las pequeñas quemaduras que no se había visto en los brazos y las piernas. Levantó la cara para que se llevara las lágrimas indeseadas. Estaba agotadísima; la mañana ya estaba cerca de llegar a su fin y la esperaban sus quehaceres. Todo estaba esperando. Se lavó bien la cabeza para quitarse el olor a humo del pelo, sin dejar de temblar; no lograba controlar los temblores. ¿Por qué le había explicado a Rafael lo del préstamo? Esa era otra arma más en el creciente arsenal que él podría utilizar en su contra. ¿Y qué fue lo que dijo él? ¿Que alguien provocó el incendio? ¿Estando dentro los caballos alguien prendió fuego al establo, a posta?

Se secó lentamente, dándole vueltas a eso en la cabeza. Era difícil de creer, pero dudaba que Rafael mintiera en eso. Lógicamente, si se sospechaba que el incendio había sido provocado, habría una investigación a toda escala. Ella sería la principal sospechosa; todos sabían que necesitaba dinero. Emitiendo un suave gemido, se puso un par de tejanos limpios. ¿Con qué fin iba a incendiar alguien su estáblo? El dinero del seguro no cubriría todas sus pérdidas, por no decir que no le serviría de nada a nadie.

¿Sería ella la que lo provocó? Se dejó caer lentamente en la cama. ¿Podría ser que hubiera sido ella? ¿Que sin darse cuenta hubiera iniciado el incendio? ¿Sería posible eso? Esa noche, temprano, había estado cerca del establo con Rafael, en el cuarto de los aperos. Recordó la oleada de poder que pasó por su cuerpo como una bola de fuego; su fuerza llenó el cuarto. Había ardido por él toda la noche. Demasiado poder y energía. Se cubrió la boca con una temblorosa mano.

«Ahora sí que estás tonta de verdad, *querida*. No podrías haber hecho esto. Si tus poderes hubieran iniciado el incendio, habría sido combustión espontánea, no queroseno embebido en las paredes. Esto fue intencionado. Sé lo que son los monstruos, Colby, y tú no eres uno. Sal de ahí y ven a rescatarme de estos niños. Tienen miedo e intentan ser muy valientes, por ti. Necesitan que tú los tranquilices.»

Colby se sentó y buscó su imagen en el espejo. Tenía los ojos enormes, muy verdes, por la conmoción. Rafael de la Cruz tenía un talento tremendo. Ya no podía negar que había una conexión entre ellos, una conexión fuerte. No podía simular que no lo oía hablarle, de una mente a otra. No podía negar que su cuerpo reaccionaba al suyo cada vez que él se le acercaba, incluso cuando se encontraba en una situación difícil, de peligro. De pronto se le agrandaron más los ojos, horrorizados. Él le leía los pensamientos. No era simplemente que le hablara: le daba una respuesta a lo que había estado pensando. ¡Y ni siquiera estaba en la misma habitación con ella!

Se quedó muy quieta, temerosa de moverse. Oía resonar los fuertes latidos de su corazón en el pequeño espacio de su habitación. Y entonces fue cuando cayó en la cuenta de que no eran sólo sus latidos los que oía. Oía a los hombres que estaban en el patio, sus conversaciones, los continuos golpes de los cascos de los nerviosos caballos en el suelo. Oía los zumbidos de los insectos. Peor aún, oía los murmullos de los bomberos que estaban cerca del establo incendiado. Se tapó los oídos con las manos; de repente temió estar volviéndose loca.

Entonces lo sintió, moviéndose en su mente como una sombra. La invadió un agradable calorcillo, un consuelo, la tranquilidad que él proyectaba.

«Ese es un don como cualquier otro, Colby. Trabaja con él un momento. Puedes controlar mentalmente el volumen. No es algo que haya que temer. Baja el volumen hasta que te resulte cómodo.»

«¿Por qué me ocurre esto?».

La pregunta vibró en su mente, como una súplica, como una llamada de auxilio en la locura de su mundo. No era sólo su audición, era todo lo que estaba sintiendo. Incluso su atracción por él era extraña; no se fiaba de esa atracción; era demasiado violenta, demasiado apasionada, cuando él ni siquiera le gustaba. También ella le estaba tocando la mente a él, y sintió su terrible cansancio; sintió la necesidad de su cuerpo de parar todo movimiento; le ardía dolorosamente la piel, y le escocían los ojos como si les estuvieran clavando agujas candentes.

De repente sintió mucho, mucho miedo por él.

«¿Qué te ocurre? ¿Por qué estás sufriendo tanto?», le preguntó mentalmente.

—¿Colby? —llamó Paul, golpeando la puerta; la abrió lo suficiente para asomar la cabeza—. ¿Colby, te sientes mal?

Al verle la cara preocupada, su clara preocupación por ella, sintió volver su energía y resolución con más fuerza que nunca.

—Voy enseguida, Paulo —lo tranquilizó—. ¿Y tú, cómo estás? «Contéstame.»

Se pondría a chillar si alguien no le aseguraba que Rafael se iba a poner bien. ¿Se habría quemado?

—Creo que esto me va a golpear esta noche o mañana. Sigo en estado de conmoción —dijo Paul, acercándosele a retirarle un mechón de la frente. Apuntó a su muslo, ya cubierto por la gruesa tela del tejano—. ¿Era honda la herida? Había mucha sangre —añadió, en un torpe intento de demostrarle su cariño.

«Estoy bien. Me alegra que te importe.»

—Soy fuerte y resistente, Paul. He recibido coces de caballos y me he golpeado en el suelo con mucha más fuerza. ¿Y Ginny, cómo está?

Rafael tenía razón, pensó. Si se concentraba podía bajar el volumen de su audición y disminuir el asalto a sus sentidos. No podía dejar de pensar en él, no podía impedirle a su mente que intentara sintonizar con la suya.

—Ginny ha preparado comida y bebida para los hombres —dijo Paul. Se aclaró la garganta—. Creo que será mejor que salgas de aquí. El capitán de los bomberos quiere hablar contigo. Sean Everett encontró unas cosas de las que debes estar enterada. Había bidones de queroseno en el establo, ennegrecidos.

Ella asintió y lo siguió en silencio hasta la cocina. Hizo una respiración profunda para mantenerse firmemente controlada.

—Alguien lo provocó, entonces —dijo en voz alta, como para analizar las palabras; era algo imposible de creer—. ¿Quién pudo hacer una cosa así?

Sean negó con la cabeza.

—No lo sé, Colby, pero el sistema de alarma estaba desactivado, como también el mecanismo de los rociadores automáticos. Quienquiera que hizo esto fue muy profesional, muy minucioso. Ha sido una suerte que hayamos podido salvar el granero y las otras dependencias.

Se hizo un silencio mientras Colby asimilaba las implicaciones de esas palabras. Pasado un momento, levantó la cabeza y paseó la mirada por las caras serias y preocupadas de los hombres, que formaban un círculo; detuvo la mirada en la cara pálida de Paul y luego vio a Ginny, que estaba acurrucada en un rincón. Rafael estaba a su lado, protegiéndola con su alto cuerpo de las miradas de los demás hombres.

Avergonzada de sí misma, Colby fue a cogerla de la mano y le dio un ligero y tranquilizador beso en su ennegrecida frente.

—Creo que por hoy basta de emociones para ti, cariño —le dijo firmemente—. Gracias por tu ayuda, por el café y la comida que has preparaado. A mí ni se me habría ocurrido. Ve a ducharte y vuelve a meterte en la cama para descansar unas horas. Vamos a tener muchísimo trabajo para repararlo todo.

Entonces miró a Rafael.

«Gracias por cuidar de ella.»

Al instante sintió el roce de las yemas de sus dedos en la cara, en una suave caricia, aun cuando él no se había movido, ni la había tocado físicamente. Vio el cansancio marcado en su cara. Se había puesto gafas de sol, de lentes tan oscuras que no le veía los ojos, pero sí sentía lo agotado que estaba y lo que estaba sufriendo, aun cuando percibió que él levantaba una barrera para que ella no sintiera su verdadero dolor. Vio que los hermanos Chevez estaban preocupados por él; los dos estaban muy juntos delante de la ventana, observando a Rafael con la ansiedad reflejada en sus caras.

—¿Qué podemos hacer? —preguntó Ginny, con voz suplicante—. No queremos perder el rancho.

—No, mi pajarito. —Sin darse cuenta, miró a Rafael por encima de la cabeza de la niña—. No vamos a perder el rancho. Ahora vete. Yo iré enseguida a remeterte las mantas.

Tranquilizada, Ginny echó a andar por el corredor en dirección a su dormitorio. A Paul no podía enviarlo a la cama, ni protegerlo de las malas noticias ni de las sorpresas y conmociones. Era muy inteligente, y se tomaba a pecho su responsabilidad casi en todo lo que hacía.

—Colby —dijo Ben, levantando una mano antes que ella pudiera hablar—. Nadie piensa que tú provocaras el incendio. Te conozco de toda la vida. Podrías quemar el establo si estuvieras lo bastante furiosa, pero no por el dinero del seguro ni habiendo caballos dentro. Pero alguien lo hizo. ¿Quién podría beneficiarse?

—¿Tienes algún enemigo? —le preguntó Rafael en voz baja.

Al instante ella posó en él sus verdes ojos, alzando el mentón, belicosa.

«No, hasta hace poco.»

Rafael había pasado la noche con ella, en el rancho. Y no estaba ahí cuando ella despertó. El pensamiento le vino solo, sin ser llamado ni deseado.

«Guárdate de decir cosas que no puedas retirar, *meu amor*. No le envenenes la mente a tu hermano en contra de sus tíos ni en mi contra. Sabes que no fui yo.»

Una parte de ella pensó que podría estar volviéndose loca.

—No, que yo sepa —contestó.

Sean se frotó el puente de la nariz, pensativo.

—Te has hecho con el noventa por ciento del trabajo de doma y entrenamiento en esta zona. Cualquiera que desee trabajar con caballos lo tiene mal.

—La mayoría de los rancheros doman y entrenan a sus caballos. En todo caso, la mayoría de los ranchos están dedicados al ganado vacuno. No veo como podría yo ofender a nadie aceptando caballos para hospedarlos o entrenarlos. Llevo años haciéndolo.

Rafael, que estaba apoyado despreocupadamente en el fregadero, se apartó y enderezó, en un solo y fluido movimiento, todo elegancia y poder.

—¿Y ese hombre, Daniels, del que me estuvo hablando Ginny? —preguntó—. ¿Tiene algún interés en hacerse con el rancho?

—Clinton Daniels podría ser el peor canalla del mundo, pero es un hombre rico. No le importa hacerse con el rancho o no. Ojalá fuera tan sencillo.

Julio Chevez se aclaró la garganta.

—Don Rafael, el sol ya está muy alto y usted ha estado en pie toda la noche. Tal vez Juan y yo deberíamos quedarnos aquí para vigilar y ayudar, mientras usted se vuelve con el *senhor* Everett en el helicóptero.

Colby lo miró, y por primera vez se fijó bien en el parecido con su hermano Armando. También observó que estaba nervioso, muy nervioso, y comprendió que su nerviosismo tenía que ver con Rafael. Observó a los dos hermanos. Eran guapos, tal como lo fuera Armando y como sería Paul sin duda. Era evidente que poseían su propia riqueza, y eran muy educados. Los dos miraban atentamente a Rafael y los dos estaban claramente tensos y nerviosos.

Rafael alargó la mano y ahí, delante de todos, dobló posesivamente la palma en su nuca.

—Podéis hacer correr la voz de que esta mujer y estos niños están bajo mi protección. Si les ocurriera algún daño, yo personalmente iría en busca de la persona responsable.

Esas palabras las dijo de una manera casi formal, como si formaran parte de un rito que ella no entendía. Pero si ella no lo entendía, los hermanos Chevez sí. Se miraron inquietos y uno de ellos se santiguó, aun cuando asintieron, aceptando esas palabras.

Rafael se le acercó más y se inclinó para decirle:

—*Querida*, yo me ocuparé del papeleo legal y volveré tan pronto como me sea posible. Tú debes tratar de comer algo.

Ella sintió su penetrante e hipnótica mirada a través de las lentes oscuras. Cansada como estaba, temió que se le

fuera el cuerpo hacia él para sumergirse en su fuerte personalidad.

Entonces, sin girar la cabeza, Rafael añadió:

—Paul, dile a Ginny que prepare una sopa de verduras,
e insiste en que Colby se la tome. Ninguno de vosotros
debe alejarse mucho de la casa en mi ausencia. Juan y Julio
os ayudarán en el trabajo hoy.

Colby intentó negar con la cabeza.

—Eso no será necesario.

Él le pasó el pulgar por el pulso del cuello, en una lenta
y larga caricia, que le aceleró la sangre.

—Es necesario, *meu lindo amor*, ya que no puedo hacer
otra cosa que proteger a los míos. —Bruscamente le quitó
la mano de la nuca y sus negros ojos encontraron y se cla-
varon en los hermanos Chevez—. Me acompañaréis hasta
el helicóptero.

Él había hecho el recorrido por el lugar del incendio, exa-
minándolo con sus sentidos superiores a los de los humanos.
El olor del no muerto estaba ahí, pero no fue el vampiro el
que inició el incendio; pudo haber sido el que lo ordenó con
su voluntad, pero no hizo el trabajo. En cuanto al culpable,
no tuvo manera de captar su olor, con todos aquellos voluntarios ayudando a combatir el fuego. Había hombres por
todas partes, procedentes de los diversos ranchos y de la ciudad. Sólo podía esperar a la próxima vez que atacara, porque
estaba seguro de que habría una próxima vez. Y aunque él estuviera inactivo, encerrado bajo tierra, se encargaría de que
Colby estuviera protegida mientras él dormía.

Colby y Paul salieron al porche a mirar al grupo de
hombres que se dirigían hacia el helicóptero. Sean iba ha-

blando con el capitán de los bomberos. Algo distanciados caminaban Rafael y los hermanos Chevez; Rafael rodeándole afectuosamente los hombros a Julio con el brazo, aunque era evidente que iba dándoles órdenes.

Paul arqueó las cejas.

—¿Proteger a los míos? ¿Qué significa eso, Colby?

Ella había vuelto a subir el volumen de su audición; ya lo encontraba un instrumento muy útil.

—Chss, espera un momento.

Oyó al capitán de los bomberos decirle a Sean Everett que estaba seguro de que ella no había provocado el incendio y darle las gracias por su ayuda y la de sus hombres. Pero no lograba oír nada de lo que les decía Rafael a los hermanos Chevez, y, curiosamente, tampoco lo que ellos le contestaban. Pero estaban hablando de Paul, Ginny y de ella, de eso estaba segura.

—¿Te fías de él, Paul, lo bastante para poner el rancho en sus manos? Porque si aceptamos el préstamo que nos ofrece, eso es lo que vamos a hacer.

Rafael de la Cruz se quitó las gafas de sol y giró la cabeza para mirarla, con ojos brillantes y despiadados.

Ella se estremeció y se acercó más a Paul, para protegerse. El helicóptero hacía un ruido enorme, y sin embargo él oyó la pregunta que le había hecho a Paul. Alzó el mentón, simulando que no estaba intimidada; pero lo estaba. Los hermanos Chevez no eran sirvientes; eran hombres de negocio, ricos, orgullosos, fuertes; sabían de ganado, y era evidente que trabajaban en sus ranchos. Sin embargo, exhibían señales de algo muy semejante a miedo cuando hablaban con Rafael. ¿Quién era él, para tener ese efecto en ellos?

—Si cuando vuelva mantiene las condiciones de que me habló, no hay ningún problema —contestó Paul—. No dijo que tendríamos que marcharnos a otro país; es un préstamo honrado. Claro que tú tendrás que revisarlo todo. Yo simplemente no veo qué otra opción podríamos tener.

—Tienes razón, Paulo, lo que pasa es que todo esto es horrible. Y no es un hombre que vaya a dar algo por nada. —Se había acostado con él, sintiendo sus manos sobre su cuerpo mientras tomaba posesión de ella una y otra vez. Sus manos acariciándole todo el cuerpo, y su cuerpo unido al suyo en el acto sexual—. No me fío de él. Aun en el caso de que nos preste el dinero para pagar el préstamo y salvar el rancho, ¿cómo vamos a conseguir un establo nuevo? Todos los caballos están hechos un desastre, y sus dueños se van a molestar, y con razón. Y a Shorty, ¿qué puedo decirle? *Butane* era su futura esperanza para lacear novillos, y ahora está muerto. No se mostrará muy comprensivo aunque el incendio haya sido provocado.

Estaba divagando. Normalmente no desahogaba sus miedos con Paul, pero necesitaba hablar, necesitaba pensar en voz alta, para desviar la mente de la escandalosa noche que había pasado con un hombre prácticamente desconocido; para no pensar que alguien los odiaba tanto que había quemado un establo lleno de caballos; para no pensar en el violento asesinato de Pete.

—Como tú nos dices siempre: cada cosa a su tiempo, una tras otra —dijo él—. Nos sobrepusimos a la muerte de mamá. Salimos adelante cuando papá tuvo que guardar cama. Y luego salimos adelante después que él murió. Podemos con esto, Colby. Simplemente estás cansada.

Él sol de la mañana brillaba esplendoroso, manteniendo a raya la oscuridad otro día más. Sonrió al pensar eso, sabiendo que la vida del rancho continuaba, al margen de cualquier drama. A los animales había que ponerles comida y agua. El mundo no dejaba de girar porque Colby Jansen estuviera cansada y deprimida; tampoco porque su pequeño rincón del mundo estuviera oscilando al borde del desastre.

Vio elevarse el helicóptero y continuó mirándolo hasta que sólo fue un puntito en la distancia; entonces se giró a mirar las ruinas calcinadas del establo. Era demasiado para comprenderlo. Fue a sentarse en el columpio, levantó las rodillas y apoyó los brazos en las piernas. ¿Quién podía odiarlos tanto? ¿Quién pudo haber hecho una cosa así? Primero Pete, ahora esto. Gimiendo hundió la cara entre las manos. Necesitaba un establo. ¿Un préstamo bancario? ¿Si aceptaban el préstamo de Rafael y quedaban libres del préstamo ya existente…?

Paul le puso una mano en el hombro.

—No te quedes sentada ahí mirándolo, te vas a volver loca. Entra a comer algo, o por lo menos duerme una o dos horas. Rafael dejó a esos dos hombres, mis…

—Tíos —terminó ella, firmemente—. Bien podríamos aprovechar el tiempo para conocerlos. Se parecen muchísimo a nuestro padre —añadió en tono más suave.

Y Rafael ya no estaba; se encontraba fuera de su vista. Ya no estaba. Le dolía el cuerpo, sentía irritados lugares de los que antes no sabía nada, recordándole continuamente que la había poseído. Sentía zumbar los latidos de su corazón a ritmo de tambores en los oídos, en el cuello. La aflicción le formó un nudo en la garganta, le oprimió fuertemente el corazón. Deseó creer que era aflicción por el establo quemado, por la pérdida de un animal, pero temía que fuera por estar separada de Rafael de la Cruz.

Capítulo 7

Paul se pasó la mano por la cara y se miró las manchas negras que le quedaron en la palma.

—Antes que nada me voy a duchar. Si voy a pasar un tiempo con la familia, será mejor que me ponga medianamente decente. Sabes como era nuestro padre con los detalles.

—Nunca olvides los detalles —repitieron los dos al unísono, y se echaron a reír.

El sonido de la risa fue asombroso en medio del humo del establo en ruinas.

—No te preocupes tanto —le dijo Paul y se inclinó a darle un inesperado beso en la coronilla de la cabeza—. Derrotaremos esto tal como lo hemos derrotado todo.

Colby lo observó hasta que desapareció dentro de la casa, con el corazón a rebosar de cariño por él. Él no entendía la trascendencia de los dos incidentes en el rancho. Todas las cosas molestas no importantes, como la desaparición de aperos y herramientas, se podían considerar robos de menor cuantía o extravío. La rotura de la puerta y la caída de la alambrada podrían haberse debido a que estaban viejas. Esas cosas las podía descartar como coincidencias. Pero el asesinato de Pete y que alguien les quemara el establo no podía descartarlo tan fácilmente. Ambas cosas estaban relacionadas de alguna manera. Y eso significaba que Paul y Ginny podrían estar en peligro.

Se levantó y bajó la escalinata con la mirada puesta en los hermanos venidos de Brasil. Estaban conversando en voz baja, a cierta distancia de ella. Los oía claramente, así que sin la menor vergüenza agudizó los oídos. Esos hombres habían viajado muchísimos kilómetros para reclamar a Paul y Ginny y tomar posesión del rancho. Pensaban que una mujer no debía llevar un negocio como ese. No sabía nada de ellos, y sólo Dios sabía si eran capaces de las terribles atrocidades que se habían cometido en su propiedad. Hablaban en portugués, pero ella había aprendido el idioma con su padrastro.

Habló Juan:

—Nunca lo había visto así. Jamás, con nadie. Nicolas y Rafael no toleran bien estar lejos de nuestra tierra mucho tiempo. Y me agradeció la ayuda. Me puso el brazo sobre los hombros. No recuerdo ni una sola vez en toda mi vida que haya hecho eso.

—Conmigo igual —contestó Julio—. Aquí hay algo diferente, y creo que es Colby. Esto no está bien, Juan. Ellos necesitan la libertad de la selva, lejos de tanta gente. Nicolas se fue a la hacienda para estar solo, en cambio Rafael parecía no quererse marchar.

La voz de Julio delataba su preocupación.

—No sé qué le ocurre —dijo Juan—, pero aquí está distinto. No es tan frío, aunque parece más peligroso. Y creo que eso también se debe a Colby. Alguien morirá si esto no se resuelve. Ahora tenemos que estar vigilantes día y noche —añadió.

Colby se detuvo en el peldaño y se cogió de la baranda, con tanta fuerza que se le pusieron blancos los nudillos. ¿Alguien morirá? ¿Se referían a Rafael? ¿Tan capaz era de provocar una muerte que ellos estaban visiblemente preocupados? Expulsó lentamente el aire. Rafael estaba maldecido por dones inesperados, tal como ella. Esos dones especiales no eran fáciles de controlar, sobre todo cuando hay demasiadas personas alrededor. Las emociones intervenían de una manera tremenda. Ella había hecho «cosas» cuando aún era niña. Más de una vez había hecho arder cosas cuando estaba molesta, simplemente mirando algo con furia durante mucho rato. Ella fue la responsable del terrible deslizamiento de tierra que bloqueó la entrada a la mina y la dejó atrapada tantas horas. Habían sido accidentes y errores, francamente temibles, sí.

Entendía por qué Rafael no quería estar con gente y prefería la libertad de la selva. Era difícil y agotador el constante bombardeo de olores y sonidos sobre unos sentidos amplificados. A ella le encantaban las montañas y necesitaba su soledad y consuelo. El hermano de Rafael, Nicolas, debía tener los mismos talentos. A los dos los encontró extraordinariamente fríos y crueles la primera vez que los vio. No le gustaba Nicolas, pero Rafael… Echó a caminar para ir a ver a los caballos. Sintió un extraño revuelo en el corazón y un calorcillo pasó por todo su cuerpo. No tomaría ninguna decisión respecto a él todavía.

Recordó la intensa avidez con que la miraban sus ojos. Entonces no le parecían fríos. Y estaba la manera como se había portado con Ginny; amable, cariñoso, preocupado, protector incluso. Rafael tenía poderes curativos; había trabajado con los animales después que ella. Sus manos eran rápidas y seguras; los caballos se tranquilizaban con él cuando les susurraba. Pero claro, también podía ser tan frío como el hielo, tan amedrentador como un felino salvaje acosando a su presa.

Volvió a examinar a los caballos. Las quemaduras estaban mejor y ellos menos inquietos. Todos seguían dando señales de estar traumatizados, incluso sudados, pero en ninguno vio signos de haber inhalado humo. Pasó toda una hora con ellos, tratándoles las heridas y tranquilizándolos. Era grande el peligro de infección, y tomó nota mental de llamar nuevamente al veterinario para asegurarse de que iban mejorando. Los animales estaban acostumbrados a ella y se fiaban. Era evidente que su presencia los consolaba.

Mientras tanto veía que los hermanos Chevez estaban poniendo comida y agua a los animales. Eran muy trabajadores, y no se habían sentado en el porche con caras largas después de que les hubieran ordenado que se quedaran para proteger a los niños. Eran hombres poderosos, y sin embargo hacían lo que les ordenaba Rafael. ¿Por qué elegían hacer lo que él les ordenaba? ¿Por libre voluntad o porque le tenían miedo? Fue al corral exterior destinado a la doma para ensillar a uno de sus caballos de trabajo. Lo hizo con la facilidad que le daba su mucha práctica, pero habría usado la telequinesis si los hermanos Chevez no la hubieran estado observando con tanta atención. Juan llegó hasta el lugar y se apoyó despreocupadamente en los travesaños de la puerta. Así visto de cerca se parecía tanto a Armando que estuvo a punto de echarse a llorar. Se estaba volviendo muy emotiva. Eso era peligroso.

—¿Se le ofrece algo? —le preguntó, sin mirarlo a los ojos.

—¿Qué caballo puedo usar? —preguntó él, amablemente.

Su voz y su acento eran muy similares a los de su padrastro. Desvió la vista mirando por encima del lomo del caballo hacia el pie de la montaña. Se veía oscuro, a pesar del esplendoroso sol.

—¿Piensa seguirme?

—*Sim, senhorita*, sí. Podría ser arriesgado salir a cabalgar. Don Rafael ha dicho que usted está bajo su protección. Eso no es poca cosa. En todo caso, la *família* de mi hermano es mi *família*. Quiero encargarme de su seguridad.

Colby pensó en discutirle eso, pero una mirada a su cara seria le dijo que no serviría de nada; él simplemente la seguiría. Además, sentía curiosidad. Le hizo un gesto hacia un pinto.

—Es un caballo tranquilo, y en el granero hay una silla que puede usar.

Esa había sido la silla de su padrastro, pero no se lo dijo. No había pensado en todos los aperos que les habían robado, entre ellos la silla de Ginny hecha a medida. ¿Cómo podría reemplazarla?

Resistió la necesidad de explotar de pena y aflicción. ¿Quién pudo hacerlo? Rafael había estado con ella en el cuarto de aperos. Y *King*, el perro de Ginny, ¿por qué no ladró? Esa mañana lo había visto mirando a los hombres que combatían el fuego. Y no ladró cuando Rafael entró a visitarla, eso lo recordaba claramente. Se bajó el ala del sombrero sobre los ojos y, cautelosa, le echó una rápida mirada a Julio. Supuestamente él estaba ahí para cuidar de los niños. Pero, ¿se fiaba de él?

Mientras Juan ensillaba al pinto, desmontó de un salto, corrió por el patio y entró en la casa. Paul y Ginny se habían vuelto a acostar y estaban durmiendo, y *King* se había echado en la cama de Ginny. Le dio una firme orden al perro para que cuidara de ellos. El border collie estaba bien entrenado y sabía que les avisaría si Julio se acercaba a la casa. Cuando estaba a punto de salir, se volvió para atarse a la cintura la pistolera que solía llevar cuando cabalgaba hacia las alambradas. A veces los novillos pisaban madrigueras de ardillas y se quebraban una pata; otras, los mordían serpientes cascabel. Necesitaba llevar la pistola, por si acaso. Cogiendo el rifle también, salió corriendo a montar el caballo.

Juan ya estaba listo y subido a la silla. Parecía hecho para cabalgar, un jinete innato. Él arqueó una ceja cuando vio el rifle, pero no dijo nada.

—Mi hermano era un jinete excelente —comentó, viendo sin dificultad la pena en sus ojos cuando observó cómo se movía él en la silla—. Ya de niño nos superaba a casi todos.

Colby se apresuró a desviar la vista de él y se tragó el nudo que se le había formado en la garganta.

—Cuando yo era una cría pequeña me sentaba en la silla delante de él y cabalgábamos por todo el rancho. Él me enseñó a cabalgar.

—Usted hace el mismo rito que siempre hacía él antes de montar —dijo Juan, sonriendo evocador—. Le hacíamos muchísimas bromas a causa de eso. Siempre le daba unas palmaditas al caballo en el cuello y le pasaba la mano por el pecho y las patas delanteras, le daba otra palmadita y entonces saltaba a la silla, muchas veces sin siquiera poner el pie en el estribo.

Colby sintió surgir el recuerdo, vivo, y muy doloroso. Armando era un jinete increíble, y quería a los animales. Él le transmitió ese amor a ella.

—Era increíble con los caballos —dijo—. Nunca he visto a nadie mejor.

—Él querría que sus hijos conocieran a su *família* —dijo Juan, en tono apacible.

Colby se agachó para abrir una puerta.

—¿Qué esperaba, que yo les entregara a mis hermanos así como así?¿A personas totalmente desconocidas? ¿Tan incorrecto es que yo no permita que unos desconocidos se lleven a mi familia a otro país? Dígame, ¿usted lo habría hecho?

Juan se echó un poco atrás el sombrero.

—No *senhorita*, yo nunca entregaría a un familiar a personas que no conozco. En su lecho de muerte Armando nos escribió pidiéndonos que viniéramos a buscar a sus hijos. A todos sus hijos. Fue su último deseo que usted viniera también con nosotros. Mi hermano nos dejó muy claro que a usted la consideraba su hija y su heredera. Hemos venido por todos.

—Han venido demasiado tarde; han pasado cinco años. Yo le escribí a su familia después del accidente y nadie contestó. Y hace tres años volví a escribirles, cuando él estaba en su lecho de muerte. En esa carta no decía absolutamente nada de mí

Lo miró a la cara y al instante desvió la vista. Ojalá hubiera habido algo sobre ella en la carta, pero ella la escribió palabra por palabra tal como se la dictó Armando. No quería que Juan viera reflejada en su cara su desilusión por no haber sido adoptada ni la rabia que sentía porque él le estuviera mintiendo.

El sol comenzaba a asomar por entre las densas nubes y, no sabía por qué, sentía terriblemente sensibles los ojos; la luz le provocaba dolor, así que se bajó más el ala del sombrero para protegerse la cara. Incluso así le ardían los ojos con el sol de la mañana.

Ya habían pasado por la puerta y Juan se agachó a cerrarla.

—Armando debió añadir esa parte. Su letra era temblorosa y no se la habríamos reconocido si no hubiera sido por la rúbrica de su firma.

—No podría haberlo añadido. Al final apenas podía moverse —dijo ella secamente, sin mirarlo.

Aquella noche su padrastro le pidió que dejara la carta en su mesilla de noche para poder tenerla a mano en el caso de que hubiera algo más que decir. A la mañana siguiente, la carta estaba pulcramente doblada y ella se limitó a meterla en un sobre y enviarla. Deseaba que fuera verdad lo que le decía Juan, pero temía que si Armando no la había incluido a ella se le partiría el corazón, y si la había incluido se pusiera a llorar a mares.

Sentía los crujidos de las sillas con el movimiento, mezclados con el tintineo de los cascos de los caballos sobre el rocoso suelo. Encontraba tranquilizadora esa melodía; le traía recuerdos de su infancia con su padrastro.

—¿Armando le mintió alguna vez? —le preguntó Juan, amablemente.

Ella negó con la cabeza, en silencio.

—Yo no deshonraría la memoria de mi hermano diciéndole una mentira.

Colby cabalgó en silencio unos cuantos minutos, dándole vueltas a eso en la cabeza; finalmente llegó a una sagaz conclusión:

—Fue por eso que su abuelo se negó a contestarle, ¿verdad? Mi padre no quiso que yo escribiera la parte sobre mí porque no quería que yo supiera que su familia lo rechazaba por eso.

—No confunda eso con una *família*.

Entonces ella lo miró, sus ojos brillantes de orgullo.

—¿La familia De la Cruz, entonces? ¿No querían que yo manchara su inmaculada reputación con mi falta de apellido?

Juan exhaló un suave suspiro.

—A los hermanos De la Cruz no les interesan ni preocupan esas cosas. No se meten en la vida de los demás. Esto es exclusivamente responsabilidad de mi *avô*. Él no nos comunicó, ni a mi padre ni a nosotros, lo de las cartas de Armando. Si nos lo hubiera dicho habríamos venido inmediatamente. No se imagina cuánto sufrimiento ha causado esto a nuestra *família*.

—Armando fue muy feliz con mi madre —le dijo ella, adelantándose para guiarlo por un estrecho cañón que desembocaba en la llanura donde pacían la mayor parte de sus reses.

Cabalgó derecho hasta el pequeño granero donde guardaban el heno e instó a su caballo a entrar. El sol ya le provocaba mucho dolor en los ojos, y la sombra del granero se lo alivió un poco. Debía de haberse dañado los ojos con el fuego, sin darse cuenta. Incluso la piel la tenía ultrasensible; le ardía ferozmente donde le tocaba el sol.

Juan entró detrás de ella, maldiciendo en silencio el esnobismo de su abuelo.

—De eso no me cabe duda. Él no se habría quedado en otro país, lejos de su *família*, si no hubiera encontrado algo mejor.

Colby desmontó, en un rápido y fluido movimiento, a pesar de ser baja. Coordinaba eficientemente sus movimientos sin hacer ninguno innecesario. Juan no pudo dejar de admirar sus dotes cuando ella cogió una bielda y comenzó a desprender montoncitos de heno y a lanzarlos a los comederos.

—¿Dónde entra en todo esto la familia De la Cruz? —preguntó entonces ella, con afectada despreocupación.

Se hizo un revelador silencio. Colby comprendió que él estaba eligiendo cuidadosamente las palabras, mientras trabajaba a su lado.

—La familia es muy antigua, como lo es la nuestra. Las dos familias han estado relacionadas durante cientos de años. ¿Quién sabe a cuándo se remonta? Nosotros cuidamos de sus propiedades y ellos cuidan de nosotros. Hemos vivido tanto tiempo así que nos hemos convertido en una sola *família*.

—Pero ustedes tienen su propio dinero y sus tierras.

—Cierto, pero entre nuestras familias hay una relación simbiótica. Lo que es bueno para los De la Cruz es bueno para nosotros. Ellos tienen dones especiales y nosotros los ayudamos en otros aspectos.

Le decía algo, pero no todo, pensó Colby. Por algún motivo desconocido, algo que detectó en su voz le hizo bajar un estremecimiento por la espina dorsal.

—¿Cómo son?

—Hay cinco hermanos De la Cruz —contestó Juan—. Los otros tres se parecen mucho a Rafael y Nicolas. —Guardó silencio un momento—. ¿Hace este trabajo sola todos los días?

Ella detectó una insinuación de censura en su voz, aunque estaba claro que él intentó evitarla.

—Mi hermano me ayuda y tenía a un hombre que trabajaba para mí, Pete Jessup.

Juan se apoyó en la bielda.

—El hombre que encontraron muerto. —Se santiguó, reverente—. Ese no es un buen lugar para que vaya a cabalgar sola.

Colby se encogió de hombros.

—Lo hago continuamente. Alguien tiene que hacerlo.

—Es peligroso —dijo él—. Ese no es un buen lugar. Me pareció… —volvió a santiguarse—, me pareció maligno. Yo creo que esos hombres no la habrían dejado marcharse si el jinete del *senhor* Everett y yo no hubiéramos estado arriba mirando.

—Me las habría arreglado con ellos —dijo ella, aunque no estaba segura de eso.

—Esto no puede continuar. Las cosas que hace son demasiado peligrosas.

Ella se pasó una mano por el pelo, impaciente.

—Por suerte para mí, no tengo que dar cuenta a nadie de mis actos —dijo, con un claro y franco desafío en la voz—.

Yo llevo este rancho, señor Chevez. Eso significa que tengo que cabalgar por todas partes y trabajar como un hombre.

—Pero no es un hombre —dijo él, pacientemente—. Don Rafael no permitirá que esto continúe. Es un hombre que sabe hacer valer su voluntad, y no conviene llevarle la contraria. Si él decreta otra cosa, no intente desafiarlo.

Colby dejó de trabajar y, por primera vez en la conversación, lo miró a los ojos. Le relampaguearon al mirarlo.

—Puede que Rafael de la Cruz sea un hombre poderoso donde vive usted, pero aquí en mi rancho, en mi pequeño rincón del mundo, su opinión significa esto —chasqueó los dedos—. Él no nos gobierna, ni a mí ni a mis hermanos.

Juan movió lentamente la cabeza.

—No conoce a don Rafael, *senhorita*; no es como los demás hombres. Usted es hija de Armando y por lo tanto es *minha sobrinha*. Usted no desea reconocer el parentesco, pero yo debo cuidar de usted tal como él quiere que hagamos. No deseo que usted ponga a prueba a ese hombre.

¿Detectó nuevamente un sonido de miedo en su voz, o sólo se lo imaginó?

—¿Por qué habría de preocuparse? Rafael de la Cruz no tiene nada que ver conmigo. Es de esperar que se marche pronto.

En el instante en que le salieron esas palabras por la boca la atenazó un miedo terrible, muy similar a terror. La sola idea le resultó insoportable. Era más que aflicción, era una aflicción inconsolable. La marca del cuello le vibró y ardió, como si protestara.

—Don Rafael es un hombre muy influyente y poderoso —continuó Juan, y era evidente que estaba buscando las palabras—. Es distinto a los demás hombres. Los hermanos De la Cruz no son como nosotros. Son unos contrincantes formidables, y como enemigos duros e implacables.

Colby sonrió para sus adentros. Estaba claro que Juan sabía que Rafael y sus hermanos estaban dotados de talentos únicos, que ella ya había comenzado a descubrir gracias a la pizca de esos talentos que poseía. Aunque Juan no quería traicionar una confidencia, intentaba ponerla sobre aviso de todos modos. Eso lo encontró muy tierno.

—Dudo que yo pudiera hacer algo que atraiga tanto la atención de Rafael sobre mí como para convertirlo en mi enemigo. Lo he visto en acción. Es todo un hombre de salón.

Sólo decir eso le dolió, pero no deseaba examinar con mucha atención a qué podrían deberse sus sentimientos.

—Se equivoca con él, Colby. Don Rafael es un hombre de honor. Y he notado algo diferente en él desde que muestra interés en usted. Lo vi con la pequeña. Fue muy amable y protector con ella. Don Rafael nunca ha manifestado mucho interés en los niños. Ha rescatado a algunos cuando ha sido necesario, pero lo ha hecho más como un deber, no de la manera como se portó con su hermana. Nunca había visto ese insólito comportamiento en él. Y está diferente conmigo, más franco en sus emociones.

Ella no deseaba pensar demasiado en Rafael. Se frotó los ojos y notó que se le comenzaban a hinchar los párpados. Ya le corrían lágrimas por la cara, y no lograba controlarlas.

—Creo que el fuego me ha irritado los ojos —musitó, para explicar las lágrimas—. Si ustedes vuelven a casa, Rafael también volverá. Tuve la impresión de que los dos hermanos estaban deseosos de marcharse de aquí inmediatamente.

Juan la miró atentamente y sus ojos se detuvieron en la extraña marca del cuello.

—Me parece que ya es demasiado tarde para eso —dijo, en tono ominoso.

Parecía muy alarmado, y continuó mirándole la mancha, pensativo, como si estuviera elucubrando.

Colby exhaló un largo suspiro y añadió otro montón de heno al comedero, para no cubrirse la mancha como una adolescente azorada.

—Dígalo claramente, señor Chevez. No puede decir una cosa y luego contradecirla, ¿sabe? Primero me da a entender que yo soy una buena influencia en él, y a continuación que él podría intentar hacerme daño. Si tiene algún motivo para creer que Rafael de la Cruz es un peligro para mí, haría bien en decírmelo. —Lo miró a la cara—. No le tengo miedo. —Eso era una mentira terrible, pero continuó insistiendo, para obligar a Juan a confesar—. ¿Me ha amenazado de alguna manera? No lo cree responsable de lo que ocurrió en el establo, ¿verdad?

Debería desafiarlo con la mirada, pero tenía demasiado hinchados los ojos. Y estaba cansada; sentía pesados los brazos y las piernas. Lo único que deseaba era tumbarse sobre el heno a dormir.

—Don Rafael jamás haría una cosa así —exclamó Juan, como si la sola idea lo horrorizara. Pero no parecía horrorizado, parecía preocupado—. Creo que deberíamos volver a la casa; se siente mal.

A ella comenzó a formársele una protesta en la mente, pero sí que se sentía mal; ya le escocía ferozmente la piel de la cara y de los antebrazos; sentía los ojos como si se los estuvieran pinchando con agujas al rojo vivo. Y aunque dentro del granero estaba a la sombra, sentía la luz ahí, lista para atacarla. Peor aún, no paraba de pensar en Rafael; él le invadía la cabeza hasta el punto de expulsar todos sus pensamientos prácticos. Por fuerte que fuera su voluntad, no podía dejar de pensar en él, de desearlo, de necesitarlo. Nunca se había considerado una mujer que pudiera necesitar tanto a un hombre que suspirara por él, sin embargo deseaba angustiosamente oír su voz, tocarlo, ver por sí misma que estaba vivo y bien.

—Por favor, *senhorita*, el sol le está quemando la piel. Estoy muy preocupado, tal vez yo pueda llevarla de vuelta a la casa.

Juan ya había tomado la decisión de llevarla de vuelta. Veía que ella tenía problemas e intentaba ser lo más amable y educado posible. Si le ocurría algo, Rafael lo consideraría responsable. Estaba muy preocupado. A Colby le estaban empezando a salir ampollas en la piel, y sus ojos se mostraban muy sensibles a la luz del sol; todo muy parecido a lo que les ocurría a los hermanos De la Cruz. Él nunca había visto ese fenómeno en un ser humano. Y francamente estaba alarmado y necesitaba hablar con Julio.

—Debería ir a ver cómo están los niños —capituló Colby—, y llamar al veterinario para que venga a ver los caballos otra vez.

Ansiaba el alivio del frescor de la casa del rancho. Deseaba coger a Paul y Ginny en sus brazos y hacer que todo volviera a ser normal otra vez. Por encima de todo, necesitaba angustiosamente ver a Rafael, tocarlo, saber que estaba vivo.

«¿Dónde estás?»

Rafael yacía encerrado muy hondo bajo el suelo. La rejuvenecedora tierra que lo rodeaba le ofrecía un agradable alivio de las terribles quemaduras en los brazos y la cara donde lo había golpeado el implacable sol. No había sido capaz de dejar a Colby hasta estar seguro de que ya había pasado el peligro para ella, por lo que tuvo que resistir durante más horas de la mañana de las que había conseguido resistir nunca. Aun estando bajo la tierra le escocían y lagrimeaban los ojos, debido al efecto de la luz del sol; esta, a pesar de haber quedado amortiguada, de algun manera, por una densa nube, le había cobrado un elevado precio por estar con ella.

Pero ¿por qué había podido oler al vampiro cerca del establo cuando el causante del incendio había sido un humano? ¿Acaso el vampiro utilizaba a un títere, a un sirviente humano, para arruinar o aniquilar a Colby? Nicolas tenía razón, no tenía otra alternativa que introducirla del todo en su mundo, donde podría protegerla en todo momento.

A ese pensamiento siguió uno muy desagradable. A él le resultaba difícil yacer ahí impotente bajo tierra mientras Colby enfrentaba el peligro sin su protección; ¿cómo se sentiría ella si estuviera con él muy hondo bajo tierra y la pequeña Ginny estuviera en peligro o necesitara algo? El corazón le dio un extraño vuelco. El asunto era mucho más complejo de lo que se había imaginado al principio. Sería mucho más sencillo si sólo pensara en él, en sus necesidades y deseos. Una furia salvaje pareció pasarle quemante por el alma. Colby se marchitaría bajo la tierra, se destrozaría su alma dulce y compasiva si estuviera separada de sus hermanos menores. Los quería como si fueran sus hijos; los quería con un amor fiero, protector, con todas las fibras de su ser, como él deseaba que lo amara a él.

Soltó una sarta de elocuentes maldiciones, y las palabras resonaron en su mente. Ya la había introducido parcialmente en su mundo, sin pensar en lo que significaría eso para ella y para su vida; para sus sueños, para lo que le era realmente importante. Se sentía incómoda e inquieta sin él, y el sol ya comenzaba a elevarse alto. Era una mujer independiente, y ni siquiera estaba segura de que él le gustaba. La desconcertaba su incapacidad para dejar de pensar en él, de necesitar tocar su mente, de saber que él estaba bien y a salvo. Y él sólo podía yacer ahí bajo tierra, impotente, sabiendo que había contribuido a su aflicción. No, no sólo contribuido: él era el responsable directo de su aflicción.

Había buscado un lugar bajo la tierra cerca de la casa del rancho de ella, para sentir mejor las vibraciones del peligro que la acechaba. Se había sentido tan unido a ella esa noche pasada, acostado a su lado en la cama, escuchando su respiración. Qué hermosa. No sólo era hermoso su cuerpo, también lo eran su corazón y su alma. Parecía brillar, de dentro hacia fuera. A ninguno de los bomberos que la conocían, a ninguno de los rancheros, se les había pasado por la mente que ella pudiera haber provocado el incendio para cobrar el dinero del seguro. Colby tenía algo que atraía a las personas hacia su persona, como un imán, que las hacía creer en ella, fiarse de ella.

Y él yacía ahí con su cuerpo como un peso muerto, sin poder mover ni un músculo, considerando los problemas que enfrentaba. No quería que ella estuviera arriba, donde él no podía protegerla. Deseaba estar con ella, no, no sólo lo deseaba, «necesitaba» estar con ella. No volvería a pasar otro día sin poder dormir el sueño sanador de su pueblo por el «terror» de perderla. No haría eso. Completaría el ritual y la traería a su mundo a rastras, chillando y pataleando, y al cuerno las consecuencias. Ella debía estar con él; ese era su lugar; estaba hecha para él, era su otra mitad. Él tenía un derecho sobre ella. Una vez que estuvieran en Brasil, podría congraciarse con ella, conquistar su amor. Para entonces, estaría atada a él para siempre, por toda la eternidad. No podría dejarlo y tendría que aprender a aceptar su destino.

Intentó obligar a su mente a distanciarse de ella con el fin de bloquearse y recuperar su enorme fuerza. Le oía latir el corazón, la sentía ahí arriba, buscando con su corazón el suyo para tranquilizarse. Sentía cómo sintonizaba la mente buscando la de él. Había logrado hacer dos intercambios de sangre, por lo que ella ya estaba parcialmente en su mundo.

Entonces cayó en la cuenta: su piel estaría sensible al sol, los ojos le lagrimearían y escocerían.

Colby estaba acostumbrada a estar al aire libre bajo la fuerte luz del sol; ni se le ocurriría protegerse. Concentrándose, hizo el esfuerzo de tocarla, de mente a mente, en parte para aliviar su aflicción y en parte para aliviar la suya. Al instante sintió su dolor, el escozor en la piel y en los ojos. Ella tenía hambre, pero le costaba comer. Necesitaba tocarlo a él, y la desconcertaba muchísimo esa necesidad nueva, desconocida.

Se le escapó un ronco sonido, un gemido de desesperación. ¿Cómo había podido ser tan egoísta? Había pensado solamente en sus necesidades, en sus deseos; no se había parado a pensar en las consecuencias para ella. Ahora sufriría horriblemente, y todo por su egoísmo. En ese momento, se odió.

Comprendió que ya no tenía otra opción; tenía que llevarla con él a Brasil, donde podría protegerla adecuadamente; sin embargo, ella no sería feliz sin Ginny y Paul. Jamás podría hacerla feliz sin sus hermanos menores. El pensamiento se le coló en la mente, sin ser invitado, y se quedó ahí. Una espina; la verdad. Entonces la oyó, oyó el suave gemido de su corazón buscando el suyo: «¿Dónde estás?»

Le fue necesario recurrir a su tremenda fuerza y voluntad para superar la parálisis y letargo de su especie a la hora en que el sol estaba alto en el cielo. Alargó hacia ella su corazón y su mente: «¿Colby?»

El más ligero de los contactos; una pregunta.

Colby intentaba desentenderse del terrible escozor en los ojos, y del sordo dolor de cabeza, tan implacable que la sentía como si se la estuvieran apretando con unas tenazas. Le lagrimeaban los ojos, los tenía hinchados, y le dolían tanto que los mantenía cerrados para evitar el ataque del sol. Vio que tenía los antebrazos rojos, y que se le estaban formando pequeñas ampollas. Aunque era pelirroja, hacía mucho tiempo que se había acostumbrado al sol. Le costaba creer que estuviera tan sensible. Instó al caballo a cobrar velocidad, y se cubrió los ojos con una mano; casi no lograba guiarlo. Sin decir palabra, Juan alargó la mano, le cogió las riendas y la condujo el resto del camino a la casa.

Oyó el suave sonido de una voz en la mente, como el aleteo de una mariposa rozándole las paredes de la mente. Rafael. Su voz era increíblemente hipnótica, y su corazón se adhirió al de él al instante. ¿Por qué había tenido tanto miedo de que le hubiera ocurrido algo? Eso le había pesado como una piedra, hundiéndola, aplastándola, tanto que apenas lograba pensar derecho.

«¡Rafael!»

No pudo evitar que su voz y su mente revelaran su alivio.

«Estoy descansando. Iré a verte esta noche. Duerme y deja que Juan y Julio ayuden a Paul en el trabajo hoy.»

Logró introducir un suave «empujón» en la voz, pero ya lo había abandonado la fuerza, fluyendo a la mente de ella.

Colby comprendió que le pasaba algo, sintió su necesidad de descanso, de curación.

«Estás herido. Siento el dolor en tu mente.»

«Es tu dolor.»

«No me mientas.»

«Las parejas de vida no se mienten entre sí. Siento tu dolor como si fuera mío. —Exhaló un suave suspiro—. El sol también me afectó a mí. Sano rápido. Debes dormir, *querida*.»

Colby intentó sondearle más la mente, para evaluar sus lesiones, pero le fue imposible. Renunció; la tarea era demasiado difícil, con sus fuerzas disminuidas.

«Creo que los dos debemos dormir, Rafael. —Le impresionaba lo fácil que se le daba comunicarse con él. Como si fueran el uno del otro, dos mitades del mismo todo—. Me has lavado el cerebro.»

Ya le había desaparecido la terrible opresión en el pecho, y se sentía mucho más feliz. Le dolían tanto los ojos que no los podía abrir, le escocía la piel, y el establo había desaparecido; aun así, se sentía inexplicablemente feliz sólo de oír su voz. Sabiendo que él le leía los pensamientos y probablemente estaba sonriendo engreído, le envió un último mensaje:

«Qué asquerosa soy.»

Cuando entró en el granero para escapar del sol descubrió que no podía abrir los ojos, aun cuando el interior estaba oscuro. Logró desmontar, pero se vio obligada a aferrarse al caballo, hasta que Juan lo aquietó cogiendo las riendas.

—Usted entre en la casa. Yo me encargaré del caballo.

Entró Paul corriendo y la vio tambalearse al desmontar.

—¡Colby! ¿Qué ha psado? —Rodeándole el delgado cuerpo con un brazo, miró a su tío con expresión belicosa y desconfiada—. ¿Qué le ha hecho?

—Paul, no —le dijo ella en tono de amable reconvención—. Me duelen los ojos; debí dañármelos con el fuego esta mañana. Tu tío sólo ha intentado ayudarme. No seas maleducado.

Apoyándose en él echó a caminar en dirección a la casa. Hundiendo la cara en su camisa, se dejó llevar, caminando a ciegas y a tropezones por el patio hasta entrar en la casa. Una vez allí, no se atrevió a abrir los ojos. Le pareció que le dolían aun más estando en la casa.

Ginny llegó corriendo a su lado.

—¿Qué ha pasado? Colby, has cogido una insolación, estás horrible.

Inmediatamente fue a mojar una toalla con agua fría y se la puso en las manos. Ella se la presionó sobre los hinchados párpados y se dejó caer en una silla.

—Me duelen tanto que no me lo puedo creer. Nunca había estado tan contenta de estar en casa.

—Puedo llevarte a la ciudad para que te vea el doctor —se ofreció Paul.

Colby hizo una respiración profunda. Se sentía agotadísima, su necesidad de dormir era tan fuerte que igual podría sucumbir al sueño ahí mismo, en la cocina. Negó con la cabeza.

—Creo que sólo necesito echarme en la cama una hora o algo así. —Se friccionó las sienes—. Tengo mucho que hacer.

—Llamé al veterinario —terció Ginny—; va a venir otra vez esta tarde. Los pollos ya tienen su comida y he regado la huerta y el jardín. El jefe del servicio de bomberos va a enviar a alguien a investigar el incendio. Paul llamó a todos los dueños de los caballos, bueno, menos a Shorty. —Guardó silencio y miró a Paul; Colby nunca se ponía enferma; se había lesionado en muchas ocasiones, pero rara vez se iba a acostar durante el día, ni siquiera después de asistir un largo y difícil parto de un ternero—. Ah, y he llamado a Tanya Everett, para preguntarle si podía venir con su madre después de la puesta de sol, no esta tarde. —Bajó la cabeza, para evitar la mirada de Paul—. Iba a cancelar la cita, pero me dio la impresión de que se sentía muy sola, así que pensé que yo podría cabalgar con ella dentro del corral. Si quieres que cancele la clase, Colby, lo haré.

Colby se presionó más la fresca toalla, desesperada por quitarse el calor de la piel y los ojos.

—No, por supuesto que no, pajarito —contestó a Ginny—. Estoy muy cansada. De verdad necesito descansar un par de horas. ¿Me despiertas, por favor?

—Vamos —dijo Paul ayudándola a levantarse; la llevó por el corredor hasta su habitación—. No te preocupes por nada, yo puedo ocuparme de todo.

Colby se quitó el paño de los ojos para mirarlo. La luz de la ventana le hirió los ojos, deslumbrándola. Volvió a cerrarlos fuertemente y se los cubrió con la toalla mojada y fresca.

—Cierra las cortinas, Paulo.

Él fue a cerrar las gruesas cortinas, y la habitación se oscureció.

—¿Estás segura de que no debo llevarte a ver al doctor, Colby? Tal vez se te hayan quemado los ojos en el incendio.

Su voz sonó como la de un niño pequeño y asustado.

—Yo creo que sólo los tengo sensibles, Paul, y estoy muy cansada. —Se tendió en la cama y alargó la mano hacia él, buscándolo a tientas—. Necesito hablar contigo acerca de Juan y Julio Chevez. Están aquí para ayudarte, y creo que debes ser respetuoso con ellos, ya que son los hermanos de nuestro padre. Por otro lado, con todas las cosas que han ocurrido aquí, creo que deberías vigilarlos. Lo digo en serio, Paul. Manténte atento, cerciórate de que tú y Ginny estáis seguros.

Se movió incómoda, y Paul se le acercó para quitarle la pistolera.

Ella sentía el olor de Rafael en las sábanas y la almohada. Deseó hundir la cara en el algodón para aspirarlo.

—Me parece que llevar una pistola a la cama no está de moda este año —dijo él. De repente notó que su hermana se veía muy frágil—. ¿Dónde has dejado el rifle?

—En la vaina de la silla. Juan iba a desensillar el caballo. Devuélvelo a la rejilla para las armas, Paul, y no te olvides de descargarlo.

En eso entró Ginny a toda prisa e hizo a un lado a Paul con la cadera.

—Te he traído áloe vera. Tú quedate quieta y yo te lo extenderé. —Miró a Paul preocupada—. Ultimamente siempre está cansada, Paul. ¿Crees que se habrá puesto enferma? Ayer no comió en todo el día, y esta mañana tampoco, ni siquiera se tomó una taza de té.

Una sonrisa jugueteó en las comisuras de la boca de Colby.

—Estoy aquí, Ginny, no tienes por qué hablar de mí en tercera persona.

—Ya sabes que se ha estado levantando unas dos horas más temprano —dijo Paul en tono firme, pues no deseaba preocupar a Ginny—, para salir a buscar a... —Se interrumpió, al comprender que Pete Jessup era un tema espinoso—. Tú cuida de ella, Ginny, y quédate en la casa para que no esté sola. Ten a *King* cerca también.

La voz le salió algo bronca; de repente se sentía tremendamente responsable de sus dos hermanas.

Ginny puso en blanco los ojos cuando él salió con la pistolera de Colby en las manos.

—Es un gran error, Colby, darle poder a ese capullo. Dentro de nada estará insoportable, y será imposible vivir con él.

Sorprendida de que Colby no se moviera, le cogió los gruesos mechones de pelo, juntándoselos. Se inclinó más sobre ella. Colby ya se había quedado dormida. Se sentó en el borde de la cama, mirándola atentamente y, sin pensarlo, le dividió el pelo y comenzó a alisárselo y a hacerle una trenza floja. Notaba algo diferente en ella; era algo tan sutil que no lograba determinar qué. A pesar de su terrible insolación, se veía diferente, más... más... más todo. Se sentía cómoda sentada a su lado, pero le habría gustado que no se durmiera tan pronto. Necesitaba hablar con ella. Se inclinó otro poco, acercando más la cara.

—Todo fue culpa mía, Colby —susurró, con la boca muy cerca de la extraña marca que tenía en el cuello—. Ojalá pudieras oírme. Lo hice yo, Colby.

Su hermana continuó muy quieta, durmiendo como un ángel, con la respiración tranquila y pareja. A Ginny le brotó una lágrima, le bajó por la mejilla y cayó justo encima de la marca. Entonces Colby se movió, alargó la mano y buscó a tientas hasta encontrar la de ella.

—No podrías haber hecho una cosa así —dijo, en voz baja, adormilada.

Ginny detectó una sonrisa en su tono.

—No lo empecé yo —dijo, sorbiendo por la nariz—. Pero llamé a *King* para que entrara. Esperé hasta que estuvieras dormida y entonces lo llamé, lo hice entrar en mi habitación y cerré la puerta. No me gusta dormir sin él. Sigo teniendo pesadillas con las muertes de mamá y papá. Sueño que te mueres. No quiero que te ocurra nada, Colby, nunca, nunca.

Colby hizo un inmenso esfuerzo para despertarse. Nunca se había sentido tan cansada, con el cuerpo tan pesado, hundiéndose en la oscuridad. Consiguió entrelazar los dedos con los de Ginny.

—Cariño, ¿por qué eso te haría responsable? Igual le salvaste la vida a *King*. Al que fuera que inició el incendio no le importó que hubiera caballos dentro. No habría vacilado en matar a nuestro perro si este hubiera intentado avisarnos.

Debido a su cansancio no cuidaba tanto las palabras como habría hecho normalmente.

—No debería haberlo llamado; así nadie habría matado al caballo de Shorty.

Diciendo eso Ginny hundió más la cara en su cuello, y la marca vibró, como un latido del corazón. Colby se despabiló más y la rodeó con un brazo.

—No tengas tanto miedo, cariño, no vamos a perder nuestra casa. Nadie nos va a separar. Yo os quiero, a ti y a Paul. Esto no fue culpa tuya.

—Mamá y papá murieron —continuó Ginny, ahogada por un torrente de lágrimas.

—Lo sé, cariño. Él intentó continuar con nosotros todo el tiempo que pudo. Todo eso fue difícil para ti, pero nadie nos va a separar.

A Ginny le temblaba todo su pequeño cuerpo.

—¿Y si esa gente te lleva al tribunal y nos obligan a irnos a Brasil con ellos?

Colby la cubrió con el cubrecama, rodeando a las dos con su calor y virtudes protectoras.

—No creo que me lleven al tribunal, Ginny. Y si lo hicieran, no creo que ganen. Y si se las arreglaran para ganar, bueno, hoy he estado hablando con Juan. Es tu tío, hermano de nuestro padre, y me ha dicho que deseaban llevarme a mí también. Yo no les permitiría que os llevaran sin ir yo también.

—Deberías casarte con Rafael de la Cruz —dijo entonces Ginny—. Si te casaras con él, ellos no podrían separarnos, porque él es el mandamás.

Colby sintió pasar la alarma por toda ella, y se le tensó el cuerpo. La sola idea de casarse con Rafael la amedrentaba. Él se mostraría absolutamente dominante. Eso lo veía en la estampa de arrogancia de su cara, en el calor que irradiaban sus profundos y ardientes ojos. No tenía manera de combatir el poder que ejercía sobre ella. No había abierto los ojos y no deseaba abrirlos.

—¿Ha hablado contigo?

—Sólo esta mañana, en la cocina, cuando todos me miraban y yo estaba tan asustada. Fue simpático conmigo. Me habló de papá, de cuando era niño, y me dijo que tú no tenías nada grave y que no me preocupara porque las cosas tienen una manera de arreglarse. Dijo que eres muy hermosa. —Le apretó fuertemente la mano—. Me hizo sentir segura y se puso delante de mí cuando yo estaba llorando, para que nadie me viera.

—Eso fue muy amable de su parte. Rafael parecía estar en todas partes esta mañana. Combatiendo el fuego, curando a los caballos, ayudándome, y ahora me entero de que cuidó de ti.

Su voz sonó muy lejana, como si estuviera volviendo a dormirse. Giró la cara hacia la parte más fresca de la almohada, aspiró el olor de Rafael y se cubrió la marca con la palma, como si quisiera retener una caricia.

—Me dijo que no fue culpa mía y que hablara de todo eso contigo —insistió Ginny.

—Tiene razón, cariño, no fue culpa tuya. Me alegra que llamaras al perro anoche. De ahora en adelante, si necesitas a *King*, llámalo para que entre, todas las noches. Cariño, de verdad, necesito dormir, estoy muy cansada.

—¿Te gusta?

—¿Me gusta quién? —preguntó Colby, adentrándose más en un sueño.

—Rafael. ¿Te gusta?

Colby volvió a sonreír.

—No.

Su voz sonó dulce y sensual.

Ginny se acurrucó más cerca, sonriendo complacida.

—Sí, te gusta. Me lo dice tu voz.

Capítulo 8

El sol se iba perdiendo muy lentamente tras la montaña y unos ominosos nubarrones comenzaban a flotar por el cielo. El cielo resplandecía con colores naranja y rojo, como si estuviera todo entero en llamas. Abajo, muy hondo bajo la tierra, comenzó a latir un corazón; Rafael despertó, abrió los ojos y su primera espiración fue un siseo de furia. En alguna parte, arriba, la aflicción de Colby lo había despertado de su sueño rejuvenecedor. Estaba intentando contener las lágrimas, con la mente hecha un caos, y asustada.

Después de escrutar los alrededores para asegurarse de que no había absolutamente nadie, subió velozmente a la superficie, irrumpiendo y haciendo saltar un chorro de tierra, como un géiser. Se elevó en el aire, transformándose al mismo tiempo, eligiendo la conocida forma del águila harpía. Extendiendo las alas, se elevó más y más, agradeciendo que las densas nubes le protegieran sus sensibles ojos. Voló por encima del rancho, inspeccionándolo todo, en busca de algún posible peligro.

Aunque en el rancho se veía todo bastante tranquilo, él sabía que Juan había encontrado a un novillo mutilado, al que habían matado hacía muy poco, en un acto brutal y salvaje, dejándolo dentro de la balsa de agua que servía de abrevadero a los animales. Esa información la había tomado de la mente de Colby. Entonces tocó la de Paul, que estaba en la parte sombreada del porche contemplando el sol poniente rojo sangre y hablando con Colby.

En su forma de pájaro, se elevó más y más, escuchando desvergonzadamente la conversación que se desarrollaba abajo, observando con sus agudos ojos todos los movimientos sobre el suelo, tratando de descubrir si había un peligro escondido para su pareja de vida.

—¿Estabas con Juan cuando encontró al novillo? —preguntó Colby—. ¿Cuánto tiempo estuvo fuera de tu vista?

Seguía tratando de vencer los efectos del sueño, concentrándose en despabilarse y poner la atención en todos los detalles de ese último e inquietante incidente.

—La alambrada estaba caída en esa parte del campo —explicó Paul, en tono cansino—. Le dije a Juan que yo podía arreglármelas solo. Trabajan rápido y saben lo que hacen. Yo quería que tú pudieras dormir. Pensé que si nos separábamos haríamos más trabajo. Me dijiste que los vigilara, lo sé, pero trabajé con ellos la mayor parte del día y… —Se le cortó la voz—. Lo siento, Colby.

Ella alargó la mano y le bajó el ala del sombrero sobre los ojos, en un amoroso gesto para tranquilizarlo.

—Y te cayeron bien. No creo que fuera Juan el que mató al novillo, Paul. Habría sido una tontería matar al novillo, arrastrarlo para meterlo en el agua y luego encontrarlo para sacarlo de ahí. Mi suposición es que la intención del que hizo eso era que continuara ahí para envenenar el agua y que Juan lo encontró demasiado pronto.

—Pero él podría haberlo hecho.

Colby exhaló un suspiro.

—Es posible. ¿Buscaste huellas? ¿Le observaste la ropa? ¿Su cuchillo?

Paul se ruborizó ligeramente.

—Debería haberlo hecho. No lo dejó en el agua. Lo sacó antes de buscarme para decírmelo.

Sí le caían bien sus tíos, los dos. Eran muy trabajadores y sabían hacer su trabajo. Lo trataban como a un igual y le recordaban a su padre. Empezaba a tenerles afecto y mucho respeto, y deseaba que ellos sintieran lo mismo por él. No había buscado pruebas ni huellas, simplemente porque no se le ocurrió que pudieran ser responsables, pero en ese momento se sentía confundido.

Colby asintió.

—Tanto tú como yo habríamos sacado al animal muerto del agua. No podemos ver algo malo en eso. —Movió la cabeza—. Estoy muy preocupada. Está claro que alguien quiere arruinarnos. Tal como están las cosas contamos con un margen económico muy estrecho. —Miró alrededor para asegurarse de que Ginny no estuviera cerca y continuó en voz más baja—: Ya no eres un niño, Paul; no sé de quién podemos fiarnos ni a quién debemos temer. Pero alguien asesinó a Pete, eso no fue un accidente; él no tenía dinero, y no había ningún motivo para intentar robarle; después incendió nuestro establo, y ahora ha matado a uno de nuestros novillos y lo ha dejado en la balsa de agua con la intención de envenenarla.

Paul se quitó el sombrero y se pasó una mano por el pelo.

—¿Qué ha dicho Ben?

—Lo llamé, por supuesto, y tendría que llegar de un momento a otro. Los Everett vienen también, para la clase de equitación. —Al verlo sonreír burlón lo miró fijamente—. Espero que hagas gala de tu mejor conducta. Esto significa mucho para Ginny; desea tener una amiga. Los dos nos olvidamos de lo duro que es para ella. Tú puedes visitar a tus amigos, pero ella está clavada aquí.

Paul dio un puntapié a una piedra.

—Sí, tengo muchísimas posibilidades de visitar a amigos, Colby. Trabajo desde el alba hasta el anochecer.

Colby desvió la vista, intentando no llorar. No lograba recordar ni un solo día de esos cinco últimos años en que no hubiera trabajado del alba al anochecer, y muchas veces hasta bien avanzada la noche también.

—Lo sé. ¿Qué ha dicho el veterinario sobre los caballos?

—Que hicisteis un trabajo fantástico, tú y De la Cruz. Los ha examinado bien para descartar cualquier infección, y ha dicho que las cicatrices son principalmente emocionales, no físicas. Están traumatizados y van a necesitar atención. —La miró—. Ese es tu trabajo, Colby, tú eres la buena para tratar a los caballos. ¿Te fijaste cómo reac-cionaron a De la Cruz? Se calmaron con él, y él daba la impresión de saber lo que hacía. Ah, por cierto, ha llamado su abogado —añadió, en tono muy despreocupado, intentando no ver lo tensa que se había puesto Colby—. Ha redactado los documentos para un préstamo y los va a enviar con Sean Everett para que los veamos. De la Cruz también vendrá, más tarde.

—Probablemente está entreteniendo a la rubia alta con la que le gusta divertirse —dijo ella.

Tenía que mantener la perspectiva con Rafael. Que él la hiciera sentir cosas que no había sentido nunca, que le susurrara cosas bonitas por la noche no significaba que no les dijera esas mismas cosas a otras mujeres. Estaba bastante segura de que un día se despertaría con la cabeza llena de canas de preocuparse tanto por todo.

«Sí que tienes ideas raras.»

Al sentir sonar ese íntimo susurro en la mente, cerró la mano sobre la baranda del porche. Sintiendo su cercanía, miró alrededor, escrutándolo todo. Le reaccionó el cuerpo, sintió muy sensibles los pechos; al oír su voz pecaminosamente sexy comenzó a calentársele la sangre.

«Vete. No quiero hablar contigo en este momento.»

Eso era una mentira descarada, pero no deseaba enfrentarlo, no deseaba llegar a la noche con el recuerdo de su cuerpo unido tan íntimamente con el suyo, no deseaba enfrentarse a las acusaciones que había hecho cuando él la estaba ayudando, ni a la realidad de que iba a aceptar su dinero para librarse de la deuda que comprometía el rancho.

«Sí que quieres. Estoy en tu mente. ¿Por qué nunca intentas entrar en la mía?»

Colby miró de reojo a su hermano por debajo de sus largas pestañas, con mala conciencia, sintiéndose culpable. No podía evitarlo; se sentía atraída hacia Rafael a pesar de su enorme miedo, a pesar de que él había venido a llevarse a sus hermanos. Llevaba tanto tiempo ocultando sus raros y diferentes talentos, temiendo siempre delatarlos, ser descubierta, sintiendo un espacio vacío en su interior, y con una sensación de soledad tan intensa por las noches, que a veces contemplaba las estrellas deseando poder desaparecer. Y el trabajo, el trabajo interminable. Rafael la sostenía y arropaba en sus fuertes brazos; él tomaba el mando y lo dirigía todo ante una situación difícil. Su fuerza ya era un seductor atractivo. Y su cuerpo…

«Creo que lo que sea que haya en tu mente me asustaría. ¿Me has hecho algo para inducirme esta necesidad de dormir tanto?»

Se ruborizó al pensar en ese sueño erótico que no podía dejar de revivir durante el día o mientras dormía, como tampoco podía impedir que su cuerpo lo deseara y necesitara de una manera que hasta ese momento le era desconocida.

«Hicimos muchas cosas que te hacen necesitar dormir», contestó él.

Su voz sonó cálida, risueña, con una total satisfacción masculina; casi fue un ronroneo.

Sintió subir el rubor por el cuello hasta la cara. No debería haber sacado ese tema. La humillaba hablar con él o enfrentarlo, pensando en las cosas que ella le permitía hacerle, aunque cuando estaba sola pensaba continuamente en su cuerpo y en lo que la hacía sentir.

—¿Y no me vas a preguntar qué dijo el señor De la Cruz acerca de las condiciones del préstamo? —explotó Paul, sin poder contenerse; su hermana estaba con una expresión soñadora en la cara, al parecer con la atención muy lejos; incluso se ruborizó—: ¿Y bien? Podríamos salvar el rancho, Colby.

Ella puso la punta de la bota sobre la cabeza de un clavo del peldaño.

—Podríamos perderlo todo, Paul. Rafael de la Cruz vino a Estados Unidos con una finalidad. Puede que compren caballos y hagan otros negocios aquí, pero han venido para llevaros a ti y a Ginny a Brasil con ellos. Los hombres como De la Cruz obtienen siempre lo que desean de una u otra manera. Haces negocios con ellos y lo pierdes todo.

Cerró los ojos al sentir las manos de Rafael deslizándose por su cuerpo. Ya se había dejado seducir por él. ¿Se había vuelto una idiota total?

«No eres muy amable, *meu amor*.»

Su voz sonó como si estuviera divirtiéndose mucho, y en absoluto perturbado por la evaluación de ella.

Ella sintió una repentina opresión en el pecho.

«¿Acaso no es cierto eso? Vas a coger lo que deseas, y nadie te lo podrá impedir.»

«Eso es cierto, *querida*, y sabes muy bien qué es lo que deseo.»

¿Lo sabía?, pensó ella. En su opinión, no sabía mucho de nada.

—¿Y qué es lo peor que puede suceder, Colby? —preguntó Paul—. Se quedaría con nuestro rancho, ¿verdad? Al menos es una especie de pariente. Si dejamos que nos lo quite Clinton Daniels no lo recuperaríamos jamás. Lo sabes. Si uno de ellos tiene que quedárselo, ¿quién sería mejor?

De pronto Colby levantó la cabeza y clavó en él sus sagaces ojos verdes.

—Juan o Julio Chevez te dijeron eso, ¿verdad?

Paul se encogió de hombros, incómodo.

—¿Importa quién lo pensó? Es cierto. —Miró hacia el camino, donde estaba el collie ladrando enérgicamente—. Ahí veo llegar a los Everett.

—¿No te extraña que tus tíos no nos hayan ofrecido un préstamo cuando tienen el dinero para hacerlo? Ellos también son ricos, Paul. ¿Por qué dejan que Rafael nos preste el dinero cuando pueden prestárnoslo ellos? «¿Por qué?».

«Porque no se atreven a contrariarme, *pequeña*. Y tampoco deberías atreverte tú. —La voz de Rafael sonaba casi complacida—. Ellos saben que no deben entrometerse en mis asuntos.»

Colby guardó silencio un momento, rumiando eso. Había sentido bajar un escalofrío por la columna, y resistió el deseo de frotarse los brazos.

«Yo diría que esta familia es asunto de los Chevez, no tuyo.»

«Ah, eso era así antes, pero ahora tú eres asunto mío.»

Rafael estaba cerca, lo presintió, pero no lo vio en la camioneta que se aproximaba al patio. Paul bajó del porche para evitar contestarle y se dirigió hacia los campos de heno para no verse obligado a darle una clase de equitación a una cría novata.

Colby lo observó atravesar el patio sintiendo el corazón oprimido con sólo mirarlo; aun era demasiado joven para llevar sobre los hombros el peso del rancho, sus apuros económicos y el conocimiento de que alguien deseaba arruinarlos.

«Tú también.»

Mientras esas palabras vibraban en su mente, sintió un cálido aliento en la nuca y dos fuertes brazos le rodearon la cintura posesivamente, desde atrás.

Pegó un salto y casi se salió de la piel, pero él ya la tenía abrazada, apretándola contra su cuerpo, que sintió protector y agresivo al mismo tiempo. Él subió las manos y con los dorsos le rozó los pechos por abajo. Ella sintió la presión de su largo y duro miembro erecto. Aprisionada entre sus fuertes brazos, aspiró su aroma masculino con sus sentidos amplificados. Olía a las montañas, salvajes, indómitas.

—Veo que tenemos compañía —dijo él, rozándole perversamente la piel con el aliento—. Y yo que te deseaba toda para mí.

Susurrándole eso le deslizó la boca por la nuca, encontró su marca y se la raspó suavemente con los dientes.

—¡No te atrevas! Me haces parecer una adolescente. Si Paul ve esto… —Giró la cabeza para mirarlo furiosa—. Tengo que decirte unas cuantas cosas respecto a tu conducta.

Aunque en realidad no lograba recordar lo que quería decirle: seguramente unas palabras terribles que lo alejaran de ella. Aun así deseaba sentir el calor de su cuerpo, sus manos sobre ella, su boca sobre la suya, su miembro enterrado en su interior. Sintiendo subir el rubor a la cara, evitó mirarlo.

—¿Qué edad tienes? —preguntó él, entonces—. A mí me pareces una adolescente.

Sus ojos le escudriñaban la cara, negros e intensos, con una avidez que al parecer sólo se veía en ellos cuando la miraba a ella. Irradiaba sensualidad devorándola con la mirada. Casi sintió crujir la electricidad entre ellos. Unas llamitas le lamieron la piel y lo profundo del interior, y se le espesó la sangre.

Debería apartarse. Si le quedara una pizca del instinto de autoconservación, si le funcionara el cerebro, echaría a correr, pero continuó en sus brazos, permitiendo que él le dejara una estela de ardientes besos por el cuello y la clavícula. Él le levantó suavemente el antebrazo y se lo llevó a la boca; ella sintió el áspero roce de su lengua en la piel; en lugar de provocarle dolor en las quemaduras, se las aliviaba.

—¿Qué haces? «Además de hacerme arder. ¿Por qué te permito hacerme esto? ¿Me has hipnotizado?»

Una parte de ella sentía la conocida desesperación por no poder controlar su reacción a él, mientras otra parte ardía de excitación y expectación.

«Te estoy sanando, *pequeña*, te has quemado. Debes usar unas gafas muy oscuras para protegerte los ojos cuando hay sol. Y cúbrete la piel. Trata de encontrar una manera de evitar la luz directa del sol.»

Adrede usaba ese método de comunicación mucho más íntimo mientras deslizaba la boca por su piel, lamiéndosela, llevándose el dolor de sus quemaduras con la saliva. La giró y le besó los párpados, largamente, procurando hacer bien el trabajo de curarla.

Colby se permitió sucumbir a la fuerza y protección de su cuerpo y derretirse. Él estaba entonando una especie de cántico en otro idioma, que no era portugués sino mucho más antiguo, con una letra bella y calmante. Más que con los oídos, oía el cántico en la mente.

—¿Por qué hoy me he quemado con el sol?

Él lo sabía; teniendo fusionadas las mentes, ella captaba tenues ecos de sus pensamientos. Sus recuerdos. A nada de eso le encontraba sentido.

«Vivo en un rancho, ¡no puedo evitar estar al sol!»

La camioneta se detuvo en el patio y, justo detrás, el vehículo del sheriff, un todoterreno necesario para circular por los caminos de los ranchos. Colby se apartó del cálido cuerpo de Rafael y enderezó la espalda para mirar a los visitantes. Rafael se rió, moviéndole con el aliento el pelo en la nuca. Atrayéndola nuevamente hacia él, la estrechó en sus brazos y la besó en la boca, largamente, tomándose su tiempo, fundiendo la lengua con la suya, sus manos calientes sobre ella, mientras las llamitas les lamían los cuerpos. Pasado un momento, levantó la cabeza y sus ojos negros la miraron ardientes, con una intensidad que le hizo pasar espirales como rayos por todo el cuerpo.

Colby cerró fuertemente los ojos y pestañeó, intentando recuperarse; después lo miró indignada, se apartó y bajó del porche, pero él avanzó ágilmente junto a ella, con la mano apoyada en su espalda a la altura de la cintura. Su palma le producía un calor como de fuego en la espalda y la entrepierna. Comprendía muy bien cuál era su intención: afirmar su derecho sobre ella delante de las personas de su mundo, además de hacerle saber que no podía hacer nada al respecto.

Joclyn los estaba observando con expresión pensativa, elucubradora; Sean tenía una ancha y franca sonrisa en la cara, pero la expresión de Ben, cuando cerró de un fuerte golpe la puerta de su Jeep, era tormentosa. Mientras hablaba con Joclyn y la niña, Colby advirtió muy claramente su desaprobación. Rafael no contribuía en nada a arreglar las cosas conversando tranquilamente con Sean, hablando del incendio, actuando como si estuviera en su casa. Aprovechaba la menor oportunidad para tocarla, acariciarle el pelo, deslizar las yemas de los dedos por su nuca o cuello; pasado un momento ella llegó a pensar que Ben le dispararía a alguien.

Mirarlo furiosa o apartarse de él no le sirvió de nada. Oía su suave risa burlona en la mente. Se vio obligada a darse por vencida y aceptar su comportamiento, aún cuando estaba resuelta a no caer en su trampa.

Lo miró con los ojos entrecerrados.

«¿Vas a hacer el favor de parar?»

Él la miró con fingida inocencia.

«No estoy haciendo nada.»

Colby pasó la atención a Tanya, y justo en ese momento llegó Ginny corriendo a su lado y la rodeó con un brazo, ofreciéndole apoyo. Rafael le puso el brazo sobre el hombro a Ginny, sonriéndole alentador, y ella le devolvió la sonrisa, agradecida, claramente hipnotizada por él.

«Te voy a arrojar algo.»

Aunque le envió ese mensaje, Colby intentaba no echarse a reír ante la situación; por primera en su vida se sentía compartiendo realmente algo con alguien, como si estuviera en su ambiente natural, como si formara parte de otra persona. A pesar de que su cerebro le gritaba millones de avisos, disfrutaba de la atención de él. Era una experiencia totalmente nueva para ella.

—Tengo poco tiempo, Colby —ladró Ben, atrayendo su atención—. Te agradecería que me prestaras un poco de atención y me dijeras qué ha ocurrido aquí.

Su tono era acusador.

Al instante Rafael le rodeó los hombros con un brazo a Ginny, que parecía a punto de echarse a llorar.

—Tú ve a hablar con el sheriff, Colby. Ginny y yo somos capaces de manejarnos con esto, ¿verdad, Ginny? —Daba la impresión de tener una confianza suprema en la pequeña—. Tanya, me conoces. Entre Ginny y yo comenzaremos la clase, y cuando Colby haya acabado lo que tiene que hacer, se reunirá con nosotros. ¿Te parece aceptable eso? —le preguntó, obsequiándola con su dinámica sonrisa.

Observándolo, Colby movió la cabeza. Decididamente quería crear la impresión de que estaba como en su casa, de que formaba parte de la familia. Ben le cogió el brazo con cierta brusquedad, volviendo su atención a él. Ella lo miró sobresaltada, como si estuviera despertando, saliendo de un sueño.

Entonces sonó un gruñido ronco; los caballos se movieron inquietos y los adultos miraron alrededor. Todos lo oyeron; la mayoría pensaron que el gruñido salió del perro de Ginny, que estaba sentado y los miró a todos con ojos interrogantes por la repentina atención. Pero Colby sabía que el gruñido no lo había producido él. Se metió un mechón detrás de la oreja y miró disimuladamente a Rafael con un gesto de reconvención.

—Vamos al porche, Ben. ¿Te apetece un café?

Él esperó hasta haber subido los cinco peldaños para explotar.

—¿Me quieres decir de qué diablos iba todo eso?

Ella arqueó una ceja, sorprendida.

—¿De qué hablas?

—Antes de negar la escenita en el porche, Colby, podrías mirarte el cuello en un espejo. Te has estado besuqueando con ese hombre.

Colby se mordió el labio para no reírse. Si no se reía, podría echarse a llorar; su conducta con Rafael no era propia de ella, y lo sabía. Y Ben también lo sabía.

—¿Por qué me echas la culpa a mí? Simplemente es él el que me ha estado besuqueando. —Y aunque tal vez ella no fuera la mujer más hermosa de la ciudad; ¿significaba eso que Rafael no podía sentirse atraído por ella?—. Algunos hombres se sienten atraídos por mí, Ben, por raro que te pueda parecer eso. No siempre tengo que atacarlos yo.

—Qué típico de ti elegir a un hombre que no te conviene. Un hombre como Rafael de la Cruz te comerá y luego escupirá. Estás jugando con fuego. No debes hacer eso con un hombre como él. Condenación, Colby, ¿por qué no te estableces con un hombre decente como Joe Vargas?

—¡Joe Vargas! Vamos, ¿qué os pasa a todos con Joe Vargas? Detestaría casarse conmigo.

—Cualquiera que esté en su sano juicio detestaría casarse contigo. —La adentró más en el porche, llevándola hacia la parte más a la sombra, le cogió los brazos y le dio una suave sacudida—. ¿Es por dinero? ¿Qué te propones?

—Ben, suéltame, que me haces daño —dijo ella, intentando abrirle los dedos con los que la tenía cogida—. Siempre te olvidas de lo horrorosamente fuerte que eres.

—Suéltela.

La voz sonó muy suave, muy amenazadora, como un latigazo de malevolencia, una promesa de venganza. Rafael había atravesado el ancho patio, cubriendo la distancia que los separaba, y estaba fundido con las sombras de modo que apenas se veía su corpulento cuerpo, aunque sus ojos negros brillaban en la oscuridad increíblemente amenazadores.

Colby sintió bajar un escalofrío de miedo por la columna, y se puso la mano en el cuello, como para protegérselo. Rafael se veía despiadado, cruel, todo él un predador. En ese momento no parecía totalmente humano; había algo animal en él, salvaje, peligroso.

Ben bajó los brazos y se preparó para apartarse y llevarse la mano a la pistola, movido por su instinto, pero ella se mantuvo firmemente entre los dos.

—Conozco a Ben desde que tenía tres años, Rafael. Es como un hermano para mí. Jamás me haría daño, jamás. Ya sé que ha podido dar la impresión de que me trataba con rudeza, pero no es así. Simplemente quería, bueno… —Perdió el hilo y no supo qué decir, con el corazón latiendo en la garganta.

La sensación de amenaza, de «muerte» era tan intensa, que se sintió aterrada un momento, aterrada por Ben.

Rafael fue el primero en moverse. Alargó la mano, le cogió la muñeca y la atrajo hacia él con mucha suavidad.

—Entonces debo pedir disculpas, ya que no entiendo las relaciones entre hombres y mujeres en otros países.

La rodeó con un brazo y la puso a su lado, protectoramente.

«Chss, *meu amor*, el corazón te late demasiado rápido. Escucha el ritmo del mío.»

Ben guardó silencio, observándolo inclinarse sobre Colby. La postura de Rafael era protectora al rodearla con el brazo, sus manos suaves, a pesar de su enorme fuerza; rezumaba poder y amenaza, con la arrogancia de un hombre acostumbrado a mandar con total autoridad. Daba la impresión de ser un hombre que siempre obtenía lo que deseaba, y estaba claro que deseaba a Colby Jansen. De la Cruz era un hombre, no un chico, y a su lado ella se veía muy niña y vulnerable. Parecía algo asustada y muy confundida, como si se encontrara en una situación para la que no estaba preparada. Él la conocía, y sabía que jamás estaría preparada para un hombre como Rafael de la Cruz.

—Nunca le haría daño a Colby —dijo calmadamente—. Somos viejos amigos, y supongo que estoy acostumbrado a zarandearla un poco.

Rafael sonrió, enseñando sus brillantes dientes blancos; no había humor en su sonrisa sino más bien una sutil advertencia.

—Tal vez ya es muy mayor para esas cosas —dijo, con la voz más suave que nunca.

Ese tono volvió a acelerarle el corazón a Colby; era letal.

Hizo una respiración profunda, resuelta a retomar el mando de la situación.

—Gracias por preocuparte por mí, Rafael, pero como ves, estoy muy bien. Y tengo que hablar de unas cuantas cosas con Ben, así que si nos disculpas…

Rafael se inclinó en una especie de elegante reverencia cortesana, propia del mundo de antaño, insólita en el mundo moderno. Durante todo ese movimiento no dejó de mirar a Ben a la cara, con las profundidades de sus ojos negros frías como hielo.

Después se inclinó a besarle suavemente el pelo a ella en la coronilla y se alejó en dirección a donde estaban los Everett y Ginny.

Ben lo había observado todo.

Entonces miró a Colby, con la cara muy seria.

—Estás loca si crees que puedes controlarlo. Es peligroso, Colby. Me habría aplastado el corazón sólo con sus manos. Deberías saber que no te conviene liarte con un hombre como ese.

Colby simplemente lo miró, sintiéndose bastante indecisa. No sabía si estaba «liada» con Rafael. Todo en su vida se descontrolaba cuando estaba con él. Movió la cabeza y fue a sentarse en el columpio; de pronto sentía gelatinosas las rodillas.

—No sé que me pasa, ni lo que ocurre en el rancho. El mundo está totalmente del revés en estos momentos, Ben.

Era la primera vez que él la oía hablar así, como si se sintiera confundida, desorientada. Al instante se sentó a su lado y le puso una mano en la rodilla para consolarla.

—Escúchame, cariño. No necesitas vender tu alma. Yo tengo dinero si lo necesitas. Tengo algo ahorrado, aunque no es gran cosa. —Hizo una honda inspiración, y con la cara resueltamente inexpresiva le lanzó el ofrecimiento del sacrificio definitivo—: Y, demonios, si necesitas que me case contigo, supongo que podría hacerlo también.

Colby lo miró fijamente cinco segundos completos y luego le echó los brazos al cuello y lo abrazó, riendo en voz baja.

—¿Qué haría sin ti, Ben?

Rafael, que había oído la conversación, sintió correr la sangre por su cuerpo con tanta fuerza que se quedó absolutamente inmóvil, no fuera que se soltara el demonio que llevaba dentro. Su hermano se movió en su mente, preguntándole a qué se debía la furia que pasaba por él. Entonces vio la mano sobre la rodilla de Colby, a ella echarse en sus brazos, y oyó su risa; esa era la camadería de un hombre y una mujer que se conocían hacía mucho tiempo.

Sintió al demonio levantando la cabeza, el rugido, la reacción animal debajo del delgado barniz de urbanidad que había adquirido con tanto trabajo. Sintió alargarse los colmillos en su boca, y sus ojos brillaron salvajemente. Una niebla roja le envolvió el cerebro.

«Llámala.» Era la voz de Nicolas, tranquila, autoritaria; la voz de la razón cuando lo avasallaba la oscura llamada de su naturaleza. «Rafael.» Su hermano lo llamaba por su nombre para inducirlo a retroceder del borde del desastre. «Llámala, inmediatamente.»

La bestia veía a su rival abrazando a su pareja de vida. No había hecho el rito de unión por temor a que ella se sintiera incómoda, y en ese momento la bestia lo tenía firmemente en su poder.

«Llámala.»

Eso era la fresca brisa de la razón que pasaba por su mente. Se agarró a la cinta de cordura que le ofrecía su hermano.

«Colby. Apártate de él inmediatamente. Por mí. Hazlo por mí.» Colby sintió sonar en la mente su voz, normalmente dulce, como una amenaza, más peligrosa que cualquier animal salvaje con que se hubiera encontrado en toda su vida. Percibió la amenaza, igual que aquella vez que se encontró ante un puma en la flor de su edad justo después que este había matado una presa. Percibió el miedo que tenía él de que ella no le hiciera caso, que no viera el peligro, pero ella era mucho más experta en entender a los animales salvajes de lo que Rafael creía. Y eligió ese momento para tocarle la mente.

Se apartó de Ben, se levantó de un salto y comenzó a pasearse, alejándose de él, haciendo trabajar la mente en dos planos. Deseaba parecer normal ante su amigo, pero compartía con Rafael el agitado caldero de las emociones violentas.

—Detestarías casarte conmigo, Ben, y lo sabes. —Se cruzó de brazos, intentando no tiritar; en la creciente oscuridad percibía algo poderoso y amenazador que estaba agazapado muy cerca, observándolos con los ojos fijos y sin pestañear, los ojos de un tigre—. Yo te volvería loco, Ben, y lo sabes. Pero ha sido muy tierno tu ofrecimiento. Seguro que esta noche te has ganado el cielo.

Ben se levantó lentamente, tratando de no dar la impresión de que había esquivado una bala.

—Sabes que me casaría contigo si lo necesitaras. Simplemente no hagas nada desesperado, Colby.

Ella bajó la escalinata y paseó la mirada por el patio, aparentando despreocupación. Sentía el peligro como una entidad viva.

«¿Qué pasa, Rafael? ¿Tú también lo sientes?»

¿Sería Rafael o simplemente él la sintonizaba con el peligro? ¿La estaba amenazando?

«Jamás te haría daño, *querida*, jamás. No hay ningún peligro para ti ni para los tuyos. Lo que sientes son simplemente mis celos. Soy un hombre celoso.»

Su voz sonó dulce y suave como siempre. Entonces lo vio; estaba junto al corral como si no hubiera ocurrido nada, conversando tranquilamente con Sean y Joclyn, mientras Ginny tiraba del caballo montado por Tanya, llevándola en un amplio círculo.

¿Celoso? ¿Eso era estar celoso?

Lo miró un largo rato. Se veía totalmente normal, un extranjero guapo y encantador, muy magnético. ¿Se estaría volviendo totalmente loca? ¿Qué debía pensar? ¿Que él era más que un hombre? Tenía poderes tal como ella los tenía; es fácil que eso se descontrole; eso lo entendía mejor que nadie. Sin embargo había tenido un atisbo de un animal furioso, no de un ser humano, sino de algo mucho más peligroso.

Tenía que preguntárselo. No sabía si deseaba que le mintiera o le dijera la verdad. Pero tenía que preguntárselo.

«¿Tan peligroso te vuelves cuando estás simplemente celoso? Y sin razón alguna, podría añadir.»

«Cuando estemos solos y pueda tenerte en mis brazos, hablaremos.»

Esas palabras sonaron como una suave caricia que se deslizó por su piel desnuda, tan real que se miró el brazo. Asombrada, se lo volvió a mirar. Habían desaparecido las ampollas y la rojez. Tenía la piel tersa y sin ninguna marca de los efectos del sol. Él le había sanado la terrible insolación.

—¿Vas a hablar conmigo o te vas a dedicar a mirar a ese extranjero toda la noche? —le preguntó Ben, poniéndose detrás de ella—. Creí que tenías otro problema aquí.

Su tono era casi belicoso; se giró a mirarlo.

—¿Sabes, Ben?, creo que no entenderé a los hombres ni en un millón de años. No son en absoluto lógicos, como intentan hacernos creer lavándonos el cerebro. —Le dio la espalda y miró el cielo oscurecido—. Paul está en el campo de heno. Yo aún no he estado ahí para ver el problema. Juan Chevez fue el que encontró al novillo, y Paul lo vio. Él puede llevarte al lugar, pero está oscureciendo muy rápido, y no sé si te dará tiempo.

—Me preocupa que tú y los niños estéis aquí solos. Tendré tiempo, Colby, porque no voy a permitir que os ocurra nada.

Ella le sonrió por encima del hombro, con el pelo cayéndole como una brillante cascada sobre la espalda.

Estaba tan hermosa que Ben se sintió bastante impresionado. Se veía casi etérea, increíblemente sexy y algo misteriosa. Él la había considerado una hermana pequeña toda su vida. Sus sentimientos por Colby eran muy contradictorios, y no deseaba verla bajo esa luz. No eran compatibles en absoluto. Jamás la había encontrado atractiva y sexy, ni una sola vez en todo el tiempo que se conocían.

Miró hacia el extranjero moreno y lo sorprendió mirándolo. El hombre no desvió la mirada, y sus brillantes ojos se veían raros a la ya tenue luz crepuscular; lo hicieron pensar en los ojos de un gato, más idóneos para la visión nocturna que la diurna. Los ojos continuaron mirándolo fijamente, sin pestañear, hasta que tuvo que desviar la vista; no le gustaba nada esa mirada intensa, espeluznante. Comprendió que Rafael de la Cruz quería dejar muy claro que Colby le estaba prohibida a cualquier otro hombre. Rafael no le inspiraba confianza, pues percibía algo violento y peligroso bajo ese exterior tranquilo; además, parecía un playboy, acostumbrado a atraer mujeres con facilidad y luego dejarlas de lado con la misma rapidez. Pero Colby no estaba hecha para una aventura de una noche; era una mujer que se entregaría totalmente al hombre al que amara, y él no deseaba que ese hombre fuera como De la Cruz.

Se caló el sombrero.

—Iré a buscar a Paul y hablaré con Chevez, y tú procura mantener a los niños cerca y no salgas a vagar por ahí sola.

—Tengo que llevar el rancho, Ben —dijo ella tranquilamente—. No voy a permitir que alguien me meta miedo.

—Has dicho que Juan Chevez encontró el novillo. ¿Qué hacía cabalgando por tu rancho?

Eso lo dijo en tono despreocupado, pero ella no se engañó lo más mínimo; lo conocía muy bien, de mucho tiempo.

—Después del incendio, Rafael no quiso que nos quedáramos solos aquí. Él no podía quedarse, así que les pidió a Juan y a Julio que lo hicieran por él y nos ayudaran. —Se miró las manos, avergonzada de reconocer su debilidad ante él—. Nos fue bien. Yo me sentí mal esta tarde y dormí unas cuantas horas.

—Así que De la Cruz les ordenó que se quedaran.

—Ellos querían hacerlo, Ben. Después de todo son los tíos de Paul y Ginny. Les importa su bienestar.

Él fijó en ella sus ojos azul claro.

—¿Quieres hacerme creer que no encuentras nada sospechoso en este arreglo? ¿En que esas personas se presentan repentinamente reclamando a tus hermanos y deseando el rancho para ellos? ¿Que resulta que son socios de negocios y se alojan con tu vecino Sean Everett, cuyos trabajadores son casi todos ex convictos? ¿Y que justo al mismo tiempo que llegan empiezan a ocurrir todo tipo de «accidentes» en tu rancho? ¿Todo eso son sólo coincidencias, Colby? Y ahora Juan Chevez encuentra un novillo mutilado cuando está «vigilando» que no os ocurra nada por orden de De la Cruz. A mí me parece muy extraño y rebuscado.

—¿No tuvimos ya una conversación parecida, en la que yo te dije estas mismas cosas, y tu me contestaste que yo era muy tozuda y que lo superara? Me dijiste que yo decía tonterías cuando intenté convencerte de que las cosas que estaban ocurriendo en el rancho no eran accidentes.

—Sí, bueno, la muerte de Pete no fue accidente, Colby, y tampoco lo fue que Chevez y uno de los jinetes de Everett estuvieran mirando desde el risco. Ni que estuvieran ahí también Clinton Daniels y el canalla de Harris con ese nuevo trabajador que tiene, Ernie Carter. Vamos, eso sí que fue una fabulosa reunión. ¿Qué diablos hacías tú ahí, cabalgando sola?

—Ben —dijo ella colocándole una mano en el brazo, para apaciguarlo—, no querrás insinuar que «todos» están confabulados en mi contra, ¿verdad?

Ben sintió el peso de esos singulares ojos mirándolo con malignidad. No miró para comprobarlo; sabía que tenía toda la atención de De la Cruz, y que eso se debía a que él le había levantado la voz a Colby y ella lo estaba tocando.

—Creo que estás en un grave peligro, Colby, y no sólo de perder el rancho. Eso es lo que creo, y será mejor que me tomes en serio, maldita sea.

—De acuerdo, Ben —concedió ella suspirando—. Yo también estoy preocupada. No sé qué pensar, pero no quiero que les ocurra nada a Paul ni a Ginny. Te prometo que tendré cuidado. —Al ver que él continuaba mirándola, volvió a suspirar—. Mucho, mucho cuidado.

—Y no te fíes demasiado de nadie.

—Y no me fiaré demasiado de nadie —añadió ella, obediente.

Ben se alejó en dirección al campo de heno y ella se quedó mirándolo hasta que su corpulenta figura desapareció por el lado del enorme granero. Contempló el granero, perpleja. Para cualquiera habría tenido mucho más sentido incendiar el granero. Estaba bastante más lejos de la casa y no tenía incorporado el sistema de rociadores automáticos; se habría quemado mucho más rápido, con el heno que tenía dentro. ¿Por qué no elegir incendiar el granero?

—¡Colby! —llamó Ginny.

Ella detectó alguna molestia en su voz. Ginny quería causar una buena impresión; encontraba muy simpática a Tanya, por lo que deseaba que ella le prestara mucha atención para que deseara volver.

Corrió a reunirse con ellas. Desentendiéndose de la ardiente mirada de Rafael, centró toda su atención en Joclyn y Tanya. Durante todo el tiempo que estuvo dando instrucciones sintió su intensa mirada observándola, pero se obligó a no mirarlo. Deseaba hacerlo, incluso necesitaba hacerlo. Tenía conciencia de que su mente buscaba la de él continuamente. Ya había tenido esa sensación antes; ahora la reconocía. Y él le tocaba la mente con frecuencia; como una sombra, casi para tranquilizarla. En el instante en que él la tocaba, podía relajarse otra vez, podía respirar. Terminada la clase, le sonrió a Joclyn y conversó con ella; abrazaba a Ginny y hacía todos los gestos y movimientos que indicaban que estaba interesada y entusiasmada por la conversación. Le prodigó muchísima atención a Tanya, pero al mismo tiempo estaba intensamente consciente de Rafael, que la esperaba, observando.

Cuando los Everett estuvieron listos para marcharse, Sean le pasó un sobre a Rafael por la ventanilla de la camioneta, y le prometió a Ginny que volverían dentro de dos días.

Colby vio que Rafael se metía despreocupadamente el sobre en el bolsillo de su camisa. Entonces lo miró, y se dio el lujo de mirarlo de verdad. Su ropa estaba inmaculada, a pesar de que había estado examinando las quemaduras de los caballos en el corral y ayudando en la clase. Daba la impresión de que ni el polvo ni la tierra del rancho se atrevieran a pegársele como al resto del mundo. Y siempre olía tan bien, además.

Él la miró por encima de la cabeza de Ginny y le sonrió. Era capaz de dejarla sin aliento sin hacer nada. Bajó la cabeza y echó a caminar con Ginny hacia la casa.

—¿Qué te ha parecido, pajarito? ¿Te ha gustado Tanya?

—Es muy simpática, Colby —contestó Ginny, entusiasmada—. Paul debería por lo menos haber venido a hacer acto de presencia para que se la presentara.

Colby arqueó las cejas.

—¿Sí? ¿Tú crees? Yo pensé que podría decir algo feo y hacernos sentir vergüenza. Ya conoces a Paul.

Ginny lo pensó y finalmente negó con la cabeza.

—Las chicas lo encuentran cuco. Habla con unas cuantas por teléfono, y son ellas las que lo llaman. Él no las llama nunca. Por la noche mientras tú estás trabajando, él está pegado al teléfono en la cocina.

—¿Tu hermano habla por teléfono con chicas mientras tu hermana está trabajando? —preguntó Rafael.

Su voz sonó calmada, suave, sin ninguna inflexión, aunque contenía amenaza.

Colby lo miró, pensando cómo hacía eso: hablar sin levantar la voz ni darle ninguna inflexión, y al mismo tiempo infundir tanto miedo.

—Paul es muy joven, Rafael. Sólo tiene dieciséis años.

—Y cuando Armando tuvo el accidente y te dejó sola para llevar el rancho y cuidar de él, ¿qué edad tenías tú? —Sus negros ojos le recorrieron la cara, cavilosos—. ¿Diecisiete?

Repentinamente furiosa con él, ella subió muy rápido los peldaños del porche de atrás.

—Paul ayuda muchísimo en el trabajo del rancho, Rafael, y, en todo caso, eso no es asunto tuyo.

Él avanzó junto a ella, a su manera silenciosa, irritándola más aún. Tocaron la puerta de la cocina al mismo tiempo. Colby retiró bruscamente la mano cuando los dedos de él le rozaron los suyos.

—¿Crees que mimar a ese chico lo va a hacer un hombre, Colby? En último término, él tiene que llevar el rancho. Fue el sueño de tu padre mantenerlo para los niños, aunque no querría que tú te hicieras polvo trabajando.

Colby vio que Ginny pasaba la mirada del uno al otro con los ojos agrandados, como si de repente fuera muy adulta.

—También era mi sueño —dijo, oyendo el desafío en su voz.

Atravesó la cocina pisando fuerte, abrió el refrigerador y miró dentro.

Sonriendo muy amablemente, Rafael le puso una mano en el hombro.

«He estado en tu mente, *pequeña*. No he visto ese recuerdo.»

También había estado en su cuerpo. Esas palabras no dichas vibraron en el aire. Se giró y lo miró indignada.

—Entonces está claro que no lo has buscado —ladró, fastidiada, queriendo saber qué se había guardado en el bolsillo y comprender que no tendría otra alternativa que aceptar su caridad. Iba a coger su dinero y se había acostado con él—. Yo también deseaba el rancho. Y lo deseo.

«El recuerdo no está ahí, *querida*, y tú sabes mejor que yo que eso es cierto. Nunca ha estado ahí; no existe ese recuerdo porque no has tenido ni ese deseo ni ese sueño.»

Capítulo 9

Ben está de un humor horroroso —comentó Paul a modo de saludo, entrando precipitadamente por la puerta de la cocina, más o menos como un cachorro a medio criar. Fue directo al fregadero a lavarse las manos; Colby era inflexible en cuanto a la limpieza—. He de decir que me alegró de que se marche. ¿Por qué está tan malhumorado? ¿Qué le has dicho, Colby?

Ella se giró bruscamente a mirarlo furiosa, pero habló con voz muy calmada.

—¿Decirle? ¿Y por qué crees que yo le he dicho algo? Ben es hombre —dijo, pronunciando «hombre» como si fuera una palabrota—. Eso debería decírtelo todo.

Paul emitió un suavísimo silbido.

—¿Me ha llamado alguien? —preguntó, esperanzado.

Nadie se metía con Colby cuando estaba en modalidad azotadora de hombres. Alguien o algo la había irritado, y esperaba no haber sido él.

—No, pero esperaba que dejaras a Ben ahí tirado para que se perdiera.

Paul arqueó las cejas, sorprendido por su malhumor, y luego miró a Rafael, pensativo.

—Ah, supongo que ya ha traído los papeles para el préstamo. —Era una buena suposición por su parte, después de haber visto la expresión en la cara de ella—. ¿Los ha visto Colby?

Rafael sacó los papeles y se los pasó a Colby.

—Todavía no. Tal vez podría mirarlos mientras nosotros nos conocemos mejor.

Hizo un gesto hacia la sala de estar, indicándoles a Paul y a Ginny que caminaran delante de él, para que Colby pudiera leer el documento sola y tranquila.

Ella se sintió paralizada y le zumbó el corazón en los oídos.

—¡Esperad! —exclamó, y la voz le salió aterrada.

Así es como se sentía; incluso alargó la mano para impedir que sus hermanos se marcharan solos con Rafael.

Él se volvió a mirarla, y sus negros ojos le recorrieron la cara con dura autoridad al verla retroceder, alejándose de él.

—¿Qué pasa, *meu amor*? —le preguntó amablemente, y su voz sonó como una caricia.

De todos modos ella se estremeció. Él parecía arder; estaba ardiendo. Dado el vínculo entre ellos, ella sentía el fuego volcánico que giraba dentro de él. Sus ojos estaban sobre ella, desolados y fríos, pero ardiendo con una intensidad terrible. Fuego y hielo. Ahí estaba otra vez la paradoja. No lo entendía. Tampoco se entendía a sí misma. Pero en primer y principal lugar, a pesar de lo que podía necesitar, desear o sentir, tenía que estar segura de que Paul y Ginny estaban seguros, a salvo de todo daño. Rafael era una sombra en su mente y veía su miedo.

—¿Colby? ¿Qué te pasa? —le preguntó Paul.

Ella percibió preocupación en su voz.

«Ten mucho cuidado con lo que le dices al chico, *pequeña*. No quiero que me tema innecesariamente tal como pareces temerme tú.»

Esas palabras vibraron en su mente como un ronroneo, una sutil amenaza.

Se llevó la mano al cuello, en un gesto protector, y la movió hasta cubrirse la marca, que le estaba vibrando.

«¿Me estás volviendo loca? Me parece que ya no sé qué es real ni qué no lo es. Estoy diferente. Sé que estoy diferente.»

Le gritó las palabras, necesitada de su consuelo, aun cuando al mismo tiempo intentaba alejarlo con sus acusaciones.

«Pronto estaremos solos, Colby, no hay ninguna necesidad de tener tanto miedo. Tú y los niños estáis bajo mi protección. Eso no es poca cosa. Si no crees en mí, cree en Armando. Él les pidió a sus hermanos que vinieran. Ellos son hombres de honor. Si creyeran que yo te haría daño, ¿crees que permitirían una cosa así?»

«No lo sé. Son leales a ti.»

Y no lo sabía. Sinceramente, no lo sabía. ¿Cómo podía sentirse tan atraída por un hombre del que ni siquiera se fiaba? ¿Cómo pudo permitirle hacer las cosas que le hizo a su cuerpo y desear más aún? Eso no tenía ninguna lógica. Y los hermanos Chevez le tenían miedo; ella percibía su inquietud siempre que salía el tema de Rafael en la conversación. Él era mucho más que un hombre con talentos únicos, como los que tenía ella. Él era mucho más poderoso. Y dentro de él había una oscuridad de la que a veces ella veía atisbos. Pero la atraía, y al mismo tiempo la repelía, con igual intensidad; sentía golpear fuerte a su instinto de autoconservación. Él se estaba apoderando de ella, poco a poco, célula a célula; se estaba apoderando de su corazón, de sus pulmones. Se sentía como si no pudiera respirar sin él. Nadie más la miraba con esa ardiente necesidad y avidez en los ojos. Nadie la tocaba con tanta autoridad, con tanta necesidad. Rafael era dominante en todos los sentidos, y una parte de ella a la que no lograba dominar, reaccionaba a él, lo necesitaba, lo deseaba, aun cuando no sabía quién ni qué era.

—Lee los papeles, Colby —le dijo Rafael tiernamente—. Estaremos en la habitación contigua. Ginny está interesada en las recetas de sopas vegetarianas y a mí se me dan bastante bien esas cosas.

Colby lo miró, casi temerosa de tomar una decisión.

«No querrás...»

No logró formular una acusación. ¿Y si él les había dirigido la mente a sus hermanos para que hicieran algo contra sí mismos? ¿Podría haber hecho eso?

A él le brillaron de rabia los ojos un momento.

«Sí, podría, pero no lo he hecho.»

Enviando ese mensaje, giró sobre sus talones y salió de la cocina.

Paul le pasó un brazo sobre los hombros a Colby.

—No voy a pretender que sé qué ocurre entre vosotros dos, pero él nos ofrece un inmenso préstamo prácticamente por nada, Colby, y si no obtenemos ese dinero pronto, vamos a perder el rancho.

Ella se encogió de hombros.

—Bueno, tal vez te has vuelto demasiado confiado, Paul. Ya deberías saber que no se obtiene algo por nada. Nunca funciona así.

—Puede que tengas razón, Colby, pero fuiste tú la que confió en Daniels lo bastante para aceptar el préstamo.

Colby cerró los ojos como si él la hubiera golpeado. Horrorizada, sintió los ojos llenos de lágrimas. Ginny llegó corriendo a rodear-le la cintura con los brazos, en gesto protector, mirando furiosa a su hermano.

—Que no vuelva a oírte hablarle así a tu hermana, Paul —dijo Rafael. Su corpulento cuerpo llenaba el vano de la puerta; siempre se materializaba como salido de la nada, deslizándose invisible y silencioso para aparecer y tomar el mando. Miró a Paul a los ojos—. Ya eres muy mayor para gritar acusaciones sin conocer todos los hechos. Colby se merece mucho más respeto de ti. —Sonó un latigazo en la tranquila fuerza de su voz—. Piensa antes de hablar, chico. Soy muy capaz de introducirte al concepto de los modales.

Diciendo eso, retrocedió, invitando a Paul a caminar delante de él, con mirada acerada.

Paul lo miró desafiante un momento, y la cara se le puso de un rojo subido. Ginny fue la primera en moverse, pasó corriendo junto a Rafael, se detuvo el tiempo suficiente para mirar a Paul indignada, y entró en la sala de estar.

Colby, por primera vez, no defendió a Paul. Se quedó donde estaba, mirándose las desgastadas puntas de las botas, como si no soportara mirarlo, como si él la hubiera herido tan profundo con su acusación que no fuera capaz de mirarlo a la cara, ni mirar a nadie.

—Colby —dijo Paul dulcemente.

Ya estaba arrepentido de haberle dicho eso. Ni siquiera sabía por qué lo había hecho; lo único que sabía era que no le gustaba cómo la miraba Rafael, ni cómo lo miraba ella a él.

Ella movió la cabeza sin levantar la vista, y Paul entró en la sala de estar detrás de Ginny.

Entonces, de mala gana, desdobló los odiosos papeles, los extendió sobre la mesa de la cocina y se entregó a la tarea de leerlos. Todo era estrictamente formal en el documento, legal y muy justo. No logró encontrarle ninguna pega. Rafael no le dejaba ninguna salida, ningún motivo lógico para rechazar su préstamo. La suma ascendía a la cantidad de dinero que necesitaba para pagarle a Daniels, más la suficiente para reconstruir el establo e incluso comprar maquinaria nueva. Ella no tenía el tipo de solvencia monetaria del que gozaban Daniels y De la Cruz, y jamás la tendría.

—¿Piensas continuar mirando eso ceñuda toda la noche, o firmamos y acabamos de una vez? —dijo Rafael, interrumpiendo sus pensamientos.

Estaba apoyado en el marco de la puerta, de brazos cruzados.

Ella lo miró, con un ligero ceño.

—Lo estoy leyendo, buscando trampas ocultas.

—No te va a resultar, ¿sabes? —dijo él en voz baja.

—¿Qué no me va a resultar?

—Iniciar una pelea conmigo. Una pelea no me va a hacer marcharme. Quieres hacerme volver a mi tierra. Pero ¿no te das cuenta de que ya es demasiado tarde para eso?

Colby se pasó una mano por el pelo y lo miró muy seria.

—Sé que tenemos que hablar, Rafael.

Él le señaló los papeles con un elegante movimiento de la mano.

—¿Tan difícil te resulta decidirte? ¿Preferirías que yo os volviera la espalda, a ti y a los niños? Sólo es dinero. Te lo hubiera dado, pero no lo habrías aceptado. El dinero no significa nada para mí, nunca me ha importado. —Suspirando, fijó sus negros ojos en su muy expresiva cara—. Te fastidia que yo te haya ofrecido el dinero, pero realmente, *querida*, hiciera lo que hiciera, tú ya me habías condenado. Si no te lo hubiera ofrecido, ¿qué tipo de hombre habría sido?

No había ninguna nota de censura en su voz, simplemente afirmaba un hecho.

Al instante ella se avergonzó. Era cierto. Si no le hubiera ofrecido el dinero, también le guardaría rencor. Y no se fiaba de los motivos de él.

Rafael sacó una pluma de oro del bolsillo y se la tendió. Ella movió la cabeza ante la locura que iba a hacer, pero la cogió. El roce entre sus dedos le hizo bajar un estremecimiento por la espina dorsal. Él le provocaba eso, pero ¿era simple química? No sabía por qué se sentía tan atraída por él. Lo creía frío, sin embargo, a veces, cuando estaba con ella, ardía con tanta intensidad que la derretía. ¿Cuál era el verdadero Rafael? Lo creía egoísta y arrogante, pero en el momento de mayor dificultad fue el primero en acudir y ayudar sin parar. Atendió y protegió a la asustada Ginny, aun cuando él estaba sufriendo de dolor y malestar extremos. Y le ofreció el dinero con condiciones más que justas para que ellos pudieran conservar el rancho. ¿Tanto se había equivocado respecto a él?

«No, *pequeña*, no estabas tan equivocada respecto a mí.»

Las palabras le rozaron la mente casi tiernamente.

Lo miró sobresaltada. Era desconcertante cómo él le leía todos los pensamientos.

—Creo que es necesario que hablemos. Tienes que explicarme qué es lo que ocurre entre nosotros, porque no sé qué es.

No le permitiría aplazar la conversación. Él le había prometido hablar con ella y lo obligaría a cumplir la promesa.

—¿De verdad crees que yo tengo algo que ver con los problemas que han caído sobre este rancho?

Diciendo eso se movió. Con un movimiento perezoso, despreocupado, muy evocador de un felino de la selva, se enderezó y avanzó hacia ella, llenando inmediatamente toda la cocina con su presencia.

Sonó el teléfono. Oyeron a Paul y a Ginny correr veloces a contestar. Colby abrió la antepuerta de rejilla. Necesitaba salir a respirar el aire nocturno, al amplio espacio al aire libre. No giró la cabeza ni oyó caminar a Rafael, pero lo sintió deslizándose detrás de ella.

Mientras estaban atravesando el patio, la mano de él rozó la de ella. Al instante se le aceleró el corazón, latiéndole desbocado, antes que ella pudiera impedirlo. Lo miró de reojo por debajo de sus largas pestañas y disimuladamente se puso la mano a la espalda.

—¿A qué has venido, Rafael? ¿Por qué estás aquí? No te sientes cómodo en este lugar, ¿verdad?

—Mis hermanos y yo viajamos en muy raras ocasiones. Preferimos permanecer cerca de la selva. —Levantó la vista hacia las elevadas cimas de la cordillera que oscurecía el rancho—. Necesitamos la soledad de las tierras vírgenes. Incluso estando juntos siempre nos hemos mantenido aislados.

Su voz sonó muy tranquila, casi hipnótica. Colby se sorprendió mirando las cimas de las montañas también. Todo le pareció más intenso; los vivos colores de la noche, la brisa que le traía aromas y sonidos que nunca había experimentado antes. Hizo una honda inspiración, llenándose de aire los pulmones.

—¿Por qué deseo estar contigo cuando ni siquiera me caes bien? —le preguntó, sin mirarlo—. Tú sabes por qué, ¿verdad?

Ella sabía cosas, siempre había sabido cosas. Sabía que él no le mentiría respecto a lo que que fuera que había entre ellos.

Rafael continuó a su lado en silencio, su cuerpo fluido, potente. Ella sentía su poder. Dejaron atrás la enorme huerta que ella había procurado mantener con tanto trabajo. Distraídamente observó que Paul había olvidado regarla. En el instante en que le pasó ese pensamiento por la cabeza, Rafael agitó la mano y el agua comenzó a salir por las mangueras. Lo hizo distraídamente, casi como si no se diera cuenta de que lo hacía.

—¿Por qué necesito tocar tu mente con la mía, verte, cuando nunca he necesitado a un hombre en mi vida?

La mano de él volvió a tocar la de ella y esta vez entrelazaron los dedos.

—¿De verdad quieres las respuestas a tus preguntas, Colby? Tienes que estar muy segura de que eso es lo que deseas. Las respuestas que vas a recibir no son las que esperas.

Ella se detuvo, con el cuerpo muy cerca del suyo; tuvo que echar atrás la cabeza para mirarlo. Se tomó un momento para pensarlo. Presentía que él le iba a revelar algo monumental, algo aterrador. ¿Tenía la fuerza necesaria para recibir esas respuestas? Necesitaba saber. Hizo una inspiración profunda y asintió.

—Creo que ya tengo bastantes misterios en mi vida sin este. Dime la verdad.

Él le enmarcó la cara con la mano, y se la rozó con las yemas de los dedos, increíblemente suaves.

—Te miro, Colby, y veo a la mujer más bella de la faz de la tierra. Eres hermosa por dentro y por fuera. Te conozco mejor de lo que podría conocerte nadie porque veo tu mente y leo tus recuerdos. Tu luz, tu capacidad para amar, me hace sentirme humilde.

Ella lo miró fijamente, intentando no ahogarse en las profundidades de sus negrísimos ojos. Viendo la intensidad y la avidez en ellos era imposible no creer lo que le decía, y sus palabras le quitaron el aliento y la capacidad para concentrarse. Agitó la cabeza para despejársela del hechizo.

—Háblame de tu vida —dijo.

Entonces se sorprendió reteniendo el aliento; no quería oír nada acerca de él y otras mujeres; quería saber de «él», quién era, qué pensaba, qué le importaba.

—Me importas tú —dijo él—. Me importan Ginny y Paul. Me importa el honor. —Le recorrió la cara con sus ojos negros, sombríos y cavilosos, deslizó la mano por su sedosa cortina de pelo, y la soltó de mala gana—. El honor es lo único que me quedaba, Colby, antes que tú entraras en mi vida. —Desvió la cara, evitando su mirada, para mirar hacia los altos y oscuros picos que los rodeaban—. Me siento a gusto en la selva, en lo alto de las montañas, lejos de las personas, donde hay mucho menos peligro para ellas y para mí.

Colby continuó mirándole la cara, resuelta a enterarse de la verdad. Veía en él a un verdadero solitario, una soledad tan grande que le conmovió el corazón. Sintió un avasallador deseo de estrecharlo en sus brazos y consolarlo.

—No veo qué hay de malo en necesitar un espacio propio. A veces es tal el bombardeo de información que me abruma, que apenas puedo aguantarlo. Tú eres mucho más sensible que yo, eso lo veo. Si lees los pensamientos, las emociones tienen que ser abrumadoras.

Él se frotó el puente de la nariz, pensativo, y negó con la cabeza, mirándola.

—Está en tu naturaleza encontrarle un motivo verosímil a mi conducta. Pero no es así, *pequeña*, no puedo justificarme diciendo que me veo bombardeado por emociones. La verdad es que, aunque sé entrar en las mentes y leer los pensamientos, no sentía nada hasta que te conocí.

Colby reanudó la marcha. La suave brisa era calmante, un telón de fondo de serenidad perfecto para ella, que tenía dificultades para entender lo que él le decía.

—No lo entiendo. ¿Cómo podrías no sentir nada? ¿Quieres decir que nunca te has enamorado? ¿Qué? ¿Qué significa eso?

—Lo he dicho en un sentido literal, Colby —dijo él, apaciblemente—. Toca mi mente, mira mis recuerdos.

Lo dijo con naturalidad, no como si se avergonzara, como si todos los días hablara despreocupadamente de sus pecados, no como si le estuviera abriendo el alma, arrancándose el corazón y entregándoselo.

Él ya sabía que no podría continuar sin ella. Sabía que su egoísmo no le permitiría poner fin a su vida y, en todo caso, ya había hecho todo aparte de atarla a él. No tenía idea de cuáles serían las consecuencias para ella si se separaban. No había realizado la unión oficial entre ellos con las palabras rituales, pero había intercambiado sangre con Colby en dos ocasiones. Ella ya estaba parcialmente en su mundo. Y lo necesitaba; se sentía sola en medio de su amadísima familia, sus hermanos. Ellos estaban agotando su naturaleza generosa y compasiva, y sus dones únicos. Sin esos talentos no le habría sido posible mantener el rancho con tan poca ayuda todos esos años.

Había un vampiro en la región, probablemente atraído por el uso que hacía ella de sus poderes psíquicos. Y estaba Nicolas, tan cercano a caer que era aterrador. Y él no sabía cuanto tiempo lograría aguantar sin tenerla para él.

Y lo más importante entre todos esos motivos: él nunca había deseado nada para sí mismo en todos sus largos años. Deseaba a Colby y no renunciaría a ella.

Entonces ella contactó con él y por primera vez vio más allá de su máscara sin expresión. Observó que su hermosa cara cambiaba si lo miraba de verdad, con atención. Vio surcos en su sensual semblante que no había visto antes. En lo profundo de sus ojos vio tristeza, como si estuviera sufriendo. Al instante se le derritió el corazón y le apretó con más fuerza el brazo.

—¿Qué es lo que no quieres decirme, Rafael? ¿No crees que es mejor que me lo digas francamente?

Colby, directa al grano. Le metió un mechón de pelo rojo oro detrás de la pequeña oreja.

—Tienes mucho aquí, Colby. Estás dispuesta a dar muchísimo de ti a las personas que amas. Y yo deseo que me ames. No me merezco tu amor. No sólo no he hecho nada para merecerlo, sino que también te he complicado la vida. Te necesito. Sé que no siempre es fácil convivir conmigo. Soy un hombre muy dominante, en lo sexual y en todos los demás aspectos. Deseo que seas mía, toda mía. —Todo eso lo dijo con palabras desnudas, sin adornos, sintiéndose totalmente vulnerable, sabiendo que ella podía destrozarlo fácilmente con una sola palabra, con una sola mirada—. Pero deseo que me ames, necesito que me ames.

Todo en ella respondió a la franqueza de su súplica. Se veía tan solo, alto, erguido, reflejando un terrible dolor interior en sus ojos negros. No empleaba palabras románticas y ni siquiera aprovechaba la fuerte química sexual que vibraba entre ellos para convencerla, y eso, más que ninguna otra cosa, le atraía toda su atención.

—¿Por qué? ¿Por qué necesitas que te ame, Rafael? Lo tienes todo.

—No tengo nada sin ti. Antes de venir aquí, Colby, mi vida era una interminable sucesión de momentos tristes, uno tras otro. Me siento vivo cuando estoy contigo. Siento emociones. Sé que quiero a la familia Chevez, siento afecto por ellos. Me importa lo que les ocurre. Tengo sentimientos por mis hermanos, por mi gente. No quiero volver a un mundo árido, no puedo. —Su triste mirada le recorrió la cara levantada hacia la de él—. Eres un milagro y ni siquiera lo sabes.

—No he hecho nada para ser un milagro —dijo ella en voz baja.

Esperó, en la ignorancia, lo que llegaría inevitablemente. Sabía que había algo más, algo que él no quería decirle.

—Que existas es un milagro para mí, Colby. —Movió la mano en un amplio círculo señalando la oscuridad que los rodeaba—. Este es mi mundo, Colby, la noche. He vivido muchísimo tiempo solo y ya no puedo seguir viviendo así. —Bajó la cabeza, como si estuviera infinitamente cansado—. Creía que podría tener la fuerza para permitirte que te alejaras de mí. He pensado mucho en esto, pero no puedo. —Entonces levantó la cabeza, alto y poderoso, y la miró a los ojos, marcándole la mente con el fuego de sus ojos—. No puedo, Colby.

—Rafael, deja de hablar en enigmas. ¿Qué es lo que te cuesta tanto decirme?

Oía los desbocados latidos de su propio corazón, sentía la desesperación que atenazaba su mente y su cuerpo, la necesidad en todas sus células de aliviarlo y tranquilizarlo. Pero él le iba a cambiar la vida; eso se lo decía su instinto, y comprendía que lo que le estaba diciendo era para advertirla, no para tranquilizarla. Lo que fuera que no le decía era algo terrible. Así pues, simplemente continuó mirándolo. Esperando.

Rafael continuó un momento con esa expresión curiosamente vulnerable y al siguiente su expresión era implacable, resuelta; arrogancia pura. La atrajo a sus brazos y se apoderó de su boca con la de él. Ella sabía a desesperada necesidad, a una avidez terrible, y a algo mucho más temible. Se entregaba a él, correspondiéndole el beso con ansia, para aliviarlo y tranquilizarlo, aún cuando tenía miedo de adónde la llevaría él.

Ella subió las manos hasta su nuca y le cogió el pelo, apretándoselo entre los dedos.

—Dime, Rafael, ¿no sientes cuánto te deseo?

Deseaba darle valor para decírselo, y deseaba darse valor para escucharlo. Le susurró las palabras en la boca, sobre los labios, apretando su cuerpo al suyo.

Entonces él levantó la cabeza y la miró con sus brillantes ojos negros, todo él un predador, alto, misterioso.

—No puedes desearme solamente, Colby, tienes que amarme.

Ella detectó una resolución en su voz, algo que le advertía que estaba en peligro.

Guardó silencio, escuchando lo que le susurraba la brisa, sintiéndola en la cara, en el cuerpo. Él tenía la cara inmóvil, marcada por un dolor tan profundo que ella no lograba comprender. Le puso la mano en los labios y le alisó suavemente los surcos.

—¿Qué es, Rafael? Dilo en voz alta, dilo aquí en la oscuridad de la noche, donde estamos solos, el uno para el otro. Ahora.

En las profundidades de los ojos de él parpadearon unas diminutas llamitas rojas. Le cogió la muñeca, suavemente, sin apretársela, como si quisiera encadenarla porque suponía que ella huiría de él.

—Soy de la noche, Colby, del viento y de la tierra. Sé volar como el águila y tomar la forma de un felino de la selva. Mi pueblo es tan antiguo como el tiempo. No soy humano.

A Colby se le quedó la mente absolutamente en blanco, sin comprender, sin desear captar lo que él acababa de decir. Pestañeó cuando las palabras se asentaron en su mente. Fijó la mirada en las llamas de sus ojos.

—Si no eres humano, Rafael, ¿qué eres?

No debería creerle, pero percibía el peligro en él, percibía al predador, percibía sus diferencias. De repente adquirió sentido el modo de actuar de los hermanos Chevez. Ellos sabían que Rafael era diferente; y lo temían.

Ella no huyó de él, ni siquiera intentó apartarse, pero Rafael oyó los retumbos de su corazón y vio la creciente aprensión en sus ojos.

—Soy carpatiano. Mi país de origen está en los Cárpatos. En el siglo trece nuestro príncipe pidió voluntarios para ir a tierras lejanas a proteger al mundo de la rama mala que se estaba extendiendo. Mis hermanos y yo ya éramos guerreros con mucha experiencia y respondimos a su llamada.

Ella se quedó muy, muy quieta. Las palabras «siglo trece» resonaban en su mente.

—En los primeros años de nuestra vida somos muy parecidos a los niños humanos normales. Cuando llegamos a la adolescencia comienzan a aflorar nuestros dones y talentos. Los mayores nos enseñan a cambiar de forma, a usar nuestros poderes. En ese periodo el sol comienza a ser un problema para nosotros.

Ella hizo una brusca inspiración, sin dejar de mirarle la cara.

—Como se está haciendo para mí. Esto no se debe al fuego, ¿verdad?

Cambiar de forma; él dijo esa expresión con la mayor naturalidad, tal como se refirió al siglo trece. No estaba loco, y ella deseó que lo estuviera. Involuntariamente retrocedió un paso y levantó una mano para cubrirse la marca que le vibraba en el cuello.

Él negó lentamente con la cabeza.

—No, Colby, tu sensibilidad al sol no se debe al incendio. Yo te introduje parcialmente en mi mundo, y no tengo otra opción que introducirte del todo.

Lo dijo en tono muy tranquilo, implacable, irrevocable, observándola atentamente.

Ella lo sintió en su mente, con esa misma quietud vigilante, juzgando su reacción.

Se mantuvo firme y lo miró fijamente.

—¿Crees que te voy a permitir tomar posesión de mí? —dijo, en tono suave, como la brisa nocturna, aunque era una amenaza, la primera que hacía ella en toda su vida—. Quiero a mis hermanos. No permitiré que me separes de ellos, jamás. Espero que nos entendamos.

Él asintió, con sus ojos muy negros, muy insondables.

—Estás dotada de notables poderes, Colby, pero no tienes idea de mi poder. Cuando te he dicho que no tengo otra opción, lo he dicho en serio. No tienes idea de lo fuerte que es la atracción de la oscuridad, los insidiosos susurros del poder. La llamada a sentir; sólo sentir; algo tan insignificante que los humanos dan por descontado. Yo creía que no había nada peor, pero no es así. Las emociones me bombardearon; no puedo buscar el solaz de la tierra porque tú estás arriba y mi alma clama por la tuya. No tengo apoyo, no puedo aguantar mucho tiempo más. Es demasiado grande el riesgo.

Ella alzó el mentón.

—No sé de qué hablas, Rafael, lo reconozco, pero no importa, ¿es que no lo ves? Yo no importo, tú no importas, sólo importan Paul y Ginny.

Los blancos dientes de él brillaron en la oscuridad, como la advertencia de un predador.

—¿Crees que te voy a permitir trocar nuestras vidas por las de ellos? —dijo en voz muy, muy baja.

A ella le dio un vuelco el corazón, golpeándole dolorosamente el pecho, y durante un momento apenas pudo respirar. ¿Acaso eso era una amenaza dirigida a sus hermanos? Él parecía invencible ahí en la oscuridad y ella ni siquiera sabía qué era, de qué era capaz. Percibió su poder, sintió su poder pegado a él, vibrando en el aire que lo rodeaba.

—¿Qué quieres decir, Rafael? No me gustan los acertijos.

Él levantó la mano para enmarcarle la cara; ella retrocedió antes que él pudiera rozarle la piel, antes que su caricia la sedujera, convenciéndola de someterse. Él bajó la mano al costado.

—Soy incapaz de hacerle daño a los niños —dijo dulcemente, en suave reprensión—. Son parte de ti. Les he ofrecido mi protección. Tú insistes en considerarme tu enemigo, cuando estás rodeada por el verdadero enemigo.

Ella se quedó muy quieta, con el pelo revuelto por la brisa y el corazón pesado como una piedra. ¿El dolor que sentía era de él o de ella? No logró dicernir si sería un solo dolor, el mismo.

—Perdona, Rafael —dijo, pasándose una temblorosa mano por el pelo—. Me siento como si se moviera el suelo bajo mis pies, y sinceramente no sé qué pensar. —Movió una mano en círculo abarcando las montañas que los rodeaban—. Este es mi mundo. Este rancho, los niños. Todo mi mundo. Lo que ha ocurrido entre nosotros me asusta. Me porto de manera diferente cuando estoy contigo. No soy yo. Tienes que entenderlo. No soy lo que deseas.

Él le sonrió tiernamente.

—Colby —dijo, y su voz sonó como un suave gemido en la oscuridad de la noche—. Te he esperado cerca de dos mil años. Sólo a ti. Sin esperanza, sin colores ni emoción. No puedo volver a un mundo árido. Tú estás aquí, delante de mí, y nuestro tiempo es ahora. No permitiré que se nos escape por entre los dedos. No puedes ni imaginarte el monstruo en que me puedo convertir sin ti. Lo percibes, al acecho, observando, esperando incluso, pero no conoces su potencial.

—Tienes el don de hipnotizarme con tu voz.

—No veo ningún motivo para negarlo. Pero no te seduje con mi voz. Eres mi otra mitad, lo sientes, lo sabes. Vivo en ti y tu necesidad es tan fuerte como la mía.

Entonces se movió, se deslizó, silencioso como un predador, la estrechó en sus brazos y bajó su morena cabeza hasta que su boca se apoderó de la de ella. Ardiente, dominante, ávida, urgente, exigente.

En el instante en que él posó la boca en la suya, Colby sintió las llamas lamiéndole la piel, lamiéndole por debajo de la piel, hasta lo más profundo de su cuerpo. Aumentó el calor, como el de una hoguera, convirtiéndole la sangre en líquido candente que se le acumuló en las partes bajas y le hizo arder la mente con un deseo del que no escaparía jamás. El traicionero deseo fluyó por su cuerpo desmadrado, pecaminoso, intensificándose, propagándose, hasta tal punto que ardió de la necesidad de acariciarlo, saborearlo, de darle todo. Desaparecieron su resistencia y sus negativas, consumidas por el calor de la boca y del duro cuerpo de él.

No le bastaba sentir su boca fusionada con la de ella; necesitaba sentir el calor de su piel en sus manos, explorarle todos los músculos, todos sus planos, valles y elevaciones. Necesitaba que no hubiera nada entre ellos, ni siquiera la delgada tela que amortiguaba la gruesa y dura prueba de su necesidad de ella. La oleada de su poder vibró en el aire, haciendo crujir y restallar la electricidad. La camisa de él salió volando y flotó hasta caer al suelo; entonces ella buscó y encontró la cremallera de sus pantalones; le tironeó impaciente los tejanos, deseando verlos fuera, desaparecer. Nuevamente crujió el aire y él ya estaba desnudo a la luz de la luna, sus duros planos iluminados por los plateados rayos. Estaba magnífico, todo él una escultura masculina consagrada al puro placer carnal; hecho para ese placer; necesitado de ese placer.

Ahogó una exclamación, impresionada, y pasó las manos por él, mientras en su interior aumentaba la dolorosa necesidad hasta un grado de hambre feroz que la mordió y atenazó hasta que su cuerpo le gritó. Su mente estaba en la de él; sabía que los dos estaban descontrolados. Lo miró y vio sus despiadados ojos negros vivos de avidez y deseo, de un deseo insaciable rayano en la obsesión. Lo entendió; ella sentía lo mismo.

Rafael le abrió la blusa de algodón y los botones salieron volando en todas direcciones. Después le soltó el pasador que le sujetaba el pelo y lo tiró hacia un lado de modo que quedara cerca de los pequeños botones redondos. Entonces subió las manos por su caja torácica hasta sus pechos y bajó la cabeza para darse el festín con su turgente y blanco pecho.

Colby emitió un gritito ahogado cuando él cerró la boca, mojada y cálida, sobre un pezón y se lo succionó con fuerza. Sintió vibrar y arder dentro de ella el calor líquido producido por la caricia, acumulándose en un pozo ardiente de expectación.

Rafael deslizó las manos por las curvas de sus caderas arrastrando los tejanos y dejándola expuesta a su ávida mirada. Nuevamente crujió la oleada de poder cuando ella se quitó las botas de dos patadas y apartó de su cuerpo la ropa hasta quedar tocándose piel con piel.

—Acaríciame, Colby —le ordenó dulcemente, mordisqueándole y raspándole con los dientes la sensible piel—. Necesito sentir tus manos en mí. Acaríciame.

Ella colocó las manos sobre sus caderas y las deslizó siguiendo los duros contornos de sus huesos, explorando sus músculos bien definidos. Él gimió cuando se le agrandó y endureció más el miembro con el roce de sus manos sobre la piel.

—Deseo acariciarte, Rafael —contestó ella, sinceramente.

Le gustó cómo él introducía su mente en la suya, y las imágenes eróticas, muy nítidas, muy gráficas.

Las sensaciones que le producía la boca de él sobre su pecho le obnubilaron la mente, convirtiendo su cuerpo en calor líquido, un fuego tan exquisito que deseó arder en él descontrolada, en el que sólo podía arder descontrolada. Deslizó las yemas de los dedos a todo lo largo de su duro y pesado miembro, lo envolvió en la mano, apretándoselo suavemente hasta que él expulsó todo el aire de los pulmones y levantó la cabeza emitiendo un gruñido de placer animal.

Eso no le bastaba; deseaba hacer caer de rodillas a esa criatura de misterioso poder, al experto en seducción que le había dejado su marca en lo profundo de ella para que ningún otro pudiera ocupar nunca su lugar. Deseaba que él sintiera lo que la había hecho sentir a ella; tan cerca del fuego que ardió en él. Lo cogió por las caderas, acercándolo más para que el calor de su aliento lo hiciera apretar los dientes. Pasó la lengua por todo su miembro, saboreándolo, haciéndola girar lenta y seductoramente, siguiendo los contornos suaves como terciopelo, explorando la gruesa punta, raspándosela con los dientes como si se la fuera a morder. En realidad no sabía nada de eso, pero podía seguir las instrucciones de la mente de él y guiarse por los movimientos de sus manos. Cada resuello que emitía la alentaba a continuar.

Él cerró las manos en su pelo y se intensificó el gruñido que le salía de la garganta. Ella lo deseaba así, al borde de la violencia, sin ningún freno; ahí, en la oscuridad, con las estrellas dispersas arriba y su potente cuerpo temblando debido a ella; debido al sedoso calor de su boca, apretada y húmeda alrededor de su pene, introduciéndolo en ella todo lo que podía. Hasta dentro, succionándoselo tal como él le succionaba los pezones a ella. Ahora su cuerpo le pertenecía a ella, estaba para su placer, para excitarlo hasta el punto de provocarle fiebre, para hacerle salir esos gruñidos guturales y sentir su cuerpo apretándose a ella desesperado. Entonces le cogió con más fuerza el pelo y le acercó más la cabeza mientras ella seguía llevándolo al borde del descontrol.

Él dijo algo, algo erótico, y le subió la cabeza para besarla en la boca. Movió la mano y un manto de tupida hierba recibió su cuerpo cuando él la tumbó de espaldas en el suelo, bajando el suyo, duro, sobre el de ella. Arrodillándose, le cogió las piernas, se las separó y la acercó a él, dejándola expuesta y vunerable. Entonces simplemente pasó sus piernas por encima de sus anchos hombros y se inclinó a explorar con la lengua su centro mojado y excitado.

Colby sintió estallar y fragmentarse su cuerpo, agitándose y arqueándose en las manos de él. Gritó, cerrando las manos en las hojas de hierba buscando algo para afirmarse.

—Eso no me basta —dijo él suavemente, impaciente—. Otra vez, Colby, otra y otra vez, y la próxima vez di mi nombre. Sabes quién soy. Dilo.

Eso era una orden, una amenaza. Volvió a posar la boca en su entrepierna y le introdujo la lengua, acariciándole, friccionándole ahí, atormentándola. Muy a posta, le deslizó un dedo por encima y se lo introdujo. Al instante reaccionó el cuerpo de ella otra vez a las sensaciones que la recorrían en espiral, descontrolándola, tanto que resolló pidiendo piedad, cerrando fuertemente las manos en la hierba para afirmarse.

Él le introdujo más el dedo hasta que la palma le quedó presionándole toda la caliente vulva. Bajó la cabeza para besarle el vientre plano, mordisqueando y haciendo girar la lengua sobre su extraña marca de nacimiento. A ella se le contrajeron los músculos, apretándose alrededor de su dedo.

—Eso es lo que necesito sentir, *meu amor*, quiero que me necesites más. Más aún.

Mirándole la cara, introdujo otro dedo, ensanchándole la estrecha vagina, presionando más, al tiempo que acercaba la cara a su pecho levantado tentadoramente hacia él. Ella se estremeció, bañándole los dos dedos en una crema caliente, apretando más y más los músculos de la vagina, vibrando de vida.

—Rafael —musitó, deseosa, ansiosa, ardiendo.

Él le mordió suavemente el pecho, continuó succionando, hundiendo más los dedos, retirándolos y volviendo a hundirlos. Notó satisfacción en el grito que emitió ella cuando sus movimientos le desencadenaron un alivio y placer más desmadrado. Ella casi sollozó, apretando el cuerpo a su mano.

Entonces él se inclinó sobre ella, y apretó a su cuerpo su miembro grueso y duro, deseando que ella lo sintiera.

—Todavía no, Colby. ¿Quién soy? Di mi nombre, dímelo. Dime qué deseas de mí. Sólo de mí. De nadie más, sólo de mí.

Su voz era un instrumento de brujo, suave como terciopelo, una seducción para los sentidos, ronca por su propio deseo. Le acariciaba los pezones rozándoselos repetidamente con la lengua, le rascaba el pulso del cuello con los dientes y continuaba las caricias haciendo girar la lengua, al tiempo que introducía y retiraba los dedos de su vagina, ensanchándosela más y más.

Se le llenaron los ojos de lágrimas. Sentía palpitar miles de terminaciones nerviosas que le inundaban el cuerpo de un placer tan intenso que casi era doloroso.

—No puedo hacer esto, no lo soporto, es demasiado.

—Sí que puedes —musitó él mordisqueándole suavemente el pulso del cuello, echándole el cálido aliento en la oreja—. Suéltate, Colby, entrégate a mí, hasta el final. Lo deseo todo, toda tú. Me deseas. Me necesitas tal como yo te necesito a ti. Tu cuerpo necesita el mío.

A ella se le quedó atrapado el aire en la garganta, y las sensaciones que le producía él con la boca sobre la piel se le hicieron casi insoportables.

—Sí, Rafael, ahora —dijo, con la voz ahogada, con el cuerpo estremecido, descontrolado otra vez.

Él le bajó las piernas hasta dejarlas rodeándole la cintura, separándole más los muslos para poder acomodar su cuerpo, y presionó con la punta del pene la acogedora abertura mojada de su vagina. Cuando comenzó a penetrarla, a ella se le escapó un gritito; aunque él la había preparado con los dedos, su estrecha vagina se resistió a la penetración del grueso y duro miembro.

—Todo yo, *querida*, tómame todo entero —musitó él, en tono urgente.

Su hermosa voz sonó ronca de necesidad; en su cara estaban marcados el deseo y la avidez, y sus ojos brillaban ardientes de intensidad.

Ella gritó, y su voz se dispersó por el cielo cuando él embistió y la penetró hasta el fondo, dejando unidos sus cuerpos. Fue su nombre el que gritó, con toda la mente llena de él, y su alma reclamada por él al tomar posesión de su cuerpo. El alivio fue instantáneo y violento, feroz, avasallándola como un tren de carga, antes que lograra hacer una respiración.

Rafael no tuvo piedad, embistiendo y penetrándola hasta el fondo una y otra vez, aumentando la excitación y el placer, en una tempestad de fuego que los consumía a los dos. La necesitaba toda entera, necesitaba su esencia fluyendo por su sangre; bajó el cuerpo sobre ella, sabiendo que tenía los ojos fijos en su cara, deseoso de que viera quién era él, que supiera qué era.

Capítulo 10

Colby vio el hambre en los ojos de Rafael, vio cobrar vida a la llama predadora. Sintió una impotente fascinación al ver alargarse los colmillos en su hermosa boca, sus dientes blancos brillantes cuando él bajó lentamente la cabeza hacia su cuerpo. Entonces la embistió con las caderas para una penetración larga, que la hizo resollar de placer, al tiempo que le mordisqueaba suavemente el pulso del cuello. Le dio un vuelco el corazón, se le tensó el cuerpo y se le apretaron los músculos de la vagina alrededor de su miembro. Le pareció que dejaba de respirar; le pareció que toda ella se elevaba en llamaradas.

Él le enterró los dientes, produciéndole una punzada de calor blanco, de dolor, de placer, que le recorrió todo el cuerpo como el latigazo de un rayo, intensificándole los sentidos, tan erótico que creyó que estallaría en trocitos. Su pelo le rozaba la piel como lenguas de seda, mientras su cuerpo poseía el de ella con violencia, desmadrado; la fricción era tan exquisita que le brotaron lágrimas y sólo pudo yacer debajo de él levantando las caderas para recibir cada frenética penetración.

Él era todo para ella en ese momento, le pertenecía todo entero, su cuerpo, su mente, su corazón y su alma. Ella lo aceptaba como no podría aceptar jamás a nadie. Aceptaba esa parte de él salvaje, indómita, que era predador puro, al hombre que llevaba un delgado barniz de civilización, a la criatura de la noche que debía beber sangre para vivir. Y él la aceptaba a ella; aceptaba su naturaleza, la que le exigía cuidar de sus hermanos, llevar encima la responsabilidad del rancho; también aceptaba sus extrañas diferencias, la telequinesis, los accidentes de su infancia provocando incendios, el rígido autodominio que se exigía; todo. Una aceptación total, incondicional.

Él le pasó la lengua por los diminutos agujeritos y unió la boca a la de ella, dándole a probar su propio exótico sabor, haciéndola partícipe de su necesidad, y las llamas comenzaron a arder descontroladas, por encima de ellos, por entre ellos, por dentro de ellos. Sintió la contracción de sus músculos alrededor de su pene y rugió de placer al eyacular, apretándole posesivamente las nalgas, mientras ella tomaba posesión de su cuerpo con frenesí, perdidos todo control, toda razón, toda cordura.

Colby continuó debajo de él, sintiendo los retumbos de sus corazones que latían al unísono, sintiendo la mullida alfombra de hierba que antes no estaba ahí, consciente de las estrellas que titilaban arriba formando una especie de toldo de joyas, consciente del duro cuerpo de él, que seguía unido al de ella. No podía moverse; su cuerpo estaba tan saciado, tan totalmente agotado de energía que se sentía en paz, serena, en medio de la violencia de la unión sexual. Estaba relajada, a pesar de esa relación sexual trascendental y de las revelaciones que él le había hecho con tanta naturalidad y desinhibición.

Rafael fue el primero que se movió, rodando hacia un lado para quitarle su peso de encima. Le enmarcó la cara entre las manos, manteniéndosela quieta, e inclinó la cabeza para besarla. La besó dulce y tiernamente. Ella sintió el sabor del hambre de él y una tenue sonrisa le curvó los labios.

—Vete, antes que me mates.

—Otra vez —pidió él, dulcemente. Una orden. La necesidad de introducirla del todo en su mundo era como un monstruo vivo en su mente y en su cuerpo. Deseaba que ella lo aceptara, pero si no lo aceptaba, si él no lograba persuadirla, tomaría lo que era suyo y al cuerno las consecuencias—. Te deseo otra vez.

Colby se apartó de él y se incorporó hasta quedar apoyada en las manos y las rodillas, con el fin de ponerse de pie. Seguía sintiendo los estremecimientos posteriores al orgasmo, le dolían los pechos, y tenía hinchados los labios por sus besos.

—Me vas a matar. No puedo, no puedo moverme.

Él se movió con cegadora velocidad; como un enorme felino de la selva derribando a su presa, la cubrió con su cuerpo y, rodeándole la estrecha cintura con los brazos, la movió hacia atrás, apretando su trasero a él; los firmes músculos de sus nalgas quedaron presionándole el miembro ya erecto, por lo que se le endureció aún más.

—Nunca tendré bastante de ti, ni en todos los largos siglos por venir. —Bajó la cabeza hasta el suave contorno de su espalda y le dejó una estela de besos por la columna—. Esto es para siempre, *querida*, ¿lo sientes? ¿Sientes lo correcto que es? ¿Lo bien que encajamos?

Cerrando los ojos, la penetró, lentamente, centímetro a centímetro. Lo sorprendía lo estrecha que era, lo caliente que estaba, cómo lo apretaban esos delicados músculos, ordeñándolo con la pericia de una verdadera pareja de vida.

Colby se entregó totalmente, sin inhibiciones, moviéndose al ritmo de él, respondiendo a cada potente embestida con una de ella. Era imposible pensar, retener algo en la mente, cuando sólo había espacio para las sensaciones. Su cuerpo parecía tener voluntad propia siempre que estaba con él, moviéndose en perfecta armonía mientras los rayos bailaban y chisporroteaban y la electricidad pasaba en arco por toda ella. Era la primera vez en su vida que se descontrolaba de esa manera, entregándose a él, vaciando todo lo que era en él, por él, por ella. Sintió las contracciones del inminente orgasmo apretándole el miembro, y luego la trascendental liberación en una serie interminable de sacudidas de placer que parecían hacerle añicos el cuerpo y el alma. El único apoyo seguro eran sus brazos, que la sostenían estrechamente apretada a él, con su cuerpo y su alma volando con los de ella.

Se desmoronó hacia delante y quedó boca abajo, agotada, sin poder moverse, con las manos cerradas sobre la hierba.

—Dado que eres tan, tan viejo, esto no puede ser bueno para tu salud. —Giró levemente la cabeza para mirarlo, con los ojos bailando de risa—. ¿Alguna vez se ha muerto alguien por un exceso de actividad sexual?

Él estaba encima, con la cabeza a un lado de la suya. Sus ojos negros brillaron de diversión.

—No recuerdo ningún caso, pero si quieres, podemos probar.

Ella agitó las pestañas.

—No puedo moverme. Creo que me quedaré aquí sobre esta hierba inexistente, que, por cierto, está muy fresca. —Golpeó la hierba con los puños—. ¿Puedes convertir en esto ese feo trozo de hierba amarronada que hay delante de mi casa?

Él le besó el hombro, saboreando la sensación de su pequeño cuerpo debajo del suyo, la presión de su firmes nalgas, su estrecha cintura. Podría vivir eternamente enterrado en ella, en la misma postura en que estaba ahora.

—Puedo hacer temblar la tierra para ti, o hacer que llueva si lo necesitas.

—Deja que antes coja mi heno —dijo ella, con su sentido práctico. Giró la cabeza para mirarlo—. ¿Qué eres, Rafael? ¿Un vampiro?

En silencio él le quitó su peso de encima y se tendió a su lado, encerrándola entre sus brazos. No había miedo en la mente de ella; a posta la había dejado verlo en su verdadera naturaleza predadora, y sin embargo no tenía miedo de lo que podría ser él. Le besó el cuello, mordisqueándoselo.

—No soy uno de los no muertos, Colby; soy carpatiano, y una vez que esté unido a ti no habrá ninguna posibilidad de que me convierta en una criatura tan maligna.

Ella abrió más los ojos para examinarle la cara, aunque estaba tan cansada que no se tomó el trabajo de mover ni un solo músculo.

—¿Crees que se puede ser un vampiro al cien por cien?

—Existen esos monstruos. Nuestros machos se pueden volver vampiros y tomar como víctimas a los seres humanos y a los de nuestra propia especie para alimentarse. Son verdaderamente malos y es necesario matarlos. Tenemos cazadores de vampiros en todos los paí-ses. —Necesitado de tocarla mientras le hablaba de su mundo, con una mano buscó su trasero y comenzó a darle un lento y calmante masaje—. Hay un vampiro en esta región, por aquí cerca. Yo he cazado vampiros toda mi vida, y siento su presencia. Son capaces de asesinar y cometer los actos más viles y horribles.

—¿Pete? —preguntó ella, y esperó la respuesta con el aliento retenido.

Si no hubiera visto alargarse los colmillos de Rafael, si no le hubiera visto la mente, pensaría que los dos estaban locos.

Él bajó la cabeza y le mordisqueó la piel en la elevación de los pechos; ella pegó un salto al sentir sus afilados dientes.

—No, Pete no. Un vampiro lo habría matado... de otra manera. Pero este vampiro trama algo. Mi hermano Nicolas está demasiado cerca de convertirse, así que no le puedo permitir que le dé caza. Necesita estar de vuelta en la selva, cerca de mis hermanos, donde todos podemos ayudarnos mutuamente.

—¿Por qué está tan cerca de convertirse? ¿Volverse vampiro, quieres decir?

No pudo impedir que el recuerdo de Nicolas le invadiera la mente; recordó sus ojos fríos y su expresión despiadada. En ese momento de contacto entre sus mentes, comprendió que Nicolas de la Cruz estaba muy cerca de convertirse en una máquina de matar, en algo que ella no desearía ver jamás. El corazón le dio un vuelco, golpeándole dolorosamente el pecho. Había tocado la mente de Rafael y visto que una gran parte de él era muy semejante a Nicolas.

—Colby —dijo él dulcemente—. Te digo estas cosas para calmar tus temores, no para aumentártelos. Pasados doscientos años nuestros machos pierden la capacidad de sentir emociones y de ver los colores. Existimos, pero no vivimos. A mí me enviaron a matar vampiros, pero cada vez que matamos uno, la oscuridad nos llama con más urgencia. Cuando uno mata mientras bebe sangre, siente. Para alguien que normalmente siente emociones, esto no significa nada, pero cuando siglo tras siglo no se siente nada, lo es todo. No quiero que Nicolas le dé caza a uno y lo mate.

—¿Y tú, Rafael?

—Tú eres mi protección, mi apoyo, mi áncora. Tú impedirás que yo me vuelva vampiro. El riesgo es mucho menor para mí que para Nicolas. —Se inclinó sobre ella—. ¿Por qué me crees con tanta facilidad? ¿Cómo puedes creer lo que te digo y no sentir miedo?

—Porque te he tocado, Rafael. He mirado tu mente y tocado tus recuerdos. No puedes ocultarme algo tan intenso cuando tu mente y mi mente están tocándose. Reconozco que no entiendo todo lo que he tocado, pero no eres un asesino de seres humanos. Y eres poderoso: las cosas que sabes hacer son mucho más extraordinarias que las que sé hacer yo. —Apoyó la cabeza en sus brazos—. En cierto modo, eso es muy reconfortante.

El delicioso contacto de sus manos en las nalgas, friccionándole los músculos, le aliviaba su dolorido cuerpo, aunque en el fondo encontraba pecaminosamente escandalosa la excitación que se le iba acumulando otra vez. Pero estaba tan relajada, tan saciada, que no le importó.

Encontraba una satisfacción primitiva y seductora en estar ahí tumbada bajo las estrellas absolutamente desnuda, con las marcas de las manos y dedos de él en su cuerpo y los signos de su posesión en toda ella. Sentía el peso de su mirada, la ardiente intensidad que le llenaba ese terrible vacío de su interior. Pensó en cómo sería su vida después que él se marchara para volver a su tierra, y el corazón casi dejó de latirle; le salió todo el aire de los pulmones como una ráfaga. Se quedó muy quieta; esa noche tendría que durarle para siempre.

Él enredó la mano en su pelo.

—Esta noche deseo enseñarte mi mundo para que entiendas por qué no tengo otra opción que hacer lo que debo.

El tono de su voz la advirtió; sonó dulce y aterciopelada pero detectó acero en su entonación; algo implacable, inamovible.

—¿Por qué tengo la impresión de que no me va a gustar?

Haciendo un ímprobo esfuerzo, se dio la vuelta hasta quedar de espaldas contemplando las titilantes estrellas. Entonces él alargó la mano hacia la de ella, y entrelazaron los dedos.

—No puedes exponerte al sol, ¿verdad, Rafael? Eso era lo que les preocupaba a los hermanos Chevez esta mañana, cuando estuviste ayudando a combatir el fuego; ya había salido el sol. —Acercó la cara para rozarle el hombro con los labios—. Sufriste al quedarte aquí para ayudarme y consolarme, ¿verdad?

—Tenía que estar contigo, Colby —dijo él con voz ronca, llegándole hasta el fondo del interior, tal como hiciera antes con su cuerpo—. No soporto tu infelicidad. Y si estás en peligro no puedo hacer otra cosa que ocuparme de tu seguridad. El dolor forma parte de la vida; se aprende mucho viviendo siglos. El dolor es momentáneo, pero soportar cada momento de una existencia estéril es intolerable. No puedo volver a esa existencia. Estaba más cerca de convertirme de lo que creía. Esto lo sé porque ahora lo siento en mi hermano Nicolas. Tú lo sentiste en él, percibiste su oscuridad cuando estaba cerca de ti. Te asustó, vi tu recuerdo de cuando te encontraste con él.

Colby comprendió que él le decía mucho más de lo que ella oía, de lo que entendía. No le tocó la mente, pues prefería dejar que su cerebro procesara todo eso a su ritmo. No deseaba tenerle miedo, sobre todo ahora que el cuerpo le vibraba con mil sensaciones, que se sentía más relajada y feliz de lo que nunca se había sentido en su vida.

—Por si nunca lo vuelvo a decir, Rafael, gracias por esta noche. Gracias por preocuparte lo bastante para prestarnos el dinero para salvar el rancho. Y gracias por aceptarme tal como soy, por hacerme sentir aceptada.

—Hablas como si te estuvieras despidiendo de mí, Colby —dijo él dulcemente—. ¿Se te ha ocurrido pensar por qué el sol te quemó esta mañana la piel? ¿Por qué tienes tan sensibles los ojos? ¿Por qué necesitas dormir durante el día?

Ella se sentó, cubriéndose con la palma la oscura marca de posesión de él. Oyó sonar con fuerza los latidos de su corazón en el silencio de la noche. Él hablaba como si ella se estuviera convirtiendo en lo que era él. Tragándose el terror, se esforzó en mantener la calma. Encontraba aterradora la forma en que él le recorría el cuerpo con sus ojos negros. De repente se sintió más vulnerable que nunca y miró alrededor, en busca de su ropa.

—¿Beber mi sangre me haría eso? ¿Qué es lo que quieres decir?

—Que yo beba tu sangre no te afectaría así. Vivimos de la sangre de otros. Las mujeres con las que tú crees que me acuesto no tienen ningún interés para mí aparte de ser meras presas —dijo él, sin adornar las palabras, observando su reacción—. Si has estado en mi mente, ya sabes que tomo mi sustento de los seres humanos.

Ella cogió su blusa, sintiéndose más amenazada que nunca. Él le agarró la mano y la mantuvo quieta. Su mirada era muy franca, y sus ojos negros le recorrieron la cara, meditabundo.

—Te corresponde estar conmigo, Colby. Esta noche nos lo ha demostrado a los dos.

La fuerza con que le sujetaba la muñeca era enorme; más que apretársela con los dedos como tenazas, la hacía sentir restricción, dominio, como si fuera una prisionera, no una amante. Se tragó el nudo de miedo que se le formó en la garganta.

—Suéltame.

—Hace un momento me agradeciste esta noche, y ahora me tienes miedo.

—Tengo motivos para tenerte miedo —dijo ella, y supuso que él lo iba a negar.

Él no desvió la mirada de su cara.

—En el momento en que me conociste ya lo supiste, pero eso no te impidió desearme. ¿Te has preguntado por qué?

Ella cometió el error de intentar soltarse la mano; no supo por qué lo hizo; él era el tipo de hombre que reaccionaba con agresividad a una lucha, y era mucho más fuerte que ella. Se encontró tumbada en la mullida alfombra de hierba, mirándole la cara que parecía esculpida en piedra. Juraría que oyó salir un ronco gruñido de su garganta y vio llamas en sus ojos.

—No hagas eso —siseó él. Le rodeó la garganta con la palma de una mano y se inclinó lentamente a besarle la comisura de la boca—. Jamás te haría daño, Colby, jamás. Soy incapaz de hacerte daño.

Ella respiró profundamente y se obligó a expulsar el terror de su mente.

—Te he acogido bien, Rafael. He reconocido y aceptado lo que eres. ¿Por qué me asustas así, adrede? ¿Qué más deseas de mí? ¿Crees que me acuesto en el campo con cualquier hombre que se presente? Contigo he hecho cosas en las que no había pensado jamás. Te dejo hacerme cosas que jamás habría considerado la posibilidad de hacer con ningún hombre. Incluso te he permitido beber mi sangre. Vi cómo se alargaban tus colmillos y te permití enterrármelos.

Él deslizó la boca hasta su marca en el cuello y se la lamió haciendo girar la lengua.

—Y fue erótico, ¿verdad? —Bajó la cabeza para lamerle la marca sobre el pecho—. Te deseo toda entera. Me das sólo una parte de ti y me niego a aceptar eso.

—Eso es todo lo que tengo para darte. Lo siento si no te basta, pero tú sabías que tengo responsabilidades que interfieren en esto. Te dije que no trocaría el futuro de Ginny y Paul por nada.

Él movió la lengua por su marca; levantó la cabeza y la miró con sus ojos negros brillantes.

—¿Y qué crees que les haría un vampiro a Ginny y a Paul?

Repentinamente a ella le vino sin ser llamado el recuerdo de esa vez que estuvo atrapada en la mina con un monstruo vivo. El monstruo estaba tan atrapado como ella, aplastado por la tierra y piedras derrumbadas, pero se arrastraba aferrando las garras a la tierra para llegar hasta ella. Recordó sus siseos y gorgoteos, los ojos brillantes, diabólicos, en esa oscuridad. El hedor era horroroso, su maldad impregnaba toda la mina, tanto que sintió deseos de vomitar. Sin darse cuenta ella misma quemó a esa cosa; su miedo produjo las llamas que lamieron su cuerpo atrapado, y sintió sus horribles chillidos. Todavía se despertaba con esa pesadilla, empapada de sudor, oyendo retumbar esos gritos. ¿Aquello fue un vampiro? ¿Podría haberse encontrado con uno de pequeña? Ni Ginny ni Paul sobrevivirían jamás a un encuentro con una criatura así.

—Yo los protegeré —susurró, enérgicamente—. De ti, de tu hermano, de los hermanos Chevez, y de un vampiro si es necesario. Déjame levantarme, Rafael, lo digo en serio.

Él no se movió, bloqueándole el cielo con sus anchos hombros, rozándole la piel con sus duros músculos, haciendo cobrar vida a todas sus terminaciones nerviosas. Sus ojos parecieron oscurecerse más, si eso era posible, quitándole el aliento.

—No cierres los ojos a lo que hay entre nosotros. Te dije que te tendría toda entera y lo dije en serio. Si te besara y poseyera tu cuerpo ahora que me tienes miedo y estás enojada conmigo, me lo permitirías, porque me deseas. Me necesitas de la misma manera que yo te necesito a ti. —Inclinó más la cabeza hasta rozarle la boca con su aliento—. No estás completa sin mí. Por eso me permites poseer tu cuerpo, Colby. Ese es el único motivo. Me necesitas. Deseas que todo quede en la relación sexual, pero eso no es bastante, y nunca lo será.

—¿Qué, entonces?

Le hizo la pregunta con la mirada desafiante, sin rendirse. No trocaría a los niños por su propia vida. Lo que fuera que él le estuviera pidiendo, el precio era demasiado elevado.

—Voy a introducirte totalmente en mi mundo.

Ella podría habérselo esperado; le había pasado por la mente que él podría pedírselo, pero su manera de decirlo, con esa resolución dura e implacable, la aterró. Oír las palabras en voz alta era muy diferente a darle vueltas a la idea en la cabeza un momento. Se quedó paralizada, debajo de él como la víctima para el sacrificio. Su cuerpo ya la había traicionado hacía días; estaba blando y complaciente, entregándose a él, animado por sus manos, debajo de su cuerpo, preparado para él aun cuando la retenía cautiva.

Ya no se reconocía. Él podría poseerla en ese mismo momento, estando ella sumergida en su miedo, con el corazón destrozado, y ella lo disfrutaría.

—¿Qué me has hecho? Esto no es amor, Rafael. Pienses lo que pienses, no es amor.

—Es amor para mí. —Deslizó las palmas planas sobre ella, siguiendo sus curvas, sintiendo su reacción a él—. Tú tienes mi cuerpo y mi alma. Me tienes todo entero. Y yo también te deseo toda entera. No aceptaré menos.

—¿Qué me has hecho? —repitió ella, esforzándose en no ceder a la histeria.

—Introducir totalmente en nuestro mundo a una pareja de vida humana hace necesarios tres intercambios de sangre. La mujer debe tener poderes psíquicos, y tú los tienes.

Ella lo miró horrorizada.

—¿Intercambiaste sangre conmigo?

—Por supuesto. Eres mi pareja de vida. Es natural. Tú estás en la sangre que corre por mis venas, como yo estoy en la tuya.

Ella cerró los ojos un momento para no verlo.

—¿Me diste a beber tu sangre? —dijo, y su voz sonó en un susurro, tal vez como una súplica. No quería que fuera cierto, pero la luz del sol había hecho que le escocieran los ojos y le había formado ampollas en la piel. Su mente necesitaba el contacto con la de él, y seguía necesitándolo—. Maldita sea, Rafael, no tenías ningún derecho a darme tu sangre. Sabes que tengo que trabajar en un rancho. No tienes el derecho de tomar decisiones por mí arbitrariamente. Seas lo que seas, yo tengo mis derechos y tú los has pisoteado. ¿Cuántas veces? ¿Cuántas veces lo has hecho?

—No me juzgues por tus criterios humanos, Colby.

Ella le empujó la dura pared del pecho.

—Apártate de mí. Apártate o gritaré hasta que alguien me oiga y venga corriendo.

Estaba furiosa; más furiosa que temerosa de él.

—¿Crees que permitiré que alguien te separe de mí? Soy más animal que hombre, mucho más monstruo que guardián. Soy capaz de cosas que no lograrías ni imaginar.

—¿Y cómo crees que decirme eso favorece tu causa? —Le dio otro empujón—. ¡Apártate!

Él le cogió las muñecas y le colocó los brazos extendidos hacia atrás a los lados de la cabeza.

—Bésame, Colby.

—Vete al diablo, Rafael. Me hagas lo que me hagas, no cambiará nada. Yo decido mi destino, no tú.

Él bajó la cabeza para besarla en la boca; ella desvió la cara y le mordió el hombro, fuerte. Al instante se encendieron las llamas entre ellos. Colby sintió pasar la excitación como fuego por todo el cuerpo; era algo enloquecedor y perverso, y ella no quería ceder. Él deslizó la boca por su cuello depositándole besos, hasta llegar a la elevación de sus pechos. Deslizó la boca ardiente por su tierna piel, rascándosela con los dientes, añadiendo una pizca de dolor al placer. A ella se le excitó aún más el cuerpo; más fuego, exigiendo, urgente. La presión aumentó rápido y fuerte en su interior, hasta que necesitó el alivio.

Rafael se resistió a dárselo; continuó acariciándole los pechos con la boca, amasándoselos con las manos, mordisqueándoselos suavemente y bañándoselos con la lengua. La tumbó de espaldas sin ninguna dificultad, mientras ella le enterraba las uñas en la espalda y movía las caderas frenética para acomodar el cuerpo con el suyo y obtener así su alivio. A posta le aumentó el frenesí sexual en la mente, intensificando su placer y transmitiéndole el que sentía él; lo que sentía al tenerla debajo, la piel tocando la piel, moviéndose; lo que sentía al coger su pecho en la boca, al acariciarle el cuerpo hasta que ella clamaba por él. La hizo sentir lo que sentía él al tenerla debajo, haciendo lo que quería con su cuerpo, un cuerpo que le pertenecía a él; le transmitió lo que ella lo hacía sentir enterrándole las uñas en la piel, cogiéndole mechones de pelo, deseándolo, deseando más.

Bajó la boca besándole el vientre, amasándole los pechos con las manos, sujetándola firme con un muslo. Ella sollozó cuando le introdujo los dedos en la vagina, hasta el fondo; se arqueó, apretándose a su mano, pero él se negó a darle el alivio. Ella lo maldijo, lo tironeó, pero Rafael negó con la cabeza; deseaba que ella supiera cómo era el hambre terrible que sentía dentro cada vez que la miraba; deseaba que sintiera la necesidad, oscura e intensa, que lo llevaban al borde de la locura cuando se le endurecía y engrosaba el miembro y necesitaba su cuerpo debajo del suyo. No quería que ella se entregara a él sin conocer su naturaleza exigente. Aprendería a ser tierno, por ella, pero sabía muy bien cómo era él, y qué insistiría en tener de ella.

—Entrégate a mí —susurró, poniéndole las piernas alrededor de los hombros.

Sus ojos brillaron como trocitos de obsidiana al mirar los de ella. Entonces bajó la cabeza para poner la boca en su entrepierna caliente, que esperaba.

Ella gritó, le enterró las uñas en la espalda y le tironeó el pelo.

—Ya lo he hecho, me he entregado —repetía, en tono suplicante, cada vez que él interrumpía la caricia, manteniéndola oscilante al borde de la liberación.

—Voy a tomar lo que es mío —contestó él—. Hay una diferencia.

—Serás un cabrón —replicó ella, y volvió a gritar cuando él reanudó el ataque.

Cuando ella ya estaba sollozando, segura de que ya no podría soportarlo, le levantó más las piernas, sujetándoselas por los tobillos y embistió fuerte. Hizo una penetración larga, tomando posesión, llegando hasta el fondo, más al fondo que nunca, obligándola a acogerlo todo entero; la llenó, empujando por entre los suaves pliegues mojados, resbaladizos, acogedores, hinchados por la excitación. En la posición que la tenía, ella no podía moverse, sólo podía levantar las caderas para recibir sus fuertes embestidas con profundas penetraciones. La pasión corría por sus venas como fuego, le ardía en el vientre; rugían truenos en su cabeza. Colby estaba tan caliente y estrecha que pensó que explotaría. Su cuerpo ya no le pertenecía porque ahora era una prolongación del de ella, y se estremecía con el placer y el dolor de esa enérgica unión. Las llamas ardían descontroladas, propagándose por todo él.

—Te tomo por mi pareja de vida —dijo en voz alta, jadeante, penetrándola una y otra y otra vez, deseando no parar jamás—. Soy tuyo, te pertenezco. Te ofrezco mi vida. Te doy mi protección, mi lealtad, mi corazón, mi alma y mi cuerpo. Tomo a mi cuidado todo eso mismo de ti.

La iba a matar de placer. Las olas rompían sobre ella y por dentro de ella. Sentía un orgasmo tras otro, muchos, fuertes, intensos; las sensaciones pasaban en oleadas por ella, estremeciéndola. Cuando él habló sintió un curioso tironeo en el corazón, y en el alma, como si algo los estuviera trenzando, entrelazando, por dentro. Como si se combinaran esas palabras con la violencia de la relación sexual para fusionarlos en una sola persona completa. Sintió terror. Él le tenía firmemente sujetos los tobillos, manteniéndola abierta a él, destrozándola y rehaciéndola tan completamente que nunca habría manera de volver a ser lo que había sido.

—¡Para! —exclamó.

Él continuó sin piedad, penetrándola una y otra vez, con embestidas fuertes, duras, con el fin de llegar más y más al fondo, para atarla a él de todas las formas posibles.

—Tu vida, tu felicidad y tu bienestar me son preciosos, y siempre estarán por encima de los míos. Eres mi pareja de vida, unida a mí por toda la eternidad y siempre a mi cuidado.

Ella le miró la cara, vio los sensuales contornos y surcos muy marcados, vio su convicción e implacable resolución y comprendió que él acababa de hacer algo terrible; lo sintió; lo supo. Lo vio en el brillo de sus ojos negros, en su severa expresión, mientras la desquiciaba de absoluto placer. Sintió cómo se le engrosaba y endurecía más el miembro dentro de ella. Entonces él echó atrás la cabeza emitiendo un ronco grito, enseñando brevemente sus colmillos blancos, y eyaculó, bombeando, llenándola, produciéndole un orgasmo tan violento que creyó que el cuerpo le estallaría en un millón de trocitos.

Pasado un momento cayó en la cuenta de que estaba tumbada en la hierba con las piernas abiertas y levantadas y que él le sujetaba los tobillos con las manos como tenazas. Intentó liberar las piernas. Tan jadeante como ella, él le soltó los tobillos, le bajó lentamente las piernas hasta el suelo y se desmoronó encima suyo.

Debajo de él, sentía golpear tan fuerte el corazón que temió que se le saliera del pecho. Su cuerpo seguía estremecido por las ondas de placer posteriores al orgasmo, de un placer tan pasmoso que no podía moverse; sólo podía continuar ahí despatarrada, temiendo las terribles ansias que las necesidades sexuales de él habían introducido en ella. Jamás encontraría a nadie que le hiciera eso a su cuerpo y a su alma. ¿Cómo podría yacer despierta por las noches sin sentir sus manos sobre ella? ¿Sin sentirlo penetrarla una y otra vez hasta que los dos se ponían a gritar pidiendo piedad? Se le llenaron los ojos de ardientes lágrimas, aunque no sabía si eran lágrimas de éxtasis o de un hambre voraz ya instalado en la médula de sus huesos que sólo Rafael era capaz de mitigar.

—¿Te he hecho daño? —le preguntó él, limpiándole suavemente las lágrimas con las yemas de los dedos, pensando que no encontraría jamás la fuerza para levantarse.

—No lo sé. No lo sabré hasta dentro de unas horas.

Estaba deslumbrada por los colores del cielo, las estrellas, la luna y las variaciones y matices que nunca había notado. Le cantaba el cuerpo, todavía dominado por las secuelas de la frenética unión sexual.

Él levantó la cabeza que tenía apoyada en su pecho y la miró a los ojos.

—Eres una mujer muy tozuda.

Ella le apartó de la cara los sedosos mechones negros.

—Tú eres un hombre muy obstinado. No soportas que alguien te dé un no por respuesta, ¿verdad?

A él se le curvó la boca en una leve sonrisa.

—No hay ningún motivo para decirme que no. Y en especial no quiero que tú me digas que no. Eres mi mujer, mi pareja de vida.

—Pero eso no significa que yo sea propiedad tuya —dijo ella, acariciándole suavemente la cara con las yemas de los dedos—. No puedes «obligarme» a amarte, Rafael. Necesito saber más de ti. Miro tu mente y veo cosas que no tienen ningún sentido para mí.

—Lo que ves en mi mente no debería importarte, *querida*.

Colby se movió y lo empujó, molesta por su arrogancia. A él no se le habían reducido los colmillos y empezaba a sentirse nerviosa otra vez.

—Pesas mucho, Rafael, muévete.

Él le besó el cuello, se apartó y se sentó.

—Sientes el peso de mi cuerpo sólo porque eres muy pequeña. Necesitas comer más.

Ella lo miró con los ojos entrecerrados, por debajo de sus largas pestañas.

—No he podido comer nada estos últimos días. ¿Tienes algo que ver con eso?

No se le miente a la pareja de vida.

—Sí.

«Tómala. Hazla tuya para que podamos marcharnos de aquí y volver a casa.»

Nicolas andaba cazando. Su voz sonó como un susurro en la mente de Rafael. Era evidente que no entendía por qué él no la obligaba sencillamente a someterse.

«Es complicado.»

«Olvidas quién y qué eres —suspiró Nicolas—. ¿Acaso quieres que el vampiro la mate? ¿Que mate a las personas de este rancho? Si dejas que continúe esta rebelión, ella nos traerá la muerte a todos nosotros. Quedaremos sin honor.»

Colby encontró su blusa, aunque no el sujetador; no tenía ni idea dónde podía estar.

—¿Está hablando contigo?

—¿Mi hermano? Sí.

Ella pasó los brazos por las mangas y no pudo evitar hacer un leve gesto de dolor. Tenía el cuerpo dolorido por la presión de los fuertes dedos de él. Y aún podía ver las marcas de su posesión. A la blusa no le quedaba ni un solo botón, así que se ató los extremos por debajo de los pechos.

—¿Qué has recitado? ¿Qué son esas palabras que me has dicho? Yo las he encontrado sospechosamente parecidas a las de un ritual. —Gateando hacia sus tejanos tirados de cualquier manera, lo miró recelosa—. ¿Qué has hecho?

—Unirnos al estilo de mi pueblo —dijo él, en tono satisfecho, incluso arrogante.

Colby cogió sus bragas, las comprimió en la mano y se las arrojó.

—Las has roto.

—No las necesitas. —La rodeó con los brazos y la estrechó contra su pecho, mientras ella intentaba meter las piernas en los tejanos. Le mordisqueó y raspó el cuello con los dientes—. No deberías usar ropa, nunca.

—Eso no sería del agrado del resto del mundo. ¿Qué rito? —Apoyándose en él para afirmarse se subió los tejanos. Se sentía sensualmente dolorida por todas partes, por dentro y por fuera. Y claro, él ya había subido las manos hasta sus pechos, ahuecando las palmas sobre ellos por la abertura que dejaba la blusa—. ¿Nunca tienes suficiente?

—Al parecer, no. Tal vez no te conviene vestirte todavía.

Ella ladeó la cara hacia su cuello y se apoyó sobre él, saboreando la sensación de estar en sus brazos. Dentro de unas horas tendría que trabajar sin parar, pero había pasado esa noche con él. Ahora, lo único que tenía que hacer era convencerlo de que no volviera a morderla.

—Resulta que no sé si puedo caminar.

Afirmándose en el hombro de Rafael con una mano, se puso de pie y probó a mover las piernas.

Encontraba raro mirarlo, saber las cosas que le había hecho, con su consentimiento, saber que había gritado su nombre, pidiéndole más, suplicándole que la devorara, y no sentir ni la menor vergüenza.

Rafael se puso de pie en un solo y fluido movimiento, y se vistió a la manera de su pueblo. Ella ahogó una exclamación de sorpresa y retrocedió.

—¿Cómo has hecho eso? Incluso el pelo lo tienes limpio y peinado. —Frunciendo ligeramente el ceño se pasó la mano por el suyo—. En cambio yo estoy hecha un desastre. Necesito una ducha y una peluquera.

—Estás hermosa, Colby. Siempre estás hermosa, especialmente cuando te pones a gritar de placer debajo de mí cuerpo.

Su voz rebosaba de satisfacción. Extendió un brazo delante de ella, mirándola a la cara. La piel le onduló y le brotaron plumas, formando un ala, un ala enorme, muy parecida a la del águila harpía.

Colby hizo una brusca inspiración.

—Eras tú. Te dejé entrar en mi casa.

—En tu dormitorio. —Desaparecieron las plumas y quedaron los músculos y tendones. Se acercó a ella, dejando ver los colmillos—. En tu cuerpo. Te voy a robar el corazón.

Porque ya tenía su alma, pensó ella. Eso ya lo sabía con una extraña seguridad, de la manera como ella sabía las cosas. Él poseía su cuerpo y su alma, pero no había acabado, no estaba satisfecho. Deseaba su corazón, y también su mente. Negó con la cabeza.

—No estás pensando lo correcto, Rafael. Piensa con el cerebro, esa parte de tu anatomía no hiperactiva. Porque siendo realista, ¿cómo crees que va a acabar esto? —Movió el brazo señalando el rancho y las elevadas montañas—. A ti te gusta Brasil y la selva. Tú y tu hermano deseáis volver allí. Necesitáis volver. pero este es mi hogar; es lo único que he conocido en mi vida. Tengo que sostenerlo, y mantenerlo en fideicomiso para Paul y Ginny. He luchado una buena parte de mi vida para que este rancho siga funcionando. ¿De verdad crees que le voy a dar la espalda para marcharme con un hombre al que apenas conozco porque tenemos unas fabulosas relaciones sexuales? Puede que sea una ranchera, pero tengo la cabeza bien puesta.

Él se le acercó otro paso, en una postura repentinamente agresiva.

—Ahora piensa de manera realista, Colby. ¿Crees que me voy a alejar de lo único que se interpone entre mí y la pérdida de mi alma, entre mí y la absoluta oscuridad? El monstruo me ruge cada vez que surge. Me susurra a medianoche, me llama cuando voy de caza y cuando bebo sangre de mi presa. Jamás renunciaré a ti. Te llevaré conmigo cuando vuelva a mi tierra. Vendrás conmigo como mi pareja de vida estés o no de acuerdo.

Ella lo miró echando chispas por los ojos.

—Eres un salvaje arrogante. ¿Así es como consiguen sus mujeres los hombres de Brasil?

—No. Así es como consiguen sus mujeres los carpatianos. Las palabras rituales para unirlos se graban en ellos antes de nacer y cuando encuentran la mujer adecuada, el hombre puede atarla a él aunque ella se niegue a ser razonable. Eso es lo que protege a nuestros hombres y mantiene viva a nuestra especie.

Ella sintió el sabor del miedo en la boca. Él hablaba en serio. Y se le había acercado; no lo había visto moverse, pero ahí estaba, a menos de un palmo, y veía algo terrible en sus ojos. No pudo apartar la vista de él, hipnotizada por la fuerza de su personalidad. Tragó saliva y negó con la cabeza.

—No, Rafael, no lo intentes. Yo lucharía contigo y puedo ser muy destructiva. Uno de los dos podría resultar herido y no lo deseo, después de lo que hemos compartido. Yo no tengo el autodominio que tienes tú.

Él dobló la mano en su nuca con exquisita suavidad; con una fuerza tremenda. Ella comprendió que podría romperle el cuello si lo deseaba.

—Entonces no luches conmigo, *meu amor*.

Colby sintió bajar un hormigueo de inquietud por la espina dorsal. Se le resecó la boca y el corazón se le aceleró descontrolado. Retrocedió un paso. Él avanzó con ella, casi como en una danza, siguiendo todos su movimientos.

—Rafael.

Oyó su protesta a pesar del repentino rugido que llegó a sus oídos.

Él pegó un respingo, con los ojos agrandados por la sorpresa. La apartó de él con tanta fuerza que prácticamente se elevó en el aire y voló hacia atrás. Vio la sangre que le manaba del pecho. Se le cortó el grito cuando cayó al suelo, a varios palmos de él, y el golpe la dejó sin aliento. Él ya se había girado y entonces vio, horrorizada, el agujero que tenía en la espalda, el río de sangre. No había oído el ruido de un disparo, y estaba segura de que ella no había sido.

Capítulo 11

Buenas noches, Rafael.

A Colby se le quedó atrapado el aire en la garganta al oír la sedosa maldad de esa voz arrulladora. Giró la cabeza hacia ella y contempló horrorizada al monstruo que estaba de pie a la orilla del claro. Se le escapó un ronco gemido al ver que tenía sujeto a Paul a modo de escudo.

—¡Paul!

Vio los ojos agrandados por el miedo en la cara de su hermano; la respiración le salía en cortos resuellos de terror. Tenía moretones en el rostro y los dorsos de las manos magullados. Además la camisa estaba rota, y le vio marcas en el pecho. Una mano potente, recorrida por tendones que parecían cordones de acero, le tenía fuertemente cogido el cuello y le presionaba la yugular con una larga y afilada uña. Incluso a la distancia en que se encontraba ella, le vio bajar un hilillo de sangre por el cuello.

«¡Rafael! Dios mío, ¿qué es eso?»

Jamás había visto nada tan inequívocamente maligno en toda su vida. Parecía un hombre, o algo que alguna vez fue un hombre, pero la piel con manchas moradas que llevaba pegada al cráneo era más de muerto que de vivo. Sus ojos rojos brillaban como brasas en aquella horrenda cara, y en su espantosa boca sin labios brillaban unos colmillos largos, terribles. En sus extremidades había enrolladas muchas serpientes que parecían brotar de su carne y en las fauces abiertas de estas se veían hileras de dientes afilados como de piraña: siseaban y ondulaban amenazándola directamente.

Una de las serpientes, que parecía la prolongación del brazo del monstruo, iba retrocediendo lentamente hacia su dueño. Su horrible cabeza estaba cubierta de sangre roja y brillante.

Con su aturdida mente, ella hizo la conexión. La serpiente mutada había atacado a Rafael, enterrándole los dientes afilados como navajas y atravesándolo para llegarle al corazón.

«Eso es un vampiro.»

La voz de Rafael sonó embargada por el dolor.

«¿Estás muy mal herido?»

«No atraigas su atención», dijo él, sin contestar su pregunta.

Mientras él le hacía esa advertencia, el vampiro aumentó la presión sobre Paul. Éste gritó y Colby levantó una mano, deseando que se parara el tiempo, deseando que su mundo volviera a estar como sólo un momento antes.

—No —suplicó en voz baja, levantándose.

Desvió la mirada hacia Rafael. No entendía cómo él podía mantenerse en pie con un agujero abierto en la espalda y la sangre corriendo por su cuerpo.

«Estaba tan concentrado en ti que no lo sentí. No había cometido este error desde que era muy joven. —Su voz sonaba cansada, pero tranquila—. Manténte detrás de mí, donde quedes fuera de su campo de visión.»

—¿Colby? —dijo Paul, con la voz asustada de un niño.

El vampiro lo sacudió y le enterró más la uña, y el chico gritó de terror y de dolor. Salió más sangre. Ahogando un sollozo, Colby echó a correr hacia él. Rafael la cogió cuando ella intentó pasar por su lado, y la puso detrás de él.

«Buen Dios, Rafael, ¿y Ginny? Estaban solos en la casa mientras yo estaba aquí contigo.»

Él vio sentimiento de culpa y miedo en su mente.

«Ginny está bien y a salvo. Está profundamente dormida en su cama, y el perro está con ella», la tranquilizó.

—Eres Kirja Malinov —dijo en voz alta al vampiro, haciéndole una leve venia—. No nos vemos desde hace mucho tiempo.

El monstruo emitió una risa dura que le hirió los oídos a Colby.

—Sabía que lo recordarías. Te has vuelto descuidado, Rafael.

«¿Os conocéis?», le preguntó Colby mentalmente, incrédula y sin poder desviar la vista de su hermano y del horrible vampiro que lo retenía.

«Fuimos amigos en otro tiempo.»

—Así que has venido a enfrentar la justicia, Kirja. Si lo hubiera sabido no habría estado ocupado en otra cosa y te habría preparado una bienvenida apropiada.

Rafael hablaba con absoluta seguridad. Colby le miró la sangre que le corría por la espalda y se estremeció de terror.

Las palabras de Rafael, o tal vez su actitud, enfureció al vampiro.

—Mira a tu hermana, chico —dijo a Paul, sacudiéndolo—. Ella es su puta ahora. Hará cualquier cosa por él, incluso sacrificar tu vida.

Apuntó hacia las bragas rotas de Colby que estaban en el suelo y estas volaron hacia la cara de Paul; su sujetador saltó de un arbusto y se le enrolló indecentemente en el brazo.

Paul miró las sedosas prendas interiores con la cara inmóvil, sin expresión.

—Él puede obligarla a hacer cualquier cosa por él. Mírala, fíjate en las marcas que le ha dejado, entérate de lo que le ha hecho. Te dije que la convertiría en su esclava.

Colby ahogó una exclamación al ver pena y horror en los ojos de Paul, y condenación y repugnancia en su expresión. Antes que la pena y la vergüenza se apoderaran de ella, hizo fluir su poder natural por su cuerpo y cerebro. Necesitaba salvar a su hermano más de lo que necesitaba defender su derecho a elegir amante.

Entonces oyó la voz de Rafael en su mente.

«El maldito usa su voz para persuadir a Paul. Este es un vampiro "amo", muy viejo; es casi imposible derrotarlo. Espera a que yo logre unir mi poder con el tuyo.»

Dicho eso, exhaló un suspiro audible.

—Me cansa tu juego, maligno asqueroso.

«Dime qué puedo hacer para ayudarte», le dijo ella con la mente.

La sorprendía la facilidad con que podía hablar con él mentalmente. Se le daba con naturalidad, como si ya estuvieran tan conectados que fueran una sola persona. Si Rafael era cazador de vampiros, le permitiría tomar el mando, pero sería mejor que no tardara mucho rato. No siempre era capaz de contener el estallido de su poder cuando estaba enfadada, y en ese momento estaba cerca de hervir de furia. Ver a esa vil y asquerosa criatura sobándole el cuello a Paul con sus afiladas garras le activaba todo su instinto protector, y le provocaba más rabia de la que había creído que era capaz de sentir.

—El fabuloso cazador carpatiano derrotado por sus placeres carnales —siseó el vampiro por entre sus dientes marrones mellados—. Creo que hay cierta justicia en eso. —Sus ojos ribeteados de rojo miraron a Colby—. Puedes elegir a cuál salvar, a tu amante o a tu ser querido.

Soltó una risotada, como si hubiera dicho un chiste muy divertido, e hizo un sonido tan irritante que a ella se le puso carne de gallina.

«Coge unos puñados de tierra, la más fértil que logres encontrar, y mézclala con tu saliva. Mi sangre fluye por tus venas, así que llevas el mismo agente curativo en tu saliva. Forma un emplasto y pónmelo en la herida de la espalda, pero cuida de que el vampiro no te vea hacerlo. Recuerda que ahora tu poder es mayor que el que tenías; te ha aumentado por haber entrado parcialmente en mi mundo. Tenemos que salvar al chico, como sea. Piensa sólo en eso, no en mí.»

Ella no le encontró sentido a nada de lo que le dijo. ¿Hacer un emplasto con tierra y saliva y ponérselo en la herida abierta? Se estremeció al pensar en las bacterias que le introduciría. Rafael debería estar tirado en el suelo, desmayado, no de pie y con esa apariencia tan tranquila y totalmente al mando. Su mente estaba firmemente alojada en la de ella; lo sentía, ordenándole que le obedeciera. Intentando no mirar a Paul, se obligó a alejar la mente de la vista de esa uña afilada puesta ahí para matar.

Negando con la cabeza, retrocedió hasta llegar a una parte en que la oscuridad era absoluta; ahí simuló que tropezaba, se dejó caer al suelo detrás de un tronco caído y comenzó a rascar el suelo para reunir tierra. Ahogando un sollozo bajó la cabeza y, fingiendo que estaba vomitando, escupió sobre la tierra que había juntado en las manos; aterrada por Rafael, hizo rápidamente la mezcla y formó el emplasto, mientras el vampiro le gruñía y hacía rechinar sus horribles y sucios dientes.

—¡Levántate! —aulló el monstruo—. Levántate y elige antes que elija yo por ti.

Colby se levantó y avanzó, cuidando de mantenerse detrás de Rafael para que la ocultara de la vista de su hermano y el vampiro. Cerrando los ojos le introdujo el emplasto en la herida de la espalda. Él ni se movió; no hizo ningún gesto que revelara el dolor que debió pasarle por todo el cuerpo. Lo que sí hizo fue enviarle un mensaje de afecto y tranquilidad a ella.

—No hay nada que elegir —dijo entonces Rafael, tranquilamente. Su voz sonó hermosa, clara, fuerte e impregnada de magia—. Nunca permitiría que se trueque la vida de un chico por la mía.

No miró a Colby, pero ella lo sintió en su mente.

«Le arrancaré a Paul de los brazos por la fuerza. Él espera que el ataque venga de mí, pero yo te utilizaré a ti. Sigue mirándolo. Los hermanos Chevez y Nicolas vienen de camino, así que no te desesperes.»

La absoluta seguridad que emanaba de él permitió a Colby mantener a raya el pánico. Siempre había encontrado hermosa su voz, pero cuando le hablaba al vampiro no podía evitar desear que siguiera haciéndolo una y otra vez. Su voz era cautivadora, rezumaba convicción. Pese a todos los defectos que le encontraba a Rafael, comprendió que estaba viendo la diferencia entre el bien y el mal.

—No es a ti a quien corresponde elegir —gruñó el vampiro—. Veamos si tu mujer prefiere mantenerte vivo.

Diciendo eso pasó su garra por el cuello de Paul, dejando una huella de sangre.

Colby gritó y avanzó hacia él, toda inundada por su poder, aunque Paul estaba delante de él y resultaría herido; no se atrevió a atacar.

Paul comenzó a sollozar, llamándola a ella, rogándole que lo salvara.

Viendo su agitación en su mente, Rafael movió la mano hacia Paul y al instante este se quedó callado, se le aflojó la cara y los ojos se le pusieron vidriosos.

«No sabe lo que ocurre, así que no puede tener miedo», dijo mentalmente Rafael, para tranquilizarla.

Colby tuvo que recurrir a todo el autodominio que poseía para no arrojarse a atacar al vampiro. Curiosamente, se fiaba de que Rafael salvaría a Paul. Ella estaba en la mente de él y veía su absoluta resolución; sacrificaría su vida por su hermano. Giró la cabeza para mirarlo, cubriéndose la garganta con la mano. Eso estaba en su mente; casi seguro que lo que conseguiría con lo que fuera que pensaba hacer sería que el vampiro lo matara, pero su intención era que Paul viviera. Sintió subir una protesta a la garganta.

«¿Qué posibilidades tienes de salvarlo?»

«Míralo. No apartes los ojos de él.»

La orden fue rotunda, imperiosa, la de un ser autoritario acostumbrado a que le obedezcan.

Rafael era mucho más que humano y ella sentía su poder. Mantuvo los ojos fijos en el vampiro. ¿Qué esperaba? ¿Con qué fin prolongaba el sufrimiento?

«Se alimentan del terror y el sufrimiento de los demás. Está gozando de su momento de ver el miedo en ti mientras esperas para ver a cual de nosotros matará. Lo que lo alimenta ahora es el poder absoluto sobre la vida y la muerte, controlar a otros.»

Rugió un trueno y un relámpago cruzó el cielo, deslumbrándola. Las nubes se unieron formando una oscura red. Le hormigueó la piel y comprendió que en algún lugar sobre las rocas más arriba de ellos estaban los hermanos Chevez. Se obligó a no desviar la mirada hacia Rafael para preguntárselo. Fue la mente de él la que le dio la información, el conocimiento de que había rifles de alta precisión apuntados al vampiro.

—¡Elige! —gruñó este con la garra puesta en la garganta de Paul.

Al instante se agitaron las serpientes mutadas, deseando matar, deseando sangre, levantando sus horribles cabezas y ondulando excitadas.

Pasó un movimiento por debajo del suelo. Colby sintió la ondulación en los pies y comprendió que había más de esos horrosos animales que protegían al vampiro y se estaban preparando para atacar. Apretó las manos en sendos puños.

«¿Qué esperas? Tiene más de esos odiosos bichos. Los siento moverse debajo de nosotros.»

Rafael no le contestó, sino que dijo al vampiro:

—Maligno asqueroso, ¿es que piensas tomar a esta mujer para reparar tu alma con ella? Eso no tiene ninguna lógica. Ella no se sometería jamás y algún día te arrancaría el corazón.

El vampiro se rió, y su risa sonó horrible y dura después de la pureza de la voz de Rafael.

—Ella no me sirve de nada. No tiene el talento que yo busco. ¿Para qué querría ser como tú, que sirves a otros cuando deberías gobernarlos?

El desprecio le agudizó los rasgos e intensificó la maldad de su apariencia.

—¿Un talento? ¿Tú buscas un talento? —dijo Rafael, en son de mofa—. ¿Para qué necesitaría un talento humano un ser antiquísimo? Has adquirido una cierta reputación, y si se sabe que necesitas a un ser humano para triunfar en tus planes, serías el hazmerreír de todo el mundo.

Colby no pudo evitar hacer un mal gesto. Rafael provocaba al vampiro a posta, intentando aumentar aún más su agitación. Pero también estaba haciendo tiempo.

—No me importa nada lo que piensen de mí los cazadores —contestó el vampiro y movió la mano en un gesto que abarcaba el rancho—. No respeto a esos poderosos que se someten a seres inferiores. Los humanos son forraje para mí, como las reses que ellos usan para alimentarse. Los uso y reino sobre ellos. Hacen lo que les ordeno. Viven o mueren como yo quiero. Tú eres tan débil que ni siquiera has tomado a tu pareja de vida, y estás dispuesto a poner en peligro la tuya, la de ella y la de su hermano. No mereces vivir. —Sonrió burlón—. ¿Qué fue de ti, Rafael? Siempre fuiste un líder, y sin embargo te sometiste a Vlad y fuiste corriendo a cumplir sus órdenes.

Las serpientes de dientes afilados brotaron del suelo justo a los pies de Rafael y Colby, golpeándolos con tremenda fuerza. Al mismo tiempo, brotaron gruesos tallos de enredadera cubiertos de espinas que se enroscaron alrededor de ellas. Colby sintió cómo Rafael montaba la defensa con los tallos de la planta. Ella retrocedió tambaleante, pero él se mantuvo firme donde estaba, de cara al vampiro.

«¡Ahora!»

Colby sintió la orden de Rafael, pero vio que no iba dirigida solamente a ella. Descubrió que a través de él estaba conectada con los dos hermanos Chevez y con Nicolas. Salieron otros tallos de enredadera a la superficie, sin espinas, se alargaron hacia Paul, lo arrancaron de las garras del vampiro, y lo envolvieron en un tupido capullo, alejándolo. Las furiosas serpientes golpearon la enredadera, ansiosas por llegar al chico, pero con la misma rapidez con que rompían los fibrosos tallos, los reemplazaban otros, estos cubiertos de espinas, que las arañaban y se enterraban hasta el fondo en sus ondulantes cuerpos.

Cuando Paul fue separado del vampiro, Colby sintió cómo Rafael y Nicolas tomaban posesión de su poder, quitándoselo sin piedad, y se lo arrojaban con una fuerza terrible al vampiro. Bajó fuego del cielo, un soplete de calor blanco y llamas rojo naranja, generadas por ella y alimentadas por los hermanos De la Cruz.

Ella se oyó gritar y captó el momento en que Rafael y Nicolas ordenaron a los hermanos Chevez disparar con sus rifles de alta precisión.

El fuego inceneró a varias de las serpientes, pero el vampiro ya no estaba; se había marchado sin dejar ningún rastro, ni siquiera una huella de vapor o un espacio hueco que indicara la dirección que había tomado. Rafael movió una mano hacia el cielo dándose una vuelta en círculo al hacerlo. Ella cayó en la cuenta de que tenía retenido el aliento, esperando algo terrible que sabía que vendría.

Varios relámpagos cruzaron el cielo en zig zag en un violento despliegue, al tiempo que las nubes se extendieron adelgazándose como si se hubiera tendido un gigantesco velo por el cielo por orden de Rafael. Colby pestañeó varias veces para ver qué era lo que le interesaba tanto a él. Pensó que deberían preocuparlo las serpientes que avanzaban ondulantes por el suelo en su dirección, a una velocidad vertiginosa. Pero él continuó observando el cielo pacientemente, moviendo las manos en un airoso ritmo, y lo oyó susurrar palabras que ella no entendía.

Entonces vio moverse algo al borde de una nube, algo oscuro y amorfo. Juraría que Rafael había enviado el rayo, un rayo que saltó del suelo, dirigido como una lanza hacia el punto oscuro. Una maldición siseada señaló un golpe, pero el desquite fue rápido. El suelo tembló. Colby se tensó.

—Rafael, eso ha espantado a los novillos.

Las serpientes y las ramas de la enredadera parecían estar en todas partes, interponiéndose entre ella y Paul. Había creído que su hermano estaba a salvo, protegido por el capullo de gruesos y fibrosos tallos, pero lo vio impotente ante los animales despavoridos que corrían atronadores hacia ellos.

Entonces Rafael volvió su atención al suelo y movió la mano. Los tallos de la enredadera se marchitaron y las serpientes se ennegrecieron, echando humo, aunque continuaron vivas, con las fauces abiertas, golpeándose entre sí los dientes, por la frustración, intentando llegar hasta el cazador.

«Ve, *querida*, libéralo. ¡Juan, Julio! Ayudad a Colby.»

Colby sólo vaciló un instante. Rafael estaba débil pero resuelto a salvarlos. Detestó separarse de él, pero Paul no tenía ninguna posibilidad de salvarse de los animales en estampida atrapado como estaba dentro de las ramas de la enredadera. Corrió hacia él, sorteando a las serpientes que seguían intentando obedecer a su amo aun cuando el calor las estaba chamuscando de dentro hacia fuera. Conocía el terreno, sabía que los novillos tomarían el barranco que llevaba justo al lugar donde estaban reunidos ellos. Ya los oía, mugiendo de terror, y en la distancia veía justo por debajo del reborde de arriba del despeñadero un ominoso brillo rojo naranja.

—Paul.

Desentendiéndose de los pinchazos de las espinas, comenzó a apartar las ramas que lo envolvían.

El ataque llegó por detrás de Rafael, como una ráfaga de viento producida por un batir de alas. Unos murciélagos inmensos, de un tamaño fuera de lo normal, oscurecían el cielo volando veloces hacia él, agitando feroces el aire alrededor suyo, con las alas extendidas y las garras alargadas intentando cogerlo.

Colby no pudo mirar; la aterraba que cayera al suelo abatido por tantos animales. Se aferró a la tranquilizadora calma que le transmitía él, y se concentró en liberar a Paul; Rafael lo había sacado del trance, por lo que ya estaba intentando salir de la prisión hecha de ramas. Bloqueando el miedo, ella centró la atención en las más gruesas, pensando solamente en moverlas. Las fue separando hasta dejar el espacio necesario para que pasara Paul. Este salió arrastrándose, se puso de pie y se cogió de la mano de ella, que al instante intentó apartarlo del camino de los novillos.

Mientras corrían, le gritó a Rafael que se apartara del camino. El suelo temblaba bajo las pesadas patas, y vio a los despavoridos novillos pasar por la loma y continuar atronadores por el barranco, en dirección a ellos. Resollando al ver a los animales enloquecidos de terror mientras unas llamas naranja saltaban por en medio de ellos, hizo subir a Paul hasta un reborde rocoso y se devolvió para ir a ayudar a Rafael.

«¡Rafael!», gritó mentalmente.

Él se mantenía firme, rodeado por la horda de murciélagos de afiladas garras que no lograban atravesar una barrera invisible para destrozarlo. Ella sintió el tremendo esfuerzo que tenía que hacer él para mantener a raya a los murciélagos, llamar a la lluvia para que apagara las llamas que saltaban por entre los novillos y batallar con el vampiro que estaba oculto en alguna parte, cerca. Dio un paso hacia él, desesperada, tratando de encontrar alguna manera de ayudarlo.

«No lo distraigas.»

La voz de Nicolas sonó en su mente tan tranquila, confiada e imperiosa como la de Rafael. Sentir su voz en la men-

323

te era un recordatorio de lo unidos que estaban los hermanos. Encontró algo muy escalofriante en la voz de Nicolas, lo que en lugar de darle la sensación de intimidad le aumentó la sensación de amenaza que percibía alrededor.

—¡Colby! —gritó Paul, cogiéndole la mano y haciéndola subir al reborde rocoso, mientras el ganado se iba acercando por el valle.

Ella no pudo dejar de mirar a Rafael. Él rezumaba poder y seguridad incluso enfrentado a una manada de animales corriendo en estampida. Su expresión no cambió en ningún momento mientras controlaba los elementos, con el cuerpo debilitado por la pérdida de sangre. No cedió ni un solo instante al dolor ni al miedo. Ella estaba en su mente, participando en la batalla. Y sabía que Nicolas estaba en las mentes de los dos. Lo sentía ahí, enroscado, esperando para atacar. A través de Rafael sabía que Nicolas venía hacia ellos a una velocidad vertiginosa y volando por el aire.

Relámpagos de luz bajaron desde la nube en dirección a Rafael. Él desvió las flechas de calor blanco y lanzó su propio ataque, haciendo subir una lluvia de rayos afilados como astillas de plata en dirección al vampiro. Detrás de él un árbol se arrancó de raíz, cayendo hacia él con sus enormes ramas extendidas.

Colby intentó gritar para advertirlo, pero Paul le plantó bruscamente la mano en la boca, casi aplastándola contra una roca. Ella no tuvo tiempo de reprenderlo porque en el mismo instante vio bajar una lanza de fuego dirigida directamente a su corazón. Se debatió intentando soltarse de Paul, que la tenía inmóvil con una fuerza insólita.

Sintió el repentino cambio en la atención de Rafael al darse cuenta de que ella estaba en peligro. Inmediatamente él le envió la barrera invisible que lo protegía de los murciélagos semejantes a vampiros y la puso entre ella y la lanza de fuego. La lanza rebotó en la barrera, pero los murciélagos lo rodearon al instante enterrándole las garras en el cuerpo y la cara.

Colby le dio un codazo en las costillas a Paul, con la intención de saltar de las rocas para acudir en ayuda de Rafael. Los primeros novillos ya estaban pasando por debajo del reborde, seguidos por los demás, que llenaban el estrecho barranco con sus pesados cuerpos, apretándose entre ellos, haciendo estremecer el suelo; ya estaba cayendo la lluvia, apagando los fuegos y haciendo subir cortinas de humo. Entonces Paul la cogió por los brazos, cerca de los hombros, con fuerza, enterrándole cruelmente los dedos; antes que ella pudiera gritarle una protesta, él la levantó en volandas y la arrojó al medio de los animales que iban pasando en estampida.

Por instinto se hizo un ovillo y se cubrió la cabeza con las dos manos para protegerse de los animales. Asombrosamente, nada la tocó; el suelo se estremecía, pero ninguna res la golpeó con las patas al pasar. Oyó sonido de voces y comprendió que los hermanos Chevez estaban intentando calmar a los animales para que dieran la vuelta antes de llegar a los despeñaderos que se elevaban hacia el este.

Cautelosamente, levantó la cabeza. Nicolas estaba a su lado, con su cara toda una máscara de severidad. Se agachó a cogerle la mano y la puso de pie como si eso no le significara el menor esfuerzo. A ella le flaquearon las piernas, negándose a sostenerla, pero él no hizo caso de eso y la llevó con él, casi corriendo, en dirección a Rafael.

Rafael continuaba erguido, aunque ella no le veía el cuerpo, pues estaba cubierto por los cientos de murciélagos, que lo arañaban y le enterraban las garras, excavando en sus heridas. Lanzando un grito, se soltó de la mano de Nicolas y corrió hacia él alargando las manos para coger al peludo animal que le estaba destrozando la cara. Pero antes que lograra llegar hasta él, Nicolas dio una palmada, una orden. Los murciélagos cayeron al suelo y quedaron incinerados. El hedor le produjo bascas, pero continuó corriendo hacia Rafael.

Este se tambaleó, y ella le rodeó la cintura con los brazos.

—Te llevaré a un médico.

Aunque no veía qué podría hacer un médico por él; le habían arrancado gran parte de la piel; jamás había visto heridas tan horribles. Desesperada, miró a su alrededor, por si veía al vampiro, suponiendo que atacaría inmediatamente.

—¿Adónde se fue? ¿Lo ves?

Nicolas alargó tiernamente las manos para coger a Rafael.

—Se marchó hace rato —dijo—. No va a luchar con todos nosotros.

Paul venía corriendo hacia ellos, agitando una rama de árbol para asestarle un golpe en la cabeza a Rafael.

—¡Don Nicolas! —gritó Julio Chevez, para avisarle del ataque.

Nicolas cogió la rama y la giró, quitándosela sin dificultad al niño y arrojándolo de espaldas al suelo.

—Está contaminado, Rafael. Apesta a vampiro. No es más que un títere humano. Yo lo despacharé rápidamente y convertiré a la mujer. Tu bajarás a la tierra para sanar.

Su voz rezumaba resolución.

Colby comprendió que él ya había descartado a Paul y lo mataría sin sentir ni el más mínimo remordimiento. De un salto se colocó delante de Paul.

—No te atrevas. No te le acerques.

Aunque Paul era más alto que ella, abrió los brazos y llamó en su auxilio hasta a su última pizca de poder. No deseaba proteger a Paul, sino socorrer a Rafael, salvarlo, hacer lo que fuera necesario. La fastidiaba estar ahí protegiendo a su hermano cuando Rafael estaba tan mal herido. Sintió que el corazón se le rompía en un millón de pedazos al mirar su destrozada cara.

«*Meu amor*, yo no permitiría que mi hermano le hiciera daño a Paul. Ya deberías saber eso.»

Su voz sonó débil en su mente, como si él estuviera desvaneciéndose, abandonándola.

Se asustó, sin saber a quién socorrer, a quién proteger.

—Rafael se está muriendo, Nicolas —dijo—. ¿Es eso lo que quieres, que luche contigo con su último aliento? ¿Qué clase de persona eres?

El alto y musculoso cuerpo de Rafael se desplomó. Cayó al suelo de rodillas, se mantuvo así oscilando un momento, se le pusieron vidriosos los ojos y cayó de bruces.

Colby no recordaría después cómo saltó a cogerlo, pero se encontró debajo de él, amortiguando su caída, cayendo al suelo empujada por su peso. Curiosamente, no se golpeó en el suelo con la fuerza que se habría imaginado.

Nicolas había hecho flotar a Rafael, depositándolo suavemente en el suelo, girándole el cuerpo antes que la golpeara, y dejándolo con la cabeza apoyada en su regazo.

No pudo evitar un estremecimiento de miedo al ver a Nicolas de pie junto a ella.

Juan y Julio avanzaron para colocarse a cada lado de Paul.

—Don Nicolas, por favor, no nos obligue a hacer ese tipo de elección. Este chico es de nuestra *família*. Está bajo la protección de Don Rafael. Y usted también debería protegerlo.

Se hizo un silencio. Dio la impresión de que hasta la noche retenía el aliento; los insectos dejaron de emitir sus reclamos y las reses detuvieron sus inquietos movimientos.

—Tal vez sea posible extraerle el veneno del organismo, pero tendré que beber su sangre —dijo Nicolas, en un tono parecido a la amenaza, mirando a Colby.

Ella no se fiaba de él y deseó que Rafael estuviera totalmente despierto para decirle qué debía hacer.

—Rafael dice que no puede mentirme. ¿Tú sí?

—Qué hacer si no —contestó Nicolas en tono duro—. Sufrirá con el ácido de la sangre del vampiro y deseará comer carne humana. Se corromperá de dentro hacia fuera y el vampiro podrá utilizarlo para derrotarnos a todos.

Paul se echó a llorar y se apretó el estómago.

—Me quema aquí dentro, Colby. Y siento un zumbido en la cabeza que me vuelve loco. ¿Ha dicho que me convertiré en caníbal?

—Entonces haz lo que sea que debas hacer —dijo Colby—, pero no le hagas ningún daño, porque de lo contrario te perseguiré y atravesaré tu corazón de hielo con una estaca.

Pasando por alto su amenaza, Nicolas se arrodilló junto a Rafael. Ella lo observó incrédula cuando él se abrió una herida en la muñeca con los dientes y la puso en la boca de su hermano.

La miró con sus ojos negros sin expresión mientras le obligaba a beber su antiquísima sangre.

—Debería haber tomado posesión de ti inmediatamente en lugar de someterse a tus caprichos —dijo, y su voz sonó como un latigazo, mientras ella le sostenía la cabeza a Rafael en el regazo, enredando los dedos en su largo y sedoso pelo, y su sangre le empapaba los tejanos.

—Tú tampoco me caes muy bien —ladró—. ¿En qué te diferencias de ese monstruo? Mi hermano es inocente. Él no pidió que ese horrible vampiro lo raptara e infectara con su veneno. Yo no pedí ser la pareja de vida de tu hermano. Yo tengo aquí mi vida y mis responsabilidades. ¿Por qué vuestros derechos tienen que ser más importantes que los míos?

Nicolas acercó la cabeza hacia ella, mirándola con sus ojos insondables y duros como diamantes.

—Porque si tú no encuentras a tu pareja de vida no te convertirás en un monstruo que será absolutamente maligno y vivirá de la muerte y sufrimientos de otros. Yo sí. No soy humano. Rafael no es humano. Durante siglos hemos luchado contra la oscuridad. Tú le podrías aliviar el sufrimiento con mucha facilidad. Podrías conseguir que él nunca tuviera que enfrentarse a ese momento en que podría sucumbir a la oscuridad, sin embargo eres tan tozuda que pones en peligro tontamente la vida de tu hermano, de tu hermana, de tus vecinos y de otras personas a las que ni siquiera conoces. Peor aún, pones en peligro el alma de mi hermano, las almas de mi *família* y la mía. Y después de todo, él te tendrá, así que correr ese riesgo no tiene ningún sentido. Si fueras mi pareja de vida yo tomaría posesión de ti y ya está.

Ella oyó el sonido de sus dientes, como si fuera a inclinarse y morderle el cuello ahí mismo.

Sintió retumbar más fuerte el corazón, pero lo miró a los ojos, intentando ser sincera con él, esforzándose por entender. Deseó entender cuando lo vio dándole a beber su sangre a su hermano caído. Más aún, la idea de que Rafael se convirtiera en un monstruo tan horrible como el que los acababa de atacar, le resultaba inconcebible.

—Yo puedo ver desde tu punto de vista. ¿Puedes tú ver desde el mío? No soy carpatiana. Hasta hace muy poco tiempo ni siquiera sabía que existíais. No conozco a Rafael. No sé mucho de él, aparte de que es diferente, que posee un enorme poder y que es capaz de dominarme de una manera que me asusta de muerte. Tengo un hermano y una hermana a los que quiero, y un rancho que debo mantener para ellos porque se lo juré a mi padre en su lecho de muerte. No tenía ni idea de todas estas cosas que me has explicado. No he vivido durante siglos y nunca he visto vampiros, a no ser en películas.

—Pues ahora has visto uno. Ahora ya sabes las consecuencias que eso tiene para Rafael, y que las cosas que te he dicho son ciertas. ¿Qué vas a hacer al respecto?

—Ni siquiera sé qué deseas que haga, Nicolas —contestó ella francamente—. ¿Cómo puedo proteger a Rafael?

Él me habló de introducirme totalmente en su mundo. ¿Qué significa eso?

—¿No te diste cuenta de que el maligno apuntaba a ti para matarte? Si lo hubiera conseguido, habría matado a Rafael. Usó al chico para intentar matarte.

—Yo no intenté matarla —protestó Paul, muy pálido.

—Sí, lo intestaste —dijo Nicolas, calmadamente—. Y si no se elimina el veneno de tu organismo, volverás a intentarlo, una y otra vez, hasta que lo consigas. El vampiro sabe que mientras seas humana, Colby, eres vulnerable y él tiene la posibilidad de matar a Rafael a través de ti.

—¿Cómo le afectaría a Rafael mi muerte? —preguntó ella, aunque ya sabía la respuesta.

Su miedo y sufrimiento se la dieron. Se esforzaba en contenerlos, pero no soportaba la idea de perder a Rafael; su mente rechazaba esa posibilidad, porque su corazón sabía que no sobreviviría a eso.

—Lo sabes —dijo Nicolas, en voz muy baja.

—Ni lo pienses, Colby —ladró Paul. Se dobló de dolor, sujetándose el estómago—. No les permitas que te hagan nada. ¿No ves lo que son?

Julio le pasó el brazo por el hombro al chico.

—Son hombres fabulosos, Paul, y nos han protegido del vampiro. Nicolas es el único que puede salvarte del ácido que tienes dentro. Ningún médico podría curarte de sus efectos.

Nicolas dejó de alimentar a Rafael y se cerró la herida de la muñeca con un lametón. Colby no pudo evitar el estremecimiento que le recorrió el cuerpo al ver la naturalidad con que hacía ese gesto.

—Debo llevar a Rafael a un lugar donde esté seguro y pueda curarlo —dijo Nicolas—. Pero como te ha atado a él, sufrirás muchísimo por la separación. Yo puedo impedirlo convirtiéndote, pero entonces tendrías que reposar bajo tierra con él. Decídete ahora. Él necesita cuidados inmediatos.

—Si he de tomar una decisión inmediata, esta es la de continuar junto a mis hermanos y ocuparme de su seguridad.

Su voz sonó desafiante.

—Sufrirás por él. Creerás que está muerto y sentirás una fuerte llamada para reunirte con él. No debes hacerte daño, por muy desesperada que te sientas. Llámame y yo te ayudaré si es necesario.

Diciendo eso, Nicolas se agachó y cogió a su hermano, levantándolo en los brazos como si no pesara nada.

—¡Espera! —exclamó Colby, angustiada—. ¿Y Paul?

Su hermano ya no podía sostenerse y lo mantenían de pie sus dos tíos. Se doblaba y gemía de dolor, y le flaqueaban las piernas.

—Volveré a extraerle el veneno. Pero debes saber, hermana, que cuando lo haga, él quedará atado a mí para siempre.

A ella eso le pareció una advertencia, tal vez incluso una amenaza. Se llevó la mano al cuello, a la defensiva.

—¿Debería esperar a Rafael? —preguntó, con los ojos fijos en los suyos, procurando no parecer intimidada. Deseaba la verdad.

Él acunó a Rafael en sus brazos, casi como si fuera un niño pequeño, no un hombre corpulento y peligroso.

—Eso depende de ti.

Colby le tocó la cara a Rafael; la sintió fría, sin vida. Un grito subió a su mente, pero se obligó a acallarlo.

—¿Está vivo?

—No permitiré que se muera. ¿Vuelvo esta noche?

Colby miró la cara de su hermano, vio el odio en sus ojos y se estremeció.

—Por favor —musitó, desviando la vista de la cara de Paul—. Date prisa.

—¡Traidora! ¡Puta! —gritó Paul abalanzándose hacia ella con el puño levantado y una expresión diabólica.

Julio lo cogió y lo apartó de ella.

—¿Lo llevamos a la casa, *senhorita*?

Paul se debatió contra sus tíos, gruñendo y enseñándoles los dientes, intentando morderlos. De repente se calmó, miró alrededor, pestañeando para despejarse la vista.

—¿Colby? —dijo, con la voz de un niño pequeño confundido—. ¿Qué me pasa?

—Estás enfermo, cariño.

Intentó tranquilizarlo, pero las lágrimas la ahogaban y le hacían escocer los ojos debajo de los párpados. Ya no podía tocar la mente de Rafael. Sentía intensamente esa pérdida, como si alguien le hubiera arrancado el corazón. Deseó chillar y enterrar las uñas en la tierra, excavar y excavar hasta encontrar el lugar donde descansaría el cuerpo de él. Pero lo que hizo fue levantar la cabeza y vio que los hermanos Chevez la miraban compasivos.

—Llevémoslo a la casa —dijo cansinamente.

—Juan se ocupará del ganado —le dijo Julio—. Yo me ocuparé de ti, de Paul y de Ginny.

Ella echó a caminar tras él. Aunque veía en la oscuridad, como nunca en su vida, se sentía descentrada, como si estuviera ciega y sorda.

—¿Este tipo de cosas ocurren con frecuencia? —preguntó a Julio—. «¿Qué eran esos terribles animales, Nicolas, y cuánto daño le han hecho? Ha quedado tan destrozado, y perdido tanta sangre.»

Y ella ni lo había besado, ni había intentado abrazarlo. ¿Y si Nicolas era más monstruo que hombre?

«Soy más monstruo que hombre», le confirmó él.

Su voz sonó en su mente, suave, distraída. Lo oyó repetir un cántico, su letra antiquísima, con un potente ritmo tranquilizador.

«Lo estoy curando y dándole más sangre. Después lo pondré en los brazos de la tierra para que sane.»

Julio la miró por encima del hombro, haciendo caminar a Paul.

—¿Necesitas mi ayuda, Colby? —Al ver que ella negaba con la cabeza, continuó—: Sí, he presenciado muchas batallas entre los vampiros y los cazadores. Este vampiro no es como los otros. Es mucho más poderoso y astuto.

Colby se rodeó la cintura con los brazos y reanudó la marcha por el sendero que llevaba a la casa del rancho. Rafael la había acompañado por ese mismo sendero, tomándola de la mano, haciéndola sentirse la mujer más hermosa y más deseada del mundo. Cuando él centraba la atención en ella, nada más parecía importar. Intentó recordar lo que le había dicho Nicolas acerca de la conversión, pero estaba muy atolondrada.

—¿Resultan heridos con frecuencia? —preguntó.

Julio negó con la cabeza.

—Todos los vampiros son diferentes. Los cazadores son muy poderosos, muy experimentados. Rafael es un luchador magnífico, junto con Nicolas o con cualquiera de sus hermanos; rara vez resultan heridos. Este —movió la cabeza—, este es uno de esos a los que llaman vampiro amo, uno muy antiguo que ha escapado a la justicia muchos años. Zacarías, el mayor de los hermanos De la Cruz, cree que un vampiro amo es uno muy antiguo de su especie; uno que lleva mucho tiempo en el mundo, experimentado en las batallas, y que finalmente sucumbe a la llamada de la oscuridad. El vampiro amo no da la batalla sino que usa a títeres humanos que le obedecen; los llama vampiros inferiores y los usa como peones. Y muta a seres de otras especies, convirtiéndolos en maldad encarnada. Ya has visto una muestra de su trabajo.

—Estás muy nervioso. ¿Qué es lo que no quieres decirme?

Julio la miró con sus ojos sombríos, preocupados.

—Nicolas puede extraerle la sangre envenenada y aliviarle el dolor, pero mientras el vampiro no muera, Paul estará conectado con él, por lo que seguirá intentando utilizarlo. Nicolas será lo único que se interponga entre Paul y lo que el vampiro desea de él. Nicolas es poderoso y antiquísimo, pero está muy cerca del final de su tiempo. Además, debe descansar durante las horas diurnas. Será peligroso para él hacer esto que le pides. Y si no lo hace, Paul morirá finalmente y tú te sentirás agradecida.

Colby se presionó la cabeza con las dos manos para aliviarse el dolor. Necesitaba el contacto tranquilizador de Rafael.

«Está a salvo bajo la tierra. Lo he alimentado; me encontraré contigo en el granero. No conviene que la niña vea lo que vamos a hacer para ayudar a tu hermano. Tienes que estar segura. Él puede hacerte daño y te lo hará si el vampiro llega hasta él y lo programa. Yo puedo intervenir y quitarle el dolor, pero no puedo romper el lazo entre ellos.»

Le estaba ofreciendo matar a su hermano. Lo percibió en su voz, tan seca y hueca que se sintió enferma. Le hizo sentir vivamente la árida existencia de Rafael. Casi veía a la oscuridad entrando en su cuerpo, ensuciando su alma, apoderándose de él. Cerró los ojos pero no pudo bloquear lo que tenía en la mente.

Tomó su decisión.

«Yo lo vigilaré hasta que tengas la oportunidad de matar al vampiro.»

«Rafael tiene mucho de qué responder.»

Su voz sonó mordaz.

«Rafael ha intentado darme tiempo. ¿De verdad es tan terrible eso?»

Las lágrimas hicieron que le doliera el corazón. ¿Ella había causado todo eso? ¿Era culpa suya que Rafael yaciera como un muerto bajo la tierra?

«Siento su amor por ti. Eso me ha sostenido, pero no debe ablandarme. Él me ha dado esperanza al participarme de sus sentimientos por ti. Sus emociones son intensas y difíciles de manejar. Lo molesta e inquieta la presencia de otros machos cerca de ti, incluida la mía, pero intenta no hacer caso de esas peligrosas emociones para darte la libertad que necesitas para ir a él.»

«¿Es culpa mía?», insistió ella.

Le contestó el silencio. Entonces abrió la puerta del granero y se encontró ante Nicolas y la despiadada mirada de sus ojos negros.

Capítulo 12

Paul fue a sentarse en silencio en un rincón y su tío lo hizo muy cerca de él.

Colby no pudo dejar de fijarse en su postura protectora. En ese momento Julio se parecía tanto a su padrastro que se le desgarró el corazón. Miró nerviosa hacia la casa.

—Quiero ir a ver cómo está Ginny.

—La niña está muy bien, durmiendo apaciblemente —dijo Nicolas—. Si quieres que se haga esto, hagámoslo ya.

Ella intentó no erizarse ante su actitud agresiva.

—No era mi intención retardarlo. Lo que ocurre es que estoy verdaderamente preocupada. Esta no ha sido la mejor noche de mi vida. Puede que tú trates con vampiros cada día —miró a su hermano sonriéndole, tranquilizadora—, pero para nosotros su existencia es una novedad.

Paul intentó sonreír, miró hacia abajo y vio el sujetador color melocotón enrollado en su brazo. Su expresión cambió al instante, se volvió sombría y fea. Se quitó la prenda de encaje del brazo, la cogió entre dos dedos, y la levantó, alejándola de él, para que todos la vieran. Al instante Colby tomó conciencia de que no llevaba nada debajo de la delgada blusa y de que encima le faltaban los botones.

De todos modos, aun sintiéndose absolutamente humillada, su mente intentó llegar a Rafael; al darse cuenta de que no podía hacerlo, lo único que sintió fue vacío y aflicción. El miedo le estremeció el corazón.

Con los ojos siguió el movimiento de su sujetador cuando Paul lo arrojó lejos, como si fuera algo tan asqueroso que no soportaba ni mirarlo. De repente, su hermano se levantó de un salto, cogió una bielda y se abalanzó sobre ella, todo en un solo movimiento.

Colby no vio moverse a Nicolas, pero él ya estaba ahí delante de ella, quitándole el arma a Paul y atrayéndolo a su terrible abrazo. Le salió bruscamente todo el aire de los pulmones al ver cómo se le alargaban los colmillos y se los enterraba sin ningún preámbulo en el cuello. El chico se quedó absolutamente inmóvil, influido por la mente de él.

Se estremeció, sintiendo como si esos afilados colmillos se le estuvieran enterrando en su propio cuello. En ese momento odió a Nicolas; se odió a sí misma; odió a Rafael. ¿Cómo podía quedarse ahí sin hacer nada mientras un ser al que apenas conocía bebía la sangre de su hermano con tanta frialdad?

«¿Qué hace?»

La voz de Rafael sonó cansada, muy, muy cansada. Ella sintió lo débil que tenía el pulso de su sangre vital cuando él entró en su mente.

Pero su preocupación no era por Paul, sino por su hermano, por Nicolas. Sintió su miedo como si fuera de ella. Sintió la oleada de amor y cariño que se extendía desde hacía siglos. Sintió fluir ese amor por su cuerpo, apoderándose de su corazón y su alma, y deseó correr hacia Nicolas e impedir que continuara; lo que estaba haciendo era peligroso para él, no para Paul, porque estaba ingiriendo conscientemente la sangre del vampiro, cuando se veía obligado a combatir cada minuto de cada día a la bestia que ya le ensuciaba el alma y luchaba por tener la supremacía.

—¡Espera! —exclamó.

No podía elegir entre los dos hermanos, el suyo o el de Rafael. Ellos ya estaban entrelazados, unidos, en su mente. La vida de Paul o el alma de Nicolas. Era una elección terrible.

La voz de Nicolas rozó las paredes de su mente:

«No perdáis el tiempo preocupándoos por mí, ninguno de los dos. Me sostendré y volveré a nuestros hermanos por tu bien, Rafael. Me has transmitido las emociones que sientes por esta mujer y por este chico. Eso me basta para continuar hasta que llegue a nuestro hogar. Duérmete, Rafael, y deja que la tierra te sane.»

A través de su vínculo con Rafael, ella sintió el amor de Nicolas por él. Era una ruta compartida, rara. Por primera vez lo vio diferente al monstruo que intentaba arrancar a sus hermanos de sus brazos. Nicolas ya era real para ella. Lo veía a través del corazón de Rafael. Surgieron recuerdos de él, y comprendió que Rafael lo estaba haciendo intencionadamente.

¿Cuántas veces se había interpuesto entre seres humanos y la muerte, arriesgando su vida y su alma? ¿Cuántas veces había intentado proteger a Rafael y a su hermano menor de las terribles batallas? Lo habían herido incontables veces. Había matado incontables veces, en cada ocasión arrancando trozos de su alma.

Cerró los ojos. No deseaba ver, no deseaba verlo distinto a como lo había considerado al principio: un predador sin emociones. Ya estaba bastante confundida. Y ahí estaba Paul, inmóvil en sus brazos, mientras él le extraía sangre y más sangre; ya estaba pálido y fláccido en los brazos del cazador, aturdido y débil, pero seguía extrañamente dispuesto a hacer lo que le exigiera Nicolas.

Sintió el momento exacto en que Rafael sucumbió a su necesidad de descanso y curación; se retiró de su mente, abandonándola. Se sentó en una bala de heno, se apretó el estómago revuelto con las dos manos y volvió a mirar a Nicolas y a su hermano; en ese momento él le pasó la lengua por el cuello a Paul cerrando los agujeritos y dejándolos como si nunca hubieran existido. Ella vio que no le quedó ninguna marca, nada de nada. Se llevó la mano a la suya en el cuello, que siempre estaba ahí, que no desaparecía.

«Podemos dejar una marca o no dejar nada si queremos», le contestó Nicolas en su mente.

Le leía los pensamientos con la misma facilidad que Rafael, pero eso, que con Rafael era un contacto íntimo, con Nicolas le parecía una invasión. Él la recorrió con sus negros y fríos ojos, tan distintos a los de Rafael. Lo vio absolutamente solo, aislado de todo lo que lo rodeaba.

«Rafael ha querido dejarte su marca, como advertencia y como compromiso. Él te protegerá aun cuando debería estar descansando bajo la tierra.»

Ella captó su tono de leve censura, pero por primera vez pudo mirar más allá y ver la terrible carga que él llevaba encima.

—¿Qué tienes que hacer ahora, Nicolas? —le preguntó.

—Expulsar el veneno por mis poros para liberar a mi cuerpo de la mancha del vampiro. —Paul seguía bajo trance, y él lo ayudó a sentarse en el suelo—. La sangre de vampiro quema como ácido. El chico no habría durado mucho. Noto algo aquí con lo que no me había encontrado nunca antes. —Cerró los ojos y exploró el interior de su cuerpo para deshacer el compuesto que había infectado a Paul y que ahora corría vivo por sus venas—. Hay algo más aquí, un pequeño parásito que no debería existir. Está mutado, de modo muy parecido a las serpientes que usó el vampiro para atacar a Rafael.

—¿De dónde procede el vampiro? —preguntó, casi mareada de asco al ver las gotas de sangre que empezaban a salir por los poros de Nicolas.

Era una visión que no olvidaría nunca, que no se sacaría jamás de la cabeza. Intentó distraerse, fijar la atención en cualquier otra cosa para no chillar viendo la sangre que se iba acumulando en el suelo tiñendo de rojo oscuro el heno. Era fuerte, se había criado en el rancho, pero sentía náuseas de todos modos.

—No mires —le dijo Nicolas, secamente—. Sacarás de su sueño a Rafael otra vez, y su herida es profunda. Hay que darle tiempo para curarse.

—Lo siento. Nunca había visto algo así.

Necesitaba tocar a Rafael; no era algo que simplemente deseara. Todo en ella se alargaba para llegar hasta él, y sólo encontraba el vacío. No estaba en absoluto segura de que pudiera soportar estar alejada de él, y eso era alarmante, ya que según Nicolas su herida era grave y necesitaría tiempo para sanar. Ella no era egoísta, pero sintió la imperiosa necesidad de interrumpir su sueño, de llamarlo, para sentir el roce de su mente en la suya.

Nicolas exhaló un suspiro.

—Rafael debería haberte convertido, así te habría ahorrado el infierno que tendrás que soportar. No debes dañarte.

—No soy de ese tipo —dijo ella, aunque empezaba a dudar de que eso fuera cierto—. ¿Te duele? —le preguntó, pensando que no quería ni imaginarse a Paul pasando por algo así.

—Sí —dijo él, sin ninguna inflexión en la voz.

Hizo un gesto hacia el heno empapado de sangre e inmediatamente Julio barrió hacia atrás todo el heno limpio, dejando un círculo de madera al descubierto con el heno ensangrentado en el centro. Nicolas abrió la puerta y miró hacia el cielo. Al instante cayó un rayo.

Colby observó horrorizada la bola de fuego rojo naranja que entró en dirección a ellos, atraída por Nicolas, y que cayó sobre el heno empapado con la sangre del vampiro, ardiendo en un instante y desapareciendo luego como si no hubiera estado nunca ahí.

Pestañeó varias veces, para asegurarse de que no estaba alucinando.

—Esto es demasiado extraño para mí. —Dándole la espalda a Nicolas, miró a su hermano—. ¿Paul va a estar bien ahora? ¿Puedo llevarlo a acostarse?

—Quiero intentar curarlo —contestó Nicolas—. El vampiro lo infectó con su sangre y va a sentir las entrañas como si alguien le quemara con un soplete.

Colby vio lo pálido y cansado que estaba. Los surcos de su cara se veían más profundos que nunca y sus ojos estaban fríos como el hielo. Se estremeció.

—Necesitas alimentarte.

—Sí.

Colby miró indecisa a Julio. Después de lo que acababa de hacer Nicolas por Paul consideraba que no tenía otra opción que hacerle el ofrecimiento, y eso era lo último que deseaba hacer.

Julio negó con la cabeza.

—Yo le daré sangre a don Nicolas mientras tú acompañas a Paul a acostarse. Después iré a ayudar a Juan a curar las heridas que puedan tener las reses.

—Julio, tú y Juan debéis quedaros aquí —decretó Nicolas—. Vigilad al chico, en especial durante las horas diurnas. Yo tengo que descansar y no podré estar controlándolo.

Colby se detuvo antes de llegar hasta Paul.

—¿Qué significa eso? ¿No acabas de extraerle la sangre del vampiro?

—Mientras ese ser no haya muerto, Paul continuará atado a él.

Ella deseaba hacerle más preguntas, pero Nicolas sacó del trance a Paul, que se levantó, aunque se le doblaron las piernas, por lo que ella tuvo que rodearlo con un brazo para ayudarlo a salir del granero.

Paul se apoyó en ella con todo su peso.

—Me siento terrible, Colby.

—Lo sé, cariño. Necesitas dormir.

Él se aferró a ella y así caminaron hasta la casa y entraron en el dormitorio.

—Estoy asustado, Colby, de verdad. Nunca había visto nada ni remotamente parecido.

—Yo tampoco. Pero contamos con la ayuda de Rafael, Nicolas, Juan y Julio. No nos pasará nada. Yo te quitaré las botas, Paul. Tú échate en la cama y duérmete.

Él cerró los ojos en el instante en que su cabeza tocó la almohada, y no se despertó mientras ella le quitaba las botas y los calcetines. Estaba muy pálido, y su cabello moreno resaltaba en claro contraste con su piel. Le apartó suavemente unos mechones de la frente y se inclinó a darle un beso en la coronilla. Entonces él se despertó y le tocó la muñeca.

—Te quiero, Colby.

Hacía años que ella no lo oía decir eso.

—Yo también te quiero, Paulo —musitó, sufriendo por él.

Cuando volvió al granero encontró a Nicolas acomodando tiernamente a Julio con la espalda apoyada en la pared.

—¿Se encuentra bien?

Nicolas se giró y la recorrió toda entera con la mirada, de una manera que ella tuvo que hacer un esfuerzo para no estremecerse.

—Sí, por supuesto. Juan es de mi *família*, está bajo mi protección. Normalmente no tomamos la sangre de nuestros compañeros humanos. Él tuvo la generosidad de ofrecérmela al ver que la necesidad era grande.

—Nicolas, Rafael conocía al vampiro. Y el vampiro lo llamó por su nombre. Yo sentí la inmensa tristeza de Rafael mientras estaban luchando.

Por primera vez Nicolas la miró con una expresión menos fría. Ella vio en sus ojos una tenue expresión que le recordaba la de Rafael, como si ella, al intentar comprender su mundo, se hubiera ganado más aceptación por parte de él.

—Nos conocíamos de cuando éramos niños, en los Cárpatos.

Diciendo eso, se sentó al lado de Julio, el primer gesto realmente humano que ella le veía hacer. Era curioso: no podía dejar de considerar humano a Rafael, y en cambio a Nicolas nunca lo había considerado un ser humano. Él le cogió la muñeca a Julio y le tomó el pulso.

—Estoy bien, don Nicolas —protestó este.

—Debes beber muchísima agua y dormir.

—Tengo trabajo que hacer. Debo vigilar a Paul.

—Juan puede vigilarlo —dijo Nicolas—. Tú acuéstate.

—No te preocupes, Julio —terció Colby—. Yo también puedo hacerlo. Sé que podría volverse peligroso y tendré cuidado.

—Debes hacer lo que te diga Juan —le aconsejó Julio.

En ese momento entró Juan en el granero y se apresuró a ayudar a Julio a ponerse de pie.

—Yo lo llevaré a la casa.

—La habitación de huéspedes es la del medio —le dijo Colby.

Ella deseaba quedarse para enterarse de más cosas. Necesitaba saber más y en cierto modo la presencia de Nicolas le aliviaba la angustia que la abrumaba a veces. Observó a los hermanos Chevez hasta que salieron del granero.

—Son hombres buenos —comentó.

—Lo son, y eso no es un cumplido insignificante —dijo Nicolas—. Les leo los pensamientos y conozco el honor y la integridad que vive en esos hombres.

—Háblame del vampiro. ¿Quién es?

—Quién «era» sería más adecuado. Lo primero que aprende un cazador es a separar al hombre que conoció y quiso como amigo, del monstruo que lo combate con toda la intención de matarlo. Kirja es un hombre así. Sus hermanos y los míos eran los mejores amigos. No es corriente en nuestra sociedad que los hermanos estén tan unidos, pero en nuestras familias lo estábamos. Nuestros padres también eran amigos y nos criaron de modo muy similar. —Exhaló un suave suspiro—. Éramos muy competitivos, algo más rudos y desafiantes de las reglas de nuestra sociedad. Kirja y Rafael estaban especialmente unidos. Siempre se metían y salían juntos de los líos, y vivían compitiendo para ver quién era capaz de hacer algo primero. Lo pasábamos muy bien, aunque mis recuerdos se han desvanecido. Rafael y Riordan son quienes los han mantenido vivos en el resto de nosotros.

Bajó la cabeza y se frotó las sienes.

«Nicolas. Estás muy cansado. Debes descansar.»

La voz de Rafael sonó en las mentes de los dos.

A Colby se le aceleró el corazón de miedo.

—Su voz suena muy débil, muy remota.

Nicolas levantó la cabeza y volvió a apoyarse en la pared.

«No estás descansando bien. ¿Debo ordenarte que duermas, Rafael? ¿Por qué insistes en dormir con sueño ligero cuando sabes que estás mortalmente herido?»

Colby se encogió e hizo un mal gesto; había vuelto la mordacidad a la voz de Nicolas.

«Mis seres queridos están vulnerables arriba y quiero seguir conectado por si acaso me necesitan. Comienzo a entender por qué mi pareja de vida se resiste a comprometer su vida con la mía. Es una forma de infierno yacer bajo tierra impotente cuando las personas amadas están en peligro.»

La voz de Rafael era apenas un hilillo, pero estaba tranquilo, casi apacible.

«Descansa, Rafael, o haré lo que me pediste que no hiciera y faltaré a la promesa que te hice.»

Colby le miró los profundos surcos de la cara. Lo había visto a través de los ojos de Rafael, por lo que ya veía esos surcos como los signos distintivos de un hombre obligado por el honor, un hombre deteriorado por su destino pero resuelto a continuar protegiendo a las personas a las que amaba a través de los recuerdos.

«Tú alivias su carga, *querida*. Y sólo por eso te amaré siempre.»

Colby cerró los ojos para saborear su voz, la caricia de él en su mente, que se deslizó por su cuerpo y le envolvió el corazón. Ansió tocarlo, asegurarse de que estaba bien. Incluso en ese momento, con sus terribles heridas, él le acariciaba la mente y el cuerpo, llegando hasta ella para aliviarla, llegando hasta su hermano.

Se tragó las lágrimas. Estaba comenzando a enamorarse de él. No sabía por qué le ocurría eso; él no era el tipo de hombre al que se habría permitido mirar siquiera.

«Soy el hombre para ti.»

«Eres demasiado dominante. Te gusta que tus mujeres digan sí a todo lo que dictaminas.»

«Sólo cuando se trata de sexo. Y cuando tengo razón.»

Nicolas expulsó el aire en un lento siseo.

—Fusiona totalmente tu mente con la de él.

Eso era más que una orden; era un reto.

Sin darse tiempo para pensarlo y refrenarse, ella fusionó totalmente la mente con la de Rafael. Al instante la invadió el dolor, un dolor tremendo, desgarrador, que le arañaba las entrañas, la piel e incluso la mente. Vio algo más también; vio sus recuerdos de cuando era un niño pequeño corriendo por los cerros con un amigo, los dos intentando cambiar de forma, cayéndose de las ramas de los árboles y riendo. Sintió el terrible peso de saber que tendría que matar a ese amigo, arrancarle el corazón del pecho, llevando el recuerdo de esa sonrisa de la infancia y esa amistad de siglos.

Emitiendo un gemido, salió de la mente de Rafael, retrocedió tambaleante alargando la mano hacia atrás buscando en qué apoyarse. Nicolas ya estaba ahí, aunque ella no lo vio moverse, y la sentó en una bala de heno.

«¡Colby!», exclamó Rafael, respondiendo a su gemido.

«No tenía ni idea de que estuvieras padeciendo tanto dolor. Duérmete inmediatamente, y lo digo en serio, Rafael.»

Se colocó la mano sobre el corazón. El vampiro había intentado arrancarle el corazón por la espalda, usando las fuertes fauces y afilados dientes de la serpiente.

—No debería haberte dicho que hicieras eso —dijo Nicolas—. Me arrepiento de pocas cosas, pero eso no fue digno de mí. Mi hermano se desquitará.

—¿Qué significa eso?

Una tenue sonrisa curvó los labios de Nicolas, y desapareció.

—Acaba de reprenderme severamente, y lo que me ha dicho no es apto para tus oídos. —Se sentó al lado de ella—. La verdad, hacía años que no pensaba en los Cárpatos. Sudamérica se ha convertido en nuestro hogar. Ni siquiera recuerdo cómo era el actual príncipe de nuestro pueblo. Era muy joven cuando nos enviaron a cazar vampiros.

—¿A Kirja lo enviaron también?

Nicolas asintió.

—En ese tiempo el príncipe era Vlad Dubrinsky. Era un gobernante magnífico y todos lo respetábamos y admirábamos. Nos envió a los cinco a Sudamérica y a los hermanos Malinov a Asia.

—¿Cinco también?

Nicolas asintió.

—¿Y los cinco se han vuelto vampiros?

¿Por qué mientras los hermanos De la Cruz habían resistido tantos siglos a la llamada del poder de la oscuridad, los hermanos Malinov habían sucumbido?

—Yo los creía muertos. No he sabido nada de ellos durante siglos. Muchos cazadores oyen rumores acerca de aquellos que se han vuelto vampiros, pero nunca se ha mencionado a la familia Malinov. Mis hermanos y yo hemos estado tan separados de nuestro pueblo que no nos parecía raro. Brasil, nuestra hacienda, la selva, se convirtieron en nuestro mundo.

—¿Y ninguno de vosotros tiene esposa?

—Pareja de vida —enmendó él—. Tenemos parejas de vida y debemos encontrarlas. Tú eres la pareja de vida de Rafael. Mi hermano menor, Riordan, encontró a su pareja de vida en la selva, lo que nos sorprendió a todos, pero también nos dio una pequeña esperanza para continuar.

—¿Cómo lo sabéis de cierto? Yo no lo sé. Me siento atraída por Rafael, obsesionada por él, en realidad. Eso me asusta, porque yo no reacciono así ante los hombres.

—No es obsesión, aunque he oído decir que se siente así. Cuando toco tu mente veo tu confusión y el miedo que le tienes. Somos todas las cosas que crees que somos, poderosos, peligrosos y capaces de una gran destrucción, pero en absoluto de hacer daño a nuestras parejas de vida.

—Pero sí gobernarlas.

—No estás acostumbrada a someterte a un macho.

—No soy sumisa, eso no está en mi carácter. ¿Como es posible que seamos compatibles? ¿No puede haber habido un error?

—No lo hay. Tú le devolviste la capacidad de ver los colores y, a través de él, a mí también. No había visto colores desde hace cientos de años. Tú le diste sus emociones y, a través de él, me las diste a mí. Siento lo que él siente por ti, ese tremendo amor en su corazón y su necesidad de protegerte y cuidar de ti. Y ahora deseo sentir esas emociones por mí mismo.

—¿Cómo puedo ser su… —titubeó y se lanzó a probar la palabra— pareja de vida, cuando nací humana?

—Sólo sé que las mujeres que tienen poderes psíquicos pueden convertirse totalmente en carpatianas y que también pueden ser parejas de vida de carpatianos. Aún no conozco a la pareja de vida de Riordan, pero él me ha dicho que es descendiente de la estirpe jaguar.

Colby sonrió.

—Mi hermano dice que soy rencorosa como un felino, pero dudo que haya algo de jaguar en mí. Cuando hacíamos deporte en el colegio no era capaz de saltar muy alto.

Nicolas se cruzó de brazos.

—Nosotros tuvimos una especie de escuela. Lo primero que teníamos que aprender era a cambiar de forma. No era tan fácil como nos imaginábamos.

—Eso podría ser guay. Me gusta la idea de volar. Muchas veces he deseado poder volar. Te aseguro que cuando llevas ocho horas montada a caballo, lo notas de verdad.

—Me acuerdo de la primera vez que Rafael intentó transformarse en lobo. Era su primera vez y no lo consiguió. Una parte se le cubrió de pelo y le salieron patas en otra parte donde no debía tenerlas. Todos estábamos ahí, lógicamente. Y corríamos juntos, los hermanos De la Cruz y los hermanos Malinov. Todos aullábamos, nos caíamos y nos revolcábamos en el suelo como idiotas, pero cuando Ruslan, el mayor de los Malinov, comenzó a reírse y a apuntar, mi hermano mayor, Zacarias, lo persiguió por burlarse de Rafael. Acabamos enzarzados en una tremenda pelea. Eso sí, todo ese tiempo Rafael siguió atrapado entre la forma de hombre y la de bestia.

Colby no pudo dejar de reírse mientras Rafael le recordaba la anécdota, y le daba claras imágenes de todo. Se veía muy niño e inseguro, muy distinto al hombre dominante al que estaba atada.

—¿Y tú? ¿En qué fue lo primero que intentaste transformarte?

Nicolas guardó silencio, y su cara volvió a ser una máscara sin expresión. Se encogió de hombros despreocupadamente, aunque a ella no le pareció despreocupado el gesto.

—No lo recuerdo —dijo al fin.

—La primera vez de Rafael la recuerdas con toda nitidez.

Incluso recordaba los colores de los árboles, los olores y sonidos. Ella oyó el zumbido de los insectos en la mente de él.

Él se puso de pie.

—El recuerdo era de Rafael, no mío. Tú le devolviste esas cosas y él me las comunica a mí.

Ella le observó la boca; había en ella una insinuación de crueldad, y sus ojos se veían distantes, remotos. Le dolió el corazón por él; le dolió por Rafael.

—Estás muy cerca de convertirte en uno de esos monstruos, ¿verdad?

—Sí. Sin los recuerdos que me comunica mi hermano, perdería esta batalla.

—Y sin embargo acudiste a ayudarlo aun sabiendo que si combatías al vampiro estarías un paso más cerca. Y le extrajiste la sangre del vampiro a Paul, que podría haberte hecho caer por el precipicio. ¿Por qué lo hiciste, Nicolas? Yo ni siquiera fui simpática contigo.

—Eres *família*. Eres la pareja de vida de un carpatiano y debes ser protegida por todos los carpatianos. Y yo quiero a mi hermano. Puede que ya no lo sienta, pero el cariño está ahí, enterrado muy profundo, y no permitiré que te ocurra nada.

—Nunca olvidaré el riesgo a que te has expuesto por nosotros, Nicolas, y si se te hace muy difícil y necesitas ver los colores y sentir emociones, no me importa que nos toquemos las mentes.

Él estuvo en silencio un momento.

—No es poca cosa la que me ofreces, hermana. Los carpatianos no compartimos nada con los demás, ni siquiera con parientes. Mis hermanos y yo somos distintos porque no tuvimos otra opción que unirnos para vencer la llamada de la bestia. Sé que temes el poder de Rafael sobre ti y que aún no has comprometido tu vida con la suya. Entonces ¿por qué me haces este ofrecimiento?

Era complicado. No sabía si lo que sentía se debía a que lo vio expulsar la sangre venenosa por sus poros después de extraérsela a Paul o a que lo vio darle de su sangre a Rafael, pero estaba muy confundida. De ninguna manera se iba a comprometer a llevar una vida en que estaría enterrada bajo el suelo y le chuparía sangre a seres humanos, ya que la sola idea la estremecía, pero no podía dejarlo tan absolutamente solo, tal como no podía dejar de pensar en Rafael.

—Te has quedado aquí a hablar conmigo porque sabías que yo no lograría pasar la noche sin él, ¿verdad?

—Sí.

—Ahí tienes la respuesta, Nicolas. Tal vez yo siento la necesidad de protegerte, por él, tal como tú la sientes de protegerme a mí.

Se quedaron en silencio. Pasado un momento él dijo:

—Hay un vampiro al que tengo que cazar.

—¿Cómo lo encontrarás?

—Ahora que sé quién es; será más fácil encontrar su rastro. Conozco sus estilos. Han pasado cientos de años, pero él tenía ciertas pautas de comportamiento, todos las tenemos, y tiene que haber conservado algunas.

Ella había percibido la inquietud de Rafael, que no se debía solamente a que temía que Nicolas matara a otro vampiro y eso lo acercara más a sucumbir a la insidiosa llamada por el poder de la oscuridad.

—Rafael desea que esperes.

—No puedo correr el riesgo de que él te ataque. Estará encerrado bajo tierra durante las horas diurnas, más tiempo del que estaré yo, pero puede usar a sus títeres humanos para intentar matarte.

—Te refieres a Paul.

—Supongo que tiene más de uno. Este vampiro es antiguo y astuto. Es un luchador experto y conoce todos los trucos. Un vampiro amo no tiene que proteger su «buen nombre», a diferencia de los vampiros novatos o poco experimentados. Está dispuesto a huir, a sacrificar a sus peones para vivir él, y se le llama «amo» porque reina supremo en la batalla y en la magia de nuestra especie.

—¿Y para qué querría llevar una existencia tan terrible?

—El dolor y el terror que obtiene del sufrimiento de otros, de matar le da ímpetu; una especie de euforia. Como una droga humana. Es adictivo. Vive para ese momento.

—¿Cómo se mata un vampiro?

Intentaba retenerlo. Se estaba acercando la aurora. Curiosamente, no se sentía cansada. Tenía muchísimo tiempo para hacer los trabajos de la mañana antes que se elevara mucho el sol.

—Tú no —dijo él, en tono muy severo.

—¿Vuestras mujeres no combaten a los vampiros?

—En cualquier especie siempre hay excepciones, pero nuestras mujeres poseen la luz para nuestra oscuridad. Luchan para defender su vida y la vida de nuestra gente, pero no cazan. Tenemos muy pocas mujeres y nuestros cazadores son solitarios. Cuando tenemos que dividir nuestra atención para mantener a salvo a una mujer, aumentamos el riesgo.

—Yo sentí la resolución de Rafael. Estaba dispuesto a morir para manternos vivos a mí y a Paul. Sabía que si luchaba con el vampiro podría resultar derrotado.

—Kirja es un luchador muy poderoso. Tenía buena fama como cazador. Desde entonces ha aumentado su fuerza. Su sangre era diferente y me gustaría mucho saber por qué. Algo no anda bien en ese sentido, Colby.

—Yo sigo deseando saber cómo se mata a uno. Me sentiría mejor si supiera cómo se hace.

—No con un rifle. Juan y Julio podrían haberlo detenido disparándole al corazón, pero no lo habrían matado. hay que arrancarselo y quemarlo hasta que quede totalmente incinerado, si no, encontrará la manera de entrar en su huésped maligno. Después se incinera el cuerpo para que no haya esperanza de regeneración. La sangre de un vampiro quema como ácido, Colby, y ellos saben dominar con sus voces igual que Rafael y yo. No te metas con ellos.

—¿Rafael usó su voz para seducirme? —preguntó ella, mirándolo a los ojos, pues quería una respuesta sincera.

—No sé qué decidió hacer Rafael para atarte a él, pero si yo tuviera una pareja de vida, Colby, usaría mi voz, mi mirada, y todo lo demás que tengo a mi disposición para hacerla mía. No correría ningún riesgo. Mi mujer hará lo que debe hacer.

—Espero que tu mujer sea una marimacho —masculló ella en voz baja.

Comprendió que lo había retenido todo el tiempo que le fue posible. Entonces Nicolas salió al fresco de la noche y ella lo siguió.

—Ya vuelvo a sentir la necesidad de tocarlo —confesó, friccionándose los brazos—. ¿Va a ser así todo el tiempo?

Detestaba mostrar debilidad, y era terrible ver cómo se afligía por Rafael como si hubiera muerto simplemente porque él no le tocaba la mente.

—Sí. Yo te ayudaré durante las noches, pero durante el día manténte cerca de Juan y Julio. Ellos te ayudarán todo lo posible. Recuerda todo lo que te he dicho. Debes sobre-vivir.

—No pienso hacer otra cosa.

Maravillada vio cómo Nicolas simplemente se disolvía. Su forma humana primero brilló y luego se hizo transpa-rente, de modo que ella veía lo que había detrás a través de su cuerpo. Entonces se formaron unas diminutas gotitas de niebla y él quedó convertido en puro vapor, y así se ele-vó por el aire en dirección a la montaña.

Pestañeó varias veces, tratando de obligar a su mente a aceptar lo que acababa de ver.

En el instante en que desapareció Nicolas, exhaló un suspiro de alivio. No se había dado cuenta de lo tensa que estaba. Necesitaba estar sola, para dedicarse a las conocidas tareas que podrían hacerla sentirse normal otra vez, aunque sólo fuera por unas horas.

Fue al improvisado establo y la sorprendió ver todo lo que habían hecho los hermanos Chevez el día anterior por la tarde mientras ella dormía. Sean Everett tuvo que haber enviado materiales y más hombres, si no no habrían levantado tan rápido ese refugio. Volvió a suspirar, esta vez por su orgullo; al parecer le había salido volando por la ventana. Ya ni siquiera sabía lo que ocurría en su rancho.

Las dos horas siguientes las pasó atendiendo a los caballos y tratándoles las quemaduras. La mayoría de las heridas ya estaban casi curadas, y los caballos ya se veían calmados, logro extraordinario, con lo traumatizados que los vio por la mañana. Tomó conciencia de que había oído un ligero ruido, el de abrirse y cerrarse la puerta de la cocina. Divisó al perro subiendo a toda carrera la pendiente e hizo una inspiración profunda. Ya estaba comenzando el día. Juan y Julio se levantarían pronto, a pesar de su necesidad de dormir. Y dentro de unas horas ella se iría a acostar, y dejaría a Paul y a Ginny en sus manos.

Se frotó los ojos con las palmas. Rafael no tenía ningún derecho a introducirla parcialmente en su mundo, teniendo ella tantas responsabilidades. Ahora estaba atrapada entre ambos mundos, sin una salida clara para ninguno de los dos y sin saber qué hacer al respecto.

Con la bielda echó heno en los comederos de los caballos, y luego llenó con agua fresca los bebederos. Ese sólido refugio bastaría para proteger del calor a los caballos, de modo que cuando salió el sol, a ella también le protegió la piel. Y en todo ese tiempo no había dejado de pensar en Rafael. Su cuerpo suspiraba por él, y su mente se negaba a pensar en otra cosa ni en nadie más. No tenía ninguna posibilidad de resolver nada si lo único en que podía pensar era en el deseo de tocarlo, de verlo, de saber que estaba vivo y bien. Sentía vergüenza y asco de sí misma, pero eso no impedía que le rodaran lágrimas por la cara ni que de repente le viniera la terrible aflicción, estremeciéndola a veces hasta la médula de los huesos. Continuó trabajando sin parar, con el fin de que esas tareas normales la hicieran sentirse normal otra vez. Eso era lo único que se le ocurría hacer.

Acababa de terminar y estaba a punto de dirigirse al campo de heno cuando volvió a oír el ruido de la puerta de la cocina. Esta vez fueron los firmes pasos de Paul los que oyó atravesando el patio en dirección a ella.

Se sacudió para expulsar un repentino miedo. Necesitaba pasar unas horas sola sin preocuparse de si su hermano se convertiría de repente en un monstruo ante sus ojos. No quería estar todo el tiempo vigilándolo. Se giró a saludarlo con una resuelta sonrisa, agradeciendo su buen oído.

—Estabas llorando —le dijo él inmediatamente.

—Nada tan terrible, sólo autocompadeciéndome. ¿Y tú? No deberías haberte levantado todavía. ¿No podías dormir? No te sientes mal, ¿verdad?

Se echó atrás el pelo. Paul se veía bien, pero la ponía nerviosa saber que el vampiro podía volver a utilizarlo. No lograba olvidar su carita contorsionada por el odio cuando la arrojó sobre la manada de animales enloquecidos. ¿Qué se le dice a un chico al que le ha mordido un vampiro y que ha intentado matar a su hermana? ¿Cómo se le puede consolar, tranquilizar? No se le ocurría nada.

—Estoy bien —contestó él—, lo que pasa es que tuve muchas pesadillas. No quiero dormir, aun cuando estoy agotado. —Le pasó un trozo de papel—. Ginny ya ha salido a hacer una caminata. Se ha llevado a *King*. Dice que cuando vuelva va a regar las plantas y preparar el desayuno. Es difícil pensar en cosas tan vulgares como el desayuno y los quehaceres domésticos.

—Vi a *King* subiendo la loma y pensé que ella lo había dejado salir y vuelto a acostarse. Le gusta coger bayas para el desayuno, pero no quiero que se aleje mucho de la casa, con todo lo que ocurre.

—Yo podría seguirla para acompañarla. A mí tampoco me gusta que vaya sola.

Colby no quería tener a Paul fuera de su vista.

—Vamos a dejar que haga una caminata corta. Si no ha vuelto dentro de media hora, iremos a buscarla sin dar la impresión de que estamos preocupados, para que ella no piense que pasa algo.

—¿Y el vampiro? —preguntó él, inquieto.

—No puede andar por ahí a estas horas; no soporta la luz de las primeras horas del día. Deberíamos estar a salvo de él.

Y como Paul estaba con ella, el vampiro no podía utilizarlo sin que ella lo supiera. El sol acababa de salir pero su piel ya lo sentía. Se friccionó los brazos. Notaba una especie de incomodidad entre ellos que no existía antes.

Paul fue a darle palmaditas a varios caballos al ver que se movían inquietos.

—Ayer ayudé a levantar este refugio, con los hombres de Sean, Juan y Julio.

Ella detectó orgullo en su voz.

—Es maravilloso.

Prefirió no hablar de dinero. Paul necesitaba sentirse bien por algo.

—¿Cómo están los caballos? —preguntó él entonces.

—Me parece que se están recuperando rápido. Me gusta ver a Juan y Julio trabajando con ellos, susurrándoles palabras al oído tal como hacía nuestro padre. —Se sonrieron—. Me encanta verlos hacer eso.

—A mí también. ¿Anoche se fueron al rancho de Everett para dormir un poco?

—No, los dos están en la casa —contestó ella, sonriéndole—. Puse a Juan en el dormitorio de papá y a Julio en el de invitados.

—Es increíble que los caballos hayan mejorado tanto. ¿Cómo lo hacen?

—Yo creo que fue Rafael. Cada vez que los visitaba, mejoraban. Me parece que usa una especie de técnica curativa.

A eso siguió un incómodo silencio. Paul se llevó la mano al cuello.

—Todavía lo siento, Colby.

—Lo sé, Paul. He estado intentando entender de qué va todo esto, de ver qué podemos hacer. No podemos acudir a Ben a decirle que anda un vampiro suelto. Nos encerraría a los dos en un hospital psiquiátrico.

Paul se encogió de hombros, intentando sonreír.

—Hace años que desea hacerlo. No sería nada nuevo.

Por el rabillo del ojo Colby captó un movimiento sobre la loma que se elevaba justo a la altura de la casa del rancho, y se giró a mirar. Ya le escocían los ojos a esa hora de la mañana; el sol aún no estaba alto, pero la luz empezaba a atacarla. Entrecerró los ojos y se hizo visera con la mano.

—¿Qué es eso, Paul? ¿Un animal arrastrándose?

Paul se giró también y siguió con la vista la pendiente. Se puso rígido.

—Es *King*, Colby. Está herido.

Diciendo eso echó a correr por el patio en dirección al perro.

Capítulo 13

El perro, que venía arrastrando el cuerpo por el suelo, en dirección a la casa, se echó, gimiendo y mirándolos con la confianza reflejada en sus ojos oscuros, cuando los vio acercarse.

Paul se arrodilló a su lado y le pasó suavemente la mano por el pelaje.

—No le encuentro ninguna herida, Colby.

Ella sintió bajar un escalofrío por la columna. Se agachó a mirarle más de cerca a los ojos.

—Está drogado, Paul.

Paul lo contempló en silencio. Pasado un momento negó enérgicamente con la cabeza.

—No he sido yo, lo juro. Esta mañana desperté recordándolo todo, Colby. No recuerdo haber hecho las cosas que me mostró Nicolas cuando me estaba sacando la sangre del vampiro, pero sabía que tenía lagunas en la memoria, que había olvidado espacios de tiempo. Esta vez no he sido yo. No drogué al perro. Estoy seguro.

Colby le puso una mano en el hombro.

—Eso no importa ahora, Paul. Lo importante es que *King* estaba con Ginny. Llévalo a la casa, déjalo en la cama de ella y despierta a tus tíos. Diles que ensillen un par de caballos y nos sigan y luego vuelve aquí rápido. No esperaré mucho rato.

Paul cogió al perro y corrió hacia la casa. Ella se tragó el miedo. Lo más probable era que Ginny estuviera cogiendo bayas cerca de la laguna. Sin hacer caso de sus sentidos amplificados ni de la alarma que le bajaba por la columna, corrió al cuarto de aparejos, cogió unas riendas y fue a ponérselas a la yegua. No se molestó en ensillarla, la montó de un salto y cabalgó hasta la casa. Paul ya la estaba esperando. Detrás de él se encontraba Juan, con la camisa sin abotonar y la preocupación marcada en su cara.

—¿Qué pasa? ¿Dónde está la niña?

—Ahora voy a buscarla. —Bajó un brazo, Paul se lo cogió y montó de un salto detrás de ella—. Al perro lo drogaron y eso me preocupa, de verdad. Ven con Julio y traed un par de rifles. Voy a necesitar toda la ayuda posible.

Sin esperar más, hundió los talones en los ijares de la yegua, la giró y la puso a galope tendido en dirección al manantial.

Cuando llegaron a lo alto de la loma aminoró la marcha para explorar la zona. No había señales de vida, sólo silencio, demasiado silencio. El corazón le golpeó las costillas, el miedo la ahogó. Ginny no. No permitiría que le ocurriera algo a Ginny; si le ocurría algo, no sabía qué haría. Tragándose un sollozo, tiró de las riendas y empujó a Paul, prácticamente arrojándolo al suelo.

—Tú ve a buscar cualquier señal. Si ves algo o a alguien, grita, pero quédate donde estás, a cubierto. ¿Entiendes, Paul?, mantente escondido. Si me ocurriera algo a mí, acude al sheriff. Acude a Ben. No te fíes de nadie más.

Él levantó la cabeza y la miró, con la cara blanca como un papel.

—Pero… Yo no podría haber hecho esto. No podría haberle hecho daño, ¿verdad?

—Tú no has hecho esto, y además, estás tan en peligro como Ginny. Ten cuidado, Paul, y no te fíes de nadie. Ojalá supiera qué diablos pasa.

—¿Y si le ha ocurrido algo horrendo? No creo que…

Se le cortó la voz. Él no podría enfrentarse a un vampiro otra vez. Ni por Colby, ni por Ginny, ni por nada.

—Haz lo que te he dicho —dijo ella.

Puso en marcha a la yegua y atravesó la pradera hasta la ladera más alejada y ahí comenzó a examinar el terreno en busca de alguna señal.

«*Meu amor*, ¿por qué tienes tanto miedo? Tu terror me despertaría hasta del más profundo de los sueños.»

La voz de Rafael sonó como una calmante caricia en su mente. Casi se desmoronó en el instante en que él le tocó la mente con la suya. Sintió su mano acariciándole suavemente la cara y cayó en la cuenta de que estaba llorando.

«Ginny. Salió sola a caminar, y al perro lo drogaron. No debería haber pasado nada. El vampiro está retenido bajo tierra, ¿verdad?»

«Está bajo tierra, pero puede usar a sus títeres. ¿Dónde está Paul?»

Lo preguntó con cautela, sabiendo cómo reaccionaría ella.

«No fue Paul. Si hubiera sido él yo no estaría tan preocupada. Sé que él se resistiría. Pero siento que ocurre algo malo, Rafael.»

«Iré a acompañarte.»

«¡No! —exclamó ella, con la vista fija en el suelo, buscando rastros—. Estás mal herido y en este momento yo no puedo cuidar de nadie más. Quédate donde estás y deja que yo la encuentre.»

«Iré a acompañarte y a ayudarte con la pequeña.»

Su tono fue implacable.

Paul fue en primer lugar a explorar los alrededores del manantial. Ginny habría ido ahí si tenía sed. Lo primero que hacían siempre cuando salían a caminar era ir hasta el manantial para beber. No vio ninguna huella de las pequeñas botas de su hermana en el suelo mojado, pero casi se le paró el corazón cuando vio la clara huella de la bota de un hombre. Era unos dos números más grandes que las suyas; ni Colby ni él podrían haber dejado esa huella. Quizá fuera de uno de sus tíos, pero ellos usaban botas con un dibujo distinto en las suelas, y ninguno de los dos tenía el pie tan grande. Alarmado, examinó el suelo en busca de algo que le diera una pista sobre la dirección que llevaba ese hombre.

Al cabo de unos minutos de exploración, encontró un tenue rastro. No era mucho, una parte de huella, una hoja doblada y una ramita rota; entonces encontró una colilla de cigarrillo. Entonces se arrodilló al lado de unas huellas y se le escapó un ronco grito de alarma. La mano se le movió sola para tocar la huella de una bota pequeña. Era la de Ginny, la reconocería en cualquier parte. La bota más grande había pisado la huella de ella. Estuvo un minuto indeciso, desgarrado entre el deseo de gritar para llamar a Colby y el miedo de que lo oyera quien fuera que había cogido a Ginny y le hiciera daño. Las huellas eran recientes. Comenzó a seguirlas, agachado, manteniéndose a cubierto, teniendo buen cuidado de no pisar las huellas ni levantar polvo. Esperaba que sus tíos o Colby vinieran pronto a buscarlo.

Rafael salió a la superficie. Se le escapó un grito gutural cuando los rayos del sol le punzaron la piel como cuchillos. Al instante cambió de forma para protegerse sus sensibles ojos y el cuerpo del ardiente sol. Con la violenta sacudida de sus músculos y huesos se le abrieron las heridas, y las gotas de sangre se expandieron por el aire y cayeron al suelo. Eligió la forma de vapor, para no tener que continuar protegiéndose los ojos. Mantenerse así en su debilitado estado era precario y le dejaba poca energía para proveerse de una nube que le hiciera sombra. Nicolas había encontrado un lugar de tierra muy fértil en lo profundo de la montaña, pero muy lejos del rancho, y lo puso ahí, con la esperanza de que esa tierra rica en minerales lo sanara más rápido. El lugar era perfecto para la curación, pero significaba que tenía que viajar una gran distancia con su cuerpo ya agotado, sin fuerza. Recurriendo a su férrea voluntad, se desentendió del lacerante dolor y continuó atravesando el cielo en dirección a Colby, dejando una estela de niebla roja.

Colby desmontó y dejó caer las riendas para que la yegua no se alejara mucho mientras ella examinaba el suelo, perpleja. Percibía algo raro, malo, pero no lograba descubrir qué. Se acuclilló y pasó la mano por la tierra seca, como si esta le fuera a dar una pista. Se obligó a hacer varias respiraciones profundas; la histeria no le serviría de nada. Quería creer que Ginny estaba en alguna parte jugando, totalmente ignorante de la preocupación de ellos. Continuó explorando minuciosamente el terreno, y frunció el ceño al ver una ramita recién rota en un arbusto. La tocó con la yema de un dedo. Estaba a la altura de Ginny. Debió rozarla al pasar corriendo. Pero ¿dónde estaban sus huellas? Una hoja caída y pisada más allá la convenció de que la niña había pasado por ahí. Movió la cabeza, desconcertada. Eso era de locos, debería haber más rastros. ¿Dónde estaban sus huellas? Había muy pocas, como si Ginny hubiera ido volando y sólo pisado ligeramente el suelo en lugares oscuros, como un fantasma. Se dio un sacudida, bloqueando su imaginación y el terror que amenazaba con devorarla en cualquier momento.

«Voy de camino. No veo por qué te ha aumentado el miedo al ver que ella pasó por ahí.»

La voz de Rafael sonó calmada y firme como una roca. Ella se aferró a su fuerza como a un ancla.

«Las huellas no son así, Rafael. Veo marcas de sus botas y más allá una piedra apartada con el pie. Tendría que haber señales más evidentes de su paso.»

Intentó transmitirle lo que quería decir, enseñándole recuerdos de cuando rastreaba a animales.

«¿Dónde están Juan y Julio? Todos deberíais estar armados y juntos.»

Su voz no había cambiado, aunque ella percibió su inquietud.

«Vienen de camino.»

Esperaba que eso fuera cierto.

—¡Colby!

Era el grito o súplica de un niño pequeño que busca la seguridad de un adulto. No le había oído esa voz a Paul desde que tenía seis años. Se incorporó de un salto y se giró a mirar el lugar de donde provenía.

Él venía caminando hacia ella, muy pálido, con la cara contorsionada por la angustia. Tropezó, afirmó una rodilla en el suelo y se cubrió la cara con las manos.

Por suerte Colby tenía la mente en blanco mientras corría hacia él. Se arrodilló junto a él y le rodeó el delgado y tembloroso cuerpo con sus brazos, en gesto protector.

—Dímelo, Paulo —dijo, con la voz increíblemente dulce, pero que rezumaba autoridad.

Percibió que Rafael se detenía y sintió sus brazos alrededor de ella, para darle fuerza.

—Las huellas, de ella y de él. Las seguí. Hay una... hay una...

Se le cortó la voz, sollozando, y le corrieron las lágrimas por las mejillas. Volvió a cubrirse la cara con las manos, sin mirarla.

Colby le cogió los hombros y le dio dos sacudidas. El miedo la ahogaba y le hacía imposible respirar.

—¡Dímelo! Por el amor de Dios, Paul, ¿has encontrado a Ginny?

Paul levantó la cabeza y la miró con los ojos angustiados. Colby retuvo el aliento. Rafael también.

Colby le acarició la mejilla mojada por las lágrimas.

—Paul, ¿qué hay?

—¡Una tumba! Encontré una tumba.

Se hizo un silencio. Horrorizada, Colby se quedó inmóvil un minuto, sintiendo retumbar el corazón en los oídos y un grito desgarrándoselo.

—No me lo creo —dijo, apartándolo y levantándose.

«Espérame.»

Rafael redobló sus esfuerzos para avanzar veloz a pesar de sus heridas. Ella estaba casi histérica. Debería haber tomado sangre de los niños para saber dónde estaban en cualquier momento. La idea de que la niñita estuviera herida o tal vez muerta, le golpeaba el corazón con tanta fuerza que deseó unirse al silencioso grito de Colby.

Ella ya había echado a correr hacia el lugar de donde vino Paul. Vio las huellas de unas botas grandes en el lugar donde un hombre debió dar alcance a Ginny; vio los arbustos con ramas rotas, pisoteadas, donde ella se debatió, y luego las huellas más profundas del hombre llevándola en brazos. Las pisadas trazaban una curva y entraban en un cañón sin salida. A la izquierda, entre dos piedras grandes, había un pequeño montículo de tierra recién apilada, con un poco alrededor, y muchas piedras pequeñas encima, para impedir que escarbaran los animales ahí.

«Rafael, Rafael. Dios mío, creo que está muerta.»

Corrió hasta el montículo, gritando que no podía ser. Arrojó lejos las piedras, con una enorme furia y empezó a excavar la tierra del montículo con las manos.

«No lo hagas. Estoy muy cerca, *meu amor*; deja que lo haga yo.»

Ella continuó apartando tierra hasta que tocó algo sólido. Dejó de respirar, dejó de pensar, con la mente casi adormecida. Entonces tomó conciencia de todo, de las lágrimas que le mojaban la cara, de la tierra que le cubría la ropa, y de la tela que tocaban sus manos. Arpillera. De mala gana apartó el resto de tierra hasta dejar a la vista el saco.

«No puedo respirar, Rafael, no puedo respirar.»

Iba a vomitar.

—No, no vas a vomitar —dijo Rafael; ella no lo había oído llegar. Estaba a su lado, con una mano en su hombro, echándole el aliento cálido y tranquilizador en la nuca—. Mira bien el saco, Colby.

Ella casi no lo veía por las lágrimas. Entonces se echó a llorar a sollozos, sin poder parar, de agradecimiento, de alegría.

—Es un saco de avena de cuarenta kilos. No es Ginny, es avena.

Se giró y se echó en el refugio de sus brazos, hundió la cara en su pecho y lloró de absoluto alivio.

—Está viva —dijo Rafael—. Exploré la zona y percibí algo malo, pero está viva. Siento su presencia.

—No fue Paul —musitó ella, aferrándose a su camisa.

—No fue Paul, *querida* —confirmó él, y cogiéndole tiernamente las manos la ayudó a levantarse.

Colby se giró a mirar a Paul, que estaba a varios metros de distancia, apoyado en un árbol, con la cara escondida por el brazo.

—No es Ginny —le gritó—. No es ella, Paul. Esto es un ardid, para engañarnos. Gracias a Dios, es un ardid.

Paul levantó la cabeza y la miró como si creyera que se había vuelto loca. Al instante echó a correr, para ir a ver, tropezándose en el suelo irregular por lo temblorosas que tenía las piernas. Se abrazaron, riendo histéricos, con un alivio tan grande que los dos parecieron estar locos por un momento.

Colby fue la primera en ponerse seria y alargó la mano hacia Rafael. Entonces lo miró de verdad. Tenía la cara casi en carne viva por los profundos arañazos de los murciélagos mutados del vampiro. La camisa le colgaba en sucios jirones y se le veía el pecho, con la piel ensangrentada y lacerada. De las heridas le manaba sangre, manchándole la camisa. Ya tenía los ojos enrojecidos y los párpados hinchados por efecto de la luz de esa hora temprana, testimonio de su pérdida de fuerza.

Estaba ahí, alto y erguido, y tan destrozado que ella volvió a echarse a llorar. Aunque estaba tan herido, con las fuerzas absolutamente disminuidas, había venido a ayudarla.

—Rafael, no deberías haber venido. —Se mordió el labio, deseando acariciarlo, deseando estrecharlo en sus brazos y aliviarle lo peor de su dolor—. Ni siquiera llevas las gafas de sol puestas.

Él le cogió la mano y le pasó el pulgar por la piel, como buscando quemaduras y ampollas.

—¿Y dónde están las tuyas?

—No lo sé, las olvidé. Todavía tengo que encontrar a Ginny. Debería haberme dado cuenta; lo tenía ante los ojos, pero el miedo me impedía pensar. Con eso contaban, con que yo me asustaría tanto que creería lo que parecía obvio. —Le acarició suavemente la cara—. Rafael, tienes que volver a tu reposo. Ahí están Julio y Juan, ya no estoy sola. —No pudo evitarlo, lo rodeó con los brazos y se apoyó en él, cuidando de no hacerle daño en las heridas—. Gracias por venir a acompañarme.

—Usted «debe» descansar, don Rafael —dijo Juan desmontando. Miró las huellas, la tumba abierta y el saco de avena. Volvió a mirar a Rafael, que estaba muy cerca de Colby, con gesto protector—. ¿Encontrasteis a la niña?

Paul voló a arrojarse en sus brazos.

—Yo no hice esto. Sé que no lo hice.

Rafael lo tranquilizó tocándole la mente.

—No, Paul, no lo hiciste. Esto es obra de un títere, un ser muy maligno. No me marcharé mientras no hayamos encontrado a la niña. Está por ahí, en esa dirección. —Apuntó hacia el lugar donde había estado Colby buscando el rastro—. Juan, tú y Julio subid a un terreno más elevado y usad los prismáticos. Aparentad que estáis explorando la zona para ver cómo está el ganado.

—Crees que alguien nos está observando —dijo Paul—. No lo entiendo. Ginny sigue desaparecida. Y él debe de tenerla.

Rafael negó con la cabeza.

—No creo que estén juntos. Ginny se debatiría y delataría su posición. Creo que a los dos os ha atraído hasta aquí con alguna intención.

Paul lo miró a los ojos ribeteados de rojo.

—Crees que quieren hacer daño a Colby. ¿El vampiro puede utilizarme para hacerle daño a cualquiera de mis hermanas?

—Paul —protestó Colby.

Rafael le puso firmemente la mano en la espalda, a la altura de la cintura.

—El vampiro no puede darte ninguna orden durante las horas diurnas. Puede programarte por adelantado, pero no continuar haciéndolo durante el día. Nicolas cuida de ti. Y yo no permitiré que os ocurra nada a ninguno de vosotros.

Paul enderezó los hombros.

—¿Qué quieres que haga? Si ese hombre tiene a Ginny tenemos que rescatarla.

Colby negó con la cabeza.

—No la tiene. Ella tomó esa otra dirección. Él la instó a ir hacia ese lugar, no sé cómo, pero la encontraremos por ahí. Ha borrado su rastro, y lo ha hecho condenadamente bien, además.

—¿Cómo? —preguntó Paul.

Colby se encogió de hombros.

—Lo único que tenía que hacer era esperar que ella echara a andar hacia el manantial y conseguir de alguna manera que cambiara de dirección. Entonces, cuando ella se perdió de vista, borró sus huellas en ese lado y todas las señales de que había pasado por ahí. Pero ha dejado las huellas que venían en esta dirección, las ha cubierto con las suyas y pisoteado los arbustos para hacernos creer que ella había luchado.

—Y ha acarreado el saco para hacer sus huellas más profundas, de modo que creyéramos que la llevaba en brazos —terminó Paul.

Ella asintió.

—Debería habérmelo figurado. Eso nos habría ahorrado muchísima aflicción.

—¿Por qué, Colby? —preguntó Paul, afligido—. ¿Por qué nos hace esto el vampiro? ¿De dónde ha salido y qué desea?

Colby miró a Rafael.

—Esa es una buena pregunta, Paul, y no tengo la respuesta. No tiene ninguna lógica.

Rafael exhaló un suspiro.

—El vampiro le ha destruido el cerebro a ese hombre. Se está pudriendo de dentro hacia fuera. Lo que hace puede tener perfecta lógica para él, pero para nosotros es rebuscado y malvado. Ya no puede pensar con claridad. Intenta obedecer las órdenes de su amo. Es más que probable que este no le haya dicho que mate a la niña, así que se concentra en hacer salir a su objetivo.

A Rafael se le mecía el cuerpo de cansancio, y aunque ella deseaba que continuara ahí, veía cómo se le iban formando ampollas en la piel. Le tocó la mente, con el roce más delicado y suave que pudo. Al instante sintió un dolor tan atroz que se cayó al suelo de rodillas y con el corazón desbocado.

Rafael la levantó y la estrechó en sus brazos con mucha suavidad, pero la miró severo:

—No vuelvas a hacer eso.

Ella contuvo las lágrimas; sus lágrimas no encontrarían a Ginny ni le aliviarían el dolor a Rafael.

—Paul, necesito mi rifle. Coge la yegua, ve a casa y tráeme el arma, municiones extras y una cantimplora.

—¿Vas a buscar a Ginny?

—Encontraré a Ginny, ciertamente.

Paul titubeó.

—Pero ¿qué vas a hacer con el rifle?

—Todavía no lo sé —contestó ella, sinceramente—, pero esto se va a acabar. Ahora vete.

Él se giró, avanzó dos pasos y se volvió.

—¿Y si los dos estáis equivocados, Colby? ¿Y si él la tiene?

—No estoy equivocada, Paulo.

Ella había rastreado animales la mayor parte de su vida; estaba segurísima de que sabría encontrar a Ginny.

—Ya sabes que percibimos a través de tu vínculo con Nicolas —le explicó Rafael a Paul—. Y te digo que Ginny no está con el sirviente del vampiro; todos debemos dar las gracias por ello. Percibo la presencia de él en una dirección y la de ella en otra. Colby espera convencerme de que me vaya porque no estoy en plena forma, pero no la dejaré mientras no estéis todos a salvo. Tienes mi palabra de honor.

Paul abrazó a Colby; necesitaba abrazarla, necesitaba su fuerza, el consuelo y la tranquilidad que siempre le transmitía ella, desde que tenía memoria.

Colby observó a Paul salir del cañón y continuó mirándolo hasta que emprendió la marcha de vuelta a casa; entonces se volvió hacia Rafael.

—Da la impresión de que te vas a caer. Tengo buena puntería, Rafael. Si no es el vampiro, puedo encargarme de él.

—Comen carne humana, Colby —dijo él, e hizo un gesto en la dirección que creían que había tomado Ginny—. Tú encuentra a tu hermana y yo destruiré la maligna creación del vampiro.

—¿Qué vas a hacer?

—Hazlo creer que estás sola. Te seguirá. No me gusta usarte como cebo, pero es la única manera, estando yo tan débil, *meu amor*.

—No me importa hacer de cebo con tal de recuperar a Ginny. ¿Estás seguro de que está viva?

Él hizo una honda inspiración, olfateando el aire.

—Está viva. —Le brilló el corpulento cuerpo—. Me será más fácil soportar la luz si adopto la forma de niebla. Estaré cerca, Colby.

Eso ella ya lo sabía. Él estaba sufriendo un dolor atroz, y de todos modos había venido para estar con ella porque lo necesitaba.

Oyó la dura voz de Nicolas en su mente.

«Va a correr un peligro terrible. Muy pronto se apoderará de él el letargo y no podrá moverse, y sin estar a cubierto, morirá.»

«Yo no se lo permitiré.»

Ella no podía cambiar la decisión de Rafael cuando él ya la había tomado. Sólo podía intentar localizar a Ginny lo más rápido posible y sacarlos a todos de la luz del sol que iba ascendiendo.

Comenzó el lento y meticuloso examen del terreno, avanzando en círculos cada vez más amplios, con los ojos fijos en la tierra. En una depresión no honda detrás de los cantos rodados descubrió parte de una huella, la de un desgastado tacón izquierdo, y una vieja pala oxidada. Esa la reconoció; Paul y ella la habían desechado hacía unos meses, cuando se le rompió el mango.

Le llevó veinte preciosos minutos encontrar el lugar donde estuvo el hombre esperando; sus codos habían dejado marcas idénticas en la hierba de un montículo. En el tiempo que estuvo observando el sendero se fumó tres cigarrillos. Atenta a la posición del sol, examinó concienzudamente el suelo, segura de que el títere del vampiro tenía algún medio de transporte. Nuevamente ocupó un precioso tiempo, que Rafael no tenía, en descubrir el camino que había seguido el hombre. A unos cien metros de su lugar de observación, encontró el sitio donde había dejado el caballo.

«Rafael, he visto estas huellas antes. Son de un hombre que trabaja para Clinton Daniels; se llama Ernie Carter. Me topé con él cerca del lugar donde encontré el cadáver de Pete. Tenía los ojos enrojecidos, los párpados hinchados y olía a maldad. ¿Podría ser él quien mató a Pete?»

La aterró la idea de que ese hombre hubiera estado cerca de Ginny.

«Es probable.»

Examinó las pisadas en la hierba, descubrió el lugar donde había estado paciendo su caballo y las bostas, y comprendió que Ernie había estado ahí un buen rato. Vio una clara marca donde estuvo apoyado el saco de avena en las rocas; aplastando la hierba con su peso. Se mordió el labio, imaginándose la sucesión de movimientos, los pasos cortos alejándose del caballo, cargado, evidentemente. Ernie había dispuesto el escenario ahí y vuelto al montículo a observar su obra. Encontró las reveladoras huellas, con su distintivo tacón, cuando él descubrió que ella le seguía el rastro y se giró, y luego las huellas de pasos más largos cuando echó a correr hacia su caballo.

«Está por aquí cerca. Sin duda me ha visto y es posible que ahora me esté siguiendo.»

Sintió un hormigueo en los omóplatos, esperando el golpe en cualquier momento.

«Está al norte de ti; ahora va a pie, avanzando por entre los arbustos. Ni Juan ni Julio tienen el espacio despejado para dispararle.»

Colby levantó bruscamente la cabeza, invadida por una frialdad nueva para ella, una resolución férrea. El vampiro no sólo le hacía eso a ella: había hecho pasar a Paul por algo que nadie debería experimentar jamás, y mucho menos un chico.

«No puedo pensar en él, Rafael, tengo que encontrar a Ginny. No permitas que le pase nada a Paul, por favor. Prométemelo.»

«*Querida*, esa vil criatura no le hará daño a Paul. Ahora lo tengo y lo destruiré. Ahí viene Paul con tu rifle.»

A ella se le paró el corazón. Rafael estaba resuelto a enzarzarse en la batalla. Estaba mortalmente herido. De acuerdo con la lógica, debería estar muerto, no corriendo por ahí para darle caza a un sirviente del no muerto.

Alargó la mano y Paul le lanzó el arma. Entonces dejó caer las riendas, desmontó de un salto y le pasó la caja de municiones.

—¿Ya has encontrado sus huellas?

Ella negó con la cabeza.

—Este hombre es un rastreador experto. Ha borrado sus huellas a lo largo de unos cuatrocientos metros por entre los arbustos. Quiero que tú sigas la huella, Paul, pero será peligroso. Tendrás que simular que eres yo, y pasarás a ser el cebo. Yo avanzaré por entre el monte bajo para echarle una mirada. Rafael le va a dar caza, pero está mal herido y el sol ya está alto. Siento su cansancio y lo difícil que le resulta moverse.

—¿Y si Ginny...?

Colby negó con la cabeza al tiempo que cargaba el rifle.

—No la tiene él, Paul. Rafael está seguro de que está viva. ¿Y tú? —Lo miró a los ojos—. ¿Podrás resistirte a lo que sea que el vampiro haya programado en ti?

«Yo estoy con él.»

Nicolas sólo dijo eso, pero bastó para tranquilizarla.

Paul asintió.

—No le haré daño a Ginny. Nada me obligará a hacerle daño. —Se colgó la cantimplora al cuello—. Y Nicolas de la Cruz está en mi mente. Está despierto, así que supongo que todo irá bien.

—Ponte mi sombrero y mi blusa de manga larga. Manténte por entre los arbustos para que crea que eres yo. Tiene que ser así, Paul, ¿podrás hacerlo?

Paul cogió el sombrero y la blusa, mirándola ceñudo.

—Ya estás quemada.

Colby pasó por alto ese comentario.

—Cuento contigo.

Acto seguido echó a correr en dirección norte, bien agachada, aprovechando al máximo las malezas y arbustos bajos para ocultarse. Sabía que Ernie venía en sentido opuesto con la esperanza de capturarla o matarla. Era bueno rastreando, pero cometía errores, y uno de ellos era su continua necesidad de fumar. Sentía el olor del cigarrillo encendido más allá.

Sin las mangas largas que le protegieran los brazos, las ramas le arañaban la piel, y a pesar de la nube que tapaba el sol, sentía que se le iban formando ampollas. Le ardían los ojos y no paraban de lagrimearle, y sabía que Rafael estaba sufriendo más aún. Se tendió en el suelo en medio de la broza y comenzó a arrastrarse por un sendero de animales, por entre las ramas de arbustos.

«¿Qué pretendes hacer?»

La voz de Rafael sonó contenida, como si hubiera enseñado los dientes.

«Protegerte. Paul está simulando que es yo, y es casi tan bueno para rastrear como yo. Ese hombre no se va a acercar a ninguno de los dos.»

«Te lo prohíbo.»

—Prohíbe lo que quieras —masculló ella.

Aunque estaba débil, era casi un muerto ambulante, y tenía el cuerpo casi destrozado, era tan tozudo que no quería reconocerlo; necesitaba ayuda, lo supiera o no. Continuó arrastrándose y llegó cerca del lugar donde estaba su presa, instalado entre las rocas, esperándola. Esperando para matarla. Le bajó un escalofrío por la columna al comprender que ese era el único objetivo de aquel hombre: cogerla.

«Colby…»

Detectó una nota de advertencia en la voz de Rafael, una promesa de represalia.

«Tú haz lo tuyo y deja que yo haga lo mío. Soy como soy, Rafael, así que si estás pensando en engancharte a mí por el tiempo que sea, acostúmbrate.»

«Y yo soy como soy, Colby. Ponte en peligro en cualquier momento y te encerraré dentro de una barrera impenetrable, donde nada pueda tocarte. Eso me consumirá gran parte de la fuerza que necesito para otra cosa.»

Ella masculló una imprecación en voz baja y lo llamó varias cosas, ninguna de ellas elogiosa. Ese hombre era desesperante, incluso estando al borde de la muerte.

Avanzó otro poco entre los arbustos y vio al títere del vampiro. Decididamente era el mismo hombre que estaba con Tony Harris esa mañana cerca de las minas. Se le revolvió el estómago al pensar, sin querer, que había intentado comer carne del cadáver de Pete, y que debió ser él el que lo mató. Ernie Carter se veía tremendamente fuerte, pero estaba despeinado, con la ropa rota y arrugada. Le caía la baba y tenía un párpado caído sobre el ojo. Estaba observando a Paul con unos prismáticos, pero cada dos por tres tenía que limpiarse de lágrimas los ojos.

Le dio asco pensar que ella tenía que hacer lo mismo; en cierto modo se parecía en algo a ese hombre. En otro tiempo él había sido igual que Paul, inocente, hasta que el vampiro tomó posesión de él.

«No tan inocente —refutó Rafael—. Su mente y sus recuerdos son putrefactos. Quédate quieta, sospecha algo. Paul no camina como tú y él se ha fijado en que algo no está bien.»

De repente Ernie soltó una maldición en voz alta, tiró el cigarrillo hacia un lado y se puso el rifle sobre el hombro, apuntado a Paul.

Colby posicionó el suyo y puso el dedo en el gatillo. Era una excelente tiradora, pero nunca había matado a nadie. Con una deprimente sensación, comenzó a apretar el gatillo; no tenía otra opción. En ese preciso instante salió el sol de detrás de una nube, dándole en la cara y cegándola. Logró reprimir el chillido de dolor al sentir como si miles de agujas se le clavaran en los ojos. Pestañeó rápidamente para despejarse la vista, desesperada por disparar antes que el hombre le disparara a Paul.

—¡Paul, agáchate! —gritó, sin importarle que con eso se delatara, revelando el lugar donde estaba.

Al instante Ernie se giró hacia el sonido de su voz y disparó varias veces. Las balas silbaron y se enterraron en la tierra a unos palmos de ella. Entonces Colby apretó el gatillo, medio cegada por el sol, pero resuelta a hacer fuego para proteger a su hermano.

Al mismo tiempo oyó otros dos disparos de rifle y comprendió que eran de Juan y Julio. El sirviente del vampiro se internó entre los árboles, arrastrándose boca abajo por entre las malezas en dirección a su caballo. Colby veía atisbos de él, pero no lograba apuntarlo bien para disparar. Casi se le paró el corazón al ver a Rafael ponerse en su línea de fuego, dándole la espalda. Su camisa tenía una enorme mancha de sangre.

«¡No, Rafael, no! —Él estaba muy, muy débil; ella sentía su terrible agotamiento de energía; recurrió al hermano de él—. ¡Nicolas! ¡Dime qué debo hacer, por favor!»

Resuelta a ayudar a Rafael, se incorporó y echó a correr, con el rifle en las manos. Vio que Juan y Julio estaban bajando a saltos la ladera, desde posiciones distintas, en dirección a Rafael. Justo entonces chocó con algo sólido, cayó hacia atrás y se quedó sentada en el suelo, bloqueada por una barrera, que podía tocar, pero no ver.

Ernie se levantó, con los ojos casi cerrados por lo hinchados que los tenía, y giró la cabeza al localizar a su objetivo. Se llevó el rifle al hombro, aun cuando Rafael estaba a sólo un brazo de distancia. Rafael cogió el cañón y, haciendo girar el rifle, se lo arrebató de las manos y lo tiró lejos.

El títere del vampiro lanzó un grito, un horrible sonido de rabia y odio, y se abalanzó sobre Rafael como un defensa de rugby. Consiguió rodearlo con los brazos, le enterró los dientes en el pecho, los puños en la herida de la espalda, y le arrancó carne de cerca del corazón y la escupió.

Colby disparó a la barrera, con las esperanza de romperla, pero esta continuó firme en su lugar, irrompible. Sólo pudo ver horrorizada que el humano mutado volvió a morder a Rafael.

Sin encogerse ni apartarse, este le cogió la cabeza y se la giró con fuerza. El sonido del cuello al quebrarse resonó fuerte llevado por el aire de la mañana. Colby hizo una honda inspiración de alivio, pero, horrorizada, vio que Ernie no caía. Entonces Rafael lo empujó hacia atrás. El hombre que parecía un zombie se enderezó y, con la cabeza girada en un extraño ángulo y escupiendo baba, se abalanzó a atacarlo.

A ella le retumbaba el corazón, golpeándole el pecho; tenía cogido con tanta fuerza el rifle que se le adormecieron las manos. Jamás en su vida se había sentido tan impotente.

Asombrosamente, el sirviente del vampiro se movió rápido, pero Rafael dio un paso al lado y le enterró el puño en el pecho, hasta el fondo. Miró fijamente a los ojos al títere un momento y luego retiró la mano. El sonido de succión resonó tan fuerte en el quieto aire de la mañana que Colby sintió náuseas. Rafael estaba ahí con el corazón de Ernie en la mano, con la sangre corriéndole por el brazo. En un lento movimiento el cuerpo del títere se balanceó y se dobló.

Con el corazón golpeándole el pecho, Colby miró hacia otro lado para no ver. No pertenecía a un mundo en que los hombres se arrancaban mutuamente los corazones, se mordían en el cuello y convertían a seres humanos en caníbales y títeres. Se sentía débil, mareada, aturdida; se pasó la mano por la frente para quitarse las gotas de sudor.

«Lamento que hayas tenido que presenciar esta terrible destrucción de vida, *meu amor*.»

La voz de Rafael le rozó las terminaciones nerviosas, una sensual caricia de terciopelo en la piel y en su mente, seduciéndole los sentidos. Agitó la cabeza, intentando pensar con claridad. Necesitaba pensar con claridad; una parte de ella estaba convencida de que podría volverse loca.

Un relámpago de luz le captó la atención. Rafael había hecho bajar del cielo la misma bola de energía de color rojo naranja que manipulara antes Nicolas. Con ella incineró el cuerpo del ser que en otro tiempo fuera un ser humano. Entonces Rafael tiró el corazón al suelo e hizo lo mismo, bañándose también las manos y los brazos en esa energía.

Avanzó un paso hacia ella y se tambaleó. Ahogando una exclamación, ella golpeó la barrera con la culata del rifle.

—¡Derríbala! —Al tercer golpe no encontró resistencia y corrió hacia él—. ¡No vuelvas a hacer eso nunca más, maldita sea! No me apartes nunca más de mi objetivo, porque podría dispararte yo misma.

Juan y Julio ya estaban cerca de ellos.

—Buscad a Ginny —les gritó y cogió a Rafael—. Tú toma mi sangre inmediatamente. Ahora.

Él negó con la cabeza.

—Es demasiado peligroso, *meu amor*. Necesito demasiada. El hambre me desgarra. Podría hacerte daño. No correré ese riesgo.

Colby estaba tan furiosa que la adrenalina corría a mares por su torrente sanguíneo. Sacó su navaja del cinturón y se hizo un corte en la muñeca. Le dolió horriblemente y se le revolvió el estómago; tuvo que combatir el acceso de naúseas.

—No me digas que no, maldita sea. Bebe la sangre antes que yo me desmaye o me enfurezca tanto que te apuñale y acabe el trabajo.

El olor de la sangre golpeó fuerte a Rafael, y antes de poder impedírselo, le cogió la muñeca y chupó. La sangre con adrenalina lo golpeó como una bola de fuego, discurriendo por su organismo y produciéndole al instante una falsa euforia. Continuó tragando; sus células clamaban por sustento. Una niebla roja se extendió por su mente y se despertó la bestia, rugiendo, pidiendo más. Su estragado cuerpo exigía ese medio de regeneración, y la sangre entraba en él caliente, dulce, adictiva.

Ella sentía el drenaje, sentía cómo su sangre pasaba de su cuerpo al de él. Le dolía y vibraba la muñeca, y sentía los pinchazos de sus dientes. No pudo evitar dar un tirón para retirar la mano. Él le cogió la muñeca con más fuerza, produciéndole dolor, enterrándole los dedos. Colby cerró los ojos, intentando no mirar ni sentir nada.

«Páralo. Oblígalo a parar, antes que sea demasiado tarde.»

La voz de Nicolas sonó tan distante y débil que ella apenas la captó.

—Rafael, suéltame. —Dio un fuerte tirón para soltarse la mano—. Me haces daño.

Se le doblaron las piernas y cayó al suelo.

—Don Rafael —dijo Juan Chevez, poniéndole el cañón del rifle bajo el mentón—. Suéltela o disparo.

Se hizo un silencio. Colby sentía retumbar su corazón; por dentro se oía gritar una negativa. Prefería morir antes que perderlo, pero seguía vivo el miedo en ella cuando Rafael le lamió la herida de la muñeca y levantó la cabeza para mirar a Juan. Había muerte en esos ojos negros, y muy poco más.

A Colby le cayó el brazo, libre. Sin pensarlo, se levantó de un salto y apartó el rifle del mentón de Rafael.

—No, Juan. No sabe lo que hace.

Intentó tocar la mente de Rafael, pero sólo oyó un extraño rugido y, muy en la distancia, un desgarrador grito de angustia. Rafael le rodeó el cuello con una mano, y se detuvo el tiempo. El corazón se le aceleró más aún y le salió todo el aire de los pulmones.

Rafael se desplomó y cayó al suelo con fuerza, arrastrándola con él. Desapareció de su mente. Desesperada, le tomó el pulso.

—¿Está muerto? Juan, no tiene pulso. No puede haber muerto.

Intentó girarle el cuerpo para hacerle reanimación cardiopulmonar.

Juan le puso una mano en el hombro.

—Es el sol. Está demasiado débil y hay que protegerlo, ponerlo bajo tierra. Tenemos que curarle las heridas lo mejor que podamos y cubrirlo con tierra. Cuando se despierte don Nicolas esta noche, lo llevará a algún lugar seguro.

Le levantó la cabeza y, ante su sorpresa, sus ojos negros la estaban mirando; reflejaban inteligencia y remordimiento. Estaba como paralizado, incapaz de moverse. Al parecer, no le funcionaban ni el corazón ni los pulmones, pero estaba vivo.

—¿Debo ponerle emplastos de tierra en las heridas como hice anoche?

No quería mirar los ojos de Rafael ni tocar su mente.

Mientras Juan cavaba un hoyo en la fresca tierra cerca de la laguna, Colby le cubrió las heridas con emplastos de tierra mezclados con su saliva. Él no decía nada y ella se sentía entumecida. Las heridas eran terribles; parecía imposible que alguien se pudiera recuperar de algo así. Detestó ayudar a Juan a llevarlo rodando hasta ese hoyo poco profundo, semejante a una tumba, y tuvo que desviar la mirada mientras Juan lo cubría de tierra.

Se incorporó y echó a correr por entre los arbustos, indiferente a las ramas melladas y las espinas que le desgarraban la piel y la ropa. Necesitaba encontrar a Paul y a Ginny. Necesitaba estar con personas normales, cuerdas. Su mente no lograba aceptar lo que podía hacer Rafael. Debería estar muerto, y sin embargo arrancó un corazón con la mano; casi la mató a ella y podría haber matado a Juan. En lugar de llevarlo a un médico, ella le tapó las heridas con tierra mezclada con saliva y luego lo dejó enterrado en su rancho.

Paul y Ginny estaban sentados en un bosquecillo de pinos, y Julio se encontraba con ellos, protegiéndolos. Los dos se veían cansados y sucios, y tan normales que ella se echó a llorar.

Rafael no podía consolarla, encerrado bajo tierra, con el cuerpo ya pesado como el plomo y el corazón sin latir. La oía llorar, sabía que había estado a punto de matarla y que ella lo sabía. Juan le obedeció, poniendo la protección de ella por encima de todo lo demás, y siempre le estaría agradecido por eso. Estaba muy cerca, el monstruo iba creciendo en él, aun cuando las palabras rituales deberían haber eliminado el peligro. ¿Habría esperado demasiado tiempo? Deseaba estar con ella, abrazarla, quitarle las lágrimas de la cara con besos, tranquilizarla, asegurarle que nunca le haría daño, pero ya no sabía si eso era cierto. Yaciendo ahí bajo tierra descubrió que su angustia por el sufrimiento de Colby era mucho peor que cualquiera de sus heridas físicas.

Arriba, Colby se aferró a Paul y a Ginny, desesperda por alejarlos de un mundo que no entendía. Ginny comenzó a contarle todos los detalles de su terrible experiencia, cómo siguió los sonidos que hacía un animal herido y cómo de pronto se encontró atrapada entre un montón de malezas y troncos caídos.

Pero el sonido de su voz no le alivió a Colby el terrible miedo que le invadía el corazón.

Capítulo 14

Tenemos trabajo por hacer! —gritó Paul, golpeando con la palma la puerta del dormitorio de Colby—. ¿Vas a seguir eternamente en la cama? Ya ha pasado la mitad del día. Julio ha llevado a Ginny a visitar a los Everett y Juan ya está trayendo el heno. ¡Vamos!

Colby echó atrás las mantas y se hizo visera con las dos manos. Con cada día que pasaba empeoraba su sensibilidad a la luz del sol. Se duchó rápidamente con agua fría, por si así desaparecía la terrible pesadez que le invadía el cuerpo. Ya habían pasado tres noches desde que dejaron a Rafael bajo tierra para que sanara; tres noches, con sus tres días, que habían sido un puro infierno. Intentaba dormir durante el día, desde las diez de la mañana hasta las cuatro de la tarde. Eso debería ser un alivio, pero tenía pesadilla tras pesadilla. Incluso había ido al lugar donde Juan lo enterró, pero ya no estaba; su hermano se lo había llevado a sanar a otra parte.

Una y otra vez veía en sus sueños a Nicolas extrayéndole la sangre del vampiro a Paul; una pesadilla horrorosa que la despertaba temblando de miedo. En el momento en que cerraba los ojos, veía gotas de sangre saliendo por los poros de Paul, y veía una especie de parásito en su torrente sanguíneo, circulando como un gusano por todo su cuerpo. Cuando la pesadilla no era con Paul, era con Ginny; la veía metida en una tumba poco profunda, con sus ojos abiertos y acusadores. A veces soñaba con Rafael, que le sonreía mientras le enterraba los dientes en la garganta. La mayor parte de las horas diurnas las pasaba en la cama, esperando que le desapareciera el letargo, y tratando de no pensar en Rafael ni en lo malherido que estaba. Rezaba pidiendo tener un sueño tranquilo, sin perturbaciones, mientras hacía trabajar la mente buscando una manera de mantener seguros y a salvo a sus hermanos.

Muchas veces se despertaba llorando, con un dolor en el corazón que le oprimía el pecho, con la mente atontada por el sufrimiento. Estaba harta de afligirse y tener miedo. Y la fastidiaba la forma como la miraban todos, como si en cualquier momento se fuera a hacer daño.

—¡Venga, Colby, tienes que despertar! Me dijiste que te despertara pasara lo que pasara, así que sal de ahí.

La puerta de la cocina se golpeó al cerrarse, tan fuerte que ella hizo un mal gesto. Estando Ginny en el rancho de los Everett visitando a su nueva amiga, los platos del desayuno y del almuerzo de Paul estaban en el fregadero. Sólo ver los restos de comida mientras atravesaba lentamente la cocina le produjo náuseas. Su cuerpo detestaba trabajar a esas horas, por mucho que intentara obligarlo a comportarse con normalidad.

Apenas lograba soportar la separación de Rafael. La mitad del tiempo se sentía como si se estuviera volviendo loca. Durante las largas noches la tranquilizaba él, y durante el día, los hermanos Chevez. Estaba segura de que Nicolas entraba en su mente y la ayudaba en las horas diurnas, pero cuando lo pensaba bien, lo encontraba una invasión. En silencio clamaba por Rafael, pensaba en él, lo necesitaba; la humillaba que otra persona supiera lo obsesionada que estaba por él. Se sentía tan afligida que apenas lograba funcionar.

Rafael tenía que responder de muchas cosas. ¿Cómo diablos esperaba que ella llevara un rancho y cuidara de dos niños estando hecha un desastre? Podría necesitar verlo, pero temía el momento en que tendría que enfrentarlo y decirle que se había acabado, que aquello tenía que terminar. Ella no podría vivir en el mundo de él; era demasiado peligroso y violento.

Atravesó el patio hasta el corral donde Paul sostenía de las bridas a un bayo de aspecto arisco. Ya estaba tan sensibilizada a la luz que llevaba gafas de sol para protegerse los ojos incluso en el crepúsculo. Hacía falta valor para soportar la luz y muchas veces pensaba cómo se las arregló Rafael para estar con ella toda esa mañana cuando se incendió el establo y, peor aún, cuando buscaban a Ginny. Debió sufrir terriblemente. Ella sólo estaba parcialmente introducida en su mundo y se sentía como si mil agujas se le clavaran en los ojos.

Observó cómo el caballo se movía de un lado a otro nervioso, con los ojos enrojecidos y desconfiados. Paul ya lo había ensillado. Ella siempre había sido partidaria de montar primero al caballo menos arisco, y Paul se atenía a su criterio al pie de la letra.

Miró al animal, observó cómo agitaba la cabeza, mirándola con mala intención. Probó con un suave susurro, intentando calmarlo, pero no consiguió el efecto deseado.

—¿Lo tienes firme? —preguntó.

—Lo tengo —la tranquilizó Paul.

Haciendo una inspiración profunda, saltó a la silla, y, en el momento en que su cuerpo la tocó, el caballo se encabritó violentamente, bajando la cabeza, levantando el lomo y corcoveando furioso. Poniendo rígidas las patas, las levantó en alto y las bajó, golpeando el suelo con fuerza suficiente como para romperse los huesos, girando como poseído por el diablo. No estando aún bien instalada en la silla, ella no logró mantenerse en su sitio; salió disparada como un misil, y su delgado cuerpo se estrelló en el poste, cayendo de bruces al suelo.

—¡Colby, cuidado! —gritó Paul.

Por instinto ella rodó hacia la cerca, levantando las manos para protegerse la cabeza. El suelo tembló con los golpes de los cascos del animal coceando con la intención de golpearla. Un casco le golpeó el muslo, rompiéndole el pantalón con el roce, en el momento en que ella escapaba por debajo del travesaño inferior.

Al instante sonaron dos gritos en su mente. Uno de Rafael; su voz fue un bálsamo calmante y valía cualquier precio; estaba vivo. Y el otro de Nicolas, reprendiéndola otra vez.

Se le adormeció toda la pierna. Se quedó inmóvil, contemplando el cielo oscurecido por las gafas, intentando calmar su corazón desbocado y normalizar la respiración. Aunque era última hora de la tarde, sentía al sol quemándole la piel, y seguía notando el cuerpo flojo y agotado. Debería haber esperado una media hora más para intentar hacer ese trabajo.

—Buen Dios, Colby —dijo Paul, arrodillándose a su lado, con los ojos llenos de lágrimas—. Estás sangrando mucho; dime qué debo hacer. No sé qué hacer.

Con sumo cuidado ella se incorporó, apoyándose en el codo, y se miró la fea herida que le estaba empapando de sangre toda la pernera.

—Sobreviviré, Paulo, pero esta herida necesita unos puntos. —Juntó los bordes de la herida, obligándose a apretar fuerte—. Ve a buscar un par de toallas y una cubitera de hielo. Tendrás que llevarme en la camioneta a la ciudad. Llama al doctor Kennedy y dile que nos espere en su consulta; no quiero ir al hospital y hacerme con otra factura más.

Dijo las palabras entre dientes; ya se le había pasado el adormecimiento y el dolor era una tortura.

Paul corrió hasta la casa. Colby estaba tan pálida que parecía un fantasma. Mientras viviera, nunca olvidaría cómo su pequeño y frágil cuerpo estaba en medio del polvo debajo del furioso animal, ni el horrible sonido de un casco golpeándole la pierna. Abrió el congelador y sacó la cubitera, cogió las toallas y las llaves de la camioneta, hizo la llamada a toda prisa y a los pocos minutos ya estaba al lado de Colby.

—¿Te duele mucho? —le preguntó angustiado, observándola aplicarse cubos de hielo a la herida.

Aunque había visto muchas heridas en su hermana, nunca había visto salir tanta sangre. Sangre roja y brillante, mientras ella se presionaba la herida con fuerza, enterrando los dientes en su labio inferior.

Ella consiguió esbozar una sonrisa sesgada, y se echó atrás el pelo que le había caído sobre la cara cubierta de tierra, dejándose una mancha de sangre en la sien.

—Vas a tener que ayudarme, Paulo; tengo la pierna bastante adormecida por el impacto —dijo, con los dientes apretados, deseando que realmente hubiera continuado así, ya que eso era mejor que decirle que se iba a desmayar por el dolor y la pérdida de sangre—. Trae hasta aquí la camioneta para que yo pueda subir.

«Colby.»

La voz sonó como salida de ninguna parte, dulce y hermosa, envolviéndola en la seguridad de sus brazos. Las lágrimas le escocieron los ojos al sentir la caricia de la voz de Rafael en la mente. Suspiraba por él. Lo echaba tanto de menos que sólo oír su voz la hacía sentirse completa.

«Estoy bien. Tú pareces cansado. ¿Puedes despertarte ya?»

La voz de Rafael sonaba lejana y era evidente que tenía que hacer un enorme esfuerzo para llegar a ella. Que él lo intentara la hizo sentirse amada. Sabía que sus heridas no estaban totalmente curadas y que su hambre bramaba en él, pero llegaba hasta ella de todas maneras. La fastidiaba sentirse tan derretida, estando tan enfadada con él por causarle todos esos problemas. No deseaba necesitar oír su voz y sentir sus caricias. Y no deseaba pensar en la violencia de que él era capaz.

«No puedo ir a ti hasta dentro de una hora más. Muéstrame lo que te has hecho. Siento tu dolor. Es tan fuerte que me has despertado.»

Ella hizo una respiración profunda y se obligó a mirar la fea herida apartando la mano y la toalla con hielo. Oyó su exclamación de alarma y se la cubrió inmediatamente.

«Paul me va a llevar a la ciudad a ver al doctor. No es gran cosa, sólo un par de puntos.»

«Iré a ti tan pronto como pueda.»

Ella se tendió de espaldas porque le consumía mucha energía hacer otra cosa y giró la cabeza para observar al caballo. Estaba temblando, piafando, golpeando el povoriento suelo con los cascos, todavía intentando desprenderse de la silla, y con el pelaje oscurecido por el sudor.

Tan pronto como la camioneta se detuvo a su lado y Paul bajó de un salto, ella apuntó hacia el animal.

—Míralo, Paul, le pasa algo. No actúa normal.

—Es un asesino —ladró su hermano, mirándolo furioso, una actitud que no era la normal en él con los animales—. Alguien debería matarlo.

—Está drogado, Paul. Míralo otra vez, no sabe qué pasa.

—¿Qué importa, Colby? Olvida al maldito caballo y vámonos para que te vea el doctor.

—Todavía no. Ve a llamar al doctor Wesley, dile que no vamos a ir y que venga con un ayudante, porque lo va a necesitar. Quiero que atienda al caballo.

—Tienes que estar de broma —protestó él, mirándola preocupado—. ¿Tengo que ir a llamar al veterinario mientras tú te estás desangrando?

—Paul —dijo ella, y su voz sonó con un cansancio infinito.

Él obedeció de mala gana. Le explicó a toda prisa los detalles al asombrado veterinario, y le pareció que había pasado una eternidad cuando por fin ayudó a Colby a subir a la camioneta, medio levantándola a peso.

Sacudiéndose y haciendo ruido, la camioneta cobró velocidad hacia la ciudad.

Colby gritó más de una vez mientras el doctor le limpiaba la herida, le ponía los puntos y le vendaba el muslo. Soportó el sermón del médico y de una enfermera que gesticulaba blandiendo una jeringa, y cuando terminaron le pareció que sería capaz de recitar de memoria todos los peligros del tétanos. La herida era profunda y se había hinchado considerablemente; se sentiría incómoda, pero había tenido heridas peores.

Apoyada en Paul, caminó cojeando hasta la camioneta, mirándose pesarosa los tejanos sucios, rotos y ensangrentados. Sabía que tenía la cara manchada de tierra y que la mata de pelo le caía toda revuelta por la espalda. Miró de soslayo a su hermano.

—¿Te has fijado que siempre me las arreglo para verme maravillosa? —le preguntó, intentando sonreír sin mucho éxito y haciendo un gesto hacia el elegante Porsche que estaba aparcado cerca.

Paul siguió su mirada y reconoció a la mujer que entró en una pequeña y cara boutique. Desviando los ojos de la perfección de Louise miró a su hermana, y continuó mirándola un rato. Bajo la tierra y la sangre había en ella algo extraordinario, algo que él nunca había visto de verdad antes.

—Tú eres mucho más guapa que ella, Colby, no hay comparación. De verdad, no la hay.

Colby se sorprendió sonriendo, a pesar de lo desastrosa que se sentía.

—Eres un hermano fabuloso, ¿lo sabías? Ahora me quedaré aquí descansando mientras vas a comprar los medicamentos, y contemplaré lo maravilloso que eres.

—Acercaré un poco la camioneta —dijo él, sacando las llaves.

—No me dejes cerca de esa tienda. La farmacia está una puerta más allá de donde tiene aparcado su perfecto Porsche. Camina un poco y aprovecha para hacer ejercicio.

—El sacrificio definitivo —gimió Paul—. Los vaqueros no deben ir a pie a ninguna parte. —Se metió en el bolsillo las pequeñas recetas y la ayudó a sentarse en una posición más cómoda—. Tienes mala cara debajo de toda esa tierra, Colby. ¿Estás segura de que estás bien, que puedo dejarte sola?

—Estoy muy bien, Paulo —lo tranquilizó ella—. Simplemente deja la puerta abierta, no sea que me entre él pánico e intente salir por la ventana.

—Volveré enseguida —dijo él y echó a andar a toda prisa.

Ella lo miró alejarse, sintiéndose invadida por el cansancio. Lo peor era el interminable trabajo que seguía esperándola. Con la ayuda de Juan y Julio estaban comenzando a ponerse al día en el rancho, pero una herida como esa le estorbaría para entrenar y hacer cabalgar a los caballos, y también para llevar a cabo los quehaceres diarios de mantenimiento.

¿Qué había podido ocurrirle al bayo? ¿Podrían haberlo drogado como drogaron a *King*? Pero Ernie ya estaba muerto; no podría haberlo hecho. Y no quería ni pensar que pudiera haberlo hecho Paul. Intentó recordar cómo estaba el caballo antes que ella saltara a la silla. Era imperdonable; no se había fijado en lo molesto que se sentía el animal; estaba preocupada por Rafael. Siempre llegaba a eso: Rafael y su poder sobre ella.

Una suave voz la sacó de su ensimismamiento.

—Hola, otra vez.

Levantó la vista y vio a la mujer de llamativos ojos verdes que le ofreció ayuda esa noche en que Rafael estaba tan posesivo. Le sonrió.

—Parece que siempre me meto en dificultades, ¿verdad? Soy Colby Jansen.

—Natalya Shonski —dijo la mujer, y una sonrisa le iluminó la cara. Apuntó hacia su pierna—. Parece doloroso.

—Lo es, te lo aseguro. Quería darte las gracias por lo que hiciste la otra noche. La mayoría de las personas simplemente habrían pasado de largo.

—Le tenías miedo. Lo sentí.

Colby se apartó el pelo de los ojos y le sonrió tenuemente.

—Sigo teniéndole miedo.

Natalya se apoyó en la puerta para examinarle el cuello.

—Es uno de los cazadores, ¿verdad? ¿Tienes una idea de lo peligrosos que son?

Al instante Colby se cubrió la marca del mordisco con la palma, como para guardar a Rafael para ella.

—¿Cómo sabes de ellos?

Natalya titubeó, y a Colby le quedó claro que elegía con cuidado las palabras.

—He tenido la mala suerte de encontrarme con sus homólogos en más de una ocasión —dijo, mirándola atentamente para ver si ella entendía.

—Yo tuve mi primer encuentro hace unas noches —explicó Colby, y se estremeció—. Es agradable saber que no me estoy volviendo loca. He llegado a pensar que me lo invento todo. —Sintió una oleada de alivio y el deseo de hablar con esa mujer que sabía lo que estaba experimentando, que no creía que necesitara que la encerraran en un manicomio—. ¿Cómo supiste de ellos? La mitad del tiempo aún sigo sin creérmelo.

—¿Qué desea el cazador de ti?

Colby se presionó más fuerte la marca de Rafael. Siempre estaba ahí, tan fresca como el día en que se la hizo, sin desvanecerse y vibrando continuamente, como llamándola. ¿Qué deseaba él de ella? ¿Sexo? Si sólo fuera eso, sería fabuloso. Podría manejarlo.

Recordó el sonido de su risa moviéndose en su mente. Ronca, sensual; una tentación. Bajó las pestañas. Él la dominaba sexualmente; ella no podía superar su necesidad de él. Intentó ser sincera.

—No lo sé bien, no estoy totalmente segura. —Sorprendida se encontró conteniendo las lágrimas—. Estoy hecha un desastre, Natalya. Me ha atado a él en cierto modo y no soporto la separación. Detesto sentirme así.

Natalya miró alrededor y le dijo en voz baja:

—Ojalá pudiera ayudarte, Colby. —Le pasó un papelito—. Ten, este es el número de mi móvil. Me marcharé pronto. Si quieres venir conmigo, llámame. No puedo estar mucho tiempo en ningún lugar.

—Tengo un hermano y una hermana a los que debo proteger.

—Si hay un cazador en la zona, hay un vampiro cerca. No puedes protegerlos de un vampiro.

—¿Cómo supiste que Rafael es un cazador?

—Tengo una marca de nacimiento —contestó Natalya, en voz más baja aún—, abajo, justo encima del ovario izquierdo. Parece la figura de un dragón arrojando fuego, y se me calienta y escuece cuando hay un vampiro cerca, o un cazador, o incluso uno de sus títeres humanos.

Colby hizo una brusca inspiración y se tocó el lado izquierdo.

—¿Quién te hizo esa marca?

Natalya se encogió de hombros.

—Nací con ella. Me ha salvado la vida en muchas ocasiones.

Colby se friccionó el muslo, justo debajo de la herida, con la esperanza de aliviar el dolor.

—Hay un vampiro en la zona, y Rafael dice que es diferente de otros, más poderoso.

—¿Podrán matarlo? —preguntó Natalya, ceñuda.

—No lo sé. Rafael resultó herido y el vampiro escapó. Pero creo que Rafael sufre.

—Me gustaba bastante este lugar. En realidad no deseaba marcharme aún. Todavía no he aprendido a matar a un vampiro. Siempre vuelven. Y ver películas de Drácula todo el tiempo no sirve de mucho.

—Rafael y su hermano Nicolas son originarios de los Cárpatos. Podrías encontrar ayuda ahí —le sugirió Colby—. Nicolas me dijo que tienen que ser incinerados. Es bastante asqueroso. Dijo que les arrancan el corazón del pecho y lo incineran también.

Natalya se enderezó lentamente.

—Ojalá no hubiera preguntado. —La miró—. ¿De verdad estás bien? ¿Eres capaz de llevar esta carga? Para mí ha sido difícil y no quiero que te sientas tan sola como me he sentido yo.

—Sinceramente no lo sé. Él habla de una conversión.

Natalya frunció el ceño.

—¿Convertirte? ¿Pueden hacer eso? Sé que los vampiros normalmente matan. Suelen tener mujeres con ellos un tiempo, para disfrutar de su miedo, pero siempre las matan. Un par de veces he intentado rescatarlas, pero están locas. Desean morderme, intentan beber sangre e incluso las he visto tratar de comer carne humana. No lo sé, Colby, lo encuentro peligroso.

—Se siente peligroso. Tengo problemas con la luz del sol y sin los hermanos Chevez, que vinieron de Brasil con Rafael, no podría hacer todo el trabajo del rancho. Ahora tengo que dormir durante el día.

—¿Deseas alejarte de él?

Colby suspiró, sintiéndose a punto de echarse a llorar.

—Creo que no puedo. Sinceramente no sé qué deseo. Tengo mucho miedo, pero estoy obsesionada por él. Cuando estoy separada de Rafael, él está en mi mente, hasta tal punto que creo que me voy a volver loca. No siento deseos de comer ningún tipo de alimento, y mucho menos carne humana.

—No es un vampiro —le aseguró Natalya—, pero esos cazadores son peligrosos. No es humano, Colby, y por mucho que se relacione contigo como un ser humano, es distinto; se atiene a reglas totalmente diferentes.

—Tengo miedo —le confesó Colby, asombrada por lo que sentía.

Rafael la había seducido intencionadamente; la había introducido parcialmente en un mundo del que ella no sabía nada y la había sacado en parte del mundo que conocía.

Era aterrador y sin embargo no lograba imaginarse su vida sin él. Y eso en sí la asustaba terriblemente.

—Podéis venir conmigo, los tres. No es muy agradable andar huyendo sola. Y juntos podríamos estar más seguros.

«Y yo te encontraría. No existe lugar al que puedas ir que yo no pueda encontrar.»

Colby sintió bajar un escalofrío por la espina dorsal. La voz de Rafael sonó algo mordaz, como una advertencia.

—Me oye.

Natalya se apartó al instante y miró alrededor, recelosa.

—Tengo que irme. No me atrevo a seguir aquí. Buena suerte.

Diciendo eso retrocedió y se alejó de la camioneta.

Colby dominó el deseo de cogerle la mano para retenerla.

—Ten cuidado, Natalya —le dijo, metiéndose en el bolsillo el papelito con el número de su móvil.

Deseó huir también. Había visto miedo en los ojos de Natalya, y una absoluta resolución de marcharse; lo que fuera que deseaban de ella los vampiros, no se lo iba a dar. Deseó que todo volviera a ser normal otra vez por arte de magia. Volvió a cerrar los ojos y contó hasta diez; sabía que Paul se había encontrado con un amigo y estaba conversando, en lugar de correr trayéndole el analgésico; hasta ahí le había durado su preocupación por ella.

—¡No me digas que Annie Oakley* se cayó del caballo!

---

* Phoebe Anne Oakley Moses (n. 13 de agosto de 1860, m. 3 de noviembre de 1926). Extraordinaria y famosa francotiradora que durante diecisiete años participó en el espectáculo de Buffalo Bill; ella era la atracción principal. Acompañada por su marido hizo una gira por Europa, presentándose ante diversos públicos, incluidos presidentes, príncipes y reyes. *(N. de la T.)*

Tony Harris estaba apoyado en la puerta abierta de la camioneta con una expresión burlona en su guapa cara.

—Eres justo lo que necesitaba para rematar el día, Tony —le dijo ella cansinamente.

Él se acercó más y se inclinó a mirarle el grueso vendaje ya bastante ensangrentado, prácticamente aplastándola contra el respaldo del asiento, presionándole la cintura con el brazo. Emitió un silbido y la miró, revelando en su jactanciosa mirada el gusto que le daba verla en ese apuro.

—¿Qué te ha pasado? —Le puso la mano en el muslo, hundiendo los dedos en la parte hinchada de la herida—. Tal vez debería echarle una mirada a esto; parece que sangra.

—Si grito, Tony, vendrá corriendo la mitad de la gente de esta ciudad.

—Nadie verá nada estando yo bloqueando la escena. Grita todo lo que quieras, que yo diré simplemente que te dolía la pierna y que intenté aliviarte.

—Como si te fueran a creer. Es tu palabra contra la mía. Vete al diablo, Tony. Y quítame las manos de encima.

Intentó golpearlo pero la falta de espacio le estorbó el movimiento. Él esquivó el golpe y se rió.

—¿Te has dejado el rifle en casa, Colby? ¿Qué te ha pasado, dónde está ese altivo y frío desdén que te encanta desplegar?

Volvió a poner la mano sobre la venda y la dejó ahí, mirándola atentamente, disfrutando de su impotencia.

—Cállate, Tony, y vete de aquí.

Él deslizó los dedos hacia la herida y se la apretó con más fuerza.

—Esto no es divertido, Tony —dijo ella, intentando no mirarle la mano.

—Ah, pues sí, yo lo encuentro muy divertido. Siempre te has creído mejor que yo, ¿verdad, Colby? Y ahora que has conseguido a un hombre rico, crees que eso demuestra que eres demasiado buena para un hombre como yo, pero ¿sabes lo que pienso? Pienso que no eres otra cosa que una puta pagada. Voy a demostrarte cómo te hará sentir un verdadero hombre.

Antes que ella pudiera eludirlo, él le estampó la boca en la suya, aplastándole el labio inferior con los dientes. Dejó una mano sobre su muslo, justo al lado de la herida, como una advertencia.

Colby lo olvidó todo, su cansancio, el dolor de la pierna, y que estaba en la camioneta aparcada en la calle principal de la ciudad. Una cosa era pasar por alto sus asquerosas insinuaciones y sus aires de matón, y otra muy distinta permitir que la tocara físicamente. La enemistad entre ellos había comenzado en el colegio, un día en que él, que estaba dos cursos por encima, se burló despiadadamente de un chico de su clase, y le golpeó delante de todos. Entonces, cuando él intentó desquitarse, al instante saltaron a defenderla Joe Vargas, Ben y Larry Jeffries. A lo largo de los años Harris la había amenazado y hostigado muchas veces, pero jamás le había puesto un dedo encima.

Le enterró el codo derecho en el plexo solar y con la mano izquierda le cogió el pelo negro rizado por la nuca y se lo tironeó con fuerza, para apartar su cabeza de la de ella. En ese mismo instante vio, horrorizada, que él salía disparado hacia atrás, como si unas manos invisibles lo hubieran levantado y arrojado al suelo. Acto seguido, se encontró mirando los ojos negrísimos de Rafael. Retuvo el aliento al ver la amenaza concentrada en ellos, ya que brillaban llamitas rojas, feroces, y poco naturales. Tenía todo el aspecto de un demonio, de un predador cruel y astuto, más animal que hombre. Nada en su vida la había asustado tanto como el implacable vacío que revelaban esos ojos; era como mirar la muerte. Y sabía que él podría matar a Tony Harris con mucha facilidad.

«¡No, Rafael, no, no debes!»

Adrede usó el medio de comunicación más íntimo para llamarlo de vuelta a su cuerpo, a su cerebro; estaba mirando a un predador natural. Él ya se estaba girando hacia Harris, que estaba despatarrado en el suelo.

—Rafael, déjalo —le dijo en voz alta, tratando de bajarse del asiento, con el corazón retumbante de una especie de terror.

Soltó una maldición en voz baja cuando apoyó su peso en la pierna y sintió desgarrado de dolor el cuerpo.

Tony se levantó de un salto, con las manos en puños, y escupió en la calle. Cuando se abalanzó, Rafael le dio tranquilamente una brutal palmada en la cara que lo hizo tambalearse hacia atrás. Y continuó dándole palmadas, una tras otra, fuertes, haciéndolo retroceder por la calle. Con cada golpe Tony perdía el equilibrio, lo que para él era un castigo humillante.

Ella había presenciado unas mil riñas, pero esa era totalmente diferente; era un ataque salvaje, a sangre fría, un brutal despliegue de poder que tenía a todo el mundo inmóvil en las aceras simplemente mirando boquiabiertos.

Avanzó hacia ellos cojeando; ya comenzaba a hervir de rabia y se le había acelerado el corazón al caer en la cuenta de que Rafael podría haber derribado a Tony Harris con un solo golpe. Eso era un castigo público. Lo habría matado tranquilamente y sin ningún remordimiento; de hecho, es lo que prefería hacer, pero se refrenó porque ella no habría perdonado jamás un asesinato.

No le mejoró el humor darse cuenta de que estaba pendiente de él, que su cuerpo había cobrado vida. Sentía todas las células, todas las fibras de su ser alargándose hacia él; lo necesitaba, lo «ansiaba» como a una droga. ¿Se le notaría? Natalya la miró con lástima, y ella se despreciaba cada vez que pensaba en lo afligida que había estado, casi hasta el extremo de hacerse daño. Cada noche se había visto obligada a recurrir mentalmente a Nicolas, del que no se fiaba en absoluto, para poder superarla.

Paul llegó hasta ella corriendo, sin aliento por la carrera. Ella iba cojeando y al parecer no se daba cuenta de que tenía apretados los dientes, por el dolor.

—¡Déjalos! —gritó, cogiéndole de un brazo.

—¡Cállate! —ladró ella, soltándose bruscamente.

Al instante él se quedó quieto y callado. Por algo Colby tenía rojo el pelo. Podía encenderse en llamas si alguien la enfurecía demasiado. Con intensa satisfacción miró a De la Cruz; estaba a punto de poner a ese hombre en su lugar públicamente. La multitud ya era bastante grande.

Colby le cogió el brazo a Rafael y por un momento la desconcertó su dureza; era como coger un trozo de hierro.

—¡Basta, Rafael! ¡Para inmediatamente!

Intentó colocarse entre los dos, pero Rafael se deslizó por un lado de ella y puso su cuerpo entre ella y Harris. Eso la enfureció más aún.

—No quiero que te entrometas en mis asuntos. Entiéndeme, no vuelvas a hacerlo nunca más. Esto es asunto mío.

Ella entendía el poder, entendía mejor que la mayoría la necesidad de mantener el autodominio continuamente, pero estaba tan furiosa con los dos hombres que intentó apartar a Rafael de Tony tironeándole el brazo, sin mucho éxito.

Harris aprovechó la oportunidad para alejarse tambaleando, cubriéndose la cara aporreada con las dos manos. Por encima de la cabeza de Colby, Rafael lo observó alejarse, con las llamitas rojas todavía brillando en las profundidades de sus ojos.

—Maldita sea, Rafael.

Él la hacía sentirse como una mosca zumbando a su alrededor. Le golpeó el pecho, poniendo en el bien colocado puñetazo toda su rabia reprimida.

Gigantesco ante ella, él pestañeó, mirándola como si acabara de verla por primera vez. Por su sensual semblante pasó una expresión de diversión y se le derritió el hielo de los ojos.

«¿Me has golpeado, *querida*?»

Su voz le llegó dulce, sexy, íntima, ahí, en medio de la calle, calentándole la sangre y tensándole el cuerpo, y eso la enfureció tanto que volvió a golpearlo.

—No te hagas el gracioso. —No se dejaría hechizar por él; no se derretiría por él, ni su cuerpo se convertiría en un pozo de ardiente excitación—. No te metas en mis asuntos.

Si no quiero que Tony Harris me maltrate, yo me encargaré de eso. Has empeorado por diez la situación; ahora toda la ciudad sabe que ha ocurrido algo, gracias a ti. Por si lo has olvidado, estás en Estados Unidos, no en Brasil, y aquí llamamos al sheriff.

Él la levantó en brazos como si no pesara nada, la acunó contra su pecho y echó a andar a largas zancadas hacia la camioneta.

—Sabes que no me quedaría lejos de ti si estás herida, Colby. Y no voy a permitir que otro hombre te ponga las manos encima.

Ella sintió pasar su voz por ella como una caricia, suave como terciopelo, irresistible, mágica. Había posesividad en su ardiente mirada, y algo más, algo salvaje, primitivo, como si aún no hubiera acabado con Tony Harris.

Le tocó la boca; pasó las yemas de los dedos por los muy marcados surcos, surcos de cansancio y esfuerzo que no tenía antes, y eso le recordó que se había despertado antes de lo que Nicolas le había dicho que lo hiciera. En la cara tenía tenues cicatrices, que iban desapareciendo, pero que eran una prueba más de las garras que le habían desgarrado la piel. Había sufrido terriblemente para proveerla de la barrera protectora. Le pasó suavemente la mano por encima del corazón, pensando si tendría todavía ahí las marcas de los mordiscos; se le ablandó algo dentro al darse cuenta de que no deseaba que siguieran ahí.

—Yo puedo arreglármelas con Tony Harris —dijo, con más suavidad de la que habría querido—. Nuestras leyes no permiten que alguien vaya y mate a otro simplemente porque no le gusta lo que hace.

—Nuestras leyes son muy claras —dijo él, sin emoción en la voz, sólo con una calma letal y un despiadado gesto en los labios estirados.

—Tony es un matón.

—Tony tiene que aprender una lección que debería haber aprendido hace mucho tiempo, o dejará de andar por ahí molestando a las mujeres.

—No, Rafael, no. Sé que podrías herirlo incluso a distancia, pero eso no es correcto, no está bien. No lo hagas.

El genio se le estaba encendiendo en proporción directa al dolor de la pierna y al gesto implacable de las mandíbulas de él.

—Si deseas que te diga que no tocaré a ese hombre, no puedo mentirte, y me niego a hacer esa promesa. Si intenta alguna vez ponerte las manos encima, no tendrá otra oportunidad. Jamás —añadió, rotundamente.

—Todo un machote. Estoy impresionada, de verdad. También lo está Louise. Por el amor de Dios, déjame en el suelo, me siento como una tonta. Soy muy capaz de caminar.

Horrorizada sintió llenos de lágrimas los ojos. Maldito fuera ese hombre. Toda la ciudad estaba ahí, mirándolos, sonriéndoles satisfechos, bajo la mirada jactanciosa de Louise.

—Deja de debatirte, Colby, o te lo ordenaré —dijo él entre dientes—. ¿Qué esperabas que hiciera, *querida*? No podía permitir que esa birria de hombre te tocara. Estás sangrando y sufriendo mucho dolor. Soy tu pareja de vida y es mi deber y mi derecho cuidar de ti. Y eso pienso hacer.

Entonces ella sintió, en lo más profundo de él, la rabia volcánica que no había dejado salir a la superficie cuando enfrentó a Harris; una furia apenas liberada, apenas controlada. Y al mirarla y verle los ojos llenos de lágrimas le aumentó la furia que ardía en sus ojos.

—Sólo deseo irme a casa, Rafael —dijo. «Lejos de aquí, lejos de ti.» El pensamiento le pasó por la cabeza antes que pudiera impedirlo.

A él se le movió un músculo en la mandíbula.

—Nunca renunciaré a ti, nunca, jamás. Ni ahora ni nunca. Deberíamos olvidar esto —añadió con una nota de reprensión en su suave voz.

—¿Olvidar esto? Tengo unos cuantos problemas, ¿sabes? Como por ejemplo que le hayas arrancado el corazón del pecho a un hombre. Eso no se hace, Rafael.

Él la depositó suavemente en el asiento de la camioneta, sin hacer caso del sombrío ceño de Paul.

—Muévete, chico, conduciré yo —dijo.

Lo expresó con suavidad pero con un matiz de advertencia, por lo que Paul miró a Colby encogiéndose de hombros, bajó y subió de un salto a la caja de atrás.

Nada se atrevió a desafiar el poder de Rafael, y el motor de la camioneta arrancó inmediatamente.

—¿Sabes conducir?

Después de mirarla de arriba abajo, él se concentró en la calle para salir de la ciudad y por un pelo no atropelló a Tony Harris que estaba de pie junto a su coche.

—Estabas pensando en dejarme. Y defiendes a esa birria de hombre.

Ella lo miró indignada.

—Claro que he pensado en dejarte. ¿Crees que estoy loca? Y al cuerno Tony Harris. ¿Crees que esto tiene que ver con él? No tiene nada que ver con Tony, Rafael, tiene que ver con que casi me matas. ¿Crees que voy a caer en tus brazos y confiarte no sólo mi vida sino también la de Paul y la de Ginny?

Él guardó silencio un breve instante.

—Eso lo puedo explicar, Colby.

Esa era la primera vez que ella lo veía titubear. Arqueó las cejas.

—No quiero correr el riesgo de que nos oiga Paul. Esperemos hasta estar en la casa. Pero me lo vas a explicar. En lo único que pienso en este momento es en que me duele la pierna —añadió, golpeando la ventanilla. Paul la abrió—. Pásame los calmantes. Me los voy a tomar todos.

Paul le puso el frasco en la mano y Rafael lo cogió.

—No necesitas esto.

—¿Cómo lo sabes? El dolor es horrendo. —Lo miró furiosa—. Me vas a volver loca, de verdad. Hiciste algo para atarme a ti y luego vas y casi te dejas matar y me dejas para irte a dormir bajo tierra. Dame las pastillas.

—No. Y no es necesario que me regañes, ya me he regañado yo lo bastante por los dos.

—Para ti será bastante, pero nunca lo será para mí. —Soltó lentamente el aliento y se apoyó en el respaldo—. Me duele mucho la pierna, Rafael.

—Lo sé. Siento lo que sientes, ¿no lo recuerdas? No es bueno tomar esos medicamentos; estás parcialmente en mi mundo y tu cuerpo los rechazará.

—¿Como rechazo la comida? —le preguntó ella, mirándolo.

Él le miró la venda.

—El doctor te ha cosido la herida. Qué bárbaro.

—¿Debería haberme puesto un emplasto de tierra con saliva? ¿O tal vez meterme en una tumba y dejarme ahí unos cuantos días?

—Tranquila, no hables —dijo él; sabía que ella tenía un loco deseo de saltar de la camioneta; estaba confundida y agitada y se sentía fatal por el dolor—. Voy a parar para poder aliviarte el dolor.

Colby no discutió. Si se lo aliviaba le estaría más que agradecida.

Él vio un lugar protegido a un lado, sacó la camioneta de la serpentina carretera y la detuvo ahí, para poder concentrar toda su atención en ella. Se ordenó salir de su cuerpo y convertirse en luz y energía pura para viajar por el interior de ella y sanarla desde dentro hacia fuera. Se tomó su tiempo en desinflamarle los tejidos de alrededor de la herida, sanarle el músculo interior afectado y dejarle bien cicatrizada la piel de los bordes, sin mellas.

Cuando volvió a su cuerpo, se inclinó sobre ella y le acarició suavemente el muslo.

—¿La sientes mejor?

Colby sólo pudo mirar fijamente sus oscuros ojos, sumergiéndose en ellos como una idiota, cuando lo que deseaba era ser fuerte. Sentía la pierna perfectamente bien, pero los surcos de la cara de él estaban más marcados que nunca.

—No deberías haber hecho eso.

—No tenía otra opción. —Se inclinó a besarle la comisura de la boca, los párpados y la punta de la nariz—. Me asustaste. No vuelvas a hacer eso nunca más.

Le cogió la muñeca, la que ella se había abierto para salvarle la vida, y se la llevó a la boca moviendo la lengua tiernamente sobre la tenue cicatriz.

La intimidad de ese contacto le hizo pasar calor por todo el cuerpo.

—Rafael, aún tienes que sanar. —Sentía el hambre que lo consumía, como un monstruo vivo que rugía para atraerle la atención—. Deberías atender a tus necesidades.

—Estoy atendiendo a mis necesidades —dijo él, en voz baja, ronca, una seducción para todos los sentidos de ella.

La sombra fue el único aviso, oscura y ominosa, impregnada de maldad al cubrirlos a los dos. Se abrió la puerta del lado de ella tan bruscamente que casi se cayó fuera de la camioneta de espaldas, gritando de espanto al ver la cara de Paul distorsionada por el odio, abalanzándose sobre ella con una navaja en la mano.

Capítulo 15

Rafael se movió tan rápido que no lo vieron, y se colocó entre Colby y Paul. De la garganta de Paul salían unos gruñidos salvajes, blandiendo la navaja como un loco. Rafael le cogió firmemente la muñeca y se la arrebató. Al instante le cambió la expresión al chico. Pestañeó rápidamente, se le despejaron los ojos, comprendió lo que ocurría y lanzó un grito, tan compungido que a Colby se le desgarró el corazón.

—¡Colby! —exclamó, con la voz de un niño extraviado, el niñito que ella había amado tanto y cuidado toda su vida—. ¿Qué iba a hacer? ¿Qué he hecho?

No intentó soltarse de la mano de Rafael. Le brotaron las lágrimas y le corrieron por la cara; le temblaba todo el cuerpo.

—Cariño —dijo Colby, alargando la mano para consolarlo.

Paul retrocedió bruscamente, para que no lo tocara.

—¡Soy yo! El vampiro me hizo algo cuando me mordió, ¿verdad? Por eso Nicolas me quería matar. Sabía que yo iba a herirte. —Miró a Rafael, a los ojos—. ¿Podría hacerle daño a Ginny? ¿Fui yo el que le hice algo al caballo para que hiriera a Colby?

Rafael exploró los recuerdos del chico y lo vio cuando encontró el sujetador de Colby que había quedado olvidado en el granero. La prenda interior le activó la compulsión que llevaba muy en el fondo por matarla. Lo vio preparar la jeringa con drogas e inyectársela al caballo antes de ensillarlo e ir a despertar a su hermana. Salió de su mente y expulsó lentamente el aliento.

—Paul, este es el tipo de cosas que les gusta hacer a los vampiros —le dijo dulcemente—. No eres tú. Ellos se apoderan de una persona buena y la obligan a realizar actos que ella no lograría ni concebir. No lo recuerdas porque no está en tu naturaleza hacer daño a ninguna de tus hermanas. Él no puede torcerte hasta convertirte en algo malo; sólo puede usarte cuando estás vulnerable.

Paul se alejó de la camioneta, retrocediendo. No recordaba haber saltado de la caja de atrás ni haber abierto la puerta. Ni siquiera sabía de dónde había salido la navaja.

—Quiero a mis hermanas. Prefiero morir a hacerle algún daño a cualquiera de las dos.

Colby emitió un gemido de pena que le desgarró el corazón a Rafael. Intentó bajarse de la camioneta para seguirlo, pero él la retuvo, sin apartar los ojos del chico.

«*Querida*, déjame que lo intente. Está avergonzado de lo que ha hecho, y lo aterra la idea de que podría haberte herido.»

—Paul, sabemos que quieres a tus hermanas y que jamás harías nada que las dañara.

—Pero lo he hecho. Lo he hecho.

Se giró para echar a correr, pero Rafael fue más rápido y lo retuvo rodeándolo con los brazos.

—Escúchame —le dijo, y Colby captó su vehemencia—, ahora que sabemos lo que ha hecho y quién es, tenemos más posibilidades de acabar con él. No puede tenerte. Perteneces a nosotros, eres de nuestra *família*, eres familiar para nosotros. Tú serás el que lo atraiga a su caída, si continúa intentando utilizarte.

Paul se echó a llorar emitiendo sonoros sollozos y hundió la cara en su pecho. Rafael se encontró consolando a un adolecente, a un niño humano, y su corazón reaccionó junto con el de Colby ante su desconsolado llanto.

—Vi lo que te hizo el vampiro, fue horrendo —sollozó Paul, estremeciéndose de repugnancia—. Y me enterró los dientes. Tengo pesadillas.

—He cazado vampiros desde hace muchísimos años. Sé que crees que es invencible, pero a lo largo de los años he matado a más de los que te puedes imaginar. Fui descuidado, porque sentía demasiadas emociones, y no tuve el recelo que debe tener un cazador. El vampiro se apoderó de ti con la intención de usarte en contra de nosotros, pero descubrió que eres mucho más fuerte de lo que suponía. Podrías haber matado a Colby en cualquier momento cuando estaba durmiendo, por las tardes. —Eso no era del todo cierto; Paul podría haberlo intentado, pero Nicolas siempre ponía protecciones en su habitación cuando ella estaba durmiendo y los hermanos Chevez lo vigilaban; pero no lo intentó a pesar de la compulsión inducida por el vampiro—. Tu carácter es demasiado fuerte para él. Han pasado todos estos días y noches, y sólo ahora, cuando yo estaba a punto de levantarme, has sucumbido a su exigencia.

—Pero el caballo la hirió por culpa mía, y la ataqué.

—Tenías que obedecerle, Paul. Mírame. —Lo apartó suavemente y lo puso a la distancia de un brazo, hasta que el chico lo miró a los ojos—. Sabes que soy mucho más fuerte que tú, y mucho más rápido, y sin embargo la atacaste cuando yo estaba aquí para impedírtelo. Él no te derrotó, y eso que eres un niño, un niño humano que le frustra los planes.

Paul se erizó al oírse llamar niño; afloró su orgullo y retrocedió, limpiándose las lágrimas.

—Tengo dieciséis años.

—Sí, y reconozco que has llevado sobre los hombros responsabilidades de un hombre. Ya eres lo bastante maduro para entender lo que está en juego y lo que tenemos que hacer.

Paul desvió brevemente la mirada hacia Colby, nervioso, y enderezó los hombros.

—Dime cómo parar esto.

—Tenemos que matar al vampiro para que desaparezca totalmente su poder sobre ti, Paul. Mientras tanto yo puedo ayudarte de la misma manera que Nicolas.

Colby se sintió obligada a hacer una puntualización:

«Nicolas no ha sido de mucha ayuda hasta el momento.»

«Le ha impedido que te mate —contestó Rafael, amable pero firme—. Sin la intervención de Nicolas, Paul estaría en peor forma.»

«Está peor. Yo estoy peor. Mi rancho está peor. Y mi vida está hecha un lío desde que llegasteis aquí. ¿El vampiro os siguió hasta aquí?»

Se interrumpió, con la mente trabajando rápidamente. Los accidentes en el rancho comenzaron mucho antes que llegaran los hermanos Chevez con la intención de llevarse a Paul y a Ginny. No podía echarles la culpa de todo eso.

—Haré lo que sea que haga falta —dijo Paul—, lo que sea que quieras que haga.

—Eso podría significar marcharte de aquí, Paul.

Colby se tensó.

—No nos vamos a marchar, Rafael.

—No tenemos otra opción. Mientras no mate al vampiro todos estáis en peligro, principalmente Paul. Es necesario poner distancia entre ellos.

Colby se sintió atrapada. Desvió la cara y miró hacia las escarpadas cimas de sus amadas montañas.

—Quieres decir enviar a Paul a Brasil para que esté con la familia Chevez, ¿verdad?

Su voz sonó sin ninguna inflexión, pero él sintió la oleada de adrenalina, de resolución.

—Somos cinco hermanos los que vivimos en Sudamérica, para proteger a Paul y su cordura. A esa distancia el vampiro no podría dominarlo fácilmente cuando esté vulnerable. Tendrá a sus tíos y primos para cuidar de él durante las horas diurnas y a todos nosotros después que se ponga el sol.

—Paul, sube a la camioneta —dijo ella.

Paul vaciló, pero ella lo estaba mirando con ojos fieros, así que subió a la caja, todavía dudoso, confundido y preocupado.

Rafael puso en marcha el motor.

—Colby, no puedes huir de tus sentimientos por mí. Los vampiros son extremadamente malos. Esta es una situación peligrosa.

—Sé muy bien que todos estamos en peligro —le contestó, seca. Sintió sus ojos sobre ella, brevemente, pero le bajó un estremecimiento por la columna; le tenía miedo, temía su dominio sobre ella. Cerró el cristal de la ventana para poder hablar en privado—. No sé cuáles son mis sentimientos por ti. Tenemos relaciones sexuales. Son fabulosas, pero de todos modos no te conozco de verdad. Me sedujiste adrede, Rafael. No lo niegues. Me sedujiste; yo me siento sola y fui una presa fácil.

—No tengo la menor intención de negar que te seduje. ¿Por qué habría de negarlo? Pero tú no habrías reaccionado a mí como reaccionaste si yo no fuera tu pareja de vida.

—Rafael, podrías seducir a cualquier mujer. Eres muy sexy, y un amante increíble. Eso no tiene nada que ver con parejas de vida.

—A mí no podría seducirme cualquier otra mujer —dijo él, apaciblemente—. Debes estar conmigo. El resto vendrá después.

—¿Qué resto? ¿La parte en que yo haga todo lo que tú digas?

—No, esa parte debe venir ahora.

Ella lo miró de reojo para ver si lo decía en broma; no sintió que él estuviera bromeando, y tuvo la deprimente sensación de que hablaba en serio.

—El asunto es, Rafael, que, dejando de lado a los vampiros, yo creo que debe haber compatibilidad. Yo digo mi opinión, tomo mis decisiones y hago las cosas a mi manera. También pienso bien todas las cosas. Tú deseas decidir por mí. ¿Por qué crees que podría haber compatibilidad entre nosotros, aunque fuera remota?

Él volvió a mirarla de arriba abajo; una mirada ardiente, posesiva. Le quitó el aliento con esa sola mirada seductora. Tuvo que desviar la cara y mirar por la ventanilla, retorciéndose los dedos. Él era capaz de mirarle hasta el fondo, de «poseerla». Con un solo beso de él, ella parecía perder la voluntad. Se presionó las doloridas sienes.

Con sumo cuidado le tocó la mente con la suya. Las emociones estaban agitadas, violentas, turbulentas, diferentes a lo que fuera que ella hubiera esperado. Rafael tenía la intención de tenerla a toda costa. Era todo lo implacable que ella pensó al principio, tal vez más. Se saldría con la suya y haría lo que consideraba mejor para protegerla a pesar de sus miedos y dudas. Salió de su mente más asustada que nunca. A él no le gustaba que nadie le dijera que no, y creía que tenía un derecho sobre su persona.

¿Cómo podría sobrevivir con él? Él vivía de una manera muy diferente, pensaba de un modo diferente. Era una mezcla de animal, instinto, macho latino y peligroso cazador carpatiano. Ella era la personificación de la mujer independiente, y sin embargo ya no se fiaba de su juicio cuando estaba con él. Deseaba estar con Rafael más de lo que deseaba cualquier otra cosa, pero se sentía confusa, perdida. Lo necesitaba y sin embargo sabía que él la gobernaría. No era el tipo de mujer apta para ser gobernada. Cerró los ojos, intentando dejar en blanco la mente; no deseaba que viera su confusión.

Rafael pensó en cien argumentos, en cien explicaciones, pero ninguna le serviría de nada. Colby temía lo que él era y temía su poder sobre ella. Después de haberle visto a punto de perder el autodominio, tenía toda la razón de temerlo, tenía todo el derecho. Ni siquiera se fiaba de sus intenciones para con sus hermanos, y la comprendía. Nicolas y él habían venido con la única intención de llevarse a Brasil a la familia de Armando Chevez, y esa finalidad no había cambiado. Ella le vio claramente esa resolución en la mente. En ese momento estaba intentando no pensar para que él no le leyera los pensamientos, pero quería llamar al sheriff tan pronto como llegara a la casa, para hablar las cosas con él. Se fiaba más de Ben que de nadie.

Sintió el despertar de algo oscuro y letal; la bestia rugió y se le alargaron los colmillos. Mantuvo fija la mirada en el camino, abrió la puerta de rejas con un movimiento de la mano y después la cerró igual, haciendo tintinear la cadena y el candado.

Continuaron en absoluto silencio hasta llegar a la casa del rancho. Colby se bajó de la camioneta y echó a andar hacia ella, fastidiada porque sentía que la pierna estaba mucho mejor. No podía desentenderse de la capacidad de Rafael de sanarla, ni de que casi había muerto por salvarlos a ella y a Paul del vampiro, ni de que aún sufriendo un dolor terrible y estando cerca de la muerte, había venido para ayudarla a encontrar a Ginny. Pero ¿podría él haberle manipulado la mente para que creyera que todas esas cosas habían ocurrido cuando en realidad no habían ocurrido? ¿Sería posible que todo fuera una ilusión? Ya sola en la sala de estar, se tocó la vibrante marca del cuello con las yemas de los dedos, acariciándose los agujeritos. Tanto Rafael como Nicolas eran capaces de explotar la mente con su poder; ella los había visto poner en trance a personas y producirles compulsiones. Sus ojos, sus voces, todo en ellos gritaba poder.

Sintió un hormigueo en la nuca, comenzaron a dolerle los pechos y empezó a acumulársele la excitación en sus lugares secretos. Cerró un momento los ojos y luego se giró a mirar, sabiendo que él estaba en su sala de estar en actitud indolente, con la cadera apoyada en la pared y observándola con sus ojos negros.

—¿Dónde está Paul? —preguntó.

¿Esa era su voz? Casi no pudo hablar, tenía la boca reseca. No podía mirarlo y no desearlo. Tenía que ser una compulsión. Nunca había sido una mujer que se obsesionara por un hombre. Mantuvo la mano en el cuello sobre la marca del mordisco que no se desvanecía.

—Los hermanos Chevez lo han llevado a casa de los Everett. Que se quede ahí con Ginny y se calme. La compañía de Sean le hará bien; es un hombre muy centrado y sensato, y sus tíos cuidarán de él. Eso le dará unas cuantas horas de alivio. El veterinario te ha dejado una nota —le tendió un papel—. Se ha llevado al caballo a su clínica. Me encargué de que se hicieran los trabajos para la noche.

Recelosa, ella se quedó donde estaba. Era su forma de mirarla. Era tan guapo, tan fuerte y duro y a la vez tan sensual, con esa mirada ardiente y posesiva cuando se posaba en ella. Sentía hambre de ella; la hacía sentirse como si sólo la viera a ella, como si para él sólo existiera ella. Su cuerpo respondía a la oscura intensidad de su mirada, le dijera lo que le dijera su cerebro.

—De todos modos tengo algunas cosas que hacer: unas llamadas y echarle una mirada a las cuentas.

Su voz no sonaba como si fuera la suya. Alargó la mano hacia atrás, buscando la pared, y la afirmó con toda su fuerza.

—No me voy a ir.

—Sí sólo me pidieras mi cuerpo, Rafael, te lo daría. Pero tú quieres poseerme toda entera, y yo no deseo eso.

Adelantó las manos abiertas y se miró las pequeñas cicatrices blancas debidas a reparar muchas rejas y manejar muchos alambres de espino.

—No me voy a ir.

—Tengo que tener espacio, libertad. No me dejas pensar ni respirar. Tengo que intentar entender el problema en que estamos metidos. Lo siento si no es lo que deseas oír, pero te pido que te marches.

Él arqueó una ceja.

—¿Por qué insistes en creer que te voy a dejar?

Ella se encogió de hombros, intentando que el movimiento le saliera despreocupado, y apenas lo consiguió. No deseaba que él se fuera, pero no debía quedarse. La engullía, le devoraba la personalidad, de tal manera que ella no se reconocía en esa mujer que haría cualquier cosa por él, que sería cualquier cosa para él.

—Tal vez porque tienes apariencia humana y pareces ser un hombre bastante razonable. Si una mujer te pide que te marches, me imagino que lo harás.

—No puedo marcharme y tú no deseas que me vaya. Huelo tu aroma llamándome. Soy como los grandes felinos del bosque, o como el lobo que corre libre. Reclamo lo que es mío y lo retengo conmigo. Tu miedo es de poca importancia.

—¿Y con ese tipo de argumentos te granjeas el amor de las mujeres con las que sales?

Repentinamente él se enderezó, todo un espectáculo de músculos y una fluida fuerza.

—Sólo salgo contigo, así que eso lo tienes que contestar tú.

—No, a mí no me produce eso. Deseo que te marches.

Porque si no se marchaba, si continuaba ahí mirándola como la estaba mirando, ella se convertiría en llamas. Sentía intensamente la reacción de su cuerpo a él. Antes de avanzar más en la relación tenía que saber si creía en él o si se fiaba de él.

Él negó con la cabeza.

—Crees que te puedes librar de mí. No tienes una idea del poder que poseo, ni de los extremos a los que llegaría por retenerte.

—Y tú no tienes idea de lo que es la ley contra el acoso. Pero tienes razón, no tengo ni idea de tu poder. ¿Cómo puedo fiarme de que algo de esto es real?

—¿Crees que todo es una ilusión?

—No sé qué creer. Viniste aquí para llevarte a Paul y a Ginny. De repente ellos están en peligro y todo mi mundo se vuelve del revés. Y la gran solución es llevártelos a Brasil contigo. ¿Es conveniente eso? No voy a aceptar simplemente todo sin pensarlo bien antes. Soy así, eso es lo que soy. Acéptalo.

Sus ojos lo desafiaban, lo retaban. Necesitaba a Ben, necesitaba angustiosamente hablar con él. Pero debía estar loca para desafiar así a Rafael.

—Te sugiero que dejes de pensar en ese otro hombre.

Su voz sonó suave, casi como un ronroneo, pero ella sintió surgir el miedo en el estómago y extenderse.

—Ben es un amigo. Si estuvieras fuera de mi mente no habrías sabido que estaba pensando en él.

Él no había pestañeado ni una sola vez; tenía los ojos fijos en ella. La hipnotizaba, del mismo modo que una cobra hipnotiza a su presa. Se mantuvo firme porque no tenía otra opción. No le permitiría que se apoderara de ella.

—¿Qué crees que te ocurriría si yo desapareciera? Lo has pasado muy mal sin mí estos últimos días, y aun así estás muy dispuesta a volver a pasar por eso. ¿Podrías habértelas arreglado sin la ayuda de mi hermano?

Ella hizo un mal gesto, sin disimularlo.

—De eso se trata, Rafael. No, no habría podido arreglármelas, y eso me dice algo importante. No es normal no poder pasar unos días sin ver a alguien ni sentirlo dentro de la cabeza. Ahí es donde estás tú, dentro de mi cabeza, y no logro sacarte. Eso no está bien, no es correcto.

—¿Cómo sabes qué está bien o qué es correcto? Sólo mantienes nuestra relación física. No tocas mi mente para descubrir quién y qué soy. No deseas saberlo.

Su tono fue apacible pero su manera de mirarla le formó un nudo en el estómago. De repente cayó en la cuenta de que estaba totalmente sola en la casa, y que él lo había dispuesto así.

—Tú haces que sólo sea física, Rafael, con tu forma de mirarme y de tocarme o acariciarme. Eres un hombre muy físico y no aceptas un no cuando me deseas.

—Bueno, al menos nos entendemos.

—No, no nos entendemos. —Caminó hasta el otro extremo de la sala y se giró a mirarlo—. Actúas con mucha calma, como si todo fuera normal, Rafael. Intentaste matarme. De acuerdo, digamos que por el momento dejamos de lado que le arrancaste el corazón a un hombre e hiciste bajar una bola de fuego del cielo. Dejaremos de lado eso por el momento e iremos directos al hecho de que casi me mataste. Lo vi en tus ojos. Podrías haber matado a Juan también.

Él la miró a los ojos.

—Eso es cierto.

—Me dijiste que nunca podrías hacerle daño a tu pareja de vida. Y si yo soy esa persona, ¿cómo es posible que pasara eso? Tus palabras te hacen parecer un mentiroso, o es que estás muy equivocado respecto a todo esto.

Él la había asustado de muerte; incluso en ese momento, sólo pensarlo le producía escalofríos de miedo.

—Para que entiendas cómo es posible una cosa así, tengo que hablarte de mí y mis hermanos. Ya de jóvenes, cuando aún no teníamos doscientos años, sabíamos que éramos diferentes de la mayoría de los carpatianos. Desafiábamos todas las reglas, traspasábamos muchos límites. Nos deleitábamos en nuestro poder y fuerza, y cuando el príncipe nos ordenaba algo obedecíamos, aunque siempre lo poníamos en tela de juicio. Zacarias, que era nuestro líder reconocido, siempre estaba en primer lugar, por delante de nuestro príncipe.

—O sea, que erais los chicos malos de la comunidad.

—Más que chicos malos. Nos irritaban las restricciones impuestas a nuestra clase. Nuestros mejores amigos eran los hermanos Malinov. Les gustaban los juegos arriesgados, como a nosotros, disfrutaban con las batallas y los desafíos, y todos teníamos largas conversaciones sobre por qué nuestra especie debía dominar la humanidad. Sabíamos que teníamos poder y encontrábamos que era un error que nuestro príncipe nos ordenara mantener en secreto nuestras fuerzas. A medida que aumentábamos nuestra fuerza combatiendo a los vampiros y aprendiendo nuestro oficio de guerreros, nos unimos aún más y poníamos en tela de juicio la autoridad de nuestros gobernantes; incluso hablamos de destronar a la familia Dubrinsky y tomar el mando.

Colby sintió flaquear las piernas y fue a sentarse en un sillón. Nada de lo que él le había dicho hasta el momento le daba confianza en en él ni en su relación.

—¿Conspirasteis para destronar a vuestro gobernante?

—No pasó de conversaciones interesantes. Y siguió siendo un tema de conversación durante muchísimo tiempo, sin que ninguno de nosotros lo pensara en serio. Finalmente, la noche en que nuestro príncipe nos envió lejos de nuestra tierra, privándonos de la posibilidad de encontrar parejas de vida, al menos eso era lo que creíamos entonces, hablamos de convertirnos en vampiros y de que seríamos lo bastante fuertes para no atacarnos mutuamente, como hacen los vampiros. Pensamos que podríamos separarnos y reclutar a otros de nuestra clase usando un nombre en clave; de esa manera parecería que la misma persona estaba en varios lugares al mismo tiempo.

Colby pensó en el horrendo monstruo que había retenido a Paul delante de él enterrándole los dientes en el cuello, y en los animales mutados que lo rodeaban. Se apretó el estómago con una mano.

—¿Cuándo viene la parte que me hará comprender?

—He intentado explicarte que nuestras naturalezas eran más oscuras, más animales e incluso más predadoras que la de la mayoría de los carpatianos. Pero está el hecho de que mis hermanos y yo nos hemos mantenido unidos, y que hicimos un pacto que hemos respetado. Hablábamos de esas cosas pero al final todo se resumía en una cosa: el honor. Nos negamos a vivir sin honor. Los hermanos Malinov pensaban igual. Nuestra decisión no nos ha hecho más fácil conformarnos a las reglas. Yo tengo una naturaleza predadora. Tú no has comprometido tu vida con la mía. Te necesito como apoyo, como un ancla; necesito tu compromiso para que nuestras almas se puedan fusionar totalmente.

Ella se levantó de un salto.

—Ahora me echas la culpa a mí de lo ocurrido. Tu naturaleza predadora podría levantar su fea cabeza otra vez y en la próxima ocasión matarme a mí o matar a Paul o a mi hermana.

Él suspiró, emitiendo también un siseo de impaciencia.

—Te he contado cosas que no le he contado a nadie y sin embargo no ves que al confesarte mi parte vergonzosa te he hecho un regalo. Jamás habrías encontrado eso ni en lo más profundo de mí. He decidido ser sincero, pero Nicolas tiene razón: contigo no tengo otra opción que forzarte.

Ella se mojó los labios resecos con la punta de la lengua. Bajo esa actitud engañosamente indolente, él estaba hirviendo de rabia; bajo esa fachada hervía un caldero a fuego fuerte. Sólo mirarlo la hacía arder. Dejó salir lentamente el aire.

—¿Qué vas a hacer?

La fastidió que la voz le saliera en un susurro.

—Por suerte para ti, ha llegado tu amigo el sheriff sin que lo llamaras. Tienes otro respiro temporal.

Al instante la inundó un inmenso alivio. Volvió a sentarse en el sillón; no se había dado cuenta de lo terriblemente tensa que estaba. En un abrir y cerrar de ojos, él ya no estaba apoyado en la pared sino acluclillado a sus pies, mirándola.

—Ten mucho cuidado con ese hombre, Colby. No te llegas a imaginar lo furioso que estoy, y te necesito de más maneras de las que crees. No querría que sufriera un hombre inocente debido a que me provocas demasiado.

Colby entrelazó los dedos. Una parte de ella se sentía perversamente decepcionada, y era lo bastante sincera para reconocerlo. Su cuerpo se estaba ahogando de necesidad de él; su mente deseaba tocar la suya. Suspiraba por él y ansiaba estar rodeada por sus brazos. Le resultaba difícil y agotador mantenerse separada de Rafael.

—No le hagas daño a Ben —susurró.

Él le cogió firmemente el mentón.

—Entonces no hagas nada que me provoque. Reconoce que no soy humano. Reconoce eso y te será más fácil aceptar que no poseo todas las características humanas. Nací y me crié cazador, buscador de presas. Eso es lo que soy y para lo que vivo. Todos mis instintos son los de un predador.

Ella apartó la vista de su cara.

—Muy bien. No favoreces tu causa. ¿Por qué intentas meterme miedo? Ya lo tengo.

—Porque debes tener miedo. No estás ante un hombre civilizado que entiende las leyes y que obra de acuerdo con ellas. Nos rigen nuestras leyes, basadas en nuestra hechura predadora. Si no hago lo que mis instintos me dicen que debo hacer, pongo en peligro a muchas personas. Comparar el peso de eso con tu renuencia, sabiendo que al final el resultado será el mismo...

—Eso no lo sabes —interrumpió ella, tratando de liberarse el mentón.

Siempre la asombraba su fuerza y sin embargo jamás le hacía daño, ni siquiera cuando era brusco. Su contacto le producía revoloteos en el estómago.

—Lo sé. Eso cambiará solamente si me muero.

Ella retuvo el aliento ante esas palabras, que le hicieron pasar un espeluznante miedo por todo el cuerpo. Pestañeó para contener las lágrimas; detestaba que sólo la idea de que muriera le produjera esas desgarradoras emociones.

El golpe en la puerta de la cocina fue fuerte pero breve.

—¿Colby? —la llamó Ben—. ¿Estás en casa? El doctor dijo que te hiciste una fea herida y el veterinario me explicó que el caballo estaba drogado.

Ya había entrado en la casa.

Rafael frunció el ceño, disgustado por la familiaridad de aquel hombre. De mala gana le soltó el mentón a Colby y se incorporó, con más aspecto de un felino de la selva que nunca.

—Estoy en la sala de estar, Ben —contestó ella, sin dejar de mirar a Rafael.

No podría apartar la vista de él ni que lo intentara. Era absolutamente arrollador, su presencia llenaba la sala, y parecía consumir todo el aire y ocupar todo el espacio.

—¿Ha sido muy grave esta vez, cariño? —preguntó Ben, entrando.

Se detuvo un momento al ver a Rafael apoyado indolentemente en el borde del escritorio, de brazos cruzados y con las piernas estiradas delante. Inmediatamente subió varios grados la tensión.

Colby se pasó las manos por la cara.

—Estoy bien, Ben. Gracias por preocuparte por mí. En estos momentos Paul y Ginny están en el rancho de Sean Everett, y yo simplemente estoy descansando.

¿Por qué no decir algo más? ¿Arresta a Rafael por acosarme? Se presionó la dolorida sien con las yemas de los dedos y movió la cabeza, desechando esa tontería. No tenía la fuerza necesaria para sacarlo de su vida. Tal vez podría hacerlo por sus hermanos, pero no por ella. Ya comenzaba a despreciarse.

«*Querida*, estás comenzando a entender, a aceptarlo. —Su voz sonó tierna y seductora en su mente, terriblemente íntima—. Afrontas muchas cosas por los demás sin miedo y sin embargo no aceptas nada para ti.»

Cuando él hacía eso, cuando le hablaba en la mente con esa voz, ella se volvía del revés y deseaba acurrucarse en su interior y ser todo lo que él deseaba y necesitaba.

—Tenemos problemas por aquí, Colby —dijo Ben, quitándose el sombrero y sentándose en la única mecedora buena—. Debería haberte hecho caso cuando me hablaste de todos los accidentes que ocurrían en tu rancho y de la desaparición de Pete. Han desaparecido tres hombres en la ciudad y otros dos de los ranchos.

Colby miró a Rafael; él no parecía sorprendido por la noticia.

«Los vampiros tienen que alimentarse, y cuando se alimentan matan a sus presas.»

Ella sintió bajar un escalofrío por la columna. Él se lo tomaba con mucha calma, con toda naturalidad y aceptación. Distanciado; como si no intervinieran sus sentimientos.

«Durante siglos no he sentido emociones. No las siento cuando cazo vampiros. Pero no sería capaz de ir matando uno tras otro a aquellos que fueron amigos.»

—¿Hay algún indicio de que haya habido violencia? —preguntó ella a Ben, observando a Rafael. ¿Sentiría algo por las víctimas? ¿Por sus familias? No veía en él nada que lo indicara—. «¿Qué sentiste cuando le arrancaste el corazón a ese pobre hombre?»

Porque podría haber sido el corazón de Paul; Rafael podría haber matado a su hermano, ya que el vampiro lo había mordido e intentado usarlo como a un títere.

«No sentí nada en absoluto.»

No le iba a mentir. Ella se metía miedo sola y se complicaba la vida mucho más de lo que era necesario.

«¿Tampoco habrías sentido nada si hubiera sido Paul?»

«No era Paul.»

—Colby, ¿has escuchado una palabra de lo que he dicho? —preguntó Ben.

—Sí, sí, perdona, es horroroso. Nunca habíamos tenido asesinatos ni desapariciones aquí.

—Estuve hablando con Tony Harris —continuó Ben, posando su dura mirada en Rafael.

Colby tuvo que reconocer que Rafael no parecía impresionado ni arrepentido en lo más mínimo.

—No sé qué le pasó a Tony. Se portó mucho peor que de costumbre.

—Afortunadamente para el señor De la Cruz, reconoció que te había agredido. Sentí deseos de darle una buena paliza.

—¿Tony lo reconoció? —preguntó Colby, atónita.

Miró a Rafael, desconfiada. ¿Él le habría metido la compulsión de decir la verdad? Vio que el moreno semblante de Rafael continuaba sin expresión.

Ben asintió.

—Tuve una larga conversación con él acerca de todas las cosas que están ocurriendo aquí. Yo ya sospechaba que su jefe deseaba tu rancho y era el causante de algunos de los accidentes ocurridos aquí.

—Yo también lo pensé, Ben, pero por muy matón que sea Tony, es ranchero. Es uno de nosotros. No podría imaginármelo haciéndole eso a los niños y a mí. Lo conozco de toda la vida.

—Y siempre lo has despreciado.

Ella adelantó la mano con los dedos abiertos.

—Puede que eso sea cierto. Siempre ha sido un matón. Detesto la forma como me habla.

—Lleva años enamorado de ti, Colby.

Ella miró a Rafael; no pudo evitarlo, aunque no deseaba mirarlo. Sentía su mirada, ardiente y posesiva, en su cuerpo.

«Deja de mirarme así. —La súplica le salió antes de que pudiera reprimirla; él la hacía desearlo sin tocarla; al otro lado de la sala, en actitud tranquila y casi aburrida, la miraba y la reducía a sus hormonas enloquecidas—. Detesto todo esto. Detesto lo que me haces.»

—Eso no lo creo, Ben —dijo—. Siempre ha sido desagradable conmigo. Desagradable y sarcástico. Siempre me llama princesa de hielo.

—Todo el mundo sabe que siente algo por ti, Colby. Y es desagradable y sarcástico. No quiero decir que Tony Harris sea un tío estupendo; es más malo que una serpiente, pero al parecer cree que tú deberías estar liada con él y lo enfurece terriblemente que no lo estés. Todo estaba muy bien cuando creía que no tenía ningún rival, pero ahora todos saben que estás liada con De la Cruz —movió el pulgar hacia Rafael—, y Tony está fuera de sí.

—Eso no le da derecho a ponerme las manos encima.

—No, claro que no, y lo habría arrestado si hubieras puesto una denuncia. Y si hubiera visto lo que te hizo habría hecho lo que hizo De la Cruz. —Miró a Rafael—. Se ha ganado un enemigo de por vida. Tony no se atiene mucho a la ley.

Rafael se encogió de hombros, despreocupado.

—¿Él ha tenido algo que ver con los accidentes ocurridos en el rancho de Colby?

—Yo creo que sí. Eludió el asunto pero no lo negó. Yo creo que el gusano de su jefe intentaba abaratar el rancho y Tony le seguía la onda. Dos veces durante la conversación me dijo que tal vez Colby no se mostraría tan altiva y difícil si comprendiera que necesita a un hombre que la ayudara. Creo que a su retorcida manera, pensó que la podría obligar a pedirle ayuda.

—¡Como si yo se la fuera a pedir! —bufó Colby—. Jamás le pediría ayuda a esa rata. Deberías haberlo visto cuando creyó que yo estaba sola cerca de las minas. Él y ese…

Se interrumpió, mordiéndose el labio. No quería hablar de Ernie Carter ni pensar en Rafael, todo lleno de heridas con la mano enterrada en el pecho de aquel hombre. Cerró los ojos, sintiéndose enferma.

Ben se encogió de hombros.

—Tony se estaba engañando a sí mismo, Colby, pero creo que vio una oportunidad y, a su retorcida manera, un motivo.

Ella enderezó la espalda.

—No sospecharás que él mató a Pete, ¿verdad?

Tony era muchas cosas pero no un asesino. No quería ni intentar decirle a Ben que había vampiros y títeres en su condado; la encerraría en una celda de seguridad. Pero tampoco podía hacer arrestar a Tony por asesinato.

—Tony no es lo bastante listo para cometer un asesinato y salir impune. Bebe demasiado y habla cuando está bebido. Nadie lo ayudaría a encubrir un asesinato.

Colby dejó salir lentamente el aliento.

—Si ese gusano de Clinton Daniels es el que ha causado todos los accidentes en mi rancho, ¿cómo lo podemos coger? Debe enviar a Tony o a otro de sus hombres, sin ensuciarse jamás las manos.

—Lo que sea que estés pensando hacer, Colby, no lo hagas —le aconsejó Ben.

—Bueno, alguien tiene que parar esto. No me hace ninguna gracia meter a Tony en la cárcel si es Daniels el que lo manda a hacer esas cosas.

Rafael, siempre una sombra en su mente, miró sus planes, irritado porque Ben le leía los pensamientos con tanta facilidad. Vio lo que estaba pensando, encontrarse con Daniels por casualidad y entrar a beber algo con él; coquetear un poco para obtener información de él y grabarla. ¿Lo besaría? No sabía si podría llegar a tanto.

«Creo que no. Tendrías que matarlo. Y después tendrías que enfrentar mi ira.»

Su voz le llegó muy tranquila.

«Ahórrame el drama machista. Esto es grave. Clinton Daniels es una serpiente. Llevo meses tratando de encontrarle explicación a estas cosas.»

—Manténte alejada de Daniels, Colby —dijo Ben—. No voy a tolerar tus artimañas femeninas en medio de muertes y desapariciones.

Colby le sonrió. Ben había empleado su voz más severa.

—Ben, cariño, ya nadie dice artimañas femeninas.

Entonces sintió la oscuridad y oyó el rugido de una bestia. Rafael dejó de mirarla y se giró a mirar por la ventana, dándoles la espalda, aunque ella supo que se le habían alargado los colmillos. Estaba combatiendo un oscuro instinto que al parecer lo zarandeaba con fuerza.

Se pasó una mano por el pelo, irritada otra vez.

«¿Qué?»

«Llamas "cariño" a este hombre cuando ni siquiera contemplas la posibilidad de quererme. ¿Cómo esperas que reaccione tu pareja de vida?»

Su voz sonó casi como un gruñido. El corazón le golpeó fuerte el pecho.

«¿Ben? ¿Estás celoso de Ben? ¿Estás loco? Ben cree que estoy loca. Me quiere como a una hermana o algo así. Y yo lo quiero de la misma manera.»

«No me hables de querer a otro hombre cuando te niegas a amarme a mí.»

«Rafael, Ben no intenta apoderarse de mi mente ni me gobierna como si yo fuera un juguete sexual sin sesos. Tal vez deberías intentar aprender algo de él.»

«No lo intenta porque no le perteneces.»

Exasperada, se levantó de un salto.

—¡Vamos, por el amor de Dios! Los hombres sois unos idiotas. No soporto esto. De verdad, no lo soporto. Ben, vete y llévate contigo a Rafael.

Ben la miró absolutamente desconcertado.

—Colby, no logro entenderte. No tienes ninguna lógica.

—Tengo mucha lógica, Ben. Los hombres no tenéis lógica. Necesito descansar. Estoy alterada, estoy rara y, francamente, si no os marcháis de mi casa os echaré el perro a los dos.

Miró a Rafael, furiosa, con las manos en las caderas.

Él se enderezó lentamente, con un movimiento indolente, pero felino y sensual; o predador y sensual; ella no lo supo discernir. Fuera lo que fuera, casi no podía respirar estando él mirándola; devorándola; quitándole la ropa y poseyéndola con sus negros ojos ávidos. Él avanzó un paso hacia ella y se detuvo bruscamente, desaparecida la ardiente intensidad de su mirada, y reemplazada ahora por una de frío cálculo. Al instante ella sintió pasar la oscuridad por el cielo, invadiendo sus tierras.

«¿Qué pasa?»

Pero ya lo sabía. Estaba ahí fuera, observando, tal vez buscando a Paul; el vampiro se había levantado.

«Sabe que todavía no he recuperado toda mi fuerza y desea ponerme a prueba en la batalla. Los vampiros siempre aprovechan las ventajas.»

—Entonces no os vayáis, quedaos conmigo —dijo ella, cruzando la distancia que los separaba y cogiéndole el brazo—. Espera a estar más fuerte.

Ese cambio tan radical era perverso; sus emociones se le descontrolaban totalmente ante la idea de que él estuviera en peligro. No pudo impedirse aferrarse a él, aun cuando un momento antes deseaba que se marchara.

Ben levantó las dos manos, exasperado.

—Hace dos minutos nos querías arrojar fuera amenazándonos con echarnos al perro, y ahora quieres que nos quedemos. Colby, controla tus emociones.

Rafael inclinó la cabeza y le enmarcó la cara entre las manos.

—Sabes que tengo que ir, *meu amor*. El peligro para Paul es demasiado grande para pasarlo por alto.

—Entonces llama a Nicolas.

Él apoyó la frente en la de ella, bloqueando a Ben, al vampiro, a todos, hasta quedar solos los dos. Ella y él.

—Sabes que no puedo. Está muy agotado, fuera de sí. Lucha contra la oscuridad en todo momento.

—Luchará más contra ella si a ti te ocurre algo —le susurró ella—. Rafael, no vayas solo. Eso es lo que quiere.

—¿Sabe algo sobre estas desapariciones, De la Cruz? —preguntó Ben—. Si se va a encontrar con alguien peligroso, yo iré con usted.

Rafael no giró la cabeza sino que continuó mirando a Colby a los ojos.

—Gracias por su preocupación, pero este problema debo solucionarlo solo. Tal vez podría ir hasta el rancho de los Everett y llevarse a Colby con usted. Dígales a Juan y a Julio que cuiden del chico.

Entonces la besó. Tomó posesión de su boca a su manera, sin mimos preliminares, poseyéndola, marcándola, con la boca ardiente, ávida, exigente. Ella le echó los brazos al cuello, fundiendo su cuerpo con el suyo, totalmente indiferente a la presencia de Ben.

Rafael puso fin al beso, la apartó, se dio media vuelta y salió.

Colby fue a asomarse a la ventana para verlo marcharse. Él simplemente se disolvió, ya no estaba fuera de la casa, pero entonces vio a un águila harpía volando por el cielo.

—Espero que sepas lo que haces, Colby —ladró Ben.

—Yo también lo espero —repuso ella, distraída.

—Vamos, te llevaré al rancho de los Everett.

—Yo no puedo ir, Ben, pero ¿me harás el favor de asegurarte de que Paul y Ginny están bien?

Él se caló el sombrero.

—¿Estás segura?

—Muy segura. —No se giró para despedirse, sino que continuó mirando por la ventana hasta que el gigantesco pájaro se perdió de vista tras el follaje de los árboles; se le oprimió el corazón—. Tengo mucho que hacer.

—Ten cuidado, Colby, y cuida de esa pierna.

Ella casi se había olvidado de la pierna; Rafael le había sanado la herida.

Hasta mucho después que se marchó Ben continuó mirando la noche por la ventana, conteniendo las lágrimas. Finalmente, se metió la mano en el bolsillo y sacó el arrugado papel que le diera Natalya con el número de su móvil.

Capítulo 16

«Rafael, ven a jugar conmigo.»

Una fea risa chillona recorrió el valle y su eco resonó en las montañas. Las nubes formaron un manto oscuro en el cielo sobre el águila harpía que se alejaba volando del rancho en dirección a las cimas.

«Siempre un placer, Kirja —contestó Rafael, con voz ronca, suave, de una pureza melódica que siempre hería los oídos de cualquier vampiro—. Echo de menos los viejos tiempos, cuando de vez en cuando encontraba un desafío. Para alguien con mis dotes es muy fácil derrotar a la mayoría de los vampiros.»

A posta lo provocaba, explotando la antigua amistad, la época de la infancia, de retos y perfeccionamiento de tácticas.

«No te será fácil encontrarme.»

Rafael detectó arrogancia en el tono. Captó un tenue olor y cambió de dirección, describiendo un amplio círculo. Decidió halagarlo, aprovechando la vanidad tan propia de los vampiros. Kirja siempre había sido muy competitivo.

«Eso esperaría yo. Eras un luchador fabuloso, Kirja, siempre uno de los mejores. No habría ningún placer en una victoria fácil.»

«Únete a nosotros. Tu hermano Zacarias se equivocó al decir que debemos vivir con ese llamado honor. Se dejó lavar el cerebro por un código ridículo. El príncipe nos envió lejos porque temía nuestro poder. ¿Por qué crees que dejó con él a Lucian y Gabriel? Sabía que jamás derrotaría nuestras fuerzas unidas. Se refugió tras la protección de ellos, pues ya entonces sabía que éramos más fuertes. Únete a nosotros, Rafael. Puedes tener a la mujer que desees. No tienes por qué esconderte de tus presas: podrás utilizarlas como deben ser utilizadas, como sirvientes que cumplen nuestras órdenes.»

«¿Y me acogerías bien después de todo el tiempo que ha pasado? ¿Después que he cazado y matado a tantos de tus peones?»

Kirja ya estaba más cerca, un poco más allá, en la espesura del bosque; su presencia contaminaba el vivificante aire volviéndolo fétido. Veía el lugar donde se había hundido la hierba, al retraerse para eludir la presencia del mal. Kirja siempre había preferido atacar por sorpresa, simultáneamente por arriba y por abajo; en ese espeso bosque no podía preparar su emboscada predilecta: lo estorbaban los árboles; sin embargo, perversamente, los bosques eran exactamente el lugar donde su presencia parecía ser más fuerte.

De todos modos no se fió de las huellas que le dejaba para que él las encontrara. Desde su altura en el cielo, observó atentamente el suelo con su aguda vista de águila. Los pinos formaban más o menos un anillo alrededor de un pequeño claro, y el mal olor emanaba de los árboles; sin duda suponía que él se acercaría pasando por el claro transformado en un mamífero o un reptil. Era muy impropio de Kirja delatar su presencia como aparentemente lo hacía en los árboles; movió la cabeza para sus adentros, el movimiento dirigido a su antiguo amigo; seguro que había luchado con cazadores confiados, con aquellos no muy diestros en esas cosas, para creer que él caería en esa trampa. No se pondría al descubierto pasando por el claro, de ninguna de las maneras, pues eso lo expondría al estilo de ataque preferido por Kirja.

Continuando en la forma de águila harpía dio una amplia vuelta en círculo por esa parte y a medio vuelo se transformó en un pájaro mucho más pequeño, uno autóctono de esas montañas. Se posó en el árbol con más follaje y entre las ramas más retorcidas y enredadas. Oculto entre las ramas y otros pájaros que estaban descansando, escuchó el murmullo de las hojas y el temblor de miedo que pasaba por los troncos. Insectos, ranas y otros animalitos hacían crujir suavemente las ramitas del suelo intentando alejarse sigilosamente del claro. Vio a varias lagartijas atravesando el lugar en cortos avances por la hierba; de repente se detenían, se quedaban inmóviles, luego oliscaban el aire y la tierra, avanzaban otro poco y volvían a detenerse.

Esos eran signos de inquietud; las lagartijas percibían el peligro pero no lograban identificarlo. A salvo entre el grupo de pájaros, esperó.

«Te espero, Rafael. ¿Has decidido que no puedes despacharme sin tu hermano mayor que te proteja?»

El tono de Kirja rezumaba burla y desafío.

«No hay ningún honor en derrotar a los vampiros —contestó, haciendo provenir su voz desde el sur, para no delatar su presencia en el bosquecillo—. Es un simple trabajo, Kirja. Sabes muy bien que eso es así. Da igual que haga falta un cazador o diez. Administramos justicia de acuerdo a la ley.»

Con los penetrantes ojos del pájaro captó una llama brillante en el borde de la turbulenta masa de nubarrones que se cernía sobre el claro. Kirja había tramado algunos de sus viejos ardides y el campo de batalla ya estaba preparado.

«Me canso de esperarte, Rafael.»

Rafael duplicó el bosquecillo, hazaña que sólo podían realizar los carpatianos más antiguos y poderosos. Brotaron árboles clónicos en el claro, enterrando como lanzas las raíces en la tierra y enroscándose y entrelazándose para formar una barricada debajo de la tierra, y arriba se extendieron las ramas elevándose como brazos hacia el cielo, formando una barrera casi impenetrable.

Del suelo subieron chillidos de dolor y rabia, al tiempo que las serpientes de Kirja salían de prisa a la superficie, huyendo de las implacables raíces, en un horrible enredo de escamas y dientes, ondulando, enroscándose y contorsionándose, golpeando el suelo, golpeando el aire, enterrándose los afilados dientes entre ellas, movidas por una estúpida necesidad de matar lo que fuera que estuviera cerca.

Después de las serpientes brotó un enjambre de insectos, millones, inmensos escorpiones y un río de hormigas, un ejército venenoso resuelto a matar todo lo que se encontrara en el camino. Rafael contrarrestó la maniobra con un elemento de la naturaleza; hizo salir la savia de los árboles y extenderse sobre el claro formando un lago de líquido color ámbar que atrapó a los letales bichos, reteniéndolos dentro del campo de batalla antes que salieran de él a causar daños.

«Eso no ha sido nada, Rafael. Qué crueldad para con todos esos animalitos.»

«¿Tanto se han desvanecido tus recuerdos de mí que te los inventas? Nunca fui simpático, Kirja, ni he aprendido a serlo.»

«Únete a nosotros —llegó la susurrada tentación—. Cumple tu destino. Siempre fuiste muy superior al príncipe Vlad, y a su llorica hijo Mikhail que ahora ocupa su lugar. No tiene a nadie capaz de protegerlo bien. Gregori es aún muy joven y no tiene experiencia con los viejos. Afina sus habilidades con los jóvenes, sin tomar en cuenta que existimos nosotros. Se siente seguro de su pericia en la batalla, creyéndose que lo sabe todo, aun cuando sólo ha derrotado a vampiros inferiores. Aquellos que él creía verdaderos maestros son nuestros títeres, a los que usamos como forraje para conseguir nuestro objetivo. Tú y yo sabemos que la habilidad de Gregori no se compara ni de cerca con la nuestra y que jamás podría derrotarnos. Únete a nosotros, Rafael. Acepta tu verdadero destino.»

El vampiro atacó desde el cielo, haciendo caer una lluvia de fuego sobre los árboles clónicos, arrojando rayo tras rayo a los gruesos troncos hasta que se ennegrecieron y empezaron a arder en llamaradas. Los troncos se partieron y algunos cayeron bajo el violento ataque.

Con su cabeza de pájaro, Rafael hizo un gesto hacia las agitadas nubes induciéndolas a dejar caer la lluvia para que apagara el fuego.

Cayeron las gotas, oscuras y horribles, de puro ácido, siseando por entre los árboles y las ramas y hojas del suelo, al quemarse, marchitando todas las plantas a su paso y enterrándose en la tierra, infectándola con su veneno.

«Muy simpático», comentó Rafael en tono de admiración, haciendo llegar otra vez su voz desde el sur, para que Kirja creyera que estaba orquestando la batalla desde la distancia.

«Me imaginé que te gustaría eso», contestó Kirja, dando la impresión de que se inclinaba en una reverencia.

Refugiado en el cuerpo del pájaro, y posado en un verdadero árbol, Rafael miró hacia el cielo. Al instante cesó la lluvia ácida; sopló un feroz viento del sur, un verdadero huracán, dispersando las nubes por el cielo y trayendo con él una fuerte tormenta. Relámpagos cruzaron las nubes en líneas quebradas y cayó una lluvia torrencial de agua limpia, apagando los fuegos y dejando tras sí un olor fresco y vivificante.

«Lucian y Gabriel se han alzado en armas. Lucharán por su príncipe. Falcon está vivo, y Traian también. Lucharán.»

«Se han vuelto blandos. Tienen mujeres a las que proteger. Los cazadores se debilitan cuando tienen que preocuparse de no perder a una pareja de vida. Nosotros cazamos y no tenemos que preocuparnos por nadie, así que gozamos de ventaja. Únete a nosotros, Rafael. Nuestras filas se hacen fuertes mientras el número de cazadores se reduce y se debilitan sus habilidades. Muchos son artesanos, obligados por el príncipe a servirle de esa manera, pero no son verdaderos cazadores. He matado a miles de ellos. Llama a tu hermano y uníos a nosotros. No seremos derrotados.»

El agua de lluvia se convirtió en hielo; del cielo comenzaron a caer finísimos carámbanos que como lanzas perforaban los árboles por todos lados, penetrándoles la corteza y llegando hasta el corazón, con la intención de matarlos, y pasando por entre los arbustos y el follaje, buscando objetivos, con la esperanza de que Rafael estuviera oculto ahí.

Dentro del cuerpo del pájaro, a prudente distancia de la tormenta de hielo, Rafael sonrió; Kirja estaba en muy buena forma, huyendo, pero luchando, sacando buen partido de cada arma, con el fin de ganarle.

«Como en los viejos tiempos.»

«Vivo para oír los chillidos de los árboles cuando el hielo les perfora el corazón.»

«Siempre te ha gustado tener el poder sobre la vida o la muerte, Kirja.»

«Como a ti, Rafael. No te engañes. Tu naturaleza te exige dominar a los demás. Sabes que eres un ser poderoso, y obligarte a someterte a seres inferiores te irrita todos los momentos de tu existencia. Únete a nosotros. Ellos no podrán ganar contra nuestras crecientes filas.»

Rafael sabía que ahí había un laberinto subterráneo; había pasado un tiempo en las cavernas y bajo la superficie de la fértil tierra; había escuchado las canciones susurradas de la tierra y oído el rumor de la abundante agua que fluía desde diferentes fuentes. Susurrando una orden, llamó al agua de todas ellas, seguro de que Kirja dirigía la batalla escondido bajo la superficie, donde podía protegerse con sus muchas trampas.

Comenzaron a llegar los primeros chorritos. Sintonizado como estaba con la tierra, sintió la ligerísima vibración del suelo cuando empezó a formarse el río subterráneo con el agua procedente de todas direcciones, que no tardó en convertirse en un torrente de enorme potencia. Dirigió el río hacia la parte que estaba seguro que ocupaba Kirja, ordenando que arrastrara con él raíces dentadas y puntiagudas, como letales saetas ocultas bajo la arremolinada espuma. El agua saturaría la tierra, diluyendo los venenos que le había inyectado Kirja, con lo que reviviría la flora una vez que se hubiera marchado el vampiro.

El río subterráneo se convirtió en un monstruoso rápido, rugiendo bajo la tierra, arrasando y apartando todo lo que se encontraba a su paso. Un grito de rabia y de dolor hizo temblar el suelo, y varios árboles explotaron, arrojando una lluvia de astillas y estacas puntiagudas por todo el lugar ocupado por los árboles clónicos. Del suelo brotó sangre burbujeante, formando un charco humeante, hediondo, nocivo, señal segura de que el vampiro estaba herido.

Desde su lugar en el árbol, justo al este de los árboles clónicos, Rafael esperó a que Kirja saliera a la superficie; de ninguna manera podría resistir la potencia del rápido subterráneo ni las afiladas raíces que llevaba el agua, disparadas con letal intención. Tendría que salir.

Comenzaron a brotar chorros de agua del suelo, elevándose como géiseres, calientes como si procedieran de un volcán en erupción. Enormes globos de barro hirviente salieron disparados de los hoyos y volaron por el aire en todas direcciones. En medio del vapor se elevó una columna más oscura, que subió veloz hacia las nubes; los bordes de la columna brillaban con un color rojo vivo.

Al instante Rafael atacó, formando una barrera transparente en el cielo de modo que el vapor chocara ahí con fuerza y se pegara a la superficie, más o menos como gotas de vapor condensado. Hizo pasar calor por la barrera, secando las gotas condensadas, obligando así al vampiro a tomar otra forma.

Entonces un inmenso enjambre de abejas asesinas ennegreció el aire, y al instante comenzaron a atacar a todo ser viviente, ya fueran insectos o mamíferos, pegándose a los cuerpos, agrupadas, y volando hacia los árboles y arbustos en un frenesí de odio y rabia.

Rafael contraatacó succionando todo el oxígeno del aire en el bosque de árboles clónicos. Las abejas cayeron al suelo, muertas o moribundas, cubriéndolo como una gruesa alfombra. Del suelo surgió una figura oscura, transparente, como una sombra, que corrió veloz hasta el árbol más cercano y se introdujo dentro de su tronco ennegrecido. Al instante se marchitaron las hojas que quedaban, enroscándose hasta formar rulos negros amarronados, las ramas se retorcieron, formando nudos, y por la corteza aparecieron enormes bultos, como tumores, al romperse la madera en los lugares donde se hinchó el demonio.

Rafael hizo caer un rayo del cielo, optando por un golpe directo y una incineración rápida, pero aun cuando el árbol se partió en dos, la figura oscura de su interior saltó al árbol vecino.

«Kirja, eso es impropio de ti. Te estoy pisando los talones; ¿no sientes mi aliento en tu nuca? ¿No sientes picor entre los omóplatos?»

Mientras hablaba, Rafael hizo caer otro rayo, un azote en zig zag que hizo saltar el árbol en trocitos. Nuevamente la sombra pasó al árbol siguiente.

«¿Por qué huyes? Creí que querías jugar, mi viejo amigo.»

Comenzó a salir lava ardiente por los hoyos abiertos por los géiseres, haciendo subir chorros de ceniza y fuego por el aire. Las piedras calentadas explotaron y cayeron golpeando la tierra como feroces meteoros. Los árboles se incendiaron y el río subterráneo se transformó en un torrente de lava.

«No puedo jugar. —Las palabras salieron en un rechinar de dientes—. No te gustará como juego a esto, Rafael. Deberías haber aprovechado la oportunidad que te ofrecí de unirte a nuestras filas. Tendrás una muerte horrible, pero antes de que mueras, destruiré a todos y todo lo que amas o te importa. Esa es la promesa que te hago.»

Rafael mantuvo fija su penetrante mirada en los árboles mientras la sombra del vampiro pasaba veloz de un árbol a otro intentando salir del bosque clónico a terreno seguro. Herido, iba huyendo, manteniéndose a cubierto para no dejar ningún espacio abierto que él pudiera aprovechar para asestarle un golpe mortal. Kirja no podía esconderse en los árboles; las ramas retorcidas y anudadas lo delataban cada vez, partiéndose y dejando a la vista la virulenta malignidad, que rezumaba como savia por las partes rotas.

Para combatir los fuegos y los destructores ríos de lava, Rafael ordenó a las nubes que se oscurecieran de agua y al instante comenzó a caer nieve, en gran cantidad, una arremolinada nevisca que hizo subir más vapor, obstaculizándole la visibilidad. Enfrió rápidamente la lava y emprendió el vuelo, receloso de las trampas, pero sabiendo que Kirja no tenía otra opción que huir. Cambió a la forma de águila harpía, para usar su vista más aguda, y dio una vuelta en círculo por encima del bosque clónico, que ya estaba quemado y dañado. La nieve y el vapor que esta hacía subir formaban un velo casi impenetrable, pero logró ver salir una sombra oscura de un árbol doblado en la orilla misma del bosque. Dejando gotas de sangre en la nieve, el vampiro desapareció por un agujero que sólo podía ser de un tubo dejado por la lava, un túnel formado por el río subterráneo que conducía a las cavernas del interior de la montaña. Normalmente pasaban gases por esos tubos cuando se enfriaba la lava, pero era evidente que a Kirja aún le quedaban el poder y la energía para hacer soplar un viento fuerte y despejarse el camino.

Maldiciendo en voz baja, Rafael lo siguió. Era peligroso seguir a un vampiro herido, sobre todo a uno tan experto en la batalla como Kirja. Pero lo hizo; no podía arriesgarse a perder a Colby, y conocía a Kirja; sabía que este nunca olvidaría esa resentida promesa de venganza, y que algún día, aunque le llevara mil años, encontraría la manera de vengar esa batalla. Ya de niño, siempre se desquitaba por cualquier cosa que considerara un desaire. Y ahora él lo había herido, y eso no se lo perdonaría jamás.

Avanzaba rápido; captó la forma del tubo en pendiente, la superficie viscosa y ennegrecida bajo la que el vampiro corría hacia la seguridad del interior de la montaña.

«Has traicionado nuestra amistad —le espetó Kirja, con una voz cargada de ponzoña—. Tal como la traicionaste hace tantos años al aceptar que el idiota de Vlad te enviara a tu condenación. Nos aisló a posta. Sabes que eso es cierto. Nos envió al exilio mientras sus elegidos tomaban a las mujeres y vivían la vida que nos estaba destinada a nosotros.»

Rafael guardó silencio y entró volando en el túnel, cambiando a la forma más pequeña de un murciélago. Fuera cual fuera la trampa que lograra disponer Kirja en su huida, sería débil, y en ese cuerpo pequeño tendría más posibilidades de evitar cualquier emboscada. El río de lava había trazado giros y vueltas al excavar el tubo, así que era difícil ver con claridad. Dependía del aviso de todos sus agudos instintos para saber si lo amenazaba algún peligro inminente.

Probó una cosa que no hacía desde muchos siglos atrás. Cuando eran niños, Kirja y él intentaban «ver» a través de los ojos del otro. Y lo hacían sin haber recurrido al intercambio de sangre; simplemente seguían la ruta mental e intentaban tocarse mutuamente los sentidos. Practicando y practicando lo habían logrado, y aunque él ya había perdido esa práctica, ahora tenía más poder que cuando era niño. Alargó la mente para tocarle el cerebro; la conexión fue instantánea, y él no estaba preparado para el violento torbellino de odio y astucia que encontró ahí. Kirja iba avanzando a tropezones por la escabrosa superficie, intentando dejar cerrado el tubo detrás. Las heridas lo habían debilitado mucho más de lo que se habría imaginado, ya que si no, usaría más poder. El no muerto quería conservar energía para una lucha, si esta fuera necesaria.

Haciendo una respiración, y cuidando que el contacto fuera ligero, introdujo la mente por en medio de la gélida pared de rabia y putrefacción con el fin de tener visibilidad;

necesitaba ver por delante de Kirja para prepararle una emboscada. Sólo le llevó unos segundos vislumbrar la larga extensión de lava ennegrecida que necesitaba. Al instante adelgazó la superficie del suelo varios metros más allá, dejándola fina como un papel y muy lisa. Bajo esa superficie acumuló lava hirviente, una represa improvisada que no duraría mucho pero que podría darle una ventaja.

Salió de la mente de Kirja con la mayor suavidad posible para no revelarle que había hecho el contacto. Percibió el momento exacto en que este pisó la delgada superficie, la rompió y cayó por el hoyo. Un horrendo grito estremeció las paredes del precario túnel y el fétido olor a carne quemada impregnó el aire. Dio la vuelta a dos recodos y se encontró mirando al vampiro que estaba a unos pocos metros de distancia.

Kirja estaba saliendo del hoyo. Se le habían quemado las piernas, que parecían muñones ensangrentados, y la piel se le desprendía hecha cenizas; levantó la vista y lo miró con los ojos a rebosar de odio.

«Tu mujer sufrirá como jamás ha sufrido otra mujer.»

La promesa le salió con una voz dura, sibilante, abandonada toda simulación de amistad.

Rafael corrió hacia él, para matarlo, resuelto a separarle el corazón del cuerpo. Pero cuando estaba a medio camino, se desmoronó el tubo y la caverna de encima, y cayeron toneladas de tierra y piedras entre ellos, por lo que tuvo que retroceder. Viéndose obligado a usar su poder para evitar quedar enterrado bajo la tierra y piedras, formó una cueva protectora a su alrededor, y luego esperó a que se estabilizara la tierra.

Kirja no estaba en forma para atacar a Colby o a los niños, pensó; estarían a salvo mientras el vampiro sanaba, pero tenía que ir hasta ella. Se le había acabado el tiempo; tenía que introducirla totalmente en su mundo, en el que podría protegerla de la venganza. Salir de ahí excavando a través del montón de tierra y piedras no lo libraría de un vampiro. Conocía a Kirja, sabía que encontraría un agujero y se arrastraría por él; podría esperar años para levantarse a intentar llevar a cabo su venganza, pero finalmente lo haría. Tarde o temprano, eso ocurriría.

Alargó la mente para tocar la de Colby, para comprobar si estaba esperándolo en el rancho de los Everett, donde la había enviado. Lo sobresaltó descubrir que estaba en el bar. Se quedó un momento inmóvil, conmocionado, indignado, enterrado bajo aquella montaña, cubierto por la tierra removida por la batalla entre dos viejos. Colby no le había hecho caso, no le había prestado atención cuando él intentó advertirla. No quiso oírlo.

Se abrió paso por entre la tierra y piedras hasta que encontró el lugar donde había visto a Kirja por última vez. No había ningún lugar donde pudiera haberse escondido, no había huellas de sangre y tampoco ningún olor. En esa cueva cerrada él habría olido el hedor de un vampiro, pero Kirja era un experto, capaz de ocultar lo que era cuando lo deseaba. No había manera de seguirlo y aprovecharse de que estuviera herido.

Una vez que salió a la superficie limpió todos los rastros de las tormentas. Incineró los árboles dañados e hizo volver a sus cauces naturales los ríos subterráneos. Con la misma rapidez con que salió, la lava volvió al lugar donde antes estaba acumulada, dormida, debajo de la montaña.

Cuando terminó y se hubo limpiado él, volvió la atención a su tarea más importante: seducir a Colby y tomar posesión de lo que era legítimamente suyo.

Natalya estaba sentada en el rincón más oscuro del bar, dando la espalda a la pared y paseando continuamente la mirada por la multitud. Inclinó la cabeza en un saludo cuando Colby se sentó junto a ella.

—Conoces a todo el mundo, ¿verdad?

—Sí, a bastante gente.

—Debe de ser agradable. Nunca estoy mucho tiempo en ningún lugar. —Se inclinó sobre la mesa—. No puedo arriesgarme a que me encuentre uno de los cazadores.

—¿Por qué? ¿Qué quieren contigo? —preguntó Colby, presionándose las sienes, que de repente sentía vibrar—. Necesito respuestas porque si no me voy a volver loca. Francamente, he llegado al punto en que no sé distinguir qué es real y qué es ilusión. ¿Existen los vampiros de verdad? Me encontré con un monstruo horrendo, pero te juro que igual podría estar loca y me invento las cosas. Histeria. —Se cubrió la cara con las dos manos y pasado un momento volvió a mirar a Natalya—. Quería hablar con Ben sobre esto, es el sheriff, un amigo del que me he fiado toda mi vida, pero, ¿sabes cómo sonaría si se lo explicara? Me encerraría en una celda de seguridad y tiraría la llave.

Natalya la miró compasiva.

—Lo siento, sé lo difícil que tiene que ser esto para ti. Ojalá pudiera ayudarte.

—Me dijiste que podía irme contigo si...

Se interrumpió al ver que Natalya negaba con la cabeza.

—Él puede seguirte. Dijiste que te habla. —Le señaló la marca del cuello—. Bebió de tu sangre. Tienes problemas porque él debió darte a beber de la suya. No te dejará escapar. Sé muy poco sobre los cazadores, aparte de que tienen tremendos poderes y pueden convertirse en lo que cazan. —Tamborileó sobre la mesa—. Sinceramente no sé cómo ayudarte. Pensé muchísimo en esto después que hablamos, pero no logré encontrar ninguna solución.

Colby se puso la palma en el cuello, para reservarse para sí la marca del mordisco, y detestó el gesto. No lograba tocar a Rafael con la mente; lo había intentado una y otra vez, pero él estaba cerrado. No sabía si estaba herido o simplemente quería protegerla. Se le erizó la piel.

—La verdad es que no sé si puedo dejarlo. Y estoy muy preocupada por Paul y Ginny; a Paul lo mordió el vampiro y ahora intenta usarlo para que me haga daño. Lo de Rafael es como una adicción terrible. No hago otra cosa que pensar en él. Soy una persona fuerte, pero no puedo con él. —Miró a Natalya, suplicante—. Tengo que fiarme de él o encontrar otra manera para conseguir que los niños estén seguros. Creo que para mí es demasiado tarde.

—¿Y dónde está? —preguntó Natalya, mirando alrededor—. No logro imaginarme que te dé tanta libertad no habiéndole dado lo que desea.

—Fue a combatir con el vampiro. Dice que si no lo mata, esta criatura tendrá siempre poder sobre Paul.

—Creo que tiene razón —dijo Natalya, asintiendo.

La música del bar sonaba estruendosa y le reverberaba en la cabeza; se colocó en la frente el vaso de agua con hielo.

—Me fastidia ser tan indecisa. Toda mi vida he sabido qué debo hacer y lo he hecho. Y ahora, de pronto, ya no sé qué dirección tomar. De repente el rancho ya no me parece tan importante, comparado con la vida de Paul. Sólo deseo que Paul y Ginny sean felices y lleven una vida normal.

Natalya le miró atentamente la cara.

—¿Qué pasa? ¿Por qué has venido aquí?

Colby exhaló un suspiro.

—Deseaba huir contigo; coger a los niños y marcharme con ellos. Y necesito respuestas, las necesito y creo que tú eres la única que me las puedes dar. —Tamborileó sobre la mesa, marcando un ritmo de energía nerviosa—. ¿Sabes, esa marca que tienes? ¿El dragón? Dijiste que es una marca de nacimiento. Yo tengo una marca como esa. Es muy tenue y a no ser que miraras buscándola no sabrías que está ahí. No se calienta ni escuece como la tuya, pero la tengo.

Se hizo un largo y elocuente silencio. Natalya cambió de posición para acercársele más, mirándola incrédula.

—¿Estás segura? Deberías habérmelo dicho la última vez que hablamos.

—Significa algo, ¿verdad?

—¿La ha visto el cazador? —preguntó Natalya, en voz tan baja que Colby casi no la oyó, a pesar de su agudizada audición.

—Se llama Rafael.

—No quiero decir su nombre. No quiero que vuelva su atención hacia mí. ¿Te ha visto la marca?

—Es muy tenue y a veces se desvanece, tanto que me cuesta encontrarla. ¿Por qué decir su nombre volvería su atención hacia ti?

—¿En qué lugar tienes la marca? —preguntó Natalya, sin contestar la pregunta.

—En el mismo lugar que tienes la tuya, sobre el ovario izquierdo. ¿Así es como nos identifican los vampiros? ¿La marca los llama hacia nosotras? Sé que sabes cosas. Necesito saberlas. No lo pregunto por mí, Natalya, sino por mi hermano.

—¿Has permitido que el cazador te haga el amor?

—Sabes que sí.

—Entonces estás protegida por la marca, si no él la habría visto. Se esconde de él.

Colby sintió deseos de levantarse y ponerse a chillar en medio del bar.

—No me lo estás poniendo fácil. Simplemente dime qué pasa.

—Si tienes esa marca de nacimiento, quiere decir que estás emparentada conmigo de alguna manera. Nuestro linaje es muy antiguo. Quedamos muy pocos. Si el cazador no puede ver esa marca quiere decir que se esconde de él.

Era evidente que Natalya elegía con sumo cuidado las palabras.

—¿Por qué no puede verla? —preguntó Colby, casi siseando, con los dientes apretados—. ¿Por qué no quieres decírmelo? ¿No ves que estoy desesperada? No sé cómo anular lo que él me ha hecho y, para ser sincera, he superado ya el punto de desearlo fuera de mi vida. Tengo la terrible sensación de que estoy medio enamorada de él. Hace cosas tan maravillosas, tan heroicas, que es conmovedor, fascinante. Dime lo que sabes, por favor.

—Por desgracia, sólo sé lo que me dijo mi padre, y no es mucho. He vivido muchísimo tiempo, Colby, y no envejezco mucho. Tú crees que soy de tu edad, pero soy mucho más vieja. Tengo talentos especiales, extraordinarios. Puedo tocar algo después que lo has tocado tú, o cualquier otra persona, y «ver» dónde has estado. Sé leer la historia de los objetos y soy telépata.

—¿Sabes cambiar de forma? —le preguntó Colby francamente—.
Lo que describes indica que eres de la misma especie. ¿Entonces, por qué tienes que ocultarte de ellos?

—Por la marca de nacimiento. Cualquiera que nazca con esa marca debe mantenerse alejada de los cazadores y los vampiros, de lo contrario, la matarán. Es una regla muy antigua.

Colby apoyó la cabeza en las manos, recordando la sensación de la lengua de Rafael siguiendo la forma de su marca, en una exploración seductora, erótica, que la hizo estremecerse de deseo y necesidad.

—No lo creo, Natalya, debes de estar equivocada. —Rafael tuvo que notar los tenues contornos de la marca; estaba ligeramente en relieve; incluso en el caso de que esta hubiera intentado esconderse, él se la había lamido varias veces, moviendo los labios por encima hasta que ella deseó gritar para que le diera alivio. Pero después intentó matarla. Se presionó las sienes—. Ya no sé nada. ¿Te ha atacado un cazador alguna vez?

—No. Los evito, tal como evito a los vampiros. En tiempos remotos hubo una disputa entre mi familia y los cazadores, y la enemistad ha continuado hasta ahora. —Enderezó la espalda y la apoyó en el respaldo—. Según lo que entendí, la esposa de uno de los cazadores, Rhiannon, lo dejó para irse con un hombre muy poderoso. Esto provocó una escisión entre las familias y estalló una guerra. Rhiannon tuvo trillizos, dos niñas y un niño. Ella murió cuando los niños eran muy pequeños, pero su padre les enseñó a evitar a los cazadores y vampiros. Su hijo es mi abuelo.

—¿Y las dos niñas?

—Desaparecieron. Nadie sabe dónde están. Mi padre pensaba que era posible que los cazadores las hubieran encontrado y matado.

—¿Dónde encajo yo en todo esto?

—Mi suposición es que eres mi sobrina. Mi hermano estuvo relacionado con una mujer a la que dejó al poco tiempo. Te pareces a él y tal vez por eso yo me sentí atraída hacia esta parte del país. La mujer tenía un rancho por los alrededores de esta ciudad.

—¿Tu hermano es mi padre? —preguntó Colby, sintiéndose más agitada que nunca. No lograba imaginarse a Rafael matándola porque una mujer dejara a su marido a saber hace cuántos años—. ¿Dónde está ahora?

—Murió.

El tono de Natalya dejó muy claro que no iba a darle más información.

Ella no podía sentir nada por un hombre al que no había conocido jamás. Armando era su padre y lo amaría siempre.

—¿Qué edad tienes, Natalya?

—¿Importa eso? No lo vas a dejar, eso ya lo sabes. Lo que pasa es que no estás dispuesta a confiarle tus hermanos.

Yo no me los puedo llevar conmigo sin ti. No serían felices y estaríamos todos en peligro. Yo puedo protegerme sola, y entrar y salir de lugares sin que los cazadores ni los vampiros me detecten, pero a menos que maten al vampiro que mordió a Paul, siempre estará atado a él. —Levantó bruscamente la cabeza, en actitud alerta—. Está cerca. O él o el otro. Tengo que irme, Colby. Me marcharé inmediatamente de la ciudad. Te deseo buena suerte.

Colby supo que Rafael estaba cerca; todas las células de su cuerpo se habían puesto alertas. Le hormigueó la nuca, como si ya estuviera sintiendo el calor de su aliento.

—Gracias por permitirme hablar contigo. Cuídate.

—Buena suerte, Colby —dijo Natalya—, pensaré en ti.

Le tocó la mano, apenas un suave roce con las yemas de los dedos, y al instante su calor saltó hacia Colby; el contacto fue un reconocimiento. Natalya retiró la mano y asintió.

—Ciertamente estamos emparentadas. Ten mucho, mucho cuidado, por favor.

Colby asintió.

—Tú también.

Se quedó mirando como Natalya pasaba por entre las mesas hacia una salida, con el corazón acelerado por la expectación. Sintió el momento exacto en que Rafael entró en el bar. Estaba vivo y eso era lo único que le importaba ahora. Él no miró alrededor, ya que sus ojos la encontraron inmediatamente. Estaba detenido al otro lado de la sala, rezumando una sexy seguridad masculina.

Se le tensaron los músculos del estómago, se le paró la respiración. Llamitas de excitación la lamieron al sentir el peso de su mirada desde el otro lado del bar. Estaba vivo; no parecía que le hubieran herido y su mirada reflejaba una avidez desnuda, un deseo tan potente que se estremeció hasta la médula de los huesos. Él echó a andar hacia ella, sin dejar de mirarla. Caminaba con una elegancia sensual que le hizo latir el corazón al ritmo de la música. Rafael avanzó en línea recta por en medio del gentío, sin dejar de mirarla, como si no existiera nadie fuera de ella. Nadie chocó con él ni se interpuso en su camino. Al llegar hasta ella, simplemente alargó la mano hacia la suya.

—Baila conmigo.

Ella vio pasar fugaces emociones por su cara y moverse sombras en sus ojos. Sin poder evitarlo, alargó lentamente la mano, embobada, hipnotizada, como siempre, por él. Él la levantó y la atrajo hacia su duro cuerpo, estrechándola y amoldándola de tal forma que sintió la presión del duro bulto de su miembro excitado. Su cuerpo era duro, sus brazos fuertes y sentía latir su corazón debajo de la oreja. Se sintió segura y protegida; se sintió amenazada y asustada. Era una locura de la peor clase bailar con él, porque ella sabía que se le iba a entregar.

La excitación se extendió a partir de la dura erección de él, encendiéndolos en llamas a los dos. Ella se sentía débil por el deseo. Cuando estaban meciéndose lentamente en la pista de baile, él bajó las manos desde su cintura a las caderas y la apretó con más fuerza, aumentando la fricción entre ellos.

Ella deseó dejarse llevar con él en una marejada de deseo y necesidad.

«No veo ni rastro de sangre en ti. ¿Encontraste al vampiro?»

«Nos encontramos. Él se las arregló para escapar, pero lo marqué. ¿Por qué viniste aquí a encontrarte con esa mujer?»

Ella comenzó a levantar la cabeza para mirarlo, pero él le cogió la cabeza por atrás y volvió a apoyarle la cara en su pecho. No fueron sus palabras ni su tono los que la alarmaron, sino un atisbo de sus pensamientos, que él se apresuró a ocultarle. Por una fracción de segundo vio agitarse la ira en él, y también algo peligroso.

«Déjame que te abrace, Colby. Ha sido una noche larga y sólo deseo sentirte en mis brazos.»

Inclinó la cabeza y con la boca le apartó el cuello de la blusa para hundir la cara ahí. La sensación la estremeció. Él hizo girar la lengua sobre el pulso y se lo raspó seductoramente con los dientes, repetidas veces.

Colby pensó que se iba a derretir en sus brazos. Le dio un beso en el pecho y levantó la cabeza para apoyar la cara en su cuello y sentir su piel en sus labios. Estaba temblando de excitación, de necesidad de él. Se le contrajo el vientre y sintió mojada y resbaladiza la entrepierna, lista para recibirlo. Deseó tenerlo sin nada de ropa para examinarle atentamente todo el cuerpo y ver con sus propios ojos que no estaba herido.

«Ven conmigo, quiero llevarte a la fuente termal de la montaña. Los dos solos. Te necesito esta noche, *meu amor*. Esta vez no discutas ni protestes. No digas que no, simplemente ven conmigo y permíteme tenerte.»

Se acabó la música. Algunas parejas salieron de la pista y otras se quedaron a esperar la siguiente pieza. El cuerpo de Rafael la instó a salir en dirección a la puerta. Ella sintió el calor de su palma quemándole la espalda, marcándola, a través de la fina tela de la blusa.

—Paul y Ginny…

—Están bien y seguros —terminó él, con la voz ronca de pasión—. Ven conmigo, Colby. Voluntariamente. Entrégate a mí.

Inclinó la cabeza y le acarició la nuca, mordisqueándosela y raspándosela suavemente con los dientes y luego girando la lengua.

A ella se le calentó la sangre. Sintió sensibles los pechos y le molestó el roce del encaje del sujetador sobre los pezones duros por la excitación. Se le debilitó el cuerpo y se le mojó más la entrepierna. Lo deseaba ahí mismo, en ese momento. El hambre, la avidez, era terrible, intensa.

—Sí —dijo en voz muy baja, pero él la oyó.

Supo que la oyó porque le apretó posesivamente la cadera con la mano. Rápidamente la llevó hasta la puerta. A ella se le aceleró de expectación el corazón.

Capítulo 17

Cuando salieron al fresco aire nocturno, Rafael se giró repentinamente hacia Colby, le cogió el pelo en un puño para que no moviera la cabeza, la hizo retroceder hasta la pared lateral del bar y la encerró con su potente y corpulento cuerpo. Estaba muy excitado, duro, y más hambriento de ella que nunca.

—No sé si puedo esperar —dijo en un ronco susurro—. Tenemos que salir de aquí rápido, no sea que te haga el amor aquí mismo.

Bajó la boca hacia la de ella y le deslizó la lengua por entre los labios, saboreándola, exigiendo entrar. Captó el suave gemido que salió de su boca y la temperatura le subió varios grados.

«¿En el aparcamiento?»

En realidad, lo que le importaba no era que estuvieran en el aparcamiento sino que había demasiada ropa entre ellos. Oyó el gemido que se le escapó mientras él le lamía y le mordisqueaba el labio inferior. Entonces él volvió a introducir la lengua en su boca. En el vientre sentía la presión de su excitado miembro y tenía los pechos aplastados contra el pecho de él. Ya comenzaba a perder el contacto con la realidad, como le ocurría siempre que estaba con él. La fuerza con que le apretaba el pelo con una mano mientras su boca dominaba la suya, casi le producía dolor. La estaba besando como un hombre muerto de hambre, ahogándose de deseo por ella. Como si no pudiera esperar, como si jamás tuviera suficiente. Su cuerpo reaccionó excitándose más.

«El aparcamiento, el campo, ¿qué diablos importa? Deseo arrancarte la ropa. ¿Por qué llevas sujetador? —Subió suavemente la mano por su vientre, por debajo de la blusa, y la ahuecó en un pecho, acariciándole el pezón con el pulgar—. No vuelvas a ponerte sujetador.»

A ella se le quedó atrapado el aire en la garganta. Le apartó la mano, reprimiendo un gemido de deseo.

—No podemos. Saldrá alguien y nos verá.

Él podía bloquear la visibilidad de los dos e impedir que los vieran, pero ahí fuera del bar no podría llevar a cabo las cosas que deseaba hacerle. Con más impaciencia que delicadeza, la rodeó con los brazos y se elevó en el aire con ella, sin dejar de devorarle la boca. Ella gimió, intentó debatirse, pero él la mantuvo quieta y continuó besándola, hasta que dejó de importar que ya no estuvieran pisando el suelo.

Colby le echó los brazos al cuello, se apretó fuertemente a él y cerró los ojos, entregándose a las pasmosas sensaciones que le producía su boca. Su cuerpo se fundió con el suyo. La excitación generada por la presión de su duro miembro sobre el vientre comenzó a desmadrarse. Sentía caliente y pesada la mitad inferior del cuerpo, y la tensión se iba acumulando rápidamente, mientras su boca continuaba fundida con la de él. Rafael le frotaba la lengua con la suya explorándole el aterciopelado interior de su boca, acariciando y frotando; ella ya lo sentía en todas las células de su cuerpo.

También necesitaba acariciarle la piel, si no se desquiciaría. Quería llegar a la fuente termal, donde la tierra era rica en minerales y él podría asegurarse de que estaba protegida mientras la tierra sanaba su cuerpo y completaba el cambio. Todo eso había sido muy importante para él, hasta que la vio. Estaba tan excitado, tan duro, que cada movimiento le resultaba doloroso, y comprendió que tendría que poseerla una y otra vez. Ella era adictiva, con su suave piel y sus sedosos cabellos.

Era una mujer muy independiente, poseía una fuerza acerada bajo todas esas suaves curvas, y tenía una voluntad de hierro, hasta que la tocaba. Entonces era de él, totalmente de él. Lo había combatido mucho tiempo, y seguía combatiéndolo, pero no cuando la besaba, no cuando tenía sus manos sobre ella. Le gustaba esa sensación de poder, de ser el único hombre al que ella era incapaz de resistirse. Se alimentaba de eso, necesitaba eso de ella.

Mientras volaban por encima de la montaña, le quitó la blusa, deseoso de sentir su piel en la palma. Ella no protestó, simplemente levantó la cabeza, y se le escapó un ahogado sonido de deseo cuando él comenzó a bajar la boca por su cuello, lamiéndoselo y dándole suaves mordiscos, haciéndole pasar lenguas de fuego por la piel y por todo el interior del cuerpo. Ella siempre le hacía eso; en el instante en que su cuerpo entraba en contacto con el suyo, el deseo levantaba la cabeza, intenso y peligroso, descontrolado. Su cuerpo lo quemaba vivo de dentro hacia fuera, desquiciándolo de necesidades y deseos insaciables. Nunca habría suficientes maneras de poseerla, de tenerla, y la eternidad no sería lo bastante larga para satisfacerlo.

«Rafael.»

Su voz sonó en un susurro, suplicante. Le suplicaba que se instalaran cuanto antes en alguna parte, indiferente a que fueran volando hacia un destino desconocido. Se retorció, apretada a él, dobló una pierna sobre su muslo y frotó la pelvis contra la suya, en busca de alivio.

Él la sujetó firmemente con una mano, por la cintura, y bajó la cabeza hasta sus pechos desnudos, deslizándola hacia arriba apretada a su cuerpo. El pelo le voló en todas direcciones, azotado por el viento, pegándosele a la cara, y recordándole donde estaba.

—Vamos a chocar con un árbol o con cualquier otra cosa. —La voz le salió ronca de deseo; el deseo le corría por las venas, espeso, ardiendo con una intensidad que la estremecía—. Tienes que bajar. Te necesito ahora mismo.

La jadeante súplica lo estremeció. Le acarició el pecho con la boca y le tironeó el pezón. Ella se arqueó más para facilitarle la caricia; la excitación irradió de sus pechos a todo su cuerpo, generándole un hambre vibrante, urgente, en la entrepierna.

Rafael oyó el martilleo de su sangre corriendo por sus venas bajo la satinada piel, llamándolo, invitándolo con eróticas promesas. La sangre le martilleó con la misma intensidad, al mismo ritmo, vibrando de expectación a lo largo de su pene erecto. Sentía ansias de ella, de toda ella. Necesitaba enterrarse en lo profundo de su estrecho y caliente canal, su mente firmemente en la suya y su sangre fluyendo por él como un néctar. Si no tenía cuidado iban a caer del cielo y estrellarse en la tierra, unidos en un apasionado abrazo.

Bajó a tierra, agradeciendo que hubieran llegado a la fuente termal. En el instante en que sus pies tocaron el suelo, le arrancó los fastidiosos tejanos, los rompió en jirones y los arrojó lejos. Se le oscurecieron los ojos cuando la recorrió posesivamente con la mirada.

—Qué hermosa eres.

Tenía el cuerpo arrebolado de excitación, de necesidad de él, y en sus ojos se reflejaba un hambre desesperada. Vio brillar entre sus muslos el líquido resbaladizo que lo demostraba y tuvo que hacer un enorme esfuerzo para no caer de rodillas a darse el festín.

Colby lo observó mientras él se quitaba la ropa a la manera humana; dejó caer los zapatos y se llevó la mano a la cinturilla de los tejanos. Ella miró el enorme bulto empujando la gruesa tela, ansioso por liberarse, y se le quedó atrapado el aire en la garganta cuando él se abrió la cremallera y se los bajó por las caderas. Él no apartaba los ojos de ella, mirándola con intensa avidez. Tenía la cara marcada por el deseo, los ojos muy negros y la boca en una línea sensual.

—Ven aquí, Colby —dijo.

Con una mano se cogió el pene erecto y la deslizó a todo lo largo, con un movimiento natural que le produjo más placer.

Ella avanzó hacia él, medio embobada por la potencia y forma de su cuerpo, medio hipnotizada por la oscura sensualidad de su semblante. Se pasó la lengua por el labio inferior al observarle deslizar la mano por su grueso y duro pene.

Él continuaba mirándola, invitándola a acercarse más, embebiéndose de la visión de sus pechos, que se mecieron cuando ella se detuvo ante él. Levantó una mano para ahuecarla en su cara, en una suave caricia. Inclinando la cara hacia la suya, posó los labios en su mejilla y los deslizó hacia abajo hasta la comisura de su boca. Deslizó la lengua por los contornos de sus labios.

—Adoro tu boca. Podría besarte eternamente.

Con la otra mano le rozó los pechos, haciéndole pasar llamitas bailando por la piel.

Colby siguió el movimiento de esa otra mano, y aunque le rozó muy ligeramente los pechos con las yemas de los dedos, le resultó terriblemente excitante; luego siguió por el abdomen, describiendo un círculo alrededor de su ombligo, y se le oprimió la garganta cuando él enredó los dedos en los rizos color fuego de su pubis.

—Estás muy mojada y lista para mí, *querida.*

Ella no pudo evitar que se le escapara un sonido, suplicándole más. Él apenas la tocaba y sin embargo le hacía subir disparada la temperatura.

Rafael le deslizó la mano que tenía en su mejilla hasta la nuca, la subió, enredó los dedos en su pelo y, echándole atrás la cabeza, deslizó la boca por su cuello, dándole un suave mordisco en el pulso y girando al instante la lengua en una calmante caricia.

A ella casi se le sacudió todo el cuerpo, se le tensaron todos los músculos y se le contrajo el vientre.

—Dime lo que necesito oír, Colby —musitó él, subiendo los labios por su mentón y mordisqueándole el labio inferior—. Dímelo.

—Sabes que te deseo.

¿Cómo podría no desearlo?

Él le introdujo los dedos en la vagina, tan hasta el fondo que ella gritó de placer y se apretó a su mano, desesperada por aliviarse. Entonces él retiró los dedos, dejándola frenética.

—Eso no me basta —musitó, en voz muy baja, acariciándola con su cálido aliento.

Nuevamente le lamió la garganta y bajó la boca hasta el costado de un pecho y le enterró los dientes, causándole placer mezclado con dolor, y luego cerró la boca sobre el pecho, introduciéndoselo casi todo entero en la cálida cavidad de su boca.

A Colby le flaquearon las piernas y tuvo que cogerse de sus hombros para no caerse.

—¿Qué deseas de mí, Rafael?

Él volvió a introducirle los dedos en la vagina; ella se apretó contra su mano y estuvo casi a punto de llegar al orgasmo, pero no logró pasar del borde.

—Lo sabes.

No era justo que él le pidiera una declaración de amor, un compromiso, cuando ella estaba intentando encontrarle sentido a todo. Rafael no estaba por la justicia, lo que quería era hacer su voluntad, y para lograrlo usaba todos los medios posibles. Y tratándose de relaciones sexuales, ella haría cualquier cosa por él. Y él lo sabía; ella lo notaba en el brillo de sus ojos semientornados. Sus manos eran mágicas, y sus besos la despojaban de todo su autodominio. Levantó un poco el mentón y se echó hacia atrás, bajando la mirada a su miembro erecto; estaba grande y duro de excitación. En el instante en que lo miró, en el instante en que se mojó los labios, sintió la brusca inspiración que hizo él.

Bajando la mano le rodeó el grueso pene y se lo tocó aquí y allá con las yemas de los dedos. Volvió a mojarse los labios y observó su reacción cuando deslizó el pulgar por la base de la aterciopelada punta. Él casi retuvo el aliento cuando ella se arrodilló y acercó la boca.

Entonces Colby le hizo una breve exploración con la lengua, lamiéndoselo en círculos y deslizándosela por la base de la hinchada punta. Él se estremeció y se le escapó un ronco gemido; le introdujo los dedos en el pelo, y le atrajo más la cabeza al tiempo que embestía introduciendo el pene en su boca. Ella enroscó la lengua alrededor, moviéndola y atormentándolo. El apretó los puños, como un aviso.

—Estás a punto de descontrolarme, *pequeña*.

Sentía su boca cálida presionándole el miembro, aplastando la lengua y haciéndola vibrar por la sensible y gruesa punta de terciopelo sobre acero. Movió las caderas y los músculos se le contrajeron de placer. Le dolieron los colmillos en su deseo de alargarse, pero dominó la necesidad. Embistió, sujetándole la cabeza, deseando recuperar el autodominio, pero no logró obligarse a estropearle el evidente placer a ella. Colby le inició un fuego en las ingles que se le extendió por el vientre hacia todas las partes del cuerpo; y continuó enroscando la lengua, moviéndola y lamiéndole hasta que él estuvo desquiciado. Las exigencias entraron en su mente, pero las desechó; ella no tenía experiencia, todavía no estaba preparada para todo el erotismo que él ansiaba.

Le levantó la cabeza, se la echó hacia atrás y la miró a los brillantes ojos verdes; estaban oscurecidos por la pasión, por el deseo. Le dolió el corazón de amor por ella, de la necesidad de que se comprometiera con él. La levantó y se la la llevó hasta los inmensos cantos rodados que rodeaban la fuente termal y simplemente la cogió por cintura y la depositó sobre una de las piedras más planas. Le separó los muslos y le presionó la entrada de la vagina con la punta del pene. Estaba tan caliente que temió que ardieran los dos. Ella intentó arquearse para que la penetrara hasta el fondo, pero él la mantuvo inmóvil.

—Olvidaste decirme algo, algo muy importante.

—Esto no es divertido, Rafael. —¿Cómo podía desearlo cuando él lo quería todo a su manera?—. Dame tiempo.

Él se colocó encima de ella, apoyando las palmas en la piedra, resistiéndose a penetrarla, y se sostuvo así, manteniéndolos desesperados, al borde de la locura.

—Estoy en tu mente. Sé lo que sientes por mí.

—Entonces no tengo qué decírtelo, ¿verdad?

Consiguió deslizarse hacia abajo por la piedra, pero él le sujetó firmemente las caderas con el brazo, dejándola atrapada entre el duro borde de la piedra y las caderas de él, separado apenas unos dedos, lo suficiente para hacerla gritar de frustración.

—Porque me perteneces. Deseo oírte reconocerlo.

Ella estaba a punto de llorar, y eso sería peor aún.

—Muy bien. Te pertenezco, pero eso no tiene por qué gustarme.

—Y me amas. —La penetró un poco—. Dime que me amas, Colby.

—No puedes ordenarme que te ame, Rafael. ¿No te basta con que esté aquí contigo? ¿Con que no pueda quitarte las manos de encima?

La humillaba que él la sujetara así aplastándola a la roca mientras ella intentaba mover las caderas para apretarlas a las de él, casi suplicándole que la poseyera.

—Creas lo que creas, te estoy haciendo el amor. No sexo, sino haciéndote el amor. —La penetró más a fondo, observando cómo se le dilataban de placer las pupilas—. Amo todo de ti, *querida*, no me avergüenza reconocerlo. Me encanta cómo ardes por mí y cómo se me excita el cuerpo cada vez que te miro. Me encanta cómo cuidas de tu familia e incluso que pienses que puedes desafiarme. Deja de comportarte como una cobarde y reconoce que me amas.

—No entres en mi mente. Ya es injusto que intentes obligarme a hacer lo que sea que quieras. Si necesitas oírme decírtelo antes que yo me entienda y lo sepa, oblígame a decirlo —dijo ella, mirando la desnuda intensidad de su cara.

Mientras se miraban le dio un vuelco de miedo el corazón, al ver peligro en el brillo de sus ojos.

Rafael la penetró hasta el fondo, tanto que sintió el contacto con su útero. Aplastada sobre la dura roca ella sólo podía aceptar las violentas embestidas de sus caderas, rodeándole y apretándole el miembro en su caliente cavidad. Estaba hermosa, con la cara y el cuerpo arrebolados, los labios hinchados por sus besos, sus ojos nublados por la pasión. Por él. Aumentó la presión de las manos sobre ella.

—Eres un regalo maravilloso, Colby.

Apenas lograba asimilar que ella era real, que era suya; que después de esa noche la tendría siempre. No habría marcha atrás.

Continuó embistiendo fuerte, penetrándola una y otra vez; su vagina era estrecha, perfecta para él; sentía como se la ensanchaba al penetrarla. Ella se agitaba debajo, intentando arquear las caderas para recibirlo, y con cada violenta embestida volvía a golpearse en la piedra lisa, que le sujetaba las nalgas con firmeza, por lo que la intensidad y la excitación de la unión fue salvaje. Cada penetración le producía un placer tremendo, que se precipitaba por todo su cuerpo y por el de ella. Notó que ella estaba más excitada, más mojada; sintió la pasión que pasaba en espiral por su mente, y llegaba al punto de marearla por la necesidad de alivio. Lo recorrió una oleada de dicha, estremeciéndolo con la necesidad de satisfacerla. Ella gritó su nombre, suplicándole, un medio sollozo que lo impulsó a enterrarse hasta el fondo, marcándola como suya para siempre.

Colby sintió pasar el orgasmo por todo el cuerpo, abarcando todas las fibras de su ser, apoderándose de su corazón, alma y mente. Se sintió destrozada, desgarrada, por el arrollador placer que seguía y seguía, interminable, ondulante, vibrante, y comprendió que nunca sería feliz sin él. Sintió su eyaculación, el caliente chorro que le produjo más estremecimientos por toda ella, sangre, huesos y células, y le empañó la visión. Le enterró las uñas en los brazos, desesperada por afirmarse mientras el mundo giraba alrededor.

Rafael apoyó todo el cuerpo sobre el suyo, resollando, con la respiración tan dificultosa y jadeante como la de ella. Sus corazones latieron juntos, a un ritmo loco, mientras los dos intentaban inspirar aire a bocanadas. Finalmente, Colby se quedó quieta de espaldas sobre la roca, con la cabeza de él sobre sus pechos. Comenzó a sentir los efectos de hacer violentamente el amor sobre una piedra dura.

—Aay.

—¿Aay? —repitió él, y levantó la cabeza para mirarla.

Ella lo miró por debajo de las pestañas. Fue un error. Él continuaba peligrosamente sensual, su cara pecaminosamente sexy. Tenía los ojos oscurecidos por la pasión, por la posesividad, y seguía muy hambriento. Negó con la cabeza.

—No podemos. Lo digo en serio. Esta roca es dura. No lo noté antes, pero no voy a poder caminar.

—Y yo que creía que las vaqueras eran fuertes, resistentes.

Le lamió el pezón y sintió contraerse los pequeños músculos alrededor de su miembro, todavía duro, enterrado hasta el fondo en ella. Y deseaba continuar así.

—No tanto —le dijo.

Miró alrededor. Varias cascadas pequeñas vertían en la fuente termal que brotaba del suelo, enfriando el agua lo suficiente para bañarse en ella. El suelo estaba cubierto de helechos, que rodeaban las inmensas piedras planas que formaban un anillo alrededor de la taza.

—Hacía años que no estaba aquí. Está a kilómetros de mi rancho, y siempre estoy demasiado ocupada para venir. Casi había olvidado que existía.

—Es muy bello este lugar —dijo él—. Pensé que podría gustarte.

Diciendo eso le mordisqueó y tironeó el pezón, sólo para ver su reacción.

Ella lo empujó por los hombros.

—Tienes que parar. No tengo fuerzas para más en este momento. Creo que me has matado.

Él le pasó la lengua por el pecho y la hizo girar alrededor del pezón. Levantó la cabeza y le sonrió; una sonrisa indolente, sexy.

—Todavía no.

—No —dijo ella firmemente, aun cuando el pícaro brillo que vio en sus ojos comenzó a espesarle la sangre—. No puedo moverme. Creo que me quedaré aquí toda la noche, tumbada sobre esta roca. Tú ve a hacer lo que sea que necesites hacer y déjame dormir.

Perversamente, cuando él retiró el miembro y se apartó de ella, se sintió abandonada. No pudo evitar un suave gemido de protesta.

—Lo que necesitas es meterte en la fuente, si no, te sentirás realmente dolorida. —La levantó como si no pesara más que una pluma, la acunó en su pecho y la llevó hasta la humeante fuente. Se detuvo a mirarla con esa misma sonrisa sensual, atormentándole los sentidos—. A no ser que prefieras que yo te lama entera. Mi saliva actúa como un agente curativo.

Ella le rodeó el cuello con los brazos.

—Podrías gustarme cuando actúas así, Rafael. Le besó el cuello y se lo mordisqueó hasta llegar a la mandíbula—. ¿Por qué no eres siempre así? Dulce y amable.

Él esperó hasta sentir sus labios en la comisura de la boca para girar la cabeza y apoderarse de su boca. La besó con violencia, posesivo, dominante, introduciendo la lengua y enredándola con la de ella, en una especie de apareamiento salvaje. A Colby le brincó el corazón y le cantó la sangre. Entonces él levantó la cabeza y la miró con los ojos brillantes.

—Por esto. Te conozco, por dentro y por fuera. Sé lo que necesitas, tal vez mejor que tú. Te gusto duro, bruto.

Ella se apartó para mirarle la cara, que reflejaba una no disimulada posesividad.

—¿Eso es lo que crees, Rafael? —preguntó, en tono muy serio—. ¿Eso es lo que crees que ves en mi mente?

—Nunca respetarías a un hombre al que pudieras dominar, Colby —contestó él, con igual seriedad—. Eres una mujer fuerte y necesitas a un hombre capaz de tomar decisiones, que no se deje avasallar por la fuerza de tu personalidad.

—Rafael, no puedo ser sumisa contigo. Eso no está en mi carácter, ¿no ves eso también? Tengo que tener cierto dominio, cierto compañerismo, de lo contrario, no funcionará la relación entre nosotros. No podría amarte. Sé que soy adicta a ti sexualmente, pero deseo amarte, estar enamorada de ti, tanto como tú deseas que lo esté. No puedo dar ese salto sabiendo que no respetas mi juicio.

—*Querida*, ¿por qué crees que no respeto tu juicio? Estás en una situación que no puedes entender. Tiene lógica que te fíes de mi juicio hasta que hayas adquirido el conocimiento y el poder necesarios para arreglártelas en nuestro mundo.

Ella detectó tanto amor en su voz, tanta ternura, que le dio un vuelco el corazón. Si él pudiera ser así todo el tiempo… Cerró los ojos cuando le raspó el pulso del cuello con los dientes y su cuerpo reaccionó con una nueva oleada de excitación.

—Me gustaría explorar esa adicción a mí. La encuentro de lo más interesante.

—Fantástico. Ahora me dices que soy una cachonda. —Echó atrás la cabeza y contempló las estrellas; tal vez lo era. Las cosas que él le hacía a su cuerpo le resultaban inconcebibles con cualquier otro hombre; con él, se derretía cada vez que se le acercaba—. Tal vez lo sea, pero sólo contigo.

—Me gustas cachonda —musitó él con la boca sobre su cuello, sobre el pulso que le latía ahí—. Necesito saborearte esta noche, *meu amor*. Entrégate a mí.

Ella negó con la cabeza, aun cuando su cuerpo se le debilitó con la sensual caricia de su voz. Se le contrajeron los músculos del interior y le vibró el vientre. Sentía acumularse el calor en su cuerpo y este no tenía nada que ver con las aguas termales.

—Ni hablar —dijo—. La última vez te pusiste todo vampi y me asustaste de muerte. Entierra tus colmillos en otra persona.

Él deslizó la boca por su cuello y le lamió la pequeña depresión del hombro. Se lo raspó con los dientes de una manera particularmente erótica. Ella cerró los ojos.

—Que no sea en una mujer, eso sí —añadió.

Riendo, él se adentró en el agua hasta que le lamió los muslos. Ella sintió vibrar su risa en el cuello, y luego sus dientes, raspando.

—Te deseo otra vez.

—Siempre me deseas, me vas a desgastar.

—Otra vez —insistió él, hundiéndose con ella en el agua humeante—. Rodéame la cintura con las piernas.

Sus ojos estaban oscurecidos por la pasión cuando tomó posesión de su boca, lamiéndole los labios, mordisqueándoselos, hasta que ella le correspondió el beso, echándole los brazos al cuello y aplastando los pechos contra él.

Entonces Rafael se sentó con la espalda apoyada en la pared rocosa natural de la fuente, bajándola a su regazo con las piernas a sus costados para poder introducir el pene en su estrecho canal a medida que ella se instalaba encima. Soltó un juramento en voz baja con la boca en su cuello.

—*Deus*, Colby, estás muy caliente y estrecha; lo siento como el cielo. —Le cogió las caderas y comenzó a subirla y bajarla a un ritmo lento, de balanceo—. Eso es perfecto. Me vuelves loco.

Ella comenzó a enderezar la espalda, para cabalgarlo a un ritmo más pausado, pero él deslizó las manos hasta su espalda y la acercó más, manteniéndola apretada a él. Le deslizó la boca por el hombro, lamiéndoselo y depositándole ardientes besos.

—Tengo que saborearte, *meu amor*. Entrégate a mí. Será un placer inmenso. —Su pecaminosa voz le susurraba la tentación, como una caricia—. No tienes idea de lo mucho que te necesito. Nunca nadie te necesitará ni te amará como yo. Nadie entenderá como yo tus necesidades ni tu hambre. —Hizo girar la lengua sobre su pulso y luego la bajó hasta la elevación de su pecho; se lo rascó con los dientes seductoramente—. Entrégate a mí.

Aunque por sus brazos corría acero, la sostenía con una suave posesividad, que era aún más persuasiva que la excitación que le hacía arder en llamas el cuerpo. Sentía cálido su aliento sobre la piel, y con cada suave mordisco se le contraían y tensaban los músculos alrededor de su pene. Por toda ella latía el deseo de darle lo que fuera que deseara, lo que fuera que necesitara.

—No te voy a rodear de un muro protector, *pequeña*.

Su voz sonó ronca de pasión, y ella sintió más grueso y duro su miembro cuando levantó las caderas para embestirla al bajar ella en su pausada cabalgada.

Esa prueba de su mayor excitación sólo le aumentó la suya. Ahuecó las manos en su cabeza, sintiendo deslizarse por la piel sus sedosos cabellos. Él giró la lengua sobre su pecho y los músculos interiores se le contrajeron y apretaron su pene. Sintió bajar por los muslos otro flujo del líquido caliente producido por su excitación. El corazón le latió una, dos veces, y él enterró los colmillos. Por su cuerpo pasó un dolor como fuego blanco, que al instante dio paso a un absoluto placer erótico. Echó atrás la cabeza, jadeante, y se le escapó un gritito al sentir cómo cobraban vida todas sus terminaciones nerviosas. Creyó sentir brillantes chispas cuando él embistió más fuerte, penetrándola más. La fuerza de sus embestidas fue aumentando, aumentando hasta que ella pensó que podría morirse de placer. Comenzó a moverse más rápido, para apresurar el necesitado alivio, pero él le cogió las caderas, y la movió suavemente, impidiendo el orgasmo, haciéndola oscilar en el borde de la locura.

Era un lujo increíble tenerla en sus brazos desnuda, cabalgándolo, mientras él bebía el néctar de su cuerpo. Ella estaba muy caliente, muy excitada, apretándole el miembro con los músculos interiores de la aterciopelada cavidad, exprimiéndoselo y friccionándoselo, haciéndole rugir la cabeza de excitación, de pasión y amor. La sangre de ella cantaba en sus venas, corría caliente por su cuerpo; hasta que se sintió satisfecho. Le pasó la lengua por el pecho, cerrando los dos agujeritos idénticos, y la excitación le endureció aún más el pene.

Buscó su boca y puso en el beso todo lo que sentía por ella. Correspondiéndole, ella aumentó la presión de los brazos alrededor de su cuello al tiempo que subía y bajaba el cuerpo friccionándole y exprimiéndole el largo miembro, haciendo pasar estremecimientos de éxtasis por los cuerpos de los dos.

—Te amo, Colby, eres todo para mí —susurró, con la boca en sus labios.

El corazón le latía como si se le fuera a salir del pecho, por la expectación. Ella era toda piel suave, toda calor y fuego, un refugio para él. Su cuerpo estaba hecho para el suyo, y su mayor dicha era saber que podía hacerla gritar de placer.

Se le alargó la uña, y le tembló la mano por la trascendencia del momento. Ella sería suya para siempre, quedaría unida a él en su mundo, su vida entrelazada con la suya, el milagro de su especie. Las palabras rituales los habían unido, pero entonces él estaba demasiado cerca de la bestia. Siempre estaría demasiado cerca de la bestia para cualquier cosa, a menos que hubiera un compromiso total entre ellos. Se paró el tiempo un momento. Sintió retumbar el corazón en los oídos. A ella la fastidiaría que le hubiera quitado esa decisión. Le veía la mente, sabía que ella estaba buscando una manera de tender un puente entre sus dos mundos. Se enfurecería, pero sabía que si la llevaba a su tierra, y la introducía totalmente en su mundo, podría hacerla feliz, consagrándose totalmente a ese fin. Tendría tiempo de sobra para persuadirla de que olvidara su furia con él. La necesitaba más que a nada en el mundo, y ella lo amaba; simplemente no era capaz de reconocerlo, ni para sí misma ni ante él, pero Rafael veía su amor en su mente.

Se inclinó a susurrarle una orden al oído, meciéndola con suaves movimientos de sus caderas. El agua los lamía con su calor, y eso hacía aún más erótico el mundo en que estaba flotando.

Bajó la boca por su cuello, mordisqueándole la piel, y con cada punzante mordisco se le engrosaba más el pene, ensanchándole hasta un punto increíble la estrecha vagina. Con el cuerpo recorrido por llamas de excitación, se abrió una herida en el pecho con la afilada uña y le cogió la nuca para obligarla a beber. Aun estando bajo el trance inducido por él, ella movió ligeramente el cuerpo, con su sensualidad natural, y le pasó la lengua por el pecho; la sensación lo estremeció. Entonces ella movió la boca y comenzó a hacer entrar en su cuerpo la esencia de lo que él era, de quién era. Su sangre corrió por ella como lava derretida, avanzando lentamente por todas las células, extendiéndose a todos los órganos, invadiendo los músculos, los huesos y los tejidos, hasta que empezó a ser verdaderamente de él. Sintió la compleción de su unión y por fin desapareció de su alma la terrible tensión.

Cuando ella ya había bebido lo bastante para que fuera un verdadero intercambio, le separó suavemente la boca de su pecho y le ordenó que le pasara la lengua por la herida para cerrarla. Sacándola del trance hipnótico, la besó apasionadamente en la boca, introduciendo la lengua, al tiempo que embestía hacia arriba con las caderas, para mantenerla al borde de un orgasmo. Tragándose el suave gemido que emitió ella, la instó a cabalgarlo a un ritmo más fuerte y más rápido.

Colby enredó los dedos en sus sedosos cabellos negros. Él la hacía sentirse increíblemente hermosa y sexy, como si no pudiera saciarse jamás de ella. La hacía sentirse como si fuera la única mujer en el mundo.

—Tal vez te amo —susurró, haciendo la confesión con la boca en su cuello, saboreando su piel con la lengua.

Se echó atrás, apartándose de él para poder mirar sus ojos negros. En ellos vió un hambre insaciable. Posesividad. Amor. Amor crudo, en bruto, y violento como él, pero todo de ella.

Oír esas palabras casi lo descontroló. Era una victoria arduamente ganada en la batalla por conseguir que ella reconociera que podría sentir por él algo más que puro deseo sexual. Lo inundó la satisfacción.

—Abrázame con las piernas, Colby, cruza los tobillos.

Ella sintió sus manos en las nalgas, levantándoselas para penetrarla hasta más al fondo. Aunque no lo creía posible, él le ensanchó aún más la vagina, haciéndola resollar de placer y gritar su nombre. Él tomó el mando, imponiendo el ritmo, sujetándole las caderas mientras embestía una y otra vez llevándola directa a un violento orgasmo.

Las fuertes contracciones producidas por el orgasmo se llevaron lo último de autodominio que le quedaba a él. Le pareció que le explotaba todo el cuerpo al recorrerlo de la cabeza a los pies, haciendo vibrar su miembro al vaciarse en ella.

Colby se desmoronó sobre su pecho, con la cabeza apoyada en su hombro. Sintió subir sus manos por la espalda apretándola a él; su corazón latía fuerte y desbocado, al mismo ritmo que el suyo. Comenzaba a gustarle el concepto de dos corazones latiendo al unísono. Cerrando los ojos se dejó llevar en una niebla de placer, mientras el agua caliente le lamía el dolorido cuerpo y Rafael la hacía sentirse amada y segura.

Pasado un rato, él la sacó de la fuente y la depositó de espaldas en una mullida alfombra de hierba. Abrió los ojos para mirar las estrellas mientras él se tendía boca abajo, desnudo, cubriéndola, instalando el cuerpo entre sus piernas y apoyando la cabeza en su abdomen. Ella enredó los dedos en su pelo.

—Estoy muy cansada, Rafael.

—Lo sé, *meu amor*. Duérmete si quieres. Yo deseo mirarte. Me gusta mirarte.

Le besó el ombligo, deslizando las manos por su piel, posesivo. Le encantaba acariciarla tanto como le encantaba mirarla. Casi sin pensarlo, buscó los contornos de su marca de nacimiento. Notó que la marca estaba más pronunciada; podía seguir el dibujo con las yemas de los dedos. Una fuerte impresión pasó por todo él, y levantó la cabeza para mirar el pequeño dragón arrojando fuego. Le salió bruscamente todo el aire de los pulmones, y le apretó las caderas.

—Eres una buscadragones. *Deus!* Llevas la marca del clan Buscadragones.

Colby se tensó. Él estaba hablando de su marca de nacimiento. Alargó la mano para tapársela, sintiendo pasar el miedo como flechas por toda ella. Él le apartó la mano y le pasó el brazo por las caderas para mantenerla quieta.

—Tienes que haber nacido con esta marca. No la había visto desde hace siglos.

No hablaba como si fuera a matarla. Su voz sonó como una sedosa caricia, que la hizo sentirse débil otra vez. Entonces le cubrió la marca con los labios y le pasó la lengua siguiendo su forma; ella sintió el entusiasmo que vibraba en él.

—Me dijeron que matarías a cualquiera que llevara esta marca.

—¿Quién pudo decirte una cosa así? Buscadragones es uno de nuestros linajes más poderosos. Son carpatianos muy expertos y astutos, y dotados de una pericia para la batalla como nadie, y sus parejas de vida suelen tener hijas. Creíamos que la familia se había extinguido hace mucho tiempo. Ningún carpatiano haría daño jamás a una mujer del linaje Buscadragones, ni desearían dañar a un guerrero de esa casa.

Ella levantó la cabeza para mirar sus brillantes ojos negros. Lo estaba diciendo en serio. Se relajó bajo el sedoso calor de su boca.

—¿Te acuerdas de la mujer que se nos acercó en el aparcamiento del bar esa noche? Te oyó cuando amenazaste con hacerle daño a cualquiera que te estorbara.

Él le acarició el triángulo de vello púbico con el mentón, haciéndole pasar una oleada de deseo por las venas.

—Sí, me oyó cuando te hablé telepáticamente.

—Tiene una marca de nacimiento igual, aunque la de ella le reacciona de otra manera. Le enseñaron a evitar a los cazadores, y la marca se le calienta y le escuece cuando hay uno cerca, y también cuando hay un vampiro cerca. Me dijo que una antepasada suya, llamada Rhiannon, abandonó a su pareja de vida, aunque ella empleó las palabras esposa y marido, para irse con un hombre poderoso. A causa de eso estalló una guerra.

—Es cierto que hubo una guerra, pero a Rhiannon la raptaron, y a su pareja de vida lo asesinaron. La hizo su cautiva un poderoso hechicero...

—No sé si quiero oír eso —gimió Colby—. Que haya vampiros ya es bastante horrible. No me digas, por favor, que hay hechiceros también.

—Llámalos como quieras. Seres poderosos formados en las artes mágicas. Eran bien versados en los usos antiguos, cuando abundaban los talismanes protectores y los hechizos, y se veneraban y protegían todas las cosas de la tierra. Sólo los llamaban hechiceros en reconocimiento de sus enseñanzas y habilidades. Rhiannon había comenzado a estudiar con uno de sus más poderosos profesores. Este conspiró para asesinar a su pareja de vida y tomarla para él. No es frecuente que alguien sobreviva a la muerte de su pareja. Su raptor debió encontrar la manera de mantenerla viva un tiempo.

—Natalya me dijo que, antes de morir, Rhiannon tuvo trillizos, dos hijas y un hijo. Y que el hijo de Rhiannon fue su abuelo. También sospecha que su hermano debe de ser mi padre.

—¿Y qué fue de las dos hijas de Rhiannon?

—No sabe qué les ocurrió. Fue su padre el que le dijo que un cazador mataría inmediatamente a cualquiera que llevara nuestra marca de nacimiento. También me dijo que mi marca se escondió de ti, que se escondía de cazadores y vampiros.

—Claro, es lógico que le dijera eso —confirmó él, depositándole besos en la marca—. Envenenarían a sus hijos para combatirnos. ¿Qué mejor venganza que impedir que continúe el linaje del pueblo carpatiano cuando tanto necesitamos descendencia?

—Pero ¿por qué se escondió de ti mi marca?

—Supongo que supo lo fuerte que era en mí la bestia y reaccionó a eso. La mayoría de las veces que he estado contigo apenas he podido controlar la oscuridad que hay en mí. Tu marca procuró protegerte de mí cuando yo estaba tan cerca de caer en la tentación de nuestro lado oscuro, pero eso ya no es necesario.

Colby sintió una desagradable sacudida en el estómago. Se le sensibilizó tremendamente la piel y sintió pasar algo caliente, ardiente, por el interior, desgarrándole todos los órganos del cuerpo. Rafael levantó la cabeza, alerta. Ella vio la comprensión en sus ojos. Lo apartó de ella de un empujón, asustada por esa extraña oleada de calor. De repente sintió arder las entrañas y le vinieron deseos de vomitar.

—Me duele que me toques —le dijo, empujándolo con más fuerza, mientras el aire salía de sus pulmones caliente, como llamas.

Se le agrandaron los ojos por la conmoción. Rafael sintió la primera punzada de culpabilidad. No fue una sensación agradable y era la única que había experimentado desde que la conocía. Rodó hacia un lado y se tendió junto a ella, rodeándola con el brazo por arriba, sin tocarla, observándola atento.

—¿Qué me ocurre? —La comprensión se mezcló con el dolor—. Lo sabes, ¿verdad? ¿Qué me has hecho esta vez?

Sintió salir todo el aire de los pulmones, el cuerpo se le estremeció con movimientos casi convulsivos y luego se le puso rígido, agarrotado por el dolor. Le enterró las uñas en el brazo.

Él no había esperado que la conversión fuera tan violenta. Se le oprimió y retorció el corazón. ¿Y si algo iba mal?

—Respira, Colby.

—¡Contéstame! Vamos, por el amor de Dios, al menos dime qué me has hecho.

—Estás comenzando a pasar por la conversión.

El dolor de ella giraba dentro de él, mezclado con culpabilidad y terror por ella.

—Yo confiaba en ti —dijo ella, en un resuello, medio sentándose para apartarse de él, mirándolo con ojos acusadores, dolidos por la traición—. ¿Cómo has podido decir que me amas? ¿Crees que esto es amor? No reconocerías el amor ni que te golpeara en la cara. El amor no es traición ni dominación, robarme mi libre voluntad. Yo intentaba llegar a ti a mi manera, y me has quitado incluso eso. —El dolor le retorció las entrañas como un puñal y se le nublaron los ojos—. Yo confiaba en ti —susurró otra vez, con la voz rota.

Rafael se tensó. No había sido así. La había convertido por el bien de los dos. No llevaría tan lejos la dominación. ¿Era tan monstruoso después de todo? La siguiente oleada de dolor ya iba pasando por ella como una bola de fuego, quemándole la piel y los órganos. Colby comenzó a sudar, y empezó a salirle sangre por los poros. Susurrando su nombre él fue a coger agua refrescante de la cascada para lavarle la cara. Ella la desvió, dejando claro que no deseaba sus atenciones, y el cuerpo se le puso rígido con otra terrible oleada de dolor, que le desgarró todo lo que encontró a su paso.

El miedo estaba vivo dentro de ella. Se incorporó e intentó alejarse de él arrastrándose, como un animal herido, dolido. Él la cogió en sus firmes manos, con el estómago revuelto por la bilis. Él le había hecho eso, creyendo, en su arrogancia, que tenía un derecho sobre ella. No tenía idea del sufrimiento que le causaría la conversión y eso lo enfermaba.

El dolor era atroz. Colby tenía los ojos nublados y se le retorcía el cuerpo.

—¿Me has hecho esto para poder llevarte a Paul y Ginny? —le acusó, histérica—. No eres diferente del vampiro que domina a Paul.

El dolor que vio en sus ojos, la sugerencia de que la había traicionado, le destrozó el alma a Rafael. ¿Ella lo veía así? ¿De veras creía que él podía hacerle eso para quitarle los niños? Su alma le chilló una represión, horrorizada por lo que había hecho. Sintió mojada la cara y comprendió que estaba llorando, al saber que había cometido un acto imperdonable. Ella había estado buscando un camino hacia él, pero su impaciencia podría haber destruido el frágil poder que tenía sobre sus emociones.

Se inclinó sobre ella para que viera que le decía la verdad desnuda:

—Te amo más que a mi vida, más que a todo lo que existe en la tierra. No tenía ni idea de que esto sería así. Te juro que te digo la verdad. Lamento más de lo que podrías saber jamás el haberte introducido en mi mundo sin tu consentimiento.

Ella le miró la cara estragada por el pesar, las lágrimas rojo sangre que brotaban de sus ojos, y el perdón le hizo revolotear el corazón un momento. Vino la siguiente oleada de dolor y le dio la espalda, retorciéndose y sacudiéndose, sintiendo el fuego quemándola de dentro hacia fuera.

Rafael sólo podía continuar impotente a su lado mientras la conversión tomaba el mando de su cuerpo, obligándola a expulsar las toxinas, todo lo humano. Su poder valía muy poco ante tanto dolor. Intentó sufrir él el dolor por ella, pero le fue imposible. No tenían más remedio que pasarlo juntos. Intentó abrazarla, consolarla, aliviarla, lavarla, meciéndola, susurrándole todas las palabras de aliento que se le ocurrieron, mientras se sentía morir por dentro. No podía aliviarle el dolor a su pareja de vida; no podía anular lo hecho. Tenía que seguir adelante, costara lo que costara, y temía que el precio fuera a ser mucho más elevado que cualquiera que hubiera considerado.

Cuando vio que no había riesgos, abrió la tierra rica en minerales y bajó flotando a sus profundidades, llevándola en sus brazos. Por primera vez en siglos, lloró en sollozos, sintiéndose extraviado y avergonzado de sus actos.

Capítulo 18

Mojado de sudor, Paul se dio una vuelta en la cama, agitado, enroscando las sábanas alrededor.

—No lo haré. ¡Colby! ¡Colby! —gritó, llamando a su hermana, y se cubrió los oídos con las palmas—. No lo haré. No puedes obligarme.

Ginny se sentó, paseando la mirada por aquel dormitorio desconocido. Compartía la habitación con su amiga Tanya. Oía mascullar a su hermano y de tanto en tanto sus gritos llamando a Colby. Al instante se levantó y tras echarle una breve mirada a la dormida Tanya, salió a toda prisa de la habitación y caminó por el corredor hacia la habitación que ocupaba su hermano. Juan y Julio ya se habían levantado y estaban saliendo de sus habitaciones. Julio le tendió la mano, sonriéndole cariñoso. Ginny vaciló un momento y luego colocó la mano en la de él.

—Creo que Paul tiene una pesadilla.

—¿Las tiene con frecuencia? —le preguntó Julio, mirando preocupado a su hermano.

Ella negó con la cabeza.

—No, Paul no.

Golpeó la puerta y la abrió. Vio que Paul se encontraba arrodillado sobre la cama, con la cara desencajada por la angustia. La sábana estaba enredada en el suelo, rota en varios trozos. Sólo tenía puestos los pantalones del pijama, y su pecho desnudo se veía cubierto de sudor. Y tenía una navaja con el filo tocándole la muñeca; se había hecho varios cortes en el brazo, de los que manaba sangre.

Él negó con la cabeza enérgicamente, con los ojos llenos de lágrimas.

—Vete. Sal de aquí, Ginny. Date prisa.

Julio cogió del brazo a Ginny y la puso detrás de él, al tiempo que le tendía la otra mano a Paul.

—No debes hacer eso, Paul. Dame esa navaja. Combátelo. Resístete a hacer lo que te ordena el vampiro.

Paul lo miró impotente, como un niño pequeño que busca la comprensión de un adulto.

—Me he resistido, ya llevo horas haciéndolo. No puedo aguantar mucho más. No puedo. ¿Dónde está Colby? Tienes que decirle que traté de luchar.

—Escúchame, Paul —le dijo Julio en voz baja, atrayendo hacia él toda la atención del chico para que Juan consiguiera llegar a la cama avanzando pegado a la pared—. Es el vampiro. Intenta usarte para que le hagas daño a Colby. No deseas que le haga daño a tu hermana, ¿verdad? Si consigue que te quites la vida, ella no volverá a ser la misma, nunca. El vampiro sabe que Colby te quiere.

Al chico le bajaron lágrimas por la cara.

—Me susurra todo el tiempo. Lo he intentado, pero parece que no puedo impedirlo. —Oyó un suave gemido de pena de Ginny, que le atrajo la atención. La miró negando con la cabeza—. Por favor, Ginny, sal de la habitación. No quiero que me veas así. No te quedes ahí mirando.

Sintió que el vampiro volvía a despertar; justo antes del alba había comenzado a trabajar en él; parecía estar lejos y muy débil, y a ratos perdía el contacto; daba la impresión de estar herido, pero luego reanudaba el ataque, susurrándole órdenes, exigiéndole obediencia; exigiéndole que se hiriera una y otra vez, insistiendo en que se quitara la vida. Él se había resistido todo lo posible a las órdenes, pero el vampiro ya lo tenía agotado. ¿Dónde estaba Nicolas? ¿Dónde estaba Rafael? Los dos le habían prometido ayudarlo.

El vampiro lo agarró fuerte y duro en su poder; había hecho acopio de sus fuerzas y estaba intentando obligarlo a obedecer. Paul agrandó los ojos, mirando al espacio, al sentir moverse dentro de él al no muerto. Durante ese horroroso momento sintió la presencia del monstruo en su cabeza, mirando por sus ojos con alegría triunfal. Sintió la terrible penetración de la hoja de la navaja en su carne; le dolió, un dolor lacerante que le recorrió como una lanceta todo el cuerpo. Se detuvo el tiempo. En ese espacio de un latido, un segundo, se reunieron con él en su mente cuatro personas que estaban separadas. Nicolas y Rafael, que habían bebido su sangre, se enteraron de todo de repente, despertaron de su sueño y entraron en su mente, a compartirla con el vampiro. Se veían entre ellos, se sentían. Era algo espeluznante, terrible; el vampiro estaba eufórico y su maligna risa resonaba dura en su cabeza.

A través de Rafael, entró también Colby. Él sintió el grito de angustia que subió a la garganta de ella cuando se dio cuenta de lo que pasaba. En ese terrible instante en que captó la presencia de ella se dio cuenta de que estaba enterrada bajo el suelo, rascando la tierra con las uñas, desesperada por salir a la superficie para acudir a él. En ese espacio de un latido se reunieron todos y el vampiro echó atrás la cabeza y se rió con alegría triunfal.

Juan se abalanzó sobre Paul, lo dejó tendido en la cama y le arrebató la navaja. Paul pestañeó para despejarse la borrosa visión y trató de enfocar los ojos en lo que estaba ocurriendo realmente. La idea de Colby enterrada viva lo enfermaba. Le dolía la muñeca y sus tíos lo estaban atando para que no pudiera continuar hiriéndose, a la vez que le restañaban la herida intentando que no continuara manando sangre. Oyó llorar a Ginny, pero no podía moverse, no lograba hacer salir la voz; sólo podía estar ahí quieto, con el corazón retumbante y en cerebro inundado de miedo. El vampiro no había acabado.

«Colby.»

Rafael la cogió en sus brazos mientras ella se debatía como una loca apartando la tierra con las manos para salir de ahí y correr a ver a su hermano. Él le había inducido un sueño profundo. Nada debería haberla perturbado; nada debería haber penetrado las protecciones, despertándola; pero aún así estaba frenética por acudir a Paul.

«Es su sangre buscadragones —le explicó Nicolas tranquilamente—. Es mucho más fuerte de lo que creíamos.»

Eso era cierto. Él sabía que la sangre de su linaje le daba fuerza a su voluntad y también intensificaba la tremenda avidez sexual que no lograba dominar cuando estaba con él, su pareja de vida. El linaje era su fuerza y también su perdición. Su dolor y angustia lo desgarraban. Le acarició el pelo, alisándoselo.

«*Querida*, Paul no se va a morir. No debes salir de este lugar de curación.»

Él seguía sintiendo el fuego que pasaba por ella, sus órganos continuaban experimentando la conversión.

«¡Apártate de mí! ¿Qué has hecho? Dios mío, Paul está herido. Tengo que llegar a él. Ayúdame a salir de aquí.»

«Iremos Nicolas y yo. Juan y Julio lo tienen y también está Sean. No debes dejar la tierra todavía. No estás curada y la luz te haría daño.»

Intentó hacer pasar una brisa de cordura calmante, limpiadora, por la pesadilla en que se encontraba ella. Con la mayor suavidad, intentó refrenarla.

Ella no dejó de rascar la tierra. Él se vio obligado a sujetarle firmemente las muñecas con una mano; se iba a hacer daño.

«Colby, *pequeña*, tranquilízate. Nicolas se ha levantado. Nosotros se lo impediremos. No puedes hacer esto sin causarte daño.»

Intentaba ser tolerante, pero ella le estaba rompiendo el corazón. Él no era un hombre familiarizado con su lado dulce y tierno, y su naturaleza fogosa, protectora, le exigía que la obligara a obedecerle.

«No importa lo que me ocurra a mí, maldita sea. Tengo que llegar a él. Está herido. Por el amor de Dios, Rafael, ha intentado matarse. Sólo es un niño.»

Su aflicción lo arañaba, le destrozaba el corazón.

«Yo me encargaré de que esté seguro, a salvo. Duerme, Colby.»

La presionó fuerte junto con la orden.

Ella no sucumbió; surgió su sangre buscadragones para protegerla.

—Vete al diablo, Rafael. Es mi hermano. Si no me sacas de aquí saldré yo sola.

Él era tremendamente fuerte, y no había manera de luchar con él y ganarle.

—No puedes, *meu amor*. Ahora duérmete.

Esta vez tomó el mando, no le permitió usar su sangre ni su voluntad en su contra.

—Esto no te lo perdonaré jamás.

Sucumbió a su coacción, pero no antes de que él sintiera la brecha que se había abierto entre ellos. Esta se ensanchó, se ensanchó, formando un gran abismo que tal vez nunca se podría salvar. Y él no podía dejar de comprenderla. Se quedó un momento a su lado, sosteniéndola en sus brazos, con el corazón retumbante de miedo por ella, por el futuro de ambos. Había acero en Colby. Tal vez nunca sería capaz de resistirse a él físicamente, pero si decidía no sentir nada más por él…

Emitió un gemido. La comprendía. Él la había convertido sin su permiso, introduciéndola por la fuerza en su forma de vida, y ahora que ella estaba bajo la tierra, el vampiro había atacado a su hermano. Le acarició el sedoso pelo y le besó suavemente la sien.

«No podría sobrevivir sin ti, *meu amor*. Sé que eres mi corazón y mi alma. Encuentra una manera de amarme cuando acabe todo esto.»

Cuando estaba solo pensando en ella, cuando se le formaba un nudo en la garganta tan grande que no podía tragar al pensar en su valor y su fuerza, cuando ansiaba estar con ella, tan excitado por la sola idea de que ella lo amara, lo necesitara, se le ocurrían todo tipo de cosas poéticas que decirle. Pero cuando ella estaba delante de él, arrojando chispas de desafío por sus ojos verdes, y su boca y su cuerpo eran una pecaminosa tentación, perdía todo su sentido común y recurría a la dominación. ¿Cómo iban a superarlo?

Salió a la superficie y la luz gris anterior a la aurora le hirió la piel y los ojos, pero era soportable. En el aire se transformó, tomando su forma favorita, la del águila harpía, y emprendió el vuelo hacia el rancho de Sean Everett. Al mismo tiempo sintió elevarse a Nicolas y supo que iba en dirección al rancho también.

«Debería habérseme ocurrido que Kirja podría desquitarse con el chico —comentó, con profundo pesar—. Estaba herido, y pensé que bajaría a la tierra para recuperarse; no se me ocurrió que usaría los últimos vestigios de fuerza que le quedan para vengarse.»

«Ya debe de estar en mala forma. Si logramos encontrar su lugar de reposo, tal vez podríamos conseguir matarlo antes que recupere sus fuerzas», aventuró Nicolas.

Rafael le tocó con brusquedad la mente con una sarta de maldiciones.

«¿Tienes una idea de lo que he hecho? Ella no me lo perdonará.»

«Es tu pareja de vida. La eternidad es mucho tiempo, incluso para que una buscadragones se aferre a su rabia. ¿Tienes idea de dónde se ha hecho su guarida el vampiro?»

«Tal vez», contestó Rafael, discretamente.

La casa del rancho resplandecía, con todas las luces encendidas. Bajó en picado hasta el patio delantero y se transformó en vapor para entrar fácilmente y aparentar que venía de su dormitorio. Nicolas se le reunió en el corredor y corrieron hasta la habitación de Paul.

Sean Everett estaba ahí, ceñudo, rodeando a Joclyn con el brazo, mientras Julio tranquilizaba a Ginny, que por lo visto se negaba a salir.

—Perdóname Paul —dijo Nicolas, saludándolo—. Estaba durmiendo profundamente en lugar de haber estado vigilando.

—Pensamos que estabas seguro —añadió Rafael.

Cerró los ojos y los mantuvo así un momento; no tenía otra opción. Colby amaba a ese chico. Por el bien de ella, por el bien de él, tenía que enviarlo lejos, donde el vampiro no pudiera tocarlo si ellos fracasaban en su intento de eliminarlo. Colby no lo perdonaría jamás. El miedo se le instaló en la boca del estómago.

Paul levantó la cabeza y miró a los dos carpatianos. Estaba muy pálido, lo que hacía más visibles sus profundas ojeras.

—Me resistí a él mucho rato.

—Lo sé, me siento orgulloso de ti —le dijo Rafael alargando la mano y cubriéndole con la palma la fea herida de la muñeca—. Tengo un cierto don para curar. Permíteme.

Juan mantuvo su mano en el hombro de Paul, en gesto de solidaridad.

—Se resistió muchísimo, don Rafael, don Nicolas, y esta vez logramos llegar a tiempo para ayudarlo. Pero ¿y la próxima vez? —Los miró—. Porque habrá una próxima vez.

Nicolas asintió.

—Debemos poner distancia entre Paul y nuestro enemigo.

Miró a Rafael, viendo en su mente el miedo de lo que le haría eso a Colby. El gesto de asentimiento de Rafael fue imperceptible.

—¿Alguien quiere explicarme qué pasa? —dijo Sean—. Juan y Julio no me permitieron llamar al doctor. Lo lógico es que Paul estuviera en el hospital, donde puede recibir asistencia psiquiátrica y médica.

Nicolas negó con la cabeza.

—Nuestro viejo enemigo nos ha encontrado e intenta usar a Paul para vengarse. Lo ha hipnotizado para que cumpla sus órdenes. —Le sonrió a Paul—. Eres mucho más fuerte de lo que nos imaginábamos. Estoy orgulloso de ti.

—Deberíamos llamar a Ben —insistió Sean.

Nicolas giró la cabeza y lo miró a los ojos.

—Es mejor que arreglemos esto solos. Fue un accidente. El niño se descuidó jugando con su navaja, y no nos conviene que esto dé pie a chismes en esta ciudad pequeña.

Sean asintió.

—Estoy de acuerdo en que es mejor no decir nada.

—Sean —terció Rafael—, si nos lleváramos a Colby, Paul y Ginny a Brasil, ¿podrías encargarte de dirigir el rancho con tus hombres? Estaríamos dispuestos a pagarte para que cuides de la propiedad de Paul y Ginny hasta que sean mayores de edad. Si entonces ninguno de los dos la deseara y prefirieran continuar en Brasil con nosotros, te venderíamos el rancho si lo desearas.

—Colby se va a sentir puteada —susurró Paul.

—Colby te ha dicho que no digas esa palabrota —dijo Ginny, asomando la cabeza por un lado de Julio. Miró a su hermano con los ojos muy grandes—. ¿Qué te está haciendo Rafael?

Rafael seguía rodeándole la muñeca a Paul. Las feas heridas ya comenzaban a desvanecerse en la parte que cubría con su palma.

—¿Te duele? —insistió Ginny.

—Ya no. Rafael me hace sentir mejor.

—¿Qué dices, Sean? —preguntó Rafael—. ¿Puedes manejar con tus hombres esas hectáreas extras y el trabajo que requieren?

Sabía lo que pensaría Colby, y sabía lo que arriesgaba enviando lejos a los niños, pero no había otra opción. Deseó romper algo, deseó destruir todo lo que lo rodeaba. Deseó prohibirle a su hermano que enviara lejos a los niños, pero ella amaba a esos niños. Gracias a ella él había aprendido a amarlos; además, tenía que poner en primer lugar a Colby, anteponerla a su propia felicidad. Y eso significaba enviar lejos a Paul, para mantenerlo a salvo. Esa misma noche. Tan pronto como fuera posible.

—Hablamos de una gran cantidad de dinero, Sean. Tendrás que pagarles a tus hombres —añadió Nicolas para tentarlo más, mirando receloso a Rafael, leyendo sus atormentados pensamientos y sintiendo aumentar la tensión en la habitación.

—¿Y Colby? —preguntó Sean—. Por lo que sé está empeñada en continuar llevando el rancho ella sola.

—Rafael y Colby van a… —comenzó Nicolas y miró a Juan.

—*Casam-se* —suplió Juan—. Se van a casar.

—Naturalmente Colby y los niños se irán inmediatamente a Brasil. Juan y Julio se encargarán de organizar el envío de sus pertenencias y de los caballos.

—Y de *King* —dijo Ginny—. No me iré sin *King*. —Le tironeó la mano a su tío—. Y no me iré sin Colby.

Se veía obstinada, una réplica pequeña de su hermana.

—¿Estáis seguros de que Colby va a aceptar? —insistió Sean, francamente sorprendido de que ella se fuera a marchar del rancho en que había pasado toda su vida.

Nicolas giró la cabeza y nuevamente lo miró a los ojos.

—Colby desea venir con nosotros más que cualquier otra cosa. Está comprometida con Rafael y desea montar un hogar con él. Naturalmente se llevará a los niños con ella.

—Naturalmente —convino Sean—. Si de verdad me hacéis la oferta, Nicolas, sabes que siempre estoy dispuesto a hacer negocios con tu familia. Me irían bien esas hectáreas extras, y ciertamente tengo hombres suficientes para trabajar las dos propiedades.

—Colby no va a aceptar jamás —dijo Paul a Rafael en un susurro—. Sabes que no. Se pondrá furiosa.

—Deja que yo me cuide de eso, Paul. Lo más importante en este momento es ponerte fuera del alcance del vampiro, para que no pueda hacerte daño mientras nosotros lo cazamos. Le diré a Juan que os ayude a hacer el equipaje y tú y Ginny os marcharéis esta mañana. Tenemos un jet privado que os llevará a nuestra casa, lejos de este lugar. Llevaré a Colby tan pronto como sea posible. —Miró a Ginny—. Y claro, el perro debe ir también.

—Pero ¿no necesitamos pasaportes? Yo no tengo pasaporte. Nunca he viajado a ninguna parte.

A su pesar, a Paul lo entusiasmaba la perspectiva de viajar en un jet privado, de ver otro país, de despertar por la mañana sin tener que trabajar desde el alba hasta el anochecer. Se sentía algo culpable, pero deseaba intentarlo una vez en su vida.

—Yo no me iré sin Colby y tú tampoco, Paul —declaró Ginny, mirando a los hombres.

Rafael alargó la mano hacia ella.

—Te pareces mucho a tu hermana, Ginny. Ella vendrá. Está conmigo y debe acompañarme a nuestro hogar. Tenemos un picadero cubierto para practicar y una piscina.

—Me gusta mi jardín.

—Tenemos un jardín maravilloso y podrás pasar tiempo con tus tíos y con toda tu *família*. Todos están deseosos de conoceros a los tres. Tu perro será muy bien recibido y podrás tener todos los caballos que quieras.

En ese momento Paul le dio un tirón en la mano, intentando soltarse. No se dio cuenta de que Rafael aumentaba la presión de su mano, volviendo toda su atención a él. Se quedó muy quieto, los ojos se le pusieron vidriosos y se le aflojó la cara, quedándose sin expresión, como si estuviera muy lejos.

Nicolas se acercó a la cama. Rafael mantuvo el contacto físico con Paul. Ya tenía curadas todas las heridas que se había hecho, y tanto él como su hermano estaban en su mente, sintiendo sus emociones y leyéndole los pensamientos.

—¿Qué pasa, don Rafael? —preguntó Julio.

—Llévate de aquí a la niña. Sean, encárgate de que vuelva a la cama.

Nicolas dio la orden, empleando su voz como una potente arma.

Sean Everett obedeció, llevándose con él a su mujer y a Ginny.

Inmediatamente los hermanos Chevez se acercaron a la cama a observar a su sobrino.

—¿El vampiro se ha vuelto a apoderar de él?

Rafael levantó una mano pidiendo silencio, con la cara muy seria.

—Está en movimiento. Por lógica, debería hallarse bajo tierra. Está mal herido y se nos viene encima el alba. Ha tapado el sol con gruesas nubes, pero no debería poder viajar una vez que haya salido el sol. Realmente se ha vuelto mucho más poderoso que la mayoría de los de su clase. Paul le está siguiendo el rastro.

—Buen chico —musitó Juan.

—Va avanzando bajo tierra, no por arriba —dijo Nicolas.

—¿Por qué estará en movimiento? —preguntó Rafael, pensando en voz alta.

Empezaba a oprimírsele el pecho. Miró a Nicolas para ver si este compartía su repentino miedo. Nicolas le correspondió la mirada, con una sombría y seria.

—Colby —exclamó Rafael, levantándose bruscamente, con expresión salvaje—. Busca a Colby.

El miedo le oprimió la garganta; el terror combatió con la furia.

—Sabe dónde está —dijo Paul, claramente, aunque miraba al frente con los ojos desenfocados—. Se va abriendo camino hacia ella y quiere que yo sepa que me va a matar después que la mate a ella. Y después matará a Ginny.

—No tendrá posibilidades —lo tranquilizó Nicolas—. ¿Resistirán las defensas?

—Es viejísimo —repuso Rafael—. Inventamos juntos las defensas.

Le temblaban las manos. Rabiaba por arrancarle el corazón al vampiro.

El suelo vibró ominosamente. Un relámpago iluminó el cielo y el ruido de un trueno estremeció la casa.

—No puede moverse rápido y la luz de la mañana lo hará más lento.

—Nada detiene a Kirja —dijo Rafael, ya transformado en vapor y saliendo de la habitación hacia el cielo del amanecer—. «Cuando está resuelto.»

El cielo se había oscurecido, estaba casi negro, igualando su turbulenta rabia.

«¡Colby! ¡Despierta!»

Lanzó la orden con tremenda fuerza, la fuerza de un poderoso carpatiano antiquísimo.

Sintió la reacción instantánea de ella. El miedo entró violentamente en su cuerpo y a través de ella en él. El miedo a estar enterrada viva. Contactó con ella, con una fuerza implacable, calmándole la mente.

«Kirja te busca. Cómo hace esto a la luz del amanecer no lo sé, pero ya es bien pasada la hora en que debería sentirse pesado. Tú ya no eres humana. Debes superar todo miedo humano y saber que eres capaz de esto. Eres carpatiana.»

La reacción de ella fue mantener fuertemente cerrados los ojos, aunque le pasó un remolino de rabia.

«Dime dónde está mi hermano y sácame inmediatamente de aquí.»

Rafael sintió el conocido apretón en las entrañas, el roce de fuego por sus venas. Colby tenía su genio, y eso siempre lo fascinaba, siempre lo excitaba. Y ahora lo necesitaría; necesitaría su férrea voluntad, su resolución, la rabia que la empujaba a seguir cuando otros renunciarían.

«Paul está bien, y Nicolas protege a los niños.»

«Ahora siento al vampiro. Se está abriendo camino por la tierra como un topo. La tierra chilla. Sácame de aquí.»

O sea, que la luz del amanecer sí era excesiva para Kirja, pero ¿por qué no estaba pesado como debería estar? Continuó avanzando veloz por el cielo, la velocidad era una prioridad en su mente.

«Tu cuerpo aún no está preparado para salir a la superficie. Necesitas la tierra sanadora, *querida*. ¿No sientes el fuego que sigue actuando violento en tus órganos? Es demasiado peligroso.»

«Está cerca. —Lo sentía, maligno, violento, como un arma de odio y venganza, tan perverso que se estremeció de miedo—. Rafael, date prisa —lo instó, atenazada por la sensación de urgencia. Sentía moverse algo encima de ella. Era una muchedumbre de bichos, todos huyendo para escapar de la malignidad del vampiro—. Los insectos están por todas partes.»

Rafael detectó histeria en su voz.

«Qué típico de ti enfrentar a un potro cerril encabritado y asustarte ante un par de insectos.»

Intentaba tranquilizarla, calmarla, cuando lo que deseaba era arrancarle el corazón a su enemigo por hacerla pasar por ese terror. Se obligó a apartar la mente del miedo de ella y se concentró en calcular a qué distancia estaba Kirja de su lugar de reposo. El paso de los insectos por ahí, huyendo, significaba que se estaba acercando. Las defensas lo frenarían, pero dudaba que él pudiera llegar ahí antes que Kirja hubiera desactivado los hechizos que la protegían.

«Maldito seas por esto. Me siento como si estuviera en un ataúd. Si no me sacas de aquí, se va a desquiciar mi mente mutada.»

Él oyó un sollozo en su voz que le desgarró el corazón.

Comenzó a poner barreras en el camino de Kirja. Un sólido muro de granito, que le sería imposible atravesar; se vería obligado a dar la vuelta, y ya tenía que estar debilitándose. Lo que fuera que hubiera descubierto para poder continuar moviéndose después de la salida del sol no podía durarle mucho. El pueblo carpatiano se habría enterado de semejante proeza y actuado para contrarrestarla.

«Rafael, por favor. Sácame de aquí. Te juro que lo que sea que haya hecho, lo lamento.»

Estaba llorando, rascando la tierra. Él sentía los fuertes latidos de su corazón, tan acelerados que temió que le estallara. Sus súplicas lo enfurecían más aún. Deseó llorar con ella.

«¡Colby, basta! Deja de llorar. Eres capaz de hacerlo. Tienes que hacerlo. No puedo sacarte de la tierra. Tienes que estar consciente, de modo que yo pueda usarte para luchar con él si es necesario. Tienes el poder. Lo harás. Deja de llorar y cálmate.»

Su tono fue despiadado. En lugar de consolarla, le transmitió a posta un aviso, una dura orden. Ella reaccionó tal como había supuesto; sintió su oleada de rabia dirigida a él.

«Los bichos se están arrastrando por mi pelo, cabrón.»

Y era cierto que sentía miles de diminutas patitas caminando por encima suyo, rápido, huyendo de ahí, y que ya estaba casi tan asustada como los insectos que le tocaban el cuerpo.

Colby estaba tratando de mantener el autodominio cuando Rafael comenzó a extraer minerales del volcán. Construyó una caverna de diamantes alrededor de ella, comenzando por el techo; una caverna transparente, lo bastante grande para que no se sintiera enterrada viva, y lo bastante pequeña para construirla rápido. La fortaleza de diamantes mantendría fuera a Kirja, y, así, pudiendo ver al vampiro, tal vez podría hacerle más daño o incluso matarlo usando su mirada.

Colby tocó la dura roca que se estaba formando rápidamente a su alrededor.

«¿Qué pasa? Rafael, por favor. De verdad, no soy capaz de hacer esto. Tienes que sacarme de aquí. No entiendo por qué no me sacas de la tierra. ¿Es por la marca de nacimiento?»

Él vio la desesperación en su mente, vio sus pensamientos: ¿es que él la iba a enterrar viva? ¿Le procuraría una muerte terrible? El terror le estaba volviendo, rápido, y sus súplicas eran mucho peores que su rabia. Jamás en su vida se había sentido tan atormentado. Le dolía el corazón, un dolor físico, la furia le revolvía el estómago, y el miedo le formaba un nudo en la garganta.

«Puedes abrir los ojos, *meu amor*. Ahora estás segura. Él no puede atravesar las paredes de una cámara de diamantes; son durísimos, y está muy, muy débil. Necesito que cuando salga del túnel que se ha cavado lo mires, lo mires fijamente sin apartar la vista en ningún momento, haga lo que haga. ¿Podrás hacerlo, *pequeña*?»

No pudo impedir que se le colara en el tono una nota de dulce mimo. Ansiaba estrecharla en sus brazos, para consolarla.

Colby abrió los ojos lentamente, de mala gana, y la aterró ver la tierra y los insectos. Yacía en una fértil tierra negra, pero encerrada en una cámara de vidrio. Levantó el brazo para tocar la pared, y la horrorizó lo pesada que la sentía. No era vidrio. ¿Cristal? Se le quedó atrapado el aire en la garganta. Era de diamantes. Él había construido una fortaleza de diamantes para protegerla, para mantenerla a salvo. No estaba dispuesta a perdonarlo, dudaba de que alguna vez lo perdonara, pero al menos no iba a morir de un ataque al corazón en ese momento, si no miraba para ver la tierra que cubría el techo de su prisión. Jamás le perdonaría que la hubiera retenido cautiva bajo la tierra cuando su hermano la necesitaba.

«¿Estás seguro de que Paul está vivo? ¿De que está bien?»

Rafael hizo pasar sus recuerdos por su mente, para que ella los viera.

«Su cariño por ti y por Ginny es muy fuerte. Kirja no tomó en cuenta eso.»

Justo entonces la atención de Colby quedó atrapada por un sonido; por la sensación de que la observaban. Miró hacia el lugar, y ahí estaba el vampiro. Se le paró el corazón y luego comenzó a saltarle frenético en el pecho. Jamás había visto tanta malignidad y odio en nada ni en la cara de nadie. El ser ya no parecía humano. Se había arrastrado a través de la montaña para llegar hasta ella con la sola intención de matarla. Le corría baba por el mentón y sus ojos rojos brillaban feroces. Estaba ensangrentado y horriblemente quemado. En el pecho tenía varias heridas de pinchazos.

Kirja alargó hacia ella una mano con uñas parecidas a estiletes retorcidos. Con sus ojos ribeteados de rojo mirando fijamente los de ella, atacó la pared golpeándola con una uña, fuerte, intentando enterrarla. La uña se le rompió. El vampiro gritó de dolor, y se arrojó contra la barrera.

Sin poder evitar un gesto de espanto, Colby intentó escabullirse arrastrándose hacia atrás, y entonces cayó en la cuenta de que estaba desnuda y de que el no muerto la veía; estaba vulnerable a su examen. Eso empeoró su grotesca e impúdica sonrisa.

Él levantó una mano con los dedos abiertos, mirándole la garganta. Lenta, lentamente, comenzó a cerrar los dedos. Ella sintió el apretón, los dedos cerrándose como tenazas alrededor de su cuello. Aterrada, intentó inspirar aire.

«Estás bajo tierra, enterrada viva, ¿lo has olvidado, *pequeña*? No necesitas aire. Yo casi he llegado hasta él y no quiero delatar mi presencia.»

Ella apretó los labios. Rafael tenía razón, estaba enterrada viva, algo de lo que él iba a tener que responder, faltaría más. No necesitaba aire; pues, venga, que el no muerto intentara estrangularla. Desafiante se incorporó hasta quedar de rodillas y agitó su largo pelo, burlándose. Qué más daba que estuviera desnuda. Si el maldito vampiro podía resistir el terrible letargo, también podría ella. Desentendiéndose del abrasador dolor que le quemaba el interior, alzó el mentón y lo miró furiosa, echando chispas por los ojos.

Ese era el terrible ser que había atormentado a su hermano. Había intentado matar a Rafael, pero lo esperaba la sorpresa de su vida. Seguro que no había conocido jamás a una vaquera al cien por cien.

—Las criamos fuertes y duras aquí —dijo, armándose de toda la furia sentida por todo lo ocurrido las pasadas semanas hasta convertirla en un rabioso incendio—. Y no nos doblegamos ante nadie, ni siquiera ante vampiros.

Las llamas lamieron el suelo del túnel cavado por Kirja para llegar hasta ella. Como si las alimentara un feroz viento, las lenguas rojo naranja cobraron vida elevándose y envolviendo al vampiro en un remolino de fuego.

«¡Colby!»

La reprimenda sonó dura, furiosa.

El vampiro chilló, aulló de rabia y dolor; estaba tan débil que no podía continuar la batalla. No se atrevió a quedarse más tiempo; sus fuerzas estaban menguando muy rápido. Se escabulló por el túnel, alejándose de la fuente termal, alejándose de la fértil tierra que necesitaba para sanar sus heridas. Necesitaba descansar en un lugar donde a los cazadores no se les ocurriera buscarlo; sabían que estaba muy mal herido y que necesitaría tomarse un tiempo para rejuvenecer. Necesitaría tener presas cerca además de un refugio y tierra fértil. Avanzó en la dirección opuesta, rápido, empleando todos los vestigios de fuerza que le quedaban para huir antes que lo encontrara Rafael.

Colby sintió la reprimenda de Rafael como una palmada en la cara. Hirvió de rabia otra vez.

«Típico de ti dejarme enterrada bajo tierra, canalla, presa fácil para tu fétido amigo, y luego te atreves a gritarme porque me protegí. —Cerró la mano en un puño, deseando enterrárselo en su guapísima cara—. Estoy sufriendo tanto que siento deseos de vomitar. Sácame de aquí. —Vio, horrorizada, que la uña quebrada del vampiro comenzaba a vibrar, arañando la pared de diamantes en la que ella estaba encerrada—. No es broma, Rafael. Date prisa. Ahora su uña está viva, rascando la pared. —No deseaba sentir miedo, pero la cosa parecía viva, resuelta a llegar hasta ella—. ¡Sácame de aquí!

Rafael se encogió al oír la rabia en su voz y al sentirla pasar como un remolino por todo el cuerpo de ella, pero al mismo tiempo se le espesó y calentó la sangre de excitación.

«Eres desesperante. Estoy en medio de una situación terrible, en la que me pusiste tú, Rafael, y estás pensando en el sexo. Eres un pervertido. Sácame de aquí.»

Comenzó a pasar las manos por la pared de diamantes opuesta a la que estaba rascando la uña, con la esperanza de encontrar un punto débil para romperla y poder salir. Al no encontrar ninguno, volvió a concentrar la atención en la horrible uña, poniendo en su mirada toda su furia, y su miedo. La uña se fue ennegreciendo, echó humo y finalmente se convirtió en una llama.

Poniéndose una mano sobre el desbocado corazón, se desmoronó hasta el suelo con la espalda apoyada en la pared. Sólo deseaba irse a casa.

«Tu mundo me asusta de muerte, Rafael. Necesito ver a Paul y a Ginny. Sácame de aquí.»

Ya estaba harta de discutir, harta de tener miedo. Y sentía las entrañas como si se las estuvieran quemando con un soplete. Deseaba alivio y consuelo; lo necesitaba; se lo merecía.

Rafael deseó cogerla en sus brazos y tenerla abrazada eternamente, pero tenía que encontrar a Kirja para acabar con él. Escasamente le quedaban unas dos horas para encontrar el escondite del vampiro; después se apoderaría de él el letargo y no podría hacer nada. Endureció el corazón para resistirse al cansancio de ella.

«Continuarás bajo tierra como te he ordenado, y volverás a dormirte, para sanar como es debido.»

Era una orden, un decreto, dado con severa autoridad. Después de darle la orden ejerció una fuerte presión sobre ella, obligándola a dormirse, aunque antes la oyó soltarle unas cuantas maldiciones.

A pesar de la gravedad de la situación sintió pasar por él el calorcillo de la dicha. Así que eso era tener una pareja de vida. El apacible y triste vacío de su vida anterior había sido reemplazado por una montaña rusa de emociones. Amor, sí, pero también irritaciones, preocupaciones, el feroz choque de temperamentos y un increíble y desenfrenado deseo sexual. Al menos ahora siempre sabía que estaba vivo.

Voló lentamente en círculo sobre el terreno bajo el cual yacía Colby, buscando señales de Kirja cavándose un túnel bajo tierra, pero, como ocurría siempre, el viejo vampiro no había dejado señales de su paso. Cambiando a la forma humana, aterrizó y comenzó a pasar las manos por el suelo, palpando por si sentía alguna vibración que le diera una pista del trayecto del no muerto.

Cerró la mano en un puño. Igual podría enseñarle a Colby lo placentero que podía ser un castigo a causa de ese error. Él tenía que matar a Kirja, porque este se vengaría, y ella había eliminado sus posibilidades de seguirlo fácilmente hasta su guarida.

Oyó el suave ulular de un búho; el sonido de su grito nocturno le llamó la atención; era un extraño reclamo en esa ave de presa. Además, no se estaba quejando por no haber cazado una presa, ni tampoco parecía satisfecho; simplemente emitía un reclamo. Receloso, levantó la cabeza y miró cauteloso alrededor. Aun con su aguda vista le llevó unos minutos descubrir al enorme búho posado muy arriba en la rama de un abeto que estaba a varios metros de distancia.

Se enderezó lentamente. Ese búho no era autóctono de esa región. El pájaro lo estaba mirando desde su puesto a esa altura. No era Nicolas, pues estaba con Paul y Ginny ayudándolos a prepararse para el traslado a Brasil; los acompañaría hasta el jet privado y emplearía su voz hipnótica para agilizar los trámites y hacerlos salir rápido.

—Bien podrías bajar del árbol y decirme qué haces aquí.

Al instante el búho extendió las alas, bajó en espiral y cambió de forma antes de tocar el suelo. Ante Rafael se erguía ahora, mirándolo, un hombre alto de hombros anchos.

—Hace muchísimos años que no te veo, Rafael, demasiados —dijo, avanzando y dándole unos buenos apretones en los antebrazos, en el conocido gesto de saludo de un guerrero a otro.

—¡Vikirnoff von Shrieder! Creía que habías encontrado la aurora hace mucho tiempo.

—Muchas veces he pensado en hacerlo, pero tenía que cuidar de mi hermano. Nicolae ha encontrado a su pareja de vida y ahora mi tiempo se acorta. Debo llevar a cabo mi última tarea para poder descansar. ¿Y tú? ¿Qué es de tus hermanos?

—Riordan también ha encontrado a su pareja de vida. Hay esperanzas en eso de que algunas mujeres humanas se pueden convertir. Mi pareja de vida, Colby, es humana.

—Me atrajo a este lugar el sonido de chillidos de la tierra, sin embargo aquí no veo rastros de ningún vampiro.

—Ha jurado matar a Colby. Debo acabar con él. Se las arregló para beber la sangre de su hermano menor y llega hasta él para usarlo en contra de nosotros.

Mientras hablaba, Rafael continuaba observando el ennegrecido terreno en busca de alguna señal del paso del vampiro.

—Entonces te acompañaré en la caza. Será como en los viejos tiempos.

Diciendo eso Vikirnoff se recogió en la nuca el pelo que casi le llegaba a la cintura y se lo ató con un cordón de piel.

—Colby lleva la marca del linaje Buscadragones —le explicó Rafael—; es descendiente de ese linaje.

Alargó los sentidos hacia lo profundo de la tierra, dirigiéndolos primero hacia el norte y luego hacia el oeste, donde había tierra fértil que podría haber atraído a Kirja para sanar.

—Creíamos que el linaje Buscadragones se había extinguido hace mucho tiempo —dijo Vikirnoff, explorando el cielo con la vista—. Era una buena alianza entre dos casas poderosas. El príncipe estará complacido.

—¿Cómo es que has venido hasta este lugar, Vikirnoff?

—Voy siguiendo a una mujer. Por casualidad, Nicolae y yo nos enteramos de que un vampiro amo había hecho correr la voz entre sus peones de que necesitaba a esta determinada mujer. La he estado siguiendo con la intención de advertirla y protegerla. —Sacó una foto del bolsillo—. ¿La has visto?

Rafael alargó la mano para coger la foto, pero Vikirnoff la retuvo y la levantó para que la viera. Movió el pulgar en una involuntaria caricia sobre la hermosa cara.

—Estoy seguro de que estoy cerca —añadió.

—Estaba aquí anoche hablando con Colby en el bar. Colby me contó que esta mujer, Natalya Shonski, le dijo que un cazador mataría a cualquiera que llevara la marca de los buscadragones. No sólo va huyendo del vampiro sino también de ti.

—¿Ella también lleva la marca del clan Buscadragones? Y ¿por qué cree semejante cosa?

Los dos comenzaron a buscar rastros en el terreno. Apoyaron las manos en el suelo, ordenándole a la tierra que les diera pistas. Escucharon atentamente el viento, el murmullo de las hojas de los árboles. Normalmente, hasta los insectos y animalitos nocturnos les contaban historias, pero en esos momentos no había ninguna pista que les llevara al vampiro. Era como si se hubiera desvanecido en el aire.

—Si lo que le dijo es cierto, Rhiannon tuvo trillizos, dos niñas y un niño. No son hijos de su pareja de vida, sino del hechicero Xavier. La tuvo cautiva un tiempo, nadie sabe cómo, pero ella se las arregló para unirse a su pareja de vida en otro mundo, dejando abandonados a los niños. También es posible, e incluso más probable, que Xavier la asesinara después que nacieron los niños. Él odiaba a todos los carpatianos y sin duda enseñó a sus hijos a temernos. —Pasó la atención al sur y luego al este—. Esta joven que buscas es descendiente directa. Lleva mucho tiempo en este mundo, evitando a nuestra gente. —Se pasó las dos manos por el pelo, absolutamente frustrado por no encontrar ningún rastro del vampiro—. *Deus!* Esto no nos lleva a ninguna parte. ¿Dónde se habrá escondido Kirja?

Capítulo 19

Vikirnoff se giró bruscamente a mirarlo, guardándose la foto en el bolsillo de la camisa, junto a su corazón.

—¿Kirja? ¿Él es el vampiro? —preguntó, pensativo—. No me extraña que sea difícil encontrarlo. Kirja era un guerrero fabuloso.

—Creo que está metido en una conspiración para matar al príncipe.

—Hace poco estuve hablando con Gregori, y todos sospechamos que se está formando un inmenso ejército en contra nuestra. ¿Qué fue de los cuatro hermanos de Kirja? ¿Sabes algo de ellos?

—Yo creo que están todos metidos, pero no lo sé de cierto. Cuando hablé con él, me lo dio a entender.

Vikirnoff examinó atentamente un montón de cantos rodados que habían cambiado ligeramente de posición.

—¿Podría haber ido en esa dirección?

Rafael contempló el paisaje.

—Las minas. —Le brillaron implacables los oscuros ojos al comprender—. Vikirnoff ha ido a las minas. Colby me dijo que hace unos años las clausuraron tapiando las entradas porque eran muy peligrosas. Nadie va ahora por allí.

—¿O sea, que no tendría acceso a presas fáciles?

—No, pero podría llamar hacia él a los desprevenidos. Es increíblemente poderoso.

Vikirnoff asintió.

—Lo recuerdo todo de los hermanos Malinov. Ya de niños eran muy poderosos. —Lo observó atentamente con sus fríos ojos negros—. Como lo era tu familia.

—Éramos buenos amigos, y sí, poníamos a prueba los límites de la ley, pero estábamos de acuerdo, los diez, mis hermanos y los hermanos de Kirja, en que seguiríamos a nuestro príncipe y viviríamos con honor. No sé por qué los hermanos Malinov eligieron el camino de la oscuridad.

No pudo evitar una nota de tristeza en su voz.

Vikirnoff le dirigió una severa mirada.

—Ya no es tu amigo de la infancia. Démosle caza al no muerto y eliminemos la amenaza para ti y para tu pareja de vida antes que se eleve mucho el sol y nos obligue a meternos bajo tierra.

Cambiaron de forma al mismo tiempo; Vikirnoff eligió la del búho y Rafael la del águila harpía. Volaron bajo explorando el suelo, al tiempo que olfateaban para encontrar la ruta más directa hacia las minas. Kirja habría estado bajo tierra, pensaba Rafael, sin embargo se las arregló para despertar con las primeras luces del alba. Pero estaba seguro de que el efecto no podría durarle mucho tiempo. Sin duda se había dejado una ruta preparada para escapar antes de lanzar el ataque para matar a Colby.

Por su mente pasaron elucubraciones.

«¿Vikirnoff? ¿No encuentras raro que muriera el hijo de Rhiannon, y que sin embargo no se sepa nada del destino de las hijas? Natalya le dijo a Colby que su padre murió, pero no cómo ni cuando.»

«Los hechiceros no eran inmortales. Gozaban de longevidad, pero al final los reclamaba la muerte. Ese es uno de los motivos de que nos tuvieran tanto odio. Con todo su poder y sus dotes, no podían sostener sus vidas. El príncipe creía que ese fue el motivo para raptar a Rhiannon. Xavier quería que tuviera hijos con él, para darles la inmortalidad. Deseaba su sangre para él y para sus herederos.»

Con sus penetrantes ojos de águila, Rafael observó un ligero cambio en la tierra, como si un topo la hubiera removido al salir. Dio una vuelta en círculo alrededor.

«¿Y si Xavier lo hubiera conseguido? Rhiannon no lo habría convertido voluntariamente, pero es posible que él encontrara una manera de usar su sangre para convertirse. Colby es una prueba viviente de que la sangre de los buscadragones pasó a seres que parecían humanos. No sabemos de cierto que Xavier muriera ni de que murieran su hijo y su nieto. A esa mujer le dijeron eso, pero sin darle ninguna prueba de ello.»

Vikirnoff pensó en las posibilidades.

«Quieres decir que es posible que nuestro mayor enemigo esté vivo, y que tenga descendientes adultos vivos para que lo ayuden a continuar su trabajo.»

En ese momento Rafael divisó las minas más adelante y se elevó en el aire para examinarlas desde una perspectiva más amplia. Kirja no entraría en una mina sin poner protecciones o defensas y también numerosas trampas. Observó atentamente el suelo y las entradas a las minas, las dos tapadas por inmensos cantos rodados.

«Lo creo posible, sí. No creo que sea fácil matar a ningún hijo de Xavier. Y si llevan la sangre de los buscadragones sería más difícil aún.»

Se posó en una rama de un inmenso abeto, a corta distancia de las entradas a las minas. Vikirnoff se posó a su lado. Después de observar atentamente los alrededores con sus penetrantes ojos, bajaron a tierra y cambiaron a sus formas carpatianas. Desde el lugar en que estaban alargaron sus agudos sentidos en todas direcciones, prestando especial atención a la posición de las piedras que cerraban las entradas de las minas y a la estructura del túnel, que formaba pendiente.

—A esta mujer que voy siguiendo la buscan los vampiros —comentó Vikirnoff, pensativo—. ¿Es posible que sepan que lleva la sangre de los buscadragones?

—No lo sé. Colby lleva esa sangre, pero al parecer Kirja no tiene conocimiento de eso. —Miró atentamente la curtida cara de Vikirnoff—. Estamos rodeados de traición, lo que muchas veces hace imposible distinguir al enemigo del amigo. Esa mujer podría estar llevándote directo a una trampa.

Vikirnoff se encogió de hombros.

—Eso importa poco. No soy un novato y he vivido muchísimo tiempo en este mundo. A lo largo de los años he adquirido unas cuantas habilidades. —Se le endureció un tanto el semblante y por sus ojos negros pasó una sombra—. No se me mata fácilmente. —Agitó la cabeza—. Hay algo en esto que no está del todo bien.

—Coincido contigo. Noto un desequilibrio, pero no sé decir en qué.

—Sopla una brisa bastante fuerte, y sin embargo las hojas de los arbustos que rodean la entrada de esa mina no se mueven. Continúan inmóviles mientras se agitan las hojas de todos los arbustos y árboles que nos rodean. La brisa debería agitar todas las hojas, no sólo las que están cerca de nosotros.

Rafael observó el fenómeno.

—¿Tal vez estemos mirando una ilusión? ¿Un escenario que ha dejado Kirja como defensa?

—Si lo es, es una ilusión extraordinariamente grande para sostenerla mientras yace durmiendo bajo la tierra.

—Kirja no es un vampiro común y corriente. Nunca fue un cazador común y corriente, siempre exhibió habilidades excepcionales, como todos los de su familia. Si un no muerto pudiera hacer una cosa así, ese sería Kirja. Y dudo que esté descansando.

Vikirnoff se transformó y, en la conocida figura del búho, abrió las alas, se elevó en espiral, dio una vuelta sobre el terreno y fue descendiendo al planear en círculo alrededor de las minas.

«Si es una ilusión, es muy buena.»

—Lo es —dijo Rafael, en voz alta.

Transformándose nuevamente en águila, salió de la seguridad que le daban los árboles y voló por encima de las inmensas piedras que tapaban la entrada. Se veían reales, pero él ya no se fiaba de su vista.

El búho voló hacia la piedra más grande, con las patas alargadas como si fuera a posarse; en el último instante, viró.

«No hay nada ahí. Habría tocado el suelo.»

Rafael se posó en el suelo a un lado de la entrada a las minas.

—Vamos a tener que olvidarnos de la vista y usar nuestros otros sentidos para descubrir dónde está la verdadera entrada.

Vikirnoff se posó a su lado.

—Podríamos intentar meternos bajo tierra. Kirja ya ha hecho un túnel.

Rafael negó con la cabeza.

—No en su túnel. Es un experto en luchar bajo tierra. La entrada está aquí. La encontraré.

Cambió nuevamente de forma, convirtiéndose en un modesto murciélago.

Vikirnoff observó los movimientos y giros del murciélago. El animalito nocturno era capaz de detectar cualquier objeto que estuviera en su camino y saber la distancia exacta a que estaba.

«Muy sencillo, pero muy inteligente.»

«Es una ilusión. La entrada está a tres metros a la izquierda. Podemos entrar por una grieta entre las piedras, en forma de neblina. Al menos sabemos que estamos en el lugar correcto. Tiene que estar ahí dentro, para haber dejado una protección tan enorme. No podría esperar mantenerla a lo largo de todas las horas diurnas.»

Vikirnoff fue a reunírsele en la misma forma, aprovechando el radar del murciélago para calcular la distancia entre las piedras ilusorias y la verdadera entrada de la mina. Avanzaron con cuidado y, cambiando a la forma de vapor, pasaron por una grieta grande entre las piedras y entraron en un oscuro túnel. Era más seguro continuar como vapor, sin tocar las paredes ni el suelo, donde podrían activar una trampa. Eso les fue útil hasta que dieron la vuelta a un recodo y se encontraron con el paso bloqueado por una gigantesca telaraña. Los hilos de la tela estaban muy entretejidos, muy juntos; era imposible atravesarla, ni siquiera en forma de vapor, sin romper los finísimos hilos parecidos a la seda. En una esquina de la tela había una araña muy pequeña.

Cambiaron a sus formas carpatianas para examinar el diseño de la densa tela. Se veía sedosa y frágil, una delicada obra de arte, aunque a Rafael se le erizó el vello de la nuca, como un aviso.

—¿Habías visto algo así? —le preguntó Vikirnoff, con un receloso ojo puesto en la araña de aspecto inofensivo.

Rafael se acercó más a mirar los hilos. Parecían los de una telaraña normal, pero no dejaban ningún agujerito, no tenía la apariencia de encaje. Era una tela sólida y rígida. Miró a la araña, para identificar su especie. Ella también lo estaba mirando; cerró brevemente los diminutos ojos en forma de burbuja y Rafael se encontró mirando unos ojos de maligna inteligencia.: los de Kirja, que lo estaba mirando, con sus ojos a rebosar de ponzoñoso odio y malignidad.

Retrocedió de un salto, llevándose con él a Vikirnoff, al tiempo que la diminuta araña se convertía en miles de arañas, que saltaron sobre ellos enseñando venenosos dientes. Rafael las incineró rápidamente, pero no antes de que unas cuantas consiguieran enterrarles los ponzoñosos dientes en los brazos y piernas de él y de Vikirnoff. Los diminutos dientes les dejaron ronchas ensangrentadas, llenas de veneno, que comenzó a quemarles la carne y los tejidos.

—Bueno, ya sabe que lo estamos persiguiendo —dijo Rafael, expulsando el veneno por los poros; a su lado, Vikirnoff hacía lo mismo—. Cada paso que demos será peligroso. No sólo es bueno para crear ilusiones sino que además es un experto en mutar especies.

Diciendo eso incineró al resto de las arañas.

Vikirnoff asintió, lúgubremente.

—En todos mis siglos de combatir a los no muertos, nunca me he encontrado con un vampiro tan poderoso. Creo que tiene la fuerza para matarnos a los dos si nos acercamos a él de uno en uno.

—Creo que, por desgracia, tienes razón —convino Rafael.

Comenzaron a seguir el túnel, que bajaba y bajaba adentrándolos más profundo bajo la tierra. Daban cada paso con cautela, con todos los sentidos alertas al inminente peligro. Las vigas estaban podridas y se rompían encima de sus cabezas, y los maderos que las apuntalaban también se veían peligrosamente desgastados. A lo largo del suelo había unos viejos carriles para vagonetas, medio enterrados, y, desperdigadas por el suelo, una buena cantidad de polvorientas herramientas olvidadas.

—¿Por qué tengo la sensación de que estamos entrando en la guarida del diablo? —dijo Rafael en voz baja.

—Porque lo estamos —contestó Vikirnoff—. ¿Qué es ese ruido?

Rafael miró a su viejo amigo cazador.

—Parece ruido de mineros.

Dieron la vuelta al recodo y vieron a un grupo de hombres excavando con picos las paredes de la mina. De una viga colgaban varias linternas que arrojaban sobre ellos una luz amarillenta. Mientras ellos observaban, dos hombres colocaron sobre los raquíticos carriles una vagoneta llena de mena. Al parecer ninguno notaba la presencia de ellos.

Los cazadores carpatianos se miraron.

—Esto tiene que ser una ilusión —dijo Vikirnoff.

Ninguno de los mineros se giró a mirar hacia el sonido de su voz; continuaron trabajando industriosamente. Por el túnel resonaba el ruido de los picos al golpear la roca.

—Llevan ropa moderna —observó Rafael, mirando atentamente la escena, buscando la trampa escondida que con toda seguridad había ahí.

—Quizá quiera enlentecernos, tomando en cuenta que no podemos fiarnos de nuestros sentidos.

—¿Cómo loshace moverse? —preguntó Rafael—. Si su ilusión puede romper la roca, con igual facilidad puede destrozarnos a nosotros.

Los picos continuaron golpeando la roca a un ritmo parejo. Vikirnoff marcó el mismo ritmo dándose palmadas en el muslo.

—¿Oyes eso? ¿Podría haber algo en ese ritmo?

Rafael se acuclilló y observó la escena desde varios ángulos.

—Es posible. Engaña a más de un sentido. Vista, olfato y audición. Ha hecho un trabajo soberbio —comentó, admirado—. Mira el suelo, no hay huellas de pisadas en la tierra. No dejan ninguna huella, como si no fueran reales. ¿Ves dónde golpean los picos en la roca?

—La escena se repite, como en un bucle. Si la alteramos, entrando en ella, ¿eso activará una trampa o disipará la escena?

Rafael se frotó el mentón.

—No se habría tomado todo este trabajo sin poner algún tipo de trampa. A no ser que sea una táctica para retardarnos.

—Si lo es, es condenadamente buena. Tú quédate aquí a salvo por si yo activo un ataque.

Diciendo eso, Vikirnoff se acercó cauteloso a los mineros. Ninguno de ellos levantó la vista, ninguno habló; continuaron trabajando como si él no estuviera pasando entre ellos. Él miró hacia Rafael:

—¿Alguna idea?

—Quítale el pico a uno para ver si eso interrumpe la escena —sugirió Rafael.

Vikirnoff se puso al lado de un minero y sin la menor dificultad le arrebató la herramienta de las manos. Pasado un momento de espeluznante silencio, porque cesó bruscamente el ruido de los picos, los hombres se desmoronaron convertidos en esqueletos y sus huesos quedaron desperdigados por el suelo. Había trozos de ropa ya medio podridos, y el olor de cadáveres en descomposición impregnó el aire ya fétido.

—Bueno, ahora sabemos de cierto lo que les ocurrió a las personas que desaparecieron de la ciudad y de los ranchos de los alrededores —dijo Rafael, en tono grave—. Esta es sin lugar a dudas la guarida de Kirja.

Pasó por el medio de la grotesca escena, cuidando de no pisar ni mover los huesos.

Continuaron avanzando por el túnel en la más absoluta oscuridad. Casi inmediatamente oyeron un crujido detrás, seguido por el ruido de huesos al chocar entre ellos. Se giraron a mirar y vieron a un montón de esqueletos levantándose del suelo, con los huesos reencajados, formando guerreros blandiendo los picos con mala intención; los huecos de los ojos en sus cráneos parecían mirar fijamente hacia delante.

—El sonido de los picos sobre las rocas debía de ser el disparador —dijo Rafael, fastidiado consigo mismo—. Si no hubiéramos interrumpido la escena, no habría saltado la trampa.

Se apartó de Vikirnoff para dejar espacio para luchar.

Era perturbador ver levantarse a los muertos para defender al ser que los había asesinado brutalmente. Rafael lo encontró tan incorrecto, tan obsceno, que hizo un mal gesto cuando reunió su poder en una bola de energía y la lanzó al centro del ejército de esqueletos. La explosión estremeció la mina, y con su fuerza se rompieron los maderos podridos, se partieron las vigas del techo y cayó un alud de tierra y piedras sobre los esqueletos.

Vikirnoff y Rafael se alejaron corriendo de la avalancha. Los tres esqueletos que no quedaron atrapados por la fuerza de la explosión, los siguieron, blandiendo sus picos. Les sonaban los huesos de una manera horripilante, al entrechocar y rasparse, y se les ensancharon las bocas al quedarles las mandíbulas colgando. Sus ojos miraban fijamente al frente, unos despiadados agujeros en los cráneos vacíos. Se encendieron luces a lo largo de las paredes, provenientes de linternas que oscilaban como si las hubiera puesto en movimiento una mano invisible, y sopló un fuerte viento por los túneles, despertando a los guardianes del no muerto.

—Mala señal —masculló Rafael.

Se oyó un terrible alarido procedente de alguna parte justo por encima de ellos, y el sonido fue aumentando de volumen hasta convertirse en una sinfonía de chillidos. Unas sombras negras salieron por las grietas de la roca y tierra que formaba las paredes de los túneles. Vikirnoff se giró a enfrentar a los esqueletos y Rafael se posicionó a su espalda de cara a las sombras. Así esperaron el ataque los carpatianos, espalda con espalda.

Llegó un ruido de viento y huesos. Las sombras negras pasaron por encima de las vigas y piedras, lanzando alaridos y avanzando con los brazos extendidos y los dedos en forma de garras, para coger a los cazadores.

Rafael respondió con una fulgurante luz blanca caliente. Las sombras chillaron de miedo y horror, retrocediendo para ocultarse del brillo en los recovecos más profundos de la mina.

Vikirnoff cogió varias linternas y con ellas golpeó en la cabeza a los esqueletos, bañándolos en llamas. Los picos quedaron inofensivos en el suelo, pero los huesos ardiendo continuaron avanzando, resueltos a matar a los cazadores.

—Niebla —ordenó.

Rafael cambió de forma al mismo tiempo que Vikirnoff, y los esqueletos pasaron de largo y entraron en la fulgurante luz. Los huesos se desmoronaron y explotaron, rompiéndose en mil trocitos. Las llamas parpadearon un momento y se apagaron.

A eso siguió otro espeluznante silencio.

Los cazadores continuaron la marcha por el túnel, pisando con cautela y cambiaron a la forma carpatiana para usar todos sus sentidos. Rafael amplió todos los sentidos que poseía, para reunir información, instando a su cerebro a asimilar la gran cantidad de sonidos que le llegaban.

—Se nos está acabando el tiempo. Si no lo encontramos pronto no tendremos más remedio que buscar reposo, y eso no lo podemos hacer en estas minas. Esta es su guarida y está bien protegida.

—Él cuenta con eso —convino Vikirnoff—. Lo único que tiene que hacer es impedir que encontremos su lugar de reposo hasta que el sol esté alto en el cielo. Nunca había luchado con un vampiro con tantas defensas.

—Ha tenido siglos para perfeccionar sus habilidades. —Rafael miró por encima del hombro, al escuchar ruidos detrás de ellos—. ¿Oyes eso?

—Los esqueletos están intentando rearmar sus huesos para lanzar otro ataque.

Estaban en medio de un laberinto de túneles, y se quedaron inmóviles un momento, intentando captar alguna señal que les diera una pista del lugar de reposo de Kirja.

—También es muy bueno para no dejar rastros de su existencia —añadió Rafael. Apuntó hacia un montículo de hongos que crecían en las paredes de uno de los túneles—. Eso sería mi mejor suposición. Esos hongos no se ven en ninguna otra parte, y me aventuraría a decir que es otra defensa.

Vikirnoff miró atentamente el extraño montículo verrugoso.

—No me gusta el aspecto de esto, y el suelo está cubierto por millones de ciempiés. Los maderos están casi totalmente podridos. Aconsejaría que no toquemos nada mientras caminamos por este túnel.

Rafael le echó una mirada a la alfombra de ciempiés y soltó una maldición en su antiguo idioma.

—Kirja sabe muy bien que estamos cerca. Ahora lo siento. No puede esconder su odio por mí. Se ha tomado muy a pecho que yo lo persiga.

Vikirnoff arqueó una ceja.

—No me imagino por qué.

Rafael lo obsequió con una breve sonrisa.

—Conoce mi aversión a los ciempiés. Es algo infantil, pero claro, la usa.

La ceja de Vikirnoff se arqueó más.

—Somos de la tierra. ¿Cómo es posible que un animalito como un ciempiés moleste a uno como tú? Puedes dominar esas cosas.

—Tenía cuatro hermanos, Vikirnoff —contestó Rafael.

Su cuerpo brilló, se hizo transparente y tomó la forma de un murciélago muy pequeño.

Vikirnoff lo imitó, pero no antes de mirar atrás, hacia el túnel donde los huesos hacían ruidos de rasparse entre ellos con el fin de rearmarse para cumplir las órdenes de su amo.

«Tendremos que vigilarnos las espaldas.»

«Sólo si no lo encontramos —contestó Rafael—. Una vez que esté muerto, dejarán de existir todos sus sirvientes. Aconsejo que avancemos rápido. Fíjate en ese hongo que está a la entrada de este túnel, a tu derecha. Hay algo raro en él.»

Usó el radar del murciélago para calcular la distancia hasta el hongo, pero esta cambiaba y cambiaba, como si el hongo se moviera.

Algo golpeó fuerte su forma de murciélago, y cogiéndolo de un ala lo arrojó al suelo. Al instante los ciempiés comenzaron a darse el festín. Vikirnoff bajó un ala y arrastró al murciélago pequeño hacia un lado, apartándolo de los voraces insectos; ya tenía cubierto el cuerpo de diminutas marcas de mordiscos y de manchas de sangre que salía de varias heridas.

Rafael se sacudió a los ciempiés que se le habían pegado, y batió las alas para elevarse.

«Gracias. Ahora sabemos qué son esos hongos. Tienen dientes.»

«Y probablemente veneno.»

«Lo sentí entrar. Quema como el infierno. Él está cerca. Toma a la derecha, Vikirnoff. Ten cuidado. Hay hongos por todas partes.»

«Hay una bolsa de gas aquí.»

«Kirja está detrás de ese montón de cantos rodados. Lo siento. Los ciempiés están desesperados por atacarnos y los hongos golpean los dientes como perros rabiosos. Tiene que estar dentro de esa cámara.»

«Rafael, intento decirte que se está filtrando gas en este túnel y llenándolo.»

«Un truco. Recurre a sus viejos trucos. Le encantaba jugar con fuego.»

«No quiero quedar cocinado», contestó Vikirnoff en tono enérgico.

«Es el momento de dejar que él trabaje a nuestro favor. Tengo una idea. Volvamos a la entrada.»

Vikirnoff echó a andar y Rafael lo siguió, cambiando a su forma carpatiana sólo para eludir a los hongos y a los ciempiés.

—¿Cuál es el plan? —le preguntó Vikirnoff.

Rafael hizo un gesto hacia las macizas piedras que guardaban la entrada de la cámara del final del túnel.

—Ese.

Casi al momento hubo unos clones de ellos dos cerca de la entrada de la cámara; los ciempiés corrían por sus cuerpos y los hongos los atacaban feroces con sus dientes. Entre tanto Rafael los dirigía para que desmontaran las complicadas protecciones que Kirja había erigido alrededor de su guarida.

Mientras sus clones trabajaban, Rafael expulsó de su cuerpo el veneno que le quedaba. El proceso fue más lento de lo normal, porque ahora estaba empleando la mayor parte de su energía en las ilusiones que había creado; los clones tenían que generar calor corporal para parecer lo bastante reales.

—Si tenemos suerte, Kirja se pensará que esos clones somos nosotros, e intentará matarnos aplicando fuego al gas. No nos arriesgaremos a activar otra de sus trampas y eso nos dejará libres para desactivar las protecciones.

—Espero que se dé prisa, porque ya oigo a los esqueletos caminando en esta dirección —dijo Vikirnoff, muy serio—. Recomendaría que levitáramos para eludirlos, aunque él ya habrá pensado en eso.

No dijo lo que los dos sabían. Se les estaba acabando el tiempo; el sol ya estaba elevado fuera de la mina y a los dos les vendría pronto el terrible letargo de su especie. No podían quedarse a reposar allí, estando Kirja tan cerca; sería demasiado peligroso.

—No puedo sostener la ilusión de modo que parezca real y trabajar en las protecciones al mismo tiempo —dijo

Rafael—. Tú tendrás que encargarte de ellas. Manténte alejado de la entrada.

Vikirnoff inició la complicada operación de romper el hechizo que protegía la guarida del vampiro. Detrás de ellos sonaban más fuerte los castañeteos y chasquidos de huesos; en el suelo bullían los malignos insectos y las sombras les gritaban, ya que la fulgurante luz blanca que Rafael continuaba manteniendo les impedía avanzar.

La explosión llegó sin aviso, haciendo temblar toda la mina. El vampiro atrapado había aplicado fuego a la bolsa de gas. Una bola de fuego pasó rugiendo por el túnel, incinerando todo lo que encontró a su paso; arrasó con todo lo que había en el largo túnel, matando a los hongos carnívoros, quemando la alfombra de ciempiés, y dejando el túnel ennegrecido y fétido, pero despejado para los dos cazadores.

Mientras caminaban cautelosos por la mina ya vacía, Vikirnoff movió grácilmente las manos desarmando a toda prisa las defensas del vampiro. Rafael continuaba dando energía a la fulgurante luz blanca que los rodeaba, manteniendo a raya a las sombras. Más de una vez se abalanzó hacia ellos una de las negras sombras amorfas, y al instante cayó hacia atrás chillando al ser golpeada por Rafael con un haz directo de luz.

—Rota la última protección —dijo Vikirnoff.

—Apártate. Tendrá algo esperándonos en la cámara —aconsejó Rafael.

Apoyó el cuerpo en la pared ennegrecida del túnel, esperó a que Vikirnoff hiciera lo mismo, y entonces movió la mano haciendo rodar las macizas piedras hacia los lados, dejando libre la entrada.

Del interior de la cámara salió gas y vapor, impregnando el aire de un olor fétido y nocivo y, después, una oscura nube de murciélagos con colmillos afilados, que se lanzaron al instante sobre ellos. Vikirnoff se apresuró a erigir una barrera, y los dos se asomaron a mirar el caluroso interior. Los murciélagos chocaron una y otra vez con la barrera invisible, golpeándose violentamente, impulsados por la desesperada necesidad de cumplir las órdenes del no muerto. Pero entonces, Rafael y Vikirnoff entraron en la guarida de Kirja, llena de vapor.

En la cámara hacía un calor terrible, y el olor del vapor indicaba que contenía azufre y veneno. Los carpatianos se elevaron en el aire al notar que el ácido del suelo les derretía las suelas de las botas, intentando penetrarles la piel.

—Muy bien, Kirja —masculló Rafael, agitando la cabeza para despejársela del letargo que le estaba invadiendo el cuerpo y la mente, volviéndolo descuidado.

Comenzaron a olfatear el suelo, buscando la posición exacta donde yacía el vampiro debajo de la ponzoñosa mezcla de ácido y tierra sucia.

—Aquí, Vikirnoff —dijo Rafael, apuntando a un punto que quedaba justo debajo de él—. Aquí está.

Los dos comenzaron a desactivar las últimas defensas, trabajando rápido pero cuidando de mantenerse alertas. Un movimiento en el suelo captó la atención de Rafael, justo a la izquierda del lugar donde yacía el vampiro; salió un poco de tierra de un agujero, indicando que debajo había un alboroto. Mientras miraba, ocurrió lo mismo en varios otros puntos, que formaban más o menos un círculo alrededor de ellos. Entonces se abrió el suelo en esos puntos y varios más y por ellos salieron demonios necrófagos, o zombies.

—Continúa, Rafael —dijo Vikirnoff—, yo los mantendré a raya.

Ya había descendido e iba volando a tremenda velocidad hacia un zombi. Lo cogió por la cabeza, lo levantó y lo lanzó con fuerza sobre la tierra venenosa.

Mientras Vikirnoff batallaba con los zombies que se movían feroces a su alrededor, Rafael se concentró en desactivar la última protección del vampiro. Varias veces oyó gruñir a Vikirnoff al recibir un golpe particularmente feo, pero continuó concentrado en su tarea.

En el instante en que se rompió el último elemento, los zombies aullaron y chillaron de furia, y redoblaron los esfuerzos por matarlos a los dos. Vikirnoff los mantenía alejados de Rafael, con el fin de darle el tiempo necesario para apartar las capas de tierra que cubrían el lugar de reposo del vampiro.

Entonces, cuando por fin apartó la última capa de tierra, Rafael se encontró mirando los ojos llenos de odio de Kirja.

Se hizo un espeluzante silencio. El vampiro estaba absolutamente inmóvil, atrapado en la tierra por el terrible letargo de su especie.

«No ganarás, Rafael, jamás. Estás perdido.»

La voz sonó rasposa, por el odio.

Rafael enterró el puño en la caja torácica del vampiro y le arrancó el corazón; al que fuera su amigo de la infancia: estaba podrido, ennegrecido.

Kirja gritó, y Rafael siseó de dolor al sentir el ácido de la sangre quemándole la piel y los músculos de la mano, penetrándole hasta los huesos. Arrojó el corazón al suelo, pero antes de que pudiera hacer bajar la bola de fuego para incinerarlo, el podrido corazón se hundió en la tierra y se abrió paso para volver al pecho de su dueño. Vibró el odio en el aire que los separaba, y luego el triunfo, cuando el órgano volvió a entrar en el pecho de Kirja.

Soltando una maldición, Rafael movió nuevamente el puño hacia el pecho del vampiro, mirándole los ojos ribeteados de rojo. Pero ya no era Kirja el que yacía impotente en la tierra; estaba mirando a Colby, su hermosa cara, su maravilloso pelo rojo, su piel increíblemente suave. Vaciló, al inclinarse sobre el no muerto.

—Rafael, sálvame —suplicó ella, dulcemente.

Rafael pestañeó, confundido, agitó la cabeza y se quedó un momento indeciso, vacilante.

—¿Colby?

Kirja atacó.

Rafael gritó y la ilusión de Colby desapareció, mientras las afiladas garras del vampiro le perforaban el pecho. Casi sin poder respirar por el dolor, sintió la mano del no muerto buscando su corazón, rompiéndole músculos y tendones con asesino empeño. Volvió a gritar de dolor cuando, chillando triunfal, el vampiro le enterró las afiladas puntas de las uñas en el corazón.

Lo invadió el dolor, un dolor atroz, que no había conocido nunca en sus muchos siglos de existencia. Durante un angustioso momento, se le trabaron todos los músculos, en violentas contracciones, y entonces volvió a gritar por otro lacerante dolor cuando las garras de Kirja le perforaron las paredes externas del corazón.

Comenzó a brotar sangre de él. No le quedaba mucho tiempo; tenía que acabar con eso ya, rápido.

Se arrastró hasta quedar encima del vampiro; nuevamente este adoptó la forma de Colby, pero esta vez él no vaciló. Introdujo la mano en su podrido pecho y volvió a gritar al sentir el ácido de su sangre roerle la mano ya herida. Sentía arder el pecho mientras las afiladas garras del vampiro le desgarraban los músculos del corazón. La sangre manaba de su pecho en letales chorros, pero él no podía permitir que se le parara el corazón, por lo que bloqueó las funciones de su cuerpo, para salvarse.

Kirja debía ser derrotado.

Protegería a Colby y a sus seres queridos con su último aliento. Mientras Kirja continuara vivo seguiría teniendo poder sobre Paul y la familia seguiría expuesta al peligro. Eso tenía que acabar ahí, ya. Él eliminaría la amenaza contra Paul, y se lo devolvería a Colby sano y cuerdo. No le fallaría esta vez con otra decisión egoísta más. Podía darle ese último regalo aunque eso le significara a él perder la vida. Ella era del linaje Buscadragones, era fuerte, podría continuar sin él, tal como continuó Rhiannon sin su pareja de vida. Le entraron las dudas. ¿Habría sido un hechizo de Xavier lo que le impidió a Rhiannon irse a reunir antes con su pareja de vida? ¿Colby sobreviviría a su muerte? Tenía que creer que sí.

Sintió cerrarse los dedos de Kirja alrededor de su corazón, enterrándole las uñas, lacerándoselo, desgarrándoselo. Oyó resonar sus propios gritos en la cámara, pero continuó, tenaz. No le fallaría a Colby. Su muerte era lo único que le quedaba para ofrecerle.

«¡No!», oyó gritar a Nicolas; era una orden.

Oyó a sus otros hermanos, sus voces débiles, lejanas, pero tal vez estas también eran sólo una ilusión. Las voces de carpatianos, de cerca y de lejos, parecían fundirse en una sola voz gritando una protesta.

Se mantuvo firme, implacable, y volvió a sacar el corazón de Kirja de su pecho. La pérdida de sangre lo había debilitado tremendamente, y el corazón de Kirja se debatía furioso intentando soltarse de su mano para volver a su dueño. Se esforzó en mantener encerrado el corazón en la mano. El ácido le quemaba la piel y le penetraba hasta los huesos, pero ese dolor no era nada comparado con el que le causaban las uñas de Kirja desgarrándole, prácticamente destrozándole el corazón.

Muy hondo bajo la tierra, Colby sintió cómo se desgarraba el corazón de Rafael. Abrió los ojos, con el suyo estremecido por el dolor compartido y golpeándole el pecho con la fuerza del terror. El dolor casi la destrozaba.

«¡Rafael!»

«El no muerto no tendrá a tu hermano.»

La voz de Rafael sonó rasposa, rota por el dolor. En ese instante lo vio en la oscura mina, vio a los zombies intentando llegar a él, vio su brazo y su mano en carne viva, quemados por la sangre del vampiro. Y vio la mano del vampiro enterrada en su pecho. Sintió las uñas desgarrándole el corazón, intentando matarlo. El tiempo se detuvo un momento, y el mundo quedó absolutamente inmóvil. En ese cegador instante la golpeó la comprensión.

Lo amaba.

Todo ese tiempo en que creía que se resistía a él, se estaba resistiendo a sí misma también, oponiendo su voluntad a su corazón, al corazón que comenzó a amar a Rafael cuando él entró en el establo incendiado, por ella, para salvarla.

Rafael la había liberado para ser quien era, para ser lo que estaba destinada a ser por su nacimiento. Por fin podría usar sus extraordinarios dones, ocultos que había mantenido toda su vida. Sería aceptada por lo que era en realidad y no por lo que simulaba ser. Y en ese momento de comprensión, supo que podría soportar cualquier cosa menos perder a Rafael; sacrificar lo que fuera o a quien fuera, pero no a Rafael.

«¡Dime qué debo hacer!»

Le envió la orden a Nicolas, y fue una orden. Comenzó a excavar en la tierra con las uñas para abrirse paso hasta la superficie. Concentró toda su férrea voluntad en llegar hasta él, la voluntad que era su patrimonio, la voluntad indoblegable que antes le impidiera creer que podía llegar a amarlo. Lo salvaría. No tenía otra opción.

«Permanece con él, no le permitas que separe de ti su espíritu. Él se resistirá con todo lo que es porque no quiere arriesgarse a que mueras con él.»

Colby se concentró en retener a Rafael con ella. Veía por sus ojos y oía los aullidos de los zombies y los horribles gritos del vampiro.

En la guarida del vampiro, Vikirnoff continuaba combatiendo a los implacables zombies, pero percibía lo cerca que estaba Rafael de la muerte.

—Rafael, arrójame ese corazón inmediatamente —le ordenó.

Su voz sonó calmada en medio del caos imperante. Golpeó a otro zombie lanzándolo de espaldas, pero este se levantó a enfrentarlo otra vez, y los otros se le acercaron.

Las afiladas uñas de Kirja seguían trabajando en arrancarle el corazón a Rafael, proceso lento y terriblemente doloroso; se le estaban agotando las fuerzas.

A Rafael también, y casi con la misma rapidez que al vampiro. Apenas podía moverse, apenas podía pensar; su cuerpo no obedecía ya las órdenes de su cerebro, pues el letargo debido a la altura del sol también le minaba las fuerzas.

Sintió a Colby moviéndose dentro de él, buscando una manera de auxiliarlo. No podía protegerla del dolor de su cuerpo; sintió el golpe de dolor que recibió ella, que casi la hizo perder el conocimiento; la sintió recobrar fuerzas y aceptar el dolor. Entonces sintió cómo surgía su fuerte voluntad, la firme resolución de su sangre buscadragones, que se manifestó en una orden, un decreto:

«¡No morirás! Arrójale el corazón al cazador. Coge mi fuerza y libra al mundo de esa asquerosa criatura. Ahora, Rafael. No te permitiré morir.»

Con el ímpetu que le dio la fuerza de ella, él obedeció, y lanzó por el aire el infame órgano en dirección a Vikirnoff. Al instante se le agotó la fuerza y comenzó a desplomarse. Ya era demasiado tarde para él; tenía el corazón destrozado y había perdido demasiada sangre. Pero Colby y Paul estarían a salvo y Vikirnoff saldría vivo de la mina. Cerró los ojos y se relajó.

Colby fusionó su mente con la de Rafael. Era fuerte, siempre había sido fuerte, tanto que sus poderes eran inmanejables en su estado humano. Ya los sentía circular por su cuerpo, e hizo un rápido inventario de sus capacidades. Todo era diferente ahora, con los dones especiales de la sangre carpatiana que corría por sus venas. Cogió el poder, aceptándolo, en lugar de encogerse de miedo. Salvaría a Rafael, lo tendría abrazado, sosteniéndolo, dándole hasta su último aliento, aun cuando la fuerza vital de él ya sólo era una tenue y pequeña luz que parpadeaba débilmente, casi extinguida. Lo estrechó en sus brazos con todas sus fuerzas, impidiéndole caer sobre el quemante ácido que cubría el suelo de la cámara, a la vez que evitaba que se desvaneciera su espíritu.

En la mente de Rafael encontró la ruta mental para enviarle una orden a Vikirnoff:

«Tráemelo. De prisa. Aquí la tierra es rica en minerales, y es nuestra única posibilidad.»

Vikirnoff incineró el corazón del vampiro, desentendiéndose estoicamente del ácido que le quemaba la mano y el brazo al correr la sangre por su piel.

Kirja lanzó un chillido horrible, se le puso fláccido el cuerpo y la mano que tenía metida en el pecho de Rafael cayó fuera, emitiendo un horrendo sonido de succión. La sangre vital del carpatiano le salpicó el cuerpo; haciendo una mueca, la lamió, en un último e inútil intento de sanarse.

Vikirnoff hizo bajar otra bola de fuego blanco dirigida al vampiro.

Se elevó un humo negro y nocivo. Kirja lanzó un último y horrible alarido y su infame vida llegó a su fin.

Vikirnoff levantó a Rafael en sus fuertes brazos, no fuera que a Colby se le soltara y cayera al suelo venenoso que lo quemaría más aún.

En el instante en que el vampiro quedó totalmente destruido, los zombies cayeron al suelo, exánimes, sin su amo que les diera órdenes. Las sombras sin alma dejaron de aullar y los huesos volvieron a ocupar sus lugares en el suelo.

Pasado un instante de espeluznante silencio, Vikirnoff oyó un ominoso ruido que aumentó de volumen cuando el laberinto de túneles comenzó a temblar. Acunando a Rafael con el brazo quemado, corrió a la mayor velocidad por un túnel, alejándose de la guarida del vampiro, seguido por una avalancha de tierra, piedras y humo. Las paredes se cerraron detrás cuando salió volando a la superficie con el cazador herido.

«Estoy en camino con él. El sol va subiendo muy rápido. Está mortalmente herido. La verdad, no veo cómo podrías salvarlo.»

Colby irrumpió en la superficie y el sol casi la cegó. Eso no la hizo aminorar el paso. Exploró los alrededores buscando la tierra más fértil, más rica en minerales.

«¿Qué necesito, Nicolas? Dime qué debo hacer para salvarlo.»

Él se lo dijo; le dio los nombres de diversas plantas, le envió imágenes para que supiera reconocerlas, y le dio instrucciones sobre dónde encontrarlas.

Sin hacer caso del terrible ardor que sentía bullir dentro del cuerpo, ni del lagrimeo de sus ojos ni de la sensibilidad de su piel, Colby corrió a buscar las plantas escondidas en la espesura del bosque. El follaje de los árboles le daba sombra, protegiéndola de los abrasadores rayos del sol, y Vikirnoff puso una capa de nubes arriba mientras se acercaba a ella. Cuando Nicolas le estaba guiando las manos, explicándole qué debía hacer para salvar a Rafael, otra voz se unió a la de él, y luego otra y otra y otra. No logró captar los nombres de todos, pero en su mente se habían reunido sanadores carpatianos de todo el mundo para acompañarla y hablar con ella durante el proceso de salvar a Rafael.

«Si algo fuera mal, Nicolas, cuida de Paul y de Ginny.»

Sabía muy bien que iba a arriesgar su vida. Le daría todo lo que era ella, y si fracasaba, eso significaría que los dos morirían.

«No puede haber fracaso», decretó Nicolas.

Y entonces apareció Vikirnoff, con el magullado y mutilado cuerpo de Rafael en sus brazos. Colby cerró brevemente los ojos, para contener las lágrimas y pasar el nudo de horror que le oprimió la garganta. Se había preparado para ver sus heridas, pero no para ver a su orgulloso e invencible Rafael tan absolutamente mutilado. Su corazón y su alma gritaron una protesta.

Recurrió a su poderosa voluntad, se aferró a su fuerza con todas las fibras de su ser, y se sacudió la desesperación, el dolor y el terror. No había tiempo para las emociones, ni para la vacilación ni para el miedo. Escuchó las voces que le daban instrucciones y sintió circular su propio poder dentro de ella. Fue a arrodillarse junto al estragado cuerpo de Rafael, que estaba tendido sobre la tierra rica en minerales al fondo del hoyo que Vikirnoff ya le había abierto, y se puso a la tarea. Le resultó fácil trabajar en distintos planos, aprovechando la telequinesis para mezclar las plantas y la tierra al tiempo que salía de su cuerpo, desprendiéndose de su identidad, para transformarse en la bola de energía sanadora necesaria para entrar en el cuerpo de Rafael.

Todo eso sin dejar de tenerlo unido a ella, unido por su resolución, sin permitirle escapar a otro mundo. Tenía el corazón casi destrozado, lacerado y desgarrado por las garras del vampiro. Consternada, vaciló.

«Se puede hacer. Yo estaré contigo en cada paso.»

Las tranquilizadoras palabras procedían de uno de los sanadores, llamado Gregori.

«Yo también estoy aquí.»

Eso lo dijo una voz femenina, la de Shea, también sanadora.

Entonces habló una tercera voz, muy distante y ultrafemenina, ofreciéndole apoyo:

«Soy Francesca. Tú eres del clan Buscadragones. Pocos tienen los dones que tienes tú. Se puede hacer.»

Oyó las voces de Nicolas y las de sus hermanos, instándola a continuar. Las voces aumentaron de volumen en su mente, entonando un antiquísimo cántico ritual sanador. Resuelta, emprendió la tarea. Ya no era imposible, era simple cuestión de voluntad, y esa la tenía en abundancia. Lenta y meticulosamente fue reparando el corazón casi destrozado de Rafael. Varias veces se le agotó la fuerza física, pero cada vez los hermanos de Rafael le enviaron toda la energía que poseían. Incluso sintió el contacto de Paul a través de Nicolas.

Fue implacable con Rafael, exigiéndole al máximo, obligándolo a soportar el dolor mientras le reparaba el corazón; después pasó a trabajar en sus otras numerosas heridas también graves. Tenía en su mente a los demás sanadores, así que siguiendo las instrucciones que le susurraban, cerró todas las heridas y eliminó hasta la última gota de veneno.

No abandonaría a Rafael al maligno poder de Kirja. El sol continuaba subiendo por el cielo y sus efectos eran aniquiladores en los carpatianos, pero ella continuó, inflexible, exigiéndose a sí misma y exigiéndole a los demás, más de lo que podían soportar.

Siguiendo las instrucciones de los sanadores, Vikirnoff se había tendido al lado de su compañero cazador en la fértil tierra. Le dio a beber toda la sangre que pudo, y ayudó a Colby a aplicarle en las terribles heridas los emplastos de la mezcla de plantas, tierra rica en minerales y saliva.

Cuando por fin terminó, Colby estaba desfallecida, cubierta de ampollas por el sol, y tambaleante, a punto de caerse al suelo.

Vikirnoff la miraba sorprendido.

«Nunca había permanecido tanto tiempo despierto. Nos has mantenido despiertos y unidos a todos, sin permitirnos, ni siquiera a los más fuertes, ceder al letargo de nuestra especie. Ahora descansa. Si has sido capaz de sostenernos a todos así, no permitirás que él muera.»

—Tienes razón, no lo permitiré, maldita sea —masculló ella y se desmoronó encima de Rafael.

A Vikirnoff aún le quedaba un último vestigio de energía, y la usó para cerrar el hoyo, poniendo la calmante tierra encima de ellos, que sucumbieron al sueño.

Capítulo 20

En el momento en que se ocultó el sol tras el horizonte, Colby despertó y miró a Rafael mientras apartaba la tierra que la cubría. Le había reparado las peores heridas del corazón con su esmerado y meticuloso trabajo, pero aún quedaba muchísimo por hacer para impedir que muriera. Se puso inmediatamente a la tarea, sentándose a su lado, en el fondo del hoyo, rodeados por paredes de tierra, e hizo entrar su cuerpo en él. El corazón estaba intentando sanarse, pero tanto Nicolas como los otros le habían advertido que las heridas eran tan graves que ni siquiera un carpatiano tan antiguo y poderoso podía recuperarse sin atención y cuidados continuos.

Mientras trabajaba captó las voces femeninas y masculinas que se unían en su mente, entonando el cántico ritual sanador. Agradecida, reconoció el contacto de Gregori y el muy femenino de Shea, sanadores carpatianos los dos. Siguió sus muy precisas instrucciones para continuar reparando el lacerado corazón de Rafael. Tenía que despertarlo para darle sangre, pero en su corazón continuaría la hemorragia, hasta que se hubiera recuperado bien el músculo, lo cual significaba que no debía estar despierto más tiempo que el necesario para alimentarse.

—Yo le daré de mi sangre —se ofreció Vikirnoff, que estaba sentado mirando, observando la absoluta resolución en su cara.

—Ya le diste demasiada esta mañana —dijo ella, a punto de caerse de cansancio—. Ve a buscar lo que sea que necesites; estás más blanco que un papel. Yo le daré de mi sangre y volveré a ponerlo bajo tierra para que esté seguro.

—Volveré tan pronto como me sea posible para alimentarte —le prometió Vikirnoff.

Colby asintió y se sentó con la cabeza de Rafael apoyada en su regazo. Lo llamó en voz baja, fastidiada por el dolor que sentiría él al despertar; pero debía alimentarse, para sanar y recuperar sus fuerzas. Entonces sintió a los hermanos de él, impulsados por la necesidad de responder desde la otra mitad del mundo. Los sintió intentando compartir el dolor de Rafael cuando despertara.

Se inclinó a besarlo en la frente.

—No te muevas, quédate quieto. Necesitas sangre.

Se hizo un corte en la muñeca y, desentendiéndose del dolor, puso la herida entre los labios de él. Él estaba tan débil que no sintió que estuviera bebiendo, y eso la asustó.

«No abandones la esperanza».

Fue Nicolas el que le dijo esas palabras de aliento, y luego cada uno de sus hermanos pronunció su nombre y añadió palabras tranquilizadoras. Que todos los carpatianos le susurraran palabras de aliento en la mente le daba la agradable sensación de pertenecer a una familia.

«¿Cómo están Paul y Ginny, Nicolas? ¿Están bien sin mí?»

Procuró que la voz no le saliera triste, para no preocupar a Rafael. Ese mundo ya le parecía muy lejano. No se sintió feliz cuando se enteró de que Nicolas se había llevado a los niños a Brasil, pero lo comprendió.

«Están muy mimados por sus tías, tíos y cien primos. Te echan de menos».

Ella agradeció que Nicolas hubiera añadido aquello último.

«Deja de alimentarlo y vuelve a ponerlo bajo tierra».

Esa fue la voz de Gregori, el sanador. Sintió que Rafael alejaba de ella su espíritu porque el dolor se le hizo insoportable. Retiró la mano y pasado un instante de vacilación, se pasó la lengua por la fea herida de la muñeca. Con la ayuda de Nicolas indujo el sueño en Rafael, cerró los ojos y se dejó caer en la tierra, sin importarle estar encerrada en algo que parecía una tumba. Lo único que importaba era mantener vivo a Rafael.

—Necesitas alimentarte —dijo Vikirnoff, sacándola de su adormilamiento.

Se le resecó la boca. Rafael la ponía en trance para darle sangre, pero no estaba dispuesta a otorgarle ese tipo de dominio a otro.

—No sé si puedo —contestó sinceramente.

—Si no te alimentas te debilitarás y no serás capaz de retenerlo contigo —observó Vikirnoff—. No dejaré que te enteres.

El corazón le golpeó el pecho ante la idea de dar ese tipo de control sobre ella a un hombre que era prácticamente un desconocido. Estando Rafael inconsciente, por instinto recurrió a su hermano. Nicolas estaba unido a Rafael, era su vínculo con él; no tenía a nadie más a quien recurrir en esa situación nueva.

«¡Nicolas! ¿Qué debo hacer? No me cabe en la cabeza que él pueda darme sangre».

«Vikirnoff es un carpatiano honorable. Deja que te ponga en trance. Debes mantener las fuerzas para sostener la vida de Rafael».

Sintió pasar a otro de los hermanos a través de Nicolas para llegar a ella. Era Zacarias, el mayor, el más fuerte, al que todos los hermanos se sometían; eso lo había visto en los recuerdos de Rafael.

«Yo me encargaré de que no te ocurra ningún daño», le dijo.

A ella la pasmó esa sensación de estar en familia, el cariño que le tenían gracias a Rafael.

Los días siguientes repitió el mismo rito al anochecer. A veces despertaba por la noche y se quedaba ahí tendida, con la tierra abierta, con la cabeza de Rafael apoyada en su regazo, y contemplaba el cielo con la titilantes estrellas, acariciándole el pelo, ordenándole que sobreviviera, que volviera a ella. Se consagró a sanarlo, poniendo toda su voluntad. Vikirnoff la proveía de alimento y llegó a sentirse cómoda en su presencia, pero nunca lo bastante como para someter su voluntad a él estando sola. Siempre tenía que estar con ella Nicolas u otro de los hermanos para permitirle a Vikirnoff que la pusiera en trance.

El séptimo día, cuando Colby despertó después de la puesta de sol, Vikirnoff ya se había levantado y salido fuera de la tierra. Ella ya era experta en abrir la tierra y salir flotando a la superficie, vistiéndose de la manera que le había enseñado Rafael. Decidió despertarlo tan pronto como hubiera recogido hierbas y plantas curativas.

Vikirnoff siempre estaba esperando para darle sangre a Rafael.

—¿Vikirnoff? —lo llamó, mirando alrededor.

Encontró una rosa sobre una de las piedras planas que rodeaban la fuente termal. Él se había marchado. Eso sólo podía significar una cosa. Se giró, con el largo tallo de la rosa en la mano, y el corazón acelerado por la expectación.

Ahí estaba Rafael, con aspecto de estar en buena forma, en mejor forma de lo que tenía derecho, aunque llevaba señales de su roce con la muerte. En su hermoso pelo negro, que le llegaba a la mitad de la espalda, se veía un grueso mechón de canas, en el lado izquierdo. En su cara habían aparecido arruguitas nuevas, y sus ojos reflejaban un cansancio que ella nunca había visto antes en ellos. Él se tocó la cicatriz del pecho, la de la herida hecha por Kirja.

—A los carpatianos no nos quedan cicatrices.

Ella lo miró, embebiéndose de él. Unas lágrimas calientes le escocieron los ojos bajo los párpados, y tuvo que tragar varias veces para deshacer el nudo que se le había formado en la garganta.

No podía dejar de mirarlo. Se veía tan sólido, tan «vivo.»

—Tal vez no hice bien el trabajo de curarte —dijo—. A mí me pareces perfecto —añadió, sin querer; él ya llevaba la seguridad en sí mismo como una segunda piel.

—Me salvaste la vida.

Ella asintió.

—Alguien tenía que hacerlo. Estabas hecho un desastre.

Él la estaba mirando con sus ojos negros sin pestañear. Ya había olvidado la forma que tenía él de mirarla, totalmente concentrado en su persona. Le flaquearon las piernas, pero se mantuvo firme, tratando de parecer despreocupada, indiferente.

—¿Estás seguro de que te conviene estar levantado?

Bajó la mirada por su cuerpo y el aire le abandonó los pulmones en un largo soplido. Sí que estaba levantado, y decididamente en buena forma.

Él curvó los labios en una sonrisa sensual, indolente. Se le oscurecieron los ojos, con descarada sexualidad.

—Ah, estoy muy seguro.

Ella sintió subir rubor por el cuello hasta la cara.

—Sabes lo que quiero decir. Casi te mueres.

El tono le salió con una nota de acusación.

—Te prometo tener mucho más cuidado en el futuro, *querida* —contestó él, sin dejar de mirarla.

Jamás se saciaría de mirarla. Avanzó un paso y entrecerró los ojos al ver que ella daba un corto paso hacia atrás.

—No creo que puedas volver a hacer algo así. Me asustaste.

Él la miró a los ojos, fijamente.

—Lo siento, perdóname. Lamento muchas cosas. Hice mal lo de convertirte sin tu permiso. Tú estabas esforzándote en encontrar una manera de unirte a mí que no te diera problemas, y yo me impacienté. Debería haber tenido más fe en ti.

—Sí. Jamás seré feliz si la relación no es de compañerismo total, Rafael. No soy el tipo de mujer que tolere que tomes decisiones por mí arbitrariamente.

Deseaba ser severa; eso era necesario para hacerlo comprender, pero se veía tan lleno de vida cuando durante muchos días había estado muy cerca de la muerte. Ella había visto la batalla en su mente, y sabía que había sido horrenda.

—Sé muy bien qué tipo de mujer eres, Colby —repuso él, dulcemente—. Haré todo lo posible por aprender a ser un compañero.

—Trabaja rápido en eso.

Tenía mucho más que decirle, pero en ese momento no lograba recordar esas cosas. En lo único que era capaz de pensar era en acariciarle las arrugas nuevas de la cara. La cicatriz. Deseaba alisarle el surco de la boca y borrar la preocupación de sus ojos.

—Tengo que explicarte lo de Paul —dijo él, resuelto a lograr que ella entendiera por qué había alejado de ella al chico—. La única opción era enviarlo lejos. Kirja era un vampiro diferente a todos los que me había encontrado. Era un amigo de la infancia, un amigo íntimo que conocía mi manera de cazar. Antes fue un carpatiano poderoso, y como vampiro había aumentado tremendamente su poder. Si no conseguíamos acabar con él, tarde o temprano habría logrado matar a Paul o usarlo para haceros daño a ti o a Ginny. Sabía que me arriesgaba a que no lo comprendieras, pero, sinceramente, me pareció que era lo correcto, lo único que se podía hacer.

—Lo sé —repuso ella.

Había visto la lucha en su mente. Durante el tiempo que había pasado cuidando sus heridas, muchas veces se había fusionado con él, para mantenerlo vivo, y había visto sus fuerzas y flaquezas. Había visto sus recuerdos y sus pesares; cómo siempre deseó hacer lo correcto, lo que era mejor para ella, aun cuando eso significara poner en peligro la relación entre ellos. Sus actos habían estado motivados por el amor, no por el deseo de ejercer dominio sobre ella. Al parecer tenía dificultades para expresar su amor de maneras que no fuera la sexual, pero ella estaba segura de que podría pasar los siguientes siglos ayudándole a aprender a comunicarse mejor.

—Colby, en cuanto al rancho. Deseo que te vengas a Brasil conmigo. Podemos dejar el rancho en fideicomiso para Paul y Ginny, hasta que tengan edad para decidir dónde desean vivir. Quiero que conozcan bien a la familia de Armando. Y a mi familia. Y deseo que mi familia os conozca a los tres. Pero si crees que no podrás ser feliz allí, volveremos y viviremos juntos aquí.

Esa era una concesión tremenda. Era un regalo que le hacía. Él deseaba volver a su tierra; necesitaba volver. Su corazón y su alma ansiaban estar de vuelta en la selva, en su hacienda, con las cosas que le eran conocidas. Con su familia, la humana y la carpatiana. Pero ella estaba en su mente y veía su sinceridad, y que se esforzaría al máximo en hacer lo que la hiciera feliz. Sin embargo, ella había descubierto que no era el rancho lo que le importaba; les pertenecía a Paul y a Ginny, y se sentiría más que feliz cediéndoles su parte. Estaría encantada si a sus hermanos les gustaba Brasil. Si necesitaban volver al rancho, ella volvería con ellos, y los acompañaría ahí hasta que llegaran a una edad en que pudieran arreglárselas solos. Pero su elección siempre sería Rafael. Le sonrió.

—Espero que tengas caballos. Necesito tenerlos cerca.

—Tenemos muchos caballos, *meu amor*.

Ella ladeó la cabeza.

—¿Estás absolutamente seguro de que te encuentras bien y tienes fuerte el corazón?

Su voz sonó ronca, una seductora invitación.

—Estoy totalmente curado.

Ella miró hacia la montaña, hacia la cascada que caía por la fuerte pendiente; esta formaba un brillante telón de fondo para ese recogido lugar en que burbujeaba el agua de la fuente termal, aislada del arroyo por las desgastadas rocas. Hizo una honda inspiración, permitiéndose el lujo de contemplar y admirar la belleza del lugar, de valorar la riqueza de la tierra que había contribuido a sanar a Rafael.

Él se colocó detrás, y bajó las manos por su espalda hasta las caderas, apretándola a su cuerpo más grande. Ella levantó las manos para rodearle el cuello y bajarle la cabeza. Tuvo que echar atrás la suya para encontrar su excitante boca.

—Hazme el amor, Rafael —musitó, con la boca en la de él—. He estado a punto de perderte y necesito sentir que me amas.

Se giró dentro de sus brazos, ansiosa del consuelo de su abrazo, ansiosa por palpar los músculos de acero que corrían por su cuerpo.

—Siempre te hago el amor, *meu amor.* Con cada respiración te hago el amor. —Se apartó un paso y con dedos suaves y seguros le desabotonó la blusa, rozándole los pechos llenos con el dorso—. Siempre llevas demasiada ropa encima. Creí que habíamos acordado que andarías desnuda para mí.

Le echó atrás la blusa y dejó las manos sobre sus hombros. Estuvo así un momento disfrutando del placer de simplemente mirarle los pechos; luego le quitó los pasadores que le sujetaban el pelo, soltándole la sedosa mata, y se lo peinó con los dedos hasta que los cabellos quedaron totalmente libres para caer alrededor de su cuerpo.

Cogió un mechón en la mano y se lo llevó a la boca, sin dejar de mirarla a los ojos, observándola, hambriento de ella. Ella nunca se había entregado totalmente a él, pero veía el amor en sus ojos, y en la excitación que se iba extendiendo bajo su piel, arrebolándosela. Como siempre, surgió en él la violencia, pero se esforzó en aplastarla, percibiendo el humor de ella, su necesidad de no sólo una demostración física de amor sino también de consuelo. Había sido muy, muy valiente, y lo había elegido a él. Volvió a besarla en la boca, con la paz instalada en sus huesos, y el contento en su alma. Por primera vez no sentía el fuerte impulso, la necesidad, de dominar y poseer.

Le bajó los tejanos por las caderas, deslizando las manos por sus muslos y ella se sintió débil de deseo. Observándolo vio el crudo deseo en sus ojos mientras deslizaba las manos por los contornos de su cuerpo con evidente placer. Él apretó el cuerpo al suyo hasta que ella retrocedió y se metió en la fuente termal.

Se fue deslizando por el agua mineral, rodeada por burbujas como de champán que la envolvieron como una manta viva. El agua la sostenía, y fue subiendo por su cuerpo a medida que se adentraba. La sensación de ingravidez, sus cabellos flotando como algas y el telón de fondo de la cascada la hacían sentirse sensual, una sirena seduciendo a su pareja.

Observó a Rafael avanzando hacia ella por el agua, alargando lentamente los brazos hasta cogerla y apretar su cuerpo contra el suyo, doblando la mano sobre su nuca y atrayendo su cabeza para apoderarse de su boca. Ella levantó una pierna y le rodeó la cintura, y comenzó a subir y bajar cuerpo, frotándose al muslo de él, para aliviar la presión que se iba acumulando. Sentía las burbujas como lenguas lamiéndole la sensible piel. Por mucho que deseara hacerlo lento, sentir sus manos deslizándose por su cuerpo con ternura, algo en ella reaccionaba con un deseo frenético, una excitación salvaje, que iba aumentando rápido.

—*Meu amor*, no tienes ni idea de lo que me haces. Soy un hombre fuerte, *pequeña*, un hombre poderoso, pero basta que te heche una mirada para que me derrita por dentro. No sólo mi cuerpo ansía el refugio del tuyo sino que además tengo el corazón lleno y siento luz circulando por mí. No tenía ni idea de lo que significaba cuando se hablaba de eso en mi juventud. Todos los carpatianos soñamos con tener una pareja de vida, esa es la motivación que nos sostiene y nos impulsa a continuar a lo largo de interminables y áridos años, pero hasta que te conocí no lograba concebir cómo se siente. No encuentro palabras para decirte lo que significas para mí.

Colby le echó los brazos al cuello y le acarició el mechón blanco que le había aparecido en su sedoso pelo.

—Lo expresas muy bien, Rafael.

—Te mereces algo mejor. Palabras de un poeta, de un hombre que sepa decir cosas bellas para poder expresar lo que hay en mi corazón.

—Ya no necesito las palabras, Rafael. Abrí mi mente a la tuya y siento el amor que me tienes. Sé las palabras que hay en tu corazón porque las veo ahí. —Lo besó, largo, largo, un beso de seducción—. Te deseo, deseo acariciarte, abrazarte, sentirte dentro de mí. Necesito sentirte vivo y envolviéndome.

Él apartó la boca de la de ella y la bajó por su cuello.

—Estás muy caliente, Colby. Siempre estás mojada y caliente de necesidad por mí. Sólo sentir que me deseas me excita, me pone condenadamente duro.

Ella cerró los ojos cuando él le raspó la piel con los dientes. Se apretó más a él, frotando la entrepierna sobre su muslo.

—Ocurre que estamos en una fuente termal. Estoy caliente y mojada por un buen motivo.

Él le mordisqueó el cuello más fuerte, simulando un castigo.

—Yo soy el motivo de que estés caliente y mojada, y lo sabes.

Ella pasó las manos por su pecho, posesivamente, y deslizó suavemente las yemas de los dedos por su cicatriz.

—De acuerdo, estás curado; te ha vuelto del todo tu arrogancia.

Él deslizó los labios por su hombro, haciéndole bajar un estremecimiento por la columna, la levantó en los brazos, la sacó del agua y la depositó sobre una piedra plana.

—Estoy muy seguro de que no soy excesivamente arrogante. Me gusta cómo me deseas, Colby. ¿Sabes lo que siente un hombre al saber que una mujer lo mira y arde de deseo por él hasta tal punto?

Le mordisqueó el pulso y luego movió la lengua sobre el lugar.

—Nunca hemos tenido el problema de que yo no te deseara —dijo ella, bajando la cara para besarle el cuello.

Luego bajó los labios para dejarle una estela de besos por la cicatriz que le había quedado sobre el corazón. Deslizó las manos por su pecho, siguiendo sus contornos, y continuó la caricia hasta su vientre.

Él levantó la cabeza y cerró los ojos, saboreando el placer de tenerla en sus brazos, con el cuerpo entrelazado con el suyo y su boca acariciándole la herida del pecho. Su corazón latía gracias a ella. El ritmo era fuerte y parejo, y si le dolía con cada latido, el dolor era suave, no le costaba disimularlo, y valía la pena sentirlo, por estar con ella en todo momento.

—No, sólo teníamos el de que no me amabas.

Sólo decir las palabras le despertó una fiera violencia. Esta rugió por sus venas, y se le tensaron los brazos, formando una jaula de acero alrededor de ella. Con todas sus fuerzas combatió esa necesidad de dominación. Le rozó la piel con la boca, deslizándola como una pluma; le mordisqueó suavemente el labio inferior y luego bajó los labios hasta sus pechos. Sintió surgir un deseo ávido, fuerte y terrible, pero no cedió a él.

Ella se movía con total desenfado, frotándole la piel con la suya, tomando posesión de él con sus manos, explorándole, acariciándole el cuerpo. Eso no hacía más que aumentar la ardiente necesidad que se iba acumulando en él. Entonces ella le mordisqueó suavemente el hombro y luego pasó la lengua por su tetilla, moviendo suavemente la lengua; veía su lucha por darle ternura, y que él intentara aferrarse a su autodominio significaba todo para ella.

Él pasó la mirada a su cara, sus ojos negros cavilosos, desnudamente sensuales. A ella se le aceleró de expectación el corazón. Observándola atentamente, se inclinó sobre su cuerpo y movió la lengua sobre su pecho, y bajando por encima de ella, le lamió el ombligo y apretó las manos en sus muslos. Colby ya se estaba ahogando de excitación, de placer. Le pasó lentamente la lengua por la vibrante vulva.

Ella se arqueó y se le escapó un gemido cuando se le contrajo el vientre y todas sus terminaciones nerviosas se volvieron hipersensibles.

Había estado tan concentrada en sus heridas, en salvarle la vida, en retener su espíritu con ella, que todavía no soltaba del todo el lazo que unía su mente con la de él. Sentía pasar el fuego por las venas de Rafael y el rugido de la necesidad en su cabeza. El deseo se mezclaba con el amor, las dos emociones estaban entrelazadas. Eso aumentaba el deseo de ella; una corriente de placer le pasó por todo el cuerpo mientras él introducía la lengua en su vagina, moviéndola, acariciando; comenzó a retorcerse de necesidad, estaba casi delirante, suplicándole. Él la llevaba una y otra vez al borde del orgasmo, pero paraba; desesperada, cerró las manos en su pelo y gritó su nombre.

—Rafael, no lo soporto. Es demasiado. —Estaba jadeante, no lograba encontrar el alivio que tanto necesitaba—. No puedo más.

—Sí que puedes. Yo estoy desquiciado de deseo. Tienes que sentirte igual.

—Me siento. ¡Date prisa!

Él subió la boca, besándola, hasta el abdomen, le mordisqueó suavemente bajo los pechos, mientras ella intentaba rodearle la cintura con las piernas, atrayéndolo hacia sí.

—Te amo, Colby —dijo entonces, hundiendo la cara en su cuello—. Te amaré eternamente con todo lo que soy.

Su voz era sinceridad pura, el sonido se le enroscó en el corazón y se sintió derretir. Instalada en el fondo de la mente de él, también percibía su inseguridad; él no estaba seguro de que ella lo amara totalmente, con todas las fibras de su ser. Se había mantenido apartada de él tanto tiempo que ahora no se fiaba de lo que veía en sus pensamientos, creía que veía y sentía lo que con tanta desesperación deseaba ver y sentir.

—Rafael —musitó en voz muy baja, obligándolo a levantar la cabeza y mirarla a los ojos; le sostuvo la mirada, deseosa de que viera su expresión, la terrible emoción que había reprimido todo ese tiempo—. Todos estos días tenía miedo de lo que sentía por ti. Me aterraba, porque creía que si te entregaba mi corazón no quedaría nada de mí, desaparecería totalmente. Me resistía porque creía que tú deseabas poseerme, dominarme, controlarme, y yo no podría vivir nunca así. Pero cuando estuviste a punto de morirte, comprendí que ya era demasiado tarde. Te amo, Rafael, te amo tanto que creo que me moriría sin ti.

A Rafael le brillaron de lágrimas los ojos, pero no desvió la mirada; no le importaba que ella viera lo humilde que lo hacía sentirse su confesión. Le enmarcó la cara entre las manos.

—Deseo que oigas las palabras que nos unen; son las que nos hacen verdaderamente uno. Eres mi vida, Colby, por toda la eternidad. —Le dio un suave beso en los labios—. Te tomo por mi pareja de vida. Soy tuyo, te pertenezco. Te ofrezco mi vida. Te doy mi protección, mi lealtad, mi corazón, mi alma y mi cuerpo. —Le dejó una estela de besos en el cuello, y continuó con los labios sobre su pulso—: Tomo a mi cuidado todo eso mismo de ti. Tu vida, tu felicidad y tu bienestar me son preciosos, y siempre estarán por encima de los míos. Eres mi pareja de vida, unida a mí por toda la eternidad, y siempre a mi cuidado.

Levantó la cabeza, la miró a los ojos, y vio que ella también los tenía brillantes de lágrimas.

Colby le sonrió.

—Esas son las palabras más bellas que podrías haberme dicho.

—Las he dicho en serio.

—Lo sé.

A él se le oscurecieron más los ojos, intensificado su deseo. Embistió fuerte, entrando en su acogedor y caliente canal, en una penetración tan feroz que ella gritó y el orgasmo pasó por todo su cuerpo, estremeciéndola; él comenzó a moverse, penetrándola una y otra vez con embestidas largas y fuertes; ella le apretaba el miembro con sus músculos resbaladizos, con tanta fuerza que a él se le escapó un gemido del más puro placer. El orgasmo siguió y siguió, interminable, ondulante, explosivo, y ella sólo podía enterrarle las uñas en los hombros, aferrada a él mientras la cabalgaba con su fiera pasión.

Rafael le miraba la cara. Estaba con la cabeza echada hacia atrás, y sus largos cabellos los envolvían a los dos, agitados por la brisa. Le tenía rodeada la cintura con las piernas y sus pechos se mecían con cada embestida.

Ella era una hermosa visión, entregándose a él, exigiéndole con sus fuertes músculos. Ahora sólo podía mirarle la cara, observando cómo su cuerpo tomaba posesión del suyo, conquistándola mientras ella lo conquistaba a él; rindiéndola mientras él se rendía a ella. Jamás olvidaría ese momento en que se le había ofrecido totalmente. Se le retorció el corazón en el pecho. Ella se entregaba a él confiada, con su cuerpo, su sexualidad y, ahora, por fin, con su corazón.

Deseó darle todo, verter en su cuerpo todas las emociones que sentía y que nunca podía expresar bien con palabras. Con cada embestida, con cada ardiente penetración, su cuerpo le declaraba su amor. La pasión ardía en él como llamas, aumentando, aumentando, hasta que le fue imposible contenerse, se le hinchó el pene dentro de ella, ensanchándole los músculos, y Colby gritó su nombre.

Eyaculó, vaciando su esencia en ella, penetrándola hasta el fondo, con fuertes embestidas que no logró controlar, con todos los músculos tensos. Incluso le dolió el corazón, latiendo desbocado de necesidad y amor por su compañera.

Todavía enterrado en ella, rodó hacia un lado para descansar sobre la piedra. Inmediatamente Colby se apretó a él, buscó con la boca su cicatriz sobre el corazón y se la lamió.

—Quédate quieto —le dijo—. Necesito comprobar que estás bien.

Rafael apoyó la cabeza en la piedra y contempló la luna. Colby le tenía rodeada fuertemente la cintura con las piernas, con su pene enterrado hasta el fondo en su refugio, dándole órdenes. Se sorprendió sonriendo; feliz, en paz. La sentía moverse dentro de él, trabajando en su corazón. Sentía sus pechos golpeándole el suyo, su sedoso pelo enredado sobre la piel. No importaba dónde vivieran, ahí en el rancho, o en Brasil; su hogar, su refugio, era la mujer que tenía en sus brazos.

En el instante en que Colbu levantó la cabeza, tomó posesión de su boca, en un largo y tierno beso, un susurro de amor, al tiempo que volvía a hundirse con ella en la fuente termal.

Epílogo

¡Rafael! ¡Colby! —gritó Ginny agitando la mano como una loca—. Venid a ver esto.

Cuando iban caminando por el picadero cubierto en dirección a Ginny, Rafael pasó un brazo por los hombros de Colby, acercándola más al calor de su cuerpo.

Ginny estaba montada a horcajadas en una yegua oscura, con la cara radiante de felicidad por su última proeza. Le había llevado semanas acostumbrarse a una silla inglesa, pero había practicado hasta hacerse muy competente, y sus tíos declararon que estaba preparada para saltar.

—Por fin puedo saltar como quiere Julio. Miradme.

—Sonríe de oreja a oreja —le susurró Colby a Rafael—. Fíjate en lo bien que está, a gusto y feliz rodeada por toda esta familia.

—Ahora pasa más tiempo contigo también —comentó Paul, acercándose por detrás—. Antes trabajabas tanto que rara vez teníamos la oportunidad de hablar contigo de verdad, pero ahora te tenemos todas las mañanas, y por las tardes casi tan pronto como llegamos del colegio.

—Y parece que a ti te gusta mucho la compañía de Julio y Juan —dijo Colby—, pasas muchísimo tiempo con ellos.

Los dos hermanos le recordaban tanto a Armando que a veces le dolía mirarlos. Observó atentamente a Paul, que se parecía muchísimo a su padre y a sus tíos. Se veía más maduro, más sensato, tal vez a consecuencia de su terrible experiencia con el vampiro.

—He aprendido muchísimo con ellos —dijo Paul. Hizo un gesto hacia Ginny y su montura, que iban a medio galope por la orilla del terreno—. Saben mucho acerca de caballos, y nos cuentan anécdotas de cuando papá era pequeño.

—¿Hemos tenido noticias de Sean? —preguntó Colby—. ¿Van bien las cosas en el rancho?

Paul asintió.

—Anoche llamó. Ha puesto a cuatro de sus hombres a trabajar en el rancho. Ben está muy bien. Al parecer tuvo una larga conversación con Tony Harris. Tony reconoció que fue él el que causó la mayoría de los accidentes en el rancho, pero asegura que no inició el incendio.

—El hombre de Clinton Daniels, Ernie Carter, era un títere del vampiro —dijo Rafael—. Él inició el incendio.

Paul lo miró y se apresuró a desviar la mirada.

Por su conexión con Rafael, Colby sintió el encogimiento de vergüenza de Paul. Frunciendo el ceño le colocó una mano en el brazo, en gesto consolador, pero Rafael se le adelantó:

—No había tenido la oportunidad de agradecerte que le salvaras la vida a tu hermana —le dijo, en voz baja, en su tono normal impregnado de poder—. El vampiro la habría matado si tú no hubieras sido tan fuerte.

Paul hizo una brusca inspiración y giró la cabeza hacia un lado, aunque antes Colby alcanzó a ver las emociones que batallaban en su cara.

—Hice cosas terribles. Nicolas se ofreció a borrarme los recuerdos, pero no quiero. Me dijo que a veces me sentiría como me siento ahora pero no sabría por qué. —Bajó la cabeza—. Prefiero saber que hay un buen motivo.

—No tienes nada de qué avergonzarte, Paul —continuó Rafael—. Eres totalmente humano, no tienes ningún poder psíquico especial, y sin embargo luchaste contra un monstruo que era tan poderoso que ni el más fuerte de nuestros cazadores podría haberlo derrotado solo. Incluso con la ayuda de otro cazador yo casi pierdo la vida luchando con él. Pero tú, en cambio, te mantuviste fuerte. Lo retardaste, le entorpeciste sus planes más de una vez, y al final lograste avisarnos que iba en busca de tu hermana. Deberías sentirte orgulloso de ti.

Paul asintió, pero tragó saliva y sus ojos reflejaron sufrimiento. Giró la cabeza y miró a Colby a los ojos.

—Ginny me vio cortarme la muñeca. Intenté hacerla salir de la habitación. No podía resistirme. —Miró hacia su hermana pequeña, que estaba practicando el trote subiendo y bajando el cuerpo al ritmo del caballo—. Nunca olvidaré su expresión.

Colby tragó saliva para deshacer el nudo que se le había formado en la garganta.

—Ginny ya no es un bebé, Paulo. Y Nicolas le borró ese recuerdo de la memoria. Hiciste todo lo que pudiste, y eso es lo más que se te podría pedir.

—A mí el vampiro me desgarró el corazón —continuó Rafael—. Eso lo sabes porque lo sentiste, pero lo que no sabes es que yo ya había unido a mí a Colby, y que si me hubiera muerto, finalmente ella habría muerto también, para seguirme. Si hay que sentir vergüenza, soy yo el que debe sentirla, no tú. No podríamos estar más orgullosos de ti.

—¿Por eso Nicolas me explicó lo del pueblo carpatiano?

Rafael asintió.

—Y esperamos que algún día Ginny entienda qué es su hermana. Esperamos que los dos continuéis con nosotros, aquí en este país, entre vuestros familiares.

Paul sonrió y la sonrisa le iluminó los ojos.

—¿Es que estáis pensando en darme una sobrina o un sobrino para hacerme más agradable la estancia aquí?

Colby le dio una palmada en el brazo.

—Muy gracioso. Pero aún me estoy acostumbrando a la idea de todo esto.

—Ginny quiere que tengas una boda grandiosa, con vestido blanco largo y todos los adornos.

Nicolas llegó hasta ellos, por detrás.

—Parece que todas las mujeres desean esas ceremonias. ¿Por qué? Juliette, la pareja de vida de Riordan, ha sacado varias veces el tema, y yo no le encuentro ningún sentido.

Paul se echó a reír, y lo miró con aire de superioridad.

—Para ti no tiene sentido, Nicolas. A las mujeres les gusta engalanarse.

A Colby la sorprendió que su hermano le hiciera bromas a Nicolas, y la sorprendió más aún que este le diera a Paul una palmada en el brazo, riendo.

—A mí no —dijo, firmemente—. Nadie me hará ponerme ante el mundo a prometerle obediencia a Rafael.

Rafael arqueó una ceja.

—¿Hay una promesa de obediencia en esa ceremonia de bodas? Paul, tenemos que hablar.

—Eso no ocurrirá jamás —dijo Colby.

—Paul —llamó Juan, haciéndole un gesto para que se acercara a él.

Al instante Paul corrió hacia su tío a escuchar sus consejos sobre cómo saltar.

Colby tuvo que hacer un esfuerzo para dejar de mirar a sus hermanos.

—¿Habéis sabido de Vikirnoff? ¿Dónde está? ¿Adónde se fue? Ni siquiera me dio la posibilidad de despedirme, después de haberme ayudado tanto en el cuidado de Rafael.

—Anda buscando a la mujer —contestó Nicolas—. Creo que va de camino hacia los Cárpatos.

—¿Alguna vez os tienta la idea de ir allí? —preguntó ella, curiosa.

—Algún día iremos, de visita —contestó Rafael—, pero esta es nuestra tierra ahora.

Colby escuchó la risa de Paul contestándole una broma a su tío. La risa se había vuelto muy excepcional en la vida que llevaban en el rancho. Vio a Juan pasar el brazo por los hombros de su hermano, con la mayor naturalidad, en un tranquilo gesto de afecto. Julio estaba aplaudiendo y gritando palabras de aliento a Ginny. Los dos niños se veían más relajados de lo que los había visto nunca. Se giró y se encontró con Rafael, que la estaba mirando con sus oscuros y magnéticos ojos.

—¿Todo bien? —preguntó él.

—Muuy bien —contestó ella.